S. P. Somtow

Wolfsruf

Ein unheimlicher Roman

Aus dem Amerikanischen übertragen
von Christoph Göhler

Goldmann Verlag

Die Originalausgabe erschien
unter dem Titel »Moondance«
bei Tor Books, New York

Der Goldmann Verlag
ist ein Unternehmen der Verlagsgruppe Bertelsmann

Made in Germany · 8/91 · 1. Auflage

Umschlaggestaltung: Design Team München
Umschlagillustration: Joe DeVito
Satz: IBV Satz- und Datentechnik GmbH, Berlin
Druck: May + Co., Darmstadt
Verlagsnummer: 41502
Lektorat: Sky Nonhoff
Redaktion: Ilse Wagner
Herstellung: Peter Papenbrok
ISBN 3-442-41502-0

Für »Onkel Bob«,
den wichtigsten Bloch
meiner Karriere

Danksagungen

Ich danke allen, die mir bei meinen umfangreichen Forschungen geholfen haben, die mich ermutigten oder geradezu übermenschliche Geduld bewiesen während der längsten Schöpfungsperiode, die je eines meiner Bücher in Anspruch nahm:
Tim Sullivan, Bob Halliday, Brett Prang, Eleanor Wood, Beth Meacham, Gardner Dozois, Harriet McDougal, Hank Stine, Art Cover und Lydia Marano, George Scithers, Ryan Effner, David Gish, Walter Miles, Ed Bryant, John Douglas, Janet Alvarez, Col. Michael Sinclair, Sharon und Bryan Webb, Algis Budrys, Daniel Jacobson, Betsy Mitchell, Michael Meredith, Margaret Brown, Thomas Wilson Brown und ihre Familie, und zahllose Unbekannte in Nebraska, Dakota und Wyoming, die sich redlich mühten, die Fragen eines Mannes zu beantworten, der ihnen ganz bestimmt wie ein Mondsüchtiger vorgekommen sein muß –
und alle eventuellen Fehler sind natürlich mir anzulasten.

Inhalt

Prolog

Der Killer von Laramie

1963: South Dakota

Zunehmender Mond

Dies ist nicht das Buch, das ich schreiben wollte.

Dies ist nicht das Buch, von dem ich träumte, als ich mit meinem klapprigen Impala durch den Schnee kreuzte. Ich war jung. Ich war auf der Jagd nach Sensationen. Ich sehnte mich nach dem Kitzel, einem Massenmörder ins Angesicht zu blicken, den die Welt längst vergessen hatte. Ich würde die Reportage aller Reportagen schreiben. Ich sah das Buch – dick und natürlich in Leinen gebunden – auf dem Regal bei meinem Buchhändler stehen. Ich malte mir aus, wie die Carltons von nebenan einen Bogen um mich machen würden. Sie würden sich in ihr spießiges imitiertes Ranchgebäude zurückziehen und sich mit düsteren Mienen zuraunen, daß Mädchen nicht aufs College gehören, weil sie total verkorkst wieder rauskommen. Die bekommt doch keinen mehr ab! Ich lachte und stellte mir mein Buch vor. Während ich auf der einsamen Straße zwischen den endlosen Schneewehen dahinfuhr, mit nichts als Schnee, Schnee und nochmals Schnee um mich herum, sah ich das Buch meiner Träume immer deutlicher vor mir. Fast glaubte ich, es in meiner Hand zu spüren und die goldgeprägten Buchstaben auf dem Rücken zu lesen:

EIN MÖRDERLEBEN
von Carrie Dupré

Der Schnee war ganz ebenmäßig, hypnotisierend. Ich drehte die Heizung auf. Ich schwelgte in der Wärme. Sie machte mich müde. Es war vier Uhr nachmittags, und mir war klar, daß es so weit im Norden und mitten im Winter bald dunkel werden würde. Na ja, ich war bestimmt bald am Ziel. Seit über einer Stunde war ich aus

Wyoming raus. Viele Straßenschilder waren schneebedeckt. Vielleicht war ich schon vorbeigefahren, vielleicht hatte ich die Abzweigung übersehen. Ich würde auf der Karte nachschauen.

Der Wagen knirschte und krachte, als ich anhielt. Ich schaute in den Rückspiegel und zupfte mir das Haar zurecht. Ich stellte den Motor nicht ab, damit die Windschutzscheibe nicht zuschneite und die Heizung weiterlief. Dann faltete ich die Karte auf, die ich in Laramie gekauft hatte, und versuchte, mich zurechtzufinden. Ich wußte nur, daß im Norden die Black Hills lagen; sie zeichneten sich am Ende der weißen Prärie gegen den Horizont ab. Der Himmel war grau. Die Sonne war nicht zu sehen. Ich war allein. Ich würde mich auf keinen Fall fürchten. Es war mein fester Entschluß gewesen, Schriftstellerin zu werden und mir eines jener sensationsverheißenden Themen zu suchen, die angeblich Männersache waren... wenn ich jetzt einen Rückzieher machen würde, würden mich die Carltons bestimmt auslachen.

Vielleicht sollte ich mir kurz die Füße vertreten, dachte ich mir.

Ich schlüpfte in meinen schäbigen Mantel und wollte aussteigen. Es war so windig, daß ich mich gegen die Wagentür stemmen mußte. Als ich draußen stand, knallte die Tür hinter mir zu. Im gleichen Augenblick wurde mir bewußt, daß ich den Knopf heruntergedrückt hatte und die Schlüssel im Zündschloß steckten. »Typisch Frau«, werden sie sagen und sich halbtot lachen. Ich starrte durch das Fenster ins Wageninnere.

Bald würde die Sonne untergehen.

Der Wind heulte. Meine Finger wurden taub. Ich rieb mir die Hände am Innenfutter meines Mantels. Dann suchte ich nach irgend etwas, einem Ast oder einem Stein, mit dem ich das Fenster einschlagen konnte. Nichts zu sehen. Vielleicht unter dem Schnee. Mit bloßen Händen begann ich, in den Schneewehen zu graben. Die Kälte trieb mir die Tränen in die Augen. Meine Gelenke wurden langsam steif. Ich wurde wütend. Hatten die Carltons vielleicht doch recht? Der Wind tobte inzwischen. Ich stieß meine Arme bis zu den Achseln in den Schnee. Meine Finger ertasteten etwas Hartes. Ich zog und zerrte fluchend daran.

»Brauchen Sie Hilfe?«

Ich schrie auf.

Dann sah ich zu dem Mann auf, der neben mir stand. »Es... es tut mir leid«, sagte ich. »Ich wollte nicht...« Er legte einen Finger an die Lippen. Er trug eine schwarze Lederjacke, hatte dunkles, schulterlanges Haar, in dem Eis glitzerte und das von einem blutroten Stirnband zurückgehalten wurde. »Woher sind Sie gekommen?« fragte ich. »Ich habe nichts gehört...«

»Der Wind übertönt vieles«, antwortete der Fremde. Hinter ihm, auf der anderen Straßenseite, bemerkte ich ein Motorrad am Straßenrand. Ich hätte vor Freude heulen können. Statt dessen zog ich mir den Mantel zurecht und versuchte nervös, mein Haar vor dem Wind abzuschirmen. »Und was macht eine Frau wie Sie ganz allein mitten im Reservat?« fragte er.

Die Frage war mir unangenehm, obwohl ich sie erwartet hatte. »Ich glaube, ich habe mich verfahren... Reservat? Heißt das, ich bin nicht mehr in Fall River County?«

»Nein, Madam. Das hier ist Shannon. Sie sind in der Pine Ridge Reservation. Wir sind zwei Meilen von Wounded Knee entfernt. Das war der weiße Fluß, über den sie vorhin gefahren sind.«

»Fluß?« Er war mir nicht einmal aufgefallen.

»Ich glaube, ich sollte Ihnen erst einmal wieder in Ihren Wagen helfen.« Er schlenderte zu seinem Motorrad, kramte herum, kehrte mit einem Kleiderbügel zurück. »So einen hab' ich immer dabei, falls ich einer Dame aus einer Verlegenheit helfen muß.« Er bog den Bügel zurecht und schob ihn dann durch den Türspalt. Eine Sekunde später war das Schloß offen.

»Sie scheinen Übung darin zu haben«, sagte ich, aufrichtig bemüht, Konversation zu machen.

»Hochnäsige weiße Schlampe«, sagte er.

»Natürlich wollte ich damit nicht...«

»Klar wollten Sie nicht.«

Wir schwiegen. Er starrte mich an, als erwartete er, daß ich etwas sagen würde. Seine Augen glühten. »Na, Madam, ich schätze, Sie möchten gerne nach Winter Eyes eskortiert werden.«

Ich zuckte zusammen. »Woher wissen Sie, wohin ich will?« Ängstlich sah ich mich um. Der Wind heulte, mein Haar wehte mir in die Augen. Er rührte sich nicht.

»Ich weiß eine Menge über dich, Carrie Dupré«, sagte er.

»Mein Name...« Ich machte einen Schritt zurück und tastete nach der Wagentür. Meine Finger schlossen sich um den eiskalten Griff. »Lassen Sie mich in Ruhe! Sind Sie irgend so ein Verrückter?«

»Du denkst immer nur an Massenmörder, nicht wahr?« Er lächelte nicht. Seine Augen glitzerten im Dunkel durch die Haare, die ihm ins Gesicht wehten. »Wahrscheinlich weißt du eine Menge über uns Indianer. Du hast schließlich Cowboyfilme gesehen. Du glaubst, ich vergewaltige dich und skalpiere dich dann oder so. Scheiße, wahrscheinlich würde dir das sogar gefallen. Erkennst du mich nicht mal mehr? Scheiße, du hast dich einmal sogar dazu herabgelassen, mit mir zu bumsen. Aber in dem Dive-In war es dunkel. Und du warst vollkommen weggetreten. Und bei uns sieht ja einer so aus wie der andere. Du warst das kaltschnäuzigste Mädchen in ganz Berkeley, Carrie, und du hast dich kein beschissenes bißchen verändert.«

»Himmel«, sagte ich, »du bist...«

»Preston Bluefeather Grumiaux«, ergänzte er ruhig. »Ich arbeite jetzt Teilzeit für die Stammespolizei.«

»Dr. Murphys Klasse. Indianische Studien. Du hast immer ganz hinten gesessen und dich über alles lustig gemacht. Sobald Murphy über etwas Ernstes sprechen wollte, hast du ›how‹ oder ›ugh‹ dazwischengerufen. Du hattest dich doch von allem losgesagt, was mit Indianern zu tun hatte. Was machst du hier draußen?«

Er antwortete: »Ich habe mich getäuscht.«

Wir schwiegen lange. Es war ein so unwahrscheinlicher Zufall, daß ich mich einfach nicht damit abfinden konnte. Ich erinnerte mich sehr gut an Preston Grumiaux. Er hatte vollkommen anders ausgesehen. Damals trug er Fassonschnitt und tat alles, um wie Cary Grants Doppelgänger herumzulaufen. Man hätte fast Mitleid mit ihm haben können.

Wir waren einmal miteinander ausgegangen. Ich konnte mich nicht daran erinnern, mit ihm geschlafen zu haben, aber vielleicht war ich zu bekifft gewesen. »Selbst wenn du Preston bist«, meinte ich schließlich, »erklärt das nicht, warum du weißt, wohin ich will.«

»Ich bin nur Teilzeitpolizist«, antwortete er. »Ansonsten arbeite ich für das Institut. Ich schätze, Bekloppte ziehen mich irgendwie an. Dr. La Loge hat mich losgeschickt, Dummerchen. Du bist einen Tag zu spät dran, und sie machen sich langsam Sorgen. Sie glauben wahrscheinlich, ein Mädchen aus der Stadt schafft es nicht allein durch den Sturm.«

»Ich habe in Laramie gewartet, bis der Blizzard vorüber war«, erwiderte ich und rückte mir selbstbewußt das blonde Haar zurecht. »So blöd bin ich nicht.«

»Klaro nich'.«

»Mein Gott, seit wann sagst du ›klaro‹?«

»Ich bin euch und eure supertollen Wörter leid, schätze ich. Eines habe ich immerhin gelernt. Ich bin keiner von euch. Ich mag keine Hamburger, und wenn ich jemals wieder ein Glas Mayonnaise sehe, muß ich kotzen. Ich habe meinen Uni-Blazer verbrannt. Ich war für diese Hurensöhne sowieso bloß ein Alibi. Sie waren ja so scheißliberal! Ich bin keiner von euch. *Lamakota!* Weißt du, was das heißt? *Ich bin ein Sioux.*«

Ich bekam die Wagentür auf. Ich konnte ihm nicht in die Augen sehen, konnte mit dieser ungezügelten Emotion nicht umgehen. Hitze schlug mir ins Gesicht. »Können wir ein andermal darüber sprechen?« bat ich. »Es wird dunkel. Wir sollten aufbrechen.«

»Selbstverständlich, Miss Dupré«, antwortete er. »Aber verrate mir erst, warum ausgerechnet du den Killer von Laramie interviewen willst?«

»Ich schreibe ein Buch über ihn«, erklärte ich. »Ein paar Verleger sind daran interessiert. Und... na ja, ich habe mich mit meinem Stammbaum beschäftigt, und... Bei den Verhören wurde sein altes Kindermädchen erwähnt. Sie hieß Hope Martin. Es ist nicht ausgeschlossen, daß diese Frau meine Urgroßmutter war.«

»Du willst also deine Familienbande ausnützen?«

»Vielleicht kann ich mir ja so Zugang verschaffen.«

»Glaubst du nicht, du solltest den alten Mann in Ruhe lassen? Die ganze Geschichte ist schließlich schon dreißig, vierzig Jahre her. Er ist ein todkranker, alter Mann. Du wirst ein dickes Buch mit möglichst vielen ekligen, intimen Details über ihn schreiben. Ich wette, du hast schon einen Titel dafür... ›Ich war der wahnsinnige Sexmörder... aufgezeichnet von Carrie Dupré‹. Ich sehe es schon vor mir. Vielleicht wird es sogar verfilmt. Von Hitchcock.«

»Hör auf.«

»Du zitterst«, stellte er fest. »Ich wette, du machst dir vor Angst fast in die Hose.«

»Es ist nur der Wind. Und der Schnee.« Der Wind hatte nicht nachgelassen. Es war dunkel, so dunkel. Schnee wehte durch die offene Tür in den Wagen. »Können wir fahren?«

»Mir machst du nichts vor. Du hast Angst.«

»Nein!«

»Angst! Aber hier draußen gibt es nichts. Nur die Weite, die Trostlosigkeit. Nichts wird dich anspringen und zerreißen. Nicht heute. Du hast noch drei Tage.«

»Drei Tage?«

»Bis zum Vollmond.«

»Vollmond... das ist lächerlich.«

Er kicherte wie eine Norne, die gerade einen Lebensfaden abgezupft hat, während er über den schneebedeckten Asphalt zurückging. Das Knattern seines Motorrades wurde vom pfeifenden Wind verschluckt. Ich schlug die Tür zu und lenkte den Wagen wieder auf die Straße. Er hatte recht. Ich zitterte. Aber nur, weil ich ihm so unerwartet wiederbegegnet war. Weil ich ihn verabscheute und doch ohne ihn vollkommen hilflos war. Das war alles. Vollmond, na klar. Ich verstand nicht, warum Preston mir Angst einjagen wollte.

Ich war hier, um einen Psychopathen zu interviewen, keinen Werwolf.

Beim ersten Mal nahm ich den Ort Winter Eyes kaum wahr. Ich war zu sehr damit beschäftigt, Preston Grumiaux zu folgen, der wie ein dunkler Wirbelwind durch den Schnee jagte. Später würde ich den Ort noch kennenlernen. Anfangs war ich enttäuscht. Wenn man in der Stadt lebt, glaubt man, all diese gottverlassenen Ortschaften würden eine Art romantischer Magie ausstrahlen. Die Realität in Winter Eyes war anders. Später würde ich eine andere Art von Magie hier finden, feindselig und von verführerischer Schönheit. Es würde mich immer wieder erstaunen, daß ich nichts von all dem gemerkt hatte, als ich das erste Mal durch Winter Eyes gefahren war. Natürlich sah ich damals nur den langweiligen, modernen Ort, nicht die Geisterstadt, die sich dahinter verbarg.

Es schien bergauf zu gehen. Die Stadt hatten wir bereits hinter uns gelassen. Die schmale Straße schlängelte sich durch Schneefelder. Preston fuhr nicht langsamer.

Bei einer Kreuzung bogen wir ab. Schnee fiel jetzt in dicken Flocken. Ich sah bloß noch den dunklen Schatten, der Preston Bluefeather Grumiaux darstellte. Inzwischen erinnerte ich mich daran, daß ich mit ihm geschlafen hatte. Er hatte recht. Ich hatte es getan, um zu demonstrieren, daß ich viel liberaler war als die anderen. Ich schämte mich dafür. Durch den Schneeschleier konnte ich die Umrisse eines Felsens ausmachen. Vielleicht war es auch ein Berg. In diesem grauen Schleier war das nicht auszumachen. Das Tageslicht war fast erloschen.

Plötzlich bogen wir wieder ab. Ich erinnere mich an Stacheldrahtzäune im Schneegestöber. Wir hielten an. Aus dem Schnee stieg eine Betontreppe auf, die Preston bereits hinaufeilte. Er nahm zwei Stufen auf einmal; sein Haar und seine Lederjacke flatterten im Wind. Ich stieg aus und folgte ihm. Die Kälte war kaum auszuhalten, und durch den dichten Schnee konnte ich kaum etwas erkennen. Die Türen waren aus Eichenholz. Preston benutzte einen metallenen Türklopfer. Langsam stieg ich die Treppe hoch, trat in seine Fußstapfen, um nicht auszugleiten. Über der Tür waren in eisernen Buchstaben die Worte angebracht:

Während ich den ungewöhnlichen Namen auszusprechen versuchte, wurde mir klar, daß ich endlich das Ziel meiner Reise erreicht hatte. Noch einmal packte mich die Furcht. Aber als ich eintrat, schlug mir Wärme entgegen, ich stand in einer hell erleuchteten Eingangshalle, wo ich von einer Empfangsdame freundlich begrüßt wurde, und ich ließ meine Ängste draußen im Schnee.

»Dr. La Loge wird Sie sofort –« begann die Frau an der Rezeption. Aber bevor sie ihren Satz zu Ende brachte, trat er bereits in die Halle. Er war großgewachsen, blond und bärtig. Überhaupt nicht der Typ des übergeschnappten Wissenschaftlers.

»Mrs. Dupré, nehme ich an?« Er streckte mir seine Hand entgegen. »Wir haben uns um Sie gesorgt.« Dann wandte er sich an Preston. »Danke, daß Sie nach ihr gesucht haben.«

»Ach, keine Ursache, Doc«, sagte er. Er schenkte mir einen Blick, den ich nicht zu deuten wußte – Wut oder Verlangen vielleicht. Dann drehte er sich um, als müßte er sich losreißen, und ging zu den Aufzügen. Die Empfangsdame nahm meinen Mantel.

Ich hatte mir eine kleine Rede zurechtgelegt und begann: »Es ist mir wirklich eine große Ehre, den...«

»Berühmten Gehirnkramer Sterling La Loge kennenzulernen.« Er lachte. »Kommen Sie. Sie müssen halb verhungert sein. Wir werden allerdings im Speisesaal essen müssen. Die Stadt ist bei dem Wetter wie ausgestorben. Eigentlich wollte ich Sie im Red Cloud Motel unterbringen, zwanzig Meilen entfernt – es ist das einzige in der Gegend –, aber das ist eingeschneit, und die Telefonleitungen sind tot.« Er begann mich durch die Eingangshalle zu führen, hielt dann aber noch einmal an. »Ihr Gepäck? Geben Sie Greta die Wagenschlüssel. Sie stammt aus der Gegend und ist es gewöhnt zu frieren.« Ich kramte sie hervor. Der Frau am Empfang schien es nichts auszumachen, daß sie hinaus in den Schnee geschickt wurde, und ich war zu erschöpft, um noch höflich zu sein.

Ich folgte La Loge mit hängenden Schultern durch einen Korridor mit stahlgrauen Wänden und blitzblank poliertem Holzboden. Es roch schwach nach Krankenhaus. Ab und zu hörte ich jemanden schreien, aber das war nicht ungewöhnlich für eine psychiatrische Klinik.

Der Speisesaal überraschte mich. Ich hatte so etwas wie eine Schulmensa erwartet, statt dessen traten wir in eine weitläufige Lounge mit hohen Fenstern. Hinter der großartigen Schneelandschaft zeichneten sich die Umrisse des unförmigen Hügels ab, der mir schon vorhin aufgefallen war.

»Eindrucksvoll, nicht wahr?« sagte Sterling La Loge. »Man nennt ihn Weeping Wolf Rock.«

»Ein ungewöhnlicher Name«, bemerkte ich, um das Gespräch nicht abreißen zu lassen. Plötzlich spürte ich, wie hungrig ich war; um die Wahrheit zu sagen, die lokalhistorische Anekdote, die Dr. La Loge jetzt bestimmt gleich zum Besten geben würde, interessierte mich nicht im mindesten. Zum Glück schwieg er. Statt dessen deutete er auf einen Tisch am Fenster, und ich setzte mich. Ein paar Männer aßen an einem anderen Tisch. Alle trugen Laborkleidung. Ganz offensichtlich war dieser Speisesaal nicht für die Patienten gedacht.

Von einem Sprechgerät an der Tür ließ La Loge Preston Grumiaux ausrufen. »Vielleicht erleichtert Ihnen ein vertrautes Gesicht beim Essen die Eingewöhnung«, erklärte er, während er sich setzte. Wir warteten in unbehaglichem Schweigen. Ich starrte hinaus auf die Landschaft. Weeping Wolf Rock war die einzige Unterbrechung in dem monotonen Weiß. Der Mond, noch nicht ganz voll, war aufgegangen. Obwohl es warm im Raum war, zitterte ich. Ich fragte mich, warum der Felsen wohl so hieß. Er sah nicht aus wie ein Wolf.

»Vor hundert Jahren war hier alles bewaldet«, erklärte eine Stimme hinter mir mit übertriebenem britischen Akzent. Ich fuhr herum und erblickte einen alten Mann mit einem Tablett – ein Ober. Ich schaute ihn an. Irgendwann wurde mir bewußt, daß Dr. La Loge mich beobachtete.

»Das ist James Karney«, stellte La Loge mir den Mann vor. »Ein

Patient. Ganz harmlos, versichere ich Ihnen. Aber er hat keine Angehörigen mehr, so ist unser Heim alles, was ihm bleibt. Schenken Sie der Dame Wein ein, James.«

Er tat das mit zitternder Hand. Dabei streifte sein Handrücken meinen. Es kitzelte, und ich zog hastig meine Hand zurück. Der Ober blieb steif neben mir stehen, aber mir fiel auf, daß seine Hand immer noch zitterte und daß der Handrücken silbern schimmerte, fast als wäre er fellbedeckt. Es mußte das Mondlicht sein.

»Mrs. Dupré?« Ich unterdrückte ein Schaudern und wandte mich von dem Ober ab. »Oder darf ich Sie Carrie nennen?«

»Natürlich können Sie das... Sterling.« Er hob sein Weinglas. Wir tranken. Ich nahm einen großen Schluck, größer, als mir guttat. James füllte unsere Gläser von neuem und brachte uns beiden eine Schale klarer Brühe, einfach, aber warm. Preston gesellte sich zu uns. Wieder sah er mich mit diesem zugleich beleidigenden und verlangenden Blick an. Und ich erinnerte mich immer genauer an diese eine Nacht in Berkeley. Es war nach einer Vorlesung von Professor Murphy gewesen...

»Der Killer von Laramie«, sagte Dr. La Loge abrupt. »Wahrscheinlich möchten Sie ihn möglichst bald kennenlernen?«

»Ja, bitte. So bald wie möglich.«

»Gut. Aber was versprechen Sie sich eigentlich davon? Er ist bloß ein trauriger alter Mann. Es ist alles so lange her.«

»Nun, es gibt gewisse familiäre Verbindungen«, sagte ich. »Das heißt, es könnte vielleicht welche geben. Aber eigentlich ist es... nun, Romantik und Sensationslust. Ein kleines Dorf in Amerika während der Depression... eine Reihe von unerklärlichen, bizarren Morden; die Opfer sehen aus, als wäre eine Bestie über sie hergefallen... Jonas Kay, ein Wahnsinniger, wird vor Gericht gestellt... aber es gibt keine Verhandlung... und dann wird alles vertuscht. Der Killer von Laramie wird über die Staatsgrenze nach South Dakota in eine obskure Klinik gebracht... und die ganze Geschichte verläuft im Sande.«

»Bis Carrie Dupré, die Superreporterin, den Fall von neuem aufrollt?« sagte Preston hämisch grinsend.

Damit hatte ich gerechnet. »Ich bin eine selbstbewußte Frau«, erklärte ich, versuchte aber, nicht allzu überheblich zu wirken. »Ich bin keine Lois Lane. Meinetwegen kann Supermann ruhig auf Krypton bleiben.«

Dr. La Loge lachte. »Wie man in den Wald hineinruft, so schallt es heraus, Preston.«

Preston löffelte mürrisch seine Suppe.

»Hähnchen oder Fisch?« fragte James mit Grabesstimme.

»Ignorieren Sie seinen Auftritt einfach«, beruhigte mich La Loge mit humorvoll funkelnden Augen. »Ich glaube, es hat einen gewissen therapeutischen Nutzen, meinen Sie nicht auch? Diese Schauspielerei, meine ich, dieser Butler-Auftritt.«

»Hühnchen«, sagte ich nervös.

James stellte einen dampfenden Teller vor mir ab. Er zog seine Hand zurück, bevor ich sie genauer betrachten konnte. Nachdem La Loge jetzt zur Sache zu kommen schien, holte ich mein Notizbuch aus meiner Tasche und klappte es auf.

»Mich würde interessieren«, begann ich, »warum das Szymanowski-Institut...«

»Sie sollten gleich lernen, es richtig auszusprechen«, unterbrach mich La Loge. »Schiman*off*ski. So. Es besteht übrigens keine Verbindung zu dem berühmten polnischen Komponisten, der die Oper *König Roger* schrieb.«

Ich hatte noch nie von jemandem dieses Namens gehört und wußte nicht, ob er mich an der Nase herumführte. Ich beschloß, diese Bemerkung zu ignorieren, aber ich wiederholte den Namen diesmal mit der richtigen Betonung. »Warum hat das Szymanowski-Institut solche Anstrengungen unternommen, um an Jonas Kay heranzukommen? Hat das Institut nicht sogar Mittel bereitgestellt, mit denen ein berühmter Anwalt bezahlt wurde? Ist es nicht deshalb nie zu einem Prozeß gekommen?«

»Jonas Kay ist ein sehr kranker Mann, Carrie. Wie Sie auch noch feststellen werden. Und wir im Institut interessieren uns besonders für... solche Fälle.«

»Solche Fälle?«

»Nun, der Killer von Laramie war … ist kein Durchschnittspsychopath. Er leidet nicht einmal an einer Psychose.«

»Wollen Sie mir weismachen, er ist ganz gesund?«

»Das nicht. Er besitzt eine multiple Persönlichkeit.«

»Richtig«, sagte ich. »Er ist schizophren.«

»Lassen Sie mich eines klarstellen, bevor ich Sie mit unserem Freund bekannt mache, Carrie. Er ist nicht schizophren. Multiple Persönlichkeit wird als Neurose, nicht als Psychose definiert. Die meisten seiner Persönlichkeiten sind sehr charmante Menschen. Einige sind sogar sehr talentiert. Eine Persönlichkeit ist ein brillanter Pianist. Manche verhalten sich in Gesellschaft recht ungeschickt, aber deswegen wurde noch kein Mensch verurteilt. Eine ist sogar weiblich. Unglücklicherweise ist aber eine dieser Persönlichkeiten nicht so … normal wie die anderen.«

»Die eine, die all die Menschen umbrachte.« Ich dachte an die Zeitungsartikel in meinem Koffer. Die Berichte klangen beinahe zurückhaltend, bis auf ein paar »wahre Geschichten« aus den Boulevardblättern. Man sprach von zweigeteilten Opfern – von Köpfen, die meilenweit von den Körpern entfernt gefunden wurden – von aufgerissenen Körpern – halb aufgefressenen Lebern, angenagten Herzen. »Jonas Kay.«

»Jonas ist seit Jahren nicht mehr aufgetaucht, Carrie. Wir sind dabei, die gespaltene Persönlichkeit unseres armen Freundes wieder zusammenzuschmieden. Und eine dieser Persönlichkeiten hat sich als Zentrum herauskristallisiert, das alle anderen Persönlichkeiten nacheinander in sich aufnimmt. Wir bezeichnen diesen Prozeß als ›Fusion‹, und wenn er vollendet ist, wird unser Freund Johnny Kindred und niemand sonst sein.«

»Wie ist Johnny Kindred?« fragte ich.

»Er ist ein achtjähriger Junge. Der Körper des Patienten verändert sich natürlich nicht. Aber Johnny Kindred *ist* acht Jahre alt, gerade so wie James Karney … nun, so alt ist, wie er eben ist. Sie werden Johnny lieben. Er ist charmant, freundlich, fröhlich. Sie werden ihm bald begegnen. Heute abend vielleicht. Würde Ihnen das gefallen?«

»Ausgezeichnet«, sagte ich.

Der Ober räumte unsere Teller ab und brachte Kaffee. Alle drei starrten mich an: der Ober, der steif neben mir stand, aus dem Augenwinkel; Dr. La Loge mit fast wissenschaftlicher Neugier; und Preston Grumiaux mit einer Intensität, die fast einen sexuellen Akt anzukündigen schien.

Preston brach als erster das Schweigen. »Machen Sie schon, Sterling. Ein Spaß in allen Ehren, aber die Spannung bringt mich fast um. Verraten Sie's ihr.«

»Was denn?« fragte ich beunruhigt. Ich verschüttete Kaffee auf dem Tisch. Der Ober zückte sein Handtuch. »Verzeihen Sie meine Nervosität«, sagte ich. »Aber die lange Fahrt und...«

Ich schaute zu, wie der Ober mit knappen, mechanischen Bewegungen den Tisch abwischte. Ich starrte auf seine Hände. Ich mußte über mich selbst lachen, weil ich gedacht hatte, sie wären fellbedeckt. Er war einfach stark behaart, das war alles. Silberne Haare ragten aus seinen Ärmeln.

»Schon gut«, beschwichtigte Sterling La Loge. Ich erwartete eine dramatische Eröffnung, aber statt dessen sagte er einfach: »Sie können ihn fragen, was Sie wollen, aber ich muß auf einer Bedingung bestehen...«

»Höchste Vertraulichkeit natürlich«, ergänzte ich und versuchte, dabei möglichst professionell zu klingen.

»O nein, das meine ich nicht. Ich meine...«

Ich wartete.

»Ich meine«, sagte er zögernd, »glauben Sie, Sie könnten mir eine Statistenrolle in dem Film verschaffen?« Er begann zu kichern. Bevor ich antworten konnte, fragte er: »Und auch eine für James?«

Ich musterte den Ober, der jetzt wieder steif hinter den beiden stand. Er hatte ein schroffes Gesicht; eine Winzigkeit fehlte zu einem gealterten Byron. Seine wilde, weiße Mähne stand in allen Richtungen vom Kopf ab. »Er ist jedenfalls ein bunter Charakter«, sagte ich. Der Ober schenkte mir einen hochnäsigen Blick.

»Ja... ich sehe es schon vor mir«, sagte La Loge. »Hitchcock, glauben sie nicht? Mit Sterling La Loge und James Karney. Was halten Sie davon, James?«

Alle drei schauten mich erwartungsvoll an. Ich hatte den Eindruck, sie machten sich über mich lustig, obwohl ihre Gesichter keine Regung verrieten. Mit wachsender Verwirrung blickte ich von einem zum anderen. Sie halten mich für eine dumme Gans, dachte ich wutentbrannt. Der Teufel soll sie holen! Ich hätte fast vor Frustration losgeheult, als Preston die Gewalt über sich verlor und laut loslachte. »Begreifst du denn nicht?« meckerte er. »James Karney? J. K.... J. K....«

Ich schaute dem Ober direkt in die Augen und sah –

»Nein«, flüsterte ich. »Nein!« James Karney – Johnny Kindred – Jonas Kay – es war nicht möglich.

»Sie scheinen erregt zu sein, Mrs. Dupré«, sagte der Ober ungerührt. »Vielleicht sollte ich Madam auf ihr Zimmer bringen?«

»Was? Ich allein mit dem...« Ich stand auf.

»Allein mit dem Killer von Laramie?« ergänzte der Ober. Seine Augen strahlten vornehme Melancholie aus. »Aber nein, Madam... das war ein anderer Mensch... und vor langer Zeit. So gräßliche Verbrechen! Sich vorzustellen, daß manche Menschen glauben, *ich* könnte... Ich bin nur ein dummer, harmloser alter Mann, Mrs. Dupré.« Er kam zu mir herüber und legte mir die Hand auf die Schulter. »Ich könnte keiner Menschenseele etwas zuleide tun.« Seine Hand war kalt wie der Schnee draußen.

»Preston, Sie sollten sie ebenfalls begleiten«, sagte La Loge.

Er kam zu mir. Ich stand zwischen beiden wie zwischen Scylla und Charybdis. Die beiden funkelten einander an. Zwischen ihnen bestand offenbar eine alte Feindschaft. Ich kam mir vor wie ein Eindringling.

»Komm, Carrie«, sagte Preston. Er berührte kurz meine Schulter. Seine Hand war so warm, wie die von James eisig gewesen war. Sie kitzelte auf meiner Haut. Ich erinnerte mich inzwischen besser an unsere Liebesnacht, als mir lieb war. Er war wütend gewesen. Ich war nur mit ihm gegangen, um Wilbur Hart eins auszuwischen. Ich erinnerte mich an das Drive-In-Restaurant. Und wie er zustieß und zustieß, wie eine Maschine. »Hündin«, hatte er mich genannt, »miese, weiße Hündin.« Es hatte mich irgendwie angemacht, aber hinterher fühlte ich mich mißbraucht; außerdem tat mir alles weh.

Ich befreite mich von beiden Händen. »Ich kann selbst gehen«, sagte ich. »Ich bin schließlich nicht vollkommen hilflos.«

»Ich vergaß«, entschuldigte sich Preston ironisch. »Du bist ja eine selbstbewußte Frau.«

»Ich gehe voran, Madam«, erbot sich James. »Wenn Mr. Grumiaux die Nachhut übernehmen würde?«

Sterling La Loge kicherte in seinen Kaffee, als wir abmarschierten. Noch einmal werden sie mich nicht zum Narren halten, schwor ich mir, als wir auf den Korridor traten und ich versuchte, mich den Schritten des Killers von Laramie anzupassen, die mit der Gleichmäßigkeit eines Uhrwerks auf dem Boden auftrafen.

Wir fuhren mit dem Lift in den vierten Stock. Wir durchquerten Gang um Gang. Wir gelangten in einen anderen Flügel des Instituts, wo der Boden mit tiefen Teppichen bedeckt war und die Wände mit fein geschnitztem Holz verkleidet waren. Obwohl keine wahnsinnigen Schreie und kein Kettenrasseln zu hören waren, schien mir hier die Luft schwerer zu sein. Vielleicht war es der Duft des öligen, polierten Holzes. Wenigstens begann ich jetzt die eigenartige Atmosphäre zu spüren, die ich von Anfang an erwartet hatte. Dieser Teil des Instituts stammte offensichtlich noch aus der viktorianischen Epoche. Wir sprachen nicht, aber mehr als einmal bemerkte ich, wie Preston und James einander seltsam anblickten.

»Ich finde nie im Leben wieder zurück«, gestand ich. Ich versuchte, heiter zu klingen, aber meine Besorgnis war echt.

»Keine Angst«, antwortete Preston. »Wenn du Hilfe brauchst, in deinem Zimmer ist eine Gegensprechanlage...«

Wir bogen um eine Ecke. James öffnete eine Tür, ich trat ein.

»... und außerdem bin ich in der Nähe. Diese Woche noch. Nächste Woche mache ich wieder meinen anderen Job im Reservat.«

Ein gemütliches Zimmer – sich abschälende Tapeten mit Primel- und Nelkenmuster – Aussicht auf den Schnee. Mein Gepäck wartete schon auf mich. Ich konnte es kaum erwarten, auszupacken und mich einzurichten.

Auf dem Nachttisch stand ein Spiegel. Als ich einen Blick hineinwarf, sah ich, daß der alte Mann mich musterte. Ich konnte nicht recht glauben, daß er der Killer von Laramie sein sollte. Sein Gesicht schien nur aus Falten zu bestehen. Seine Augen waren leblos.

Aber während ich sein Gesicht beobachtete, schien es sich zu verändern –

Ich wollte losschreien, aber kein Laut kam aus meiner Kehle. Ich schaute nur zu. Die Falten auf seiner Stirn glätteten sich. Seine Wangen wurden straffer. Er schien zu weinen. Ich drehte mich um. Seine Miene gefror bereits wieder zu einer Maske des Alters. Aber in den Sekunden, bevor die Butler-Persona wieder übernahm, hörte ich die Stimme eines kleinen Kindes. Sie konnte unmöglich aus diesem alten Mann gekommen sein, und doch war es so. Es war eine Stimme voller Unschuld und Verlangen, und sie flüsterte: »Speranza.«

Ich wollte schon antworten, fast hätte er mich mit Namen angesprochen. Ich hielt mich zurück. Das Kind war bereits wieder verschwunden; James Karney stand steif und hochnäsig vor mir.

»Das passiert ständig«, erklärte Preston bedauernd. »Sieht aus wie Zauberei, aber es ist nur phantastische Kontrolle über die Gesichtsmuskeln. Er *ist* all diese Menschen. Du solltest es in Zeitlupe sehen. Wahrscheinlich wirst du das auch. Die Filme sind im Archiv. Wie Zauberei.«

James Karney funkelte ihn an.

»Du kannst nicht so über ihn sprechen!« wies ich ihn zurecht. »Du tust so, als wäre er gar nicht da. Er ist ein Mensch, auch wenn …«

»Er ist ein verdammter Mörder. Leute wie er sollten eingesperrt oder am besten erschossen werden.«

Der alte Mann stand an der Tür. »Sir«, sagte er ruhig, »Jonas

Kay *wurde* erschossen. Er ist tot. Wir töteten ihn, Johnny und James und Jeffrey und Jonathan... und Dr. La Loge. Warum sagen Sie so schreckliche Dinge?« Und der kleine Junge in ihm sagte: »Speranza« und verschwand wieder.

Ich war mit Preston allein.

Ich sah ihn nicht an. Ich ging zum Fenster und schaute hinaus auf den Schnee, hoffte, daß er gehen würde.

»Du kannst nicht ewig in den Schnee glotzen«, sagte er leise.

Er kam zu mir. Stand hinter mir. Ich konnte seinen Atem spüren und ihn riechen, Achselgeruch und Schweiß und Schlamm und Moschus und Leder. »Berühre mich nicht«, bat ich, »nicht, nicht... noch nicht.« Ich wußte, daß es irgendwann geschehen würde, wußte, daß ich ihm nicht entkommen konnte. Ich erinnerte mich immer genauer an jene Nacht. Sie bedeutete mir immer mehr. »Ich habe Angst.«

»Hündin«, sagte er. Aber nicht wütend.

Ich ließ zu, daß er mich berührte. Ganz sanft. Seine Lippen strichen über meinen Nacken. Seine Lippen waren kühl. Ein Schauer überlief mich. Er hielt mich fester, während ich auf die mondbeschienene Schneelandschaft schaute. Er preßte mich an sich, seine Bartstoppeln kratzten über meine Wangen. Wie versteinert starrte ich auf den Schnee.

Plötzlich sah ich –

Augen. Rote Augen, flammend vor dem Weiß des Schnees.

Ich schrie. Wand mich aus seinem Griff. Er fauchte mich an: »Was ist los? Bin ich dir nicht mehr gut genug?« und ich deutete wie betäubt aus dem Fenster.

»Verdammter Psychopath«, fluchte er. Er drehte sich zur Tür um. Die Tür wurde im gleichen Moment zugeschlagen. Ich hörte Schritte. »Ich sollte ihn heute nacht anketten, er ist zu unruhig. Anketten und mit Thorazin vollpumpen.«

»War er das?« fragte ich. Er versuchte, mich wieder zu berühren, aber das Verlangen, das ich gespürt hatte, hatte sich in Nichts aufgelöst. »Ich sage nicht nein«, wehrte ich ihn ab, »aber...«

»Du sagst nein.«

»Wenigstens jetzt...« Er hatte etwas Entwaffnendes an sich. »Aber ich möchte wissen, ob er es war. Ich meine...«

»Der Killer von Laramie?« Preston lachte. Es war ein trockenes, trostloses Lachen. »Dr. La Loge hat recht... Er ist wirklich harmlos. Aber wenn du es möchtest, lasse ich ihn heute nacht einsperren. Falls er auf den Gedanken kommt, dich unter der Dusche abzustechen.«

»Das ist nicht komisch. Diese Augen... sie waren knallrot! Sie schienen zu brennen! Sie waren... sie waren nicht *menschlich!* Herrgott, ich war so lange unterwegs, ich bin müde... du und der Doktor habt den ganzen Abend mit mir gespielt.«

»Carrie, das Buch, das du schreiben möchtest, wird dir Alpträume bescheren.«

»Ich bin stark genug, mich ihnen zu stellen«, sagte ich. Damals war ich jung.

Endlich ließ er mich allein.

Ich rannte zur Tür und verriegelte sie. Ich ließ das Licht brennen. Ich zog mich nicht aus. Ich legte mich aufs Bett und fürchtete mich davor, die Augen zu schließen. Aber schließlich tat ich es doch. Und ich träumte nicht von wahnsinnigen Massenmördern. Ich träumte vom Surfen.

Surfen –

Rote Augen tauchten auf, glühten wie Edelsteine im Wasser.

Und einmal durchdrang hinter der Brandung ein Kinderschrei meinen Traum. Eine klagende, verzweifelte Stimme – die Stimme eines Kindes, das etwas Entsetzliches miterlebt hatte, etwas, das zu brutal war, um noch begreiflich zu sein – eine Stimme, die immer und immer wieder flüsterte: »Speranza.«

In meinen Träumen wurde der Ozean zu Eis und mein Surfbrett zu einem alten Impala, der durch eine endlose Schneewüste glitt.

Einen Tag vor Vollmond

Am Morgen klopfte ein Angestellter, den ich bis dahin noch nicht gesehen hatte, an meine Tür. Ich packte mein tragbares Tonbandgerät aus, legte eine Spule ein (die größte, die in das Gerät paßte) und folgte ihm. Ich erkannte keinen der Gänge wieder, die wir durchquerten. Ich hatte das irrationale Gefühl, daß mein Zimmer in einen anderen Teil des Gebäudes gewandert, daß nichts im Szymanowski-Institut an einen festen Ort gebunden war.

Dr. La Loge wartete bereits auf mich. Wir frühstückten eilig, tauschten nur ein paar Höflichkeiten aus. Es schneite immer noch.

Schließlich sagte er: »Ich wollte, daß Sie unseren Freund auf diese unorthodoxe Weise kennenlernen, weil ich sichergehen wollte, daß Sie keine Vorurteile gegenüber einem wahnsinnigen Menschenschlächter haben.«

»Unorthodox?« wiederholte ich. »Das war es ganz bestimmt.«

»Jetzt werden Sie ihm in einer ganz anderen Situation begegnen. Alles wird unter Kontrolle sein. Sie brauchen keine Angst zu haben, daß Jonas Kay plötzlich auftaucht und Ihnen an die Gurgel will.«

»Sie brauchen sich um mich keine Sorgen zu machen«, antwortete ich und sah hinaus in das formlose Weiß und Grau. Ich war fest entschlossen, mich nicht einschüchtern zu lassen. Schließlich war ich auch gestern abend nicht hysterisch geworden, oder? Trotz des Irren neben mir, der mich mit blutunterlaufenen Augen angestarrt hatte.

Blutunterlaufen. Genau das war es gewesen. Nichts Übernatürliches. Dr. La Loge ist kein Medium, er ist Psychologe! Und wir gehen schließlich nicht zu einer Seance. Ich war nervös, aber ich trank zwei Tassen Kaffee. Gott sei Dank, dachte ich, haben sie nicht noch so eine James-der-Butler-Nummer abgezogen.

»Wird Preston dabeisein?« fragte ich. Ich wußte nicht, ob ich das wollte oder nicht.

»Er wird später zu uns stoßen«, antwortete Dr. La Loge. »Er ist im Reservat.« Er schien darauf zu warten, daß ich etwas sagte. »Möchten Sie mich vielleicht etwas fragen? Vielleicht hätten Sie gerne eine Kurzvorlesung über die mutiple Persönlichkeit?« Offensichtlich hielt er mich für ziemlich beschränkt.

Ich wollte erst gar keine Mißverständnisse aufkommen lassen. Deshalb sagte ich: »Sterling, ich weiß nicht, warum Sie mich kommen ließen und den Recherchen zu meinem Projekt zustimmten. Offenbar halten sie mich für ein kleines Kind und glauben, daß ich bloß Ihre ›Kurzvorlesungen‹ aufzeichne, um sie dann wiederzukäuen. Vielleicht weiß ich tatsächlich noch nicht sehr viel, aber...« Ich begann zu improvisieren, denn ich hatte tatsächlich nur eine sehr vage Vorstellung, wie mein Buch eigentlich aussehen sollte. »Ich möchte keinen blutrünstigen Reißer schreiben. Gut, man wird das Buch so verkaufen, aber...«

»Wie rührend. Ein einfühlsames, liebevolles Porträt des Mannes, der Inge Holst mit bloßen Zähnen zerriß, der die Leber von Natalia Denisovitch aß... Ich freue mich schon auf die Lektüre.«

»Es muß doch einen Grund geben, warum Sie mich kommen ließen, Sterling«, wiederholte ich. »Seit Jahrzehnten lebt der Mann hier vollkommen isoliert. Und ausgerechnet *ich* darf ihn sehen, obwohl Sie mich für eine Idiotin halten. Das verstehe ich nicht.«

»Ich auch nicht. Aber lassen Sie mich eines klarstellen. Bevor Sie zu ihm gehen. *Ich* habe Sie nicht aus den Dutzenden von Namen und Projekten ausgewählt, die im Laufe der letzten dreißig Jahre bei uns eingereicht wurden. Wir wurden nicht gerade mit Briefen überschwemmt, wenigstens nicht in den letzten zehn, fünfzehn Jahren. Aber wir bekamen durchaus mehrere. Manche waren Drohbriefe. Sie wissen schon, warum knallen Sie ihn nicht einfach ab, hängen ihn, kastrieren ihn und so weiter. Manche trieften vor Mitleid. Viele stammen von Menschen, die behaupten, mit ihm oder einem seiner Opfer verwandt zu sein. Soviel nur zu Ihrer Behauptung, Sie seien die Urenkelin von Hope Martin. Mir wäre es am liebsten, wenn überhaupt niemand käme. Obwohl ich davon überzeugt bin, daß wir alle gut mit Ihnen auskommen werden,

werden Sie eine Belastung für uns darstellen. Menschen wie Sie sind das immer. Und was dann?«

»Wer hat mich denn ausgewählt?«

»Er«, antwortete Dr. La Loge. »Er hat Ihr Bild in Ihrem Exposé gesehen. Sie haben ihm gefallen.«

Dann nahm er mich mit zu ihm.

Der Killer von Laramie lebte in einem kleinen, unaufgeräumten Raum mit ein paar Stühlen und einem Krankenbett. Das Fenster war vergittert. Schnee lag auf dem Fensterbrett, das Glas war vereist, man konnte kaum erkennen, daß es Tag war.

Über dem Kopfende des Bettes klebten vier vergilbte Fotografien an der Wand. Ich konnte sie nicht besonders gut sehen, weil er vor ihnen auf dem Bett saß. Er hatte mich noch nicht bemerkt. Auffällig waren außerdem eine verstaubte Victrola und ein Stapel alter Schellack-Platten auf einem Tisch neben dem Fenster. Aus dem Dunkel des Ganges beobachtete ich ihn. Er saß gebeugt, in sich zusammengesunken, und wirkte viel älter als letzte Nacht in seiner Rolle als Butler. Er beschäftigte sich mit einem Blatt Papier, das er abwechselnd zusammenknüllte und wieder glättete.

»Ah, Jonathan«, sagte Dr. La Loge leise. »Jonathan Kippax.« Damit wollte er mir offenbar zu verstehen geben, daß wir es heute morgen mit einem anderen J. K. zu tun hatten. »Jonathan ist ein recht einfältiger Charakter, wie Sie feststellen werden, verglichen mit einigen anderen; er ist so etwas wie ein ewiger Patient, der typische Insasse eines Pflegeheims. Außerdem ein Hypochonder.«

»Hab' den ganzen Morgen auf Sie gewartet, Doc«, jammerte der Alte. »Ich hab' doch diese Schmerzen.« Sein Akzent hatte sich ebenfalls verändert, klang nun nicht mehr britisch. »Wo is' sie?«

Dr. La Loge hob die Hand. Ich blieb stehen. »Sie ist unterwegs.«

»Bringen Sie sie weg, ich hab' sie nich' hergerufen, ich will mit keinem sprechen.« Die müde Stimme eines gebrechlichen, alten Mannes.

»Wollten Sie nicht, daß sie kommt?«

»Johnny Kindred wollte das. Er glaubt, sie sieht aus wie jemand, den er kennt. Er irrt sich. Ich kenn' sie jedenfalls nich'.«

»Wo ist Johnny?«

»Ich hab' ihn umgebracht.«

»Sie wissen, daß er da ist.«

»Er kommt nich' raus. Hab' alle anderen eingesperrt, Doc, keiner kommt raus, bis sie fort is'. Is' zu gefährlich. Ich hab' niemandem nix getan, ich will bloß meine Ruhe.«

»Lupus!« sagte der Doctor.

Sofort veränderte sich die Miene des alten Mannes. Dr. La Loge winkte mich herein. Aus dem Gesicht des Patienten war jede Gefühlsregung verschwunden. Er schien weder alt noch jung. Er saß jetzt kerzengerade auf seinem Bett.

»Was haben Sie gemacht?« flüsterte ich.

»Setzen Sie sich.« Ich tat es und schaltete mein Tonbandgerät ein. »Das war eine posthypnotische Suggestion, Carrie. Sobald ich dieses Wort sage, fällt er in Trance. Ich möchte nicht, daß Sie glauben, diese Hypnose ist etwas Übernatürliches. Das ist kein Zaubertrick. Wir machen das jeden Tag. Auf diese Weise können wir mit ihm sprechen. Mit all seinen Persönlichkeiten.«

Ich wartete und spielte nervös an den Armaturen meines Tonbandgerätes herum. Noch einmal versuchte ich, die vier Fotos an der Wand zu erkennen; sie waren das einzig Interessante im Raum, und ich würde sie in meinem Buch beschreiben müssen, um etwas Atmosphäre zu schaffen.

Dr. La Loge sagte: »Jetzt werden wir Johnny Kindred begegnen.« Er setzte sich dem alten Mann gegenüber und fragte leise, lockend: »Johnny Kindred, bist du da?«

Das Gesicht verwandelte sich – obwohl sich die Züge nicht änderten, agierte der Alte mit der Lebhaftigkeit eines kleines Jungen. Er sprach mit einem ganz leichten Akzent; englisch oder osteuropäisch vielleicht. Er schaute mir direkt ins Gesicht. Er stand auf. Er kam auf mich zu. Er weinte. »Speranza«, sagte er. »Speranza, ich habe gewußt, daß du kommst, wenn ich lang genug warte...«

»Sie ist nicht Speranza«, widersprach Dr. La Loge kalt. »Johnny, setz dich wieder hin. Oder es setzt eine Tracht Prügel.«

»Ja, Doktor. Es tut mir leid, Doktor.« Er schaute uns mit traurigen, tränenvollen Augen an. Wer war Speranza, fragte ich mich.

»O Speranza, warum hast du mich so lang allein gelassen? Speranza, ich spüre, daß ich in lauter kleine Stücke breche, ich glaube, ich habe etwas Böses angestellt. Speranza, beschütze mich vor dem Grafen. Bitte mach, daß mich die Indianer nicht skalpieren!«

»Wovon spricht er?« flüsterte ich La Loge zu.

Er kritzelte in seinem Notizbuch. »Das ist für mich ebenso neu wie für Sie«, flüsterte er zurück. »Wir müssen einfach abwarten.«

»Ich bin nicht Speranza«, erklärte ich ihm. Es war furchtbar, ich fühlte mich, als müßte ich ihm das Herz brechen. »Ich bin Carrie Dupré.«

»Bist du sicher?« fragte Johnny Kindred. »Vielleicht bist du auch zerbrochen. Vielleicht ist es ein Teil von dir, an den du dich nicht mehr erinnerst. Wie meine Teile.«

Er packte meine Hand mit solcher Verzweiflung, solcher Vertrautheit. Seine war kalt wie der Schnee draußen. Ich zog meine Hand nicht zurück; ich war gebannt, gefesselt von den Kinderaugen in dem alten Männergesicht. Irgendwie gehörte ich in seine Welt. Oder er glaubte das. Ich begann, mich zu fürchten, denn ich spürte, wie seine Verrücktheit an mir zerrte, als wollte sie mich aufsaugen. Fest und abweisend wiederholte ich: »Ich bin Carrie Dupré, ich bin Carrie Dupré.«

»Schau, Speranza, ich hab' dir ein Papierflugzeug gebastelt.« Er warf es mir zu. Es war das Notizblatt, das Jonathan Kippax immer wieder zerknüllt und ausgebreitet hatte. Unter Johnny Kindreds Händen hatte es sich in ein schlankes, elegantes Kunstwerk verwandelt. Es machte einen Looping in der Luft und schien genau in meiner ausgestreckten Hand zu landen. Trotz meiner Furcht fand ich ihn irgendwie charmant.

»Carrie möchte ein Buch über dich schreiben«, erklärte ihm La Loge. »Sie möchte dich berühmt machen.«

»Nein! Speranza soll ein Buch über mich schreiben.« Johnny Kindred zog eine Schnute und schaute aus dem Fenster.

Als er den Kopf drehte, konnte ich einen kurzen Blick auf die

Fotografien werfen. Alle vier waren Gruppenfotos. Die Gruppe schien auf allen die gleiche zu sein. Auf dem ersten Bild trugen die Personen viktorianische Kleidung. Ein großgewachsener Mann mit buschigen Augenbrauen und einem Abendanzug stand im Mittelpunkt; er hatte einen Mantel an. Ihn flankierten mehrere Leute, offenbar Bedienstete. Ganz vorn war ein kleiner Junge mit einem Rüschenhemd zu sehen. Er schien zu weinen. Hinter dem Jungen stand eine Frau. Ernst, mit einem steifen, hohen Kragen und einem Buch in der Hand. Die Gruppe befand sich auf einer Pflasterstraße, vor der Fassade eines Stadthauses, das von mehreren verwitterten Wasserspeiern bewacht wurde. Ein Schild ragte ins Bild; es war in altdeutscher Schrift, und ich konnte es nicht entziffern.

Auf die anderen Fotos hatte ich kaum einen Blick geworfen, als Johnny Kindred sich wieder umdrehte und sie mit seinem Kopf verdeckte. »Erinnerst du dich?« fragte er. »Komm, schau, schau.« Er kicherte. Er schaute mich mit fieberhafter Aufregung an, wie ein Kind seine Lieblingstante. »Schau, erinnerst du dich an mich?«

Ich kam näher heran. Er deutete auf den Jungen im Rüschenhemd auf dem ersten Foto. »Da sind wir zuerst hin.«

»Zuerst?«

»Mit dem Zug. Erinnerst du dich nicht mehr an das alte Haus? Den Grafen? Da ist er. Auf den Fotos sah er immer so streng aus. Aber dir hat er gefallen. Du wolltest ihn immer, du weißt schon, *bumsen.*« Er grinste, als er das Wort aussprach, aber er schien nicht wirklich zu wissen, was es bedeutete. Die Verwandlung war vollkommen.

»Ich weiß nicht, was du meinst.«

»Du mußt dich daran erinnern. Ich hab' so lange auf dich gewartet... Das ist kein Unsinn. Sag Dr. La Loge, er soll mich aufwekken, ich mag nicht mehr.«

Ängstlich schaute ich den Doktor an. Er zuckte mit den Achseln. »Das ist ganz neu«, sagte er. Aber er unternahm nichts, um mir beizustehen. Ganz offensichtlich war er wesentlich mehr an neuen Erkenntnissen über Johnny Kindred interessiert als an mir.

Johnny packte mich am Arm. Er zerrte mich zu sich. Er war

überraschend kräftig. Er schob mich aufs Bett, zwang mich, das Bild noch einmal anzusehen. »Siehst du dich nicht? Du bist auf allen Bildern! Siehst du, siehst du?«

Ich schaute. Auf den anderen Bildern war zum Teil dieselbe Gruppe zu sehen – vor einem verlassenen Bahnhof im alten Westen – vor einem Saloon irgendwo, vielleicht hier in South Dakota, der große Mann händeschüttelnd mit einem anderen Mann, der wie ein Offizier aussah – dann eine schneebedeckte Ebene mit wenigen Menschen. Die einzigen, die auf allen Fotos abgelichtet waren, waren der Graf (wie ich ihn in Gedanken bereits nannte) und die steife Frau. »Wer ist das?« fragte ich.

»Du willst mich reinlegen, wie damals im Zug nach Wien. Aber ich will keine Ratespiele spielen. Das bist du, Speranza Martinique.«

Plötzlich wurde mir kalt. Speranza – Hoffnung – Hope. Hope Martin. Meine Urahnin. Ich starrte auf das Gesicht der Frau. Sie wirkte zänkisch und verkniffen. Sie paßte nicht im geringsten in mein Selbstbild. »Sie ist überhaupt nicht wie ich«, sagte ich widerstrebend.

»Um die Wahrheit zu sagen«, mischte sich Dr. La Loge ein, »wenn man die viktorianische Kleidung ignoriert, ist die Ähnlichkeit durchaus bemerkenswert. Sie könnten Zwillinge sein. Spielen Sie sein Spiel mit, Carrie. Wir kommen wahrscheinlich an ganz neue Informationen, wenn Sie so tun, als wären Sie die, für die er Sie hält.«

Ich bekam Panik. Deswegen war ich nicht hergekommen. Ich hatte das Gefühl, dieser Wahnsinnige wollte mich in seine Welt ziehen. Ich starrte auf die alten Bilder, auf die Frau, die mir angeblich so ähnlich sah. Ich mochte sie nicht, ich wollte mit ihr nichts zu tun haben. »Es ist verrückt«, sagte ich. »Ich will das nicht. Ich habe meine Meinung geändert, ich brauche das alles nicht.«

Der alte Mann weinte – die mitleiderregende Karikatur eines kleinen Jungen. »Sei nicht so gemein, Speranza.«

»Ich bin nicht Speranza!« schrie ich.

Dann herrschte Stille. Es war, als hätte ich einen Bann gebrochen. Johnny Kindreds Gesicht verwandelte sich abrupt, er sank in sich zusammen und war plötzlich wieder der gebrechliche, jammernde Jonathan Kippax. Erst jetzt merkte ich, daß sich Preston zu uns gesellt hatte. Wie ein Schatten war er in den Raum geschlichen. Und ich hatte den Indianer, der sich absolut geräuschlos anpirscht, immer für ein Klischee gehalten.

»Wann krieg' ich die Medizin, Doc? Mir tut's arg weh.«

Dr. La Loge sagte: »Das ist nie zuvor passiert.« Er war wie vor den Kopf gestoßen. »Er ist noch nie spontan aus der Hypnose erwacht. Ich habe ihn immer herausführen können – das waren *Sie*. Was immer Sie zu ihm gesagt haben, Sie müssen an eine sehr traumatische Erinnerung gerührt haben, Carrie.«

»Ich will bloß hier raus.« Hilfesuchend wandte ich mich an Preston. Er erschien mir wesentlich attraktiver als je zuvor. »Preston...«

»Komm mit, Baby«, sagte er. Es störte mich nicht einmal, daß er mich mit einem Kosenamen ansprach.

»Bitte...«

Dr. La Loge widmete sich wieder seinem Patienten und flüsterte ihm von neuem das magische Wort ein. »Lupus, Lupus, Lupus.« Ohne jeden Effekt. Dann beugte sich La Loge über den Tisch und legte eine der alten Schellack-Platten auf das Grammophon. Sie war verkratzt, aber ich konnte einen näselnden, wahrscheinlich deutsch singenden Tenor hören, außerdem ein begleitendes Klavier. Das Lied klang irgendwie vertraut. Es war in Moll, bedrükkend. Es schien ihn an etwas zu erinnern. Mich auch, aber ich wußte nicht, an was. Es besänftigte ihn. Er legte sich in eine Ecke des Bettes, verwandelte sich wieder in den kleinen Jungen, lutschte am Daumen.

Johnny Kindred sagte zu Preston: »Du bumst sie jetzt, oder?«

»Ja«, antwortete Preston offen, fast verächtlich. Ich widersprach ihm nicht. Es war erregend, ihn das sagen zu hören; ein solches Verhalten war mir vollkommen fremd.

»Seid vorsichtig«, mahnte Johnny Kindred und schaute uns mit traurigen, sehnsuchtsvollen Augen an. »Ich fühle etwas Böses. Ich glaube, jemand kommt. Jemand, den wir lange nicht gesehen haben.«

»Wir sehen uns dann beim Mittagessen«, erklärte Sterling La Loge. »Ich glaube, für heute hatte er genug Aufregung.«

Dr. La Loge war während des Mittagessens noch schweigsamer als sonst, aber ich war zu gedankenversunken, als daß mir das unangenehm gewesen wäre. Preston war irgendwohin verschwunden. Es gab Sandwiches und Kaffee. Es schneite so stark, daß man fast glauben konnte, es wäre Abend. Ich hatte das Gefühl, umsonst gekommen zu sein. Im entscheidenden Augenblick, in dem ich als Katalysator hätte wirken können, als Schlüssel zu der seltsamen Krankheit des Killers von Laramie, hatte ich einen Rückzieher gemacht. Vielleicht hatten die Carltons mit ihrer Meinung über mich ja recht. Mit ihrer Meinung über Frauen. Es war ein niederschmetternder Gedanke.

»Sie sind sehr still«, sagte La Loge plötzlich. »Das Erlebnis vorhin war ein bißchen viel für Sie, nicht wahr?«

»Ich muß nachdenken.«

Seine Augen verengten sich. »Möchten Sie nach Hause?«

»Nein. Aber ich hatte keine Ahnung, daß ich so tief... hineingezogen würde. Ich verstehe nicht, was das alles soll.«

»Ich auch nicht. Wissen Sie, wir sind hier als Wächter, um jene armen Insassen zu kontrollieren, die mit der Welt draußen nicht zurechtkommen. Aber was J. K. betrifft... manchmal glaube ich, er kontrolliert uns.« Ich schauderte. »Ich *weiß*, daß er das glaubt. Sie können *doch* hilfreich sein. Weil er Sie für jemand anderen hält.«

»Vielleicht glauben Sie mir jetzt, daß Hope Martin meine Vorfahrin ist«, sagte ich.

Er nickte nachdenklich.

Ich nahm noch einen Schluck Kaffee und versuchte, intelligent auszusehen. Vielleicht sollte ich das Gespräch auf ein anderes Thema lenken. »Was war das für eine Musik, die Sie ihm vorgespielt haben? Und was sind das für Fotos?«

»Das ist sein persönlicher Besitz. Die Musik stammt aus einem Liederkreis von Schubert, der ›Winterreise‹. Die Worte des ersten Liedes lauten: ›Fremd bin ich eingezogen, fremd zieh' ich wieder aus.‹ Wenn die posthypnotische Suggestion nicht funktioniert, kann man ihn mit der Musik meist in die richtige Stimmung bringen. Die Bilder hatte er schon immer.«

»Er kann Deutsch?«

»Wer weiß?« La Loge zuckte mit den Achseln. »Ich weiß nicht einmal, wie alt er eigentlich ist. Sein Körper paßt sich perfekt der jeweils dominierenden Persönlichkeit an. Physisch betrachtet, wäre es möglich, daß er hundert Jahre alt ist. Die ersten beiden Bilder... sie könnten 1870, 1880 entstanden sein. Damals war er vielleicht fünf oder sechs Jahre alt. Dann wäre er heute achtundachtzig, neunundachtzig.«

»Winterreise«, sagte ich. »Das klingt so vertraut. Als hätte ich es schon irgendwo gehört.«

»Natürlich haben Sie das«, bestätigte La Loge. »So heißt unsere Stadt. Winter Eyes. Noch einer Ihrer Zufälle, nehme ich an.«

»Winterreise. Winter Eyes.« Ich wiederholte die Worte mehrmals.

»Ißt du das Sandwich?« Es war Preston. Er riß mich aus meinen Gedanken. Schon wieder der schleichende Indianer, dachte ich. Blöde starrte ich auf meinen Teller. Ich hatte nicht einen Bissen zu mir genommen. Preston schnappte sich das Sandwich und blieb neben uns stehen. Er kaute geräuschvoll. Als er fertig war, sagte er zu mir: »Ich habe heute abend frei. Laß uns in die Stadt gehen, Baby.« Bevor ich etwas einwenden konnte, zog er mich von meinem Stuhl.

Ich begann, mich aus seinem Griff zu winden, als ich plötzlich merkte, daß ich das gar nicht wollte. Ich wollte mit ihm zusammensein, ganz egal wo, nur weit weg von diesem Labyrinth des Irrsinns.

Wir tobten im Schnee wie die Kinder. Ich klammerte mich an seine Jacke. Er fuhr von der Straße ab und schlitterte durch Matschkanäle im Schnee. Wir landeten in einer Schneewehe. Wir bewarfen uns mit Schneebällen. Wir lachten. Alles, um nicht an das Gespräch am Morgen denken zu müssen.

Als es Abend wurde, fuhren wir nach Winter Eyes hinein. Der General Store hatte bereits geschlossen. Daneben war ein Imbiß. Wir waren die einzigen Gäste. Die Jukebox war 1959 zum letztenmal neu bestückt worden. Ein Riesenposter von Jacqueline Kennedy hing an der Wand. Die Kellnerin bediente uns nur widerwillig. Ich fragte Preston leise, warum. »Du dumme weiße Schlampe«, flüsterte er aufgebracht. »Weil ich keiner von euch bin, ich bin eine Rothaut. Und ich habe kein Recht, mit anständigen Menschen zu trinken... und erspare mir diese Mitleidsmiene. Es stimmt.«

Ich wollte gehen. Ich wurde nervös. Ich ließ mein Bier unangetastet. Aber ich traute mich nicht, ihn zum Gehen aufzufordern, weil ich einen neuen Ausbruch fürchtete.

Endlich sagte er: »Gehen wir. Winter Eyes hat mehr zu bieten als diesen miesen Schuppen.«

Draußen war es dunkel. »Wohin?« fragte ich und strich mir den Schnee aus den Haaren.

»Du wirst schon sehen.« Er saß bereits auf dem Motorrad und zog mich hoch.

Wir bogen ab. Fuhren an ein paar Häusern vorbei. Der Ort endete abrupt an einer Kirchenruine und einem Friedhof. Grabsteine lugten aus dem Schnee, meist einfache Tafeln, vereinzelt ragten auch Cherubim oder Kreuze aus dem Weiß. Jetzt fiel kein Schnee mehr, und durch den dichten Nebel schien der fast volle Mond, von einer gespenstischen Korona umgeben. Preston wendete sein Motorrad, und wir fuhren durch eine Zaunlücke auf den Friedhof.

»Was sollen wir hier?« fragte ich.

»Du wirst schon sehen.« Ich konnte ein paar verwitterte Namen auf den Grabsteinen lesen. *Scott Harper, Joshua Levy, Mrs. Prudence Carmichael.* Die Todesdaten lagen alle zwischen 1880 und 1890; ein Grabstein trug das Datum 1901. Danach kam nichts mehr.

Ich klammerte mich an die Jacke. Der Geruch nach Leder und Männerschweiß hüllte mich ein. Vor uns ... fast als würden sie sich aus dem wogenden Nebel kondensieren ... tauchten mehr Häuser auf, Häuser mit Ziergiebeln. »Wohin?«

»Ins alte Winter Eyes. Verlassen. Geisterstadt. Niemand lebt dort.«

»Niemand?«

Wieder eine Zaunlücke. Er hielt an und lehnte das Motorrad gegen einen Baum. Es gab einen Bürgersteig; die Dächer der Holzhäuser knirschten unter der Last des Schnees. Eine Galcric überdachte den größten Teil des Gehsteigs. Irritiert folgte ich Preston; ich wünschte, es wäre Tag, damit ich die Geisterstadt in allen Details sehen könnte. Wir waren vor dem Schnee geschützt. Vor uns brannte in einem Eingang Licht. Ich rückte näher an Preston heran, nahm seine Hand. Er lachte leise. Es war eine Schwingtüre, wie in einem Westernsaloon. Ich erkannte eine Bar, ein paar Stühle, einen Tisch – das Licht drang aus einem Hinterzimmer.

Ich folgte ihm hinein. Im Hinterzimmer brannte eine Kerosinlampe. Drinnen stand ein Bett. Darüber hing das Porträt eines Indianerhäuptlings, ein grelles Acrylfarben-Gemälde. »Mein Versteck«, offenbarte Preston. »Manchmal komme ich her, zum Träumen ... ich träume, ich bin im Alten Westen, und die Bar ist voller betrunkener Goldgräber, die in die Black Hills wollen. Es ist mein Geheimnis. Niemand außer mir kennt das Versteck. Und außer dir.« Die Dielen knarrten, obwohl wir auf Zehenspitzen zum Bett gingen. »Ich kann fast ihre Stimmen hören.« Etwas heulte in der Ferne. »Nur ein Kojote. Oder vielleicht ein grauer Wolf. Aber so weit in den Süden kommen sie nicht mehr.« Wieder ein Heulen. »Manchmal stelle ich mir vor, das Heulen ist das geheime Zeichen der Dakota-Krieger. Sie haben die gebrochenen Verträge nicht vergessen. Sie kommen, um die Stadt niederzubrennen, Hunderte von Kriegern, und ihr Zeichen ist der Ruf des grauen Wolfs, den die weißen Jäger vertrieben haben.«

»Du machst mir angst«, gestand ich. Das einzige kleine Fenster war schneebedeckt.

»Ich weiß.« Seine Augen glühten im flackernden Licht. »Komm, Baby.«

Mit einem Gefühl, das etwas von Verzweiflung an sich hatte, fiel ich ihm in die Arme. Es war eiskalt im Raum, aber Prestons Körper brannte. Ich umklammerte ihn fester, versuchte, seine Wärme aufzusaugen. Ich küßte ihn, rieb mir die Wangen an seinen Stoppeln wund, roch Benzin und Schweiß und Leder. Er preßte mich an sich. Ich strauchelte. Ich fiel rückwärts auf das Bett, und wir liebten uns, hektisch und unbeholfen. Ich weiß nicht, woher seine Trauer und sein Zorn rührten. Und mein Verlangen. Wir dachten nicht aneinander, dessen bin ich mir sicher.

Als ich in Schlaf sank, glaubte ich, die Augen wieder zu sehen. Im Fenster, im Schnee. Gelbrote Schlitze, nicht menschlich. Ich blinzelte, und sie waren verschwunden. »Ich will zurück«, sagte ich und rüttelte Preston sanft.

Er wachte sofort auf, als wäre er auf einen Überfall gefaßt gewesen. Bitter fragte er: »Nicht wie richtiges Tipi, weiße Hündin?«

»Bitte, ich wollte nicht...«

»Okay. Ich bring' dich zurück.«

Er führte mich durch das Labyrinth der Gänge zu meinem Zimmer. »Wenn du Alpträume hast oder so, mich findest du hinter der zweiten Tür in der ersten Halle links. Dort schlafe ich immer, wenn ich im Institut bin.«

»Ja. Morgen nach dem Interview werde ich jemanden brauchen, mit dem ich mich unterhalten kann.«

»Du machst also weiter.«

»Schätze schon.« Ich wußte, daß es zu spät für einen Rückzieher war.

»Das hab' ich mir gedacht.« Er drehte sich um. Ich berührte ihn nicht. Irgendwie hatte mich das Zusammensein mit ihm noch mehr verunsichert.

Er sagte: »Du kannst dir morgen freinehmen. Du kannst sowieso nicht mit ihm sprechen. Ab morgen sperren wir ihn für ein paar Tage in die Gummizelle.«

»Warum?«

»Vollmond. Da wird er zum Werwolf.«

»Ach, hör auf. Ich bin auch so schon nervös genug.«

Preston schielte mich an. Dann heulte er los, ein Wolfsheulen wie aus einem schlechten Horrorfilm. Ich schlug ihn ins Gesicht. Er lachte. »Morgen feiern wir. Danach muß ich zu meiner anderen Arbeit.«

»Klar.«

»Ich machte die Tür zu und schloß sie ab. Dann, plötzlich, verriegelte ich sie zusätzlich. Und zog die Vorhänge zu, um den Schnee nicht mehr zu sehen.

Vollmond

Beim Frühstück fragte ich La Loge, ob es stimmte, daß der Killer von Laramie während der nächsten Tage eingesperrt würde. »Ja, das ist leider richtig. Aber es droht wirklich keine Gefahr. Damit schützen wir ihn eigentlich nur vor sich selbst.«

»Was hat das mit dem Vollmond zu tun? Preston sagte…«

»Ach, der alte Werwolf-Spaß? Der hat inzwischen wirklich einen ziemlichen Bart. Ich werde mal ein ernstes Wort mit Preston reden müssen.« Er benahm sich mir gegenüber wesentlich freundlicher, seitdem ich unverzichtbar für seine Forschungen geworden war. Aber etwas aus ihm herauszubekommen, war so mühsam, wie einen Stein zu melken. »Ganz im Ernst«, erklärte er, »es bestand eine gewisse Beziehung zwischen Jonas Kay und dem Vollmond, aber Jonas Kay ist schon lange nicht mehr aufgetaucht.« Er bot mir eine Zigarette an; ich lehnte ab. »Was halten Sie von Johnny Kindred?«

»Er irritiert mich. Ist das wirklich seine ›zentrale‹ Persönlichkeit?«

»Er taucht nur während der Hypnose auf.«

»Das ist nicht wahr«, sagte ich. Denn ich hatte Johnny schon in der ersten Nacht gesehen und seine Stimme rufen gehört: »Speranza!« Er hatte sich mir aus freiem Willen zu erkennen gegeben, ohne die Hilfe eines Hypnotiseurs oder einer Droge. Mir dämmerte die Erkenntnis, daß es Dinge geben könnte, die ich über Johnny wußte, die nicht einmal die Ärzte wußten. Trotzdem sagte ich nichts. Ich konnte ebenso schweigsam sein wie La Loge, wenn ich wollte.

Es war nicht, als hätte ich ihm den Fehdehandschuh hingeworfen und erklärt: »Das bedeutet Krieg!« Aber ich dachte, auch ich kann täuschen, falsche Hinweise geben, irreführen. Soll er ruhig glauben, er würde mich manipulieren.

Es war ein verschenkter Tag. Ich lieh mir von Greta an der Rezeption eine Schreibmaschine und versuchte, an meinem Buch zu arbeiten. Ich suchte nach einem düsteren, romantischen Anfang – der Schnee. Das würde den Leser einstimmen. Ich saß in meinem Zimmer und tippte Absatz um Absatz, immer neue Schilderungen meiner Fahrt von Laramie, immer neue Beschreibungen des Schnees.

Ich schob den kleinen Tisch ans Fenster, so daß ich hinaussehen konnte. Ich sah Weeping Wolf Rock dunkel aus dem Schnee ragen. Der Schnee glitzerte, und die Luft war klar.

»Das klingt wie ein gottverdammter Horrorroman.«

»Preston!« Ich wirbelte herum. Hastig deckte ich das eingespannte Papier mit meinem Arm ab.

»Als hätte ich dich beim Masturbieren erwischt, wie?« sagte Preston. Er lächelte freundlich. Ich hatte keine Ahnung, wie lange er schon hinter mir stand. Er kramte im Papierkorb und zog ein paar zerknüllte Blätter heraus. »Was ist das denn? ›Es war eine düstere, stürmische –‹ So doch nicht!«

»Das war nicht ernst gemeint«, verteidigte ich mich. »Manchmal löst sich eine Denkblockade, wenn man einfach alles aufschreibt, was einem durch den Kopf geht.«

»Klar. ›Ihr könnt mich Ismael nennen. Es mag dich erfreuen, daß die ersten Schritte dieses Unterfangens...‹« begann er, die ganze Seite zu lesen. Es war mir peinlich. Er ließ das Blatt wieder in den Papierkorb segeln und zog ein anderes heraus. »Das hier ist schon besser«, sagte er und begann, laut vorzulesen. Es war einer meiner ernsthaften Versuche.

»Gib her!« Aber ich machte keine Anstalten, ihm das Blatt wegzunehmen.

»Willst du bumsen?«

»Preston! Ich arbeite.«

»Klar, aber du bist blockiert, das sieht jeder. Warum können wir nicht einfach – ihr Weißen seid doch alle gleich. Euch scheint man schon bei der Geburt einen Pfahl in den Hintern zu...«

»Glaubst du, du machst mich mit diesem Geschwätz an?«

»Einen Versuch ist es jedenfalls wert.«

»Es ist noch nicht mal dunkel«, wehrte ich ab.

»Wieder so eine fixe Idee von euch Weißen. Alles muß seine feste Zeit und seinen festen Ort haben. Aber schon gut. Warum kommst du nicht mit mir in die Institutsbibliothek? Vielleicht findest du interessantes Material. Ich hab' La Loge versprochen, daß ich helfe, die Kartei zu sortieren. Danach muß ich eine Stunde mit den Irren spazierengehen, und ab morgen bin ich für eine Woche im Reservat, wo ich die Besoffenen aufklauben darf.« Er versuchte, heiter zu klingen, aber ich hörte die Bitterkeit heraus.

Ich wollte nicht, daß er ging, gestand ich mir ein. »Heißt das, ich werde...«

»Allein sein? Ja. Aber du kannst mich im Reservat anrufen. Es gibt ein Telefon im General Store, eine halbe Meile von meinem Quartier entfernt. Außerdem bin ich heute nacht noch hier. Und ich komm' wieder, Baby, ganz bestimmt.«

Daß er davon ausging, ich würde ihn brauchen, gefiel mir nicht. Aber es war so. Ich war vollkommen orientierungslos... die Menschen hier hätten genausogut Wesen aus dem All sein können. Ich steckte tiefer in der Sache, als ich mir je hätte träumen lassen. Ich klammerte mich wie ein Kind an ihn.

Die Bibliothek wirkte mit ihrer Mahagonidecke und den Ölgemälden aus dem neunzehnten Jahrhundert ehrfurchtgebietend. In jeder Ecke führte eine Wendeltreppe auf eine Galerie hinauf. Die Regale standen so eng zusammen, daß zwei Menschen sich kaum aneinander vorbeiquetschen konnten, und auf den Büchern lag dicker Staub. Es gab ein Oberlicht, aber das war schneebedeckt; der Raum war schwach beleuchtet; ein paar Leute in Laborkleidung arbeiteten an einer Art Mikrofilmgerät. »Komm«, lotste Preston mich weiter, »ich zeig' dir das Hinterzimmer.« Wir gingen durch ein von imitierten ionischen Holzsäulen flankiertes Portal. Dahinter lag ein kleiner Raum, noch düsterer als der, den wir eben durchquert hatten. Überall stapelten sich Bücher, altersschwache, verschrammte Aktenschränke reihten sich an einer Wand und verstellten zur Hälfte das einzige Fenster.

»Mein Gott, wie alt ist das Institut eigentlich?«

»Um 1880 befand sich hier eine Irrenanstalt«, erklärte er. »Später wurden immer mehr Gebäude angebaut. Deshalb findet man sich hier so schwer zurecht.«

»Ich verstehe.«

»Vielleicht interessiert dich das hier.« Preston zog eine Schublade heraus und kippte den Inhalt auf einen Tisch. Dann begann er, seine Karteikärtchen zu sortieren. Ich starrte auf den Papierberg vor mir.

Ein Schnellhefter mit dem Vermerk *Jonas Kay* war darunter. Deshalb hatte Preston mich also hierher gebracht.

Ich öffnete ihn. Ein paar Bilder segelten zu Boden. Es waren Reproduktionen der Fotografien, die ich im Zimmer von J. K. an der Wand gesehen hatte. Ich betrachtete sie genauer. »Ich finde nicht, daß sie mir ähnlich sieht.«

»Du hast Speranzas Augen«, antwortete Preston, ohne aufzusehen.

Ich nahm mir das erste Bild vor. Es war eine merkwürdige Gruppe. Zuerst studierte ich den Mann, den J. K. als »den Grafen« bezeichnet hatte; dann die Frau, die mir ähnlich sehen sollte, und den kleinen Jungen. Es waren noch mehr Leute auf dem Bild; ein

Herr mit Turban, der in elegante Seide gekleidet schien; eine alte Frau in Schwarz mit grausamen Augen in einem Fuchsgesicht; ein harmloser, dürrer alter Mann mit einer schwarzen Tasche. Im Schatten standen noch mehr Menschen. Sie waren kaum zu erkennen. Danach schaute ich mir das Foto mit dem Bahnhof an, dann das vor dem Saloon – schließlich das auf der verschneiten Prärie.

»Ist das nicht Weeping Wolf Rock im Hintergrund?« fragte ich.

»Ja.«

Ich kramte weiter in den Akten. Ein paar Zeitungsausschnitte mit detaillierten Beschreibungen der Morde. Das Papier war gelb und brüchig. Ich brauchte sie nicht zu lesen, ich hatte meine eigenen Kopien. Außerdem Notizen, Berichte, Diagnosen. »Kann ich mir die ausleihen?«

»Schätze schon. Es sind sowieso Kopien. Die Originale sind in La Loges Büro. Ich bin auf diese Sachen gestoßen, als ich die Akten sortiert habe. Ich dachte, vielleicht kannst du damit was anfangen.«

»Danke.« Preston erstaunte mich immer mehr. Er schien mir helfen zu wollen. Aber ich hatte das starke Gefühl, daß er mir Informationen vorenthielt – daß er wartete, bis ich die richtigen Fragen stellte. Daß er mit mir spielte.

Ich schaute mir die Bilder noch einmal an. Das letzte wirkte eigentümlich traurig; der Graf und die strenge Frau wirkten verloren in der weiten Landschaft. »Warum heißt er überhaupt Weeping Wolf Rock?« fragte ich.

»Das ist die erste vernünftige Frage«, antwortete Preston.

Frustriert wartete ich.

»Der Fels«, erklärte er, »markiert die Grenze der heiligen Grabstätten der Stammes der Shungmanitu.«

»Von denen habe ich noch nie etwas gehört«, gestand ich. »Und wenn man bedenkt, daß wir zusammen in Murphys Indianischen Studien waren...«

»Sie sind ausgestorben.«

»Aber bei Murphy haben wir auch über ausgerottete Stämme gesprochen... die Miami, die Delaware...«

»Die Shungmanitu wurden nicht vom weißen Mann ausgerottet«, sagte Preston. »Sie beschlossen auszusterben. Niemand kennt ihren wahren Namen. Shungmanitu ist das Lakota-Wort für Wolf. Wir wissen nicht, wie sie sich selbst nannten. Sie lebten nördlich von hier in den Wäldern, jenseits der Prärie.«

»Willst du... ist das... irgend so eine Touristengeschichte?« fragte ich mißtrauisch. Immerhin hatte ich das Fach »Indianische Studien« mit einer Eins abgeschlossen. Preston schnaubte und wandte sich wieder seiner Arbeit zu. Er würde keine Kompromisse eingehen. »Aber warum sollten sie beschließen auszusterben?«

»Das verstehst du nicht. Aber ich werde dir sagen, wer alles darüber weiß. Dein Freund J. K.«

»Warum sollte er...«

»Du mußt ihn nur im richtigen Augenblick erwischen, wenn du verstehst, was ich meine.«

Wir hörten ein Schlurfen nebenan. »Scheiße«, zischte Preston, »er ist entwischt.« Er riß die Tür auf. Ich folgte ihm.

Es war J. K. Aber er bewegte sich so schnell, daß er kaum zu erkennen war. Seine Gesichtszüge wandelten sich, während er an mir vorbeirannte... Blut schoß ihm in die Augen. Ein paar Pfleger jagten ihn. Er sprang auf ein Bücherregal. Staub wirbelte auf.

»Komm sofort runter!« brüllte ein Pfleger. Er hielt eine Zwangsjacke bereit.

J. K. funkelte ihn herausfordernd an. Ein seltsamer Geruch lag in der Luft – ein Geruch nach feuchtem Waldboden, nach wildem Tier. J. K. knurrte. Er war jetzt auf allen vieren, hockte breitbeinig auf dem Regal und hieb mit der Hand in die Luft.

Ich wollte zurück ins Hinterzimmer laufen. Aber Preston hielt mich fest. »Das ist seit Jahren nicht mehr passiert«, flüsterte er. »Es ist deinetwegen. Du hast etwas in ihm aufgeweckt. Etwas, was lange geschlafen hat. Und die Ärzte haben geglaubt, sie hätten es getötet.« Ich zitterte, obwohl ich direkt vor einer heißen Heizung stand.

J. K. starrte mich an. Wer war er jetzt – hatte Jonas Kay, der wahnsinnige Killer, die Macht über ihn ergriffen? Ein Pfleger kletterte über eine Trittleiter zu ihm hinauf. J. K. schlug ihm ins Gesicht. Der Pfleger schrie auf, hielt sich die Hand vors Auge und stürzte zu Boden. Ich hörte eine Alarmglocke schrillen.

La Loge kam hereingelaufen. Er versuchte die Situation zu überblicken. Er schaute Preston an, der mit den Augen rollte und zornig die Hände hob. Dann sah er mich.

»*Lupus!*« rief er.

Aber sein Patient reagierte nicht. Statt dessen fegte er den Staub vom Regal und heulte. Sein Jaulen jagte mir eine Gänsehaut über den Rücken. Es war überhaupt nicht menschlich.

Dr. La Loge wandte sich an mich. »Rufen Sie ihn«, befahl er mir. »Ja, Sie! Nur Sie können noch zu ihm durchkommen.«

»Ich?«

Ich versuchte, mich davonzustehlen. Aber meine Stimme hatte bereits seine Aufmerksamkeit erregt.

»Johnny«, sagte ich leise.

»Speranza?« Seine Gesichtsmuskeln zuckten, zuckten, seine Miene entspannte sich. »Muß ich schon ins Bett?«

»Ja.«

»Wo bin ich? Sind wir bald da?«

»Bald«, versprach ich, »bald. Du hast einen Alptraum gehabt.« Ich improvisierte. La Loge ermutigte mich mit Gesten. »Aber jetzt ist alles gut... komm runter.«

»Wie lange fahren wir noch nach Wien?« die ängstliche Stimme eines kleinen Jungen. So überzeugend. Er zog mich an, zog mich in seine Illusion. Langsam ging ich auf ihn zu. Ich reichte ihm die Hand. Ich fühlte seine Hand in meiner. Ich drückte sie, um ihn zu beruhigen. Ich zweifelte nicht an seiner Ehrlichkeit. Es irritierte mich, wie sehr er mir vertraute – doch es rührte mich auch mehr als alles andere in meinem Leben.

Seine Hand wurde schlaff. Dr. La Loge war die Leiter hinaufgestiegen und hatte ihm eine Beruhigungsspritze verpaßt.

In dieser Nacht wollte ich mit dem Buch beginnen. Ich hatte die Vorhänge zugezogen und die Tür verriegelt. Ich füllte den Papierkorb, bis er überquoll. Ich merkte, daß ich zu träumen begann.

Die Zentralheizung war drückend heiß – ich schwitzte. Ich stand vom Schreibtisch auf, zog mein Nachthemd an. Es wurde nicht kühler. Ich spielte mit dem Gedanken, das Fenster zu öffnen, aber ich fürchtete mich vor dem Anblick des Schnees.

Ich setzte mich wieder an die Schreibmaschine. Nach einer Weile begann ich zu tippen, Absatz um Absatz, lauter Unfug – der Schnee. Ich lief durch den Schnee – mit heraushängender Zunge – Vollmond, mein Körper dicht über dem Boden, der Schnee strich naß und kühl über mein dickes Fell. Mein Schweif ragte in die Luft, der Wind war feucht und eiskalt – ein Heulen voller Trauer und Verlangen flog über meine Lippen – die keine Lippen waren, nur Kiefer mit Reihen messerscharfer Zähne...

Ich schüttelte mich. Ein Traum, ein lebhafter Traum. So ähnlich wie die Visionen der Indianer in ihren Schwitzhütten. Na ja, heiß genug war es ja. Und dieses ständige Gerede über Wölfe in den letzten Tagen: Werwölfe, das magische Wort *lupus,* mit dem der Doktor arbeitete, die Shungmanitu, wer immer das auch gewesen war – und Preston in der Geisterstadt, der mir von grauen Wölfen erzählte, die von den weißen Jägern in den Norden getrieben wurden.

Zurück zum Killer von Laramie! ermahnte ich mich.

Aber das Heulen hatte so echt geklungen –.

Es *war* echt! Mir wurde bewußt, daß ich es immer noch hörte. Es kam aus dem Haus – vielleicht von oben. Ich stand auf, legte einen Morgenmantel um. Ich ging zur Tür. Ja, ich konnte es hören. Irgendwo.

Ich schloß die Tür auf. Ich hörte mein Herz schlagen.

Ich stand im Gang.

Das Heulen war weit entfernt, aber es kam aus dem Gebäude. Ich dachte an Johnny Kindred in seiner Zwangsjacke, in seiner Gummizelle. Das ist es also, dachte ich. Er glaubt, er ist ein wildes Tier. Ich brauche mich nicht zu fürchten.

Ich machte ein paar Schritte.

Wieder ein Heulen, näher diesmal, grauenhaft.

Ich hörte auf zu denken und begann zu rennen.

Ich muß Preston finden, überlegte ich. Ich wollte bei ihm sein. Wo war sein Zimmer nochmal? Erste links – zweite Tür. Ich rannte hin, trommelte mit den Fäusten dagegen. Keine Reaktion. Das Heulen schien im nächsten Moment um die Ecke zu kommen. Ich wagte nicht, mich umzudrehen. Ich rammte meine Schulter gegen die Tür –.

Kalt. Kalt. Die Vorhänge raschelten. Schnee wehte herein. Das Fenster war offen – nein, nicht offen, zerbrochen. Glasscherben auf dem Boden.

Ich schaute mich um. Chaos. Ein ungemachtes Bett. Auf dem Laken zwei Blutflecken.

Ich begann gar nicht erst darüber nachzudenken, was das zu bedeuten hatte. Ich rannte zurück zu meinem Zimmer und holte die Wagenschlüssel. Irgendwie gelangte ich nach unten. Am Empfang saß ein Wachmann, aber er schlief tief und fest. Als ich ins Freie trat, packte mich die Kälte. Ich trug nichts außer meinem Nachthemd und einem dünnen Morgenrock, aber ich konnte nicht zurück. Ich stürzte die Treppe hinunter, fand den Impala auf dem Parkplatz, drehte die Heizung auf und fuhr in Richtung Winter Eyes.

Es hatte aufgehört zu schneien. Der Mond stand voll und groß am Nachthimmel.

Ich bog auf die Straße ein. Sie war nicht geräumt. Ich schlitterte durch Winter Eyes, redete mir immer wieder ein, daß ich grundlos in Panik geraten war, daß mir das alles morgen früh schrecklich peinlich sein würde. Aber ich drehte nicht um. Ich parkte den Wagen in einer Seitenstraße und machte mich auf den Weg zum Friedhof.

Der Wind brüllte. Meine Haut brannte und fühlte sich rissig an. Die Ohren taten mir weh. Ich blieb nicht stehen. Ich stolperte durch die Zaunlücke, durch den Schnee. Ich sah tiefe Schuhabdrücke. Und andere Abdrücke, vierzehig, mit Klauen. In der Luft hing der moschusartige Geruch, der mir schon in der Bibliothek aufgefallen war. Mein Morgenrock war durchnäßt, und das Wasser gefror mir auf der Haut. Während des Laufens fiel mir mein Traum wieder ein – war es ein Traum, das Gefühl, durch den verschneiten Wald zu laufen, mit eiskalter Schnauze und hoch erhobenem Schweif. Ich lief.

Ich kam in die Geisterstadt. Das morsche Holz krachte, als ich auf den Gehsteig trat. Neben den Schuhabdrücken zog sich eine dunkle Spur über den Schnee. Ich konnte nicht erkennen, ob es Blut war. Im Mondlicht schimmerte sie dunkel; sie hatte einen silbernen Rand. Da war der alte Saloon.

Ich trat ein.

Die Türen schwangen quietschend auf; sie schwangen hin und her, hin und her. Drinnen war es stockdunkel. Ich lauschte, ob ich Atemgeräusche hörte. Einmal glaubte ich, ein Heulen zu hören, aber es war der Holzboden, der unter meinen Füßen knarrte. Behutsam tastete ich mich zum Hinterzimmer vor. Die Tür war geschlossen.

Zwischen der Tür und dem Boden drang ein gelber Lichtstreifen heraus. Die Dielenbretter vor der Tür waren mit geronnenem Blut verklebt.

Ich schlich mich an die Tür. »Preston«, flüsterte ich.

Ich klopfte zaghaft.

Ich drückte die Tür auf.

Auf dem Nachttisch leuchtete eine kleine Kerze auf einem Unterteller. Sie war fast niedergebrannt. Im flackernden Licht sah ich Preston auf dem Bett liegen. Er war vom Hals abwärts zugedeckt. Seine Augen waren offen. »Du hast mir Todesangst eingejagt«, sagte ich leise. Er bewegte sich nicht.

Ich setzte mich neben ihm aufs Bett. Ich strich ihm über das Haar. Sein Gesicht war kalt, zu kalt, und er blinzelte nicht. Ich berührte sein Kinn, streichelte seinen Hals. Meine Hand glitt auf seinen Brustkorb. Plötzlich berührte ich etwas Nasses, Glitschiges. Ich zuckte zurück. Das Laken rutschte zur Seite, und ich sah, daß Prestons Bauch aufgerissen war. Seine Eingeweide lagen dampfend in der Öffnung. Ich machte einen Schritt zurück. Das Laken fiel zu Boden. Ich sah, daß sein Penis abgeschnitten war. Jetzt erst merkte ich, daß er auf dem Nachttisch lag, direkt neben der Kerze. Er hatte die ganze Zeit dort gelegen, aber es war mir nicht in den Sinn gekommen, daß es das war, was es war.

Ich schrie nicht. Ich konnte nicht. Ich stand einfach da und starrte auf das Bett. Nach langer Zeit hörte ich wieder das Heulen. In weiter Ferne.

Ich mußte zurück zum Institut. Ich mußte jemanden benachrichtigen. Ich spürte keine Angst; ich war wie betäubt. Ich rannte zum Wagen und fuhr zurück. In der Lobby rüttelte ich den Wachmann auf. In diesem Augenblick wurde ich hysterisch. Ich brüllte ihn an, ohne einen zusammenhängenden Satz herauszubekommen.

»Schätze, ich rufe lieber La Loge«, sagte er schließlich und drückte auf ein paar Knöpfe. Dr. La Loge kam augenblicklich. Er war komplett angezogen, als hätte er mit dieser Situation gerechnet.

»Preston!« brüllte ich. »Er wurde ermordet, entsetzlich zugerichtet… der Killer von Laramie…«

»Beruhigen Sie sich«, sagte La Loge. »Was ist denn passiert?«

Ich begann ihm alles zu erzählen.

»Ich glaube, Sie sind nur übererregt… Sie hatten einen Alptraum… möchten Sie ein Schlafmittel? Nembutal? Ich kann Ihnen auch etwas Stärkeres geben, wenn Sie möchten… Valium? Harvey, gehen Sie ins Lager und holen Sie welches, bitte. Unser armer Freund sitzt immer noch in seiner Zelle, ganz bestimmt.«

»Ich habe gerade einen Mann mit aufgerissenem Bauch gesehen, und Sie wollen mir Schlaftabletten geben? Rufen Sie endlich die Polizei, um Gottes willen! Ich ertrage das nicht mehr…«

»Also gut. Nur um Ihnen zu beweisen, daß Sie sich irren… aber Sie zittern ja. Harvey, bringen Sie Mrs. Dupré einen Mantel.«

Ich spürte, wie mir etwas Warmes um die Schultern gelegt wurde. Ich bebte am ganzen Leib. Jetzt erst wurde mir klar, daß ich Preston gesehen hatte, tot, zerrissen… der Mann, mit dem ich erst gestern geschlafen hatte.

»Ich bin nicht verrückt«, sagte ich ruhig.

»Das behauptet auch niemand, Carrie. Im Gegenteil, wir werden jetzt hinfahren. Falls es stimmen sollte... wir nehmen einen Krankenwagen. Harvey, holen Sie die Schlüssel.«

Wir sprachen nicht, bis wir in Winter Eyes angekommen waren. Dann mußten wir zu Fuß gehen. Grimmig zeigte ich ihnen den Weg. Als wir im Saloon standen, fiel La Loge auf, daß es kein elektrisches Licht gab, und er schickte Harvey zurück, der eine Taschenlampe holen sollte.

Ich marschierte zum Hinterzimmer und riß die Tür auf.

Keine Leiche.

Keine Blutflecken auf dem Boden. Eine Kerosinlampe brannte auf dem Nachttisch. Das Laken war weg. Statt dessen lag eine Flikkendecke auf dem Bett. »Das verstehe ich nicht«, sagte ich. »Mein Gott, ist das alles ein Trick oder so?«

»Gehen wir zurück«, sagte La Loge. Der Wachmann tauchte wieder auf. Er trug eine schwere Taschenlampe bei sich, und das Licht strahlte hell ins Hinterzimmer. Nirgendwo war eine Spur von Preston zu entdecken. Nicht einmal der ledrige, schweißige Geruch, der mir so vertraut geworden war.

»Machen Sie sich um ihn keine Sorgen«, versicherte mir La Loge. »Nächste Woche sehen Sie ihn wieder.«

»Nein! Nein!« Er starrte mich an. Ich brach in Tränen aus.

Am nächsten Morgen ging ich in Johnny Kindreds Zimmer. Er war bereits in Hypnose, als ich ankam.

Als er mich sah, sagte er: »Hilf mir, Speranza.«

»Hast du...« begann ich.

»Ich war weg... auf einer langen Reise... als wäre ich vergraben unter Meilen von Schnee, und niemand zieht mich raus.«

»Du hast Preston Grumiaux ermordet!« schrie ich. »Wo ist seine Leiche?«

La Loge versuchte mich zurückzuhalten. Aber ich rannte zu ihm, trommelte mit meinen Fäusten auf den schmächtigen alten Mann mit den Kinderaugen ein. Johnny wehrte sich nicht. Ich prügelte immer weiter, während die Pfleger mit ihren Spritzen um uns herumtänzelten.

Schließlich gelang es ihnen, mich von ihm wegzuziehen.

»Ich habe nichts getan«, sagte Johnny Kindred leise.

»Dann sag mir, daß ich in der Geisterstadt nicht Prestons Leiche gesehen habe. Schwöre es mir.«

»Das kann ich nicht schwören.« Es war eine völlig andere Stimme, eine ölige, tiefe Stimme. La Loge blickte irritiert auf. Zum erstenmal schien er beunruhigt. »Vielleicht wird der Junge zu gegebener Zeit alles erklären. Wenn Sie kooperieren, Miss Dupré.«

»Jonas«, flüsterte La Loge.

Jonas Kay war ein Mann in seinen besten Jahren. Er saß aufrecht und sprach ohne jede Angst. Seine Augen waren nur schmale Schlitze, und ständig ballte und löste er seine Fäuste.

»Ich gehe jetzt zurück«, sagte Jonas. »Der Junge weiß nicht, wer Sie wirklich sind, Carrie Dupré. Lassen Sie es dabei. Sie werden viel mehr aus ihm herausholen, wenn Sie ihn in seinem Glauben belassen.« Er lachte. »Der Kleine hat nicht besonders viel Bezug zur Realität, fürchte ich.«

»Mörder«, flüsterte ich.

»Sie irren sich. Ich habe Preston Bluefeather Grumiaux nicht ermordet. Ich habe auch diese Frauen nicht ermordet. Die Ärzte wissen nicht, wie weit... meine Metamorphose reicht. Sehen Sie, ich bin ein Werwolf.«

Ich warf dem Doktor einen Blick zu, der sagte: »Ja, Jonas. Geh jetzt zurück. Du darfst nicht mehr auftauchen. Wir haben dich ausgelöscht. Vergiß das nicht. Du bist immer noch unter Hypnose, und ich will, daß du meinen Befehl befolgst.«

Jonas Kay spie dem Doktor ins Gesicht. Aber bevor La Loge reagieren konnte, hatte sich Jonas schon zurückgezogen und Johnny Kindred Platz gemacht. Johnny weinte.

»Jonas«, erklärte La Loge, »leidet unter Wahnvorstellungen.« Er machte einem Pfleger ein Zeichen, der Johnny Kindred eine Injektion gab. »Stimmt das nicht, Johnny?«

Johnny antwortete: »Es macht mir angst, daß er zurückgekommen ist. Sie haben mir versprochen, daß er tot ist, Dr. La Loge. Ich glaube Ihnen nicht mehr. Ich glaube nur noch ihr.«

Vorsichtig trat ich zu ihm. Er schien so verletzlich.

»Wahrscheinlich erinnerst du dich nicht mehr, Speranza«, sagte Johnny. »Es ist schon so lange her. Deshalb werde ich dir alles erzählen. Von Anfang an.«

»Schalten Sie Ihr Tonband ein«, flüsterte La Loge mir zu.

Ein paar Tage später begann ich mit dem Buch.

Es war nicht das Buch, von dem ich geträumt hatte, als ich mit meinem Wagen durch den Schnee pflügte. Es war nicht der sensationslüsterne Bestseller, den ich hatte schreiben wollen. Es war eher ein Roman als eine Reportage, und ich war froh darum, denn wohl kaum jemand wird die Wahrheit glauben; außerdem ist das inzwischen egal.

Das Rätsel um den Killer von Laramie war nur ein winziger Flikken in dem komplexen Gewebe von Johnny Kindreds Geschichte. Johnny sprach mit den verschiedensten Stimmen; er besaß ein geradezu unheimliches Talent, Menschen zu imitieren. So wurde das Buch in den Stimmen seiner vielen Figuren geschrieben: der Europäer, der Amerikaner, der Shungmanitu, die in gewisser Weise wie die anderen Indianer der Prärie waren und doch ganz anders. Später wurde auch ich ein Teil der Geschichte, war untrennbar damit verbunden. Das hatte nichts mehr mit objektivem oder subjektivem Journalismus zu tun.

Alles hatte vor mehr als achtzig Jahren begonnen. Die Hauptdarsteller kamen aus den verschiedensten Ländern; sie waren durch einen Ozean und eine kulturelle Kluft getrennt, die tragische Konsequenzen haben sollte. Nur eines war ihnen gemeinsam, als sie die Reise zu ihrem vorherbestimmten Treffen begannen, nämlich ihre Natur, die vollkommen menschlich war und doch immer anders, immer fremd.

Und noch etwas hatten sie gemeinsam – den Schnee. Es war auf beiden Seiten des Ozeans ein harter Winter.

Erster Teil

Über den Schnee

1880: Dakota-Territorium

Mond im ersten Viertel

»Schnee. Schnee, der seit dem Dunkelwerden fällt. Tiefer Schnee auf dem Zelteingang, vom Wind hochgepeitscht. Schnee, der durch die Wände dringt, wo die Häute dünn sind. Schnee auf den Bäumen draußen, schwerer Schnee, der die Äste bricht. Fester, harter Schnee auf dem Boden, störrischer Schnee. Schnee in der Luft, selbst über den glühenden Scheiten des Feuers. Schnee auf deinen Kleidern und auf deinem Haar und auf deinen Augenbrauen, mein Sohn. Wundert es dich, mein Sohn, daß dieses Jahr der Winter meinen Körper durchdrungen hat und mein altes Frauenherz zu Eis erstarrt ist?«

Er antwortete ihr nicht, sondern saß schweigend mit gekreuzten Beinen auf dem Büffelfell. Vielleicht lauschte er dem Wind. War er überhaupt wach? Aber seine Augen waren offen.

»Es wird Zeit für mich, in den Schnee zu gehen, mein Sohn. Der Pemmikan reicht nur für dich und deine Frauen und deine Kinder. Ihr werdet die Hunde schlachten, einen nach dem anderen, um von Mond zu Mond dem Hunger zu trotzen. Die Zeit ist gekommen. Der Wind ruft und weint, und manchmal ruft er meinen Namen. Sei nicht traurig. Ich weiß, daß du deshalb nicht mit mir sprichst. Auch du hörst meinen Namen im Wind, mein Sohn. Stimmt das nicht?«

Er schaute sie immer noch nicht an. Sie betrachtete ihn. Sein Haar war fast so grau wie ihres; hie und da war es schneebefleckt. Im Schatten, vom Feuer entfernt, weinte ein kleines Kind; sie hörte die besänftigende Stimme eines jungen Mädchens und wußte nicht, welche Frau ihres Sohnes da sprach, denn ihre Ohren waren schwach geworden. Sie wußte nur, daß er nur aus tiefster Ehrerbietung ihr gegenüber nicht mit ihr sprach; wann immer er das Wort an sie richtete, tat er es in der höflichsten Form. Sie wünschte, das wäre anders. Die Kälte hatte sich den Weg in ihre Knochen gebahnt. Sie spürte, wie sie knirschten. Ihre Knochen waren wie Flöten, auf denen der Winterwind sein Lied spielte.

»Das schlimmste von allem, mein Sohn…« Sie hielt inne. Endlich schaute er auf. Seine Gefühle drohen ihn zu überwältigen, dachte sie. Ich darf ihn nicht beschämen. »Ich kann mich nicht mehr verwandeln. Verstehst du? Ich habe die Gabe verloren.«

»Ina«, sagte ihr Sohn endlich. »Mutter. Wirst du zu meiner *Inachikala*, deiner Schwester, gehen?«

»Ja.« Ihre Schwester hatte erst vor wenigen Monden das Lager verlassen. Auch sie hatte sich nicht mehr verwandeln können. Aber sie zog die Vierbeinigen vor. Sie war überzeugt, daß sie die Stimme ihrer Schwester im Wind gehört hatte, die in der geheimen Sprache der Shungmanitu mit ihr redete. Aber das sagte sie nicht laut; sie wollte ihre Enkelkinder nicht beunruhigen. Einige waren wach und hörten jedes Wort. Dessen war sie sicher. Ihre kleine Schwester mußte ebenfalls hungrig sein.

Aber wenigstens kann ich *Mitankalas* Hunger dämpfen, dachte sie. Wie meine Kinder und die Kinder meiner Kinder die Hunde schlachten und essen werden, so werde ich dem mächtigen Hund der Dunkelheit als Mahl dienen.

Die Kälte war betäubend, so betäubend; sie zwang sich, klar zu denken. Sie stellte sich Hitzewellen vor, die von dem niedergebrannten Feuer ausgingen und sie umfingen. Das Bild wärmte sie ein wenig.

»Ich muß meinen ganzen Schmuck anlegen«, sagte sie. »Ich will nicht wie ein Bettler in die andere Welt eintreten.« Unter den Blikken ihres Sohnes begann sie in ihren Besitztümern zu kramen. Dazu gehörte eine Holzkiste, die von den weißen Männern über die Arapaho zu ihr gekommen war. Sie öffnete den Deckel und zog eine Bürste heraus – der Schwanz eines Stachelschweines, der über einen Büffelknochen gespannt war. Sie begann, die Strähnen ihres dünnen, trocknen Haares zu kämmen, und sie verzog das Gesicht vor Schmerz. Dann nahm sie das Kleid, das sie schon besessen hatte, als sie in den Haushalt ihres Sohnes aufgenommen wurde, und legte es sich an, das Fell nach innen gewendet; das Leder war mit sich paarenden Wölfen bemalt. Sie wählte einen Stock aus, jenen, den sie als junges Mädchen geschnitzt hatte. Sie strich Bärenfett auf ihr Gesicht und ihre Arme. Vielleicht würde es sie vor der Kälte schützen. Eine Weile jedenfalls. Bis sie ihre Schwester gefunden hatte.

»Wirst du es bis zum Sterbeplatz schaffen?« Ihr Sohn versuchte, ruhig und gleichmütig zu sprechen, aber sie wußte, daß sie ihm das Herz brach.

»Ja. Ich werde sogar ein letztes Mal den Mondtanz tanzen«, tröstete sie ihn. »Wir werden zusammen tanzen, meine Schwester und ich, unter dem Licht-im-Dunkel. Du wirst stolz auf uns sein.«

Sie ging zum Eingang und schob das Fell vor der Öffnung beiseite. Schnee wehte ins Tipi. Das Kind weinte wieder, rief ihr nach: *»Unchi, unchi!«*

»Keine Angst, Mahtohokshila, Kleiner-Bär-Junge«, flüsterte sie. »Komm zu Großmutter.« Das Kind stolperte über die Felle auf sie zu. Sie nahm es in den Arm. »Ich erzähle dir eine Geschichte.« Sie wiegte es zärtlich hin und her.

»Als Wakantanka alle Dinge machte«, sagte sie, »machte er manche unserer Geschwister mit Flügeln und manche mit vier Beinen und manche mit zwei Beinen. Und sie flogen und liefen davon in alle vier Ecken des Universums, und jedes sang sein eigenes Lied... außer einem: dem, den wir Wichasha Shungmanitu nennen. Und Wakantanka sagte: ›Warum freust du dich nicht wie die anderen? Alle haben gewählt, was sie sein wollen, Geflügelte, Vierbeinige oder Zweibeinige, Wesen der Luft oder der Erde oder des Geistes. Warum bleibst du hier?‹ Und Wichasha Shungmanitu antwortete: ›*Tunkashila,* Großvater, ich will klug sein wie der Mensch und so tapfer im Krieg und das Universum verstehen so wie er. Aber ich habe auch einen dunkleren Wunsch. Ich will wild sein und leichtfüßig und stark wie der Wolf, und ich will nicht verstehen müssen. Denn zu verstehen, das ist gleichzeitig das größte Geschenk und der schrecklichste Fluch.‹ Und das Große Geheimnis sagte: ›Du verstehst mich zu gut, *Michinkshi.* Ich habe allen Dingen Licht und Dunkelheit gegeben. Und weil du verstanden hast, will ich dich von den Menschen lösen und dir die Kraft zum Wandel geben; und diese Kraft wirst du spüren, wenn Licht-im-Dunkel am stärksten ist. Den Lakota und den Cheyenne und den Arapaho und den Apsaroke und den Sarsi und allen Völkern der Erde sollst du Bruder und kein Bruder sein. Und du wirst Bruder und kein Bruder sein für alle Wesen, die fliegen und laufen und kriechen. So soll es sein!‹ Und deshalb, *Takozha,* sind wir hier.«

Sie lächelte, denn der Kleine war über der vertrauten Geschichte eingeschlafen. Mahtohokshilas Mutter war jetzt bei ihr. Sie kniete nieder und streckte ihre Arme aus, um ihr das Kind abzunehmen.

Sie dachte: Die Zeit ist gekommen.

Sie hob die Abdeckung, so hoch es ging, und kroch hinaus.

Als sie sich aufrichtete, stand sie knietief im Schnee. Der Wind klagte laut; sie konnte kaum den Ruf ihrer Schwester hören, tief im Wald hinter der Lichtung. Als sie sich vom Tipi entfernte, ging der Ruf im lauten Wehklagen ihrer weiblichen Verwandten unter, und sie vernahm das unglückliche Schluchzen ihres Sohnes. Sie war stolz, daß er sich lange genug beherrscht hatte, damit sie in Würde gehen konnte. Aber jetzt hatte sie Angst um ihn und um seine Frauen und Kinder. Es war nicht sicher, ob sie den Winter überleben würden, selbst wenn sie eine unnütze alte Frau weniger ernähren mußten.

»Schwester!« Ihre Stimme war über den Klageliedern und dem Sturmgeheul kaum zu verstehen. Aber sie wußte, daß ihre Schwester sie hörte. Denn ihre Schwester war auf die dunkle Seite gegangen; und die Wesen der dunklen Seite hörten viel besser als die Menschen.

Sie glaubte, eine Antwort zu vernehmen: ein Knurren. Irgendwo vor ihr, hinter den Schneewehen. Jenseits des zugefrorenen Baches.

Ich *werde* den Mondtanz noch einmal tanzen, schwor sie sich. Ganz bestimmt!

Der Schnee wehte heran, heftiger, kälter. Sie stemmte sich gegen eine Bö und stapfte unerschrocken in den Wind.

Victoria Station, London

»Verzeihen Sie. Gestatten Sie mir eine Frage... Sind Sie... Habe ich die Ehre, mit Mademoiselle Martinique zu sprechen?«

»Sir, Sie befinden sich im Warteraum für Damen. Ich nehme doch an, daß Sie sich bewußt sind, welche Ungehörigkeit die Anwesenheit eines Mannes unter so vielen alleinreisenden Damen darstellt. Also gehen Sie bitte wieder hinaus und stellen Sie Ihre Frage noch einmal von draußen, ohne die Dreistigkeit, die Sie eben an den Tag gelegt haben.«

»Aber natürlich. Ich bitte vielmals um Verzeihung.«

Speranza, die diese Unterhaltung und ihren Namen gehört hatte, blickte von ihrer Bibel auf. Eine korpulente Dame, deren fröhlich gefiederter Hut in krassem Widerspruch zu ihrem kämpferischen Benehmen stand, führte die Auseinandersetzung mit einem bärtigen Herrn in einem Tagesanzug. Vielleicht war das der Bote, den der Sekretär Seiner Lordschaft in seinem Brief erwähnt hatte. Sie erhob sich und berührte die fette Frau am Arm. »Verzeihen Sie, Madam, aber ich glaube, der Gentleman sucht nach mir.«

Die Frau schenkte ihr einen Blick voll eisiger Verachtung. Sie erbebte, und ihr künstliches Gefieder erbebte mit ihr. »Der Wartesaal eines Bahnhofes ist wohl kaum der geeignete Ort für ein heimliches Rendezvous«, tönte sie. »Und daß Sie Ihre unnatürlichen Begierden hinter einer Bibel zu verstecken suchen, finde ich höchst abstoßend.«

Nachsichtig erwiderte Speranza der gereizten Dame: »Suchen Sie den Spreißel in ihrem eigenen Auge, Madam. Das ist die beste Methode, um jenen Schaden zu heilen, den allzu lange Meditationen über die Übel dieser Welt im empfindsamen Herzen einer Dame anrichten können.«

»Unerhört!« schnaufte die fette Frau, als Speranza an ihr vorbeieilte und sich dem bärtigen Gentleman näherte, der vor der Tür wartete. Ihr entging nicht, daß ihn der Wortwechsel amüsiert hatte, aber als er sie kommen sah, unterdrückte er sein Lachen und begrüßte sie ganz ernst.

»Mademoiselle«, begann er in miserablem Französisch und zog einen Brief aus seiner Westentasche, *»j'ai l'honneur de vous présenter cette lettre écrite par...«*

»Mein Gott!« entfuhr es der fetten Frau. »Ich hätte es wissen müssen. Eine Französin. Ein durch und durch verdorbenes Volk!«

»Nur halb Französin«, verbesserte Speranza, »und halb Italienerin. Sir, lassen Sie uns dieses Gespräch woanders weiterführen! Manche Menschen können wirklich zu lästig werden! Ganz bestimmt machen die Menschenmassen hier im Bahnhof die Aufsicht einer Anstandsdame überflüssig.«

»Sie sprechen ausgezeichnet englisch, wenn Sie mir die Bemerkung gestatten.«

»Das tue ich«, bestätigte Speranza. »Und wenn Sie es nicht zu unverschämt finden, möchte ich vorschlagen, daß wir unsere Konversation auf englisch weiterführen. Ich glaube, ich beherrsche diese Sprache besser als...« Sie versuchte, dem Satz noch eine taktvolle Wendung zu geben, aber es war zu spät, deshalb wechselte sie das Thema. »Ich war jahrelang Gouvernante des Sohnes von Lord Slatterthwaite – des Ehrwürdigen Michael Bridgewater, der uns leider auf so grausame Weise entrissen wurde...«

»Schwindsucht, wie ich gehört habe«, sagte der Bote kopfschüttelnd. »Aber ich habe vollkommen versäumt, mich Ihnen vorzustellen. Mein Name ist Cornelius Quaid. Ich stehe im Dienste... einer Herrschaft, deren Name ich noch nicht nennen kann.«

»Lord Slatterthwaite versicherte mir, daß Ihre Herrschaft einen ausgezeichneten Ruf genießt. Ich verlasse mich auf sein Wort, Mr. Quaid. Und wo ist der Junge?«

»Langsam, langsam, Mademoiselle Martinique. Alles zu seiner

Zeit. Erst möchte ich den weiteren Ablauf mit Ihnen durchsprechen. Hier ist der Brief, den ich erwähnte; er wird Ihnen und dem Knaben eine sichere Reise garantieren. Beigefügt ist eine Bankvollmacht, mittels der Sie alle nötigen Ausgaben während der Reise bestreiten können; ich bin überzeugt, daß Sie keinen Mißbrauch damit treiben werden. Die Reisepapiere, Fahrkarten, Fahrpläne und andere notwendige Dinge befinden sich ebenfalls in dem Umschlag. Ihr Zug fährt in gut einer Stunde ab. Ihre Sachen sind in der Gepäckaufbewahrung, nehme ich an? Ich werde dafür sorgen, daß sich jemand darum kümmert. Außerdem...« Er griff in eine weite Hosentasche und zog eine kleine Börse heraus. »...bin ich befugt, Ihnen einen kleinen Vorschuß auszubezahlen.« Speranza war darüber sehr froh. Nach ihrer Entlassung aus Lord Slatterthwaites Diensten wäre sie ohne diesen neuen Auftrag vollkommen mittellos gewesen, obwohl sie sich nichts hatte zuschulden kommen lassen. »Er steht zu Ihrer freien Verfügung, Mademoiselle. Der Beutel enthält einhundert Guineen in Gold. Das restliche Gehalt werden Sie empfangen, sobald Sie den Jungen bei Dr. Szymanowski in Wien abgegeben haben.«

»Ich verlasse mich auf Sie, Mr. Quaid«, sagte Speranza und steckte die Börse in eine Innentasche ihres Mantels. Wo war das Kind? Seine Lordschaft hatte ihr erklärt, ihre neue Aufgabe bestehe darin, einen jungen Knaben durch Europa zu begleiten. Sie sei dafür hervorragend geeignet, hatte er ihr versichert, denn sie wisse nicht nur über Kinderpflege Bescheid, sondern spreche Französisch, Englisch und Italienisch und könne sich außerdem in einigen der unzähligen Sprachen des österreichisch-ungarischen Imperiums verständigen. Über den Jungen hatte er allerdings nichts weiter gesagt, und Speranza konnte es kaum erwarten, ihn kennenzulernen. Sie bereute, die Wärme des Wartesaals verlassen zu haben. Der beeindruckende Bahnhof war nur schwach beheizt; in den Haaren der Bettler und Kinder und auf den Hüten und Mänteln jener, die sich solche Kleidung leisten konnten, entdeckte sie Spuren des Schneesturms, der draußen tobte. Ein regelrechter Tumult herrschte hier: Blumenmädchen, Zeitungsverkäufer, alte Frauen, die Nierenpasteten brieten, und natürlich die Passagiere selbst, Arm und Reich, hasteten durcheinander, alle mit jener Miene anerzogenen Stumpfsinns, die Speranza nur allzuoft an den Engländern bemerkte.

»Der Junge?« fragte sie schließlich.

»Ah, ja, der Junge.« Plötzlich schien Cornelius Quaids Miene Betroffenheit auszustrahlen. War der Junge krank? Schwindsüchtig vielleicht, und eine Gefahr für seine Mitmenschen? Aber Speranza hatte wochenlang Tag und Nacht am Bett des armen Michael gewacht. Wenn bei ihr Ansteckungsgefahr bestünde, dann hätte sie sich bestimmt schon angesteckt.

Sie sagte: »Sir, ich nehme an, daß wir es mit einer Krankheit zu tun haben, nachdem ich den Jungen zu einem Doktor bringen soll. Ein Spezialist vielleicht? Ich versichere Ihnen, daß ich jede Mühe auf mich nehmen werde, um...«

»Mademoiselle, es handelt sich nicht um eine Krankheit des Körpers, sondern der Seele.«

»Aha, eine dieser neumodischen Geisteskrankheiten?« Speranza wußte, daß jetzt auch die düsteren Tiefen des Geistes erforscht wurden; aber natürlich war das kein Thema für eine anständige Unterhaltung.

»Nein, ich meine der Seele, nicht des Geistes.«

Sie versteifte sich ein bißchen bei dieser Eröffnung, denn die Dame hatte, ohne es zu ahnen, in einem Punkt recht gehabt: Die Bibel, die Speranza Martinique bei sich trug, war reine Kosmetik. Denn Speranza wurde ständig von, wie sie fand, unstatthaften Gedanken bedrängt; ihre strenge Kleidung und die Bibel sollten jeden Verdacht von ihr abwenden, denn sie war überzeugt, daß jeder Fremde ihr in die Seele sehen konnte, sobald sie einmal nicht auf der Hut war.

»Der Junge ist besessen«, eröffnete ihr Mr. Quaid todernst. »Manchmal, bei Vollmond...«

»Ruhig, Mr. Quaid! Wir leben im neunzehnten Jahrhundert; ein solcher Aberglaube paßt nicht mehr in unsere Zeit, finden Sie nicht auch?« fiel sie ihm mit leichtem Unbehagen ins Wort. Sie zitterte und dachte: Ist es nicht verständlich, daß ich zittere? Es ist tiefster Winter; niemand außer diesen groben Engländern kann eine solche Kälte genießen. »Sagen wir einfach, der Junge ist... krank.«

»Wie Sie wünschen. Ich bin kein Experte, was Kinder betrifft. Aber lassen sie mich noch eines hinzufügen. Die Mutter des Jungen ist tot. Sie wurde unter höchst unerfreulichen Umständen ermordet. Ich kenne zwar keine Details, aber...« Er senkte die Stimme, so daß sich Speranza anstrengen mußte, um ihn zu verstehen. »...es waren heidnische Riten im Spiel. Teufelsanbetung. Verstümmelungen, soweit ich weiß. Gräßlich, gräßlich!«

»Wenn dem so ist, dann ist es ganz natürlich, daß der Junge krank ist. Besessen, fürwahr! Traurig, verwirrt, vielleicht darüber verunsichert, was Gut und was Böse ist... nicht, was richtige, liebevolle Zuneigung nicht heilen könnte«, sagte Speranza. Sie fügte nicht hinzu – obwohl es ihr auf der Zunge lag –, daß sie die englische Auffassung von liebevoller Zuneigung höchst merkwürdig fand; jene bestand ausschließlich in der regelmäßigen Anwendung der Rute. Warum wohl lieben die Engländer die Peitsche so sehr? überlegte sie.

»Nun«, riß Mr. Quaid sie aus ihren Gedanken, »es wird Zeit, daß Sie Ihren Zögling kennenlernen.«

Er winkte. Die Geste war so herrisch, daß die Menge sich zu teilen schien. Zwei Männer kamen auf sie zu; sie sahen aus wie Lakaien eines vornehmen Haushalts. Der Junge ging zwischen ihnen. Wie beschämend, dachte Speranza, ihn wie einen Gefangenen eskortieren zu lassen! Nach allem, was er durchgemacht hat!

»Komm her, Johnny«, sagte Mr. Quaid. »Dies ist Mademoiselle Martinique, die für dein Wohlergehen verantwortlich ist, bis du sicher in den Händen von Dr. Szymanowski bist.«

Speranza betrachtete den Jungen, der sich ihr mit gesenktem Blick näherte. Sie hatte ein reiches, wohlgenährtes Kind erwartet; aber Johnnys Kleider hätten, wären sie nicht frisch gewaschen gewesen, aus einem Armenhaus stammen können; ihrem geschulten Blick entging nicht, daß sein Mantel mit groben Stichen geflickt war. Das Kind war blond und blauäugig; sein Haar war kurzgeschoren; nur Gefangene und die Insassen der Irrenhäuser trugen ihr Haar so kurz, weil ihr Schopf an Perückenmacher verkauft wurde. Sie fragte sich, wo Johnny wohl gelebt hatte, bevor sein unbekannter Wohltäter ihn befreit hatte. Und er war höchstens sieben Jahre alt! Oder er war für sein Alter zu klein, unterernährt. Er kam näher, hielt aber den Blick immer noch gesenkt. Ganz offensichtlich hatte man ihn mißhandelt. Diese Engländer, dachte sie bitter. Ihr fiel wieder ein, daß der Ehrwürdige Michael Bridgewater, auch als er schon schwerkrank war, noch von Zeit zu Zeit die Rute zu spüren bekam.

Und die frische Luft, dachte sie. Die frische Luft, die man hier so liebt, wie kalt sie auch sein mag. Sie war überzeugt, daß die frische Luft Michael letztendlich umgebracht hatte. Sie würde alles tun, damit Johnny nicht das gleiche Schicksal erleiden müßte. Schon fühlte sie den starken Drang, ihn zu beschützen.

»Johnny Kindred«, sagte Cornelius Quaid, »du hast deiner neuen Wächterin ohne Widerrede zu gehorchen. Ist das klar?«

»Ja, Sir«, murmelte der Junge.

»Und jetzt schüttele Mademoiselle Martiniques Hand. Aber elegant. Jetzt sag: ›Wie geht es Ihnen, Mademoiselle Martinique?‹ «

Speranza riß der Geduldsfaden. »Mr. Quaid, bitten lassen Sie mich demonstrieren, wie ich mit Kindern umgehe.« Sie wandte sich dem Kind zu und nahm seine Hand. Seine Finger zitterten vor Angst. Sie drückte sie zuversichtlich. »Du kannst mich Speranza nennen«, erklärte sie ihm. »Und du brauchst mir nicht die Hand zu schütteln. Du kannst mich auf die Wange küssen, wenn du möchtest.«

Mr. Quaid rollte mißbilligend die Augen.

»Speranza«, sagte der Junge und schaute sie zum erstenmal an.

Sie wartete Mr. Quaids Tadel gar nicht erst ab. Ohne weiteren Aufhebens und ohne die Hand des Jungen loszulassen, marschierte sie mit ihm auf den Bahnsteig. Bald wären sie am Meer. Bald hätten sie den Kanal überquert und wären in einem Land, wo sich die Männer nicht schämten, ihre Gefühle zu zeigen.

Sie hatte bereits begonnen, das Kind zu lieben, das ihr anvertraut worden war. Sie war entschlossen, es von seiner Angst zu heilen. Besessen, also wirklich! Der arme Junge! Speranza war davon überzeugt, daß sich fast jede Krankheit durch Liebe heilen ließ. Und obwohl sie eine Frau mit vielen Fähigkeiten war, war die Liebe doch ihr größtes Talent.

Dakota=Territorium

Zunehmender Mond

»Lieutenant Harper! Zeke Sullivan! Melden Sie sich sofort bei Captain Sanderson. Es gibt Ärger.«

Scott Harper starrte mißmutig auf die offene Tür der Messe, hinter der der Sergeant Major wieder hinaus in den Schnee stapfte. »Scheiße! Ich hab' noch nicht einmal Zeit gehabt, zwei Schluck Whisky zu trinken«, sagte er zu Zeke, dem Scout, mit dem er sich gleich nach seiner Ankunft in Fort Cassandra vor wenigen Tagen angefreundet hatte.

Zeke grunzte. »Tu bloß deine Uniform geraderichten, Lieutenant«, riet er. »Sanderson nimmt's da höllisch genau.«

Sie gingen hinaus und über den Hof. Es war Mittag, aber der Himmel war grau. Seit Scott vor zwei Wochen angekommen war, hatte es ununterbrochen geschneit. Hinter der Mauer stiegen dünne Rauchsäulen aus den Tipis der Crow=Scouts. Das Klingen eines Schmiedehammers durchdrang die Luft. Irgendwo im Fort übte ein Trompeter. Ab und zu war ein falscher Ton zu hören.

Scott hatte nicht erwartet, daß es mitten im Dakota=Territorium so langweilig sein würde. Außer den Crow=Scouts hatte er in den letzten zwei Wochen keinen einzigen Indianer zu Gesicht bekommen, und die Crows waren kaum mit den legendären, prächtigen Sioux oder Cheyenne zu vergleichen, über die er soviel gehört hatte. Meistens saßen die Soldaten herum und froren sich den Hintern ab, oder Sanderson ließ sie bis zum Umfallen exerzieren. Zeke war sein einziger Freund. Sie hatten kaum etwas gemeinsam. Aber Zeke, der sonst nie einen Ton sagte, mochte offenbar den Lieutenant, obwohl der sein Sohn hätte sein können, und erzählte ihm ständig irgendwelche Schauergeschichten über seine Zeit bei den Indianern.

Sie klopften an die Tür mit dem Schild *Capt. James Sanderson.* Sie wurden hineingerufen, und dann stand Scott vor dem Captain hinter seinem Schreibtisch; auf dem Stuhl gegenüber saß eine Frau, die mit sorgenvollem, gramerfülltem Blick unter ihrer Haube hervorschaute.

»Das ist Mrs. Bryant«, sagte der Captain und kratzte sich am Bart. »Ihr Ehemann wird vermißt. Ich möchte, daß Sie beide der Sache nachgehen.«

»Jawohl, Sir«, antworteten Zeke und Scott gleichzeitig.

»Erklären Sie es den beiden Herren«, forderte Sanderson die Frau ungeduldig auf. Er schien bereits das Interesse an dieser Angelegenheit verloren zu haben; statt dessen blätterte er in einem dicken, ledergebundenen Buch. »Wo genau haben sie Ihren Ehemann zum letztenmal gesehen?«

»Er ist Goldgräber, Captain. Seit fast zwei Jahren gräbt er in den Hügeln. Vor zwei Wochen ist er ganz allein nach Osten, zum Flint Rock Creek. Er hatte 'ne Karte. Er wollte niemanden mitnehmen. Er hat gesagt, er würde in ein paar Tagen wieder zurück sein. Ich hab' ihm gesagt, da gibt's keine Goldadern, aber er hat gesagt, er sucht keine Ader. Der alte Cavanaugh hat sein ganzes Gold versteckt, bevor er starb, hat er gesagt. Ich hab' versucht, Eddie aufzuhalten, aber er war wie besessen. Er sah so komisch aus, das Goldfieber hat mich aus seinen Augen angeblitzt. Ich hab' Angst gekriegt. Deshalb bin ich hergekommen, weil ich Hilfe holen will. Ich hab' eine Abschrift von der Karte. Herrgott, er hat mir verboten, daß ich irgendwem davon erzähle. Aber er hat gesagt, wenn er nach drei Tagen nicht wieder da ist, soll ich nach ihm suchen.« Sie zog ein Papier heraus. Es war der Werbezettel eines Händlers für neue und gebrauchte Gewehre. Auf der Rückseite war eine grobe Skizze des Landes östlich von Fort Cassandra aufgezeichnet. Die Frau breitete die Karte auf Captain Sandersons Schreibtisch aus, und die Männer versammelten sich darum.

Zeke studierte die Karte und sog hörbar die Luft ein. »Captain, das ist im Sioux=Territorium. Die Goldgräber dürfen nicht weiter als bis hier.« Er zog mit seinem abgekauten Fingernagel eine Linie über das Papier. »Er hat bekommen, was er verdient hat, schätz' ich. Verzeihung, Madam.«

»Das war eine äußerst taktlose Bemerkung, Sullivan. Wie Sie wissen, ist es unsere Aufgabe, die Siedler und Goldgräber zu beschützen.« Der Captain blickte Zeke und Scott streng an.

»Sir«, wandte Scott halbherzig ein, »ist es nicht auch unsere Aufgabe, darauf aufzupassen, daß der Vertrag eingehalten wird? Zwischen uns und den Indianern meine ich. Wir dürfen diese Grenze nicht überschreiten, ohne...«

»Wenn ich Ihre Meinung wissen will, dann frage ich Sie danach, Mister!« schnitt ihm Sanderson das Wort ab. Er funkelte Scott böse an und erkundigte sich dann unvermittelt: »Warum haben Sie nur acht Knöpfe an Ihrem Rock?«

Scott war vollkommen überrascht. Er machte ein paar Schritte zurück. »Ich weiß nicht recht, Sir. Einer muß lose gewesen sein oder so.«

»Lieutenant, die Vorschriften besagen: ›Der Rock wird mit neun Knöpfen geschlossen, die in regelmäßigem Abstand angebracht sind.‹ Sie haben einen Knopf zuwenig, Harper, und die restlichen sind ganz bestimmt nicht in regelmäßigem Abstand angebracht. Ich möchte das nicht noch einmal sehen. Werden Sie nicht unverschämt. Vergessen Sie nicht, Sie sind nur *Brevet*-Lieutenant.«

»Sir.« Offensichtlich konnte ihn der Captain nicht leiden. Er würde sich zusammennehmen müssen. Es würde nicht leicht werden. Zu Hause in Missouri sprachen die Leute alles aus, was ihnen durch den Kopf ging.

»Ich möchte, daß Sie beide diese Karte nehmen und versuchen,

Mrs. Bryants Ehemann aufzuspüren. Gehen Sie behutsam vor. Sie werden sich im Feindesland befinden. Versuchen Sie, keinen Schaden anzurichten.«

Einen ganzen Tag ritten sie bereits durch den Schnee. Die Furt über den Sulphur Creek war zugefroren. Die Pferde schlitterten über das Eis. Sie hatten vier Pferde, zwei zum Reiten, eines für die Ausrüstung und eines für den Leichnam.

Am Bachufer standen Eichen, blattlos und schneebeladen; in der Ferne, am Hügel, erhoben sich kleine Fichtenhaine, verlorene grüne Flecken im Weiß. Der Wind hatte aufgefrischt, aber der Schneefall hatte nachgelassen; vereinzelt riß sogar die Wolkendecke auf und gab den Blick frei auf einen überraschend dunkelblauen Himmel. Sie stiegen ab und führten die Pferde eine Weile am Zügel, kauten Dörrfleisch, während sie sich durch den manchmal hüfthohen Schnee arbeiteten. Zeke schwieg fast die ganze Zeit. Scott fragte sich, wie ein Mensch es aushielt, so lange still zu sein. Er fragte den Scout, aber er kannte Zekes Antwort bereits:

»Hab's von den Indianern gelernt.«

»Meinst du, Bryant ist von ihnen...«

»Vielleicht. Bleib aufmerksam.«

Es war Nacht, sie lagerten und ritten im Morgengrauen weiter.

Sie führten ihre Pferde durch den Wald entlang verschlungener Pfade, die immer wieder von gestürzten Kiefern versperrt waren. Nach ein paar Stunden hielt es Scott nicht mehr aus; er mußte reden. »Warum sollte jemand seinen Skalp für so eine blöde Karte riskieren? Rund um das Lager gibt es jede Menge Gold.«

»Und jede Menge anderer Goldgräber«, antwortete Zeke. »Pst. Hör mal.«

Knurren. »Ein Wolf?«

»Es ist Tag. Wölfe kommen in der Nacht. Nein. Irgend jemand folgt uns.«

»Scheiße!« flüsterte Scott. »Und will uns fertigmachen.«

»Vielleicht nicht. Tu so, als würdest du keine Angst haben. Und schieß erst, wenn ich's dir sage.«

Scott legte seine Hand auf den elfenbeinverzierten Colt, den ihm sein Vater überlassen hatte. Er betastete die geschnitzten Initialen auf dem Griff, und er erinnerte sich daran, daß sein Vater die Waffe während des letzten Krieges benutzt hatte.

Ungefähr hundert Yards vor ihnen lag eine mit Fichten umstandene Lichtung. Zeke ritt in die Mitte, zog sein Gewehr unter dem Sattel hervor und feuerte in die Luft. Dann rief er: *»Toki ya la hé? Echâ! Chiktepi kte lo!«*

»Was, in Dreiteufelsnamen... willst du uns umbringen?«

Zeke drehte sich um und flüsterte eindringlich: »Sie wissen, daß wir da sind. Also sollen sie auch wissen, daß wir keine feigen Squaws sind. Vielleicht lassen sie uns ja in Ruhe. Oder sie geben uns wenigstens eine faire Chance. Sanderson glaubt vielleicht, daß die Indianer bloß Wilde sind, aber sie haben tausendmal mehr Ehre im Leib als er. Also mach dich bereit, Junge, und schau möglichst wild. Die Indianer legen viel Wert aufs Aussehen.«

Scott atmete tief durch, zog seinen Revolver und wartete. Der Wind wirbelte den Schnee auf und nahm ihm die Sicht. In unregelmäßigen Abständen feuerte Zeke sein Gewehr ab und brüllte neue Beleidigungen. Jeden Augenblick würden sie von kreischenden Wilden umringt sein. Scott wartete angespannt, nervös in der beißenden Kälte. Ich hätte den Colt gegen eine moderne Waffe tauschen sollen, dachte er mit Unbehagen.

Etwas bewegte sich.

Scott feuerte instinktiv. Ein helles Jaulen drang durch den pfeifenden Wind – ein ganz und gar unmenschlicher Laut. Im Weiß rührte sich etwas, etwas Silbergraues – es jagte aus den Fichten heraus auf ihn zu. Er feuerte noch einmal. Es *war* ein Wolf, es war die ganze Zeit ein Wolf gewesen – ein riesiger Wolf – Zeke hatte sich geirrt! Der Scout starrte eine Sekunde lang mit offenem Mund auf das Tier, dann feuerte er sein Gewehr ab.

Der Wolf sprang weiter.

»Schei-eiße! Das Biest ist voll Blei und wird nicht mal langsamer!« schrie Zeke fassungslos.

Scott feuerte viermal. Die Kugeln rissen das Fell des Wolfes auf.

Blut spritzte ihnen ins Gesicht. Aber der Wolf brach nicht zusammen –

Ein Heulen – irgendwo im Dunkel des Waldes.

Der Wolf wurde langsamer und blieb stehen, direkt vor ihnen. Der Schnee war blutrot. Scott dachte, jetzt stirbt er. Soviel Blei kann er nicht überleben. Der Wolf knurrte. Scott sah Zähne, messerscharfe Zähne in seinem Rachen glitzern. Das Tier sah zu ihnen auf. Und Scott entdeckte etwas Seltsames, fast Hypnotisches in den Wolfsaugen. Er hatte seine Pistole wieder geladen, aber aus irgendeinem Grund brachte er es nicht über sich zu schießen.

Wieder das Heulen. Der Wolf stellte die Ohren auf.

Dann drehte er sich um. Er hatte Schmerzen, das war nicht zu übersehen. Aber die Wunden – sie schlossen sich wieder – heilten vor ihren Augen, und dann hörten sie eine Stimme. Eine alte Indianerin stand am Rande der Lichtung. Sie schaute die beiden Weißen an. Ihre Miene spiegelte Stolz, auch Zorn, und tiefe Resignation. Ruhig sagte sie: *»Mayakte shni ye. Winmáyan ye.«*

»Was sagt sie?« fragte Scott. Die Augen der Frau waren wie die des Wolfes. Das war das merkwürdigste. Die beiden waren fast wie – wie Zwillinge. Obwohl das eine ein Mensch war und das andere ein Tier.

»Sie sagt, wir sollen ihr nichts tun, sie ist bloß eine Frau.«

Sie stand reglos im Schneegestöber.

»Sie will, daß wir mit ihr gehen, glaube ich«, sagte Zeke.

»Vielleicht ist es ein Hinterhalt.«

»Nein.«

Er ging auf die Frau zu. Der Wolf saß ihr zu Füßen, und sie streichelte sein Fell und sprach mit ihm, in einem melodischen, monotonen Singsang. Als sie sah, daß die beiden Männer sich näherten, gab sie ihnen ein Zeichen, ihr zu folgen. Dann wirbelte der Schnee auf, und sie und das Tier verschwanden. Sie verließen die Lichtung. Ihre Spuren führten tiefer in den Wald.

Wenig später fanden sie Bryant, der an einem Baum lehnte.

Er roch noch nicht. Dazu war es zu kalt, und er war steif wie ein Brett. Seine Kleider waren zerfetzt. Seine Eingeweide hingen aus dem Bauch und schlängelten sich auf dem Boden. Sie waren hartgefroren. Braune Blut-Eiszapfen hingen an seinen Armen. Seine Taschen waren mit Goldnuggets vollgestopft.

»Komm«, sagte Zeke. Er leerte die Taschen des Goldgräbers. »Damit können wir ein paar Tage in Whisky baden.«

»Mrs. Bryant wird ziemlich sauer sein, wenn sie merkt, daß ihr Gold gestohlen worden ist«, sagte Scott.

»Woher will sie wissen, wieviel es war?«

Scott tat so, als würde er nicht merken, daß der Scout einen großen Nugget in seine Hosentasche gleiten ließ. »Jetzt hilf mir mal, damit wir den Kerl aufs Pferd binden können«, wies Zeke ihn an.

»Ich versteh's einfach nicht«, sagte Scott wie zu sich selbst. »Warum ist der verdammte Wolf nicht *gestorben?*«

Nach ihrer Rückkehr warteten sie, bis Scott den neunten Knopf angenäht hatte, dann erstatteten sie dem Captain Bericht.

»Von diesen blutrünstigen Wilden ermordet«, befand Sanderson. »Wie ich befürchtet habe! Nun, es bleibt uns nichts anderes übrig, als Vergeltungsmaßnahmen zu ergreifen.« Er saß wieder in seinem Büro, war immer noch mit seinem ledergebundenen Buch beschäftigt.

»Verzeihen Sie, Sir«, wandte Scott ein, »er wurde von einem Wolf zerrissen.«

»Wie können Sie so etwas behaupten, wo der Tote doch ganz offensichtlich verstümmelt worden ist?«

»Sir...« Es war nutzlos. Sanderson hatte sein Urteil gefällt, noch bevor sie irgend etwas gesagt hatten. Sie hätten den Leichnam gar nicht zu finden brauchen.

»Sagten Sie nicht, ein Wilder hätte direkt neben dem Toten gestanden?« fragte Sanderson.

»Captain«, wandte Zeke ein, »das war doch nur eine alte Squaw.«

»Vergeltung ist in solchen Fällen unumgänglich. Ich habe schon ein geeignetes Objekt ausgewählt...« Der Captain rollte eine Karte des Dakota-Territoriums aus und deutete auf einen Punkt knapp innerhalb des Indianer-Reservats. »Späher haben mir gemeldet, daß die Männer dieses kleinen Lagers auf der Jagd nach Wild das Reservat verlassen haben. Es bietet somit ein vorzügliches Ziel für unsere Strafexpedition. Die Indianer müssen endlich lernen, daß wir es nicht tolerieren, wenn sie sich an Weißen vergreifen. Diese blutrünstigen Sioux müssen ein- für allemal kapieren, daß...«

»Darf ich etwas sagen, Captain?« bat Zeke.

»Sprechen Sie, Scout.«

»Sir, die Sioux haben gar nichts getan, was Sie und ich nicht auch getan hätten. Diesmal nicht. Niemand kann ihnen zumuten, daß sie bloß von dem madigen Fleisch und dem schimmligen Zwieback leben, den die Regierung ins Reservat schicken tut.«

Der Captain trommelte ungeduldig mit den Fingern auf die Tischplatte. Scott begriff langsam, daß sie ohne jede Rechtfertigung ein Indianerdorf überfallen würden. Er war hier, weil er von Ruhm und Abenteuern geträumt hatte, aber es war bestimmt nicht besonders ruhmreich, ein paar wehrlose Kinder niederzumetzeln. Er erinnerte sich an die alte Frau im Wald und das leise Lied, mit dem sie den Wolf beruhigt hatte – diesen verdammten Wolf, der einfach nicht sterben wollte. Nichts schien hier zu stimmen.

»Ist etwas, Lieutenant?«

»Sir, ich...«

»Zweifellos sind Sie nervös vor dem bevorstehenden Kampf, mein Sohn. Das ist ganz natürlich. Wenn Sie erst die Trompetenfanfare und die Schreie hören, werden Sie jede Furcht verlieren, das verspreche ich Ihnen. Übrigens habe ich nichts dagegen, wenn sich die Soldaten auch die Frauen vornehmen, solange sie diskret dabei vorgehen und die Opfer sofort beseitigen. Verstanden? Ich will nicht, daß mir in ein paar Jahren lauter Bastarde in der Landschaft herumlaufen.«

Scott mußte bleich geworden sein, denn der Captain milderte seinen strengen Tonfall ein bißchen. »Wenn Sie irgendwelche Probleme haben, Harper, dann scheuen Sie sich nicht, sie mir anzuvertrauen.«

»Sir«, meldete sich Zeke zu Wort, »wer erklärt Mrs. Bryant, daß sie Witwe ist?«

»Das werde ich übernehmen, Sullivan«, sagte der Captain. »Seien Sie unbesorgt. Ich werde taktvoll sein; ich werde ihr die grausamen Einzelheiten dieser Barbarei ersparen. Das Gold, das Sie gefunden haben, wird ihr ein schwacher Trost sein, aber es wird ihr die Suche nach einem neuen Gatten erleichtern...«

Sie schlenderten zum Vorratsladen. Ein paar Soldaten hatten sich um sie gescharrt, hofften, alles über ihr Abenteuer zu erfahren. Scott wurde bewußt, daß die Witwe ganz bestimmt in allen blutigen Details erfahren würde, wie ihr Ehemann von den Indianern gefangengenommen und zugerichtet worden war. Die Stimmung im Fort war düster. Die Männer wollten Blut. Sie würden niemals die Wahrheit glauben.

»Was sollen wir tun, Zeke?«

»Wir betrinken uns«, antwortete Zeke. »Das ist der beste Rat, den ich dir geben kann, mein Junge. Wenn man dir befiehlt, ein Dorf niederzubrennen und die Frauen und Kinder zu töten, dann solltest du das möglichst nicht nüchtern tun.«

Deutschland

Zwei Tage vor Vollmond

Im Zug von London und auf der Fähre über den Kanal sprach der Junge kein Wort. In Frankreich bat er nur in regelmäßigen Abständen um etwas zu essen oder zu trinken. Ihr Wohltäter hatte ihnen Karten für die Zweite Klasse gekauft; Speranza war froh darüber, denn sie hatte schon Gelegenheit gehabt, in der Dritten Klasse zu fahren, und wußte, daß es dort eng und kalt und voller unangenehmer Menschen war.

Als sie an die deutsche Grenze kamen, stiegen die beiden Priester, die mit ihnen im Abteil gesessen hatten, aus. Die Laune des Jungen schien sich ein bißchen zu bessern. Es gab nicht viel zu sehen, außer den schneebedeckten Feldern und ab und zu einem kleinen Bahnhof mit einem schmiedeeisernen Schild und einer kleinen Bank. Speranza beschloß, daß es am besten war, einfach abzuwarten. Der Junge fürchtete sich einfach vor allem; das wußte sie bereits, denn jedesmal, wenn sie ihn berühren wollte, zuckte er ängstlich zurück, als stünde sie in Flammen.

Ein paar Kilometer nach der deutschen Grenze fragte der Junge: »Haben Sie auch Spiele dabei, Mademoiselle?«

Wenigstens, dachte sie, bietet er mir einen Anfang, trotzdem darf ich nicht allzu vertraut mit ihm werden; ich habe ihn nur noch ein paar Tage. Und im Geiste sah sie Michael Bridgewaters erschütternd kleinen Sarg in der Erde versinken. Auch damals hatte Schnee gelegen.

»Speranza«, sagte sie zu ihm, um ihn daran zu erinnern, daß sie Gefährten, keine Gegner waren. Sie öffnete eine Schachtel, die Quaids Leute ihr gegeben hatten und auf der *Spielsachen* stand; sie enthielt, wie sie sah, ein Päckchen Karten, ein Backgammon-Brett und ein Leiter-Spiel. »Sollen wir das spielen?« fragte sie, holte es heraus und stellte es auf dem Sitz zwischen ihnen auf. Endlose Schneefelder zogen an ihnen vorbei. Das Spiel war nicht auf Karton gedruckt, sondern auf einen Seidenbezug gemalt. Die Schlangen waren sehr realistisch dargestellt. In einem Samtbeutel lagen zwei Elfenbeinwürfel, und es gab einen Würfelbecher aus Schildpatt.

Der Junge nickte.

»Gut, Johnny«, sagte sie. Sie wünschte, sie könnte ihm über die Wange streicheln, aber sie wußte, daß er wieder zurückzucken würde. Statt dessen reichte sie ihm die Würfel.

Er würfelte eine Drei und rückte konzentriert mit seiner Spielfigur drei Felder vor. Sie stand am Fuß einer Leiter, und er ließ sie bis in die dritte Reihe hochklettern. Speranza würfelte eine Fünf und mußte in der untersten Reihe bleiben. Sie spielten ein paar Minuten, bis Speranza auf eine Schlange traf und fast von vorn anfangen mußte. Johnny lachte.

Dann sagte er: »Diese Schlangen sehen aus wie Pimmel, gell, Speranza?«

Speranza traute ihren Ohren nicht. Einen Moment lang war sie verlegen, dann fragte sie: »Wer hat dich dieses Wort gelehrt, Johnny?«

»Das war Jonas.«

»Und wer ist Jonas?« fragte Speranza neugierig. Ganz offensichtlich war der Erzieher des Jungen nicht gerade empfehlenswert.

Der Junge schwieg; er sah schuldbewußt aus, und Speranza spürte, daß jetzt nicht der richtige Augenblick war, um nachzufragen. Sie spielten weiter. Johnnys Figur landete auf einer Schlange und schlitterte hinunter. Er kicherte. »Runter bis zum verfickten Schlangenarschloch!« kommentierte er. Seine Stimme klang anders; tiefer, erwachsener.

»Johnny, ich bin zwar eine moderne Frau, aber selbst ich finde deine Ausdrucksweise ungehörig«, ermahnte sie ihn nachsichtig.

»Leck mich am Arsch!« erwiderte Johnny. Er sah ihr direkt in die Augen. In seinen Augen stand Wut, flammende, unkontrollierbare Wut. »Leck mich, leck mich, leck mich, leck mich!«

»Johnny!«

Plötzlich brach er in Tränen aus. »Es tut mir leid«, schluchzte er. »Es tut mir leid, es tut mir leid. Jonas hat mir gesagt, ich soll das sagen, ich war's nicht, ehrlich, ich war's nicht.« Er stürzte sich ihr in die Arme und warf dabei das Spielbrett zu Boden. Speranza begriff, wie sehr er ihre Zuneigung brauchte, und drückte ihn fest an sich. Aber als er sein Gesicht in ihrer Brust begrub, hörte sie ihn knurren, und sie spürte sein Knurren durch ihr Korsett hindurch. Es klang wie das Schnurren einer Katze, aber viel heftiger, viel bedrohlicher. Sie dachte, ich brauche mich nicht vor ihm zu fürchten, er ist nur ein Kind, ein armes, verletztes Kind. Und sie preßte ihn an ihren Busen, bemüht, ihre Angst nicht zu zeigen.

Sie überquerten den Rhein. In Karlsruhe hatten sie mehrere Stunden Aufenthalt; ein Teil des Zuges wurde abgekoppelt und fuhr nach Norden weiter, während ihr Wagen an einen anderen Zug angehängt wurde, der etwas später aus Basel eingetroffen war. Um dem Jungen etwas Bewegung zu verschaffen, ging Speranza mit ihm auf dem Bahnsteig spazieren. Obwohl der Bahnhof überdacht war, lagen auf den Waggons und Schienen Schnee und Matsch. Viele der Passagiere, die von draußen hereinkamen, hatten verschneite Haare und Mäntel. Der Waggon, den man an ihren ankuppelte, trug ein aristokratisches Wappen.

»Ich will ihn anschauen!« bat Johnny. Nichts an ihm erinnerte an das obszöne, rauhstimmige Wesen, das sich vor kurzem gezeigt hatte. Er war durch und durch unschuldig. Speranza war inzwischen überzeugt, daß er an einer Spaltung in seiner Seele litt, daß in ihm die Kräfte der Dunkelheit und des Lichts um die Vorherrschaft kämpften. Sie nahm ihn an der Hand und ging mit ihm zu dem Waggon.

Schwere Vorhänge verwehrten jeden Blick ins Wageninnere. Der Wagen wirkte heruntergekommen, und das Wappen war verblaßt; darunter standen in Frakturschrift, die Speranza nur mit Mühe entziffern konnte, die Worte »von Bächl-Wölfling«. Das Wappen selbst war ziemlich gewöhnlich. Zwei Wolfsköpfe schauten sich auf rotem Hintergrund an. Der kleine Michael fiel ihr ein, der sich so sehr für Heraldik interessiert hatte; aber er war auch der Sohn eines Peers gewesen. Sie sann über ihre Vergangenheit als Gouvernante des jungen Adligen nach und bemerkte erst nach einiger Zeit, daß Johnny nahe ans Gleis herangetreten war, daß er mit der Faust dem Wappen drohte – daß wieder dieses bedrohliche Knurren aus seiner Kehle stieg.

Dann zog Johnny zu ihrem Entsetzen seine Hosen herunter und urinierte an den Wagen.

»Johnny, hör sofort auf!«

»Ich bin Jonas!« Er drehte sich um, ihre Blicke trafen sich, sie sah, daß seine Augen goldene Schlitze waren... wie die Augen eines wilden Tieres! Ängstlich eilte sie ihm nach, aber er knurrte nur und rannte bis zum Ende des Zuges, sprang auf die Schienen, kletterte auf dem gegenüberliegenden Bahnsteig wieder hoch. Sie rief ihn und rannte dann ebenfalls los.

Ich muß ihm den Weg abschneiden, dachte sie. Sie kletterte in den Zug. Eine alte Bäuerin mit zwei Hennen im Korb schaute ihr fassungslos zu. Sie versuchte, die Tür auf der anderen Seite aufzudrücken, aber die war verschlossen.

Sie preßte ihr Gesicht ans Fenster, rief ihn. Er urinierte wieder, erst auf die Schienen, dann an die Zugtüre, und brüllte aus Leibeskräften: »Das ist mein Revier, ich will nicht in dein Rudel, ich bin ich, ich bin ich, laß mich in Ruhe, Ruhe, Ruhe!«

»Helfen Sie mir!« flehte Speranza. »Bitte, auch wenn ich Ihre Sprache nicht spreche… *au secours, j'ai perdu mon enfant…*«

Die Passagiere im Wagen beobachteten den Vorfall neugierig. Ein stämmiger Mann fragte sie auf deutsch: »Ist das Ihr Kind dort auf dem Gleis?«

Sie nickte, ohne ihn zu verstehen. Der Mann rief etwas, und ein Bahnbeamter kam herbeigelaufen, um die Tür aufzuschließen. Speranza und ein paar der Passagiere sprangen auf die Schienen herab.

»Ich laufe nie in deinem Rudel, nie nie nie nie nie!« schrie Johnny und besprenkelte sie mit seinem Urin.

»Was sagt er denn?« fragte der stämmige Mann auf deutsch und packte den Jungen. Johnny beruhigte sich langsam.

»Vielen Dank.« Speranza nahm ihn dem Mann ab. Im gleichen Moment rollte sich Johnny wie ein Fötus zusammen und lutschte am Daumen. Seine Kleider, sein Gesicht und seine Arme waren befleckt und stanken; es war ein seltsamer Geruch, als wäre sein Urin irgendwie nicht menschlich.

Im Abteil füllte sie einen Krug mit Wasser, feuchtete ein Handtuch an und begann, sein Gesicht abzuwischen. Er bewegte sich nicht. Eine Pfeife gellte draußen, dann rollte der Zug aus dem Bahnhof. Der Gestank war stechend, betäubend. Aber Speranza hatte den kleinen Michael jeden Tag bis zu seinem Tod gesäubert und gewaschen; sie vertrug einiges. Der Junge schien tief zu schlafen. Sie wollten ihn nicht in Verlegenheit bringen. Sie zog ihm den Mantel aus und deckte ihn damit zu. Ganz sachte öffnete sie seine vorderen und hinteren Kragenknöpfe und zog ihm das Hemd über den Kopf. Dann löste sie seine Hosenträger, damit sie ihm auch die Hose ausziehen konnte. Das Hemd riß, als sie es unter seinem Kopf hervorzog. Die Handrücken des Kindes waren mit feinem, glänzendem Flaum bedeckt. Auch sein Rücken war ungewöhnlich behaart und glänzte wie ein Seehundfell. Der Junge war mit Narben und Striemen übersät; sie erkannte, daß er oft, wahrscheinlich regelmäßig geschlagen worden war, denn viele der Narben waren bereits verheilt. Sie wrang das Tuch aus, weichte es wieder ein und wusch ihn, so gut es ging. Obwohl sie versuchte, nicht hinzusehen, bemerkte sie seinen kleinen Penis, der erigiert über einem kleinen Büschel silberweißen Haares aufragte. Sie konnte sich nicht vorstellen, daß der kleine Michael dort unten Haare gehabt hatte. Der Knabe hatte neben seinen offensichtlichen emotionalen Anomalien definitiv auch ein paar physische.

Die Sonne begann hinter den weißen Bergen unterzugehen. Es gelang ihr, ihm ein Nachthemd überzuziehen, das so sehr gestärkt war, daß es sich hart anfühlte. Offenbar war es nie benützt worden, ebenso wie all die anderen Kleider in dem Koffer, den Quaids Leute in den Zug geladen hatten. Das kratzige Gewebe mußte ihn aufgeweckt haben. Er schlug die Augen auf und bat: »Erzähl mir ein Märchen, Speranza. Bitte erzähl mir ein Märchen. Dann kann ich schlafen, und Jonas läßt mich in Ruhe. Er kommt nie, wenn ich schlafe.«

Sie hätte ihn gerne weiter über Jonas ausgefragt, aber sie fürchtete, daß sie dadurch einen neuen Anfall auslösen könnte; deshalb sagte sie nur, nachdem sie sich in dem gepolsterten Sitz zurückgelehnt und er seinen Kopf auf die schwarze Seide ihres Rocks gebettet hatte: »Welches Märchen möchtest du denn hören? Vielleicht eines über einen Prinzen in einem Schloß? Mit einer wunderschönen Prinzessin? Vielleicht eines mit einem Drachen? Oder macht dir das zuviel angst?«

»Ich möchte Rotkäppchen hören«, erklärte er schüchtern. »Aber Rotkäppchen soll ein Junge sein.«

Sie mußte sich Mühe geben, um sich ihr Erstaunen nicht anmerken zu lassen. Sie hatte das unbestimmte Gefühl, seine Bitte sei irgendwie ungehörig, aber sie konnte nicht erklären, warum sie so empfand. Sie sah ihn nicht an, während sie erzählte. Sie schaute hinaus auf die Felder, die von der untergehenden Sonne blutrot gefärbt wurden. »Es war einmal ein kleines Mädchen...«

»Ein Junge.«

»...der Rotkäppchen hieß und am Rande eines großen Waldes lebte.« Als sie an die Stelle kam, wo der Wolf sich ins Bett der Großmutter legt, klammerte sich der Junge ängstlich an sie, aber in seiner Angst lag auch so etwas wie Lust. Sie hatte immer schon gewußt, daß Kinder nicht so unschuldig waren, wie die Engländer annahmen. Aber der Gedanke, daß der Junge sich an ihrem Unbehagen erfreute, daß er sie unbewußt ausnutzte... und trotzdem hatte er sie bereits in sein Herz geschlossen, davon war sie überzeugt. Also erzählte sie weiter: »Und der Wolf sagte: ›Damit ich dich besser fressen kann, mein kleiner Junge.‹ Und er schlang den kleinen Jungen mit einem Bissen herunter. Doch am nächsten Tag kam ein Jäger...«

»Das reicht. Das mit dem Jäger erzählen sie bloß, damit die kleinen Kinder sich nicht fürchten. Aber wir beide kennen die Wahrheit, oder nicht?«

»Die Wahrheit?«

»Dem Jäger ist das ganz egal. Und selbst wenn der Junge in dem Wolf noch lebt, dann würde er ja alle beide töten, wenn er den Wolf erschießt, stimmt's, Speranza?«

»Es ist doch nur ein Märchen«, beschwichtigte sie ihn. Die sexuelle Spannung war weg. Vielleicht hatte sie sich das ja auch nur eingebildet; wie sollte ein siebenjähriger Junge, auch wenn er tief verstört war, sie so manipulieren können?

»Es ist kein Märchen, Speranza. Glaub mir. Und wenn du mir nicht glauben willst, dann unterhalte dich später mal mit Jonas.« Kurz darauf übermannte ihn der Schlaf; das monotone Schienengeräusch hatte ihn eingeschläfert. Sie deckte ihn zu, dann saß sie lange neben ihm und dachte nach. Sie hatten die Essenszeit im Speisewagen verpaßt.

Es klopfte an der Tür.

»Darf ich eintreten?« fragte eine schleimige Stimme auf deutsch; die Stimme eines Speichelleckers; keine Stimme für einen Bahnbeamten. Ihr Herz begann schneller zu schlagen.

»Je m'excuse«, antwortete sie auf französisch, *»je ne comprends pas l'allemand.«* Dann fügte sie auf englisch hinzu: »Bitte, Sir, ich verstehe kein Deutsch.«

Sie schob den Riegel der Abteiltür zurück.

Ein Mann im Abendanzug stand vor ihr, sehr steif und korrekt. Er trug ein silbernes Tablett. »Verzeihen Sie, Fräulein Martinique«, sagte er. »Mein Dienstherr möchte Sie bitten, ihm doch die Ehre zu erweisen und ihm Gesellschaft beim Abendessen zu leisten, jetzt, wo der Junge eingeschlafen ist.«

»Woher weiß er...«

»Er hat es gespürt, gnädiges Fräulein. In seinem Herzen.«

»Sir, es geziemt sich nicht für einen Mann, eine Frau einzuladen, der er nicht vorgestellt worden ist...«

Der Steward oder Butler, oder was er auch sein mochte, hielt ihr das kleine Tablett entgegen. Darauf lag eine Visitenkarte aus Büttenpapier mit Goldrand. Nur ein Name war aufgedruckt: *Graf Hartmut von Bächl-Wölfling.*

Was wußte dieser Mann über sie und den Jungen? Wie konnte er spüren, wann der Junge wach war oder schlief? Und warum hatte der kleine Johnny an seinen Wagen uriniert? Sie hatte Angst davor, wohin das führen mochte. Sie hatte die unbestimmte Ahnung von etwas – Unnatürlichem. Vielleicht sogar Übernatürlichem. Aber Speranza war nicht abergläubisch, und ihre Neugier war stärker als ihre Furcht.

Der Diener des Grafen wartete auf ihre Antwort.

»Ich komme sehr gerne«, erklärte sie ihm, »wenn Sie jemanden herüberschicken könnten, der auf das Kind aufpaßt, während ich fort bin; und vielleicht könnte der Koch des Grafen ja eine Kleinigkeit zubereiten, die ich Johnny dann mitbringen kann. Der arme Junge ist völlig erschöpft, aber er hat noch nicht zu Abend gegessen, und ich fürchte, daß er mitten in der Nacht vor Hunger aufwachen könnte.«

Der Diener schwieg, versuchte vielleicht, ihre Antwort zu übersetzen; der Zug ruckelte, als er durch eine Kurve fuhr. »Jawohl, gnädiges Fräulein«, sagte er schließlich.

»Dann werde ich mich jetzt umziehen. Wenn ich schon von einem Grafen eingeladen werde, sollte ich wenigstens anständig gekleidet sein«, erklärte sie. Plötzlich fühlte sie sich unsicher.

Nachdem der Mann gegangen war, durchwühlte Speranza ihren Koffer, fand aber nur wenig Passendes; sie zog sich ein sauberes schwarzes Kleid an, frisierte ihr Haar und legte über das schlichte Kostüm einen Umhang aus Kaninchenfell. Sie besaß auch ein wenig Schmuck und wählte ein silbernes Kollier mit Cabochon-Amethysten aus. Ein bißchen zu protzig vielleicht? Aber sonst besaß sie nichts, was sich eignen würde. Sie betrachtete ihr Spiegelbild im Fenster. Vielleicht, dachte sie, könnte ich noch attraktiver sein. Im Fenster sehe ich aus wie eine Gouvernante, eine einfache Gouvernante – aber ich habe zu viele dunkle Träume für eine Gouvernante, zu viele dunkle, gewagte Gedanken.

Dann erschien eine Dienstmagd in Uniform, vielleicht vierzehn Jahre alt, knickste und sagte auf deutsch: »Für den Knaben.« Speranza nahm an, daß sie auf den Jungen aufpassen sollte, und ging; der Diener erwartete sie bereits und führte sie durch den Gang in das Reich des Grafen von Bächl-Wölfling.

Sofort spürte sie die düstere, bedrückte Atmosphäre. Alle Vorhänge waren zugezogen, und das einzige Licht kam von einem goldenen Kandelaber mitten auf dem Tisch aus schwarzem italienischen Marmor. Der Diener bot ihr einen Platz in einem Fauteuil an, unförmig, staubig und mit dunklem Samt bezogen; ein zweiter Diener schenkte Wein in einen Kristallkelch ein. Abgesehen von der ständigen Bewegung des Zuges, fühlte sie sich in einen luxuriösen, wenn auch heruntergekommenen Salon in Mayfair versetzt.

Der Diener sagte, scheinbar in den leeren Raum hinein: »Euer Gnaden, das französische Fräulein, das Ihr eingeladen habt.« Er verbeugte sich.

»Willkommen«, sagte eine Stimme: glatt, tief, suggestiv, sogar ein bißchen erotisch. Zuerst sah sie nur Augen; die Augen glitzerten. Merkwürdigerweise erinnerten sie Speranza an Johnnys Augen, als er sich in sein anderes, geisteskrankes Selbst verwandelt hatte: Sie waren klar und gelb wie polierte Topase. Jetzt sah sie auch das Gesicht, in dem sie ruhten: ein schmales Gesicht. Ein Mann in mittleren Jahren, doch irgendwie auch jugendlich. Das Haar über der hohen Stirn war bis auf eine silberne Strähne über der linken Schläfe tiefschwarz. Auf seiner Oberlippe stand ein kaum sichtbarer Schnurrbart.

Er sagte: *»Ou est-ce que vous préférez que nous parlons en français?«* Seine Aussprache war makellos.

»Es macht keinen Unterschied«, antwortete Speranza, »in welcher Sprache wir uns unterhalten. Aber vielleicht können Sie mir etwas erklären... so vieles erklären... Wer sind Sie, und warum scheinen Sie so viel über mich und das Kind zu wissen?«

»Ich bin ein einfacher Pilger«, begann von Bächl-Wölfling. »Ich reise zum selben Schrein wie Sie, meine liebe Mademoiselle Martinique, aber vielleicht gestatten Sie mir die Freiheit, Sie mit Ihrem Vornamen anzusprechen. Speranza. Ihr Vorname bedeutet *Hoffnung,* und ohne Hoffnung ist unsere Sache zum Untergang verurteilt.«

»Ihre Sache?«

Der Graf näherte sich ihr und ließ sich in einem Ledersessel nieder. »Ah, ja. Wir sind alle auf der Reise zu Dr. Szymanowski, nicht wahr?«

»Ich soll ihm den Knaben überbringen.«

Er seufzte; er strahlte eine fast unüberwindliche Trauer aus, obwohl sie nicht sagen konnte, warum. Als wären seine Gefühle aus dem Staub in der abgestandenen Luft im Wagen geboren, als könnte sie seine Melancholie wittern. »Und danach?« fragte er.

»Das weiß ich noch nicht, Sir. Vielleicht kehre ich zu meiner Familie nach Aix-en-Provence zurück.« Ein Mädchen trug ein Fischgericht auf; der Graf stocherte gedankenverloren darin herum, aber Speranza war hungriger, als sie gedacht hatte. »Ihr Diener hat vorhin eine Bemerkung gemacht... Sie hätten *gespürt,* daß Johnny eingeschlafen sei... in Ihrem Herzen. Was hatte das zu bedeuten?«

»Wir sprechen eine geheime Sprache.«

»Aber Sie haben ihn nicht einmal gesehen.«

Der Graf rümpfte die Nase. »Ich habe ihn ganz bestimmt gerochen, Mademoiselle! Der Geruch hängt immer noch in der Luft... ah, Sie können es nicht riechen... manche von uns sind da... empfindsamer... als andere.«

»Wenn Sie damit auf Johnnys Mißgeschick anspielen...«

»Das war bestimmt kein Mißgeschick!« widersprach der Graf lachend. »Aber er muß noch viel lernen. Ein Jüngerer kann das Revier eines Führers nicht einfach an sich reißen, indem er es mit Pisse markiert! Der Junge handelt im Augenblick noch rein instinktiv; aber bald wird sich zu seinem Instinkt auch Intelligenz gesellen. Ihm helfen zu können, seinen Geist zu formen, der noch so geschmeidig ist und doch schon all das in sich trägt, was unsere Rasse von...«

»Ich habe keine Ahnung, wovon Sie sprechen, Graf.«

»Bitte verzeihen Sie mir. Wenn der Mond zunimmt, schweife ich immer ab. Damit mache ich das wett, was ich in der Zeit versäume, in der ich zu einem menschlichen Gespräch nicht fähig bin.«

Meine Güte, dachte Speranza, der ist ja mindestens so verrückt wie der Junge! Wer war eigentlich dieser Dr. Szymanowski? Bestimmt der Leiter einer Irrenanstalt. Und sie brauchten Johnny. Für ihre Experimente vielleicht. Speranza hatte *Frankenstein* gelesen. Sie wußte, wozu Wissenschaftler fähig waren. Sie fragte sich, ob das junge Mädchen, das mit Johnny allein war, tatsächlich ein Dienstmädchen –

»Sie weiß von nichts«, sagte der Graf von Bächl-Wölfling.

»Sie können gedankenlesen, Graf?«

»Nein. Aber ich bin ein sehr guter Beobachter«, erklärte er beruhigend. »Ich weiß zum Beispiel, daß Ihre Verkleidung als prüde, strenge Gouvernante nur ein Schutzschild ist, hinter dem sich eine sehr leidenschaftliche Frau verbirgt; eine Frau, die bereit ist, erstaunliche Risiken einzugehen; eine gefährliche Frau; eine Frau, die Dinge faszinieren, vor denen andere Frauen zurückschrecken; eine Frau, die zu tiefer, verzehrender Liebe fähig ist.«

Speranzas Herz begann wild zu schlagen. »Graf, ich bin vielleicht moderner als die meisten Frauen meiner Profession, aber wir kennen uns erst seit sehr kurzer Zeit. Und auch wenn die Standesunterschiede so groß sind wie zwischen uns, glaube ich nicht, daß es sich ziemt, solche...«

»Sie irren sich, Speranza. Ich begehre Sie, aber... es gibt Dinge, ohne die man leben kann. Nur der Junge ist wichtig. Er ist etwas ganz Neues, verstehen Sie, ein ganz neues Wesen. Aber ich sehe, daß Sie mich nicht begreifen.« Er seufzte; wieder schien ein Hauch von Trauer in der Luft zu liegen. »Ich bin ungerecht Ihnen gegenüber... aber glauben Sie mir, ich würde nicht solche Dinge über Sie sagen, wenn ich nicht zuvor umfassende Nachforschungen über Ihren Charakter hätte anstellen lassen.«

»Mein Charakter ist untadelig!« wehrte sich Speranza. Sie fühlte sich auf beängstigende Weise verletzlich, denn der Graf hatte ihr die Maske weggerissen, die sie unter so großen Mühen angelegt hatte, und als billige Selbsttäuschung entlarvt. »Wie können Sie es wagen, in meinem Leben herumzuschnüffeln, wie können Sie es wagen, mich hierher bringen zu lassen? Ich glaube, unter diesen Umständen ist es besser, wenn ich sofort gehe.«

»Natürlich. Aber zuvor sollte ich Ihnen vielleicht noch etwas sagen.«

»Wir haben einander nichts mehr zu sagen...«

»Außer, Mademoiselle Martinique, daß ich Ihr Auftraggeber bin.«

»Sie! Sie haben sich bei Lord Slatterthwaite gemeldet – Sie haben Cornelius Quaid zum Bahnhof geschickt...« Speranza zitterte jetzt, fühlte sich so verloren und hilflos wie der arme, wirre

Johnny Kindred, der nicht mehr wußte, ob er ein Mensch war oder zwei.

Der Graf lächelte nur und schenkte ihr ein neues Glas Wein ein.

Dakota = Territorium

Durch den Wald, nach Süden, zum Platz des Mondtanzes; auf den Bergkuppen glitzerte der Frost; die alte Frau und der Wolf, ihre Schwester. »*Chuwitamateyela kte*«, rief die alte Frau, »ich bin schon halb erfroren.«

Der Wolf antwortete in der Sprache der Nacht, obwohl die Nacht noch nicht gekommen war. Dennoch verstanden sie einander, denn beide hatten schon viele Male in ihrem langen Leben die Grenze zwischen den zweibeinigen und den vierbeinigen Wesen überschritten. Die alte Frau versuchte, nicht an die Menschen zu denken, die sie zurückgelassen hatte: ihren Sohn Ishnazuyai, der seit vielen Sommern *Blotahunka* – Kriegshäuptling – der Shungmanitu war; sie war stolz, daß er seine Gefühle beherrscht hatte, als sie gegangen war. Und die Frauen ihres Sohnes, vor allem Tiptowin, die jüngste, Mutter ihres Enkelkindes Mahtohokshila. Diese Namen werden mir nichts mehr bedeuten, dachte sie, denn ich und *Mitankala* haben von nun an keinen Namen mehr, den ein Mensch aussprechen kann.

Manchmal liefen sie, manchmal schlitterten sie die rutschigen weißen Abhänge hinab. Die Wolfsschwester war nicht mehr leichtfüßig, und die alte Frau war fast blind. Obwohl überall nur weißer Schnee zu sehen war, machte das keinen Unterschied, denn die Wolfsschwester konnte sich am Geruch des Windes orientieren.

Einmal fragte die alte Frau ihre Schwester: »Warum verzehrst du mich nicht gleich? Ich glaube nicht, daß ich den Platz des Mondtanzes noch erreichen werde. Ich werde niemals zusammen mit den Wolfsmenschen im Himmel begraben sein. Ich wollte dir nur als Stärkung dienen, damit ich in dir sein kann, wenn du den heiligen Ort erreichst.«

Die Antwort drang durch das Heulen des Windes. »Das Fleisch der *Washinchun* wird uns neue Kraft geben, meine Schwester.«

»Aber warum sind die weißen Männer ins Land der Lakota eingedrungen?«

»Schwester, das weiß ich nicht.«

Flötenmusik wurde vom Wind herbeigetragen. Aber es waren keine *Siyõtanka,* Knochenflöten, die Botschaften der Liebe überbrachten; diese Flöten klangen quietschend und metallisch; sie waren hart wie die Sprache der *Washinchun.* Woher kam das Geräusch?

»Sieh«, sagte die alte Frau. Die Wölfin erstarrte, spürte das Unbehagen ihrer Schwester; die Frau wünschte, ihr Geruchssinn wäre besser ausgeprägt. Aber sie würde niemals wieder die Kraft zur Verwandlung haben; das Alter hatte sie in die Gestalt einer Greisin gezwungen, mit einem Gesicht, das so voller Falten und Kerben war wie das Gebirge. Aber ihre schwachen Augen erblickten im Spalt zwischen zwei schiefen Felsen Flammen und Rauchsäulen. Die Wölfin bäumte sich auf und heulte; die alte Frau wußte, daß sie den Tod witterte. Es muß Krieg sein, dachte sie. Aber was war das für ein *Ratatat,* das von den Gipfeln widerhallte? Sie kannte das Geräusch von Gewehren, aber dieses Gewehr ratterte mit unmenschlicher Gleichmäßigkeit. Beunruhigt schnüffelte ihre Schwester und hob eine Pfote – der Todesgestank mußte ihr fast den Atem rauben, sogar die alte Frau nahm ihn jetzt wahr, wie ranziges, verbranntes Büffelfett.

Sie fühlte sich von all dem auf seltsame Weise losgelöst. Sie wußte, daß sie die Grabstätte niemals erreichen würde. Der große Kreis des Mondes würde ohne sie enden und beginnen.

»Sollen wir ins Dorf hinunter gehen?« fragte sie ihre Schwester, die Wölfin. Aber sie stiegen bereits den Hügel hinab. Ich bin dem Tode so nahe, dachte sie, deshalb ziehen mich die Sterbenden an.

Scott und Zeke gaben ihren Pferden die Sporen und jagten zwischen den brennenden Tipis hindurch. Schreiend rannten die Frauen durch das Lager. Eine Frau wälzte sich mit brennenden Kleidern im Schnee. Durch den dichten Qualm konnte Scott erkennen, wie drei Soldaten eine Frau vergewaltigten, während ein vierter ihr sein Bajonett ins Gesicht rammte. Ihr Körper war vollkommen schlaff; vielleicht war sie schon tot. Über den Todesschreien spielten die Pfeifen und Trommeln ein fröhliches Lied.

Scott stieg ab. Eine Frau kam auf ihn zugerannt. Sie war nackt. Ihr Gesicht war tränenüberströmt. Kraftlos riß sie einen Tomahawk hoch. Er starrte sie unsicher an. Ein Schuß bellte. Die Frau sank im Schnee zusammen. »Haben Sie etwa Skrupel, Harper?« knarrte eine Stimme hinter ihnen. Es war Captain Sanderson. »Jetzt können Sie endlich für Ihr Vaterland kämpfen!«

»Frauen zu vergewaltigen und Kinder umzubringen ist nicht das, was ich unter Kampf verstehe, Sir«, widersprach Scott voller Verachtung.

Der Captain stakste auf sie zu, hielt nur kurz inne, um einem greinenden Baby ins Gesicht zu treten. »Keine Gnade, Lieutenant«, sagte er. »Wenn Sie denen den kleinen Finger reichen, nehmen sie die ganze Hand.« Das Baby, das noch auf seine Trage geschnallt war, prallte auf einen Steinhaufen im Schnee. Es gab keinen Laut mehr von sich. Vielleicht war es schon tot. »Sie halten mich für grausam?« grölte der Captain. »Vergessen Sie niemals das Minnesota-Massaker, Harper! Sie waren damals zwar noch ein Kind, aber vergessen Sie es trotzdem nicht!«

Zeke flüsterte, und Scott hörte die Verbitterung in seiner Stimme: »Du kannst nichts dagegen tun, Junge. Es ist eine verdammte Schande, aber du kannst nichts dagegen tun.«

»Ich verstehe nicht, wie du so gefühllos sein kannst, Zeke Sullivan. Du hast bei den Indianern gelebt!«

»Ich bin nicht gefühllos. Nur alt und müde. Ich sehe die Zukunft, Kleiner, und ich sehe keine Indianer. Nur Eisenbahnschienen, Meile über Meile Eisenbahnschienen. Und Goldgräber und Bauern und Kirchen und Puffs.«

Der Captain war bei ihnen angelangt. »Planen Sie beide etwa eine Meuterei?« herrschte er sie an.

»Sir, ich protestiere…«

»Kommen Sie mit, Lieutenant! Jetzt machen wir einen Mann aus Ihnen.« Der Captain stolzierte wieder davon. Scott folgte ihm in den dichten Qualm. Es war, als spaziere er in einen Alptraum. Dies konnte nicht wirklich geschehen. Er nahm den zackigen Gang des Captains nur halb wahr. Zeke blieb zurück. Der ätzende Rauch trieb Scott die Tränen in die Augen. Alles verschwamm. Die Perspektiven verschoben sich. Die Tipis waren wie brennende Pyramiden. Die Pferde brüllten, als sie von den Soldaten niedergemetzelt wurden. Die Wildheit in den Augen des Captains – die gleiche gierige Wildheit wie in den Augen der Goldgräber, Scott folgte ihm. Es gab nichts zu kämpfen. Natürlich nicht. Nur alte Männer und Frauen und kleine Kinder.

Die traten aus dem Qualm heraus. Er kroch hinter ihnen über den schmelzenden Schnee, über die Leichen. Der Captain winkte ihm mit seiner Pistole. Er war besessen. Scott konnte kaum mit ihm Schritt halten. Vor ihnen standen Bäume. Zwischen ihnen hatten die Sioux ihre Sterbegerüste aufgebaut. Er sah die Toten in ihrem Schmuck dort ruhen. Menschliche Schädel und Büffelschädel blickten ihn unter dem Schnee heraus an. »Bestimmt verbergen sich ein paar von ihnen unter den Leichen«, grummelte der Captain vor sich hin. »Sie denken, wir wären zu feige, um ihre heiligen Stätten anzugreifen… was für Einfaltspinsel diese Wilden doch sind! Zu glauben, daß ihre heidnischen Riten sie vor unserem gerechten Zorn bewahren könnten…«

Er verschwand zwischen den Bäumen. Bleich und wie gebannt beobachtete Scott, wie er eine Frau an den Haaren herauszog. Er schleuderte sie mit dem Gesicht voran in den Schnee, kniete sich auf sie und drückte ihr seine Pistole in den Nacken. »Sehen Sie!« brüllte Sanderson.

Er prügelte die Frau und den Schnee. Die Schreie der Sterbenden im Dorf wurden vom Rauch und vom Wind erstickt. Sie schienen ganz woanders zu sein, der wahnsinnige Captain und die Frau und Scott. Warum schrie sie nicht wenigstens? Das war das Schlimmste: wie sie starben, so ganz anders, als sein Vater den letzten Krieg beschrieben hatte – die Angst, die Schreie, das Flehen, die Verzweiflung. »Sehen Sie sich das da an«, sagte Sanderson und machte eine Geste in Richtung der Sterbegerüste. Gebeine und Schnee. »Und sehen Sie sich diese Squaw an. Ich habe nichts gegen sie. Aber sie kann den Lauf der Geschichte nicht aufhalten. Töten Sie sie. Das ist ein Befehl!«

Scott zögerte. Hinter dem Captain, im Dickicht, genau hinter den letzten Gerüsten – war das wieder dieser Wolf? Nur Augen. Ich sehe schon Gespenster, sagte er sich.

»Töten Sie die Frau!«

»Es tut mir leid, Captain. Ich kann nicht.« Er konnte es selbst nicht fassen, daß er das gesagt hatte. Scott hatte sich noch nie einem Befehl widersetzt. Er war in die Armee gegangen, weil sein Vater gesagt hatte, daß sie jetzt alle zusammen eine Nation bildeten und daß es an der Zeit wäre, zu vergessen. Scott wußte, was Autorität und was Ungehorsam bedeutete.

»Töten Sie die Frau, oder ich lasse Sie vors Kriegsgericht stellen!«

»Nein.«

Diese Augen – die im Schnee brannten – dieselben Augen. Der Wind drehte und trieb den Qualm zu ihnen herüber, biß in seinen Augen und seiner Nase. Der Wolf und die alte Frau waren in Rauchschwaden gehüllt. Beide waren ausgemergelt, dürr. Wohin wollten sie? Folgten sie ihm? Ihre Augen ließen ihn nicht los. Sie durchdrangen das ätzende Grau. Er schien sein eigenes Schicksal in der kalten Glut dieser Augen zu sehen.

Er war so fasziniert, daß er kaum die Flüche des Captains hörte, kaum den Schuß; daß er kaum sah, wie sich der Schnee zu seinen Füßen mit dem Blut und dem Gehirn der jungen Frau blutrot färbte. Was dann kam, geschah wie in einem Traum. Der Captain trat dem Leichnam in die Seite, wirbelte blutrote Schneeflocken auf. Jetzt drehte er sich in seiner Raserei wieder zu den Gerüsten um, rüttelte daran, versuchte, sie niederzureißen. Seine Hose war blutdurchtränkt. Knochen regneten auf ihn nieder, Knochen und gebleichte Federn. Die ganze Zeit über blickten Scott und die Wolfsfrau und der Frau-Wolf einander durch den Rauch in die Augen – er hatte beinahe das Gefühl, mit ihnen sprechen zu können, als läge ihm ihre Sprache auf der Zunge.

Die Wolfsfrau heulte. Ihr Ruf durchdrang den fernen Chor der Sterbenden. Was wollte sie ihm sagen? Er bildete sich ein, sie zu verstehen; es war ihm fast ein Trost, obwohl der Schrei herzzerreißend geklungen hatte. »Vergiß nicht in deiner Wut, daß wir nicht wählen, was wir sind.« Diese Botschaft glaubte er zu hören.

»Ich will nicht... Ich meine, ich kann nicht...« Ich werde verrückt, dachte er. Ich habe Visionen, ich höre Stimmen.

Der Captain rüttelte am nächsten Gestell. Ein Schild aus Büffelfell segelte herab. Es deckte den Kopf des toten Mädchens zu. Scott war froh darüber, denn der Captain hatte sie aus nächster Nähe erschossen. Noch mehr Federn. Eine schmächtige Hand baumelte von oben herab.

»Lebwohl«, schien die Wolfsfrau zu ihm zu sagen und verschwand im Nebel und Rauch. Musik lag in der Luft: die schrille Melodie der Pfeifen und das große Stakkato der Trommeln, um die Schreie zu übertönen.

Scott antwortete nicht. Er wandte sich wieder dem Captain zu. Er sah ihn toben. Er bemerkte, daß die Hand auf dem Gerüst gar nicht schlaff und leblos war – sie glitt nach unten, tastete in der Luft. »Vorsicht!« schrie er. Aber es war zu spät. Die Hand hatte Sandersons Haar gefunden und riß es nach oben. Eine zweite Hand schoß herab und jagte ein Messer in den Skalp.

Scott feuerte auf das Gerüst. Immer und immer wieder. Das Toben des Captains verstummte augenblicklich. Blut sprudelte ihm übers Gesicht. Auf dem Gerüst flogen Federn und Knochen und Büffelhäute herum – der blutige Skalp fiel aus der Hand in den Schnee. Sanderson stürzte sich darauf. Er schien zu schockiert zu sein, um Schmerz zu spüren. Eine Gestalt rollte vom Gerüst. Der Aufprall war nicht zu hören; der weiche Schnee verschluckte jedes Geräusch.

Einen langen Augenblick torkelte Sanderson mit dem Haarkranz in der Hand herum, verklebt von gerinnendem Blut und schneebestäubt. Er schrie immer noch nicht, schien immer noch keinen Schmerz zu spüren. Schließlich krächzte er heiser: »Sehen Sie, Harper? Es ist ganz leicht, ein Kind zu töten, ganz leicht, leicht.« Und fiel ohnmächtig neben zwei tote Indianer – und Scott schrie um Hilfe.

Ein Kind zu töten – wollte er ihn verhöhnen? Als immer mehr Soldaten aus dem brennenden Lager herbeieilten, als sie den Captain auf eine Bahre legten, nahm Scott zum erstenmal wahr, wen er getötet hatte.

Er war höchstens zwölf Jahre alt. Er trug nur einen Lendenschurz. Scott hatte ihm nur Fleischwunden zugefügt. Der Junge war vorher bereits fast verblutet, langsam und qualvoll, an einem tiefen Schnitt in seinem Bauch. Vielleicht von einem Kavallerieschwert, dachte Scott. Sein Mund war wie zum Schrei aufgerissen, aber er wirkte eher überrascht als ängstlich. Sein Gesicht war mit Farbe beschmiert; selbst Scott konnte sehen, daß sie ungeschickt aufgetragen worden war; ungleichmäßige blaue Streifen auf beiden Wangen verliehen seinen Zügen etwas Hartes, Asymmetrisches. Gedärme hingen aus der Wunde und lagen im Schnee. Eine Faust war fest um ein Haarbüschel geschlossen.

»Er durfte nicht mit auf die große Jagd, weil er zu jung war.« Scott schaute auf und sah Zeke neben sich stehen. »Also bleibt er hier bei den Frauen und Kindern und träumt davon, daß er wie seine Brüder und Onkel in den Krieg zieht. Dann wird er aufgeschlitzt. Er weiß, daß er sterben muß. Nicht gleich, aber er sieht, daß er sein Blut und seine Eingeweide verliert, bis nur noch eine Hülle von ihm übrigbleibt. Er weiß, daß ihm nicht mehr viel Zeit bleibt. Aber er will wie ein Mann sterben. Ein Mann muß gut aussehen in der Geisterwelt. Irgendwie bemalt er sich das Gesicht. Versteckt sich unter den Toten... er gehört praktisch schon zu ihnen. Und hofft, daß er einen *Washinchun* mitnehmen kann.«

»Du sprichst, als hättest du ihn gekannt, als wärst du dabeigewesen.«

»Scheiße, ich hab' jede Menge gekannt, die genauso waren wie er. Na, einer von uns Bleichgesichtern hat ihn jedenfalls von seiner letzten Ruhestätte runtergeholt.«

»Ich bin nicht stolz darauf«, sagte Scott. »Kein bißchen.«

»Du warst das?« fragte Zeke. »Jetzt bist du ein richtiger Soldat, mein Junge. Du hast Blut an den Händen, Blut im Sinn.«

»Daß du so reden kannst! Du hast bei ihnen gelebt. Du hast sogar eine Squaw geheiratet. Wie du über den Jungen gesprochen hast, das war fast... wie ein Gedicht! Scheiße, Zeke...«

»Ich bin noch nicht so alt. Ich kann immer noch zwischen einem Gedicht und der Wirklichkeit unterscheiden.«

»Ich fühle mich... ich fühle mich überhaupt nicht so, wie ich es mir immer vorgestellt habe. Außerdem will mich der Captain vors Kriegsgericht stellen, weil...«

»Vors Kriegsgericht? Du hast ihm das Leben gerettet! Dafür bekommst du einen Orden, mein Junge, dafür wirst du befördert.«

»Wir wählen nicht, was wir sind.«

»Was sagst du?«

Scott wurde bewußt, daß dies die Worte waren, die er vorhin zu hören geglaubt hatte, die Worte der Wolfsmenschen. Und dann kam es ihm ohne Nachdenken über die Lippen: *»Shungmanitu hemakiye.«*

»Wo, in Dreiteufelsnamen, hast du das her?« Zeke starrte ihn verunsichert an.

»Es ist mir nur so herausgerutscht. Ich weiß nicht einmal, was es bedeutet.« Dann, entsetzt: »Zeke, was bedeutet es?«

»Ist doch egal«, sagte Zeke dumpf. Er wandte sich um, ohne noch einen Blick auf die Leichen zu werfen. Scott beobachtete, wie der Nebel ihn verschluckte. Die Eiseskälte konkurrierte mit der Hitze der brennenden Tipis. Ich bin ein Held, sagte er zu sich selbst, aber die Worte bedeuteten ihm nichts, überhaupt nichts. Später würde er sich nur noch an diesen Augenblick erinnern, weil Zeke ihm von da an nicht mehr vertraut hatte.

Bayern

Ein Tag vor Vollmond

Speranza hatte den Salonwagen des Grafen so bald wie möglich verlassen. Das Kind war wach und mit dem Abendessen beschäftigt, das man ihm gebracht hatte: ein bißchen Pastete, einen Teller Suppe, eine Scheibe Schwarzbrot, einen Kelch mit Glühwein. Das Mädchen sah sie zurückkommen, so kurz, nachdem sie zu dem Bächl-Wölfling aufgebrochen war, knickste und zog sich mit einem Schmunzeln zurück – oder bildete sich Speranza nur das Schlimmste ein?

»Du stinkst nach ihm«, sagte der Junge. Es war der andere. Der Unflätige. »Du riechst nach ihm, er stinkt wie ein Vieh, er hat bestimmt über deine Fotze gewichst, oder hast du ihn gleich reingelassen?« Speranza versuchte gar nicht erst, darauf zu antworten, sondern wartete ab, bis der Anfall vorbei war. Endlich kam Johnny Kindred zurück, um zu sagen: »Ich bin so froh, daß du wieder da bist; bleib immer bei mir.« Dann schlief er in ihren Armen ein.

Diese Nacht schlief sie schlecht. Sie blies die Lampe aus, bettete den Jungen auf den Platz ihr gegenüber und starrte auf die vorbeiziehende Schneelandschaft. Dunkle Fichten, vom Mond versilbert, so weit das Auge reichte. Kaltes, scheckiges Licht drang ins Abteil. Sie versuchte, nicht an den Grafen von Bächl-Wölfling zu denken. Aber sie träumte, daß er sie durch den dunklen Wald verfolgte, daß der Geruch nach Erde und Wolfsurin in ihrer Nase brannte, daß ein scharfer, eiskalter Wind ging. Im Traum glaubte sie, sich daran zu erinnern, daß sie die deutschen Wälder hinter sich gelassen hatten und sich nun in einem mädchenhaften Wald voll leviathanischer Bäume und merkwürdiger Tiere befanden, einem Wald wie aus einer anderen Welt.

Am Morgen erschien der gleiche Diener mit einer Einladung zum Frühstück. »Bitte bringen Sie das Kind mit«, sagte der Mann. Sie schaute Johnny an. Er schien reuig zu sein: Er leistete keinen Widerstand, als sie ihm die eleganten Kleider anzog, die sie im Koffer entdeckten. Sie selbst kleidete sich wieder in dunkle Farben; wieder legte sie die silberne Kette an, obwohl sie fürchtete, daß er sie für arm halten würde, weil sie ständig den gleichen Schmuck trug.

Die Vorhänge im Wagen des Grafen waren immer noch zugezogen. Sie bemerkte unwillkürlich den Geruch; sie erkannte ihn aus ihrem Traum wieder. Der Junge begann zu knurren. »Ruhig, Johnny, ruhig«, murmelte sie leise. Zwischen den Vorhängen drang ein Spalt Tageslicht in den Raum; Staub schwebte in den Sonnenstrahlen. Sie blickte auf den Rücken des Grafen; er saß an einem Schreibtisch, schenkte ihnen keinerlei Beachtung. Sie nahm Einzelheiten in sich auf, die ihr gestern entgangen waren; der Wagen wurde durch einen schweren lilafarbenen Vorhang mit dem Wolfswappen unterteilt; vielleicht lag dahinter die Schlafkabine. Plötzlich befürchtete sie, daß der Junge auf die wertvollen Möbel urinieren könnte. Aber sein Knurren schien nicht ernst gemeint zu sein; bald wurde er abgelenkt, unruhig, und widmete seine Aufmerksamkeit einem Stäubchen, das im Sonnenlicht tanzte.

Der Graf bewegte sich, zuckte vielleicht mit den Achseln; plötzlich wurde der Vorhang zurückgezogen, und Musik erklang von nebenan, leises Klavierspiel. Nach ein paar Takten fiel ein heller, weicher Tenor mit einer klagenden Melodie in Moll ein. Jetzt strömte Sonnenlicht in den Wagen.

Der Junge wurde augenblicklich von der Musik in Bann gezogen. Endlich, zum ersten Mal, lächelte er.

»Schubert«, erkannte Speranza, denn der Liederzyklus *Winterreise* war im Haushalt des Slatterthwaites nicht unbekannt gewesen; obwohl Seine Lordschaft den Text in einer geschraubten englischen Übersetzung seines Cousins gesungen hatte und der kleine Michael zur Begleitung gnadenlos das Familienpiano traktierte. Sie hatte nicht geahnt, daß diese Lieder so schön sein konnten.

Der Graf sagte: »›Fremd bin ich eingezogen, fremd zieh' ich

wieder aus.‹ Wie wahr. Sehen Sie, der Junge versteht die Musik instinktiv. Er ist mir nicht mehr böse.«

Er klatschte in die Hände. Die Musik brach ab, das Lächeln auf dem Gesicht des Jungen erlosch. »Lassen Sie uns frühstücken.« Er erhob sich und bedeutete ihnen, ihm zu folgen; als er durch die zurückgezogenen Vorhänge schritt, nickte er, und die Musik setzte mitten im Stück wieder ein. Sie nahm Johnny bei der Hand und führte ihn. Als sie an dem Schreibtisch vorbeikamen, sah sie, daß er einen englischen Brief geschrieben hatte. Sie hatte die Anrede bereits überflogen – »Mein lieber Vanderbilt« –, als sie merkte, wie unhöflich sie sich benahm. Natürlich wäre ihr normalerweise nie in den Sinn gekommen, fremde Briefe zu lesen; das zeigte nur, wieviel Macht der Graf über sie hatte. Sie nahm sich vor, sich noch prüder, noch ernster zu geben. Sie würde nichts tun, was irgendwie anstößig sein könnte – überhaupt nichts!

Das Frühstück war schmackhaft und reichhaltig. Der Kaffee wurde in blau-weißen Delfter Tassen serviert. Sie bewunderte das Service. Sie bewunderte auch das Besteck, dessen elfenbeinerne Griffe in Form von springenden Wölfen geschnitzt waren, denen man winzig kleine Topas-Augen eingesetzt hatte. Während sie aßen, sagte der Graf kaum etwas. Er starrte den Jungen an. Der Junge starrte zurück. Sie beiden verständigten sich wortlos. Sie merkte, daß sie um so mehr plapperte und mit ihrem Geschwätz die unangenehme Stille zu füllen suchte. Sie verstummte. Die Musik erfüllte den Raum. Schuberts Liederzyklus kündete von Schönheit und Einsamkeit. Wie alles hier. Die Fenster waren einen Spaltbreit geöffnet, und der moschusartige, tierische Geruch verzog sich langsam. Der Zug kam aus dem Wald heraus, fuhr an zugefrorenen Seen und verschlafenen Dörfern vorbei. In der Ferne waren Berge zu sehen. In ein paar Stunden würden sie Österreich-Ungarn erreichen, jenes Imperium verschiedenster Völker und Sprachen. Sie nippte an ihrem Kaffee, der mit Muskat verfeinert und mit einer weißen Sahnehaube verziert war, und verfolgte das stille Gespräch zwischen dem gestörten Jungen und dem weltgewandten Aristokraten.

Schließlich sagte der Graf: »Sie scheinen sehr großen Eindruck auf den Jungen gemacht zu haben, Speranza. Er liebt Sie sehr, müssen Sie wissen. Sie scheinen die Kinder zu verzaubern... wie auch die Erwachsenen, wenn Sie mir die Bemerkung gestatten.«

Er lächelte entwaffnend. Sie errötete wie ein Schulmädchen, obwohl sie sich dazu zwang, ihre Lippen verschlossen zu halten und keine Regung zu zeigen. »Sie belieben zu schmeicheln, Graf«, erwiderte sie.

»Nennen Sie mich doch Hartmut«, bot er ihr an.

»Das würde ich nie wagen«, lehnte Speranza ab. Ihr Puls beschleunigte sich. Sie beruhigte ihre Hand, indem sie eine Scheibe Toast mit Butter bestrich, dann eine Scheibe Pastete darauf legte, sie zurechtschob und mit dem Pastetenmesser scharfe Furchen zog. Bevor sie fertig war, hatte er seine Hand quer über den Tisch ausgestreckt und ihre gepackt. Seine Hand war haarig und glitschig vor Schweiß. Ihr Kopf fühlte sich an, als steckte er in einem Ofen. Schnell entzog sie sich seinem Griff. Der Graf lächelte mit seinen Lippen, mit seinem Gesicht; doch aus seinen Augen sprach unberührbare Trauer.

»Was denken Sie? Daß Sie an diese Trauer rühren sollten?« Wie seltsam, dachte sie, daß er ihre Gedanken so genau lesen konnte. »Ah, Sie wissen noch nicht, welch unmögliche Aufgabe Sie sich damit gesetzt haben. Sie sind jung, furchtbar jung. Können Sie das Tier in Ihrem Inneren nicht spüren, auch wenn Sie ganz und gar Mensch sind?«

»Sir, Sie sind ungehörig.«

»Weil Sie es wünschen.«

Hier drohte Gefahr, obwohl das ganze Abteil in strahlendem Licht lag. Speranza entschied, daß sie genausogut direkt sein konnte. »Warum, Graf von Bächl-Wölfling, haben Sie uns hergebracht? Warum deuten Sie irgendwelche Geheimnisse an? Sie strahlen etwas aus, tun fast so, als wären Sie ein übernatürliches Wesen. Ich bin überzeugt, daß das nur auf Ihre vornehme Abstammung zurückzuführen ist, wenn Sie gestatten...«

»Alles, was Sie sich überlegt haben, Mademoiselle, ist wahr.«

Aber sie hatte sich überhaupt nichts überlegt... der Junge knurrte wieder. Er spielte mit seinem Essen. Er sprang mit allen vieren auf den Tisch. Der Graf drehte sich zu ihm um. Sein Gesicht schien sich innerhalb einer Sekunde zu transformieren. Er fauchte einmal. Der Junge sank beschämt zurück auf seinen Platz. Das Gesicht des Grafen wurde wieder normal. Speranza studierte ihn, hoffte, eine Erklärung für diese plötzliche Metamorphose zu finden, konnte aber nichts entdecken.

»Was haben Sie mit ihm gemacht?« fragte sie ihn.

»Wir verstehen einander.«

»Um zum Thema zurückzukehren... was sollen diese Rätselspiele, Graf? Ich bin eine moderne Frau und mag keine Geheimnisse.«

»Ich bin ein Werwolf.«

Der Zug ratterte zu der Schubert-Melodie. Ihr Verstand sagte ihr, daß der Graf sich wieder einer seiner Phantasien hingab, zu denen sie keinen Zugang hatte. Noch einmal erwog sie die Möglichkeit, daß er genauso verrückt war wie Johnny. Aber ein Teil ihrer selbst schenkte ihm bereits Glauben. Sie konnte nicht leugnen, daß seine Äußerung verlockend klang. Obwohl sie es sich kaum einzugestehen wagte, fand sie die Vorstellung sogar faszinierend.

»Noch etwas Kaffee, gnädiges Fräulein?« fragte der Diener, der lautlos an ihre rechte Seite geglitten war. Sie nickte geistesabwesend, ohne ihn zu verstehen, und er schenkte ein.

»Ich höre gar keine Reaktion auf dieses doch wohl höchst ungewöhnliche Geständnis, Mademoiselle.« Machte er sich über sie lustig? Aber nein, er schien ganz ernst. »Vielleicht sollte ich Ihnen etwas über die schützende Kraft des Eisenhuts erzählen, den man auch Wolfsbann nennt, über nächtliche Metamorphosen bei Vollmond, über Silberkugeln und so weiter. Aber Sie werden nur erwidern: ›Ich bin eine moderne Frau‹, und mit diesem Argument jahrtausendealtes Wissen verwerfen. Statt dessen würde ich vorschlagen, daß Sie den Jungen fragen. Er wußte es sofort. Er weiß es jetzt. Übrigens ist er ebenfalls ein Werwolf.«

»Vielleicht leiden Sie, Graf, ja an einer Dementia, die Sie glauben läßt, daß Sie... kein Mensch sind«, mutmaßte sie. »Aber Johnny hat weit ernstere Probleme.«

»Das stimmt«, sagte der Graf. »Wie schnell Sie doch das Dilemma erahnt haben, Mademoiselle, das den Kern meiner Beziehung zu ihm bildet!« Er schien nicht weiter über das Thema sprechen zu wollen und wandte seine Aufmerksamkeit lieber einer Schnupftabaksdose zu, die ihm der Diener auf einem silbernen Tablett servierte.

Sie platzte beinahe vor Neugier und Enttäuschung und fragte ihn: »Und Dr. Szymanowski? Wer ist er?«

»Ein Visionär, meine liebe Mademoiselle! Wohingegen ich... Ich zahle bloß die Rechnungen. Übrigens, was halten Sie von Amerika?«

Von dem plötzlichen Themenwechsel vollkommen überrascht, sagte sie: »Sehr wenig, Graf! Ich weiß, daß es ein Land voller Wilder ist und von Gesindel regiert wird, das kaum zivilisierter ist als die *Indiens peaux-rouges* selbst.«

Der Graf lachte. »Ja, es ist ein wildes Land. Vielleicht werden Sie einmal verstehen, warum es die Wildnis in uns anspricht. In den Menschen, aber ganz besonders in uns, die wir... gestehen Sie mir das wenigstens für den Augenblick zu... nicht ganz menschlich sind. Wir hören den Ruf bis übers Meer.« Scheinbar gedankenverloren fügte er hinzu: »Ich habe eine Reihe von Investitionen dort getätigt. Sehr kluge Investitionen, wie ich finde.«

Speranza hatte den Eindruck, daß er auf umständliche Weise versuchte, ihre Frage zu beantworten; zugleich provozierte er sie und wollte sie dazu verleiten, die Dunkelheit in ihrem Inneren zu offenbaren. Er hatte etwas von einem kleinen Jungen an sich, den ein Geheimnis plagte – ein Frosch in der Westentasche – die mit unsichtbarer Tinte geschriebenen obszönen Worte auf dem Lateinbuch. Er wollte wissen, ob er ihr die Wahrheit anvertrauen konnte, aber die Wahrheit erregte ihn so sehr, daß er sich kaum bremsen konnte, damit nicht alles aus ihm heraussprudelte. Selbst die Trauer in seinen Augen schien nicht mehr ganz so stark zu sein.

Ihr kam ein Gedanke: »Aber das Besteck... ist es nicht aus Silber? Und wenn Sie tatsächlich das sind, was Sie zu sein vorgeben... dann bereitet Silber Ihnen doch Qualen?«

»Meine liebe Speranza, nehmen Sie meine Löffel und Gabeln noch einmal in Ihre zarten Hände. Sind sie nicht ungewöhnlich schwer? Auf dem Tisch liegt kein einziges Besteckteil, das nicht aus reinstem Platin wäre.«

»Und Vollmond...«

»Wird es bald sein. Oh, sorgen Sie sich nicht, Mademoiselle Martinique. Sie werden vollkommen sicher sein, solange Sie ein paar einfache Regeln befolgen, die ich Ihnen vor Mondaufgang erklären werde. Ah, ich sehe, daß Sie zweifeln, nicht wahr? Sie glauben diese extravaganten Behauptungen wohl kaum?«

»Nur, Graf, daß Sie über eine große Vorstellungskraft verfügen.« Sie fühlte sich unwohl, denn Mann wie Kind fixierten sie aufmerksam. Deshalb fuhr sie fort: »Ich bitte Sie, Sir! Wir sitzen hier im schönsten Sonnenschein und tun nichts Übernatürlicheres, als Fasanenpastete zu essen; wie können Sie erwarten, daß ich Ihre Gespenstergeschichten glaube?«

»Gespenstergeschichten! Halten Sie sie dafür?«

»Sind sie das nicht?«

»Sie mißverstehen mich, Speranza. Ich glaube nicht an Gespenster. Auch nicht an Geister, Dämonen oder sonstige Kinder der Verdammnis! Wie könnte ich es mir gestatten, an solche Dinge zu glauben? Tiefste Verzweiflung würde mich überfallen, denn im Herrschaftsbereich des Christentums, in dem wir uns befinden, dürfen Wesen wie ich kein Heil erhoffen, keine Erlösung aus dem Fegefeuer. Wir sind von jeher verdammt, ohne jede Hoffnung, verdammt, bevor wir verurteilt wurden! *Quindi, Speranza, quindi bramo la speranza!*«

Er sprach in ihrer Muttersprache zu ihr, der Sprache der Sanftheit und Wärme; ihr war, als hätte er damit ihr letztes, innerstes Versteck bloßgelegt. Sie ließ sich nicht beirren, sondern antwortete auf Englisch, für sie die kälteste aller Sprachen: »Und warum, Graf von Bächl-Wölfling, sehnen Sie sich so sehr nach Hoffnung?«

»Aber ich vergesse mich!« Der leidenschaftliche Ausbruch des

Grafen war nur ein kurzes Zwischenspiel gewesen; jetzt war er wieder vollkommen korrekt. »Vergeben Sie mir, daß ich Sie mit meinen religiösen Qualen belästigt habe, Mademoiselle; ich hoffe, meine Worte haben Sie nicht zu sehr verstört?«

»Im Gegenteil, es war mein Fehler«, erwiderte Speranza automatisch, auch wenn sie nichts dergleichen empfand. »Vielleicht sollte ich lieber gehen?«

Die Sonne hing tief über dem Schnee.

Johnny saß auf dem Polster, die Nase an die Scheibe gepreßt.

»Was meinst du?« fragte er plötzlich. »Sollen wir ihm trauen? Sollen wir mit ihm in den kalten, kalten Wald ziehen?«

»Ich weiß nicht, was du meinst.«

»Du wirst heute nacht zu ihm gehen, nicht wahr? Er wird dich einladen. Und wenn nicht, wirst du eine Ausrede finden. Weil du vor Neugier fast stirbst. Du willst wissen, ob es stimmt. Und du willst ihn ficken.«

»Johnny, ich muß wirklich darauf bestehen...« Aber sie wußte, daß jedes seiner Worte wahr war. Er durchschaute sie vollkommen, dieser Verrückte.

»Meine Redeweise. Ich kann nichts dagegen unternehmen, ich bin von Dämonen besessen, weißt du? Das sagen alle.«

»Johnny, es gibt keine Dämonen. Das sagt sogar der Graf.«

»Ich will nicht so sein.«

»Das mußt du auch nicht, Johnny, weil ich dir helfen werde. Ich werde dich irgendwie von dieser Krankheit befreien.«

»Wirst du mich auch lieben, Speranza?«

»Natürlich werde ich das.«

»Dann mußt du mich auch ficken, oder nicht?« Die Worte beleidigten sie nicht mehr; sie wußte, daß sie Teil seiner Krankheit waren. Irgendwie hatte er all diese Dinge auf schreckliche Weise durcheinandergebracht. Wie konnte sie ihm das zum Vorwurf machen? Selbst sie war verwirrt, und sie war eine gesunde Frau, oder etwa nicht? Sie versuchte, ihn vom Fenster wegzulocken, um ihn zu trösten; erst leistete er Widerstand, dann aber warf er sich mit einem Hunger in ihre Arme, der wie Zorn war, und es beängstigte sie, daß in einem so zerbrechlichen Körper so viel Schmerz stekken konnte. Und während sie ihn im Arm hielt, hörte sie ihn, verzweifelt und besorgt um ihre und um seine Zukunft, weinen: »Wenn du heute nacht zu ihm gehst, dann mußt du deine silberne Kette tragen, nimm sie nicht ab, egal, was er sagt, nimm sie auf keinen, keinen, keinen Fall ab!«

Deadwood, Dakota = Territorium

Vollmond

Er schlich wie eine Katze in den Saloon, hielt sogar die Tür fest, damit sie so leise wie möglich zurückschwang. Erst bemerkte ihn niemand. Wahrscheinlich war ihre Aufmerksamkeit durch das Stimmengewirr und das Geklimper des verstimmten Klaviers beeinträchtigt. Neben dem Klavier sang eine Opernsängerin ein deutsches Lied in dem aussichtslosen Versuch, etwas Kultur in die Wildnis zu bringen. Es war dieselbe Frau, deren Bild das Plakat draußen an der Wand zierte: »Direkt vom Hofe König Ludwigs von Bayern die phantastische Vokalartistin Amelia Nachtigall!« Niemand schenkte ihr Beachtung, obwohl sie ebenso konzentriert wie falsch drauflosträllerte. Es war, wie er bemerkte, ein Schubert-Lied.

Er fühlte sich in diesen Kleidern nicht wohl; es war, als würde ihn, sobald er ihre Kleidung trug, auch ihre Wildheit beflecken. Er stand immer noch im Eingang, halb im Licht einer funzelnden Öllampe, und klopfte sich sorgsam den Schnee von seinem Mantel. Es war das gleiche wie vor wenigen Wochen in den Saloons in Lead. Er fragte sich, warum er sich überhaupt die Mühe gemacht hatte, in diese Stadt zu kommen, obwohl er wußte, daß sie war wie alle anderen; sein Auftraggeber würde es garantiert nicht merken, wenn er seinen Bericht ein wenig frisierte. Aber er wußte, wie wichtig seine Arbeit für alle – Menschen – alle Mitglieder des Lykanthropenvereins war, denen er, wie sein Kollege Cornelius Quaid in England, diente. Warum hatte der Graf nicht Quaid geschickt? Wenigstens hätte der Engländer keine Probleme mit der Sprache gehabt.

Im Raum stank es nach menschlichem Schweiß, Tabakrauch, Alkohol und altem Erbrochenem. Männer hockten an den Tischen, tranken, spielten Karten. Ihre Kleidung war extrem fremdartig: Jedesmal wunderte er sich über die breitkrempigen Hüte, die Leinenhosen – sie nannten sie Levi's – und vor allem das extravagante Schuhwerk. In Lead hatte ihm einer erklärt, er würde seine Stiefel niemals ausziehen, nicht einmal im Bett. Das überraschte ihn nicht im mindesten. Er war froh, Natalia im Vestibül der malerischen Holzkirche nicht weit von der Kutschenstation gelassen zu haben. Aber es war bald Zeit, sie zu holen; die Sonne ging bereits unter, und er mußte sicherstellen, daß sie richtig untergebracht war. Sonst würde es Probleme geben.

Er wollte gerade den Saloon betreten, als die Tür aufgestoßen wurde und ihn an der Schulter traf. Er fühlte, wie sich etwas Kaltes, Hartes gegen seinen Rücken preßte, sogar durch den Mantel.

Eine Stimme flüsterte: »Aus dem Weg, oder ich blas' dich direkt in den Himmel.«

»Verzeihen Sie vielmals... ich wollte ganz bestimmt nicht...«

»Ein Fremder! Ich werd' verrückt!« Wieder der Druck in seinen Rippen. »Schon mal den kalten Stahl von einem geladenen Derringer im Rücken gespürt, Fremder? Schon mal richtig Schiß gehabt, Baumwollpflücker?«

»Wenn Sie mir nur gestatten, meinen Angelegenheiten nachzugehen...«

»Dreh dich um und zeig, ob du ein Mann bist! Langsam!«

Man wird mich töten, dachte er, ermorden in diesem wilden, gottverlassenen Land – und Natalia! Sich selbst überlassen, gestrandet in diesem Ort, wo niemand sie verstünde –

Plötzlich fiel ihm auf, daß alle im Saloon ihn anstarrten. Die Gespräche waren verstummt. Durch die Rauchschlieren konnte er ihre Augen sehen – voll kalter, böswilliger Freude. Er drehte sich zu seinem Gegner um. »Wollen Sie Geld?«

Gelächter brach aus. Es dämmerte ihm, daß dies ihre Art von Humor war. Sie lebten ständig am Rande des Todes, diese Bewohner des Wilden Westens; kein Wunder, daß sie ihn für komisch hielten.

»Howdy«, sagte der Mann und ließ seinen Derringer mit einer eleganten Bewegung zurück in den Ärmel gleiten. »Darf ich mich vorstellen, Mister? Cordwainer Claggart heiße ich. Ah, Sie erkennen den Namen? Sogar in Ihrem Land hat man von Cordwainer Claggart gehört, dem genialen Erfinder, dem Schöpfer von Claggarts patentiertem Floccinaucinihilipilificator? Ich fühle mich geschmeichelt, Mister, wirklich geschmeichelt!« Er wandte sich zu den anderen um, fast als erwarte er Applaus, ein kleiner, kahler Mann mit einem weißen Gehrock und einer silbernen Weste, an der eine dieser modernen Dickens-Uhrketten hing. »Und wer sind Sie?«

»Ich heiße Vishnevsky«, sagte er. Es war sein richtiger Name, aber er war zu verwirrt, um einen anderen zu erfinden, trotz der Anweisungen des Grafen. Für einen Rückzieher war es ohnehin zu spät, deshalb ergänzte er: »Valentin Nicolaievich Vishnevsky.«

»Das ist aber eine Menge Namen«, sagte Claggart. »Was macht denn so einer wie Sie in den Black Hills? Verrückt nach den gelben, glänzenden Steinen? Wollen Sie Reichtümer anhäufen wie einst Cressida?«

»Krösus«, korrigierte Vishnevsky unwillkürlich.

»Das wird Sie das Leben kosten!« erklärte der kleine Mann scharf. »Ziehen Sie!«

»Ich möchte niemandem Unannehmlichkeiten bereiten, Mr. Claggart«, erklärte Vishnevsky befangen. Seine Gedanken waren bei Natalia, er fragte sich, wieviel Zeit ihnen noch bis Mondaufgang blieb. »Ich bin nur auf der Suche nach einem Zimmer.«

Die »weltberühmte« Amelia Nachtigall, die unerschrocken weiter ihre Schubert-Lieder geschmettert hatte, begann nun mit einer Folge unanständiger Balladen. Das Publikum reagierte mit deutlich mehr Enthusiasmus; einige der Zuhörer fielen bei manchen Strophen in den Gesang ein.

»Ein Zimmer!« lachte Claggart, und Vishnevsky begann sich zu fragen, ob dieser Mann ihn immer noch erschießen wollte.

»Ich bitte Sie, Mr. Claggart, gestatten Sie mir, in aller Ruhe meine Suche fortzusetzen. Ich reise in Begleitung meiner Cousine, einer Dame, die in einer nahe gelegenen Kirche wartet; mir liegt viel daran, sie sicher zur Nacht gebettet zu sehen.«

»Gebettet, mein Freund! Es gibt hier mindestens ein Dutzend geiler Kerle, die Ihr freundliches Angebot nur zu gerne annehmen würden«, antwortete Claggart grienend. »Spricht sie englisch? Na, das braucht sie auch nicht, das Fleisch versteht jede Sprache.«

»Habe ich mich nicht klar genug ausgedrückt?« widersprach Vishnevsky, dem bewußt war, daß alle Augen auf ihn gerichtet waren. Er zog seine Uhr heraus – die Augen der anderen wurden größer, denn es war ein eleganter Schweizer Chronometer – und sah, daß ihm nur noch eine halbe Stunde bis Sonnenuntergang blieb. Und Mondaufgang war – wann? Nur keine Panik, ermahnte er sich. Um Natalias willen darf ich nicht panisch werden! »Draußen sah ich ein Schild, das auf freie Zimmer hinwies, oder nicht? Ich zahle gut – obwohl ich sagen muß, daß mir zwei Dollar für die Nacht ein wenig übertrieben scheinen. Soviel zahlt man nicht einmal in…« Er hatte sagen wollen, »zivilisierten Gegenden«, hielt sich aber gerade noch zurück.

»Nirgendwo in ganz Deadwood ist ein Zimmer frei«, erklärte ihm Claggart. »Stimmt's nicht, Ebenezer?«

Der kahle Barkeeper, offenbar zugleich der Besitzer der Pension, nickte und ergänzte mürrisch: »Seit sie letzten Monat die neue Ader gefunden haben, Mister, rennen mir die Goldgräber die Bude ein. Nicht mal der Schnee kann sie aufhalten. Ich hab' sie zu dritt in ein Bett gepackt und jedem fünfundsiebzig Cents abgeknöpft. Manche sagen, das is' Räuberei, aber ich bin immer noch billiger als die meisten anderen.«

»Drei in einem Bett!« Das ginge auf keinen Fall. Nicht in dieser

Nacht. Vishnevsky konnte in einer Ecke, in einer Scheune schlafen, aber Natalia – mußte versorgt werden. Sonst – ein Schauer überlief ihn. Nicht einmal ich bin immun, dachte er. Blutsbande bedeuten diesen – diesen Wesen nichts. In diesem Augenblick haßte er den Grafen. Er hatte sich an der Schwärmerei des Mädchens gelabt – hatte sie mit seinem Reichtum und seinem Titel und seinem distinguierten Aussehen geblendet – und dann zu einer der ihren gemacht. Und den jungen Valentin in seine Dienste gezwungen, indem er ihm eröffnete: »Sie wird sehr einsam sein. Sie wird jemanden aus ihrer Vergangenheit an ihrer Seite brauchen, der ihr zeigt, daß sie immer noch geliebt wird. Sie können sich nicht vorstellen, wie trostlos es ist, so zu sein… wie ich.«

Claggarts Stimme riß ihn aus seinen Gedanken. »Aber natürlich bin ich, Cordwainer Claggart Erfinder des patentierten Floccinaucinihilipilificators, auch auf so eine Inkommodität vorbereitet. Als regelmäßigem und willkommenem Gast und Freund des Hauses erweist man mir ab und zu einen Gefallen. Stimmt das nicht, mein Freund?« Er schwenkte den Derringer kurz und mit einer ausholenden Armbewegung gegen den Barkeeper.

»Na klar.«

»Und wie es der Zufall will, habe ich genau in diesem Laden hier ein Privatzimmer. In dem Sie heute nacht Ihre…« Er warf ihm einen zweideutigen Blick zu, »Cousine betten können, ha, ha, ha!«

»Nennen Sie mir Ihren Preis«, sagte Vishnevsky. Er versuchte, sich seine Verzweiflung nicht anmerken zu lassen, als er wieder einen Blick auf seine Uhr warf.

»Na ja, bei einem so wichtigen Geschäft müssen wir natürlich erst einmal handeln«, sagte Claggart und führte ihn an einen Tisch. »Und ich schätze, nach all der Angst sind Sie bestimmt durstig. Trinken wir was.« Dem Barkeeper rief er zu: »Zwei, wie immer!«

Sie setzten sich. Vishnevsky hängte seinen Mantel über die Stuhllehne. Der Barkeeper schenkte ihnen eine Flüssigkeit ein, deren Farbe und Geruch ihn an Pferdepisse denken ließen. Zu seinem großen Unbehagen sah Vishnevsky etwas in der Flasche herumschwimmen, das ihn fatal an den Kopf einer Klapperschlange erinnerte. »Macht fünfzig Cents«, brummte der Wirt. Vishnevsky schaute Claggart hilflos an, merkte dann, daß er überlistet worden war, und suchte in der Innentasche seines Mantels nach seiner Börse. Er zog einen Fünzig-Cent-Schein hervor.

Der Barkeeper hielt ihn hoch in die Luft. Gelächter schallte durch den Saloon. »Wo ham Sie das denn her?« fragte der Barkeeper.

»Von einer Bank selbstverständlich«, sagte Vishnevsky, der eine große Summe von der örtlichen Wells-Fargo-Niederlassung bezogen hatte, mit Hilfe eines Kreditbriefes über eines der Konten, die der Graf in New York besaß.

»Hat Ihnen keiner gesagt, daß wir hier keine Pflasterstreifen nehmen?« schnauzte ihn der Barkeeper an. »Wir sind hier im Westen, mein Freund! Hier glaubt man an Gold und Silber, nicht an Papierfetzen.«

Claggart ergänzte mit trauriger, mitleidiger Stimme: »Schon wieder reingelegt, Mister Vichysoisse oder wie Sie heißen. Na, es ist mir eine Ehre, Ihnen behilflich zu sein. Sagen wir, fünfzig Cents für einen Dollar?« Er griff in seine Tasche und zückte eine Handvoll Münzen. Bevor Vishnevsky seine Geduld verlieren konnte, fuhr er freundlich fort: »Ah, aber Sie sind ja ein Fremder, deshalb denke ich, Sie sollten beim ersten Mal mit dem Schrecken davonkommen. Fünfundsiebzig für einen Dollar ist mein letztes Angebot.«

Wenn ich jetzt noch mit ihm zu handeln beginne, dachte Vishnevsky, wird es zu spät. Er nickte zaghaft und reichte Claggart ein Notenbündel. Claggart zählte ein paar Münzen ab. »Aber die sehen ja nicht einmal aus wie amerikanische Dollars!« beschwerte sich Vishnevsky, der einige dieser Münzen mit spanischer Prägung noch nie gesehen hatte.

»Das sind Dobe-Dollars«, eröffnete ihm Claggart.

Vishnevsky dachte: Ich werde das nie begreifen. Er ließ die Münzen in seine Börse fallen, verstaute diese dann sorgfältig in seiner Manteltasche und nahm einen kleinen Schluck von dem gelben Schnaps. Es schmeckte schlimmer als Bauernwodka, fand er.

»Habe ich mir das nur eingebildet, oder habe ich tatsächlich einen Schlangenkopf in der Flasche gesehen, aus der…«

Claggart lachte. »Nichts ist besser als ein Klapperschlangenkopf, das gibt Kraft. Es ist das Gift. Ich gebe auch immer einen Schuß davon in den Floccinaucinihilipilificator, wenn er nicht stark genug schmeckt. Die Leute haben kein Vertrauen zu einer Medizin, die nach nichts schmeckt. Und Vertrauen, Mister, ist das wichtigste bei einer Wunderheilung.« Er nestelte ein Fläschchen aus seiner Jackentasche und zeigte es ihm. Vishnevsky konnte einen kurzen Blick auf das Etikett werfen, wo eine grauenerregende Liste verschiedenster Krankheiten – von Schwindsucht bis zu Warzen – aufgeführt war, die mit diesem Trank angeblich geheilt werden konnten. »Ich mach' das nicht oft, Fremder, aber da Sie hier neu sind… hier, nehmen Sie's. Es hilft gegen Gebrechen und Malapilidien, die dem stärksten Herzen den Garaus machen könnten.«

Entweder war Vishnevskys Englisch zu schlecht, als daß er Claggarts komplizierten Ausführungen folgen konnte, oder… »Das Zimmer«, bat er, weil es für ihn wichtigere Dinge gab. »Wieviel wollen Sie für das Zimmer?«

»Ah, das Zimmer… wieviel ist es Ihrer Meinung nach denn wert, daß ein Mann sein hart verdientes Gemach aufgibt und sich mit zwei oder drei Stinksäcken auf einen schmalen Strohsack quetscht?«

»Ich werde zahlen, was Sie verlangen«, sagte Vishnevsky.

»Nun… wir sollten uns wie Gentlemen benehmen. Sie müssen gar nichts bezahlen…«

»Nein?«

»…wenn Sie mich beim Black Jack besiegen.«

Obwohl Scott im Grunde nicht viel übrig hatte für Pfaffentum und Hokuspokus, war er zu gut erzogen, um das bei Eddy Bryants Begräbnis zu zeigen. Er und Zeke waren dazu abgeordnet worden, die Witwe Bryant und den Leichnam nach Deadwood zu eskortieren.

Es war immer noch besser, als im Fort zu bleiben und sich von dem bettlägerigen Captain Sanderson herumkommandieren zu lassen. Der Captain war nicht gerade ein schöner Anblick, wenn sich sein Zustand auch erstaunlich schnell gebessert hatte. Er war schon zuvor engstirnig und tyrannisch gewesen, aber den neuen Captain Sanderson fürchteten die Männer noch mehr. Er bestand darauf, auf einer Befehlsbahre im Lager herumgetragen zu werden, und schien fast stolz auf seine dämonische Tonsur zu sein, auf der blaßrosa Narbengewebe und Gangräne wucherten. Es war keine Rede mehr vom Kriegsgericht, seit sich herumgesprochen hatte, daß Lieutenant Harper ihm das Leben gerettet hatte. Allerdings hatte sich Harper durch diese Tat bei den Soldaten nicht gerade beliebt gemacht.

Es war vielleicht eine halbe Stunde vor Sonnenuntergang. Whitewood Park zeichnete sich majestätisch am Horizont ab, mit scharlachrot glitzerndem Schnee bedeckt. Er und Zeke warteten etwas abseits des Grabes, an dem der Priester eine lateinische Litanei murmelte. Ein Junge in Soutane und dünnem Chorhemd schlotterte in der Kälte und schwenkte ein Weihrauchfaß über dem offenen Grab. Die Witwe Bryant stand neben dem Grab. Es waren nur wenig Freunde und keine Angehörigen da. Ein paar Goldgräber waren zum Begräbnis gekommen. Ihre Hosenbeine wiesen noch die Querfalten neuer Fabrikhosen auf; sie hatten ihren Trauerstaat offenbar erst an diesem Tag gekauft und noch keine Zeit gefunden, die Falten auszubügeln. Mrs. Bryant weinte in ein Spitzentaschentuch. Der Weihrauchduft mischte sich mit dem schwachen Alkoholdunst, der aus dem Saloon weiter unten drang.

»Hier werden wir nicht mehr gebraucht«, flüsterte Zeke. »Ich schätze, wir haben uns einen Schluck Schlangengift redlich verdient.« Er begann Scott in Richtung der Kirche zu ziehen.

Scott sagte: »Wir sind dafür verantwortlich, daß der Witwe nichts passiert. Aber vielleicht...« Er drehte sich um und sah in diesem Augenblick eine Frau im Schatten der Kirche stehen, die auf den Hügel starrte. »Sieh sie dir an«, sagte er.

Zeke grunzte.

Die Frau kam langsam auf sie zu. Sie berührte jedes Holzkreuz mit der Hand und wischte dabei den Schnee ab. Sie trug ein Reisekleid aus Serge und eine Hermelinstola, und ihr von feuerroten Locken umrahmtes Gesicht wurde von einer pelzbesetzten Haube überschattet. Ihr Gang hatte etwas Herrisches an sich; er erinnerte Scott irgendwie an seine Mutter, die vor mehr als zehn Jahren gestorben war. Ihre Augen waren groß und golden – ganz bestimmt eine Spielerei des Abendlichts; ihr Gesicht war bleich, fast blutleer. Ohne nachzudenken und ohne auf Zekes gemurmeltes: »Laß sie in Ruhe«, zu achten, war er bereits auf sie zugegangen. Als er ihr näher kam, erkannte er, warum ihm ihre Augen so vertraut vorkamen.

»Verzeihen Sie, Sir«, sagte die Frau. »Ich bin aufdringlich, ist es nicht so? Aber ich bin fremd hier.«

Eine Einwanderin, dachte Scott. »Hier im Dakota-Territorium legen wir keinen besonderen Wert auf die Manieren, die in der Alten Welt gelten, Madam«, versicherte er ihr. Aber er zog seinen Hut und verbeugte sich vor ihr, und sie lächelte. »Brauchen Sie vielleicht Beistand? Wo Sie ganz ohne Begleitung und jeden...«

»Können Sie vielleicht bei mir bleiben und sich mit mir unterhalten? Ich muß warten auf meinen Cousin. Aber ich habe Ihnen noch gar nicht gesagt meinen Namen; ich bin Natalia Petrowna Stravinskaya.« Sie lachte. »Das ist... eine Menge Namen, nicht wahr? Habe ich gesagt das richtige, eine Menge Namen?«

Scott lachte. »Warum hat Sie Ihr Cousin hier ganz allein zurückgelassen? In dieser Stadt gibt es viele Verrückte.«

»Er wollte mir ersparen, daß ich... ich kann es nicht erklären. Sprechen Sie Französisch?«

»Nur ein paar Worte, Madam. Aber ich dachte... wegen Ihres Namens... daß Sie Russin wären.«

»Russisch man spricht nur mit den Dienern.«

»Ich verstehe«, sagte Scott, obwohl er eigentlich nicht verstand. Sie schwiegen eine Weile und lauschten der Stimme des Priesters. Der Wind trug ein paar Schneeflocken mit sich, und die Schatten der Grabsteine waren lang. Scott wußte, daß er sich eigentlich zu

Zeke und den anderen gesellen sollte, aber er stand wie angewurzelt. Es war wie in dem Indianerdorf. Auch diesmal waren es die Augen – die Augen der Frau, Wolfsaugen. Und der wilde Geruch nach Erde und Urin, den das Parfüm der Frau nicht ganz überdekken konnte. Vielleicht schnappe ich ja langsam über, dachte Scott. In jeder Frau, die ich anschaue, sehe ich einen Wolf. Er fragte sich, ob das daher kam, daß er keine Frau mehr gehabt hatte, seit er ins Territorium gekommen war. »Verzeihen Sie, daß ich Sie so angestarrt habe, Madam«, sagte er. Plötzlich wurde ihm bewußt, wie unbeholfen und unhöflich er wirken mußte.

Sie antwortete ihm nicht direkt, sondern sagte nur: »Diese Grabkreuze sind sehr hübsch. Warum werden sie gemacht aus Holz? Sie sind so vergänglich. Wenn sie verfaulen, der Tote ist vergessen, nicht wahr? Ich habe mir oft gewünscht, so zu sterben.«

»Wie meinen Sie das? Sie möchten nicht, daß sich jemand an Sie erinnert, wenn Sie tot sind?« fragte Scott verwirrt.

Sie sagte: »Ich bin nicht wert, daß man sich erinnert an mich. Aber ich mache Sie unsicher, nicht wahr? Bitte verzeihen Sie mir.« Sie streckte ihm ihre Hand entgegen. »Sie müssen mir sagen Ihren Namen.«

»Lieutenant Scott Harper, Elfte Kavallerie, Madam«, stellte er sich vor. Er nahm ihre Hand und, da sie das zu erwarten schien, küßte sie. Sie trug keine Handschuhe, trotz der Kälte. Aber ihre Hand war heiß, als er sie berührte, und seine Lippen kribbelten auf der Wärme. Es war, als würde sie innerlich brennen. Er fragte sich, ob sie krank war.

»Sie müssen wieder aufsetzen Ihren Hut, Lieutenant«, sagte sie. »Es ist kalt, und Sie sind zu höflich.« Sie machte eine Pause und fügte hinzu: »Und Sie starren immer noch. Aber es macht nichts aus.«

»Madam...« Er senkte die Augen, wurde plötzlich verlegen. »Ich dachte... Sie erinnern mich an...«

»Viele in meiner Familie vergleichen mich mit wildes Tier.« Konnte sie gedankenlesen? Sie fuhr fort: »Sie gefallen mir, Lieutenant Harper.«

Geschmeichelt fragte Scott: »Wie darf ich Sie ansprechen, Madam?« Er wollte gerne herausfinden, ob sie verheiratet war. »Ich schätze, ich sollte Sie Miss Stravinskaya nennen, aber... nun, Sie sehen so aus... ich könnte mir vorstellen, daß Sie eine von diesen Aristokratinnen sind, eine Gräfin oder so.«

»Sagen Sie einfach Natalia Petrowna«, bot sie ihm an. »Das ist in meinem Land die höflichste Anrede. Oh, es ist mir sehr angenehm, daß Sie mich halten für eine Gräfin. Das bin ich leider nicht, und ich werde es auch nie sein... obwohl es fehlt so wenig!«

»Wie meinen Sie das?«

»Ich bin sehr intim verbunden mit einem Grafen. Ich bin seine Geliebte, um zu sagen die Wahrheit.« Als sie Scotts Reaktion bemerkte, fuhr sie fort: »Aber Sie sind schockiert? Sie halten mich für eine Hure vielleicht? Das ist das richtige Wort, nicht wahr? Aber es ist nicht dasselbe.« Und sie begann zu weinen.

»Natalia Petrowna...« Scott wußte nicht, was er sagen sollte. Sie gehörte in eine ganz andere Welt – eine strahlende, glamouröse Welt voller Grafen und Kurtisanen und sagenhaftem Wohlstand. Er fühlte sich fehl am Platz. »Weinen Sie nicht, Madam«, bat er leise. »Ich kann Sie nicht weinen sehen. Sie sind so schön und alles. Und... ach Mist, ich benehme mich wie ein kleiner Schulbub und...« Weil er nicht wußte, was er sonst tun sollte, löste er sein gelbes Seidenhalstuch und reichte es ihr. Sie nahm es und betupfte damit ihre seltsamen, bernsteinfarbenen Augen.

In diesem Augenblick näherte sich ihnen Zeke Sullivan, der die Witwe Bryant an seinem Arm führte. Natalia Petrowna trocknete ihre Tränen.

Scott stellte alle einander vor. Zeke sagte: *»Préférez-vous que nous parlons en français, Natalia Petrowna?«*

»Wußte gar nicht, daß du Französisch sprichst«, sagte Scott, ein bißchen neidisch, weil Natalia Petrowna vor Freude strahlte. »Und sag nicht, das hast du von den Indianern gelernt.«

»Um die Wahrheit zu sagen, genauso war's«, antwortete Zeke. »Im Norden gibt es Stämme, die tun seit zweihundert Jahren mit den Franzosen Handel treiben.«

»Aber Sie wissen, daß wir sprechen Französisch in Rußland«, wandte Natalia Petrowna ein. »Das ist außerordentlich.«

»Eigentlich nicht, Madam. Sehen Sie, da war dieser russische Knabe… der Großfürst Alexis. Vor ein paar Jahren ist er mit Buffalo Bill zum Jagen ins Territorium gekommen. Damals war ich noch Scout für General Custer. Na, jedenfalls mußte ich einmal für diesen Fürsten, oder was er auch war, übersetzen, und wir sind hervorragend miteinander ausgekommen. Unsere Smith and Wesson .44 haben ihm so gut gefallen, daß er gleich ein paar tausend davon für die russische Armee bestellt hat.«

»Wie erstaunlich!« bemerkte Natalia. »Mir wurde nie gewährt eine Audienz beim Großfürsten. Aber ich glaube, mein Cousin hat so einen Revolver.«

Das Gespräch verstummte, weil jetzt die Trauergäste vorbeidefilierten und der Witwe Bryant kondolierten. Irgendwann schlug Zeke vor: »Wir sollten jetzt gehen.« Sie wurden erst am übernächsten Tag im Fort zurückerwartet, und sie hatten sich im Saloon unten an der Straße eingemietet. Einer von Zekes vielen Freunden, ein Eisenbahner, wollte sie dort bei Sonnenuntergang treffen. Die Witwe würde bei der Familie eines Freundes ihres verstorbenen Gatten bleiben. Zeke fragte sie: »Möchten Sie, daß wir Sie jetzt zu den O'Gradys begleiten?«

Sie antwortete: »Ich fühle mich ganz und gar leer. Ich wünschte, ich wäre ein Mann und könnte einfach in einen Saloon gehen, um mir einen doppelten Whisky zu bestellen.«

Scott war ein bißchen schockiert, daß sie das ausgerechnet am Grab ihres Mannes sagte. Aber Zeke schien kein bißchen überrascht. »Heute ist ein besonderer Tag, Mrs. Bryant«, erklärte er ihr. »Was Sie durchgemacht haben, reicht für zehn Jahre. Ich schätze, wir sollten Sie einfach zu dem Saloon bringen, in dem Scott und ich übernachten. Außerdem…« Er zog einen Flachmann aus seiner Jacke und nahm einen Schluck, »…wartet dort jemand auf uns. Ein faszinierender Mensch. Und, um zur Sache zu kommen, es könnte sich für Sie lohnen, Claude Grumiaux, den Eisenbahner, kennenzulernen.« Scott fand es ungehörig, daß Zeke über die Möglichkeit sprach, einen Mann zu treffen, wo Eddie kaum unter der Erde war, aber der Witwe schien das nichts auszumachen. Vielleicht war sie der Meinung, daß sie jetzt reich genug war, um selbst die Puppen tanzen zu lassen.

Plötzlich wurde Scott gewahr, daß sie Natalia allein zurücklassen würden. Er wandte sich zu ihr um und sagte: »Und was ist mit Ihnen, Madam? Es ist nicht gut für eine Dame, hier allein herumzustehen, nicht mal in einer Kirche. Bestimmt wird einer der Goldgräber Sie belästigen...«

»Mein Cousin wird bald kommen und mich holen, da bin ich ganz sicher.«

»Wo ist denn dieser Cousin?« fragte Zeke. »Er hat nicht mehr Verstand als ein Schlangenarsch... verzeihen Sie bitte den Ausdruck... wenn er eine Dame hier ganz allein läßt.«

»Er ist im... Diamond Spur Saloon. So heißt es, glaube ich.«

»Na, wenn wir nicht genau dorthin wollen!« rief Zeke aus. »Kommen Sie mit uns, Madam. Wenn Ihr Cousin genauso fremd hier ist wie Sie, dann hat er inzwischen bestimmt sein letztes Hemd verspielt. Es ist meine Christenpflicht, daß ich ihn vor dem Kartenspiel und den, äh, Damen beschütze, die dort arbeiten.« Er drehte sich zu Scott um und zwinkerte ihm zu.

Scott entfuhr ein Seufzer der Erleichterung. Er durfte die Gesellschaft dieser rätselhaften, schönen Frau noch etwas länger genießen, und es war ihm erspart geblieben, selbst fragen zu müssen.

»Sie sind nicht ein sehr förmliches Volk«, sagte Natalia. »Das mir gefällt an Ihnen.« Und sie hielt ihm ihren Arm hin, damit er sie geleiten konnte.

Als sie ihn berührte, fühlte Scott wieder das Brennen. Es war noch stärker geworden; nur die Höflichkeit verbot es ihm, sich loszureißen.

»Bitte, wir müssen uns beeilen«, drängte sie. »Vielleicht ist schon zu spät.«

Der erdige Waldgeruch drang wieder in seine Nase. Er mußte beinahe würgen. Er rutschte im Schnee aus. Sie hielt ihn. Der Griff ihrer Hand, die so schmal und zerbrechlich wirkte, war fest wie der eines Mannes. Die Sonne war inzwischen fast untergegangen, und in ihren Augen glänzte ein hartes, unnatürliches Licht. Er hielt den Blick fest auf den Schlamm gerichtet, während er Natalia um die Wagenspuren und die Pferdeäpfel herum auf die andere Straßenseite führte.

»Wir müssen uns beeilen«, sagte sie wieder. Ihre Stimme klang metallisch rauh, und als er endlich zu ihr aufsah, glaubte er hinter den elegant geschminkten Lippen Fangzähne glitzern zu sehen.

Im Lauf des Spiels wurde Vishnevsky klar, daß Cordwainer Claggart falschspielte. Er starrte so angestrengt auf den Rücken von Vishnevskys Karten, und er schien Vishnevskys Blatt zu kennen. Irgendwann ertrug er es nicht länger, zum Narren gehalten zu werden. Er war zu wütend, um noch an Natalia zu denken, und der scheußliche Klapperschlangenwhisky ließ seinen Kopf dröhnen. »Ich habe den Verdacht, daß Sie mit einem gezinkten Blatt spielen«, sagte er. Sein Englisch wurde mit zunehmender Trunkenheit schlechter.

»Na, es ist aber sehr unhöflich, so was mitten bei einer freundschaftlichen Runde Black Jack zu sagen«, antwortete Claggart. »Hat man keine Manieren da, wo Sie herkommen?«

»Bestehe darauf! Wir nehmen meine Karten!« Er fischte in seiner Manteltasche danach. Er war auf die Situation vorbereitet, denn der Graf hatte darauf bestanden, daß Vishnevsky Spielkarten mit in die Wildnis nahm – die natürlich ebenfalls gezinkt waren. Er warf sie auf den Tisch und funkelte Claggart an, bis der Mann sie zögernd zusammenschob und zu mischen begann. Vishnevsky entdeckte, daß Siebzehn und Vier kindisch leicht war, wenn man die Karten seines Gegners kannte, und er war zu betrunken, um noch vorsichtig zu spielen.

Claggart begann zu verlieren. »Sie sind nicht so leicht zu kriegen, wie ich dachte.«

Lächelnd bestellte Vishnevsky eine weitere Runde. Die Getränke wurden von der weltberühmten Opernsängerin serviert, die mehrere Aufgaben zu haben schien. Inzwischen hatten sich ein paar Zuschauer um ihren Tisch aufgebaut. Er stürzte die giftige Flüssigkeit mit einem Schluck hinunter, zur großen Erheiterung der Goldgräber, die sich um sie versammelt hatten.

»Sie betrügen!« erklärte Claggart schließlich. »Die Karten sind gezinkt!«

»Geben Sie mir einfach das Zimmer«, sagte Vishnevsky, »und die Sache ist erledigt.«

Wutentbrannt donnerte Claggart die Fäuste auf den Tisch. Die Karten flogen zu Boden. Claggart beugte sich hinunter und begann, unter dem Stuhl herumzusuchen. Vishnevsky merkte, daß etwas an dem Mantel zupfte, den er über den Stuhl gehängt hatte. Er schaute hin und sah eine Hand in der Innentasche herumfingern. »Sie wollen meine Börse stehlen!« rief er empört aus und riß den Mantel weg. Geldscheine flatterten durch den Raum, und Münzen fielen klimpernd zu Boden.

Claggart war nur eine Sekunde lang irritiert. Dann zog er seinen Derringer aus dem Ärmel und schrie: »Passen Sie auf, was Sie sagen, Mister! Oder Sie sind ein toter Mann!«

Vishnevsky blieb keine Zeit zu reagieren. Er hatte ebenfalls eine Waffe, irgendwo in den Taschen – eine russische Smith and Wessons. Verzweifelt suchte er danach.

Ein Schuß knallte.

Vishnevsky ließ alles fallen, was er in den Händen hatte. Er wunderte sich, daß er keinen Schmerz spürte. Erst nach einem kurzen Augenblick wurde ihm klar, daß er gar nicht getroffen war – daß Claggart nicht einmal abgedrückt hatte. Claggart starrte ungläubig auf seine Hand. Ein Fleischbatzen fehlte um den Knöchel seines Zeigefingers, und Blut sprudelte heraus. Sein Derringer war quer über den Tisch geflogen und lag am Boden. Die Flasche mit Claggarts Floccinaucinihilipilificator war kaputt. Ein ekliger Gestank lag in der Luft. Der Geruch war atemberaubend – und dann hörte er einen Schrei, eher tierisch als menschlich, und er wußte, daß sie gekommen war.

»Natalia...« Im selben Moment sah er sie in einer entfernten Ecke des Saloons stehen. War er tatsächlich so in dieses lächerliche

Kartenspiel versunken gewesen, daß er nicht bemerkt hatte, wie sie hereingekommen war? Ihre Augen hatten bereits Wolfsfarbe angenommen. Die Transformation hatte also schon begonnen, aber sie war ganz in Pelz und Rauch gehüllt, so daß es niemandem aufgefallen war. Neben ihr standen ein Kavallerie-Offizier in seiner Ausgehuniform und einige andere Menschen. Der Schütze kam zu ihnen, und Vishnevskys Cousine folgte ihm, darauf achtend, daß sie nicht in den Lichtkegel der Saloonlampen trat. »Danke«, sagte Vishnevsky zu seinem Retter. »Ich bin…«

»Ich weiß: Valentin Nicolaievich. Ihre Cousine hat mir von Ihnen erzählt. Es ist gut, daß wir einander begegnet sind.« Er sprach mit leichtem französischen Akzent. »Ich bin Claude-Achille Grumiaux. Dies ist mein Freund Zeke Sullivan; bei ihm sind Lieutenant Scott Harper, Mrs. Bryant und natürlich Ihre Cousine.« Zu Claggart sagte er verächtlich: »Geben Sie ihm den Zimmerschlüssel. Nach allem, was Sie ihm angetan haben, ist das das mindeste, Sie billiger Schlangenölschacherer. Und ich hätte gute Lust, Sie alles Geld zurückgeben zu lassen, um das Sie ihn betrogen haben.«

Claggart warf einen Schlüssel auf den Tisch und verschwand, nicht ohne einen Blick auf Mrs. Bryant zu werfen, wie Vishnevsky registrierte; vielleicht war es pure Lust, vielleicht taxierte er bereits ein neues Opfer.

»Sind Sie ein… Revolverheld?« fragte Vishnevsky.

»Kaum«, verneinte Grumiaux, »obwohl es in einer so unzivilisierten Gesellschaft wie der unseren immer gut ist, seine Treffsicherheit zu schulen. Aber weit gefehlt, Sir; ich bin ein Eisenbahner, und im Augenblick vermesse ich Land für die Fremont, Elkhorn and Missouri Valley Railroad. Deshalb wußte ich sofort, wer Sie waren, nachdem Ihre Cousine mir Ihren Namen verraten hatte. Sie stehen im Dienst dieses österreichischen Grafen, nicht wahr? Der soviel in die Eisenbahngesellschaft investiert hat.«

Also hatten die Investitionen des Grafen doch mehr Aufsehen erregt, als er gehofft hatte. Er würde sich mit diesem Mann unterhalten müssen. Sobald die dringendste Angelegenheit – Natalia – erledigt war.

»Wir sollten miteinander reden...«, sagte Grumiaux.

»Ja. Aber erst muß ich...« Der Alkohol ließ ihn lallen.

»Natürlich. Natalia Petrowna, *bonne nuit.*« Grumiaux verbeugte sich tief vor Natalia, dann bahnte Vishnevsky sich einen Weg durch die Schaulustigen. Ebenezer, der Barkeeper, führte ihn zu einer Treppe hinten im Saloon und versprach, einen Boten zur Kutschstation zu schicken, der das Gepäck holen sollte.

»Er soll es einfach vor der Tür stehenlassen«, ordnete Vishnevsky an. »Auf gar keinen Fall darf jemand den Raum betreten.«

Scott und die Witwe Bryant sprachen kaum. Die Witwe hatte bereits zwei Gläser geleert und befaßte sich mit einem dritten. Scott war in Gedanken bei der russischen Frau. Er fühlte sich von ihr angezogen, obwohl sie einander noch nicht einmal eine Stunde kannten. Das hatte etwas mit der Wolfsvision zu tun, die Scott während des Massakers gehabt hatte inmitten von Rauch und Blut und Schnee – und mit den seltsamen Worten in der Sioux-Sprache, die Scott unwillkürlich ausgesprochen hatte und die Zeke ihm nicht übersetzen wollte.

Scott starrte nachdenklich in sein Glas. Die beiden anderen Männer unterhielten sich angeregt. Sie waren alte Freunde, aber Scott war Grimiaux noch nie zuvor begegnet. Sie unterhielten sich über einen alten Streit. Anscheinend war Grumiaux früher mal mit Zekes Frau durchgebrannt. Oder es war andersherum gewesen. Jedenfalls hatte es sich um eine Indianerin gehandelt.

Je mehr Scott über die russische Frau und die Wolfsfrauen im Wald nachdachte, desto verwirrter wurde er. Ihn bedrängte ein unbekanntes, primitives Gefühl, dem er sich nicht stellen wollte. Statt dessen beschloß er, sich ins Gespräch einzumischen. Und so sagte er, als einen Augenblick lang Stille herrschte: »Das war ein seltsamer Zufall, nicht wahr? Ich meine, daß Sie schon von dem Russen gehört hatten.«

»Eigentlich nicht«, antwortete Claude Grumiaux. »Ich bin ihm schon seit Omaha auf den Fersen. Ich habe gewußt, daß ich ihn hier treffen würde.«

Das verwirrte Scott noch mehr.

Aber Grumiaux erklärte es ihm. »Dieser Graf in Österreich hat eine Menge Geld in die Eisenbahngesellschaft investiert. Das ist an sich nicht weiter erstaunlich; immer mehr Goldsucher strömen ins Territorium, und eine Zweigstrecke von Omaha in die Black Hills, auf der sich die Gefahren der Kutschenfahrt von Cheyenne nach Deadwood umgehen lassen, wäre bestimmt ein gewinnträchtiges Unternehmen. Wir legen die Geleise so schnell wir können, auch wenn der Winter uns die Arbeit erschwert... Aber unser Graf will nicht nur eine Beteiligung am Gewinn. Er scheint auch Einfluß nehmen zu wollen. Und er scheint gar keinen Wert darauf zu legen, daß die Arbeiten möglichst schnell weitergeführt werden. Im Gegenteil, er verzögert sie sogar. Weiß der Graf etwas, was wir nicht wissen? Und wenn ja, wie ist es möglich, daß er in Österreich davon erfahren hat? Deshalb hat mich die Gesellschaft losgeschickt. Ich soll Freundschaft mit ihm schließen.«

»Dieser Russe und seine Cousine sind also... Spione?« fragte Scott. Es überraschte ihn nicht mehr, daß jemand solche Anstrengungen unternahm, um an Gold zu kommen. Denn er hatte Eddie Bryants Leichnam gesehen, steifgefroren und mit goldgefüllten Taschen. »Glauben Sie, die beiden führen nichts Gutes im Schilde?«

»Vielleicht. Ich habe keine andere Erklärung«, antwortete der Eisenbahner. »Außer, vielleicht, Schwarze Magie.«

Aus irgendeinem Grund ließ dieses Wort Scott schaudern.

Vishnevsky verriegelte die Tür. Dann zog er eine Silberkette aus dem Saum seines Mantels.

»Ich laß mich nicht anketten!« protestierte Natalia. Aber ihre Stimme verlor bereits ihren menschlichen Klang. Er kam näher. Sie umkreiste das Bett, scharrte auf dem Boden, das Gesäß hoch erhoben, stinkend.

»Du mußt, Natalia«, sagte er traurig.

»Ich flehe dich an... ich flehe dich an, Valentin Nikolaievich«, jammerte sie plötzlich auf russisch.

Sie protestierte diesmal nicht so stark wie sonst. Vielleicht, dachte er sich, enthielt Claggarts Schlangenöl auch Spuren von Wolfsbann. Deshalb hatte sie vorhin so unbedacht aufgeschrien, und deshalb schien sie jetzt so nervös zu sein. Schnell und methodisch zwang er sie aufs Bett und kettete ihre Handgelenke an die Bettpfosten. Blasen bildeten sich an den Armen und Händen, wo sie mit dem Silber in Berührung kamen. Sie stöhnte, und noch im gleichen Augenblick verwandelte sich der Laut in das Heulen einer Wölfin.

Er zog die Kette straff. »Vergib mir«, flüsterte er. Und er küßte sie auf die Wange, auf der bereits Fell zu sprießen begann, denn der Mond ging auf. Er zog die Vorhänge zu. Manchmal war die Metamorphose weniger ausgeprägt, wenn sie dem Mondlicht nicht ausgesetzt war. Aber falls sich Natalia befreien sollte –

»Hol mir einen!« begehrte sie auf. »Ich bin hungrig!«

»Warte bis morgen«, sagte er.

»Der Junge... hast du den jungen Soldaten gesehen?... Er war so schön, und so naiv... Bring ihn mir!«

»Natürlich, natürlich«, beruhigte er sie milde. Er hängte ein orthodoxes Silberkreuz an die Tür, und auf das Fensterbrett, hinter den Vorhang, stellte er eine kleine Ikone des Heiligen Basilius. Er glaubte nicht, daß sie viel gegen die wilde, rasende Bestie halfen, in die sich seine Cousine verwandeln würde. Aber es war besser, als überhaupt keine Vorkehrungen zu treffen.

»Ich bin bald zurück«, erklärte er ihr. »Solange du noch bei Sinnen bist, möchte ich dir noch einmal klarmachen, wie wichtig diese Mission ist. Bring sie nicht in Gefahr, indem du dich sehen läßt.«

Natalia warf sich gegen das Metall und jaulte jedesmal, wenn das Silber ihre Haut berührte. Er verschloß sein Herz. »Ich muß versuchen, mit dem Eisenbahner Freundschaft zu schließen«, sagte er, »um neue Informationen für den Grafen, deinen Liebhaber, zu erhalten.«

»Bring mir den jungen Lieutenant!« knurrte die Wölfin. Es war das letzte menschliche Geräusch, das sie bis Sonnenaufgang von sich geben würde.

Claggart hatte für diese Nacht ein Rendezvous mit der Opernsängerin verabredet. Natürlich war sie niemals am Bayerischen Königshof gewesen; zufällig wußte Claggart, daß sie in Council Bluffs, Iowa, geboren und aufgewachsen war. Er hatte sie erpreßt, bis sie ihre Röcke gehoben und ihn darunter gelassen hatte.

Aber der Anblick der Witwe Bryant ließ ihn wünschen, er hätte für diesen Abend keine Verabredung. Claggart hatte eine ausgezeichnete Nase, wenn es um Geld ging, und diese Witwe hatte etwas an sich... er hatte natürlich Gerüchte gehört... aber wieviel Gold war es wohl? Würde es sich lohnen, diese plumpe, wettergegerbte Frau zu umgarnen?

Er saß ein paar Tische von ihr entfernt. Die Frau beteiligte sich nicht an der Unterhaltung, bemerkte er. Gut. Die anderen waren offensichtlich nicht ihre Freunde. Er witterte eine Chance.

Wenig später beobachtete er, wie sie mit einer Goldmünze bezahlte.

Er wollte sich ihr gerade nähern, da sah er den Russen die Treppe wieder herunter kommen. »Gott strafe alle Russen«, murmelte er leise.

Dann beschloß er: Ich werde Amelia einfach nicht verraten, daß ich heute nacht nicht in dem Zimmer schlafe! Soll der Russe sie doch haben, wenn er sie verkraften kann!

Er fing den Blick der Witwe Bryant auf und lächelte sie an. Sie schaute weg. Er näherte sich wieder ein Stück. Die Masche mit den gezinkten Karten und dem Geldwechsel war vergessen. Hier ging es um mehr.

Er sah, daß sie wieder aufschaute. Sie war einsam, das war nicht zu übersehen. Wahrscheinlich war sie immer einsam gewesen. Der Gatte hatte sich nie ordentlich um sie gekümmert, war viel zu sehr damit beschäftigt, nach den gelben Steinchen zu suchen. Er lockte sie mit dem Finger. Sein Gelenk schabte an dem blutigen Taschentuch, mit dem er die Wunde verbunden hatte.

Sie schaute weg. Er wartete. Noch einmal, dachte er, nur noch ein einziger Blick, dann tanzt sie nach meiner Pfeife. Seit zwanzig Jahren verkaufe ich Heilmittel, und ich weiß, daß ich das richtige Rezept für dich habe, mein Liebling – genau zwischen meinen Beinen.

Österreich

Vollmond

Johnny Kindreds Innenwelt glich einem Wald: nicht jenem Bilderbuchwald eines Märchenbuches, sondern einem Wald voller knorriger, vor Zorn verkrümmter Bäume, erstickender Schlingpflanzen, Erde, die scharf nach Pisse und Fäulnis roch; dieser Wald war dunkel und beklemmend. Genau in der Mitte des Waldes lag eine Lichtung. Dieser Kreis war das Zentrum der Welt, und er lag in ewig gleichem, bleichem Mondlicht gebadet. Wenn er in diesem Lichtkreis stand, konnte er die Außenwelt sehen, hören, berühren, riechen. Dann kontrollierte er den Körper. Aber er mußte immer die anderen abwehren. Vor allem Jonas.

Und sobald er müde wurde, versammelten sie sich rund um die Lichtung, hungerten nach Licht. Alle wollten die Welt draußen berühren. Den Körper beherrschen.

Im Augenblick war die Lichtung leer. Der Körper schlief.

»Laß mich durch«, sagte Johnny schwach.

Die Dunkelheit wich zurück. Die Schlingpflanzen glitten beiseite. Und ständig heulten die Wölfe. In den Tiefen des Waldes gab es noch unfertige Personen, die langsam stärker wurden. Johnny konnte sie riechen. Vor allem konnte er Jonas riechen. Jonas, der tot an einem Baum hing. Jonas, der lachte, so daß die Speichelfäden an seinen Reißzähnen glänzten. Der ihn rief: »Johnny, Johnny, du dummer Junge, du bist bloß eine beschissene Einbildung, du bist bloß ein Traum.«

»Laß mich durch...« Er mußte ins Licht treten, bevor der Körper aufwachte. Weil der Mond bald aufgehen würde.

»Durch? Du existierst ja nicht einmal. Der Körper gehört mir, und du bist bloß ein kleines Ding, das ich mir ausgedacht habe, um mich zu amüsieren. Geh weg, husch, husch. In die Dunkelheit, hörst du? Oder ich hole...«

»Nein!«

»Unseren Vater.«

»Unseren Vater in der Hölle«, flüsterte Johnny.

»In der Hölle.« Er konnte Jonas jetzt deutlicher sehen. Der andere Junge schwang vor und zurück, vor und zurück. Er sah aus wie eine Karte im Tarot-Spiel ihrer Mutter – der Gehängte. »Fick dich ins Knie! Warum mußt du an unsere Mutter denken, blöder Johnny? Willst du wieder ins Irrenhaus? Erinnerst du dich gern an deine Jahre in der Gosse, mein kleiner bekloppter Bruder?«

»Ich habe vergessen, daß du meine Gedanken lesen kannst.« Der Gedanke an ihre Mutter konnte Jonas immer noch verletzen. Johnny versuchte, wieder an sie zu denken, aber er blickte bloß in ein riesiges schwarzes Loch. Jonas hatte ganze Arbeit geleistet, hatte alle Fetzen der Vergangenheit ausgelöscht, die ihm mißfielen, sie beiseite geräumt wie den Müll, der das Themse-Ufer säumte, wie den Schrott, der sich an den Wänden ihres Heimes gestapelt hatte. Jonas hatte ihn schon immer herumgestoßen. Wenn die Schläge begannen, hatte er Johnny auf die Lichtung geschoben, so daß Johnny den ganzen Schmerz spürte. Obwohl immer Jonas etwas angestellt hatte. »Geh raus aus meinem Kopf!« schrie Johnny verzweifelt.

»Unserem Kopf. Nein. Meinem Kopf. Es ist mein Kopf, *du* bist in *meinem* Kopf. Warum kannst du nicht genauso sein wie ich? Ich bin keine rotznäsige Heulsuse, die Angst vor der Wahrheit hat. Unsere Mutter hat die Wahrheit nie ertragen, stimmt's? Du bist feige, genau wie sie, feige, feige, feige.«

Johnny begann zu laufen. Der Schlamm klebte an seinen Zehen. Sträucher zerrten an seinen Füßen. Dornen rissen seine Arme auf, öffneten alte Wunden. Die Lichtung kam einfach nicht näher. Er sprang über verrottete Stämme und bemooste Steine. Er mußte als erster dort sein, er mußte Jonas besiegen. Angst strömte in ihn. Er wußte, daß Jonas von Baum zu Baum schwang, mit seinen Tieraugen das Dunkel durchdrang. Da war sie! Er war jetzt am Rand, er brauchte nur noch hineinzutreten –

Er stürzte! Zweige und Blätter wirbelten um ihn herum. Er hockte auf dem Grund einer Grube. Er atmete unruhig. Seine Hand stieß auf etwas Hartes. Bleiches Licht drang von der Lichtung herunter. Er sah, wer mit ihm zusammen in der Falle saß... ein Skelett, an die Wand geschmiedet mit Silberketten, die im Licht glänzten – kalt, kalt, kalt.

»Laß mich raus...«

Jonas stand über ihm. »Der Körper gehört mir«, verkündete er langsam, triumphierend. Johnny sah, daß er sich bereits verwandelte. Die Schnauze brach unter den menschlichen Hautlappen hervor – die Augen wurden schmäler, änderten ihre Farbe.

Verzweifelt hämmerte Johnny an die Wände seines Gefängnisses. Und Jonas' Lachen klang bereits wie tierisches Heulen.

Speranza wachte bei dem schlafenden Jungen. Der Mond ging auf. Sie hatte die wahnwitzige Prophezeiung des Grafen, der Junge würde sich in diesem Moment in einen Wolf verwandeln, schon halb geglaubt – doch das Kind schlief friedlich zusammengerollt auf seiner Wolldecke.

Speranza betrachtete den Mond. Sie wußte, daß sie bald zu dem Grafen gehen würde. Seit sie die österreichisch-ungarische Grenze überquert hatten, waren ihre Furcht und ihr Verlangen gleichermaßen gewachsen. Sie fuhren durch einen dichten Wald. Kahle Bäume mit schweren Eiszapfen an den Ästen verdunkelten den Trabanten. Der Zug ratterte und schnaufte und schien zu atmen. Sie beruhigte sich und schaute wieder auf die Bäume. Bald, dachte sie, bin ich diese Verrückten los. Was dann?

Der Junge rührte sich. Er stöhnte. Unter den geschlossenen Lidern huschten seine Pupillen fieberhaft hin und her. Sie nahm seine Hand. Zuckte zurück. Der Knabe war glühendheiß. Glühendheiß! Er muß Fieber haben, dachte sie. Vorsichtig berührte sie seine Stirn. Sie war schweißnaß. Sie schüttelte ihn. Er wachte nicht auf. »Johnny«, flüsterte sie. »Johnny.«

Er stöhnte.

»Johnny!« Warum gerate ich in Panik, dachte sie. Ich brauche wirklich keine Angst zu haben. Ich muß ihm die Stirn kühlen.

Sie öffnete die Abteiltür. Das Mädchen, das sich schon einmal um Johnny gekümmert hatte, schlief auf dem Gang. Es erwachte augenblicklich. »Der... Graf schickt mich, gnädiges Fräulein.«

Der Graf –

»Hat er dem Jungen etwas angetan?« Grausige wissenschaftliche Experimente – geheimnisvolle Mittel im Essen – Mesmerismus – »Holen Sie Wasser. Schnell.«

»Jawohl, gnädiges Fräulein.« Das Mädchen eilte durch den schmalen Gang. Wind drang durch ein offenes Fenster und besprenkelte ihr schwarzes Kleid mit Schnee. Sie trug immer noch die silberne Kette mit den Amethysten.

Ein durchdringender Geruch zog in den Korridor – nach tierischem Urin. Sie hörte im Abteil etwas tröpfeln. Der arme Kleine, dachte sie. Er näßt sich ein. Sie ging wieder hinein.

Sie betrachtete ihn im Mondlicht. Auf seinem Nachthemd hatte sich ein großer Fleck gebildet. Der Urin floß auf den Boden des Abteils. Seine Augäpfel schossen hinter den zusammengekniffenen Lidern hin und her. Sein ganzer Körper glänzte vor Schweiß. Der Urin floß und floß. Sie hielt sich die Nase mit einem Taschentuch zu, aber der widerliche Gestank nahm ihr den Atem. Wo blieb das Mädchen? Hatte sie nicht begriffen, daß der Junge krank war? Erneut trat sie in den Gang hinaus. Die Kälte fuhr ihr in die Knochen. Die Angst kam wieder, schlich sich in ihre Gedanken. Das Mädchen, dachte sie, das Mädchen –

»Endlich!« brach es aus ihr heraus, als das Mädchen zurückkehrte. Sie hielt etwas in ihren Armen... eine kleine Flasche und ein Buch... eine Bibel, bemerkte Speranza. »Sie sollten doch Wasser holen!«

»Weihwasser«, hauchte das Mädchen voll Entsetzen.

»Was ist mit Ihnen?« herrschte Speranza sie wütend an. »Kommen Sie herein und helfen Sie mir mit dem Kind.« Sie ging zurück ins Abteil und schob ihren Arm unter den Nacken des Kindes, um es aufzusetzen. Der Junge war schlaff, fast leblos. Pisse spritzte quer über Speranzas Kleid. Das Mädchen blieb in der Tür stehen.

»Helfen Sie mir endlich...«

Das Mädchen schlug ein Kreuz und senkte den Blick. Das Mädchen hielt ihr das Weihwasser und die Bibel hin.

»Das ist Unfug, absoluter Unfug!« schimpfte Speranza. »Aberglauben und blasphemischer Unfug! Ihr seltsamer Graf hat Sie alle unter dem teuflischen Einfluß seiner verrückten Ideen... Sie müssen sich beruhigen.« Wieviel mochte sie davon wohl verstehen?

»Ich habe Angst, gnädiges Fräulein«, antwortete das Mädchen auf deutsch.

»Hören Sie auf zu schwätzen und...« Sie versuchte, ihr die Flasche wegzunehmen. Sie fiel zu Boden und zerbrach. Wasser vermischte sich mit Urin und begann zu brodeln. Ätzender Dampf stieg auf. Speranza hustete. Das Mädchen kreischte. Trotzdem wachte der Junge nicht auf. »Sie sehen doch, daß der Junge kein Werwolf ist«, fauchte Speranza, die versuchte, trotz allem Ruhe zu bewahren. »Bleiben Sie bei ihm. Ich hole den Grafen. Wir werden diese Angelegenheit jetzt ein- für allemal klären. Bleiben Sie bei dem Jungen, verstanden?«

Das Mädchen hatte sich an die Wand gepreßt und schluchzte verzweifelt. »Was ist mit Ihnen?« fuhr Speranza sie an. »Er wird Sie schon nicht umbringen.« Die Hysterie des Mädchens zerrte an ihren Nerven. Der beißende Geruch – zweifellos eine seltsame chemische Reaktion des Wassers mit dem Urin – brannte in ihrer Nase. Sie hielt es nicht mehr aus. Sie verschwand in den Gang und knallte die Abteiltür hinter sich zu.

In diesem Augenblick sprang Jonas auf die Lichtung, ergriff die Kontrolle über den Körper und zwang die müden Kinderaugen auf, die wie Feuer im Mondlicht brannten.

Und heulte.

Speranza fühlte wieder die Angst. Es muß der Wind sein, dachte sie, dieser ewige, traurige Wind. Er heulte durch den Gang. Die Wände waren feucht, und Schnee schimmerte auf dem fadenscheinigen Teppich.

Sie mußte ihn sehen. Sie mußte sein entsetzliches Spiel entlarven, mußte ihre Angst besiegen. Sie arbeitete sich bis zum Ende des Ganges vor, stolperte, als der Zug ruckte. Sie öffnete die Waggontür.

Der Wind fegte ihr ins Gesicht, pfeifend, so kalt, daß ihr der Atem stockte. Sie faßte einen Griff. Niemand war da, um ihr über die Kupplung zu helfen, die zwischen den beiden Waggons quietschte und knarrte. Ein Tierschrei war über dem Stampfen der Lokomotive und dem metallischen Schlagen der Kupplung zu hören. Überall um sie herum war Wald.

Sie fuhren bergab. Sie atmete tief ein und machte einen großen Schritt, suchte hektisch nach einem Geländer. Wieder hörte sie Geheul. So nah – es schien fast aus dem Zug selbst, nicht aus dem Wald zu kommen.

Sie spähte in den Salonwagen des Grafen. Schwarze Vorhänge hingen vor den Fenstern. »Lassen Sie mich herein!« schrie sie und hämmerte mit den Fäusten gegen das Glas.

Abrupt wurde die Tür geöffnet. Sie fiel in absolute Dunkelheit.

Sie hörte, wie hinter ihr die Tür zugeschlagen wurde. Sie war absolut blind. Die Luft war stickig und stank. Sogar das Fenster am Dachaufsatz war verhängt worden. »Graf…« flüsterte sie.

»Sie sind gekommen.«

Seine Stimme klang anders, rauh. Sie stand am Eingang. Sie sah nichts, überhaupt nichts.

»Kommen Sie näher, Speranza. Haben Sie keine Angst. Die vollkommene Dunkelheit verzögert die Transformation ein klein wenig. Sie sehen, daß ich mir große Sorgen um Ihr Wohlergehen mache.«

Sie zögerte. Der Gestank war betäubend, er deckte einen subtileren Geruch zu, einen seltsam erregenden Geruch. Sie stand mit dem Rücken an der Tür. Das Rütteln des Zuges kitzelte sie. Sie schwitzte. Und sie sah immer noch nichts. Aber sie hörte ihn atmen – atmen – atmen.

»Sie machen den Jungen verrückt«, flüsterte sie. »Auch wenn Sie mich bezahlen, kann ich nicht...«

»Sie sind nicht hergekommen, um mit mir über Geschäfte zu sprechen, Speranza. Oder irre ich mich?«

Der Geruch durchdrang sie – sie spürte ein Kratzen in ihrer Kehle – und eine Bewegung, eine dunkle Bewegung an ihren Rökken – »Nein, Graf...« stöhnte sie leise und gestand sich endlich ihre Gelüste ein.

Etwas Pelziges fuhr unter ihren Rock. Es berührte ihre Schenkel. Es war brennend heiß. Sie wimmerte. Die Hand streichelte sie, verbrannte sie – bewegte sich unaufhaltsam auf ihre Schamgegend zu – liebkoste sie jetzt, und sie schrie vor Schmerz auf, aber hinter dem Schmerz war Wollust, und Hitze schoß durch ihren Körper, als sie erschauerte, als ihr Körper im Einklang mit den Bewegungen des Zuges zu vibrieren begann – »Das dürfen Sie nicht... Das können Sie nicht...«, verteidigte sie sich. Etwas Feuchtes spielte an ihren Schamlippen herum, und sie spürte, wie sich die Feuchtigkeit aus ihrem Inneren mit Schweiß und Speichel vermischte. Ich muß ihm widerstehen, dachte sie, sonst bin ich entehrt – trotzdem machte sie keine Anstalten, sich zu wehren, denn das Feuer brannte in ihren Nerven und Adern...

Die Hände wanderten weiter, wurden brutaler. Etwas riß ihre Schenkel auf – sie stöhnte bei dem scharfen Schmerz –, waren das Klauen oder Hände? Meine Einbildung spielt mir Streiche, dachte sie. Dieser Irrsinn steckt mich an. Jetzt riß der Stoff. Sie spürte, wie heißes Blut sich unter die anderen Flüssigkeiten mengte. »Nein«, schluchzte sie und versuchte, sich vorsichtig loszureißen, »nein, tun Sie mir nicht weh.« Der Graf antwortete nicht mit Worten, sondern mit einem Knurren. Sie versuchte, ihm zu entkommen, aber die Hände packten ihre Schenkel noch fester. Sie konnte nichts sehen, überhaupt nichts, aber der Waggon roch nach Moschus und Schlamm und feuchtem Laub, die Luft war feucht und schwer von dem Aroma von Brunft und Tierpisse. Endlich gelang es ihr, sich zu befreien. Sie tastete sich an der Wand entlang. Die Wand war klamm, wie eine Erdgrube – ihre Füße rutschten über den matschigen Boden –

Ich träume! fuhr es ihr durch den Sinn. Weil es hier so dunkel ist, deshalb bekomme ich Halluzinationen –

Jetzt berührte ihre Hand etwas Weiches. Vorhänge. Ich muß Licht hereinlassen, dachte sie. Sie zog an dem Samt. Ein Splitter Mondlicht durchschnitt die Dunkelheit und –

Die Stimme des Grafen, kaum menschlich: »Das hätten Sie nicht tun dürfen... nicht das Licht... Ich werde mich verwandeln, verwandeln...«

Der Vorhang glitt ganz zurück, und das Mondlicht, das sich in den glitzernden Schneefeldern brach, strömte in den Waggon.

Der Graf – sein Gesicht – seine Nase streckte sich zu einer Schnauze. Fassungslos beobachtete sie, wie er sich veränderte. Auf seiner Wange sprossen Stoppeln. Seine Zähne wurden länger, sein Mund weitete sich, bis die schaumbedeckten Kiefer einer Bestie ihr gegenüber waren. Die Augen – leuchtend gelb jetzt, Schlitze, unversöhnlich. Seine fellbedeckten Hände schrumpften zu Pfoten. Mit einem Brüllen fiel der Graf auf alle viere. Seine Zähne trieften vor Geifer. Der Gestank wurde noch intensiver. Ihre Kehle zog sich zu. Sie schmeckte Erbrochenes in ihrem Mund. Dann sprang der Wolf.

Sie wurde umgeworfen. Sie fiel mitten ins Mondlicht. Die Bestie zerfetzte ihr Kleid. Es begehrt mich immer noch, dachte sie. Der Wolfsspeichel sprühte über ihr Gesicht und floß ihr am Hals herunter. Sie versuchte, sich zu wehren, aber er stand jetzt über ihr, war bereit, seine Zähne in ihre Kehle zu schlagen –

Er berührte das silberne Halsband –

Und zog sich jaulend zurück! Speranza richtete sich hastig auf. Der Wolf beobachtete sie mißtrauisch. Wo seine Pfote das Halsband berührt hatte, war eine Brandnarbe zu sehen – ein Abbild der silbernen Kettenglieder. Der Wolf winselte und knurrte. Es roch nach verschmortem Fell. Ihr Herz schlug wie wild. Der schleimige Sabber lief jetzt über ihren Hals, über ihre nackten Brüste.

Sie tastete sich bis zur Türe vor, riß sie auf, kletterte über die Kupplung in den nächsten Wagen, trat ein. Als sie die Tür hinter sich zuschlug, hörte sie ein verzweifeltes Heulen über der Kakophonie des Eisens und Dampfes.

Einen langen Augenblick stand sie bewegungslos. Das Heulen erstarb oder ging im Rattern des Zuges unter. Sie kreuzte ihre Arme vor ihrer zerrissenen Bluse, und die kalte Luft betäubte jene Stellen ihres Körpers, wo die Berührung des Wolfes sie verbrannt hatte.

Sie betastete die silberne Halskette. Sie war kühl. Sie dachte: unmöglich, das ist vollkommen unmöglich.

Hatte man vielleicht mit einem Zaubertrick gearbeitet? Mit Tierdung und suggestiven Verkleidungen? Denen ein Verstand, der schon auf eine übernatürliche Metamorphose gefaßt war, keinen Widerstand mehr leisten konnte? Mondlicht strömte in den Gang. In der Ferne waren Berge zu sehen. Davor stand eine Kirche, in Schnee gehüllt, deren schneebedeckter Kirchturm das kalte Licht auffing und im Mondlicht glitzerte.

Sie dachte an Johnny.

Was immer der Graf auch war, er versuchte, Johnny zu einem der ihren zu machen. Vielleicht gehörte das alles zu einem unmenschlichen wissenschaftlichen Experiment – oder zu einer Art Teufelsanbetung. Hatte Cornelius Quaid nicht von Verstümmelungen und unvorstellbaren Grausamkeiten gesprochen? Das arme Kind!

Ich muß ihn entführen, dachte sie. Ich kann nicht zulassen, daß er hierbleibt, unter der Obhut dieser Wahnsinnigen – er ist ein Lamm unter Wölfen!

Vielleicht hatten sie ihm ja schon etwas angetan –

Sie öffnete die Tür zum Abteil.

Wind schlug ihr ins Gesicht. Das Fenster war eingeschlagen worden. Der Boden, die Sitze waren schneebedeckt. »Wo ist er?« fragte sie.

Sie sah nur das junge Dienstmädchen. Sie lag auf einem der Sitze, mit einem Tuch bedeckt, und starrte in die Luft.

»Wo ist der Junge?« fragte Speranza.

Das Mädchen antwortete nicht.

»Wo ist er? Ich habe ihn Ihnen anvertraut!«

Immer noch erhielt sie keine Antwort.

»Ich habe genug von dieser Geheimnistuerei!« schrie Speranza. Wut und Frustration packten sie. Sie schlug die Bedienstete ins Gesicht.

Der Kopf des jungen Mädchens plumpste vom Sitz. Das Schaukeln des Zuges ließ ihn zwischen zwei Sitzen vor und zurückrollen, vor und zurück.

Langsam glitt das Tuch zu Boden. Darunter kam ein Knäuel von Körperteilen zum Vorschein. Und mittendrin, in die blutigen Eingeweide gewickelt, wie ein Neugeborenes in seine Nabelschnur, lag ein kleiner, nackter Junge, der in seiner Hand etwas hielt, das aussah wie ein menschliches Herz. Er schluchzte untröstlich.

»Johnny!« Sie war zu entsetzt, um Ekel zu spüren.

Langsam verebbten die Schluchzer des Jungen. Langsam hob er seinen Kopf aus dem Chaos von Blut und menschlichem Gewebe. Sein Mund, seine Wangen waren mit Blut verschmiert, das im silbernen Mondlicht schwarz glänzte. Sein Haar war vollkommen verklebt. Er sagte: »Ich hab' alles versucht, damit Jonas nicht kommt. Ich hab' alles versucht, Speranza. Ich wollte, daß du nichts merkst, deshalb hab' ich das meiste von ihr schon aus dem Fenster geworfen, aber ich habe nicht genug Zeit gehabt. O Speranza, es ist hoffnungslos, ich werde nie wie die anderen Menschen.«

Speranza fiel wieder ein, was auch der Graf von Bächl-Wölfling zu ihr gesagt hatte: »Deshalb, Speranza, sehne ich mich nach Hoffnung.« Sie wußte, daß sie den Jungen jetzt nicht verlassen konnte. Obwohl er getötet hatte. Es war eine Krankheit, eine entsetzliche Krankheit. Sie schluckte ihre Angst hinunter und nahm ihn in die Arme. »O Johnny, aber du mußt hoffen!« weinte sie.

»Ja, das muß ich, nicht wahr?« Und dann begann das Kind bitterlich zu weinen, als wäre das Ende der Welt gekommen, und seine Tränen mischten sich mit dem Blut.

Deadwood

Vollmond

Durch eine Hintertür gelangte man aus dem Saloon in einen Innenhof. Dorthin zog sich Cordwainer Claggart zurück, um sein Geld zu zählen und den weiteren Verlauf der Nacht zu überdenken. Er lächelte, als er sah, daß die Witwe Bryant bereits dort war und der kalten Luft trotzte. Der Wind war feucht und eisig, und der Schnee türmte sich an den Wänden. Es war schmutziger Schnee, der nach Schnaps und Erbrochenem roch.

Sie betrachtete den Mond, der aufgeblasen und kalkweiß über den Hügeln hing. Sie tut nur so, als würde sie mich nicht bemerken, dachte Claggart. Ich will verdammt sein, wenn sie nicht schon wieder nach einem neuen Mann Ausschau hält. Sie war sehr einfach gekleidet, aber sie hatte ihr Gesicht ein bißchen geschminkt und ihren Schleier bereits abgenommen.

Er beobachtete sie aus dem Schatten des Hauseingangs heraus, legte sich seine nächsten Schachzüge zurecht, sah sich als einsamen Wolf, der seine Beute ausspäht, sie umkreist, mit ihr spielt. Und doch gab sie selbst das Zeichen, ein winziges Kopfnicken. Claggarts Freude wuchs. Ich hatte recht – sie muß wirklich verzweifelt sein, dachte er und fragte sich, was für ein Mann ihr toter Gatte wohl gewesen war. Er hatte sie vernachlässigt, das war offensichtlich, hatte bestimmt nur für sein Gold gelebt. Und sie manchmal geschlagen. Wahrscheinlich hatte er das als praktische Methode angesehen, den Körper für die Nacht anzuwärmen. Na, es konnte nicht schaden, eine Frau hin und wieder zu verdreschen. Claggart schlenderte zu ihr hinüber und überlegte währenddessen, welcher Eröffnungssatz aus seinem großen Repertoire angebracht wäre. Sein Finger blutete immer noch, aber die Kälte ließ ihn taub werden.

Bevor er aber das Wort an sie richten konnte, sagte sie: »Sie beobachten mich schon den ganzen Abend, Mister. An meinem Aussehen kann es nicht liegen, also sind Sie hinter meinem Geld her. Obwohl mein Gatte kaum unter der Erde liegt! Sie sollten sich schämen, Mr. Claggart.«

Claggart fühlte einen Augenblick Panik in sich aufsteigen. Und doch, dachte er, interessiert sie sich immerhin so sehr für mich, daß sie sich die Mühe gemacht hat, meinen Namen herauszufinden.

»Sie besitzen Verstand, Madam«, schmeichelte er.

»Ganz bestimmt«, antwortete Sally Bryant.

»Ich hoffte nur, Ihnen ein wenig... Erquickung in Ihrem... Schmerz spenden zu können«, schmeichelte er. Er zitterte. Es hatte fast ganz aufgehört zu schneien, aber der Wind war bitter kalt.

Plötzlich lächelte sie. »Erquickung!« sagte sie. »Haben Sie das absichtlich gesagt?«

Claggart runzelte die Stirn. »Ich war nie auf keiner Schule nicht. Bin von zu Hause fortgelaufen, als ich sieben war. Ich hab's einfach nicht ausgehalten, Madam. Alle meine Worte kenn' ich von meinem Pa, wenn er nicht gerade die Rute auf meinem Allerwertesten tanzen ließ.« Dieser Teil seiner Vergangenheit zumindest entsprach der Wahrheit, auch wenn Claggart die Geschichte seiner traurigen Kindheit bereits so oft erzählt hatte, daß sie ihm inzwischen selbst wie ein Märchen erschien. Seine Geschichten waren wie ein eselohriges Kartenspiel, das er in Windeseile zu einer brandneuen Vergangenheit mischen konnte. »Mein Pa war... Prediger könnte man dazu sagen, schätze ich. Jedenfalls nannte *er* sich so. Nichts ist so erfolgreich wie Predigen, wenn man den Leuten in die Tasche greifen will, keine Karten, kein Schlangenöl, keine Waffengeschäfte mit den Indianern. Ich weiß das, weil ich alles ausprobiert hab'. Pa war hart zu uns, deshalb bin ich abgehauen.« Auch das entsprach der Wahrheit, obwohl Claggart der Witwe unterschlagen hatte, daß er dabei das Haus seines Vaters abgefackelt und sein zweitbestes Pferd gestohlen hatte und daß er eine Weile versucht hatte, in Abilene zu überleben, indem er seine zehnjährige Schwester für einen halben Dollar auf den Strich geschickt hatte. Zweifellos mutmaßte die Witwe bereits, daß seine

Vergangenheit nicht besonders ehrsam verlaufen war, aber er glaubte nicht, daß sie allzu wählerisch sein würde. Trotzdem erschien es ihm angebracht, ein Mindestmaß an Ehrsamkeit anzudeuten, deshalb fuhr er fort: »Ich hab' ein Vermögen mit Gold gemacht, aber mein Partner hat sich mit dem Gewinn aus dem Staub gemacht. Dann hab' ich mein Glück mit Eisenbahnaktien versucht, Madam, aber sie haben mich betrogen und die Eisenbahn nicht dort gebaut, wo sie mir gesagt haben. Deshalb bin ich jetzt Wissenschaftler, Witwe Bryant, und helf' den Kranken mit meiner welterschütternden Entdeckung.« Er zauberte ein Fläschchen Floccinaucinihilipilificator hervor.

»Sie sind ein Gauner«, sagte die Witwe Bryant. »Ich glaube Ihnen kein Wort.« Aber sie lächelte dabei, und Cordwainer Claggart hoffte, daß er bereits gewonnen hatte.

In der winzigen Abstellkammer, die ihr der Wirt während ihrer kurzen Auftritte als Garderobe zur Verfügung stellte, legte Amelia Nachtigal ihre Perücke, ihr Korsett und ihren deutschen Akzent ab.

Und natürlich ihren Namen, denn in Wahrheit war sie Verna Smith aus Council Bluffs, und ihre Deutschkenntnisse hatte sie von den deutschen Einwanderern und aus ein paar Lehrbüchern.

Der Raum war fensterlos. Sie starrte im Kerzenlicht ihr Spiegelbild an. Sorgfältig zog sie sich einen Morgenmantel über, der ihren ausladenden Busen kaum verbarg. Sie hatte das schäbige alte Ding aus zweiter Hand von einem Chinesen gekauft. Es war ganz offensichtlich für eine dieser zierlichen orientalischen Frauen geschneidert worden, obwohl ihr der Händler versichert hatte, die frühere Besitzerin sei eine wahre Riesin gewesen.

Das Licht der Kerosinlampe, flackernd und rußig, schien die Falten in ihrem Gesicht zu glätten. Verna Smith seufzte und fragte sich, ob sie mehr Puder auflegen sollte. Aber wozu? dachte sie. Es ist bloß der Schlangenöl-Marktschreier, ein Gauner wie aus dem Bilderbuch. Vielleicht kann ich seine Geldbörse ein bißchen erleichtern, wenn ich ihn genug errege.

Sie drückte eine frische Kerze in den Keramikständer und zündete sie an der Kerosinlampe an. Dann strich sie ihren Morgenrock an einigen Stellen glatt, machte die Lampe aus und schlich auf den kalten, dunklen Korridor.

Vishnevsky war wieder nach unten gegangen, entschlossen, mehr Informationen aus diesem mysteriösen Grumiaux herauszulokken. Der Eisenbahner saß immer noch am selben Tisch, ins Gespräch mit dem Lieutenant und dem Scout versunken. Gleich mehrere Flaschen dieses widerlichen Schnapses, an dem die Menschen sich hier berauschen, standen auf dem Tisch. Der Raum war düster und die Luft rauchgeschwängert, aber der Gesang hatte aufgehört. Die Männer unterhielten sich leise. Er blieb eine Weile abseits stehen, fing Gesprächsfetzen auf, ohne sie richtig zu verstehen. Sie redeten über Gold und Frauen und Karten und Schnaps und manchmal auch über Indianer.

Vishnevsky machte sich immer noch Sorgen um seine Cousine. Er hatte Natalia gerade noch rechtzeitig anketten können. Was, wenn etwas schiefgegangen wäre? Hatte er die Vorhänge zugezogen, und waren sie dunkel, undurchsichtig genug, um Natalia vom Mondlicht abzuschirmen? Wenn sie sich nur teilweise verwandeln würde, wäre sie vielleicht stark genug, um...

»Ah, Monsieur Vishnevsky«, rief Grumiaux auf französisch und winkte ihn herbei. »Sie hatten einen recht aufregenden Empfang hier in Deadwood, nicht wahr? Ich hoffe, Ihr Aufenthalt wird von nun an weniger – spannend sein.« Er machte dem Barkeeper ein Zeichen. »Ebenezer, einen Drink für unseren Freund.«

Vishnevsky wollte eigentlich nichts mehr trinken, aber es war kalt, trotz des Ofens und des lodernden Feuers. Er konnte den Bergwind draußen hören, und durch das Fenster sah er, daß der Schneefall, der vorhin aufgehört hatte, wieder einsetzte. Er nahm das angebotene Glas und leerte es in einem Zug.

»Wir haben uns gerade über die Fremont, Elkhorn and Missouri Valley Railroad unterhalten«, erklärte Grumiaux, »ein Thema, das, so glaube ich, auch Sie interessiert.«

»Mein Auftraggeber, der Graf von Bächl-Wölfling«, erklärte Vishnevsky vorsichtig, »sieht es nicht ungern, wenn ich... Informationen sammle. Er zahlt gut dafür, und ich trage einen Kreditbrief der Wells Fargo bei mir...«

Grumiaux lachte. »Sie haben doch gesehen, wie man hier zu Papiergeld steht!«

Zeke Sullivan sagte: »Ich verstehe nicht, warum ein Mann wie Ihr Graf, oder was immer er ist, im Territorium Geschäfte machen will.«

Vishnevsky antwortete: »Manchmal ist es auch für mich schwierig, die Motive des Grafen zu verstehen.«

»Also, ich habe so ein Gerücht gehört«, wandte Grumiaux ein, »daß Ihr Graf persönlich herkommen will... mit Hunderten von Gefolgsleuten... daß er die ganze Stadt Deadwood kaufen will... mit dem Chinesenviertel und allem Drum und Dran.«

»Wo haben Sie das gehört?« fragte Vishnevsky irritiert. »Das ist nichts als ein Gerücht.« Aber gefährlich nah an der Wahrheit, dachte er besorgt. Vielleicht spekulierte Grumiaux ja nur darauf, daß Vishnevsky aus Versehen mit der Wahrheit herausplatzte. »Ich kann Ihnen versichern, daß mein Auftraggeber nicht an der Stadt Deadwood interessiert ist.«

Das war nicht gelogen, und die anderen schienen damit zufrieden zu sein.

»Aber er interessiert sich für die Fremont, Elkhorn and Missouri Valley Railroad«, sagte Grumiaux. »Das können Sie nicht abstreiten, Valentin Nikolaievich. Ich habe sogar gehört, daß sich Ihr Graf in die Streckenplanung einmischt. Sollte er das nicht lieber den Experten überlassen?« Er sah ihm in die Augen, forderte ihn heraus.

»Ich mische mich nicht in die Angelegenheiten des Grafen«, wich Vishnevsky aus. »Ich tue nur, was man mir aufträgt.«

»Ich schätze, am besten tust du den Mann mit zum Vermessen nehmen, Claude«, schlug Zeke vor. »Damit er das mal kennenlernt.«

»Warum nicht?« fragte Grumiaux. »Wir ziehen immerhin alle

am gleichen Strang, oder nicht?« Er sah Vishnevsky wieder direkt in die Augen, und sein Gesicht war eine Maske der Unbefangenheit. »Erweisen Sie mir die Ehre und machen Sie morgen mit mir einen kleinen Ausflug? Sie können unsere Männer bei der Arbeit beobachten. Es wird leider ziemlich langweilig werden, befürchte ich, eine Schneepflug-Expedition. Manche sagen, es sei ein eindrucksvoller Anblick, wie sich dieser riesige Pflug durch den Schnee gräbt, von fünf, sechs, manchmal sogar einem Dutzend Lokomotiven geschoben, und wie sich zu beiden Seiten weiße Berge auftürmen.«

»Es wäre mir wirklich eine Ehre«, sagte Vishnevsky mit der gleichen Unbefangenheit, dann leerten sie beide ein weiteres Glas dieses grauenhaften Gesöffs, um die Abmachung zu besiegeln.

Der Lieutenant hatte zerstreut dabeigesessen und ihnen nur mit halbem Ohr zugehört. Jetzt setzte er sich abrupt auf und sagte: »Hört mal! Da ist wieder dieser verfluchte Wolf...«

»Ein Wolf? Mitten in der Stadt?« fragte Grumiaux. »Ganz bestimmt nicht.«

Vishnevsky war augenblicklich alarmiert. Er lauschte angestrengt. Kamen irgendwelche ungewöhnlichen Geräusche von oben? Er wartete auf das verräterische Knurren, das Klagen, das unheimliche Heulen. Nichts. Sicher hätte er das als erster bemerkt. War es möglich, daß Natalia...

»Scott«, bedrängte Zeke seinen Freund, »du hast in letzter Zeit eine Menge seltsamer Dinge gesehen, aber – es gibt keine Wölfe in Deadwood.«

»Ich habe aber etwas gehört!« widersprach Scott Harper.

Vishnevsky lauschte angestrengt. Überall um ihn herum waren Stimmen: rauhe Stimmen, kartenspielende Männer, Fluchen. Dann hörte er etwas anderes... ein hohes Jaulen... weit entfernt, so daß es fast im Klagen des Windes unterging. Das konnte nicht Natalia sein – selbst wenn sie sich aus ihren Ketten befreit hatte, selbst wenn sie die Metamorphose vollkommen abgeschlossen hatte, wie hätte sie unbemerkt hinausgelangen können? Gab es einen Balkon, von dem aus sie das Dach erreichen konnte, um von dort wiederum zur Erde zu springen? Vishnevskys Gehirn arbeitete fieberhaft. Er wußte es nicht mehr. Er mußte es herausfinden.

»Zum Teufel... ich höre auch Wölfe«, sagte Zeke.

Jemand von einem anderen Tisch mischte sich ein: »Sie werden von der warmen Stadt angelockt. Sie finden da draußen nichts mehr zum Fressen. Ich schätze, die verdammten Biester sind hungrig.«

Grumiaux sagte: »Ich schlage vor, wir gehen hinaus und suchen...«

»Nein!« platzte Vishnevsky heraus.

Es war, als wären im Saloon augenblicklich alle Gespräche verstummt und alle Augen auf ihn gerichtet. »Ich meine ja nur...«, ergänzte er hilflos, »es ist gefährlich. Wir sollten nicht riskieren...«

Einer der Kartenspieler meinte: »Klingt so, als würde es aus dem Chinesenviertel kommen. Ich riskiere meinen Hals nicht für ein paar Heiden.«

Grumiaux stand auf. »Ich gehe«, entschied er. »Zeke, komm mit.«

Ein paar andere erhoben sich ebenfalls. Plötzlich schien es, als würden alle gehen; sie zogen ihre Mäntel an, prüften ihre Smith and Wessons. Was, wenn es Natalia *war*? Ihre Waffen würden nichts gegen sie ausrichten können. Wie konnte er ihnen das klarmachen? Sie stapften bereits hinaus in den Schnee.

Zeke wandte sich an ihn: »Sie sollten nicht mitkommen... natürlich nicht. Ein ausländischer Gentleman. Und Scott, vielleicht solltest du auch hierbleiben und dich um ihn kümmern... und um die Dame oben.«

Der Lieutenant nickte. Vishnevsky hatte den Eindruck, daß es dem jungen Mann gar nicht unlieb war, zurückzubleiben. Obwohl er versuchte, es zu verbergen, stand Angst in seinen Augen – mehr Angst, als ein wildes Tier in einem erfahrenen Soldaten hervorrufen sollte, dachte Vishnevsky. Er fragte sich, ob Harper irgendwie die Wahrheit ahnte – aber nein, wie hätte er das können? Ich lasse mich von diesen Leuten zu sehr einschüchtern, dachte er. Diese Männer haben nichts Übernatürliches an sich.

Das Heulen war wieder zu hören, diesmal näher. Es war ein Wolf; jetzt war er ganz sicher. Aber der Schrei war seltsam schwach, dachte er. Natalias Heulen ist wie der Kriegsruf einer Jägerin, wütend und aggressiv. Vielleicht ist es ja ein echter Wolf, bloß ein dummes Tier, getrieben von seinem Hunger und der Sehnsucht nach Wärme – ein Wesen ohne Seele. Dieses Land ist voller Wölfe, überlegte Vishnevsky und fühlte sich ein bißchen besser.

Pferde wieherten. Stiefel trampelten über die Veranda draußen; ein paar Schüsse waren zu hören. Männer riefen, und der Wind jaulte.

Er setzte sich wieder und nahm noch einen Schluck Whisky. Im Raum war niemand mehr außer Scott und dem Barkeeper.

Er und der Lieutenant sahen sich an. Scott Harper lächelte ihm zu, ein freundliches, zuversichtliches Lächeln. Vishnevsky senkte den Blick. »Wenn Sie mich für einen Augenblick entschuldigen«, sagte er. »Ich sollte nach meiner Cousine sehen. Sie fürchtet sich sehr vor Wölfen.«

Dann stand er vom Tisch auf und eilte die Treppe hinauf.

Verna Smith klopfte vorsichtig an die Tür. Als niemand antwortete, drehte sie den Türknauf und trat ein.

Es war dunkel, entsetzlich dunkel. »Ich bin da«, sagte sie leise und hielt die Kerze hoch. Am anderen Ende des Raumes stand ein Himmelbett. Die Vorhänge waren, ebenso wie die vor dem Fenster, zugezogen. Dieser Cordwainer Claggart liebte mysteriöse Spielchen.

Als erstes fiel ihr der Geruch auf – wie der Geruch einer Frau in ihrer Regel, aber viel stärker. Sie mußte beinahe würgen. Hier ist noch eine Frau im Raum, dachte sie. Eine Frau, die so schamlos war, einem Mann Freuden zu spenden, während sie..., welche Hure konnte so tief sinken?

»Ich weiß, daß du in dem Bett bist, Claggart«, sagte sie. »Du falscher Hund.«

Neben dem Bett stand ein Nachttisch. Sie stellte die Kerze darauf ab. Daneben befanden sich eine Waschschüssel und eine Kristallkaraffe mit Wasser. Ein Spiegel, eine Bürste, ein Schlüssel und zwei Patronen – Patronen, die im Kerzenlicht schimmerten. Sie mußten aus Silber sein.

»Willst du gleich wie ein brünstiges Tier aus dem Bett rausspringen und dich auf mich stürzen?« lachte sie.

Etwas bewegte sich hinter den Vorhängen. Aber niemand sprach.

»Komm endlich«, sagte sie. »Du treibst das Spiel zu weit. Eines Tages...«

Keine Antwort.

»Möchtest du vielleicht, daß ich alle meine Kleider ausziehe?« fragte sie, um ihn zu provozieren. Schon bei dem Gedanken lief ihr ein wollüstiger Schauer über den Rücken.

Selbst ein schlecht erzogener Mann würde es nicht im Traum wagen, eine Frau dazu zu bringen, daß sie all ihre Kleider auszog. Ganz zu schweigen davon, daß er sich selbst vollkommen auszog. Aber Verna wußte, wie es war, sich nackt zu lieben. Ein Komantsche hatte sie das gelehrt. Die Indianer kannten keine Scham. Sie hatte gehört, daß sich auch die Neger nackt liebten. Es hat auch seine Nachteile, zu einem zivilisierten Volk zu gehören, urteilte sie mit einem Seufzer.

Ein tiefes Stöhnen kam aus dem Bett.

»Ich wußte, daß du mir darauf antworten würdest«, lachte sie.

Sie nahm die Kerze in eine Hand und zog mit der anderen die Vorhänge zurück. Und schnappte nach Luft.

Der Geruch war noch stärker geworden. Eine Frau war an die Bettpfosten gekettet. Sie war nackt. Obwohl es kühl im Zimmer war, war die Frau schweißgebadet. Sie stöhnte wieder und starrte Verna aus schmalen Augen an. »Hilfe...«, sagte sie. »Bitte... der Schlüssel...« Waren das Worte oder war es das Knurren eines hungrigen Tieres? Verna konnte sie kaum verstehen.

»Mein Gott, hat Claggart Ihnen das angetan?«

»Bitte, der Schlüssel...« In der fast vollkommenen Dunkelheit glitzerten die Augen der Frau wie die eines Nachttiers. »Mir bleibt nicht viel Zeit... ich verbrenne...« Sie sprach mit einem seltsamen europäischen Akzent, den Verna nicht einordnen konnte. Warum war sie angekettet? Ausländer taten manchmal so merkwürdige Dinge. Und was lag da um ihr Gesicht – ein Pelzschal? Nein, der Pelz schien auf ihren verschwitzten Wangen zu kleben.

»Mach mich los!« Keine Worte, sondern das Brüllen eines Tieres.

»Soll ich Ihnen Wasser holen?« Verna warf einen Blick auf den Waschtisch.

»Nein... der Schlüssel... mach mich los!«

»Natürlich, natürlich!« Zitternd nahm sie den Schlüssel vom Nachttisch. Herr im Himmel, die Handgelenke der Frau waren voller Blasen und Schwären. Verna löste die Fesseln, und während sie das tat, packte die Frau ihre Handgelenke so fest, daß Verna aufschrie. Der Gestank schlug in ihr Gesicht – hinter dem Menstruationsgeruch war noch ein anderer, ein noch widerwärtigerer Gestank. Es ist Hundepisse, dachte Verna, natürlich, Hundepisse.

Die Frau stöhnte – sie zog Verna an sich, faßte sie an den Schultern, zerriß dabei das Gewebe ihres Morgenmantels. »Die Hitze, die Hitze«, ächzte sie. »Bitte hilf mir, bitte, halt mich, berühr mich... der Schmerz...«

Zu ihrer Verblüffung begriff Verna, daß diese Frau mit ihr schlafen wollte. Und trotz des überwältigenden Gestanks hatte sie etwas unwiderstehlich Erotisches an sich. Sie bebte, sie zitterte, und ihre Arme und Brüste glänzten vor Schweiß. Und immer diese brennenden Augen. Verna konnte einfach nicht wegsehen. Die Frau zerrte sie aufs Bett, war plötzlich über ihr. Der Morgenrock war in Fetzen, ihre Fingernägel zerkratzten ihr die Haut bis aufs Blut, und Verna schrie auf – wieder stöhnte die Frau: »Die Hitze, die Hitze, du mußt aufmachen die Vorhänge und das Fenster... hilf mir, hilf mir, ich verbrenne...«

»Sind Sie krank? Soll ich den Arzt holen?«

»Die Hitze...«

Verna erklärte: »Lassen Sie mich los, dann öffne ich das Fenster.« Aber die Frau hielt sie noch fester, fester, preßte sie auf das Satinlaken hinab. Die Kette lag immer noch auf dem Bett. Sie drückte in Vernas Rücken, und Verna rollte zur Seite, so daß die Kette die Brüste der fremden Frau berührte. Plötzlich ließ die Frau sie los, schrie, und Verna sah die tiefe Wunde auf ihrer Brust, sie sah das Blut brodeln. Die Frau wand sich jetzt, zäher Speichel tropfte von ihren Lippen – ganz bestimmt war sie krank und wurde von ihrem Schmerz in den Wahnsinn getrieben.

Verna befreite sich und ging rückwärts zum Fenster, bis sie die Vorhänge ertasten konnte. Sie zog sie zurück und öffnete das Fenster. Dann drehte sie sich um und schaute in den Hof hinunter. Cordwainer Claggart stand dort – und machte dieser Witwe den Hof! Dieser schamlose Kerl! Sie war so wütend, daß sie die bittere Kälte ein paar Sekunden lang gar nicht bemerkte.

Mondlicht fiel in den Raum. Der Wind pfiff, und die Kälte peitschte ihren halbnackten Körper. Schneeflocken landeten auf ihrem Haar und ihren Wimpern. Sie drehte sich wieder um und sagte zu der kranken Frau: »So, jetzt müssen Sie zurück ins Bett, Sie müssen versuchen, sich auszuruhen.«

In der Ferne hörte sie Schüsse. Und das Heulen eines Tieres – vielleicht das eines Wolfes.

Der Geruch hatte sich noch verstärkt. Sie konnte kaum mehr atmen. Es war definitiv Hundepisse, und Monatsblut. Von weither, vielleicht aus dem Chinesenviertel, hörte sie wieder einen Wolf heulen. Und dann kam die Antwort.

Es stieg aus der Kehle der Verrückten auf. Sie heulte ebenfalls, wie ein wilder Hund, und während sie heulte, verwandelte sie sich. Ihre Nase verzerrte sich zu einer Schnauze, ihr Mund weitete sich zu einem riesigen Rachen, und auf ihren Zähnen glänzte der Geifer.

Verna blieb nicht einmal Zeit zu schreien, als die Bestie sie ansprang. Sie sah noch, wie die Tür aufschwang, der Russe in den Raum stürzte und etwas in seiner Muttersprache brüllte. Sie versuchte, ihn zu warnen, ihn aufzuhalten, aber sie wußte, daß es schon zu spät war.

Die Witwe und der Schlangenöl-Händler hielten sich bei der Hand und schauten einander in die Augen. Claggart dachte sich gerade, ich empfinde tatsächlich etwas für sie, verdammt! Und er beugte sich hinunter, um sie zu küssen. Weit weg heulte ein Tier, und ein anderes Tier antwortete ihm aus dem Haus.

Er hörte, wie hinter ihm etwas in den Schnee plumpste.

Sally Bryants Augen waren weit aufgerissen. Plötzlich wurde ihm klar, daß es ein Ausdruck des Entsetzens, nicht des Verlangens war. Etwas Nasses tropfte auf seine Stirn – auf seine Nase – seine Lippen schmeckten Blut. Sie taumelte zurück, deutete hysterisch zappelnd auf etwas. Sie wollte schreien, aber kein Laut kam über ihre Lippen.

Er wirbelte herum und sah, was vom Fenster heruntergefallen war –

Und nahm sie in die Arme, versteckte ihren Kopf unter seinem Mantel, denn es geziemte sich nicht für eine Dame, so etwas anzuschauen –

Es war ein menschlicher Kopf.

Er hielt die Witwe in seinen Armen. Als er aufsah, sah er den Rumpf einer nackten Frau im Fenster. Blut spritzte aus ihrem abgetrennten Hals. Das also war ihm aufs Gesicht getropft. Das Blut gehörte der selbsternannten deutschen Opernsängerin. Ihr Gesicht starrte ihn vom Boden mit einem Ausdruck blanken Entsetzens an. Von oben hörte er das Heulen eines wilden Tieres – eines Wolfes! Er hatte verdammtes Glück gehabt, daß er sein Rendezvous mit der glücklosen Miss Nachtigal abgesagt hatte – oder Miss Smith oder Miss Trestail oder wie immer sie diese Woche heißen mochte. Ich bin einem Monster entkommen, dachte er, und habe eine Goldgrube entdeckt.

Blut durchtränkte den Schnee, zog ein feines Spinnennetzmuster um den abgetrennten Hals. Die Lippen der Sängerin waren geteilt. Auch recht, dachte er, dann bleibt uns wenigstens das Gejaule dieser verfluchten billigen Hure erspart.

Claggart hatte schon mehr verstümmelte Leichen gesehen. Er hatte die Überreste des Indianer-Massakers in Minnesota gesehen.

Sein Magen krampfte sich beim Anblick von Amelia Nachtigals Kopf nicht zusammen, und er mußte sich auch nicht von dem Anblick des Rumpfes in dem Fenster abwenden. Statt dessen wandte er seine Aufmerksamkeit wieder der Frau zu, die in seinen Armen zitterte. »Ich liebe dich«, offenbarte er ihr besänftigend, als würde er zu einem Welpen sprechen, »ganz ehrlich.«

Scott hörte den Russen oben herumstolpern. Ich sollte ihm helfen, dachte er.

Die Treppe war steil, und der Gang lag im Dunkel. Unter den Rissen in den Tapeten zeigten sich frühere Farbschichten, einst schreiend bunt, jetzt aber staubgrau. Ein ekliger Gestank lag in der Luft – wie von einer läufigen Hündin – und der Geruch von Pisse. Scott sah, daß der Russe in einer Tür stand. Er schaute hinein und sagte etwas in seiner Muttersprache. Er hörte sich an, als würde er ein wildes Tier beruhigen wollen. Scott trat neben ihn.

»Nein!« flüsterte Vishnevsky ihm ängstlich zu. »Sie müssen sie mir überlassen, mir ganz allein.«

Scott blickte an der Gestalt des Russen vorbei ins Zimmer. Es war in helles Mondlicht getaucht. Der kopflose Rumpf einer nackten Frau lehnte an dem Fensterbrett. Das Fenster war offen, und Rücken und Gesäß waren mit Kratzern überzogen. Klumpen gerinnenden Blutes glänzten im Mondlicht wie schwarzer Lack. Hier war der Geruch noch stärker. Aber es roch noch nicht nach Verwesung. Nur nach warmem Blut – und nach scharfer Hundepisse.

Scott wußte nicht, wer die Frau war. Vielleicht eines der Mädchen, die ihre Dienste draußen auf der Straße anboten. Ganz bestimmt war es nicht Natalia Petrowna. Eine edle Dame wie sie würde niemals ihre Kleider ausziehen.

Er zog seinen Colt.

Der Russe bewegte sich nicht, sondern sprach leise weiter.

»Mit wem reden Sie?« fragte Scott. »Mit Ihrer Cousine? Versteckt sie sich irgendwo? Unter dem Bett? Ist sie in Gefahr?« Er wollte noch mehr sagen, als er das Knurren hörte.

Etwas bewegte sich. Unter der Bettdecke. In Panik schoß Scott darauf. Gänsefedern wirbelten auf. Wieder das Knurren. Aus dem Schrank. Hinter dem Nachttisch hervor. Schatten, Schatten, wohin die Mondstrahlen nicht fielen.

»Schießen Sie nicht auf sie!« Vishnevsky betrat das Zimmer, und Scott folgte ihm. Die Dielenbretter knarrten unter ihren Stiefeln. »Ich flehe Sie an. Sie ist nicht immer ein Tier.« Auf Zehenspitzen arbeitete er sich zum Nachttisch vor und tastete nach etwas. Als er sich umdrehte, sah Scott, was er in der Hand hielt – zwei Patronen.

Die Patronen glänzten seltsam hell.

»Natalia«, sagte der Russe und lud seine Pistole. Scott sah, daß Tränen in seinen Augen standen.

Der Wolf machte einen Satz hinter dem Bett hervor. Vishnevsky blieb keine Zeit zu reagieren. Er feuerte einmal, ohne zu zielen, fluchte auf russisch. Der Wolf sprang ihn an, als wollte er ihn umarmen. Die Waffe wurde ihm aus der Hand geschlagen, rutschte zur Tür hinüber. Scott feuerte immer weiter. Keine Kugeln mehr. Er fiel auf die Knie und tastete nach der Pistole des Russen. Wo war der Wolf? Er hob die Waffe auf. Er erstarrte, lauschte. Das schwere Atmen – woher kam es?

Ein dumpfer Schlag. Er wirbelte herum. Nein. Nur der Rumpf der Toten war zur Seite geglitten und auf dem Fußboden aufgeschlagen. Wolken und Schnee verdeckten den Mond. Das Atmen war immer noch zu hören. Irgendwo im Zimmer.

Oder war es das Schluchzen des Russen?

»Sir«, tröstete ihn Scott, »die tote Frau ist nicht Ihre Cousine, das weiß ich. Sie muß sich hier irgendwo verstecken. Sie ist nicht tot, das verspreche ich Ihnen.«

»Geben Sie mir den Revolver wieder... es ist besser, wenn es jemand tut... der sie liebt...«

»Sie sind zu nervös, Sir, wenn Sie mir die Bemerkung verzeihen. Am besten überlassen Sie das Schießen mir. Immerhin ist nur noch eine Kugel übrig, und dieses teuflische Tier ist offenbar entschlossen, uns umzubringen. Versuchen Sie, sich zu beruhigen.« Damit meinte er sich genauso wie den Fremden.

Mehr Geräusche! Nein. Schüsse auf der Straße draußen. Sie waren auf die Jagd nach einem wilden Tier gegangen, aber es hatte die ganze Zeit über hier drinnen gelauert.

Bleib ganz ruhig. Nicht bewegen. Lauschen.

Und dann – fast als hätte es sich aus den Schatten materialisiert – war es da, fegte über die Dielen, raste zur Tür, schoß in den Gang –

»Bitte... Geben Sie...«, flehte der Russe schwach. »Nur ich kann Natalia Petrowna töten.«

Er ist wahnsinnig, dachte Scott. Er jagt die Frau, nicht den Wolf.

Scott sah ihr Gesicht einen Augenblick lang vor sich, erinnerte sich daran, wie sie ihm auf dem Friedhof vor der untergehenden Sonne zugelächelt hatte. Er durfte dem Russen seine Waffe auf keinen Fall zurückgeben, sonst würde er sie umbringen. »Ganz ruhig«, sagte er. Und schlich hinaus in den Gang.

Er schaute sich um. Von dem Wolf war nichts zu sehen.

Eine einsame Kerze brannte auf dem Bücherbord über dem Treppenabsatz. Schatten tanzten auf den Wänden. Scott entsicherte den Revolver und arbeitete sich langsam vor, die freie Hand immer auf der brüchigen, schmierigen Tapete.

Eine Bewegung! Silbernes Fell, hellgelbe Augen im Kerzenlicht. Pfoten kratzten über die Tapete – die Kerze rollte auf den Boden, ein fadenscheiniger Teppich fing sofort Feuer –

»Wasser! Wir brauchen Wasser!« rief Scott. Die Flammen schlugen hoch. Hitze schlug Scott ins Gesicht, auf seine Hände. Schweiß lief über den Revolver. Und hinter den Flammen – der Wolf.

Zum erstenmal sah er ihn ganz deutlich. Das Fell glänzte im Feuerschein. Die Augen glühten. Er schaute dem Wolf in die Augen – und er dachte, ich kenne diese Augen, sie sind wie die Augen einer Frau, einer Frau, die ich kenne, die ich lieben könnte –

Der Russe stand neben dem Wolf. Er hatte seine Arme in einer flehenden Geste erhoben. Der Wolf ignorierte ihn vollkommen, wandte seine Augen nicht von Scott. Jetzt entwickelte sich dichter Rauch, füllte den Gang, erstickte das lodernde Feuer, und durch den Rauch leuchteten die Augen des Wolfes. Scott bekam keine Luft mehr.

»Holen Sie Wasser – im Zimmer, neben dem Bett«, keuchte er.

Vishnevsky sprach immer noch zu dem Wolf. Der Wolf knurrte und war sprungbereit. Scotts Rufe schienen Vishnevskys Litanei zu durchdringen. Er zuckte zusammen und lief ins Zimmer.

Der Wolf drehte sich wieder zu Scott um, und Scott feuerte –

Eine dünne Blutspur zog sich über die linke Wange des Wolfes. Nur ein Streifschuß! erkannte Scott voller Entsetzen. Ein Jaulen stieg aus der Kehle des Wolfes, das seltsam menschlich klang – und dann raste die Bestie ins Zimmer zurück, gerade als Vishnevsky wieder herauskam, die Waschschüssel in der Hand. Vishnevsky kippte das Wasser über den Teppich und eilte dem Wolf hinterher ins Zimmer. Die Flamme zischte und erlosch. Jemand kam die Treppe heraufgetrampelt, mit einer Lampe; Scott drehte sich um und erblickte Ebenezer. Er trug einen Wassereimer.

»Das Feuer ist aus«, sagte Scott. Er atmete ein paarmal tief durch. »Haben Sie eine Waffe?«

Ebenezer setzte den Eimer ab und zog einen Derringer aus seiner Westentasche. »Ich weiß nicht, ob uns das hier viel nützt, aber…«

»Kommen Sie mit. Da ist ein Wolf bei dem Russen im Zimmer. Und der ist übergeschnappt. Er unterhält sich auf russisch mit dem Wolf. Außerdem ist da noch eine tote Frau. Kein schöner Anblick.«

Scott und der kahlköpfige Barkeeper wagten sich langsam ins Zimmer. Ebenezer hielt die Lampe hoch. Die Vorhänge waren zugezogen, so daß kein Mondlicht eindringen konnte. Auch die Vorhänge um das Bett waren wieder zugezogen. Nur eine schwache Erinnerung an den entsetzlichen Gestank lag noch in der Luft.

Vishnevsky stand beim Fenster. Der kopflose Rumpf lag ihm zu Füßen, auf dem Rücken, in einer Blutlache.

»Amelia!« sagte Ebenezer. »O nein!« Er starrte auf den Körper, ohne zu verstehen.

Scott fühlte sich einen Augenblick erleichtert, weil es nicht die

Leiche der Russin war – aber dann fühlte er sich deswegen schuldig und blickte zu Boden, um niemandem in die Augen sehen zu müssen.

»Der Wolf ist weg«, erklärte ihnen Vishnevsky. »Aus dem Fenster gesprungen.«

»Komisch«, sagte Scott. »Ich hab' gar nichts gehört.«

Dann kam eine andere Stimme hinter den Bettvorhängen hervor. »Er hat recht, Lieutenant Harper. Ich habe es mit eigenen Augen gesehen, ein furchtbarer Anblick. Eine riesige Kreatur, die mich anspringen wollte... entsetzlich, entsetzlich.«

Eine weiße Hand mit schlanken Fingern teilte den Vorhang ein bißchen, dann sah Scott Natalia Petrowna hervortreten. Sie trug einen seidenen Morgenrock, und sie hatte einen Schal um ihr Gesicht gewunden, der ihren Mund und ihre Wangen verbarg. Aber die Augen waren unverkennbar. »Gott sei Dank leben Sie noch, Madam. Ich fürchtete schon, Ihnen sei etwas Grauenhaftes zugestoßen, und das hätte mich mehr geschmerzt als alles auf der Welt.«

»Wie galant Sie sind, Lieutenant!« Sie lächelte ihn mit den Augen an, aber der Schal blieb fest über ihrem Mund. »Ich kenne Sie kaum, und schon Sie brechen mein Herz.«

»Wo hatten Sie sich versteckt?« fragte er. Er wollte zu ihr gehen, sie trösten, vielleicht einen Arm um sie legen. Aber er war zu schüchtern, weil er genau wußte, daß er sie begehrte.

»Ich habe mich... versteckt hinter Vorhängen. Oh, ich hatte solche Angst. Ich habe mich nicht einmal getraut zu schreien. Sie haben mich gerettet vor diesem furchtbaren Untier.«

»Aber... ich habe Sie überhaupt nicht bemerkt, Madam. Sie dürften nicht einmal geatmet haben.«

»Manchmal bin ich selbst fast wie Tier und kann mit der Dunkelheit vollkommen verschmelzen.«

»Sie brauchen keine Angst zu haben, Natalia Petrowna. Morgen hat uns Mr. Grumiaux auf eine Fahrt mit seiner Eisenbahn eingeladen. Es wäre mir ganz bestimmt eine Ehre, wenn ich Ihnen dabei meinen Schutz anbieten dürfte.«

»*Vous êtes trop gentil, cher monsieur.*« Sie nickte ihm freundlich zu. Dann schaute sie ihren Cousin an und sprach mit ihm auf russisch. Ihr Tonfall war grob, auch wenn Scott ihre Worte nicht verstand. Und ihre Augen brannten so intensiv vor Zorn, daß sie vollkommen verändert wirkte.

Vishnevsky murmelte etwas, das wie eine Entschuldigung klang.

Scott wollte gerade etwas sagen, als sie Stimmen von unten hörten. Die Jäger waren zurückgekehrt. Sie konnten Zekes Stimme hören, der verkündete: »Wir haben den Mistkerl in Stücke geblasen! Aber die Ohren und den Schwanz haben wir…«

Ebenezer sagte: »Na, sieht so aus, als würde dieses Biest uns keine Schwierigkeiten mehr machen.«

»Wohl nicht«, bestätigte Scott.

Aber er bemerkte, daß Vishnevsky nichts darauf erwiderte und daß in seiner Stimme, als er wieder mit seiner Cousine sprach, trotz seiner offenkundigen Höflichkeit eine Spur von Abneigung, vielleicht sogar Haß mitschwang.

Wien

Vollmond

Speranza schlief nicht in dieser Nacht. Sie hielt das Kind fest an ihren Busen gedrückt, bis es sich in den Schlaf geweint hatte. Niemand kam, um die blutigen Überreste des Dienstmädchens zu beseitigen. Der kleine Johnny zitterte in ihren Armen, und hinter dem Geratter des Zuges und dem Pfeifen des Windes, der durch das zerbrochene Fenster hereinwehte, konnte sie ein leises, klagendes Heulen aus von Bächl-Wölflings Waggon vernehmen. Sie wagte nicht, die Augen zu schließen, bis der Mond hinter den schneebedeckten Bergen untergegangen war.

Es war kalt, betäubend kalt; aber von dem Körper des Jungen stieg fieberhafte Hitze auf, und von Zeit zu Zeit erschien er ihr anders, so als würden seine Arme in einem seltsamen Winkel abstehen, als wäre seine Nase eigenartig verzerrt, als wären seine Wangen mit silbernem Flaum überzogen. Jedesmal, wenn sie das Gefühl hatte, er hätte sich verwandelt, wandte sie mit klopfendem Herzen den Blick ab; aber sobald sie ihn wieder ansah, war er wieder nur ein kleines Kind. Und sie dachte: Ich bin verrückt, ich bilde mir das alles nur ein. Doch so sehr sie sich auch konzentrierte, es gelang ihr nicht, den verstümmelten Leichnam auf dem gegenüberliegenden Sitz fortzuzaubern. Speranza wandte ihren Kopf von dem Kadaver ab und schaute aus dem geborstenen Fenster, hoffte, daß der kalte Wind endlich den Gestank nach warmem Blut und geplatzten Gedärmen vertreiben würde.

»Es gibt keine Ungeheuer«, hämmerte sie sich flüsternd ein, »nur Alpträume.«

In der Morgendämmerung fiel sie in Schlaf. Und träumte.

Es war ein Wald. Sie lief unter den dichten Bäumen. Sie trug kein Korsett, keine beengenden Kleider. Ihr Haar war lang und flog im heißen Wind. Sie war nackt, aber sie fühlte keine Schuld, weil die Dunkelheit sie einhüllte. Die Luft roch nach der Blutung einer Frau. Sie war barfuß. Sie spürte den weichen Boden. Feuchte Blätter klebten an ihren Sohlen. Zweige zerkratzten ihre Arme, ihre Schenkel, aber der Schmerz war nicht unangenehm, war wie der Schmerz einer lüsternen Leidenschaft. Würmer krabbelten über ihre Zehen und kitzelten sie. Sie lachte, und ihr Lachen verwandelte sich in das Heulen eines wilden Tieres.

Eine Erinnerung tauchte kurz auf: Sie half dem jungen Michael Bridgewater einmal bei der Übersetzung von Euripides, bis sie an Stellen gelangten, die sie einfach nicht richtig übersetzen konnte – wenigstens nicht ins Englische, denn in dieser Sprache hörte sich alles, was auf italienisch oder französisch erhaben klang, unerträglich grob an. Auch die rauhe Lüsternheit der Engländer, hatte sie damals überlegt, rührte von dieser Grobheit her. Und dann hatten sie den kleinen Michael in die Erde gesenkt, und seitdem hatte es nicht mehr aufgehört zu schneien, schien sie dem Schnee nie mehr zu entkommen, nicht einmal, wenn sie quer durch halb Europa floh –

Hier gab es keinen Schnee.

Überhaupt keinen Schnee. Feuchtigkeit tropfte von den Ästen über ihr, perlte aus der Erde, kondensierte aus der Luft selbst. Der Boden war matschig. Sie glitt, rutschte fast, schrie in beinahe kindischer Freude auf, als die Erde selbst sie weiterzutragen schien.

Licht brach durch die schwarzen und silbernen Blätter. Mondlicht über einem Fluß. Sie saß am Ufer, badete ihre Füße. Das Wasser war warm wie frisches Blut – der Boden pulsierte leicht, regelmäßig wie ein Herzschlag –, sie hörte den Ruf eines Wolfes, weit entfernt und traurig. Der Klang war abstoßend und anziehend zugleich. Sie ahnte, daß es ein Liebeslied war, aber sie verstand seine Sprache nicht –

Und in ihrem Traum wußte sie, daß das Heulen von der Quelle kam. Das Tier wartete flußaufwärts auf sie. Und sie wurde von dem Tier angezogen, wie es auch von ihr angezogen wurde –

Sie hörte Hufgetrappel auf Pflastersteinen. Sie öffnete die Augen. Der Junge zupfte an ihrer Hand: »Speranza, Speranza, wach auf! Du hast so lang geschlafen.«

Sie setzte sich auf. Sie saßen in einer offenen Kutsche. Der Himmel war bedeckt. Es schneite kaum mehr, nur ein paar Flocken ab und zu. Johnny Kindred saß neben ihr; jemand hatte ihn angezogen. Er lächelte sie schüchtern an.

»Sind wir schon in Wien?« fragte sie.

»Ja, Speranza. Die Männer des Grafen haben dich rausgehoben und neben mich in die Kutsche gesetzt. Sie sind sehr stark.«

Sie sah sich um. Man hatte sie in mehrere Decken gehüllt; ganz offenbar war es ihnen peinlich gewesen, sie anzukleiden. Die Straße war schmal, und alle paar Meter lagen große Schneehaufen. Auf beiden Seiten gab es Läden. Die Schilder waren deutsch beschriftet. Es roch leicht nach Kaffee und Muskat, und als sie um die Ecke bogen, entdeckte sie ein kleines Caféhaus mit der Aufschrift »Schildkröte« im Fenster.

Sie schaute den Jungen an. Das Blut war von seinem Gesicht gewaschen worden, und sein Haar war korrekt gekämmt. Er lächelte wieder. »Gestern nacht war ganz schön was los, nicht wahr?« fragte er. »Jemand hat mir erzählt, daß ein Dienstmädchen... krank geworden ist, und es gab eine große Aufregung. Kein Wunder, daß du so müde bist, Speranza. Du hast geschlafen und geschlafen. Ich habe dich so vermißt. War es sehr furchtbar, als du sie gesehen hast, ich meine... als sie...«

»Natürlich.« Konnte er alles, was geschehen war, schon wieder vergessen haben? Habe ich mir etwa nur eingebildet, daß der Junge zwischen all den blutigen Innereien lag, daß sich der Graf während seiner romantischen Annäherungsversuche plötzlich verwandelte? Sie überlegte fieberhaft. Ihre Erinnerungen verschwammen bereits wieder, und der Traum mit dem Fluß und dem Wald und dem fernen Wolf schien viel lebendiger als das, was sie gestern erlebt hatte. Sie fragte ihn: »Und warum sollte ich erschöpft sein, Johnny? Ich war schließlich nicht krank.«

»Du bist wirklich komisch, Speranza. Du hast doch die ganze Nacht bei dem kranken Dienstmädchen gewacht. Das hat mir Sigmund gesagt.«

»Sigmund?«

Der junge Mann, der neben dem Kutscher gesessen hatte, drehte sich um und kletterte zu ihnen in die Kutsche. Er war dunkelhaarig, bärtig und wirkte sehr ernst. »Wenn Sie meine Aufdringlichkeit entschuldigen, gnädiges Fräulein, mein Name ist Freud. Ich bin ein Schüler von Dr. Szymanowski. Nächsten März erhalte ich meine Zulassung als Arzt. Sie erweisen mir eine große Ehre, wenn Sie mir gestatten, Sie zum Professor zu begleiten.«

Speranza verunsicherte der Gentleman ein bißchen, der, obwohl er ihr direkt in die Augen blickte, zugleich ein bißchen zerstreut wirkte.

»Ich habe gehört, Fräulein Martinique, daß Sie sich sehr aufopfernd um das Dienstmädchen gekümmert haben; ihre Bemühungen scheinen Sie ziemlich erschöpft zu haben. Ich werde Ihnen ein Rezept für etwas Kokain besorgen; das ist eine phantastische neue Medizin, ein wahres Wundermittel für den überanstrengten Geist. Ich trage sogar ein kleines Fläschchen bei mir, sollten Sie schon jetzt etwas Stärkung brauchen.«

»Ich hoffe, daß es besser wirkt als frische Luft... das ist die einzige Medizin, die man in England zu kennen scheint, Monsieur Freud«, sagte Speranza.

»Es ist sehr traurig, daß das Mädchen... entschlafen ist. Sie hat keine Familie, deshalb kümmert sich der Graf persönlich um ihre Angelegenheiten. Er ist so fürsorglich zu seinen Angestellten; er scheint wirklich ein Herz für das gemeine Volk zu haben.« Speranza konnte ihm nur fassungslos zuhören und versuchen, seine Version der Geschehnisse zu begreifen, die sich so grundsätzlich von ihrer Erinnerung unterschied.

»Sigmund war heute morgen sehr nett zu mir. Er hat mir beim Anziehen geholfen. Ich hab' ihm meinen Alptraum erzählt.« Speranza hatte Johnny noch nie so gesprächig erlebt. Es gefiel ihr, daß dieser Student ihn aus der Reserve gelockt hatte.

»Alptraum?« fragte Speranza.

»Ach, du weißt doch. Der mit den Wölfen. Die durch den Zug schleichen und die Passagiere angreifen. Ich hatte solche Angst. Und da war eine Frau in einem dunklen Wald, die mich gerufen hat, an einem Fluß aus lauter Blut...«

Sie schwieg und zog die Decken fester um sich. Der Alptraum, den der Junge beschrieb, kam ihr vertraut vor, so als hätte sie denselben Traum gehabt. Sie mußte an übergroßer Erschöpfung leiden, daß sie sich nicht mehr an den vergangenen Abend erinnerte und statt dessen Visionen bekam.

Sie bogen um eine Ecke. Sie sah ein verziertes Schild mit der Aufschrift »Spiegelgasse«. Es war nur ein Sträßchen. Auf der rechten Seite lag ein privater, eingezäunter Park mit einem schmiedeeisernen Tor, das von Engeln verziert wurde. Der Boden war schneebedeckt, in der Mitte des Parks, zwischen den verschneiten Beeten, stand ein Brunnen mit einer Madonnenstatue. Wenigstens kam die Statue Speranza wie eine Madonna vor – nur daß sie an ihrem Busen nicht das Christuskind, sondern einen Wolfswelpen hielt, dem sie die Brust gab.

»Diese Statue ist...«, setzte sie an.

»Faszinierend, nicht wahr?« beendete Freud ihren Satz. »Man sagt, das Gesicht sei jenem der verstorbenen Gräfin von Bächl-Wölfling nachempfunden, die vor einigen Jahren auf grausame Weise ermordet wurde. Die Skulptur ist so ein Avantgarde-Kunstwerk... von einem Schüler Arturo Maranos... offenbar eine Umkehrung der berühmten Figurengruppe von Romulus und Remus, den Gründern Roms, die von einer Wölfin gesäugt wurden. Ein bißchen blasphemisch, würden manche dazu sagen. Aber wir sind hier in Wien, und Dekadenz ist, sagen wir, *de rigueur.*«

Links führten zwei Treppen hinauf zu einer Tür in der Barockfassade des Gebäudes. Auf der Straße wartete eine lange Reihe von Kutschen. Manche waren ganz gewöhnliche Bahnhofskutschen; andere waren private Wagen und mit den verschiedensten Emblemen und Insignien verziert. Eine importierte American Concord trug von Bächl-Wölflings Wappen. Aus den Kutschen stiegen Menschen, die von uniformierten Lakaien die Treppe hinauf eskortiert wurden. Die Luft war neblig vom dampfenden Pferdeatem, und es roch nach Dung; zwei kräftige Burschen räumten die Pferdeäpfel vom Pflaster und unterhielten sich dabei in einem slawischen Dialekt.

»Wohnt hier Dr. Szymanowski?« fragte Speranza.

»Nein, nein!« mischte sich Johnny ein. »Das ist das Stadthaus von dem Grafen, der mir so viel angst macht.«

»Du brauchst keine Angst zu haben. Er ist ein sehr großzügiger Mann.«

Einen Augenblick lang bekam Speranza Panik, denn sie fürchtete, daß der Junge den Wohnsitz des Grafen mit seinem Urin markieren könnte. Doch der mysteriöse Jonas tauchte nicht auf, und der Junge war brav wie ein Engel – es war beinahe beängstigend, dachte Speranza.

»Dr. Szymanowski kommt aus einer kleinen Stadt in Polen, und der Graf hat ihm großzügigerweise ein Appartement in seinem Stadthaus überlassen. Außerdem gestattet er ihm, den Keller für seine Experimente zu benutzen. Er ist ein harmloser alter Trottel, dieser Doktor. Er ist Experte, müssen Sie wissen, auf dem Gebiet… äh… der Fortpflanzung von Wölfen. Ein etwas delikates Thema… vielleicht möchte eine Dame wie Sie…«

»O bitte, Monsieur Freud, ich bin die ewigen Galanterien und die ständigen Verweise auf meine sensiblen Nerven wirklich leid!«

Freud lächelte verhalten. »Es ist seltsam, nicht wahr? Ich habe Sie gerade erst kennengelernt, und doch offenbaren Sie mir schon Ihre innersten Wünsche… ich scheine das aus den Menschen herauszulocken.«

Sie schwiegen eine Weile. Speranza beobachtete, wie die Gäste des Grafen die Treppen hinaufstiegen. Ein Herr mit Turban war darunter, dessen mit Juwelen bestickte Seidenkleider in ihrer Farbenpracht sie fast blendeten: türkis, grellrosa, zitronengelb und erbsengrün. Eine zerlumpte, alte Frau war darunter, die aussah wie eine Handleserin aus einer Operette. Elegant gekleidete Herren mit Zylindern und langen Fracks unterhielten sich mit anderen, die nicht so aristokratisch wirkten. Aber alle wurden gleich höflich von den Dienern des Grafen begrüßt.

»Ach, ich muß Sie noch um einen kleinen Gefallen bitten, gnädiges Fräulein.«

»Aber natürlich.«

»Der Graf ist nicht zu Hause… er ist bei den Einbalsamierern und kümmert sich um den Leichnam der armen jungen Frau… und die Ankunft des Jungen soll eine, nun, Überraschung werden. Ich hoffe, es macht Ihnen nicht allzuviel aus, wenn Sie den Eingang für die Bediensteten benutzen? Dr. Szymanowski ist ebenfalls ausgegangen, er unterrichtet vor dem Essen noch ein paar Studenten darin, Gehirne zu sezieren, aber der Butler wird Ihnen den Jungen bestimmt abnehmen und Ihnen den noch ausstehenden Lohn zahlen. Außerdem wird er Ihnen eine Unterkunft besorgen, bis Sie beschließen, Ihre Reise fortzusetzen…«

»Ich gehe nicht!« schrie der Junge. »Nicht ohne *sie*!«

»Ich habe befürchtet, daß das geschehen würde.« Freud schüttelte den Kopf. »Sie waren so lange Zeit auf sehr engem Raum zusammen, das hat eine starke Verbindung geschaffen. Ich habe den Grafen gewarnt, aber er wollte es nicht anders haben. Es war Ihr Name, wissen Sie: *la speranza*…«

»Ja. Mein Name bedeutet ›Hoffnung‹«, bestätigte Speranza, aber diese Bedeutung war ihr noch nie so fehl am Platz erschienen wie jetzt. Sie wußte, daß sie den Jungen nicht diesen Leuten überlassen konnte; der Vertrag, den sie in London geschlossen hatte, war bedeutungslos. Johnny war keiner von ihnen, nicht ganz. Vielleicht war er zu derselben Verwandlung fähig wie der Graf; vielleicht war er tatsächlich ein Werwolf, so albern ihr diese Vorstellung bei hellem Tageslicht auch erschien. Aber etwas an ihm war anders – etwas, was die teure Reise des Kindes quer durch Europa rechtfertigte. Was hatte Dr. Szymanowski mit ihm vor? Dieses Gerede von Gehirnen und vom Sezieren – sie würden doch hoffentlich nicht –

»Ich gehe nirgendwohin ohne Speranza«, bekräftigte Johnny noch einmal.

»Nun, vielleicht läßt der Graf darüber mit sich reden«, beschwichtigte Freud. »Aber«, und er blickte Speranza ernst in die Augen, als er das sagte, »Sie müssen sich darüber im klaren sein, daß der Freundeskreis des Grafen sehr… exzentrisch ist. Sie müssen wirklich auf alles vorbereitet sein.«

Der schreiende Junge klammerte sich an Speranzas Decke, und die Pferde, die dieser Ausbruch nervös machte, bäumten sich auf und wieherten. Plötzlich setzte Wind ein, der den Schnee aufwirbelte; als Speranza ihren Blick von dem Stadthaus des Grafen abwandte, glaubte sie, Tränen aus den Augen der obszönen Madonna fließen zu sehen.

Es machte ihr nichts aus, daß sie durch den Dienstboteneingang eingelassen wurden, der von der Straße durch die zwei Schmuckbalustraden der Hausfront abgeschirmt wurde. Lord Slatterthwaite, so freundlich er gewesen war, hatte sie immer nur als Bedienstete behandelt; Speranza erwartete auch hier nichts anderes, trotz der Tatsache, daß der Hausherr aus seinen fleischlichen Gelüsten nach ihr keinen Hehl gemacht hatte.

Erst einmal durfte Speranza sich umziehen. Sie zog die feinsten Kleider an, die ihr noch verblieben waren. Eine unbestimmbare Furcht ließ sie auch ihren Silberschmuck anlegen.

Alle drei wurden durch den Keller geführt, wo sich die Küche, der Spülraum, Lagerräume und einige Dienstbotenzimmer befanden, dann stiegen sie eine Treppe hinauf und gelangten in einen kleinen Salon, wo die Dienstmädchen Kaffee, Tee und Schokolade zubereiteten und darauf warteten, daß sie gerufen wurden.

Es war ein gemütlicher Raum; zwei unförmige, abgenutzte Sessel waren dem Kamin zugewandt, und an einer Wand stand ein häßliches Sofa, dessen Polster an einigen Stellen geflickt war.

Dienstmädchen und Lakaien kamen und gingen, ohne den drei Besuchern besondere Aufmerksamkeit zu schenken. Sie trugen große Platten voller Delikatessen, Weinkrüge und Tabletts mit kristallenen Weinkelchen. Nirgendwo war Silber zu sehen. Sogar die Weinkrüge waren aus Gold. Die Diener verschwanden hinter einem dicken Vorhang, durch den Speranza fröhliche Stimmen, Gläserklingen und verschiedenste Sprachen hören konnte.

Die drei unterhielten sich nicht. Johnny stand an dem Durchlaß und versuchte die Gespräche der Gäste drinnen zu belauschen; Freud konzentrierte sich auf einen weißen Puder, den er wie Schnupftabak durch die Nase inhalierte.

Dann hörte Speranza vereinzelten Applaus.

»Ah«, verkündete Freud, »Dr. Szymanowski ist gekommen.«

»Klatschen sie immer, wenn er kommt?«

»Er ist schließlich ihr Retter... der Gründer und Erhalter des Lykanthropenvereins... obwohl ich mir die Bemerkung gestatten möchte, daß auch von Bächl-Wölflings Vermögen nicht unerheblich dazu beiträgt... möchten Sie wirklich kein Kokain?«

In diesem Augenblick wurden die Vorhänge zurückgezogen, und ein Fremder stand im Durchlaß.

Johnny Kindred knurrte. Er fiel wieder in seine Tierrolle zurück. »Johnny!« ermahnte Speranza ihn scharf. Der Junge knurrte noch einmal, spannte sich an, als wollte er gleich springen –

Es war ein kleiner, gebeugter, fast kahler alter Mann. Dünne weiße Strähnen sprossen aus seinem Kinn. Rote, geplatzte Äderchen durchzogen seine Wangen. Er stützte sich auf einen Stock mit Elfenbeinknauf. Als er sprach, klang seine Stimme wie ein schwindsüchtiges Pfeifen.

Der Junge rannte auf ihn zu, doch er hob nur eine Hand, um ihn abzuwehren, und flüsterte auf deutsch: »Sei still!« Obwohl seine Stimme kaum zu hören war, duldete sie keinen Widerspruch. Johnny trat zurück, senkte den Kopf und faßte Speranzas Hand.

»Der Junge versteht kein Deutsch«, erklärte Freud schnell.

»Dann werde ich sprechen englisch«, antwortete Szymanowski auf englisch. »Sie sind die Speranza Martinique. Hier ich habe Ihren Lohn.«

»Ich will kein Geld... ich muß darauf bestehen, bei dem Kind zu bleiben, bis ich davon überzeugt bin, daß ihm hier kein Schaden zugefügt wird!«

Szymanowski dachte darüber nach. Dann wandte er sich an Freud und sagte leise etwas auf Deutsch zu ihm.

»Jawohl, Herr Professor«, antwortete Freud und verbeugte sich höflich. Dann wandte er sich an Speranza. »Vielleicht sehen wir uns vor Ihrer Abfahrt noch einmal. Aber im Augenblick braucht man mich an der Universität.« Er drehte sich um und stolzierte wieder ins Untergeschoß hinunter.

»Ihre Bedingung ist eine sehr unangenehme Situation für uns«, sagte Szymanowski und starrte Speranza an, als wäre sie eine Mikrobe unter dem Mikroskop. »Wenn Sie bleiben, dann werden Sie sehen viele Dinge, die Sie vielleicht werden verängstigen.«

»Ich fürchte mich nicht«, widersprach Speranza, obwohl sie sich keineswegs mutig fühlte.

»Der Graf wird zurückkommen bald. Er muß zurückkommen, bevor der Mond geht auf. Das ist nur noch eine Stunde von jetzt. Verstehen Sie meine Worte?«

Der Junge wimmerte und fauchte wieder. Sie roch einen Hauch von frischem Urin und begann zu zittern.

»Dann kommen Sie schnell. Sie werden wollen kennenlernen die anderen Gäste. Solange sie noch menschlicher Gestalt sind.«

Sie folgte ihm zu dem Durchlaß. Sie lauschte dem Stimmengewirr, dem Gelächter, den Klängen eines Streichquartetts. Bildete sie es sich nur ein, oder klang das Lachen tatsächlich ein bißchen wie Wolfsgeheul? Sie beugte sich zu Johnny hinunter, packte seine Hand fester und schritt dann in einen riesigen Ballsaal, der von glitzernden Kronleuchtern erhellt wurde. Sie sah Gäste in vornehmen Kleidern, Marmorstatuen, Einhorntapeten und Gemälde mit pastoralen Szenen. Und über allem lag der schwache, aber unverkennbare Geruch von Hundepisse.

Black Hills

Vollmond

Nacht. Die alte Frau umarmte die Wölfin, mit der sie zusammen im Schutz einer Föhre lag. Sie hatte genug Holz für ein Feuer gesammelt, das schwache Wärme ausstrahlte. Sie hatte eine niedrige Schneemauer gebaut und sie festgestampft, um den Bergwind abzuhalten. Die Mauer und das Feuer halfen kaum gegen die Elemente, aber die alte Frau klagte nicht. Der Platz des Mondtanzes war noch eine Tagesreise entfernt. Der Mond wäre morgen immer noch voll genug für den Tanz, und bestimmt würden sich dort viele ihrer Art treffen, die von den Bergen im Norden und der Prärie im Süden kamen. Auch ich werde dort sein, dachte sie, wenn ich nur lang genug am Leben bleibe. Aber in ihrem Herzen glaubte sie nicht, daß sie den Mondtanz noch einmal erleben würde. Mein Herz ist blind geworden, dachte sie, erblindet im bitter kalten Schnee.

Sie lehnte sich zurück, an ihre Schwester, aber deren Fell war durchnäßt; sie breitete ihren schäbigen Büffelumhang über sie beide und sang ein Liedchen, ein Schlaflied des Todes. Und ihre Schwester heulte, denn der Mond schien durch die Zweige der berstenden Bäume. Die alte Frau wünschte, sie könnte sich noch mit diesem Mond verwandeln und zu den Vierfüßigen gehen. Dann hätte sie vielleicht einen warmen Pelz, nicht nur dünne Haut und schmerzende Knochen. Sie könnte das heiße Blut der kleinen Tiere hören, die durch den Schnee hasteten, ihr süßes Fleisch riechen und sie jagen. Ihre Schwester konnte das alles noch immer, aber sie war zu schwach zum Laufen. Sie hatten kaum etwas zu sich genommen, außer am Tag des schrecklichen Massakers, als sie und ihre Schwester sich am Fleisch ihrer niedergemetzelten Lakota-Brüder gelabt hatten und sie die kalten Essensreste aus den ausgebrannten Tipis gestohlen hatte.

»Es war eine furchtbare Schlacht«, sagte sie. »Ich verstehe nicht, warum die *Washichun* das getan haben, *Mitankala*. Sie haben sogar die Toten entehrt...«

Ihre Schwester gab ein Winseln als Antwort. Vielleicht hatte sich ihr Geist so tief in die Tierwelt zurückgezogen, daß sie die Menschensprache nicht mehr verstand.

»Und trotzdem«, sinnierte die alte Frau, »war dort auch dieser junge Soldat, der uns gesehen hat... einmal, zweimal... ich glaube, er hat uns erkannt, hat unsere wahre Gestalt erblickt, trotz des Schnees und des Rauchs, der die Menschenaugen täuscht. Ich weiß, daß er einer von uns ist. Ich glaube, ich habe zu ihm gesprochen. Ich glaube, er hat geantwortet. Ist es möglich, daß es *Washichun* gibt, die nicht böse sind?«

Ihre Schwester jaulte; es war ein herzzerreißender Laut.

Das Feuer war im Schnee schnell niedergebrannt. Es hatte nicht lange gedauert, bis Frauen und Kinder getötet waren. Die alte Frau und ihre Schwester hatten gegessen. In der Glut eines Feuers hatte ein Kessel mit gebratenem Hund und ein paar Streifen Dörrfleisch gestanden. Und ihre Schwester hatte den Leichnam eines Jungen gefunden, der sich unter den Toten versteckt hatte. Noch im Sterben hatte er versucht, einen der Soldaten zu skalpieren. Er war mutig gewesen und hatte es verdient, eins mit den Shungmanitu zu werden, und während ihre Schwester die Fleischfetzen hinunterschlang, hatte die alte Frau ein Siegeslied angestimmt, mit zittriger Stimme, die der Nachtwind verwehte.

Aber sie hatten nicht gewartet, bis die Krieger von der Jagd heimkehrten. Sie wollten nicht noch mehr Schmerz sehen. Denn die Reise zum Mondtanz sollte eine Zeit der Freude sein, auch wenn es ihre letzte Reise, ihr Todestanz war. Deshalb waren die beiden weitergeeilt, an der Stadt der Weißen Menschen vorbei.

»Hast du nicht das Lied der Wölfe gehört, als wir an den Häusern der *Washichun* vorbei sind? Und die Männer, die auf ihren Pferden durch die Straßen jagten und ihre Donnerwaffen abfeuerten? Die Wölfe waren keine von uns. Es waren Wölfe, die sich nicht wandeln können. Die Brüder, die keine Brüder sind. Sie müssen am Verhungern sein, wenn sie sich bis in das Lager ihrer Feinde wagen.«

Sie wartete auf eine Antwort der Wölfin. Aber obwohl ihre Schwester heulte, wieder heulte und den Mond durch das flakkernde Feuer anstarrte, barg ihr Geheul keine Worte. Sie hatte ihre Stimme verloren, sie war recht einfältig geworden.

»Es ist gut, daß du nicht mehr denkst wie ein Mensch«, tröstete sie die alte Frau. »Du bist näher am Herz der Dinge, näher am Rhythmus des Universums. Ich kann verstehen, daß du nicht mehr sprechen möchtest.« Sie spürte trotzdem die Liebe ihrer Schwester; warum sonst hatte die Wölfin sie noch nicht getötet und aufgefressen? Deshalb sprach sie weiter, zu sich selbst ebenso wie zu ihrer Schwester, und frischte alte Erinnerungen auf: »Weißt du noch, wie wir zum erstenmal einen weißen Mann sahen? Damals waren wir noch Kinder. Wir fanden einen Biber in einer Falle. Es war Metall in der Falle, und wir wußten nicht, was das war. Dann kam der Mann und tötete den Biber, während wir uns im Gebüsch versteckten. Wir dachten, er wäre krank, aber Großvater erklärte uns: ›Nicht seine Haut ist krank, sondern seine Seele.‹ Und ich fragte ihn: ›Gibt es bei den weißen Menschen auch welche, die den

Pfad zwischen den Menschen und den Tieren kennen? Haben sie ihre eigenen Wichasha Shungmanitu?‹ Und er lachte und sagte: ›Sie kennen sich nicht einmal selbst. Jeder von ihnen trägt ein Tier in seinem Inneren.‹ «

Die Flamme erlosch. Das Eis an den Bäumen klingelte im Wind. Sie zog den Büffelumhang noch fester um sich, stopfte ihn unter die ruhende Gestalt ihrer Schwester, bedeckte auch den Kopf der Wölfin, bis nur noch eine winzige Öffnung für die Schnauze freiblieb. Dann kuschelte sie sich an sie.

Sie flüsterte: »Ich habe zum erstenmal an den Worten meines Großvaters gezweifelt, als ich den kleinen Soldaten sah. Er schien mich fast zu verstehen, als ich in der Sprache der Wölfe zu ihm sprach... aber später erkannte ich, daß er nicht wirklich zu uns gehörte. Vielleicht kann er einer von uns werden. Vielleicht ist es eine Vorahnung. Aber später, als wir bei den Häusern der Weißen waren... als wir die Wölfe und die Jäger hörten... da glaubte ich eine andere Stimme zu hören. Da war noch jemand... nicht bei den Wölfen, sondern in einem anderen Teil der Stadt... ich hörte eine Stimme wie die unsere... und trotzdem habe ich sie nicht verstanden. Ich wußte, daß es Worte waren, aber ich verstand kein einziges davon. Da dachte ich zum erstenmal, es gibt doch Wichasha Shungmanitu unter ihnen.«

Mit der Hand wischte sie sich den Schnee aus dem Haar. Dann kämmte sie zärtlich mit den Fingern durch das Fell der Wölfin, zupfte die Läuse ab, die die Wölfin quälten, denn ihre Schwester war zu schwach, um sich selbst zu pflegen. Und sie sang, bis sie beide in Schlaf fielen und das Feuer erkaltet war.

Am Morgen stiegen sie in ein Tal hinab. Schnee fiel, ununterbrochen, aber nicht stark. Der Platz des Mondtanzes war nicht mehr weit entfernt.

Sie überquerten einen zugefrorenen Bach. Es gab nichts zu essen. Die Hügel standen wie eine weiße Mauer hinter ihnen.

Ihre Schwester lief voraus, keuchend. Die alte Frau konnte nicht Schritt halten, aber die Markierungen ihrer Schwester wiesen ihr den Weg, und sie wußte, daß ihre Schwester von Zeit zu Zeit auf sie warten würde. Sie ging langsam, schmerzgebeugt, mußte immer wieder Atem schöpfen.

Plötzlich hörte sie das Jaulen der Wölfin. Was hatte sie gesehen? Sie eilte hügelabwärts, so schnell sie konnte. Ein Schrei entfuhr ihr, als sie auf dem rutschigen Hang ausglitt. Und dann sah sie, was ihre Schwester mit den Pfoten ausgegraben hatte.

Es glänzte im Schnee: lang und glatt, zu gleichmäßig, um von der Natur gemacht zu sein. Es war Metall.

Die alte Frau hatte ihre Schwester erreicht und schaufelte mit den Händen den Schnee beiseite, und sie sah, daß sich der Metallstrang in beide Richtungen zog. Es waren zwei Stränge, die nebeneinander liefen und in gleichmäßigen Abständen mit dicken Hölzern verbunden waren. Wie weit reichte das Metall wohl, und wozu mochte es dienen? Wußten die Menschenbrüder davon? Die Shungmanitu lebten sehr zurückgezogen, blieben unter sich, weit hinter den Hügeln, und ihre zweibeinigen Brüder hatten schon viel über die *Washichun* gelernt, was die Shungmanitu noch nicht wußten.

Die Wölfin heulte wieder. »Was willst du mir sagen, *Mitankala*?« flehte die alte Frau.

Aber sie spürte es schon selbst – die Erde bebte – in der Ferne stieg eine dunkle Rauchwolke aus dem Tal auf – sie konnte das Fauchen eines riesigen Untiers hören, das Donnern der Metallbeine, und sie roch den widerwärtigen Gestank des Todes im eisigen Wind.

Die Wölfin jaulte. In ihrem Schrei waren Worte: einzelne, unzusammenhängende Worte – »Eisen... Monster... ohne Gesicht...«

»Du sprichst also doch noch, meine Schwester. Du bist noch nicht ganz in die Welt der Vierbeinigen eingetaucht...«

Die Wölfin jaulte wieder, aber diesmal verstand die alte Frau nichts. Vielleicht bilde ich mir bloß ein, daß sie immer noch unter uns ist, dachte sie.

»Laß uns singen, meine Schwester. Ein letztes Lied.«

Sie sangen, und ihre Stimmen erhoben sich klagend über den

scheppernden Trommelschlag des nahenden Ungeheuers. Zusammen sangen sie ein Lied der Trauer, die Frau, der Wolf und der Wind.

Wien

Vollmond

Johnny umklammerte ihre Hand, während sie im Durchgang standen. Die Gäste schenkten ihr überhaupt keine Aufmerksamkeit; die meisten waren ins Gespräch vertieft, ein paar standen um das Podest neben den Balkontüren am anderen Ende des Saales, wo ein Streichquartett musizierte. Die vier Musiker waren im Frack, trugen gestärkte Hemdbrüste und musizierten, tief über ihre Notenständer gebeugt. Die Fensterläden vor den Balkontüren waren geschlossen und ließen weder frische Luft noch das abendliche Licht herein, und obwohl der Saal recht weitläufig war, roch die Luft abgestanden und muffig. Speranza gewöhnte sich langsam an den Uringeruch.

Sie stand einfach da, ein bißchen verlegen, und wußte nicht, was man von ihr erwartete. Einer der Gäste näherte sich ihr – es war der elegant gekleidete Inder, der ihr bereits aufgefallen war. »Mademoiselle«, begrüßte er sie und sprach mit schwerem Akzent auf deutsch weiter: »Sie sind also auch beim Lykanthropenverein...«

»Ich verstehe kein Deutsch«, unterbrach sie ihn lächelnd, auf englisch.

»Ah, wie angenehm. Man freut sich doch immer wieder, wenn man auf einen Untertan Ihrer Majestät trifft, nicht wahr?« Er musterte sie abschätzend, zwirbelte dabei seinen Schnurrbart und reichte ihr gleichzeitig mit der anderen Hand eine goldene Schnupftabaksdose, die mit eingelegten Amethysten, Smaragden und Perlmutt verziert war. »Möchten Sie vielleicht etwas

Schnupftabak?« Als sie ablehnte, machte er eine kurze Kopfbewegung, und ein kleiner Negerjunge, gekleidet in eine goldbestickte Seidentunika, erschien, um ihm die Dose abzunehmen. »Vielleicht ziehen Sie eine Zigarette vor? Ich weiß, daß die Damen Ihres Volkes Zigaretten vorziehen. Aber am Ziel unserer Reise sind Zigaretten sehr rar, wie ich gehört habe.«

»Am Ziel unserer Reise...« Sie bemerkte, daß Johnny aufmerksam schnüffelte und seine Augen unruhig durch den Raum wandern ließ, und verstärkte ihren Griff. »Ich verstehe nicht, wie Sie das meinen.«

»Ah, sprechen wir nicht von der unbekannten, wegweisenden Zukunft. Ergötzen wir uns an der Vergangenheit, solange es noch geht. Ich werde mein Heimatland sehr vermissen. Sie sind, Ihrer Kleidung nach, Engländerin, nicht wahr? Wie wohltuend es ist, in meiner Muttersprache reden zu können, denn selbstverständlich bin auch ich ein ergebener Untertan Ihrer Majestät Victoria, der Herrscherin von Indien. Möge sie tausend Jahre leben.«

»Eigentlich bin ich Französin. Aber ich habe mehrere Jahre in England gelebt. Und dieser Junge, der zur Zeit meiner Fürsorge anvertraut ist, ist Engländer, wie er Ihnen selbst bestätigen wird.«

»Nun gut, nicht jeder kann das Glück haben, unter dem leuchtenden Stern Britanniens geboren zu sein, dennoch möchte ich Sie willkommen heißen, Madam.« Er verbeugte sich tief vor ihr, so daß die Pfauenfedern an seinem Turban erzitterten. Johnny versuchte sie zu fassen und lachte auf, als sie seine Finger kitzelten. »Und auch Sie heiße ich in aller Bescheidenheit willkommen, junger Sahib. Ich heiße Shri Chandraputra Dhar und war einst Chef-Hofastrologe des Nawab von Bhaktibhumi, bevor ich mit Schimpf und Schande vom Hofe gejagt wurde, aus Gründen, die ich Ihnen bestimmt nicht näher zu erläutern brauche.«

»Ich weiß wirklich nicht, wie Sie das meinen«, verneinte Speranza. Sie schienen alle anzunehmen, daß sie eine der ihren war und all ihre Geheimnisse kannte.

Der junge Diener erschien mit einem Tablett, auf dem ein paar Gläser Champagner und ein kleines Schälchen Kaviar standen, und Chandraputra strich mit den Fingern durch die krausen Lokken des Kleinen. »Heute diene ich dem Nawab nicht mehr, aber Seine Gnaden, der Graf, war so freundlich, mir eine Anstellung in seinem Haushalt zu geben, wofür ich ihm ewig zu tiefstem Dank verpflichtet bin. Aber Sie verstehen mich bestimmt, wenn ich sage, daß Blut dicker ist als Wasser. Vor allem das Blut in den Adern jener, die zwischen den beiden Welten wandern. Sie werden das zweifellos aus eigener Erfahrung bestätigen können, Miss...«

»Martinique«, ergänzte Speranza. Dieses Gerede von Blut irritierte sie. Sie erinnerte sich an den Fluß aus Blut in ihrem Traum. Die Luft schien dicker zu werden, als wäre das Fest plötzlich an einen Waldrand verlegt worden. »Und der Junge heißt...«

»James«, fiel ihr der Junge ins Wort. Er sprach in einem Tonfall, wie sie ihn bis dahin noch nie aus seinem Mund gehört hatte: wohlerzogen, fast hochnäsig, wie ein Diener aus einem sehr vornehmen Haushalt. »Mein Name ist James Karney, wenn Sie gestatten, Sir.«

»Ach, Unsinn, Johnny!« fuhr ihn Speranza an. »Verzeihen Sie, Mr. Chandraputra... wir sind beide sehr müde nach der Fahrt quer durch Europa, und der kleine Johnny Kindred liebt es einfach, andere Leute nachzumachen...«

»Ah! Er ist der Junge mit den vielen Namen!« rief Shri Chandraputra aus. »Jetzt verstehe ich alles.« Zu Speranzas Verblüffung fiel er vor dem Kleinen auf die Knie und blickte ihn mit einer Ehrerbietung an, die komisch gewirkt hätte, wäre sie nicht so vollkommen aufrichtig gewesen. Er stand wieder auf, nahm Speranzas Hand und küßte sie. Seine Nase fühlte sich auf ihrer Haut seltsam kühl an, fast wie eine Hundeschnauze. »Sie, Madam, Sie, Sie... wir alle verehren Sie... Sie, Sie sind fürwahr die Fleisch gewordene Madonna der Wölfe! Ah, Gräfin, den einen geboren zu haben, der eine Brücke zwischen unseren Rassen bilden wird... gestatten Sie mir, der Erste zu sein, der Ihnen seine Ehrerbietung erweist. Bursche! Bursche! Champagner und Berge von Kaviar! Oder soll ich lieber Gold, Weihrauch und Myrrhe holen lassen?«

»Sir, Sie machen sich über mich lustig«, wehrte Speranza lachend ab, denn der Inder lieferte wirklich eine bühnenreife Vorstellung. »Dies ist kein neuer Christus, sondern ein armes, halb wahnsinniges Kind, das dringend etwas Zuneigung braucht; und ich bin keine Madonna, sondern eine einfache Erzieherin in den Diensten des Grafen.«

»Dann haben Sie nicht das Privileg, die Mutter des Kindes zu sein?« fragte Shri Chandraputra, kratzte seinen exakt gestutzten Bart und zog skeptisch eine Augenbraue hoch.

»Nein«, antwortete sie, »ich fürchte, diese Ehre wird mir nicht zuteil«, und wollte sich abwenden. »Komm, Johnny, wir wollen mal sehen, ob Dr. Szymanowski uns das erklären...«

»Madam«, widersprach der Junge in dieser seltsam erwachsenen Stimme, »bitte unterlassen Sie es, meine Hand zu halten, denn ich hatte noch nicht das Vergnügen, Ihnen vorgestellt zu werden. Vielleicht wären Sie so gütig, mich loszulassen, damit ich meinen Aufgaben wieder nachkommen kann?« Mit diesen Worten wand er sich aus ihrem Griff und stolzierte mit hoch erhobener Nase durch den Durchgang hinaus, wie eine Parodie eines britischen Butlers.

Was will er damit erreichen, fragte sich Speranza. Bis jetzt hatte er ihr drei Persönlichkeiten gezeigt: den gutmütigen Johnny Kindred, den bestialischen Jonas Kay – und jetzt James Karney, der sich offenbar für einen Hausdomestiken hielt. War es möglich, daß sich das Kind dieser verschiedenen Persönlichkeiten überhaupt nicht bewußt war, war das die Wurzel seiner Krankheit?

»Interessant, nicht wahr?« rief sie Szymanowski aus ihren Gedanken. Erst jetzt merkte sie, daß er sich zu ihr gesellt hatte und sie mit herablassender Neugier musterte.

»Interessant! Wahrscheinlich könnte man das wirklich so nennen. Aber es ist auch sehr traurig, Professor.«

»Traurig! Pah, wie melodramatisch. Zweifellos halten Sie die ganzen Angelegenheiten für einen Groschenroman. Sie haben vielleicht sogar schon eine Theorie über die Probleme des Jungen?«

»Die Seele des Kindes ist tief verstört, soviel steht fest, Professor. Ich dachte ursprünglich, daß in seinem Inneren die Prinzipien von Licht und Dunkel streiten. Aber…«

»Seele! Licht und Dunkel! Liebes Fräulein, was für antiquierte Vorstellungen Sie haben!«

Sie fühlte sich in seiner Gegenwart unwohl. Aber er hatte sich zwischen ihr und dem Durchgang zu den Dienstbotenräumen aufgebaut. Nachdem sie sich nicht zurückziehen konnte, straffte sie sich und tauchte in das Getümmel, nachdem sie von einem Lakaien ein Glas Champagner genommen hatte. Sie sah, wie der Inder einem anderen Gast etwas ins Ohr flüsterte und dabei auf sie deutete. Ein Paar, das Walzer getanzt hatte, hielt inne und starrte sie mit unverhohlener Neugier an. Speranza drehte sich um und stellte fest, daß auch andere auf sie zeigten und kicherten. Die Musik brach mitten im Stück ab, als einer der Gäste zu den Musikanten hinübereilte, um ihnen den neuesten Klatsch zu verraten. Ängstlich blickte sie an ihrem Kleid herunter und fragte sich, ob sie sich versehentlich entblößt hatte.

»Warum starren Sie mich alle so an?« Sie war zutiefst verunsichert.

Die Gäste standen stocksteif um sie herum, mit glitzernden Juwelen und schmalen Augen, wie Raubtiere, die sich zum Sprung bereit machen.

Der Geruch wurde intensiver. Das süßsaure Aroma verrotteten Laubes. Ein finsterer Wald. Wilde, brünftige Tiere.

Dann hörte sie ein Flüstern in der Menge: »Der Mond geht in einer halben Stunde auf.« Die anderen nickten einander zu und wichen vor ihr zurück. Sie musterten sich mißtrauisch, abschätzend, wie Raubtiere auf Beutezug. Und der indische Astrologe knurrte sie an – knurrte wie ein bissiger Hund!

»Der Mond geht auf…«

Sie begann zu zittern. Das konnte doch nicht wahr sein, oder? Als sie das letztemal eine Metamorphose beobachtet hatte, war es dunkel gewesen; sie hatte sich in einem Eisenbahnwaggon befunden. Vielleicht bildete ein Zug ja ein ganz eigenes Universum, das die reale Welt zwar berührte, aber kein fester Teil darin war. Aber jetzt war sie in Wien, in einem großen Ballsaal mitten in einer Metropole, und der Raum war hell erleuchtet. Wenn hier etwas geschehen würde, wäre es wohl kaum nur eine Einbildung, ein Alptraum –

»Ein Tanz!« Eine Frau in einem bestickten Abendkleid reckte ihre Arme in die Luft und kreischte mit schriller Stimme: »Ein Tanz, meine Lieben, bevor wir uns alle in mörderische Bestien verwandeln!«

Shri Chandraputra widersprach: »Ah, die Transformation wird uns nicht vollkommen in Tiere verwandeln, denn wir lassen kein Mondlicht herein, nicht wahr? Und der Prozeß wird von uns gesteuert, wir kontrollieren unsere dunkle Natur, dank der Entdekkungen des verehrten Dr. Szymanowski…«

»Ein Tanz… ein Tanz der Metamorphose… ein Tanz zu Ehren der Kraft des Mondes, meine Lieben, der uns so viel bedeutet wie die Sonne den armseligen Sterblichen…«

Dr. Szymanowski lächelte und ließ sich die Schmeicheleien des indischen Astrologen gern gefallen.

Wie auf sein Signal hin begann das Streichquartett, nun unterstützt von einem Pianisten, einen Wiener Walzer zu spielen, und rund um Speranza bildeten sich Paare, die der Mitte des Ballsaales zuströmten.

»Speranza, Speranza, ich habe Angst!« Woher kam die Stimme? Sie glaubte, den Jungen hinter einem großen Mann zu erblicken, der seinen Hut vor einer zierlichen alten Dame mit einem riesigen Schal zog. Speranza ging auf ihn zu, er drehte sich lächelnd zu ihr um, reichte ihr seinen Arm, als wollte er sie zur Tanzfläche geleiten, und seine Zähne waren weiß, messerscharf, und troffen vor Speichel –

»Speranza!« Es kam woanders her – hinter ihr. Die Musik schwoll an, und gleichzeitig verstärkte sich der Geruch nach Lust und Grauen –

Wo ist das Kind? dachte sie. Ich muß das Kind finden, ich muß es vor diesen Wahnsinnigen beschützen!

Dort war er, er unterhielt sich mit Dr. Szymanowski – täuschten sie ihre Sinne, oder wurde das Gesicht des Professors tatsächlich länger, seine Nase flacher, seine Augen schmal und unmenschlich? Sein Lächeln war zu einem hündischen Hecheln verzerrt, und durch seine glänzende Kopfhaut bohrten sich Haarbüschel –

Nein! Sie eilte zu dem Jungen und nahm ihn bei der Hand. Seine Handfläche war rauh, heiß. Sie zerrte ihn von dem Professor weg. »Wir müssen hier raus«, keuchte sie. »Komm mit, Johnny. Bitte.« Ich darf ihn meine Angst nicht merken lassen, darf das Kind nicht beunruhigen, darf das Monster in ihm nicht erwecken.

»Ich habe Johnny getötet, ich bin jetzt bei meinem Volk!« Die Stimme des Jungen war tief und rauh. Dr. Szymanowski knurrte sie an, sie sah den Speichel an seinem Kinn herunterlaufen und dunkle Haare aus seinen Wangen sprießen. Sie drückte Johnny an sich, bahnte sich mit Ellenbogen ihren Weg durch die Gäste, die jetzt wie wild zu der Musik tanzten, die juwelenbesetzten Kleider und die Kronleuchter wirbelten um sie, sie schlug mit ihrer freien Hand zu und fegte Champagnergläser auf den persischen Teppich, auf dem Wölfe einander in einer unendlichen Spirale hetzten –

»Speranza, ich habe Angst...« Johnnys furchtsame Stimme wurde von der anderen Stimme unterbrochen: »Zurück... du hast nichts mehr zu sagen, geh wieder rein, ich werde die Hündin umbringen!«

»Johnny!«

Shri Chandraputra Dhar hatte sich jetzt seinen Turban vom Kopf gerissen und sich auf alle viere niedergelassen. Er zerfetzte sich das Gesicht. Er heulte. Hautfetzen hingen von seinem Hals, seinen Handflächen. Blut schoß ihm aus den Augen wie Tränen. Seine Nägel wurden länger, seine Hand schrumpfte zu einer Pfote. Speranza stand wie angewurzelt, obwohl ihr das Herz im Halse schlug, denn seine Verwandlung strahlte eine strenge, fremde Schönheit aus.

Die Frau im eleganten Kleid kreischte: »O wie gräßlich, meine Lieben... das sind diese heißblütigen Orientalen... man sieht den Mond noch nicht einmal, und trotzdem hockt er schon auf allen vieren herum und heult. Jemand muß sich um ihn kümmern, bevor er alle anderen ansteckt.« Ihre Worte verwandelten sich in ein heiseres Brüllen, Fangzähne wuchsen hinter den feuchten, rot bemalten Lippen, und Haare trieben aus ihrem glatten, porzellanfarbenen Antlitz –

Speranza rannte los, den Jungen hinter sich herschleifend.

Zwei Lakaien bewachten die Doppeltür, die zur Eingangshalle führte. Sie verbeugten sich und ließen sie durch. Die Tür fiel donnernd hinter ihnen ins Schloß. Speranza zitterte am ganzen Leib. Der Junge befreite sich aus ihrem Griff und schaute sie an.

»Warum bringst du mich von ihnen weg?« fragte er leise. »Ich verstehe ihre Sprache ein bißchen, glaube ich. Und irgendwie gehöre ich zu ihnen.« Es war wieder Johnny Kindreds Stimme: immer schüchtern, immer wie ein kleines Kind.

Durch die massiven Türen drangen Heulen, Knurren, Jaulen, Fauchen, begleitet von der leidenschaftlichen Musik. Die Eingangshalle lag im Dunkeln. Ein einsamer Kerzenständer flackerte verloren am Fuß einer geschwungenen Treppe. An den Wänden hingen violette Samtgobelins, und der Boden war mit dicken Teppichen bedeckt, die den Klang ihrer Schritte verschluckten.

Speranza wußte keine Antwort auf seine Frage. Sie spürte Angst; sie spürte faßbare, unendlich tiefe Bösartigkeit; und doch hatte die Dunkelheit auch sie angelockt. Sie wagte es nicht zu bleiben, und doch – sie erinnerte sich daran, wie sie Michael Bridgewater bei seinen Lateinverben geholfen oder auf einer von Lord Slatterthwaites endlosen Gartenparties Tee ausgeschenkt hatte und dabei Träume gesponnen hatte, die viel zu dunkel, zu sinnlich waren, als daß jemand je davon erfahren durfte. Schon damals hatte sie davon geträumt, berührt zu werden, mitten in einem einsamen Wald, von einem Wesen bedrängt zu werden, das kaum Mensch war, und sich einem grausamen Entzücken hinzugeben, das gepaart war mit Schmerz und Tod. Und sie hatte bei sich gedacht: ich bin schlecht, ich bin ohne jede Scham, daß ich es wage, solch lüsterne Gedanken zu haben. Sie wußte, daß es am besten wäre, das Kind für immer fortzubringen. Aber der Abgrund, an dessen Rand sie beide standen, rief nach ihr.

Deshalb antwortete sie dem Buben nicht; sie drückte ihn einfach an sich. Er schien wie betäubt. Er bewegte sich, kratzte dabei ihren Arm blutig. Sie starrte seine Fingernägel im Dämmerlicht an. Sie waren länger geworden und gekrümmt wie Klauen. Aber sein Gesicht hatte sich nicht verändert.

»Wir gehen von hier fort«, versprach Speranza. »Wenn du von diesen Menschen weg bist, dann wirst du keiner von ihnen.«

»Ist es so einfach?« fragte der Junge.

Vor ihnen lag die massive Eingangstür, die sie zuvor von draußen gesehen hatte. Die Klinken waren wie Wolfspfoten geformt und gehörten zu zwei geschnitzten, sich streitenden Wölfen; im Dämmerlicht glühten ihre Augen – ins Holz eingearbeitete Cabochon-Topase – intensiv und zornig. Sie wich zurück, das Kind immer noch in ihren Armen.

Hinter ihr: Gelächter, Musik, Wolfsheulen.

Vorsichtig berührte sie die Klinke, drückte sie herunter.

Die Türen schwangen auf! Zu beiden Seiten standen Lakaien. Und mitten in der Tür stand mit wehendem Umhang, groß und schwarz gegen das Schneetreiben, jener Mann, den sie am meisten fürchtete: der Mann, der sie an den Rand der Dunkelheit geführt hatte, der in ihr so gefährliche Sehnsüchte geweckt hatte.

»Speranza«, sagte er. »Sie haben also beschlossen, bei uns zu bleiben.«

»Ihre Gäste... sie... sie verwandeln sich... werden zu wilden Tieren...«

»Pah! Konnten sie nicht einmal bis Mondaufgang warten? Sie werden alles zerstören, wofür ich gearbeitet habe! Ich bereue langsam, daß ich dieses Treffen des Lykanthropenvereins einberufen habe.«

»Lykan...« Sie hatte das Wort inzwischen so oft gehört; es war eines dieser pseudowissenschaftlichen Wortungetüme, und sie hatte sich keine Gedanken darüber gemacht. Aber jetzt schaute sie ihn fragend an, und er antwortete:

»Die Gesellschaft der Werwölfe, meine liebe Speranza. Deren Vorsitz ich nach langwierigen Rangkämpfen übernommen habe.

Es war dumm von mir, die Versammlung in meiner Wiener Residenz zu arrangieren... man könnte uns sehen, wir könnten Aufmerksamkeit erregen... es wäre besser gewesen, wir hätten uns auf meinem Landsitz in der Wallachei getroffen...« Der Graf seufzte. »Aber... Sie wollten gerade hinaus, nicht wahr, Mademoiselle Martinique?«

Sie mobilisierte ihre letzten Kräfte. »Ich kann es nicht zulassen, daß Sie oder Dr. Szymanowski die Verantwortung für das Kind übernehmen, Graf von Bächl-Wölfling. Vergeben Sie mir, daß ich meinen Vertrag nicht erfülle; ich werde versuchen, Ihren großzügigen Lohn zurückzuerstatten, sobald ich eine andere Anstellung gefunden habe...«

»Was wollen Sie machen? Den Jungen selbst großziehen? Sie müssen sich doch darüber im klaren sein, daß eine Frau von Ihrem Rang...«

»Wenn es sein muß, dann werde ich es tun!«

»Haben Sie das Kind schon gefragt?«

»Nein... aber natürlich will er nicht hierbleiben! Er ist ein Lamm unter reißenden Wölfen. Zuneigung und Wärme können ihn heilen, nicht die bestialischen Experimente Ihres wahnsinnigen Professors!«

»Fragen Sie ihn.«

»Ich brauche ihn nicht zu fragen... ich sehe das Entsetzen in seinen Augen, und ich spüre, wie er sich an mich klammert.«

»Fragen Sie ihn!«

Er klatschte in die Hände. Die Türen schlugen zu, und die beiden Lakaien bauten sich mit erhobenen Kerosinlampen zu beiden Seiten des Grafen auf. Sie hörte eine unmenschliche Stimme im Ballsaal kreischen: »In einer Minute schlägt unsere Schicksalsstunde... in einer Minute geht der Mond auf!«

Der Junge riß sich aus Speranzas Arm los. Die Lampen warfen seinen doppelten Schatten auf die Gobelins. Er wich vor dem Grafen zurück; und doch sprach aus seinen Augen Ehrfurcht – und Liebe.

»Speranza, laß mich nicht zwischen euch wählen. Speranza, ich liebe dich, aber ich muß bleiben, verstehst du das nicht? Das weiß ich jetzt.« Im gleichen Moment wurde der Geruch von Hundeurin so stark, daß sie würgen mußte. Und dann sprach der Junge wieder, diesmal mit Jonas' tiefer Stimme: »Er ist mein Vater.«

Jonas hatte die Macht an sich gerissen. Auf der Lichtung tief in Johnnys Geist kontrollierte der Wolf, der Jonas war, den gesamten Körper. Johnny stand am Waldrand. In seiner Nähe waren noch andere Personen, die sich im Schatten versteckten, von Baum zu Baum huschten.

»Mein Vater?« schrie Johnny. »Wie kannst du behaupten, daß er mein Vater ist?«

Jonas brüllte zurück: »Ich kann es riechen... ich kann mich an Gerüche erinnern, auch wenn du das nicht kannst. Ich kann eine Menge Dinge, die du nicht kannst... ich kann riechen, ich kann hören ich kann töten. Das ist mein Körper, nicht deiner. Der Wolfsmensch, die Bestie im Menschenkleid – er ist unser Vater, du Dummkopf. Deshalb kannst du ihm nicht entkommen.«

»Nein!« schrie Johnny auf. Er versuchte, Tränen aus den Augen des Körpers fließen zu lassen, aber Jonas hatte den Leib vollkommen unter Kontrolle. Johnny wollte die Hand ausstrecken, wollte Speranza sagen, daß er sie nicht verlasen würde. Aber Jonas war stärker als je zuvor – weil der Mond aufging.

Ich muß mich zurückziehen, dachte Johnny. Er schaute Jonas zu, der wild im Licht tanzte, den Körper gespenstisch zucken ließ. Er wußte, daß Jonas in den Wald fliehen würde, sobald die Spasmen nachließen, und dann die Lichtung räumte, damit Johnny die Schmerzen spürte. Jonas liebte es, anderen Schmerzen zuzufügen, aber wenn er selbst Schmerzen ertragen mußte, überließ er diese Aufgabe immer Johnny oder einem anderen.

»Sehen Sie?« sagte von Bächl-Wölfling. »Das Kind weiß es instinktiv! Instinktiv! Er ist mein Sohn: gezeugt mit einer englischen Hure in Whitechapel, aufgewachsen in einem Irrenhaus, aber trotz allem von meinem Blute – er hat die Augen des Wolfes, die

Sinne, das Gedächtnis; er erkennt mich sofort. Und nachdem er mich Vater genannt hat, nehme ich ihn an, umarme ich ihn als mein Kind.«

»Sie meinen doch nicht...« setzte Speranza an und versuchte, Johnny mit ihren Armen abzuschirmen. Aber der Junge stieß sie brüsk beiseite. Seine Augen glühten jetzt.

Der Graf breitete seine Arme aus, um sein Kind zu umarmen. Zögernd schritt der Junge ihm entgegen. Durch das Fenster über der Tür konnte Speranza den Mond aufgehen sehen, bleich und in der eisigen Luft von einer Korona umgeben.

Der Junge stand jetzt vor dem Grafen, wirkte winzig angesichts der massigen Gestalt. Der Graf schlang seinen Umhang um ihn. Speranza rief Johnnys Namen, aber ihre Stimme ging im Heulen des Windes und in dem Lärm aus dem Ballsaal unter –

Der Graf blickte sie verlangend an. Sein Blick bannte sie. Es lag eine Art Liebe darin. Der Graf kam auf sie zu. Seine Lippen schlossen sich schon nicht mehr, denn von innen begann ein Wolfskiefer zu wachsen. Als sie wie angewurzelt stehenblieb, begann er ihr auf italienisch zu schmeicheln: *»Come sei bella, fanciulla, come sei bella, mia Speranza.«* Die Stimme war rauh, kehlig, es war die Parodie ihrer Muttersprache – trotzdem umgarnte sie dieser Wolfsmensch, er wollte sie lieben. Ihr Blut pulsierte. Ihre Haut kribbelte. Eine Hand kam unter dem Umhang hervor: eine verkrümmte, pelzige Hand. Eine Klaue kratzte über ihre Wange. Sie schloß schaudernd die Augen, begehrte und verwünschte ihn. Ihre Haut brannte, wo seine Pfote sie berührt hatte. Sie wich nicht zurück, denn er hielt das Kind immer noch umfangen, und sie sagte sich, daß es ihre heilige Pflicht war, den Jungen aus seinen Klauen zu retten, daß sie dafür sogar das letzte bißchen Keuschheit opfern mußte, das ihr noch geblieben war. Sie erwiderte seinen Blick mit Verachtung.

»Ich werde ihn retten... irgendwie...«

»Wirst du das, meine Madonna der Wölfe? Ich hätte Lust, dich gleich jetzt zu einer der unseren zu machen. Ein Biß sollte genügen. Oder ich könnte dich zwingen, den Tau zu trinken, der sich in meinen Spuren gesammelt hat; wir bewahren in diesem Haus Phiolen jener kostbaren Flüssigkeit auf, extra für solche Gelegenheiten. Oder würdest du vielleicht den Pelz meiner Ahnen tragen wollen, der erst mit dem Tode wieder abgelegt werden kann?«

»Ich würde niemals zu euch gehören«, sagte sie. Aber seine Worte waren verführerisch.

Seine Pfote strich immer noch über ihre Wange. Sie schüttelte den Kopf und löste die silberne Halskette unter ihrem Kragen. Der Graf zuckte zurück. Seine Stimme war kaum mehr menschlich. »Schätzen Sie sich glücklich, Mademoiselle, daß Sie dieses Kollier tragen!«

Seine Stirn war jetzt flacher, und seine Brauen bogen und verkrümmten sich, während Haare aus seinen Hautfalten wuchsen. Er heulte, und ein livrierter Diener trat mit einer Laterne aus einem Vorzimmer.

»Wenn das gnädige Fräulein mir folgen würden«, sagte der Diener mit einer tiefen Verbeugung. »Ich bringe Sie an einen sicheren Ort, wo Sie von den Festivitäten der heutigen Nacht verschont bleiben und nicht um Ihre Person zu fürchten brauchen. Darf ich Sie hinaufbegleiten?« Er sprach französisch mit wienerischem Akzent.

Sie zögerte. Sie wollte noch protestieren, aber der Graf schlug seinen Mantel zurück, so daß sie den jungen Welpen in viel zu großen Kleidern von seinen Armen springen sah, und sie wußte, daß Johnny nicht mehr zu helfen war, wenigstens nicht in dieser Nacht. Morgen früh würde sie überlegen, was sich machen ließ. Vielleicht hatte dieser junge Student Freud ja eine Idee. Auf keinen Fall durfte sie den Jungen verlassen – niemals, niemals.

Der Wölfling rannte heulend im Kreis herum, und auch der Graf fiel jetzt auf alle viere, und sie konnte die Gäste mit ihren Pfoten an der Tür des Ballsalls kratzen und trommeln hören, und sie roch ihre Wut: Sie drehte sich um und folgte dem Diener die Treppe mit dem Geländer aus Onyx und Gold hinauf, an Marmorstatuen und verstaubten Porträts vorbei.

Im Obergeschoß schien der chaotische Lärm weit entfernt zu

sein, die schweren Vorhänge dämpften die Geräusche. »Wenn Sie gestatten, gnädiges Fräulein, bringe ich Sie in eine Suite im Dienstbotenflügel; dort ist es viel sicherer, glauben Sie mir.«

»Warum tun sie Ihnen nichts?« fragte ihn Speranza. »Sie sind unberechenbar.«

»Wir sind alle gebrandmarkt.«

Er hielt die Lampe hoch, und sie sah auf seinem Handrücken einen Fleck, den sie zuvor für ein Muttermal gehalten hatte; als sie ihn genauer betrachtete, erkannte sie, daß es ein Brandzeichen in Form einer Blume war.

Der Diener erklärte: »Falls Sie beschließen sollten, im Dienst des Grafen zu bleiben, werden Sie auch dieses Zeichen tragen. Dieses arme Dienstmädchen allerdings... der Junge kannte offenbar das Siegel nicht... der Graf war untröstlich. Er hat alles in seiner Macht Stehende getan, um die Familie zu trösten und ihren Schmerz zu lindern...«

»Lindern?« fragte Speranza, die wieder vor sich sah, wie der kleine Johnny aus den Eingeweiden des Mädchens gekrabbelt war – nein, es war kein Traum gewesen, das wußte sie jetzt. »Er hat zugelassen, daß sie ermordet wurde... auf grausamste, entsetzlichste Weise! ...und er ist untröstlich?«

»Der Graf ist nicht ohne Mitleid«, sagte der Diener, »sonst würden seine Angestellten nicht seit Generationen in seinen Diensten stehen, so wie meine Familie.«

»Es ist aber doch seltsam«, überlegte Speranza, »daß ein so blutrünstiger Haushalt ein so schönes Siegel hat, wie eine Blume...«

»Es gar nicht so seltsam, Mademoiselle. Diese Blume wird von jenen, die auf beiden Seiten des Waldpfades wandeln, gefürchtet und verehrt... man nennt sie Wolfsbann.«

Deadwood

In derselben Nacht

»Nein! Keine weiteren Verwüstungen mehr, Cousine!« Vishnevsky zog die silbernen Ketten straffer. Nur die Kerze verbreitete ihr schwaches Licht über den Raum, aber auch die würde er gleich ausblasen. Der Mond ging bald unter, aber er wollte kein Risiko mehr eingehen. »Ich möchte dich nicht einmal ansehen.« Er fürchtete, belauscht zu werden, und sprach deshalb russisch; er wußte, daß sie das ordinär und unverschämt finden würde, aber die augenblickliche Situation duldete keine Rücksicht auf jene Etikette, die den Menschen zu Hause vielleicht am Herzen lag.

Natalia knurrte. Ihre Augen glitzerten. »Du hast mir den jungen Lieutenant nicht geschickt.«

»Wir sollen uns unter diese entsetzlichen Leute mischen, nicht sie verspeisen.«

»Er ist ein hübscher junger Kerl, nicht wahr? Ich bin halb verliebt und sehr hungrig.« Gereizt fuhr sie fort: »Warum hast du ihm die Silberkugel gegeben? Jetzt werde ich mein Gesicht nie wieder zeigen können. Sie hat meine Wange gestreift.«

»Wenn der Graf doch nur Quaid geschickt hätte! Es ist sehr schwierig, mit diesen Menschen zurechtzukommen... sie denken nicht wie zivilisierte Leute, und ich fürchte immer, daß ich versehentlich etwas über den Grafen ausplaudern könnte. Und dann bist du noch da... eine Last, eine ständige Bedrohung. Was ist, wenn sie dein Geheimnis lüften?«

»Mein törichter Cousin«, höhnte Natalia. In ihrer Stimme war noch der leise Anflug eines Knurrens zu hören. »Du weißt, warum Hartmut mich geschickt hat. Ich werde den Siedlungsort unserer kleinen Kolonie bestimmen. Denn ich werde den nächsten Wurf austragen. Nur ich kann entscheiden, wo wir lagern.«

»Du glaubst also, daß du die auserwählte Begleiterin des Grafen bist?« Vishnevsky wußte, daß der Graf seit dem Tod der Gräfin ein

Dutzend Geliebte gehabt hatte, aber keine davon hatte den Namen von Bächl-Wölfling tragen dürfen. Der Graf schien nicht fähig, sich eine Gefährtin zu küren, doch der Lykanthropenverein brauchte eine weibliche Führerin, denn in einem Wolfsrudel durfte nur die Braut des Leitwolfs werfen, und nur sie konnte den Lagerplatz des Rudels bestimmen. Das war unter diesen Wesen Gesetz. »Ich glaube nicht, Cousine, daß du in dieser Position bleiben wirst. Vor allem in Anbetracht deiner bedauerlichen... Entstellung.«

Natalie wollte sich aufsetzen und zerrte mit den Handgelenken an den Ketten. Er zuckte zusammen, als er sah, wie sich auf ihrem bleichen Fleisch Brandmale bildeten.

Sie spie ihm entgegen: »Du hast das alles arrangiert! Du möchtest, daß ich in Ungnade falle. Dann kannst du mich endlich verlassen und nach Hause zurückkehren. Gib dich nicht der Illusion hin, mein lieber Cousin, daß sie dich im Dorf wieder aufnehmen... du bist befleckt... dazu verdammt, uns den Rest deiner Tage zu dienen... du trägst die Blume der Knechtschaft auf deinem Handrükken wie alle unsere Diener!«

»Ich verneige mich vor Eurer lykanthropischen Hoheit«, erwiderte Vishnevsky ironisch; er konnte sich ein Grinsen nicht verkneifen. Aber als sein Blick auf seine rechte Hand fiel, die sich um den Kerzenhalter krampfte, da fühlte er jene absolute Hoffnungslosigkeit, die alle Sklaven von Zeit zu Zeit empfinden.

»Ich weiß, daß du mich haßt, Cousin. Ich weiß, daß du versucht hast, mich zu töten.«

»Natalia... du weißt, daß ich dich immer geliebt habe.« Er suchte nach Aufrichtigkeit in seinen Worten, aber sie waren leer.

»Wie leicht wird Liebe zu Haß, so leicht, wie ich mich von einer Frau zu einer Bestie und wieder zurück verwandle!« Der Mond ging unter; Vishnevsky konnte beobachten, wie der Einfluß nachließ.

Er betrachtete ihr Gesicht im Kerzenlicht. Es stimmte – die Kugel hatte einen unregelmäßigen Fleischfetzen aus ihrer Wange gerissen. Aber es war mehr als bloß eine Narbe geblieben, mehr als ein häßliches Mal in ihrem ansonsten makellosen Antlitz. Denn Silber war Silber, und die Magie der Kugel hatte ihre Wirkung auf Natalias Haut getan. Wo der Schuß sie gestreift hatte, war die Rückverwandlung ausgeblieben. Ein Streifen Wolfspelz wuchs auf ihrer Wange, geschmeidiges rotes Haar mit einem Hauch von Silber. Der Pelz schien in ihr Gesicht eingepflanzt zu sein, und an den Rändern schälte sich die Haut wie die eines Leprakranken.

»Es tut mir leid«, entschuldigte er sich schließlich. »Du weißt, daß ich es tun mußte. Der Graf persönlich... hat befohlen, daß... das Geheimnis um jeden Preis bewahrt werden muß.«

»Dann liebst du mich doch noch, Valentin«, sagte sie auf russisch; plötzlich wirkte sie verletzlich.

»Ja, Natalia.«

Er drehte sich um. Sie sollte ihn nicht weinen sehen. Wer weiß, dachte er, wie sie meine Schwäche ausnutzt, wenn sie sich das nächste Mal verwandelt?

Natalia Petrowna dagegen weinte nicht; denn Wesen ihrer Art war der Trost der Tränen verwehrt.

Claude Grumiaux führte Zeke und Scott hügelabwärts vom Saloon weg. Dann bog er von der Straße in eine kleine Gasse ab. Nicht einmal ein Bürgersteig, dachte Scott, als sie durch den Schlamm stiefelten und Kälte und Nässe durch das Leder drangen.

Die Gasse kreuzte sich mit einer etwas breiteren Straße. Hier standen windschiefe Hütten. Eine Papierlaterne hing in einem Fenster. Chinesische Schilder waren zu sehen.

Zeke lachte plötzlich auf. »Lebst du im Chinesenviertel, Grumiaux? Ich wette, du hast sogar 'ne gelbe Frau!«

»Warum nicht?« gab Grumiaux zurück. »Ich hatte mal eine Indianerin zur Frau. Wie du weißt.«

»Bastard! Daß du mir das immer noch unter die Nase reiben mußt!«

»Ich weiß immer, wo in einer Stadt wirklich etwas los ist«, fuhr Grumiaux gutgelaunt fort. »Lieutenant Harper, ich werde Ihnen ein paar Vergnügungen zeigen, die Sie so nahe an Fort Cassandra bestimmt nicht vermutet hätten. Und ich glaube, daß Sie mein Quartier, auch wenn es sehr bescheiden ist, einer Unterkunft für einen Dollar die Nacht vorziehen werden. Falls Sie überhaupt eine in der Stadt finden würden.«

Um zu der Wohnung des Franzosen zu gelangen, betraten sie eine Wäscherei, gingen durch eine Hintertür und gelangten in ein Gewirr schmaler Gänge mit festgetretenem Boden. Zu beiden Seiten lagen Räume mit Perlschnurvorhängen vor den Türen. Scott hörte Chinesisch hinter diesen Vorhängen, ein fremdartiger Singsang. Die Gänge wurden von Papierlaternen beleuchtet. Schließlich blieb Grumiaux vor einem Perlenvorhang stehen und sagte etwas. Er bedeutete seinen Begleitern hineinzugehen. Scott mußte sich in der Tür bücken.

Sie standen in einem kleinen Vorraum, in dem ein alter Chinese in einer Hängematte lag und eine Opiumpfeife rauchte. Das Aroma füllte die Kammer. Scott fühlte sich so beengt, daß ihm die Nackenhaare zu Berge standen. Mit jedem Atemzug atmete er Opium ein, und er fühlte sich, als würde er schweben. Irgendwie erinnerte ihn das Gefühl an die Russin, und wenn er an sie dachte –

Sie gelangten in ein zweites Zimmer, viel größer als das erste. Ein zierliche, schlanke Orientalin begrüßte sie. Sie trug nur eine einfache Tunika und war ebenso zierlich wie schön; jedenfalls war Grumiaux ein Mann mit Geschmack, soweit es Frauen betraf.

»Ma femme«, stellte Grumiaux vor. »Mei Ting.«

Die Frau antwortete auf französisch, aber als sie merkte, daß Scott ihr nicht folgen konnte, wechselte sie ins Englische über. »Ich werde Ihnen etwas zu essen machen! Ich habe gehört, daß Sie den Wolf gejagt haben.«

Bevor er antworten konnte, verschwand sie in einem weiteren Zimmer, und fremdartige Gerüche begannen durch den Raum zu ziehen. Grumiaux bat seine Freunde, sich zu setzen. Der Tisch war schwarz lackiert und mit Perlmutt eingelegt. An der Wand hing eine Landkarte von Nebraska, Dakota und Wyoming, auf der dicke schwarze Striche die verschiedenen Städte verbanden.

»So wird die Strecke meiner Gesellschaft verlaufen, wenn sie in ein paar Jahren fertiggestellt ist«, erläuterte Grumiaux und fuhr mit seinem Finger von Omaha in einer weitgestreckten Nordwestkurve in das Dakota-Territorium südlich von Deadwood, dann nach Norden in die Black Hills. »Und dorthin will unser österreichischer Graf die Strecke umleiten.« Er zog eine Linie nach Westen, über die Grenze von Nebraska, mitten ins Nichts. »Ich weiß nichts von irgendwelchen Goldvorkommen dort. Du vielleicht?«

Zeke schüttelte den Kopf.

In diesem Augenblick kam Grumiaux' Frau wieder herein und stellte ein Tablett voller Köstlichkeiten vor ihnen ab, Schalen mit Reis, kleingeschnittenem Fleisch und Gemüse. Das verlockende Aroma mischte sich mit dem Duft des Opiums. Scott merkte, daß er seit Mittag nichts mehr gegessen hatte. Er wußte nicht, was das für ein Essen war, aber es sah ganz bestimmt leckerer aus als das, was er als Abendessen erwartet hatte.

Die ungewohnte Umgebung und die opiumgeschwängerte Luft gaben Scott das Gefühl zu träumen. Er jagte mit seinen Stäbchen den Morcheln in seiner Schale nach, zur großen Erheiterung der anderen. Zeke erzählte von der Wolfsjagd und zog den Wolfsschwanz heraus, den er in seiner Jacke trug. »Morgen geb' ich ihn ab. In dieser Stadt tut's bestimmt eine Prämie für Wolfsschweife geben.«

»Einen Dollar«, bestätigte Grumiaux.

»Einen Dollar! So viel? Verdammt! Ich lad' uns drei zum Essen ein... und die zwei Rußländer auch, wenn ihr wollt.«

Nun war das Gespräch doch noch auf die beiden Russen gekommen. Aus unerfindlichen Gründen errötete Scott. Zeke sagte: »Ich hab' gesehen, wie du die Frau anschaust, Scott. Da hast du dir ganz schön was vorgenommen.«

»Sie ist wunderschön«, antwortete Scott, »aber irgend etwas an ihr macht mir eine Gänsehaut. Wie sie plötzlich aus dem Nichts auftauchte. Gleich nachdem ich den Wolf angeschossen hatte. Und wie sich ihr Cousin benimmt. Er hat den Wolf mit ihrem Namen gerufen. Und wie er den Wolf töten wollte; er sagte, er wäre der einzige, der das Recht hätte, sie zu töten. Und dann die silbernen Patronen in dem Revolver... und ich habe nicht gehört, daß etwas zum Fenster hinaus ist, ganz egal, was die beiden sagen.«

»Vielleicht«, schlug Grumiaux lächelnd vor, »ist sie ja ein *loup garou.*«

»Er meint ein Werwolf«, sagte Zeke. »Überall auf der Welt gibt es Sagen über diese Wesen. Selbst die Indianer glauben dran.«

Scott erwiderte nichts darauf. Er dachte daran, wie ihn dieser Wolf angesehen hatte, und an die anderen Male, als er Wölfen begegnet war. Jedesmal schien er ihre Sprache ein wenig verstanden zu haben.

»Unter den *Indiens peaux-rouges*«, dozierte Grumiaux, »werden die Werwölfe nicht als Geschöpfe Satans angesehen; sie spielen ihre eigene Rolle im großen Kreislauf des Seins. Die Sioux glauben, daß es im Norden einen ganzen Stamm von Werwölfen gibt, die gefallene Krieger und alte, nicht mehr nützliche Menschen verzehren, um ihren Geist in sich aufzunehmen.«

»Ich will nicht behaupten, daß deine russische Freundin ein Werwolf ist«, schränkte Zeke ein. »Aber hier im Territorium gehören wir nicht wirklich zur zivilisierten Welt. Hier gibt es eine Menge Dinge, von denen die im Osten sagen, daß sie unmöglich sind.«

»Und erst recht die Menschen in der Alten Welt«, ergänzte Grumiaux. »In Europa sind sie so verdammt wissenschaftlich, daß sie manchmal nicht einmal mehr sehen wollen, was sich direkt vor ihrer Nase abspielt.«

Wien

In derselben Nacht

Von ihrem kleinen Zimmer – im Grunde nur ein Stübchen – unter dem Dach von Bächl-Wölflings Stadthaus aus konnte Speranza auf die Straße und den privaten Park mit der Madonna blicken. Der ebenmäßige Schnee glitzerte unter dem vollen Mond, der langsam über die Dächer zog. Sie saß an einem kleinen Frisiertisch, kämmte ihr Haar und ordnete ihre Besitztümer. Sie drehte die Lampe so weit wie möglich auf, denn sie hatte Angst, im Dunkeln zu sitzen. Das Zimmer war fast spartanisch eingerichtet, mit fadenscheinigen, verblichenen Teppichen ausgelegt, die den Holzboden nicht ganz bedeckten, und die vierte Wand war anders tapeziert als die drei übrigen; aber es gab immerhin einen kleinen Ofen, neben dem ein Eimer mit Kohlen stand. Man hatte ihr eine Wärmpfanne unter die Decke gestellt, und die Bettdecke schien eigens aus dem Herrschaftsflügel herübergebracht worden zu sein.

Sie öffnete den Koffer und zog die Sachen einzeln heraus. All jene, die Silber enthielten, legte sie auf den Tisch. Die anderen warf sie wieder zurück.

Es war nicht viel: Die Haarbürste hatte einen silbernen Griff, sie besaß einen Brieföffner, der so wirkte, als wäre er ebenfalls aus Silber, und dann war da noch ein kleiner Spiegel, dessen Griff dem der Bürste ähnelte. Und sie besaß ein paar silberne Schmuckstücke außer der Kette, die ihr, wenn auch nicht die Ehre, so doch das Leben gerettet hatte.

Sie betrachtete die Gegenstände eine Weile. Was ist mit mir passiert? dachte sie. Ich war eine moderne, rationale Frau, und jetzt benehme ich mich wie ein Kräuterweib im Mittelalter. Aber diese Sache ist kein Traum. Vielleicht ist es eine Krankheit, ein Wahn, der so extrem ist, daß er sich nicht nur auf den Geist, sondern auch auf die äußere Gestalt auswirkt, vielleicht ist es ein Gift im Blut, das der kleine Johnny geerbt hat. Aber es kann nicht unheilbar sein. Ich habe gesehen, wie der Junge ihm widerstanden hat, darum muß auch ich widerstehen, um seinetwillen.

Das klingt alles wie eine Altweibergeschichte, wie ein dummer Aberglauben, sagte sie sich. Aber ich kann die Wahrheit nicht herausfiltern. Also muß ich mir mit dem Silber behelfen, nur um sicherzugehen.

Sie stand auf, klemmte die Sachen unter ihren Arm und überlegte sich, auf welche Weise man in ihr Zimmer eindringen könnte. Sie stellte einen Stuhl vor die Tür und plazierte den Spiegel darauf. Sie nahm vier Schmuckstücke und legte sie an den Ecken ihres Bettes auf den Boden. Es gab nur ein Fenster – das neben dem Frisiertisch –, sie legte die Bürste auf das Fensterbrett. Den Brieföffner beschloß sie bei sich zu tragen, an ihrem Busen, wenn sie wieder zum Grafen gerufen wurde.

Sie setzte sich hin. Es begann zu schneien; die Madonna war fast nicht mehr zu sehen. Von unten drang Geheul herauf: Doch diesmal war es nicht das kakophone Durcheinander von vorhin, sondern es schien gewissen Regeln zu folgen. Erst kam ein einzelner, lang gehaltener Ton mit fast metallischem Klang. Eine zweite Stimme fiel ein, in einer anderen Tonhöhe, so dissonant zu der ersten, daß es ihr kalt den Rücken hinunterlief, dann folgten eine dritte und vierte Stimme, die beide ihren eigenen Ton zu der Disharmonie hinzufügten. Das Fenster klirrte. Wie hielten es die Diener in einer solchen Umgebung nur aus? Beschützte sie das Brandzeichen wirklich? Das Mädchen im Zug hatte es jedenfalls nicht beschützt, aber andererseits konnte der kleine Johnny auch nicht wissen – nicht der kleine Johnny, das ahnungslose Tier.

Das Heulen wuchs an. Der Boden bebte unter ihren Füßen. Der Stuhl, auf dem sie saß, begann zu wackeln. Und plötzlich war es vorbei. Sie hörte ein Schlagen, dann preschten die Wölfe hinaus auf die Straße. Schweigend trotteten sie an den geparkten Kutschen vorbei. Sie war froh, daß man die Pferde nicht draußen gelassen hatte.

Von der Kraft des Heulens her hätte man sie auf Hunderte schätzen können, aber nun sah sie, daß es höchstens zwanzig waren. Die Tiere verharrten ein paar Sekunden lang vollkommen regungslos mitten auf der Straße; nur der Atem stieg in dicken Wolken von ihren Schnauzen auf. Schnee bestäubte ihre Pelze. Das Fell des Leitwolfs war schwarz mit silbernen Strähnen, wie das Haar des Grafen, neben ihm stand ein junger Welpe, derselbe, den sie aus dem Umhang des Grafen hatte springen sehen, und hinter ihnen folgten andere Wölfe. Sogar hier oben konnte sie ihre Augen glühen sehen. Der Mond stand noch tief, und die Wölfe warfen lange Schatten durch das schmiedeeiserne Tor des Parks. Der Leitwolf schüttelte den Schnee aus seinem Fell und schaute von einer Seite zur anderen. Dann setzten sie sich in Bewegung. Gleichzeitig, fast graziös, als wären sie ein Ganzes. Ein kurzen Wuffen von dem Rudelführer, dann trabten sie die Spiegelgasse hinunter. Fast lautlos, denn der tiefe Schnee verschluckte das Geräusch ihrer Pfoten. An der Ecke bogen die Wölfe ab und verschwanden hinter einer Steinmauer.

Sie wartete. Aber irgendwann überfiel sie eine unwiderstehliche Müdigkeit, und sie ging zu Bett. Sie fiel in einen erholsamen Schlaf, denn sie träumte vom Wald, vom Fluß und von einem wölfischen Liebhaber, der an der Quelle auf sie wartete.

Der Welpe schnüffelte die kalte Luft und schüttelte den Schnee aus seinem Pelz. Endlich hatte er seine Seele besänftigt, endlich durfte er das sein, was ihm bestimmt war: stolz, wild, eins mit der Dunkelheit. Zuerst war er noch unsicher auf seinen Beinen. Aber er imitierte die Bewegungen seines Vaters und übernahm bald dessen flüssigen Laufrhythmus.

Die Wölfe liefen schweigend dahin. Ab und zu hielt der Vater des Welpen inne, um sein Revier zu markieren, hob arrogant sein Bein, um an eine einprägsame Stelle zu urinieren: einen Stein, eine Ziegelmauer, ein Wagenrad. Sie verständigten sich in der Sprache der Dunkelheit, manchmal mit einem kurzen Winseln oder einem Wuffen, meistens nur mit einer kurzen Kopfbewegung, dem Zittern der Nüstern oder einem schnellen Blick.

»Mein Sohn«, sagte der Leitwolf mit seinen Augen, als sie im Schatten einer weiteren Gasse verschwanden. »Mein Sohn. Wie froh macht es mich, daß ich dich gefunden habe... und daß du wahrhaftig einer der unseren bist, dich verwandeln kannst...«

»Warum hast du mich nicht früher zu dir geholt?« begehrte der Welpe mit einem Zucken und einer kreisenden Pfotenbewegung auf.

»Weil«, sagte sein Vater und peitschte den Schnee mit seinem Schweif, »ich Furcht davor hatte. Deine Mutter war keine von uns.«

»Meine Mutter...«

Noch eine andere Stimme war im Geist des Wölflings, eine Stimme, die zu schreien schien: Nein, ich bin keiner von euch – ich bin ein Kind, ein Mensch.

Wem gehörte diese innere Stimme? Der junge Wolf folgte seinem Vater, schneller jetzt, von einem Schatten zum nächsten. Die Stimme irritierte ihn. Sie gehörte nicht hierher. Jetzt war alles im Einklang. Es war richtig, geduckt über dem Boden zu laufen und in die Luft zu wittern. Die Luft lebte: Er roch das Blut der fernen Beute, das pulsierte, den nahen Tod ahnte. Die innere Stimme sprach wieder zu ihm, sagte: Das Bild ist blaß, grau, farblos, aber der Welpe verstand den Sinn dieser Worte nicht, denn seine Augen kannten keine Farbe, nur unendlich viele Abstufungen von Licht und Schatten. Und die innere Stimme schien nicht zu begreifen, wie reich die Welt der Geräusche und Gerüche war, die er wahrnahm; sie beschwerte sich immer nur darüber, daß ihr das fehlte, was er Farbe nannte.

Er zwang die Stimme tiefer in sein Inneres zurück. Sie war nutzlos, ein Überbleibsel aus einem anderen Leben. Er folgte seinem Vater. Das Rudel hatte sich getrennt. Sie waren nur noch zu zweit, jagten als Vater und Sohn.

Jagen! Sein Magen brannte vor Verlangen. Nicht nur nach frischem, warmem Fleisch, sondern auch nach dem Akt des Tötens –

Unvermittelt blieb sein Vater stehen und hob den Kopf. Der Wind hatte sich gelegt. Der Schnee fiel jetzt senkrecht herab.

Schritte, menschliche Schritte. Er roch Blut: träges Blut, vermischt mit dem sauren Duft von Wein. »Komm, mein Sohn«, befahl sein Vater mit einem herrischen Bellen. »Du und ich, wir werden zusammen das Mysterium von Leben und Tod feiern. Die Beute ist nah.«

Er antwortete nicht. Sie bewegten sich nicht. Der Geruch wurde stärker. Der Geruch besaß eine Gestalt, eine zweibeinige Gestalt. Der Welpe verharrte neben seinem Vater, angespannt, wartend. Eine zweite Gestalt neben der ersten, viel kleiner. Was machten sie in der Kälte, im Dunkel? Sein Vater knurrte – ein leises, dumpfes Geräusch wie ein fernes Erdbeben.

Der Schnee fiel nicht mehr so dicht, und der junge Wolf konnte mehr erkennen. Die Beute war auf den Stufen vor einem hohen Haus. Es waren eine Frau und ein Kind, das vielleicht vier oder fünf Jahre alt war. Eine halbleere Flasche lag neben ihnen. Im Schnee hatte sich eine kleine Weinpfütze gebildet. Die beiden zitterten und kauerten sich unter einem Männermantel aneinander.

Die Frau murmelte vor sich hin und wiegte das Kind hin und her. Sie trug einen Schal, unter dem graue Haarsträhnen hervorlugten. Ihr Gesicht war abgespannt und verhärmt. Das Kind war müde, döste vor sich hin. Er konnte das Geschlecht des Kindes nicht erkennen; es war zu jung.

»Es sind Straßenmenschen«, sagte der Vater. »Sie haben sich vom Haus weggewagt. Sie suchen die Einsamkeit, die Kälte und das Dunkel. Sie gehören uns.«

Und hetzte die Stufen hinauf, mit weit klaffendem Rachen. Sein Sohn folgte dichtauf.

Zuerst schien die Frau sie nicht einmal zu bemerken. Der Wolf umkreiste sie mehrere Male. Dann schlug er zu.

Sie ließ das Kind fallen. Es begann zu weinen. Seine hageren Schultern zeichneten sich unter dem zerrissenen Nachthemd ab. Es wollte wieder zu ihr hinaufklettern. Die Weinflasche rollte die Treppe hinunter, klirrte bei jeder Stufe. Der junge Wolf beobachtete seinen Vater und die Frau. Ein paar Sekunden lang blickten sie einander an, ohne sich zu bewegen, ohne dem Kind irgendwelche

Aufmerksamkeit zu schenken. In diesen Sekunden schienen sie einen Schwur auszutauschen, einander zum Partner beim Tanz des Todes zu erwählen.

Dann sprang sein Vater. Er riß ihr mit seinen starken Kiefern die Gurgel heraus. Der Welpe erblickte einen kurzen Augenblick lang die noch pulsierende Trachea der Frau. Sie pfiff geisterhaft, als die Luft aus ihr entwich. Die Frau sank in sich zusammen, als der Vater des jungen Wolfes ihr den Brustkorb zerfetzte. Das schreiende Kind trommelte dem Wolf mit den Fäusten in die Flanke, aber der Vater des Welpen ignorierte es vollkommen. Blut quoll über die Stufen, vermischte sich mit dem vergossenen Wein. Der Schal der Frau flatterte, zwischen ihrem Leib und den Stufen eingeklemmt, im Wind.

Der Welpe roch die Angst des Kindes. Sie benebelte ihn. Er näherte sich dem Kind. Die Augen des Kindes weiteten sich erschrocken. Es wich zurück, stieg rückwärts die Stufen hinauf. Dann drehte es sich um und begann zu rennen. Der junge Wolf folgte. Das Blut des Kindes roch wärmer als das der Frau.

An der obersten Stufe war eine Tür. Das Kind schlug mit seinen winzigen Fäusten dagegen. Die Tür bewegte sich nicht. Der Welpe sprang, bekam das Nachthemd zu fassen, riß Fleischfetzen aus dem Arm und dem Brustkorb des Kindes. Plötzlich gab die Tür nach. Vielleicht ein rostiger Riegel. Das Kind rannte hinein. Durch die Risse in dem dünnen Nachthemd sah der Wölfling eine kleine Vulva und erkannte das Geschlecht des Kindes.

Er witterte Weihrauch. Und Staub. Und den süßen Hauch alten, verfaulenden Holzes. Im Hintergrund stand ein Altar. Eine bemalte Steinpieta hielt in einer Seitenkapelle Wache. Überall waren Kerzen.

Das Mädchen rannte. Er folgte dem Tappen ihrer nackten Füße auf dem Steinboden. Sie versteckte sich irgendwo zwischen den Bänken. Sie keuchte. Er konnte ihre Erschöpfung, ihre Verzweiflung riechen. Es war nur eine Frage der Zeit. Er spürte sein Herz klopfen. Er vernahm auch ihren Herzschlag und hielt inne, um ihn zu orten.

Dort! Er trabte den Gang hinunter. Sie war unter dem Altar. Er riß das Altartuch mit seinen Zähnen herunter und entdeckte sie, zusammengekauert und an ein Altarbein geklammert. Sie schluchzte. Er schleuderte sie zu Boden, stand dann über ihr, leckte ihr Gesicht mit seiner Zunge und nagte mit seinen Zähnen vorsichtig an ihren Wangen. Und er schaute sie an, wie sein Vater in die Augen der Frau geschaut hatte.

Er sah ihre Angst. Und hinter ihrer Angst sah er etwas anderes – das fast wie eine Aufforderung war – die dunkle Seite der Sehnsucht. Er begriff, daß dies ein heiliger Akt war, der Tanz von Leben und Tod. Das Mädchen zitterte. Schmerz raste in ihrem Körper. Er redete zu ihr in der Sprache des Waldes, bat sie um Vergebung; und sie antwortete ihm in derselben Sprache, die die Menschen bis zu solchen Augenblicken vergessen zu haben glauben, und gab ihm die Erlaubnis, ihr Leben zu nehmen.

Er wollte sie zerfleischen, als ein langer Schatten über sie beide fiel. Er schaute auf und sah seinen Vater. Blut tropfte aus seinem Maul. Vom Eingang bis zum Altar zog sich eine dünne Blutspur. Seine Augen glühten. Sein Atem dampfte in der modrigen Luft.

»Jetzt«, sagte sein Vater. »Töte. Fühle die Freude. Fühle das Blut. Bade in seiner Wärme.«

»Ich empfinde keine Freude«, antwortete der junge Wolf. »Nur Trauer. Ich fühle mich mit ihr verwandt.«

»Gut! Du verstehst das Gesetz des Waldes, mein Sohn! Die Menschen halten uns für seelenlose, grausame Bestien, aber das sind wir nicht. Wir sind nicht einfach Satans Kinder. Es gibt einige unter uns, denen das Töten Lust bereitet. Vielleicht sind sogar die meisten unserer Gemeinschaft so. Aber du empfindest mehr. Du bist wahrhaftig mein Sohn. Der Führer eines Rudels darf nicht nur ein Todesbote sein, muß seine Opfer lieben – jetzt, töte sie schnell. Blockiere ihr Nervensystem, damit sie den Schmerz nicht mehr spürt.«

Der Wolf beugte sich über das Mädchen, bereit zum Zupacken. In diesem Augenblick hörte er seine innere Stimme: »Geh weg! Zurück in die Dunkelheit! Ich will den Körper!« Auch andere

Stimmen meldeten sich. Menschliche Stimmen. Es gab eine Meuterei in seinem Geist! Die anderen Persönlichkeiten übernahmen das Kommando! Er kämpfte. Aber er verlor den Halt. Das Mädchen wehrte sich gegen ihn. Und das komplizierte Gewebe der Gerüche und Düfte um ihn herum zerfranste – er verlor seinen Geruchssinn –, die Formen änderten sich ebenfalls, wurden dunkler, nahmen grelle Farben an –

Johnny Kindred kam neben einem Altar in einer riesigen Kirche zu Bewußtsein. In seinen Armen lag ein kleines Mädchen. Ihre Augen weiteten sich. Sie begann, in einer fremden Sprache auf ihn einzureden. Sie deutete auf etwas. In der Kirche stand ein schwarzer Wolf. Der sie beide anstarrte. Sein Pelz war mit hellrotem Blut verklebt. Blut und Geifer trieften von seinen Reißzähnen, die im Kerzenlicht golden schimmerten.

»Jonas wird dir nichts mehr tun«, beruhigte Johnny das Mädchen. »Ich habe ihn fortgeschickt.«

Der Wolf knurrte. Johnny spürte, er verstand beinahe, was das Tier gesagt hatte. Wenn Jonas dagewesen wäre, hätte er übersetzen können, aber der wurde von den anderen unterdrückt. Er würde auf keinen Fall in die Nähe der Lichtung gelangen.

»Der große böse Wolf wird dich nicht fressen«, tröstete Johnny die Kleine und streichelte ihr über das lockige Haar. »Er... er ist mein Vater.«

Es klopfte an Speranzas Tür.

Sie griff nach ihrem Morgenrock, setzte sich im Bett auf und rief: »Herein!«

Der kleine Junge, der die Tür öffnete, unterschied sich geringfügig von Johnny Kindred. Er war vornehm gekleidet: Frack, gestärktes Leinenhemd, ein altmodischer Stehkragen und eine weiße Fliege.

»Guten Morgen, Madam«, begrüßte er sie todernst.

»O Johnny.« Sie beschloß, ihn nicht nach der vergangenen Nacht zu fragen, wenigstens nicht, bevor sie ihre Fassung wiedergefunden hatte. »Du bist heute aber elegant angezogen.«

»Johnny läßt sich vorübergehend entschuldigen, Madam. Ich bin James Karney und stehe im Dienst dieses Hauses. Der Graf schickt mich. Ich soll Ihnen seine Ehrerbietung übermitteln und Sie einladen, ihm und seinen Gästen bei einem kleinen Frühstück Gesellschaft zu leisten.«

Ach ja. Sie erinnerte sich jetzt wieder an diesen Typ; er war während der chaotischen Ereignisse gestern abend kurz aufgetaucht. Er stand stocksteif vor ihr und wartete auf ihre Antwort. Sie nickte und versprach ihm, sie werde in Kürze hinunterkommen.

Sie erkannte die Musik sofort! Es war wieder Schuberts Winterreise, diesmal gesungen von einem jungen Tenor, der auf einem Blüthner-Flügel begleitet wurde.

Eine lange Tafel war für zwei Dutzend Personen gedeckt worden – so viele Wölfe hatte sie gestern nacht aus dem Haus laufen sehen. Ein Platz war frei – direkt gegenüber dem Grafen, der in ein paar Briefe vertieft war. Johnny – sie war sicher, daß es jetzt Johnny war, denn er hockte zusammengesunken auf seinem Stuhl und hielt sich nicht gerade und steif, wie es James Karney angemessen gewesen wäre – saß dem Grafen zur Rechten. Er spielte mit ein paar Zinnfiguren, amerikanischen Indianern.

Die Männer erhoben sich, als sie eintrat. Sie entdeckte Dr. Szymanowski, Chandraputra und Sigmund Freud, der den Platz rechts neben ihr eingenommen hatte. Einige der Frauen hatte sie gestern auf dem Ball gesehen, so zum Beispiel die blasierte, laut kreischende Dame in dem eleganten Kleid. Heute hatte sie sich verschwenderisch mit Straußenfedern geschmückt und rauchte genießerisch eine Zigaratte, die in einer goldenen Spitze steckte.

»Ich dachte, es wäre Ihnen am angenehmsten, wenn einer Ihrer Mitmenschen neben Ihnen säße«, begrüßte sie der Graf, ohne von seinen Briefen aufzusehen. »Schließlich müssen Sie sich ziemlich einsam vorkommen, meine liebe Speranza. Wie wäre es mit etwas Kaviar? Oder möchten Sie lieber etwas Englischeres? Ich glaube, wir haben auch geräucherten Lachs.«

Als sie sich gesetzt hatte, flüsterte Freud ihr zu: »Sie sind allesamt verrückt geworden! Wirklich aufregend, finde ich.«

»Verrückt?«

»Aber ja! Massenhalluzinationen... lykanthropische Wahnvorstellungen... wirklich sehr, sehr aufregend. Sie haben die Morgenzeitung noch nicht gelesen, oder?« Er schob sie ihr hinüber. »Ach, aber sie ist auf deutsch. *Je me'excuse,* Fräulein. Wolfsangriffe... eine Petition an den Bischof... man hat sogar den Kaiser mitten in der Nacht aufgeweckt, um Himmels willen!«

»Ich habe etwas gesehen«, eröffnete Speranza ihm zaghaft.

»Ich fürchte, auf indirekte Weise sind wir für all das verantwortlich«, meinte Freud. »Sie müssen wissen, ein paar von Dr. Szymanowskis Wölfen, deren, äh, Fortpflanzung er studiert, sind gestern nacht aus ihren Käfigen entflohen. Darf ich Ihnen etwas Kokain anbieten?«

»Vielleicht... ja, danke«, nahm Speranza die Einladung an. In ihrem Kopf drehte sich alles. »Sie sagten, die Wölfe sind entlaufen? Werden sie hier im Haus gehalten?«

»Im untersten Keller«, mischte sich Szymanowski ein. »Sie wurden aber bereits alle wieder eingefangen.«

Freud flüsterte ihr zu: »Heute spielen sie alle dieses merkwürdige Spiel... und wir müssen mitspielen. Da der Graf sehr reich ist, das Neurologische Institut der Universität Wien dagegen leider sehr arm, haben wir alle gelernt, die Launen des geschätzten Grafen zu ertragen. Nicht, daß uns das besonders unangenehm wäre... Sie hätten sehen sollen, welchen Zirkus wir aufführen mußten, als König Ludwig von Bayern uns einen Besuch abstattete! Sie können sich gar nicht vorstellen, wie langweilig es ist, ständig nur über Richard Wagner zu reden! Mit dem Grafen dagegen kann man bizarre Gesellschaftsspiele spielen, die an die dunkelsten Bereiche unseres Geistes rühren.«

»Glauben Sie, der Graf ist geisteskrank?« fragte Speranza.

»Pst, Mademoiselle Martinique! Die Reichen sind niemals geisteskrank... höchstens exzentrisch«, korrigierte Freud und genehmigte sich noch etwas Kokain.

Der Graf räusperte sich. Augenblicklich herrschte Stille.

»Der Plan«, begann er, »nimmt immer mehr Gestalt an. Aber Sie müssen begreifen, daß bis zu seiner Durchführung solche spektakulären Vergnügungen wie gestern abend vollkommen ausgeschlossen sind. Es gab noch nie eine so vollzählige Versammlung des Lykanthropenvereins, und wir müssen uns alle unter absoluter Kontrolle halten, wenn wir keine Aufmerksamkeit erregen wollen. Wir mögen zwar das neunzehnte Jahrhundert schreiben, aber wir dürfen nie vergessen, daß die meisten unserer Bauern noch im Mittelalter leben! Der Effekt *kann* abgemildert werden, wenn das Mondlicht ferngehalten wird. Wir *können* uns bis zu einem gewissen Grad selbst kontrollieren... aber natürlich nicht, wenn wir draußen im vollen Mondlicht baden!«

»Genug der Ermahnungen!« unterbrach ihn die Frau.

»Jawohl. Ich glaube, wir möchten etwas über Amerika hören«, stimmte ihr Shri Chandraputra zu und bohrte sich mit einem Zahnstocher im Mund.

»Amerika«, wiederholte Speranza.

»Peng! Peng!« war der kleine Johnny zu hören, dessen Zinn-Indianer gerade eine Verfolgungsjagd quer über seinen Toast veranstalteten.

»Gut, gut. Amerika also.« Der Graf breitete seine Briefe vor sich aus. »Ich habe einige Berichte von meinem Kundschafter Vishnevsky erhalten. Das Land, das wir ausgewählt haben – man nennt es Dakota-Territorium – ist fast menschenleer. Ich habe bereits alle nötigen Schritte eingeleitet, um die Kontrolle über eine Eisenbahnlinie zu übernehmen, die dorthin gebaut werden soll. Es gibt dort nur einige Garnisonen, ein paar Goldgräber und Missionare sowie mehrere Eingeborenenstämme.«

»Eingeborene! Wie wunderbar«, begeisterte sich Chandraputra. »Wehrlose, ahnungslose Eingeborene. Niemand wird mehr mit Silberkugeln auf uns schließen oder uns an Kreuzungen begraben. Endlich Ruhe vor diesen ewigen Nachstellungen!«

»Haben Sie sich Gedanken darüber gemacht«, wandte Freud ein, »wie diese Ureinwohner das empfinden könnten?«

»Ach, das sind doch nur Eingeborene«, wischte Szymanowski den Einwand beiseite.

»Riesige Beuteherden«, verkündete der Graf. »Ein unentdecktes Land, unverdorben durch jegliche Zivilisation. Wir werden ziehen, wohin wir wollen. Unsere Frauen werden niederkommen; aus unserem Rudel werden viele Rudel werden. Und es gibt Eingeborene, von denen wir uns ernähren können, Eingeborene, die keine schützenden Riten und Sagen kennen, die sich nicht wie die europäischen Bauern hinter Silber und Wolfsbann verstecken. Ein unermeßliches Territorium, das wir markieren können, wie es uns gefällt. Dr. Szymanowski ist ein wahrer Visionär; ich dagegen kann nur Schecks ausstellen. Aber der Traum des Professors kann bald Wahrheit werden!«

Die Gäste spendeten lebhaften Applaus. Freud drehte sich um und flüsterte Speranza ins Ohr: »Er kann sich wirklich in diese komischen Ansprachen hineinsteigern, nicht wahr? Manchmal habe ich den Eindruck, er glaubt tatsächlich, was er da erzählt.«

»Und jetzt«, fuhr der Graf fort, »muß ich Mademoiselle Martinique noch eine Frage stellen. Sie steht am Ufer ihres ganz persönlichen Rubikon. Letzte Nacht erklärten Sie mir, sie hätten das Gefühl, daß dieser Junge gerettet werden könnte... daß Sie entschlossen wären, ihm diese Erlösung zu ermöglichen. Vielleicht haben Sie den Eindruck, daß wir beide um die Seele des Jungen ringen. Sie sehen sich selbst dabei auf der Seite der Engel und mich natürlich auf der anderen Seite. Werden Sie Ihren Kampf fortsetzen, nach allem, was Sie inzwischen gesehen haben? Natürlich werden Sie, sollten Sie in meine Dienste treten, gezeichnet, damit keiner von uns Sie belästigt...«

Sie konnte Johnny auf keinen Fall verlassen. Vielleicht hatte Freuds Kokain ihr Selbstbewußtsein noch gesteigert, denn sie fühlte sich heute morgen ungewöhnlich streitlustig. Ihr Leben lang hatte man sie herumkommandiert. Ihr Leben lang war sie nur wenig mehr gewesen als eine einfache Hausangestellte. Es war ihr noch nie in den Sinn gekommen, nach Amerika zu gehen, aber als Alternative blieb ihr nur die Rückkehr ins graue Aix-en-Provence;

und sie sehnte sich danach, in ein fernes Land zu gehen, wo sie freier wäre und mehr als nur eine einfache Erzieherin. »Ich werde mitkommen«, erklärte sie. »Aber nicht als Ihre Sklavin. Zu meinen eigenen Bedingungen. Sie werden mich nicht brandmarken. Ich werde dank meiner Intelligenz überleben. Oder vielleicht dank diesem hier.«

Sie zog den Brieföffner aus ihrem Dekolleté und hielt ihn hoch. Er sah lächerlich aus, fand sie. Aber die anderen wichen ängstlich vor ihm zurück, und die gefiederte Frau schrie sogar erschrocken auf.

»Bravo!« ermunterte Freud sie. »Sie haben wirklich den Bogen raus.«

»Ich glaube, ich möchte noch eine Prise Kokain«, sagte sie und griff noch einmal zu.

Der Graf funkelte sie an. »Ich lasse mich auf keinen Handel ein. Kommen Sie zu meinen Bedingungen mit uns oder gar nicht.«

Sie zielte mit dem Brieföffner auf ihn. Er studierte ihn scheinbar gelassen, doch sie glaubte, in seinen Augen ein bißchen Furcht zu entdecken.

Johnny schaute von seinen Spielsachen auf und sagte: »Bitte, Vater, ich möchte, daß sie mitkommt.«

Sie wartete.

»Gut«, beschloß der Graf. »Mein Sohn hat gesprochen.«

Sie sah sich um. Alle fühlten sich in diesem Augenblick unbehaglich. Endlich durchbrach Freud das Schweigen, indem er sich erhob und ausrief: »Ein Hoch auf Ihr lykanthropisches Utopia, Graf! Mögen Sie es erschaffen!«

Der Graf klatschte in die Hände, und die Diener schenkten allen frischen Champagner ein. »In Gedenken an diese lange Wanderung, die wir auf uns genommen haben... quer durch das verschneite Europa... bis zu dieser Stadt, dieser Kapitale..., um hier Dr. Szymanowskis großartige Vision zu hören und zu verwirklichen... werde ich in der Neuen Welt eine Stadt für unser Volk errichten. Sie soll *Winterreise* heißen, damit wir diese Reise durch den Schnee niemals vergessen.«

»Amerika!« kreischte die gefiederte Frau und leerte ihr Glas.

»Amerika!« wiederholten die anderen, Speranza eingeschlossen.

Sie leerte ihr Glas ebenfalls. Dann wurden die Kelche auf den Boden geschmettert, und die Diener brachten neue herein. Johnny verließ seinen Platz und kam freudestrahlend zu ihr gelaufen, und sie küßte ihn auf beide Wangen. Irgendwie, dachte sie, beginnt für mich wirklich ein neues Leben.

Der Champagner war ein ungewöhnlicher Jahrgang. Er war sehr leicht und süß – und hatte doch einen bitteren Nachgeschmack.

An der Grenze zwischen Dakota und Nebraska

Ein Tag nach Vollmond

Sie hatten sich noch vor Tagesanbruch auf die Reise gemacht. Der Weg bergab war nicht leicht; Scott bewunderte Natalia Petrowna, die, im Damensattel reitend und das Gesicht hinter einem Schal verborgen, mit ihnen Schritt hielt. Sie scherte sich nicht um den eiskalten Wind, sondern starrte unverwandt geradeaus. Mehrere Male lenkte er sein Pferd neben sie und versuchte, ein Gespräch zu beginnen. Aber sie antwortete ihm kein einziges Mal. Grumiaux kannte den Weg und ritt voraus.

Es schneite nicht. Der Tag war strahlend hell. Der glitzernde Schnee blendete. Die Fichtenäste bogen sich immer noch unter der weißen Last. Es würde Wochen dauern, bevor es zu tauen begann. Er sehnte sich nach dem Sommer. Er begehrte auch die Frau neben sich, obwohl er nicht wußte, wie er ihr das begreiflich machen sollte. Das Opium von gestern nacht verwirrte ihn noch immer. Er hatte von aufrecht stehenden Wölfinnen geträumt, in Serge-Mäntel gekleidet und mit üppigem, rotem Haar. Sie brachte ihn wirklich um den Verstand.

Es ist nur der Winter, sagte er sich, es ist schon zu lange Winter. Sobald auch nur irgend etwas passiert, bin ich wie besessen davon.

In Sheridan, einer Zeltstadt mit einem Laden und einer Siebenzimmerpension, machten sie halt, um etwas zu essen; Zeke spendierte ihnen von dem Dollar, den er für den Wolfsschweif kassiert hatte, Brot und Stew und erhielt fünfzig Cents zurück. Dann bogen sie von der Hauptstraße ab. Der Weg war steil, aber die beiden Russen ritten, als würden ihnen die Anstrengungen nichts ausmachen. Natürlich, dachte Scott, sie sind die Kälte gewöhnt.

Am Abend hielten sie auf einer Hügelkuppe. Vor ihnen fiel das Gelände steil ab, aber nicht weit entfernt war der Hang flacher. Dort führte ein gewundener Pfad ins Tal.

Er beobachtete, wie Grumiaux absaß und die Russen seinem Beispiel folgten. Er tat es ihnen gleich. Zu fünft standen sie am Abhang. Der Schnee unter ihren Schuhen war verharscht und knirschte. Zeke zog einen Flachmann mit Whisky aus seiner Satteltasche und ließ ihn herumgehen. Grumiaux deutete in die Ferne.

Zuerst sah Scott den Rauch. Um die Rauchsäule gruppierten sich ein paar Zelte. Er konnte einige Menschen ausmachen, Chinesen, vermutete er, die ums Feuer saßen. Neben ihnen war Holz aufgestapelt.

»Die Eisenbahn«, sagte Grumiaux. »Aber natürlich muß Ihnen als Europäer dieses große Wunder ein bißchen primitiv erscheinen.«

Scott konnte erst überhaupt nichts entdecken. Dann sagte Natalia Petrowna: »Ja, jetzt sehe ich es...«, und er blickte in die Richtung, in die sie deutete. Etwas blinkte im Schnee – an ein paar Stellen tauchte eine Schiene aus dem Weiß auf, aber zum größten Teil waren die Geleise unter dem Schnee begraben.

»Kommen Sie«, forderte Grumiaux die übrigen auf. »Der Schneepflug sollte in etwa einer Stunde eintreffen.«

Sie führten die Pferde ins Tal hinab. Die Chinesen begrüßten

Grumiaux mürrisch, und er antwortete ihnen in ihrer Muttersprache. Dann wandte er sich an seine Gäste: »Wir sind erst zwanzig Meilen weiter nach Nordwesten vorgestoßen, obwohl ich schon ein paar alternative Strecken für den Rest der Route vermessen habe. Die Arbeit geht nur langsam voran; ich bezweifle, daß wir Deadwood nächstes Jahr erreichen. Vor allem, seit ihrem Grafen soviel daran gelegen ist, die Gesellschaft zu übernehmen. Chicago und Nordwestern interessieren sich auch schon dafür. Bis sich die verschiedenen Gesellschaften einig geworden sind, ist es bestimmt 1886!«

Das Tal erstreckte sich nach Südosten. Die Geleise beschrieben hier eine Kurve und verschwanden nach ungefähr drei Achtelmeilen hinter einem steilen Hügel. Die Russen hatten sich ein wenig von den anderen entfernt und unterhielten sich in ihrer Muttersprache.

Zeke nahm einen Schluck Whisky und reichte die Flasche Scott, der ablehnte. Sein Schädel brummte immer noch von dem Opium. Irgendwie war er nicht sicher, ob er tatsächlich wach war.

Im Süden und Westen lag endloser Schnee, eben, monoton, so weit das Auge reichte. Bis auf einen unförmigen Hügel, der unvermittelt aus der weißen Fläche aufragte, ein verdrehtes schwarzes Gebilde, das fast wie ein Tier im Todeskampf aussah. Oder in den Wehen. War es das Opium, oder bewegte sich der Hügel tatsächlich? Ein Naturwunder? Er kniff die Augen zusammen, versuchte, mehr zu erkennen, bis ihm die Tränen jede Sicht nahmen.

»Sie schauen auf Weeping Wolf Rock«, erklärte ihm Grumiaux. »Ein Heiliger Ort der Eingeborenen, müssen Sie wissen. Man sagt, er sei sogar den Wichasha Shungmanitu heilig... Sie werden sich daran erinnern, Scott, daß wir gestern abend über die Legende des *loup garou* sprachen.«

»Schon wieder diese Werwölfe!« wies ihn Zeke zurecht.

Vishnevsky schaute auf. Natalia Petrowna erstarrte. Wie ein aufgeschrecktes Tier. Der Schal rutschte ihr vom Gesicht, und sie rückte ihn mit solcher Eile wieder zurecht, daß sie einen Augenblick lang ihre gewohnte Grazie verlor.

»Was ist, Madam?« fragte Scott und ging zu ihr. Er streckte instinktiv seine Hand aus, um sie zu beruhigen.

Sie seufzte. Er berührte versehentlich ihren Busen und spürte, wie er sich unter dem dicken Stoff hob. »Bitte verzeihen Sie, Madam... Ich befürchtete, Sie könnten ihn Ohnmacht fallen.« Er versuchte, seine Hand zurückzuziehen, aber sie legte ihre behandschuhte Hand auf seine, und wie auf dem Friedhof am Abend zuvor spürte er die fast fiebrige Hitze ihres Körpers. Er wurde rot. Die Hitze schien direkt in seine Lenden auszustrahlen. Er zog irritiert seine Hand zurück, peinlich berührt von seiner Erregung.

Sie schaute ihm offen in die Augen und sagte: »Lieutenant, Ihre Aufmerksamkeiten... gefallen mir. Und der Graf... natürlich, ich verehre ihn, aber... er ist soweit weg, und ich fürchte... er hat mich vielleicht hierher geschickt, weil ich ihn... langweile.«

»Hört mal!« sagte Zeke plötzlich und ersparte Scott damit eine Antwort.

Der Boden vibrierte leicht. In der Ferne, im Osten, ein metallisches Zischen – ein rhythmisches Schlagen – eine Rauchsäule stieg schwankend hinter einem Hügel auf. Pfeifen, Räder ratterten.

»Da kommt sie«, kündigte Grumiaux an. Der Rauch wurde dichter. Scott hustete. Natalia Petrowna zog eine Augenbraue hoch, ihr Cousin zauberte ein Notizbuch aus seiner Manteltasche hervor und begann mit einem Bleistift darin zu kritzeln.

Der Schneepflug, der den Hügel umrundete – ein Eisenbahnwaggon, dessen Front wie eine riesige Schaufel geformt war –, sah aus wie ein gigantisches Bügeleisen auf Rädern. Schnee flog zu beiden Seiten in die Luft. Der Pflug wurde von einer hellblauen Lok mit zwei kleinen und zwei großen Rädern bergauf geschoben. Sie puffte ohrenbetäubend laut. Ein Mann schaufelte Holz vom Tender. Scott wollte gerade eine Bemerkung machen, als er die zweite Lok sah, welche die erste anschob, und eine dritte tauchte eben hinter dem Hügel auf – und dann noch eine und noch eine – wie die Glieder eines alptraumhaften Tausendfüßlers.

»Beeindruckend, nicht wahr?« fragte Claude-Achille Grumiaux.

Die Russin wand sich. Scott legte kühn einen Arm um ihre Schulter und beruhigte sie: »Sie brauchen keine Angst davor zu haben.«

Aber sie stieß ihn zurück und ging zu ihrem Cousin, schrie ihn hysterisch auf französisch an, trommelte mit ihren Fäusten gegen seinen Brustkorb.

»Was ist mit ihr?« fragte Scott.

»Ich kann kaum verstehen, was sie sagt«, antwortete Zeke. »Irgend etwas ist markiert, glaube ich.«

»Markiert?«

»Glaub mir, diese Frau hat eine von diesen neumodischen Krankheiten, die nur reiche Leute kriegen.«

»Moment mal!« rief Grumiaux. »Was ist das?«

Der Schneepflug kam näher. Er bewegte sich mühsam und stokkend, gestoßen und geschoben von den Lokomotiven. Scott sah, was Grumiaux meinte. Etwas klemmte oben in dem Pflug. Etwas Graues, Pelziges.

»Da steckt irgendein Tier drin!« stellte Grumiaux fest.

Der Schneepflug hielt mit einem Zittern an. Ein paar Arbeiter liefen hin. Sie riefen Grumiaux etwas zu.

»Es ist ein Wolf... und eine Frau«, erklärte Grumiaux. Die fünf gingen hinüber.

Die Chinesen arbeiteten mit ihren Schaufeln. Grumiaux bahnte sich einen Weg hindurch. Dann drehte er sich um und sagte: »Madame, es ist vielleicht besser, wenn Sie sich den Anblick ersparen.«

»*Je n'ai pas peur*. Ich habe schon vieles gesehen, Monsieur Grumiaux, mehr, als Sie können vorstellen. Bitte, ich muß es sehen.«

Die Chinesen traten beiseite, und Scott, der neben der Russin stand, sah, was der Schneepflug ausgegraben hatte.

Grumiaux meinte: »Merkwürdig, er scheint die Frau gar nicht angegriffen zu haben...«

Es waren eine alte Frau und ein Wolf. Sie lagen, einander umarmend wie Liebende, eingehüllt in ein Büffelfell. Sie waren erfroren. Die alte Frau lächelte im Tode, und der Wolf hatte seine

Schnauze gegen ihren Hals gepreßt. Ein Bild des Friedens – die Frau und die Bestie.

»Scheiße!« sagte Zeke. Er zog ein Messer heraus und kniete sich neben dem Tier nieder. »Ich glaub', ich schneid' ihm den Schwanz ab und kassiere noch mal einen Dollar.«

»Nein!« fuhr Scott ihn so unvermittelt an, daß Natalia Petrowna sich umdrehte und ihn neugierig musterte.

Zeke hielt inne. Verlegen ergänzte Scott: »Ich meine, du hast ihn ja schließlich nicht getötet. Du hast keinen Anspruch auf die Prämie. Du könntest sie auch einem Chinesen überlassen.«

Er wollte Zeke nicht daran erinnern – vielleicht wußte Zeke es auch, wollte sich aber nicht daran erinnern lassen –, daß ihnen die beiden, die Alte und die Wölfin, bereits begegnet waren.

Zweimal –

Grumiaux schlug vor, doch ein paar Meilen im Führerhaus einer Lokomotive mitzufahren. Vishnevsky stimmte sofort zu, da er seiner Cousine den grausigen Anblick nicht länger zumuten mochte. Sie quetschten sich in die vorderste Lok, die, sobald die Leichen entfernt worden waren, ihren Weg bergauf fortsetzte.

»Es ist sinnlos«, sagte Natalia. Es machte ihr nichts mehr aus, russisch zu sprechen. Sie durften sich jetzt auf keinen Fall verraten. »Es ist vollkommen sinnlos. Das Land ist besetzt. Ich hatte sie schon gewittert, bevor ich sie gesehen habe. Dieses Land... das perfekte Land..., es ist wie für uns geschaffen, begreifst du das nicht? Nur der Lykanthropenverein... ein paar Grenzer... und die Wilden. Aber *sie* sind auch hier!«

Er wußte, daß sie sich keinesfalls irrte. »Ich werde dem Grafen darüber berichten müssen. Ich hoffe nur, daß es noch nicht zu spät ist. Vielleicht können wir noch einen anderen Ort finden... Die Wüste im Süden vielleicht, oder ein Land weiter im Norden...«

»Nein!« widersprach sie entschieden. »Ich habe unseren Lagerplatz gesehen. Dort bei dem Hügel, den der Mann Weeping Wolf Rock nannte. Ich fühle es in meinem Herzen. Das ist der Ort, der einzige Ort.«

»Aber wenn er schon markiert ist...«

»Das ist mir egal! Du weißt sehr gut, daß das Rudel lagern wird, wo ich es befehle. Wir müssen uns einfach der anderen entledigen. Wir müssen das Territorium selbst markieren.«

»Aber das ändert alles.«

»Wir werden hier lagern«, bestimmte sie und zog sich den Schal fester ums Gesicht. »Ich habe mich entschieden und werde mich nicht umstimmen lassen.«

Wenigstens war es warm im Führerhaus. Das war das beste, was man darüber sagen konnte. Aber als die Strecke steiler wurde, wurden sie ständig hin- und hergeworfen. Nur Grumiaux und der Lokführer schienen sich wohl zu fühlen. Zeke, das sah Scott, mußte sich anstrengen, um sich nicht zu übergeben. Die Russen hatten sich in eine Ecke zurückgezogen und unterhielten sich auf russisch. Er konzentrierte sich darauf, die Landschaft zu beobachten. Schnee wurde zu beiden Seiten des Pfluges hochgeschleudert. Vor ihnen ging die Sonne unter, färbte den Schnee in den verschiedensten Schattierungen von Orange über Karmesinrot bis zu Burgunder. Im Norden hatten die schneebedeckten Fichten bereits das Grau der Dämmerung angenommen, der Himmel war rosa und tieflila gestreift.

Irgendwann fiel ihm auf, daß Natalia Petrowna nicht mehr in der Kabine war.

Die anderen schienen sich nicht darum zu kümmern. Wahrscheinlich ist sie nur nach hinten gegangen, überlegte er, und schaut sich den Tender an. Instinktiv beschloß er, ihr zu folgen.

Er trat hinaus. Der Wind war eiskalt. Der Zug schnaufte und bebte wie ein Metalltier. Im Tender war Holz gestapelt, so daß nur ein schmaler Mittelgang freiblieb, durch den sich ein Mann gerade noch quetschen konnte. Hinter den Holzstapeln sah er einen Schal flattern. Wahrscheinlich befand sich am hinteren Ende des Tenders eine Bank oder eine Plattform, auf der man sitzen konnte.

Er quetschte sich zwischen die Stapel. Jetzt glaubte er, ihren Schal – oder einen Zipfel ihres Serge-Mantels – irgendwo über den

Holzstapeln zu sehen. Er stellte sich auf einen Holzscheit und entdeckte sie. Sie saß gefährlich nah am Rand des Stapels. Ihr Hintern befand sich mit seinem Kopf auf einer Höhe.

Ich sage lieber nichts, dachte er. Wenn sie merkt, daß ich hier bin, erschrickt sie und fällt vielleicht hinunter.

Er hielt den Atem an.

Sie löste ihren Mantel. Sie wand sich heraus. Er fiel direkt neben Scotts Gesicht zu Boden. Jetzt hob sie ihren Rock hoch, rollte ihn vorsichtig über die Hüfte, er konnte das Fischbein ihres Korsetts erkennen, als sie ihre Unterrücke hochzog.

Was hatte sie bloß vor? Ihn konnte nichts mehr überraschen. Vielleicht würde sie sich gleich in einen Werwolf verwandeln, wie vorhin Grumiaux scherzhaft gemeint hatte. Er würde ihr alles zutrauen. Ihr Unterleib strahlte einen moschusartigen Geruch aus, der viel stärker war als bei seiner Cousine Prudence, mit der er früher im Stall gespielt hatte.

Sie drehte sich zu ihm um. Ihr Gesicht war immer noch hinter dem Schal verborgen. Er wich zurück. Aber sie hatte ihre Augen geschlossen, und sie schien einen unbewußten Zorn zu unterdrükken. Konnte sie ihn etwa riechen? Aber der Wind wehte in die andere Richtung. Vielleicht erschien ihm deshalb ihr Geruch so aufdringlich.

Sie seufzte. Dann begann sie mit konzentrierter Miene in den Schnee zu pinkeln.

Wie peinlich, dachte Scott. Sie sind so damenhaft, wenn sie in männlicher Gesellschaft sind, und so ganz anders, wenn sie glauben, allein zu sein. Und ich dachte, sie würde etwas im Schilde führen. Der Franzose hat mich sogar so weit gebracht, daß ich fast erwartet hätte, sie würde gleich losheulen wie ein Wolf! Dabei ist sie nur dem Ruf der Natur gefolgt.

Zweiter Teil

Winter Eyes

1963: Omaha, Nebraska

Neumond

Aus Carrie Duprés Notizbuch.

Ich hatte schon vor 1963 einige Winter erlebt. Als Kind hatten mich meine Eltern immer zum Skifahren nach St. Moritz mitgenommen, und als ich in Berkeley studierte, fuhr ich am Wochenende öfters mit meinen Freunden nach Colorado. Schnee war für mich etwas Schönes, etwas Aufregendes und Romantisches. Vor meinem Aufenthalt im Szymanowski-Institut hatte ich nicht geahnt, wie sehr einen der Winter gefangennehmen, wie sehr er einen Menschen betäuben und aushöhlen kann, bis er einem die Seele gestohlen hat.

Den ganzen Winter über verließ ich das Institut kaum. Den Morgen verbrachte ich mit Johnny Kindred und dem Tonbandgerät. Nachmittags zog ich mich in die Bibliothek zurück. Zweimal mußte auf La Loges Anordnung hin Harvey mich bis nach Rapid City fahren, wo ich mir noch mehr Bücher besorgte und in den Mikrofilm-Archiven von Zeitungsredaktionen aus dem neunzehnten Jahrhundert stöberte.

Abends arbeitete ich an meinem Buch. Ein- oder zweimal versuchte ich sogar, »Ein Mörderleben« wiederzuerwecken. Johnnys Erzählung war so einnehmend und so detailreich, daß ich – wenigstens während er erzählte – jedem seiner Worte gebannt lauschte. Und nachdem ich immer tiefer in den Archiven gegraben hatte, nachdem ich in all den gottverlassenen Ortschaften gewesen war, in denen seine Geschichte spielte, wurde es immer schwerer für mich, dies alles als bloße Hirngespinste eines Wahnsinnigen abzutun. Er zog mich mit Haut und Haar in seine Welt. Ich wollte Speranza sein. Ich hatte ihre Gedanken und ihre Träume rekonstruiert. Wenn Johnny von ihr erzählte, ahmte er ihre Stimme und ihre typischen

Bewegungen nach. Nachdem ich über ihre Träume geschrieben hatte, bekam ich sie selbst. Ich weiß nicht mehr, wo ihre Träume enden und meine beginnen.

Preston ist nicht wieder aufgetaucht. Aber es gab kein Begräbnis, keine Notiz über eine verstümmelte Leiche in der Zeitung. Einmal fragte ich La Loge nach ihm, aber er antwortete nur so etwas wie: »Indianer sind so, müssen Sie wissen. Sie verschwinden manchmal einfach. Vielleicht ist er auf irgendeiner Traumsuche. Die Indianer machen ständig solche Sachen.«

Manchmal denke ich an Preston. Sie sind alle so fest davon überzeugt, daß ich mir die ganze Geschichte nur eingebildet habe... daß ich im Fieberwahn war oder so. Johnny weiß etwas. Aber seit ich ihn angegriffen und ihm vorgeworfen habe, daß er Preston ermordet hätte, hat er kein Wort mehr über ihn verloren.

Habe ich es tatsächlich nur geträumt?

Ich habe eine Menge über die multiple Persönlichkeit gelesen. Dabei habe ich gelernt, daß die Patienten normalerweise ein Dutzend oder mehr verschiedene Persönlichkeiten aufweisen.

Johnnys Fall scheint – wie alle anderen bekannten Fälle – auf schwere Mißhandlungen in seiner Kindheit zurückzuführen zu sein. Wenn einem als Kind so grauenhafte Dinge widerfahren, daß man sie schließlich nicht mehr ertragen kann, dann ist es möglich, daß das Bewußtsein in lauter kleine Splitter zerspringt. Man weiß immer noch nicht, welche Ereignisse bei Johnny zur ersten Bewußtseinsspaltung geführt haben, aber die Ursachen für seine Krankheit liegen höchstwahrscheinlich in der frühesten Kindheit, lange bevor er Speranza Martinique und den Grafen von Bächl-Wölfling kennengelernt hatte. Ich möchte dieser Sache als nächster auf den Grund gehen – und diesen Werwolf-Geschichten.

Ich weiß es einfach nicht. *Ich* habe nicht gesehen, wie er sich in einen Werwolf oder so verwandelt. Noch nicht. Aber wenn er spricht, kann man es sehen. Kann man es fühlen. Kann man es sogar *riechen.*

Jonas Kay ist während der Interviews nicht wieder aufgetaucht. Nur einmal. Da brach er durch und erzählte mir von der Transformation in Wien und von dem kleinen Mädchen in der Kirche. Er krabbelte im Zimmer herum, heulte, winselte. Es war die anstrengendste Sitzung des ganzen Winters.

Vor ein paar Tagen begann Johnny von der Reise nach Amerika zu erzählen. Er bestand darauf, daß La Loge das Zimmer verließ.

Dann zog er eine Zigarrenkiste unter seinem Bett hervor, suchte darin herum und holte etwas heraus.

»Mach die Augen zu«, sagte er. Er stand immer noch unter Hypnose. Er sprach mit der Kinderstimme.

Ich schloß sie. Dann spürte ich seine Hände um meinen Hals – und etwas Kaltes. Ich öffnete die Augen wieder und sah mein Spiegelbild im Fenster neben seinem Bett. Er hatte mir eine Kette umgelegt – eine silberne Kette mit Cabochon-Amethysten, fünf an der Zahl, nicht ganz symmetrisch, in Tränenform. Ich erkannte die Kette aus seinen Erzählungen wieder.

»Zu deinem Schutz«, flüsterte er. Er war ganz dicht bei mir. Ich hatte Angst, aber ich unterdrückte sie. Dann küßte er mich.

Es war ein beunruhigendes Gefühl. Seine Lippen sind alt und rissig. Wenn er Johnny Kindred ist, dann spricht er wie ein kleines Kind, und er ist ebenso sprunghaft und temperamentvoll, aber seine Lippen, seine Lippen – sind so verwittert. Und er sagte zu mir, immer noch mit dieser Fistelstimme: »Ich bin so froh, daß du zurückgekommen bist. Als du weg warst, mußte ich Jonas rauslassen. Ich glaube, Jonas hat eine Menge schlimmer Dinge angestellt. Aber jetzt bist du wieder da. Du hast dich gar nicht verändert. Wir können ganz von vorn anfangen.«

Ich habe immer noch Angst. Weil ich für den Bruchteil einer Sekunde seinen Kuß erwiderte. Obwohl ich wußte, daß er der Killer von Laramie war.

Ich muß fort von hier. Endlich wird es Frühling. Ich glaube, ich steige einfach in den Impala und fahre für ein paar Tage weg. Ich nehme die Nebenstraßen durch das Vorgebirge und nach Nebraska. Ich habe gehört, Omaha soll eine ziemlich aufregende Stadt sein, jedenfalls für hiesige Verhältnisse. Man hat dort sogar schon von den Beatles gehört.

Vielleicht finde ich die alte Fremont, Elkhorn and Missouri Valley Railroad. Ja, es hat sie tatsächlich gegeben. Sie wurde 1886 fertiggestellt. Aber sie war nur ein paar Jahre in Betrieb. Seltsam, daß ein angeblich Geisteskranker wie Johnny davon weiß. Und er hatte recht – sie wurde von der Chicago and Nordwestern Line aufgekauft. Aber ich konnte keine Anhaltspunkte dafür finden, daß ein österreichischer Graf versucht hätte, sie zu übernehmen. Es ist immer dasselbe: ich kann alle Informationen ausgraben und feststellen, daß Johnny sich kein einziges Mal geirrt hat, und bin fast schon von seiner Geschichte überzeugt, aber sobald das Unnormale, Übernatürliche ins Spiel kommt und das psychisch Abweichende, sobald ich zum Kern, zum Angelpunkt vordringen will, an dem die ganze Geschichte aufgehängt ist, lösen sich plötzlich alle Beweise in Luft auf, und mir bleiben nur –

Träume.

Aber ich will doch endlich glauben, weil, weil –

In jedem gesunden und durchschnittlich vernünftigen Menschen steckt ein Kind, das sich *wünscht*, daß der Wolf Rotkäppchen verschlingt. Weil Rotkäppchen so ein langweiliges Ding ist, so eine verklemmte Gans, daß es ihr nur recht geschieht.

Ich benötigte ein paar Tage bis nach Omaha. Ich ließ mir Zeit. Die silberne Kette trug ich als Amulett. Ich nahm die Route zwanzig, der Schnee lag noch auf den fernen Hügeln, das hohe Gras war so grün, daß man glauben konnte, es wäre künstlich, die Felder waren mit Yucca gesprenkelt, und Steinhaufen mit fast menschlichen Formen befanden sich zwischendrin – es war eine einsame Straße. Manchmal begegnete ich bis zu einer Stunde lang keinem Auto. Nach Sonnenuntergang hielt ich am Straßenrand an und legte mich schlafen. Niemand störte mich. Es war mir egal. Ich kämmte nicht einmal mehr mein Haar, meine Frisur war im Winter aus der Form geraten, und ich hatte mir einen Pagenschnitt zugelegt, weil mich die Geschichte so gefangennahm, daß mir mein Aussehen vollkommen gleichgültig wurde.

Die Route 275 führte durchs Elkhorn Valley. Erst als ich ihn in der Abenddämmerung überquerte, die untergehende Sonne im Blick, wurde mir klar, daß der Elkhorn ein Fluß ist.

Omaha, das Tor zum Westen, Zwillingsstadt von Council Bluffs (das Tor nach Omaha): Ich stieg in einem Motel ab. Es war Nachmittag. Ich vermutete, daß ganz Omaha spätestens um sieben Uhr in Tiefschlaf fallen würde. Ich hielt es für das Beste, den Rundgang durch die Stadt sofort zu machen, also spazierte ich durch das Zentrum. Es war kalt, aber nirgendwo lag Schnee. Ich schlenderte die angebliche Hauptstraße auf und ab, an Andenkenständen, Antiquitätenläden und eklektischen Buchhandlungen vorbei, aber das Angebot war, um gnädig zu sein, nicht gerade mit Berkeley zu vergleichen.

Im Gebäude der Union Pacific Railway war ein eigenes Museum untergebracht, das aber bereits geschlossen hatte. Es gab auch einen Union-Bahnhof zehn Blocks weiter, und ich beschloß, da die Sonne bereits unterging, dorthin zu gehen.

Der Bahnhof war ein Art-deco-Klotz, weiß und spitz und pervers. Zum Großteil war er ebenfalls in ein Museum umgewandelt worden. Ich ging hinein und stand in einer riesigen, kathedralenartigen Halle. Niemand war zu sehen, außer einer Frau an einem Schalter, die nicht einmal aufsah, als ich eintrat. Ich ging weiter. Niemand wollte Geld, also spazierte ich eine Weile herum und betrachtete die verschiedenen Ausstellungsstücke.

Es gab einige windschiefe Postkutschen, dazu einen Planwagen mit ein paar Pionieren aus Wachs, die mit ihren Wachsgesichtern in die Luft starrten. Ein paar Gegenstände waren auch in Vitrinen ausgestellt. Ich hatte keine Ahnung, daß sie damals schon Nähmaschinen besaßen, aber hier stand eine. Es gab Diagramme, Landkarten und vergrößerte Kopien aus Veröffentlichungen der damaligen Zeit. Auf einer großen Tafel wurde erklärt, wie die Passagiere früher in Council Bluffs aus dem Zug steigen und ihr gesamtes Gepäck über den Fluß schleppen mußten, bevor sie auf dem Nebraska-Ufer in die Union Pacific einsteigen konnten: Die konkurrierenden Eisenbahngesellschaften hielten damals nichts von Kooperation.

Ein Stockwerk tiefer gab es einen Hof, in dem historische Züge ausgestellt waren. Einige waren restauriert worden, die anderen rosteten vor sich hin. Auch hier unten befand sich kein Mensch, so schlenderte ich allein die Bahnsteige auf und ab.

Es wurde dunkel. Die Stille begann an meinen Nerven zu zerren. Wie auf einem Friedhof, dachte ich. Das Dämmerlicht glänzte auf den rostgefleckten Rädern, auf verstaubten Kuhfängern und auf Waggons mit abblätternder Farbe und verblichenen Goldaufschriften.

Die Jahreszahl 1881 fiel mir ins Auge. Ich las sie auf einem Schild, das mir verriet, daß der Zug vor mir von einer Lokomotive namens Mogul gezogen wurde, die mit einem kleinen und drei großen Räderpaaren ausgestattet und in jenem Jahr in Dienst genommen worden war.

Es war eine schöne Maschine: Der Kessel war grellrot lackiert (man hatte den Zug restauriert, so daß er fast wie neu aussah) und blau akzentuiert. Es waren mehrere Personenwagen angehängt, jeder ungefähr dreißig oder vierzig Fuß lang, außerdem ein paar Güterwagen und eine Kombüse. Ein Waggon war von innen beleuchtet; ich sah die allgegenwärtigen Wachsfiguren darin sitzen. Ich beschloß hineinzugehen. Es war niemand da, der mich daran gehindert hätte.

Ich lehnte mich ein paar Sekunden an das Geländer vor der Waggontüre, versuchte, mir vorzustellen, wie das Ding mit fünfundzwanzig Meilen in der Stunde durch Nebraska schnaufte und schaukelte. Dann trat ich in den Waggon. Vor den Fenstern hingen Samtvorhänge, und plumpe Lehnsessel waren über den Raum verteilt. In zweien, die einander gegenüberstanden, saßen Wachsfiguren: ein Gentleman mit Zylinder und Gehstock, der in der rechten Hand einen Royal Flush hielt; er erntete die mißbilligenden Blicke einer Frau mit eng geschnürter Taille und einem Seidenkleid, das aus unzähligen Schichten zu bestehen schien. Sie trugen keine Handtaschen, diese viktorianischen Frauen, dachte ich. Und dann diese geschnürten Taillen – deshalb konnten sie wichtige Dinge immer ins Dekolleté stecken – zwischen die Brüste –, ohne befürchten zu müssen, daß sie hinunterrutschen. Was für Kleider! Kein Wunder, daß sie so verklemmt waren.

Kühner geworden, wagte ich mich tiefer in den Wagen hinein. Es gab einen Holzofen, ein Klavier, eine kleine Bar mit ein paar Stühlen und einer Flasche Whisky – oder braunem Wasser. An den Wänden hingen ein paar Plakate, die fruchtbares Farmland im Westen und eine Chance für jedermann versprachen.

»So sehen wir uns wieder«, sagte eine Stimme.

Ich erstarrte.

Das Klavier begann zu spielen.

Ich drehte mich um. Jemand irgendwo im Schatten, bei den Vorhängen. Draußen war es dunkel.

Langes, schwarzes Haar. Ein Stirnband. Rote, glühende Augen –

»Nein!« Er konnte es nicht sein. Er war tot. Etwa nicht? Oder irgendwohin verschwunden.

Er trat aus dem Schatten, leise pfeifend. Stoppeln im Gesicht. Ich machte einen Schritt zurück.

»Du glaubst, ich wäre tot, stimmt's?«

»Ich...«

»Ich wette, du fragst dich, wo mein Schwanz ist, oder? Du denkst, hat dem Indianer nicht so ein Werwolf den Pimmel abgeknabbert?«

»Preston, ich...«

Er kam auf mich zu. Ich stand mit dem Rücken an der Wand. Er gab mir einen nicht gerade sanften Schlag auf die Wange. Seine Hand war hornhäutig. Jetzt roch ich ihn auch. Der schwache Duft von tierischem Urin stieg in meine Nase.

»Du erweckst die Toten zum Leben, Carrie. Alle. In deinem Buch, meine ich. Speranza. Den Grafen. Claude-Achille Grumiaux. Inzwischen mußt du begriffen haben, daß ich von ihm und seiner indianischen Frau abstamme. Ja, ich habe weißes Blut in mir. Peinlich, aber nicht zu leugnen.«

»Aber ich habe dich dort... liegen sehen...«

»Ich bin nicht wirklich gestorben. Sagen wir, ich habe mich um das Recht geprügelt, mit der Leitwölfin zu ficken... tut mir leid, Carrie, aber im Tierreich geht's nicht so fein zu wie in euren weißen Vorstädten. Nein, ich bin nicht tot. Ich... hm... ich habe auf eine andere Existenzebene gewechselt. Du kannst dir zusammenreimen, was du willst, aber wir spielen ihm alle in die Hände.«

»Wem?«

»Deinem Freund, dem Verrückten, dem beschissenen Massenmörder. Er ist ein Werwolf-Messias, weißt du das? Die Shungmanitu-Indianer waren ausgestorben, bevor du kamst. Jetzt sind sie wieder da. Es gibt wenigstens einen von ihnen. Mich! Ja, ich bin einer! Ich habe mich in einen beschissenen Werwolf verwandelt! Macht dir das angst?«

Ich zitterte, aber ich wollte ihn das nicht merken lassen. Ich versuchte, zur Wagentür zu gelangen, aber er versperrte mir den Weg. Und grinste. Er hatte messerscharfe Zähne, die im schwachen Licht glänzten. »Immer mit der Ruhe, Baby«, sagte er. »Ich tu' dir doch nichts! Ich hab' dich vermißt.«

»Ich habe die silberne Kette«, warnte ich ihn und streckte sie ihm entgegen, als wäre sie ein Kruzifix und er ein Vampir. Ich fürchtete mich und kam mir zugleich blöde vor.

»Sei vorsichtig damit! Du könntest jemanden verletzen.« Seine Augen mieden die Kette.

»Laß mich in Ruhe!«

»Du glaubst, daß ich dich vergewaltigen will? Daß ich meinen primitiven Penis in deine ach so feine Muschi stecke?« Er zog etwas aus seiner Jeans und wedelte mir damit vor dem Gesicht herum. »Keine Angst, *Washichun*-Hündin. Ich mach' so was nicht mehr.«

Ich mußte den Blick abwenden.

»Noch nie einen getrockneten Rothaut-Pimmel gesehen?«

»Preston...«

»Mein... äh... Rivale um deine Gunst wollte sichergehen, daß ich ihm nie mehr im Weg bin. Mach dir deshalb keine Gedanken! Ich hab' mich schon dran gewöhnt. Die Kavallerie hat das dauernd bei uns gemacht. Sie nähten Tabaksbeutel aus unseren Säcken.«

»Ich…«

»Willst du ihn? Hier, fang!«

»Laß mich in Ruhe!«

»Komm schon, Baby. Ich hab' immer noch Gefühle da unten, weißt du das? Hast du schon einmal was von Phantomschmerzen gehört, wie wenn jemandem der Arm amputiert wird und er immer noch Gefühle hat, als wäre er dran? Siehst du, ich hab' Phantomschmerzen in meinem Pimmel. Ich kriege sogar Phantomerektionen. Schon einmal von 'nem Phantompimmel gefickt worden? Ich könnte sogar einen Phantomerguß haben. Die neueste Verhütungsmethode, weißt du?«

Ich versuchte, ihn beiseite zu stoßen. Aber er lachte nur. Er packte mich am Arm. Er war stark, stärker als ich es für möglich gehalten hätte. Ich schnappte nach Luft. »Das ist alles nicht wirklich«, sagte ich »Das ist irgendwie…«

»Träumst du, Carrie? Fällst du in deine Träume hinein, bis du nicht mehr weißt, wo der Traum endet und die Welt beginnt? Willkommen auf dem schmalen Grat… zwischen zwei Welten….«

»Ja, ich habe Träume, Alpträume.«

»Und du glaubst, wenn du das Buch fertig hast, dann kannst du einfach alles vergessen, dich dahinter verstecken und sagen, es ist alles nur Fiktion, die psychopathologische Studie eines Verbrechers. Das ist bloß ein Kartenhaus, Carrie! Ich puste einmal, und weg ist es!«

»Sind wir jetzt beim Wolf und den drei kleinen Schweinchen angelangt?«

Er lächelte. Böse. »Weißt du, ich mag dich, Carrie. Ich will dich. Ich will dich immer noch. Küß mich, Carrie.« Er preßte mich an sich, und ich spürte seine Lippen auf meinen, trocken und rauh wie Sandpapier. Seine Zunge strich über meinen Mund. Ich schauderte. Er sah mir direkt und vollkommen gefühllos in die Augen. Dann ließ er mich los. Langsam. Ich riß meinen Arm aus seinem Griff. Er lächelte einfach weiter. Ich weiß nicht, was als nächstes geschah. Ich glaube, er löste sich einfach auf. Wie die Cheshire-Katze bei Alice im Wunderland. Nur sein Lächeln blieb zurück.

Dann verschwand auch das Lächeln, bis auf das starre Glitzern eines einzelnen Reißzahns, und schließlich war auch das nicht mehr zu sehen.

Wurde ich verrückt?

Ich mußte mich setzen. Ich fand einen freien Platz neben der viktorianischen Wachsdame. Ich zitterte am ganzen Körper. Es war, als würde der Sitz vibrieren, der ganze Zug beben, sich vorwärtsbewegen, ächzend und schnaufend durch die Prärie rollen.

1881: Council Bluffs, Iowa

Sichelförmiger Mond, zunehmend

Johnny hörte die Stimme seiner Erzieherin quer durch die Lobby des Transfer-Hotels. Aber er wollte jetzt nicht bei Speranza sein. Latein-Grammatik war in Ordnung, wenn man in einer winzigen Kabine auf einem Überseedampfer eingesperrt war oder tagelang in einem Zugabteil ausharren mußte. Aber sie würden erst morgen wieder abreisen, und bis dahin hatte er nicht vor, so lange in einem Zimmer zu bleiben, bis er auch nur ein einziges Verb konjugieren könnte.

Nicht wenn es soviel zu sehen, so viele Menschen zu sprechen, so viele Gerüche und Geräusche zu erforschen gab.

Er sah, daß Speranza auf der Treppe stand und ihn zu sich winkte. Die Lobby war voller Reisender. Ein Pokerspiel war auf dem Teppich im Gange, und ein paar Männer saßen auf Holzkisten im Kreis, während ein zerlumpter Junge ihnen über die Schulter spähte und versuchte, ihr Blatt zu erkennen. Er bemerkte Johnny, und Johnny lächelte schüchtern zurück.

Speranza hob entnervt die Hände. Johnny entschied, daß ihm noch gut eine halbe Stunde blieb, bevor sie nach ihm suchen würde. Er wollte gerade nach draußen gehen, als er hörte, wie der zerlumpte Junge einem der Kartenspieler etwas zumurmelte, der im gleichen Moment aufsprang, seine Karten auf den Boden schleuderte und dem Burschen eine schallende Ohrfeige versetzte.

Der Junge trat ihm gegen das Schienbein und rannte zur Tür.

Der Kartenspieler schüttelte seinen Ärmel. Ein winziger Revolver glitt in seine Hand. Er zwirbelte mit der linken Hand seinen Schnurbart und zielte mit der Rechten; dann überlegte er es sich anders, machte eine kurze Handbewegung, und der Derringer verschwand wieder in seinem Ärmel.

»He, du da!« Eine Stimme direkt hinter ihm. »Komm her.«

Johnny drehte sich um und erblickte den zerlumpten Jungen. »Verschwinden wir von hier. Das langweilt mich«, sagte der Knabe und zupfte Johnny am Ärmel. Dann packte er ihn im Nakken und schob ihn hinaus, wobei er den frischen Papierkragen schmutzig machte, den Speranza Johnny erst an diesem Morgen angelegt hatte.

»Der Teufel soll diesen Kartenhai holen!« fluchte der Junge. »Immer wenn ich kurz davor bin, seine Technik zu durchschauen, schmeißt er mich raus.«

Sie standen jetzt vor dem Hotel, einen Steinwurf vom Ufer des Missouri entfernt. Eine Brücke überspannte den Fluß, und ein unablässiger Strom von Menschen zog darüber, zu Fuß oder im Pferdewagen, sowie endlose Reihen von Lastkarren. Das Depot war direkt neben dem Hotel, und Johnny konnte ein weiteres Depot am anderen Ufer erkennen.

»Wer war dieser Mann überhaupt?« fragte Johnny.

»Er heißt Claggart.« Johnnys neuer Freund war ungefähr elf Jahre alt. Er hatte schmutziges, zerzaustes schwarzes Haar, weit auseinanderliegende braune Augen, einen dunklen Teint, und er trug eine braune Jacke, die schon bessere Tage gesehen hatte. Er schmunzelte unentwegt. »Er bearbeitet die Union-Pacific-Strecke, von Cheyenne nach Omaha und zurück.«

»Bearbeitet?«

»Du weißt schon. Black Jack. Poker.«

»Oh. Glücksspiele.« Erst jetzt fiel Johnny auf, daß sein neuer Kumpan barfuß ging und in seiner Hose ein paar Löcher gähnten, durch die seine dürren, unbehaarten Schenkel zu sehen waren.

»Bist du ein Einwanderer, Junge? Du siehst so vornehm aus. Ich dachte, deine Ma ist Witwe; ich hab' gesehen, daß sie Schwarz trägt. Ich hab' gedacht, vielleicht ist sie in den Westen gekommen, um sich einen Mann zu angeln. Dann hab' ich mich gefragt, warum sie im Osten keinen gefunden hat. Vielleicht war ihr keiner Manns genug. Die strecken dort ja bloß die Nase in die Luft und vergessen dabei, daß sie das auch mit ihren Pimmeln machen müssen.«

»O nein. Die Frau, die du gesehen hast, ist meine Gouvernante, Mademoiselle Martinique. Ich gehöre zur Reisegesellschaft des österreichischen Grafen. Ich heiße...« Plötzlich zögerte Johnny. Die anderen drinnen. Sie lungerten alle am Rand der Lichtung herum und warteten darauf, diesem neuen Freund vorgestellt zu werden. Außer Jonas. Jonas hatte sich tief in den Wald verzogen.

»He! Hast du deine Zunge verschluckt?«

»Tut mir leid. Ich bin Johnny Kindred. Ja, ich bin ein Einwanderer. Wir fahren in eine neue Stadt im Dakota-Territorium. Sie heißt Winterreise.«

»Ich bin Theodore Grumiaux. Ich bin Zeitungsjunge. Das heißt, ich renn' im Zug hin und her und verkaufe Zeitungen und Tabak und alles, was die Passagiere so brauchen. Komisch – ich arbeite auf der Strecke zwischen Omaha und Cheyenne, seit ich neun Jahre alt bin, aber ich hab' noch nie von einer Stadt gehört, die Winter Eyes heißt. Aber warum wollt ihr überhaupt nach Gold suchen, wenn ihr schon so reich seid? Deine Kleider sehen aus, als würden sie mindestens fünfzig Dollar kosten, und dabei ist heute nicht mal Sonntag.«

»Der Graf hat sie mir geschenkt. Er ist sehr gut zu mir.«

»Gut zu dir! Was mußt du dafür tun, deinen Arsch hinhalten?«

»Ich verstehe leider nicht, was du meinst, Teddy.« Aber er spürte, daß sich Jonas zum erstenmal seit Wochen rührte, und er wollte das Thema wechseln. »Ist es aufregend, im Zug zu arbeiten?«

»Manchmal. Komm mit! Ich zeig' dir alles. Wir können ins Omaha-Depot rübergehen, wenn du möchtest. Dort steht eine neue Mogul. Und sie haben gerade ein paar neue Salonwagen gebracht. Ich glaube, sie sind für deinen Freund, den Grafen.«

»Ich weiß nicht.« Die Zeit wurde knapp. Speranza würde bald nach ihm suchen, und wenn er zu lange ohne ihren Schutz war, hatte er immer die Befürchtung, die anderen würden ihn überwältigen und den Körper übernehmen. »Ich muß zurück. Ich muß noch Latein lernen.«

»Ein Wettrennen!«

Und schon war Teddy losgelaufen, wirbelte den Staub mit seinen bloßen Füßen auf. Johnny wollte ihm folgen, aber eine dicke Frau, die ihren Koffer in Richtung Depot schleppte, kreuzte seinen Weg; beim Zusammenprall wurde ihm der Hut vom Kopf geschleudert. Der Wind trieb ihn dem Fluß zu. Johnny rannte hinterher, hob ihn auf und holte Teddy dann ein. Der Fluß roch klar und sauber. Ihre Schritte donnerten auf den Bohlen. Sie liefen Slalom durch die Mengen der Fußgänger. Ein Padre drohte ihnen mit dem Finger. Sie lachten. Johnny duckte sich unter dem niedersausenden Schirm einer erzürnten Frau. Der Zeitungsjunge quietschte vor Vergnügen.

»Schau! Die Mogul kommt gerade!«

Johnny hörte etwas in der Ferne pfeifen. Sie erreichten den Bahnsteig, ganz außer Atem, und dann sah Johnny die Lok kommen, eine monströse, schnaufende, zischende Maschine, deren strahlend blauer und roter Lack durch den Staub und Schmutz schimmerte. Sie bremste. Dahinter waren Dutzende Geleise zu sehen, die sich teilten, vereinten, krümmten; und hinter ihnen die Stadt.

»Komm, wir laufen in den Hof«, sagte Teddy und zupfte ihn wieder am Ärmel. Sie rannten am bremsenden Zug entlang.

Am Ende des Bahnsteigs rief ihnen ein Uniformierter zu: »Raus da! Ach, du bist's, Halbblut. Na, sei vorsichtig.«

»Was heißt ›Halbblut‹?« fragte Johnny.

Der Junge blieb wie angewurzelt stehen und starrte ihn an.

»Weißt du das wirklich nicht? Ich bin Halbindianer. Mein Pa ist Eisenbahner, aber meine Ma ist eine Sioux. Er hat uns wegen einer Chinesin sitzenlassen, und ich bin aus dem Reservat weggelaufen, weil ich ihn suchen wollte. Aber jeder kann mir ansehen, was ich bin. Ist dir das wirklich nicht aufgefallen?«

»Nein.« Der Zug quietschte über die Geleise. Ein Mann rannte über die Dächer der Güterwaggons und zog die Bremse jedes einzelnen Wagens an. »Macht das denn einen Unterschied?«

»Das bedeutet, daß dich jeder zivilisierte Mensch behandelt, als wärst du ein Haufen Scheiße, Junge. Das bedeutet, daß du dein ganzes Leben nicht weißt, wer du wirklich bist.«

»Ich verstehe«, sagte Johnny leise.

»Scheiße! Wie soll ein reicher Schnösel wie du das verstehen?«

»Ich bin auch einer«, sagte Johnny. »Ich verstehe dich wirklich.« Er legte seine Hand auf Teddys verschwitztes Handgelenk und drückte es.

»He! Freunde?«

»Brüder.«

»Bleib bei mir, dann kümmer' ich mich um dich. Gib acht, wenn ich Zeitungen verkaufen komme.«

Die beiden Jungen lächelten einander an. Ein uniformierter Mann lief neben dem bremsenden Zug her und sprang zwischen alle Wägen. »Was macht er da?« fragte Johnny.

»Er entkuppelt bloß die Waggons. In dieser primitiven Gegend wird das noch von Hand gemacht. Er springt zwischen die Waggons und zieht den Bolzen und versucht wieder rauszukommen, bevor…«

Ein Krachen – Stahl auf Stahl. Der Mann brüllte los. Teddy warf eine neugierigen Blick hinunter, aber Johnny mußte die Augen zukneifen. Der Eisenbahner, der sie vorhin ermahnt hatte, lief zur Unglücksstelle und rief um Hilfe. Der Mann war gestürzt und lag schreiend auf den Schienen. Der Zug war endlich zum Stehen gekommen.

»Ist alles in Ordnung?« fragte ihn Teddy.

»Es ist nur das Blut…« Von seinem Platz aus konnte Johnny

kein Blut sehen, aber in seinem Inneren rührte sich jemand anderes, jemand, der die Blutfontäne aus der Hand des Eisenbahners roch, jemand, den dieser Geruch anlockte und der auf die Lichtung stürzen wollte –

»He, Kumpel, du solltest dir 'n stärkeren Magen zulegen!« sagte Teddy grob. Aber er wehrte sich nicht, als Johnny sein Gesicht in Teddys Jacke verbarg, die nach Schweiß und anderen Dingen stank. »Es gibt kaum einen Eisenbahner, der noch alle Finger hat.«

Johnny antwortete nicht. Er war zu sehr damit beschäftigt, Jonas abzuwehren. Er konnte ihn lachen hören. Er wollte nicht, daß Jonas mit Teddy Freundschaft schloß. Teddy war *sein* Freund. Aber er konnte Jonas flüstern hören, und die anderen lachten mit ihm. Die Allianz, die er geschmiedet hatte, nachdem Speranza sich bereit erklärt hatte mitzukommen, wurde langsam brüchig.

Sie trugen den Eisenbahner auf einer Tragbahre fort. »Ich muß jetzt zurück. Meine Gouvernante...«

Das Kartenspiel war immer noch im Gange, als sie das Transfer-Hotel erreichten. Teddy versetzte seinem neuen Freund einen schnellen Rippenstoß, brummte dann, daß er noch die Vorräte für die Reise morgen zusammenstellen müßte, und rannte davon.

Johnny blieb einen Augenblick lang stehen und fühlte sich in der Menschenmenge entsetzlich einsam. Die Männer grölten, sie wankten durch die Halle, sie tranken, sie spielten Karten; zwei saßen am Klavier und klimperten falsch und laut ein Duett.

In seinem Geist sah er Jonas' Augen im Wald, die ihn beobachteten.

»Speranza! Speranza!« schrie er und rannte die Treppe hoch, so schnell er konnte.

Fremont, Nebraska

Sichelformiger Mond, zunehmend

In seinem Privatabteil in einem Wagen der Ersten Klasse kleidete sich Cordwainer Claggart sorgfältig an, wie es seinem neuen Status als Mann von Rang entsprach. Vor zwei Stunden war der *Pacific Express* in der Morgendämmerung aus dem Depot von Omaha abgefahren; sie waren inzwischen wahrscheinlich fünfzig Meilen von der Stadt entfernt und würden bald Fremont erreichen. Außerdem wurde bald das zweite Frühstück im Speisewagen serviert, und Claggart wußte aus Erfahrung, daß die reicheren Passagiere niemals zum ersten Frühstück erschienen.

Sally Bryant hatte sich wahrhaftig als Goldgrube entpuppt! Sie hatte ihm all ihre Ersparnisse überlassen, nur damit er sie alle paar Wochen mit seiner Sahne vollpumpte. Ein kleines Haus in Deadwood, die Bekanntschaft mit einigen Soldaten in Fort Cassandra, die es kaum erwarten konnten, ihr schwerverdientes Silber mit ihm zu teilen, und genug Bargeld, um eine neue Karriere als Kartenspieler zu beginnen, der im *Pacific Express* arbeitete und dabei fast fünfhundert Dollar im Monat verdiente.

Natürlich mußte er dafür einen kleinen Preis zahlen – indem er das unappetitliche Fleisch dieser unersättlichen Witwe bearbeitete. Aber bis sie endlich einwilligte, ihn zu heiraten, war er dazu gezwungen, von Zeit zu Zeit dieser unangenehmen Pflicht nachzukommen. Natürlich, er hatte sich in dieser Winternacht in Deadwood in sie verliebt, aber jede Liebe nützt sich nach einer Weile ab, und eine Weile war für Cordwainer Claggart keine besonders lange Zeitspanne. Er liebte die Abwechslung. Es gab noch andere Frauen auf der Welt, und auch ohne Frauen gab es für ihn Alternativen, denn er war kein Kostverächter.

Er benützte das Fenster als Spiegel, ohne die endlose Prärie wahrzunehmen, die dahinter vorbeizog. Das Land war grün; der letzte Schnee geschmolzen. Der Zug ratterte weiter. Er nahm einen Schluck aus der Whiskyflasche, die neben ihm lag.

Er öffnete den Koffer. Zwischen den Flaschen mit Claggarts patentiertem Floccinaucinihilipilificator lag jene Vorrichtung, der er seinen Erfolg als Kartenspieler verdankte. Er nahm sie heraus. Einen Teil schnallte er sich um seinen nackten Oberschenkel, bevor er seine Hose anzog. Eine dünne Schnur verlief von dort zu seinem Rücken und durch seinen Ärmel bis zu einem Metallreif, der um seinen Unterarm lag. An diesem wiederum war eine Stahlklaue befestigt, in die er nacheinander mehrere Karten steckte: ein Pik-As, zwei Könige und eine Herz-Dame. Das Glück war ihm hold, seit er diesen Apparat aus einem Montgomery-Ward-Katalog geordert und ihn nach seinen Bedürfnissen umgebaut hatte.

Claggart legte sein Hemd an, befestigte die gestärkte Hemdbrust darüber und nahm einen frischen Kragen aus seinem Koffer, den er hinten mit einem elfenbeinernen, vorn mit einem goldenen Knopf anbrachte. Er zog seine Krawatte durch den Kragen, verknotete sie und stopfte die Enden unter die Kragenseiten.

Mit regloser Miene übte er die schnelle Kniebewegung, mit der er die Stahlklaue nach vorn durch die Manschetten schieben konnte, in die eine Extratasche eingenäht war. Die Ärmel waren verschwenderisch mit Spitzen besetzt, unter denen jegliche ungewöhnliche Bewegung verborgen blieb. Nachdem er sich vergewissert hatte, daß alles reibungslos funktionierte (und nachdem er ein paar Tropfen Öl auf die Scharniere gegeben hatte, die ihm ein wenig steif erschienen waren), knöpfte er seine Weste zu, die aus grüner chinesischer Seide bestand und mit goldenen Schmetterlingen bestickt war, und zog seine Jacke darüber. Dann lud er den Derringer und steckte ihn in seine Westentasche. Er hing an einer Goldkette wie eine Taschenuhr.

Er setzte einen eleganten Bowler auf, glättete seinen Schnurrbart mit demselben Öl, das er für seinen Apparat verwendet hatte, und machte sich auf, seine Opfer für den heutigen Tag auszuwählen. Er schnüffelte. Die Luft roch nach Geld, dessen war er sicher. Schließlich war ihm nicht entgangen, daß Grafen und Fürsten und europäische Gentlemen an Bord waren.

»Wenn wir in Grand Island ankommen«, sagte er zu sich und zog den Vorhang seines Abteils zu, »hab' ich einen Sack Gold gewonnen.«

»Bitte bitte, laß mich gehen!« bettelte Johnny Speranza an. »Ich habe Teddy versprochen, daß ich mit ihm durch den Zug gehe und ihm helfe, wenn er seine Zeitungen verkauft. Und ich möchte mir einmal die Passagiere in der Zweiten und Dritten Klasse ansehen. Teddy sagt, in der Dritten Klasse sitzen sie eng wie die Maden.«

Speranza seufzte. Der Junge war viel wilder, viel eigensinniger geworden, seit sie in Amerika angekommen waren. »Aber zuerst mußt du frühstücken. Wenigstens ein Brot.« Sie reichte ihm ein Marmeladenbrot, und er lief damit durch den Gang des Speisewagens davon. Er stieß mit einem kleinen Mann mit Bowler-Hut zusammen, der eben in den Speisewagen trat und der für Speranzas Geschmack etwas geckenhaft angezogen war.

»Ich muß mich für den Jungen entschuldigen...« setzte Speranza an.

»Aber das macht doch gar nichts, Madam! Die lebhafte, ungestüme Jugend! Darf ich mich zu Ihnen gesellen, da der Junge seinen Platz freigemacht hat?« Er lüpfte den Hut und zeigte seine kahle Schädeldecke.

»Leider ist der Tisch reserviert«, wehrte Speranza ab, denn der Mann war ihr zu aufdringlich. Sie legte betont ihre Bibel auf den Tisch. Claggart entschuldigte sich augenblicklich und zog sich zurück.

Shri Chandraputra, der allein am Tisch gegenüber saß, erbot sich: »Ich bitte Sie, Sir, kommen Sie doch herüber und speisen Sie mit mir.« Er verneigte sich leicht. Sein purpurroter Turban kontrastierte mit der saftig grünen Prärie, die sie durchfuhren.

»Der Teufel soll mich holen! Ich bitte um Vergebung, Madam, aber das ist beinahe zuviel der Ehre. Ein leibhaftiger orientalischer Kürbiskopf! Cordwainer Claggart, Sir, zu Ihren Diensten. Ich bin der Erfinder von Claggarts weltberühmtem Heilmittel, dem Floccinaucinihilipilificator. Vielleicht haben Sie schon davon gehört?«

»Nein, leider noch nicht.«

»Ich nehme nicht an, daß sie Poker spielen?«

»Das Spiel ist mir nicht gänzlich unvertraut. Aber wie wäre es mit einer Partie *vingt-et-un?*«

»Abgemacht! Nach dem Frühstück im Salonwagen«, entschied Claggart. Er klang ausgesprochen selbstzufrieden. Kurz darauf wandte er sich an Speranza und fragte: »Wissen Sie etwas über diesen millionenschweren Grafen, über den alle im Zug sprechen?«

»Sie meinen nicht zufällig mich?«

Er war da. Speranza hatte ihn nicht kommen hören. Sie hätte inzwischen an die Lautlosigkeit seiner Bewegungen gewöhnt sein müssen, aber er erschreckte sie immer noch. Er musterte Claggart, schien sich über seinen farbenfrohen Aufzug zu amüsieren. Er selbst trug Schwarz. »Ich bin Graf Hartmut von Bächl-Wölfling.« Der Graf setzte sich ihr gegenüber und bestellte ein Frühstück.

»Ich fühle mich geehrt, Ihre Bekanntschaft zu machen, Euer Hoheit – man sagt doch Euer Hoheit?«

»Leider nicht. ›Graf‹ reicht vollkommen, obwohl dieser Rang und ›Baron von Kodaly‹ die geringsten Titel meiner Familie waren, bevor es zur Vereinigung von Österreich und Ungarn kam. Natürlich legten meine Vorfahren Wert darauf, daß sie ein Fürstentum im Königreich Wallachei besessen hatten, und darum bestehen meine Bediensteten immer noch darauf, mich ›Euer Gnaden‹ zu nennen. Aber nachdem die Wallachei kein unabhängiger Staat mehr ist, finde ich das ein bißchen hochstaplerisch, meinen Sie nicht auch?«

Speranza mußte ein Lachen unterdrücken, als sie Claggarts verwirrten Gesichtsausdruck bemerkte.

Claggart starrte sie beide mit unverhohlenem Interesse an, deshalb sprach der Graf augenblicklich auf französisch weiter: »Dieser barbarische amerikanische Kaffee! Er schmeckt wie Flußwasser. Nicht einmal eine Prise Muskat oder ein Teelöffel geschlagene Sahne ist drin!« Er schlürfte mißmutig an seinem Kaffee und bezahlte dem Ober fünfzig Cents für das unverschämt teure Frühstück: Während von Bächl-Wölflings kurzer Erläuterung der Familiengeschichte hatte er Steak, Schinken, Eier, Biskuits, Butter und Marmelade aufgetragen. »Sagen Sie, Speranza... sind Sie zufrieden mit den Fortschritten, die der Junge macht?« Bevor sie antworten konnte, fuhr er fort: »Ich leider nicht.«

»Oh?«

»Sie verbergen seine wahre Natur vor ihm. Der Mond war dreimal voll, seit Sie zu uns gekommen sind, und er hat sich nicht ein einziges Mal verwandelt.«

»Gott sei Dank, nicht! Wenn Sie wünschten, daß der Junge zu einer unverständigen Bestie erzogen wird, hätten Sie mich doch bestimmt längst entlassen...«

»Hören Sie auf, Speranza! Der Junge würde es mir nie verzeichen, wenn ich Sie gehen ließe. Und doch...«

»Vielleicht ist es wahr, daß Sie sein Vater sind. Aber er muß auch eine Mutter gehabt haben. Und seine Mutter war nicht so wie Sie. Soviel steht fest. Und sind Sie auch der Vater all seiner verschiedenen Persönlichkeiten? Oder vielleicht nur der Vater von Jonas Kay, jenes Schattenwesens, von dem ich ihn erlösen möchte?«

»Woher nehmen Sie die Gewißheit, daß Johnny Kindred seine wahre Persönlichkeit ist ? Habe ich Ihnen nicht erzählt, Speranza, daß ich mich seiner Mutter als John Kay vorstellte, als ich sie in Whitechapel besuchte? Der Junge möchte wie sein Vater werden. Deshalb hat er seinen Namen angenommen...«

»Wir kämpfen um seine Seele, Graf.«

Er dachte einen Augenblick nach und sagte dann: »Ja, ich vermute, das tun wir.«

»Und Sie begehren mich nicht mehr, Graf? Sie bedrängen mich nicht mehr mit Ihrer Aufmerksamkeit...«

»Im Gegenteil, Mademoiselle. Ich habe ein Höchstmaß an Selbstbeherrschung aufgeboten. Man sollte niemals seine Feinde lieben, nicht wahr?«

»Bin ich Ihre Feindin?«

»Das haben Sie mir eben erklärt.«

Speranza schlürfte ihren Kaffee. Bald würden auch die anderen aufstehen und sich zum Frühstück versammeln: Dr. Szymanowski; die kreischende Baronin von Dittersdorf, die in jener ersten Nacht in Wien alle Aufmerksamkeit auf sich gezogen hatte; Azucena, die Zigeunerin; Vater Alexandros, der orthodoxe Priester, der auch die Lykanthropie predigte; und die übrigen, insgesamt etwa fünfundzwanzig an der Zahl. Sie alle reisten natürlich mit ihren Dienern; der Priester hatte sogar seinen eigenen Beichtvater mitgenommen. Es waren so viele, und sie war allein; wie konnte sie hoffen, zu gewinnen? Und der Graf: obwohl das Erlebnis ihrer letzten Bahnfahrt sich nicht wiederholt hatte, war die dunkle Anziehungskraft, die er auf sie ausübte, im Lauf der Zeit keinesfalls schwächer geworden.

Aber sie wußte auch, daß eine Geliebte im Dakota-Territorium auf ihn wartete; wie es bei seiner Art Brauch war, mußte die Leitwölfin vorangehen und die Bruthöhle einrichten.

In wenigen Tagen würde sie Natalia Stravinskaya kennenlernen. Was für eine Frau würde die Geliebte des Grafen sein? Zu ihrem eigenen Entsetzen hatte sie begonnen, sich selbst in dieser Position zu sehen. Und die Vorstellung hatte in ihr nicht das Gefühl tiefster Schmach ausgelöst, das sie ihrer Meinung nach hätte empfinden müssen.

Ich kann mich nicht mit einem Tier vereinigen, dachte sie. Ich muß die Grenze ziehen!

Aber der Graf fixierte sie immer noch mit seinem durchdringenden Blick – bannte sie – ließ sie schaudern.

Colombus, Nebraska

»Garfield zum Präsidenten ernannt! James G. Blaine wird Staatssekretär! Kongreß in Aufruhr!«

Teddy rief die Schlagzeilen aus, während er und Johnny durch die Wagen der Ersten Klasse liefen. Er trug eine Lederschürze, in deren Taschen Zeitungen, Tabak, Medizin und Trockenfleisch steckten. Sie kamen durch rauchvernebelte Wagen, in denen Männer mit Pokergesichtern an Kartentischen saßen; durch einen Salonwagen, wo die Passagiere zu den Klängen eines Klaviers herumschlenderten und die Damen ihre Straußenfedern zur Schau stellten, während die Männer alle wie Dandys aussahen. Johnny hatte den ganzen Winter in solcher Gesellschaft zugebracht; er interessierte sich viel mehr für die Zweite Klasse. Dort saßen grimmige Männer mit Revolvergürteln; Soldaten; Goldgräber; Frauen, die sich nicht scheuten, laut zu fluchen; katholische Priester; Kinder mit schmutzigen Gesichtern. Sie starrten Johnny in seinen kostbaren Kleidern neugierig und neidisch an.

»Kopfschmerzen? Krämpfe? Hier bekommen Sie Gesslers magische Kopfschmerz-Waffeln«, sagte Teddy zu einer alten Frau, die sich die Hände an die Schläfen preßte. »Das macht fünf Cent.« Dann drehte er sich zu Johnny um. »Komm mit! Willst du mal echtes Elend sehen? Wir gehen in die Dritte Klasse.«

Sie erreichten den nächsten Wagen. Teddy hatte recht. Hier hockten die Passagiere auf blankem Stroh: Männer, Frauen und Kinder in zerschlissenen Kleidern; manche starrten apathisch vor sich hin, andere unterhielten sich in fremden Sprachen; Johnny hörte Polnisch, Deutsch, Italienisch und Kroatisch. »Einwanderer«, erläuterte Teddy. »Auf dem Weg nach Kalifornien. Sie haben ihre letzten Pennies zusammengekratzt, damit sie die achtzig Dollar bis nach Sacramento bezahlen können.« Die Luft stank nach ungewaschenen Leibern. Das Stroh, der Staub ließen Johnny husten. Er fühlte sich unwohl, das Bild erinnerte ihn zu sehr an sein letztes Zuhause. Das Irrenhaus.

»Die kaufen sowieso nichts«, sagte Teddy und zerrte Johnny wieder hinaus.

Als sie zurück in der Zweiten Klasse waren, sah Johnny einen Indianer.

Er saß ganz allein; ein alter Mann mit fast weißem, geflochtenem Haar. Sein Antlitz war von tiefen Falten gezeichnet; seine

Brauen waren zusammengezogen. Er döste an einem offenen Fenster. Im Schlaf kratzte er sich die breite, flache Nase. In seinem Haar steckte eine einzelne Feder, die im Wind zitterte.

Johnny spürte, daß Jonas sich regte. »Bleib still!« flüsterte er in Gedanken. »Du hast hier draußen nichts zu suchen.« Laut fragte er: »Wer ist das?«

Teddy antwortete: »Ach, der fährt immer zwischen Omaha und Cheyenne hin und her, genau wie ich. Als sie den Vertrag gemacht haben, damit sie die Eisenbahn bauen durften, haben sie ein paar von den Indianerhäuptlingen erlaubt, ihr Leben lang umsonst mit der Eisenbahn zu fahren. Ich glaub' nicht, daß der hier dazugehört hat, aber für die U. P. sieht eine Rothaut wie die andere aus.«

Der Indianer wachte auf. Johnny trat einen Schritt zurück. Sie schauten einander an. Plötzlich begann der Indianer zu lächeln. Und begann in einem pfeifenden Falsett zu singen: *»Kola anpa zi kin wana hinape lo! Hehaul wani ye lo!«*

»Was heißt das?«

Teddy zuckte mit den Achseln. »Ich weiß nicht; ich erinnere mich kaum an die Indianersprache. Ich glaub', es ist ein *Shungmanitu olowan*, ein Wolfslied.«

»Ich glaube, er will, daß wir Freunde werden.«

»Nimm dich in acht, Johnny.« Teddy wollte ihn wegziehen, aber Johnny konnte den Blick nicht von dem alten Indianer abwenden.

Später, auf der Plattform zwischen zwei Wagen, betrachtete Johnny die Landschaft. Grün, grün, ein unendliches grünes Meer. Und die Luft war frisch, wie nach einem Sommergewitter.

Teddy fragte: »Wie hast du das gemeint, als du gesagt hast, daß du mich verstehst? Du bist kein Mischling. Hier, nimm dir.«

Johnny nahm den Kautabak und schob ihn sich in den Mund. Er versuchte, seinen Freund zu imitieren, und kaute darauf herum. »Aber ich bin ein Mischling. Ich bin ein Findelkind. Ich habe mein Leben lang nach meinem Vater gesucht, und jetzt glaube ich, daß ich ihn gefunden habe, und er erklärt mir, daß ich nur zur Hälfte Mensch bin.«

»Du schwafelst dummes Zeug, Kumpel.«

»Nein, es stimmt. Der Indianer hat das sofort begriffen. Ich weiß nicht, warum, aber er hat es begriffen. Was war das überhaupt für ein Wolfslied?« Johnny war überzeugt, daß sein Freund mehr wußte, als er zugeben wollte.

»Als ich noch bei meiner Ma lebte, habe ich einmal so ein Lied gehört. Ein paar Männer sind von einer Kriegsfeier zurückgekommen, und einer von ihnen, der freundlich zu mir war, weil er mein Onkel war, sagte zu mir: ›Als wir über den Hügel ins Lager der Feinde kamen, haben wir ein Rudel Wölfe singen hören.‹ Und dann sang er mir das Lied vor. Es heißt: ›Es dämmert, mein Freund. Also lebe ich noch.‹«

»Wie konnte er verstehen, was die Wölfe gesungen haben?«

»Keine Ahnung.«

Claggart war sehr mit sich zufrieden, als er in den Salonwagen trat, der als behelfsmäßiges Casino eingerichtet war. Chandraputra, ein Heidenprinz wie aus dem Bilderbuch, war schon dort und rauchte Opium aus einer metallenen Wasserpfeife. Sie stand auf einem Kissen zu seinen Füßen, die eben jetzt von einem kleinen Negerjungen massiert wurden. »Ah! Sie sind bereit für eine Runde *vingt-et-un*, Mr. Claggart!« begrüßte er ihn.

»Immer doch.«

Er setzte sich und holte ein Kartenspiel heraus.

»Bestimmt halten Sie mich nicht für so einfältig, daß ich mit Ihrem Blatt spiele, Mr. Claggart! Nehmen wir lieber meine Karten.« Der Inder zog ebenfalls ein Kartenspiel heraus, und Claggart sah augenblicklich, daß es nicht zu seinem paßte, weder was die Größe noch was die Zeichnung der Rückseite betraf. Aber er ließ sich sein Mißfallen nicht anmerken.

»Dann wäre ich wiederum töricht, Mister.« Er schaute sich um und entdeckte den Zeitungsjungen zusammen mit seinem neuen Freund, dem ernsthaften blonden Knaben, der zu dem österreichischen Grafen zu gehören schien. »Verkauf mir ein Kartenspiel, Bursche«, befahl er.

Teddy Grumiaux blieb bei ihm stehen und reichte ihm ein neues, versiegeltes Spiel. Natürlich hatte Claggart sichergestellt, daß die Karten, die der Junge verkaufte, mit seinen identisch waren – schließlich hatte er sie ihm geliefert.

Jetzt gesellten sich noch die Baronin von Dittersdorf und Vater Alexandros zu ihnen, ein schwarzgekleideter Priester irgendeiner östlichen Kirche mit einem struppigen dunklen Bart, der ihm bis zum Bauch reichte. Claggart bereitete es keine Schwierigkeiten, ihnen innerhalb einer Stunde vierhundert Dollar abzunehmen. Doch Siebzehn und Vier wurde ihnen bald langweilig, deshalb wechselten sie zu Poker über.

Zu seinem Mißfallen schielte ihm der Zeitungsjunge schon wieder über die Schulter. Der Bursche wurde langsam zur Plage, obwohl er ihm ein paarmal schon recht nützlich gewesen war. Erst am Tag zuvor hätte er sich um ein Haar selbst vergessen, weil ihn der Junge so nervös gemacht hatte.

»Eines Tages«, flüsterte er ihm leise zu, »werde ich dir noch deinen Hintern versohlen!«

»Oh!« rief die Baronin aus. »Da würde ich gerne zusehen!«

Chandraputra lachte. »Ich fürchte, meine aristokratische Freundin findet fast zu großen Gefallen daran, anderen Schmerzen zuzufügen«, sagte er. »Ein ausgesprochen teutonischer Zug von ihr. Ich möchte sehen.«

»Und ich passe«, ergänzte der Priester.

Der Junge rührte sich nicht. »Solltest du nicht deine Zeitungen unter die Leute bringen, Bursche?« fragte Claggart, dem aufgefallen war, daß der Junge unverwandt auf seinen Ärmel starrte. Er wollte endlich das Knie bewegen, den Mechanismus in Gang setzen und sich mit einem frischen As versorgen, aber das war unmöglich, solange der Kleine ihn beobachtete.

»Nein, Sir«, widersprach Teddy. »Sie sind alle verkauft.«

Claggart seufzte, zog einen Silberdollar aus seiner Westentasche und warf ihn dem Kerl zu. Der Junge strahlte vor Freude. Claggart wartete den Augenblick ab, in dem er die Münze auffing, und versorgte sich schnell mit einer neuen Karte. »Ich habe«, erklärte er, »vier Asse.« Mit einem siegessicheren Grinsen legte er sein Blatt auf den Tisch und machte sich daran, den Pott einzustreichen.

Der indische Astrologe hatte geblufft.

Die Baronin lachte lauthals. »Ha! Sie haben betrogen, denn ich halte ein Full House aus Assen und Königen in der Hand, und ich glaube nicht, daß die Kartenspiele in Amerika mit sechs Assen ausgestattet sind!«

»Einen Moment mal, Madam«, wehrte sich Claggart beleidigt, »das ist eine ganz schön schwere Anschuldigung, die Sie da gegen einen unbescholtenen Mann wie mich vorbringen. Vielleicht haben *Sie* ja betrogen! Meines Wissens beherrscht man auch in Europa die einträgliche Kunst des Kartentauschens! Aber da Sie eine aristokratische Dame von edler Abstimmung sind, erschien es mir einfach ungehörig, Ihnen so etwas zu unterstellen. Statt dessen überlasse ich Ihnen den Gewinn. Nehmen Sie den Pott, Madam. Betrachten Sie sich als eingeladen. Ich bin nicht nachtragend.« Er tippte sich an den Hut und schob mit einer Handbewegung das Geld in ihre Richtung.

Die Baronin nickte ironisch in Anbetracht dieser heroischen Geste und begann, die Münzen in ihre Börse zu streichen. Während sie damit beschäftigt war, ließ Claggart seine Hand unter den Tisch sinken und machte eine schnelle Kniebewegung, so daß ein frisches As aus seinem Ärmel direkt in den Schuh der Baronin geschleudert wurde.

»Habe ich nicht eben etwas fallen hören?« fragte er. Er wandte sich zu dem Zeitungsburschen um, der in der Ecke stand und mit seinem jungen Freund schwatzte. »Bursche! Der Baronin ist etwas hinuntergefallen; du bist klein, also krabbel schnell unter den Tisch und heb es für sie auf.«

Der Junge gehorchte und tauchte mit einer Spielkarte wieder auf.

»Verzeihen Sie, Madam«, sagte der Junge. »Das muß Ihnen aus dem Rock gerutscht sein...«

»Jetzt verstehe ich!« ereiferte sich Claggart. »Sie haben eine zusätzliche Tasche in ihren Rock eingenäht, Madam! Die Damen heutzutage... ich habe sie noch nie verstanden. Sie beschuldigen mich falschzuspielen, wo Sie selbst ein As in Ihrem Unterrock tragen!«

»Aber es ist kein As, Mister Claggart«, widersprach der Junge. »Es ist die Pik-Königin.«

Aber Claggart war ganz sicher gewesen, daß er ein As – plötzlich begriff er, daß die Baronin tatsächlich die ganze Zeit über falschgespielt hatte. Er begann herzhaft zu lachen, und die Baronin fiel ein, keckernd wie eine alte Hexe.

»Was war das eben?« fragte Johnny seinen Kumpel, als sie beide tabakkauend auf dem Trittbrett zwischen zwei Waggons saßen und die Beine durch die Gitter baumeln ließen.

»Paß auf.« Teddy zog eine Handvoll Münzen aus seiner Tasche. »Mister Claggart zahlt, damit ich ihm helfe und die anderen Spieler ablenke, verstehst du? Aber ich bevorzuge niemand, und das Geld der Baronin ist gerade so gut wie Mister Claggarts.«

Johnny staunte. »Das heißt, du hast dich von beiden bezahlen lassen, weil du ihnen helfen solltest, sich gegenseitig zu betrügen?«

»Ich weiß. Wahrscheinlich wollen sie mich jetzt beide umbringen... aber ich brauch' das Geld. Ich will nicht, daß mein Pa mich für einen armen Schlucker hält. Wenn ich ihn finde. Ich will, daß er stolz auf mich is'.«

Er sprach mit tiefem Gefühl; Johnny ahnte, daß er eine Menge unausgesprochen ließ. »Was kommt als nächstes?« fragte er.

»Grand Island... ein paar Büffeljäger kommen an Bord, und wenn wir einer Herde begegnen, dann werden sie uns ihre Fähigkeiten demonstrieren. Die U. P. bezahlt sie für den Auftritt.«

»Und wann kommen wir in Cheyenne an?«

»Kommt ganz drauf an. Hast du gewußt, daß es zweihundertdreißig Bahnhöfe zwischen Omaha und Sacramento gibt?«

Johnny schlich sich fort und gelangte in den Wagen der Zweiten Klasse, wo er den alten Indianer gesehen hatte.

Er war immer noch da. Johnny setzte sich neben ihn. Die Sonne ging unter. Johnny löste seine Krawatte und gab sie dem Indianer. Der Indianer zog die Feder aus seinem Haar und reichte sie Johnny.

Der Indianer sagte: »Wir werden uns im Hohen Land wiedersehen. Du siehst mich jetzt, aber ich bin hier nur im Geist, als ein Traum. Ich bin gekommen, um dich zu begrüßen, mein Bruder, und um dich im neuen Land willkommen zu heißen.«

Verwundert entgegnete Johnny: »Sie sprechen aber ausgezeichnet Englisch!« Erst nach einigen Augenblicken wurde ihm klar, daß der alte Mann kein einziges Mal den Mund geöffnet hatte. Er hatte in einer anderen Sprache zu Johnny gesprochen – eine Sprache der Gesten, der Berührung, des Geruchs.

»Er hat zu mir gesprochen, nicht zu dir!« mischte sich eine Stimme in seinem Kopf ein. »Das ist die Tiersprache, du Idiot! Du verstehst sie nicht einmal. Du weißt nur, was er sagt, weil ich zufällig zuhöre.«

»Laß mich in Ruhe, Jonas!« flüsterte Johnny energisch.

Jonas lachte.

Claggart überraschte den Zeitungsjungen, als der eben versuchte, das Schloß seines Koffers zu knacken. Zornig schlug er den Knaben. »Du willst mich also bestehlen! Ich sollte dich hängen lassen.«

»Ich wollte bestimmt nichts stehlen, Sir...« Der Junge sah wirklich schuldbewußt drein, entschied Claggart. »Ich hab' nur gehofft, daß Sie mir vielleicht Ihr... Geheimnis zeigen.«

Verdammt! Als er den Jungen geschlagen hatte, war sein Ärmel aufgerissen, und jetzt war die Stahlklaue seines Geheimverstecks zu sehen! Und der Junge hatte sie bereits bemerkt. Er starrte sie mit großen Augen an – bewundernd.

»Willst du Spieler werden?«

»Ich zahl' Ihnen alles Geld zurück, das Sie mir gegeben haben, wenn Sie mir ein paar von Ihren Tricks zeigen.«

»Ich brauche kein Geld, Bursche. Und vergiß nicht, ich könnte dich anzeigen.« Claggart musterte den Jungen streng, der vor

Angst zitterte. »Aber es ist immer gut, einen Lehrling zu haben. Außerdem könnte ich auf diesen langen Eisenbahnfahrten etwas Abwechslung gebrauchen, wo meine Frau doch so weit weg ist.« Er zog eine Augenbraue hoch.

»O bitte, Sir! Ich will mich nicht bohnern lassen!«

»Lüg mich nicht an, Kerl. Ich weiß, daß du bei den Sioux gelebt hast, und die Rothäute bohnern ihre Feinde grundsätzlich. Um ihnen ihre Verachtung zu demonstrieren. Ein Halbblut in deinem Alter hat wahrscheinlich schon alles gefickt, was sich überhaupt bewegt, seine eigene Mama eingeschlossen. Aber das will ich gar nicht. Ich will, daß du dich ein bißchen für mich umhörst.«

»Sir?«

»Dein kleiner Freund... er hat doch etwas mit dem Grafen zu tun, nicht wahr?«

»Er ist eine Waise, Sir. Aber der Graf behandelt ihn wie seinen eigenen Sohn. Ich hab' ihn schon gefragt, ob er mit dem Grafen... Sie wissen schon..., aber er hat so getan, als würd' er mich nicht verstehen.«

»Ich möchte, daß du soviel wie möglich über die Fremden herausfindest. Zapf den kleinen Lustknaben des Grafen nach Informationen an.«

»Ich werde mein Bestes tun, Mister Claggart.«

»Gut. Dann werde ich dir jetzt gleich etwas zeigen, wenn du möchtest.« Er nahm seine Karten heraus, mischte sie, warf sie in die Luft, ließ sie zwischen seinen Händen tanzen, warf sie wieder hoch, zog die Asse im freien Fall aus dem Stapel.

Der Junge staunte mit offenem Mund.

»Aber bevor ich dir deine erste Stunde gebe, mußt du mir helfen, mich zu entspannen.« Er begann, seine Hose aufzuknöpfen.

»Bitte, Sir...«

»Vergiß nicht, daß ich dich beim Stehlen erwischt habe, Bursche! Und wenn du kein Dieb bist, dann bin ich auch kein dreckiger Sodomit.«

»Sie brauchen sich keine Sorgen zu machen, Speranza, daß es auf dieser Reise zu irgendwelchen Zwischenfällen kommen könnte; es sind noch fast zwei Wochen bis zu unseren nächsten ... ähm ... Feierlichkeiten«, sagte der Graf, nachdem er die Erzieherin in einer Ecke des Salonwagens entdeckt hatte, wo sie in ihrer Bibel las.

Sie waren allein, denn fast alle Passagiere der Ersten Klasse hatten sich im Casino-Wagen versammelt, wo sie plauderten oder ihr Glück versuchten.

»Aber es gibt andere Mysterien, die wir vielleicht gemeinsam feiern könnten«, fuhr der Graf fort. Und er nahm ihr Kinn in seine Hand, so daß sie gezwungen war, ihm in die Augen zu sehen.

»Ich sollte Sie vielleicht daran erinnern, Graf, daß Ihre Geliebte Sie im Dakota-Territorium erwartet; und daß ich nicht Ihre willenlose Sklavin bin. Ich trage nicht Ihr Zeichen, ich muß mich nicht fügen, wenn Sie ...«

»Ich habe eine schreckliche Schwäche, Speranza, die mich schon oft in arge Schwierigkeiten gebracht hat ... ich habe viele Frauen geliebt. Ein- oder zweimal liebte ich eine Frau so leidenschaftlich, daß ich sie zu einer der unseren gemacht habe ... aber irgendwie ist es danach nicht mehr dasselbe ... Genauso war es auch mit Natalia. Die Flamme ... ist erloschen. Ich fühle mich ... zu einer anderen hingezogen.«

Seinen ersten Kuß erwiderte sie nicht. Sein zweiter war drängender, verlangender. Sie gab ihm ein bißchen nach, schloß die Augen, versuchte, die Erinnerung an jene grauenhafte Nacht im Zug nach Wien zu verdrängen. Er schmeckte nach Herbstlaub, nach feuchter Erde. Sie wußte nicht, ob das Gefühl, das sie für ihn empfand, Liebe war oder bloß Begehren nach seiner bestialischen Natur. Ohne Warnung kamen ihr die Tränen; sie weinte leidenschaftlich, unbeherrscht.

»Sind das Freudentränen? Oder Tränen der Trauer?«

»Ich bin schamlos!« schluchzte Speranza, die endlich begriff; sie hatte immer schon gewußt, daß sie sich ihm eines Tages hingeben würde, hatte es von dem Augenblick an gewußt, an dem sie ihn zum erstenmal gesehen hatte.

»Es gibt etwas in uns, das tiefer liegt als jede Scham... als alle repressiven Fallen unserer zivilisierten Gesellschaft. Die Menschen sperren ihr tierisches Wesen ein... wie eine Frau ihren Körper in einem Fischbeinkorsett einzwängt. Nur wir Werwölfe sind frei von diesen Zwängen... wir sind lebendiger als sie alle... denn wir tanzen den Tanz des Lebens und des Todes!«

Er küßte sie ein drittes Mal. Alle Leidenschaft, die sie so tief in sich begraben geglaubt hatte, brach an die Oberfläche. Sie zog ihn in ihre Arme. Wen kümmerte es schon, ob sie eine gefallene Frau war? Sie waren in einem neuen Land – einem wilden Land, weitab von jeder Zivilisation.

Vielleicht kann ich ihn ändern, dachte sie, denn sie erinnerte sich an die Geschichte von der Schönen und dem Tier. Vielleicht kann ich ihn erlösen.

Und während er sie küßte, murmelte er, als würde er ihr zustimmen: »Meine Madonna der Wölfe...«

Deadwood

Auf den Anhöhen lag noch Schnee. Der Wind war manchmal noch bitter kalt. Aber die Sonne schien inzwischen jeden Tag, und ein leichter, frischer Duft lag in der Luft – ein Hauch von Frühling.

Als Scott Harper von Deadwood zurückkam, entdeckte er, daß er in der Zwischenzeit befördert worden war; auch sein Vorgesetzter, der Indianerhasser Sanderson, war eine Stufe auf der Karriereleiter aufgestiegen, als Auszeichnung für die Rolle, die er bei dem entsetzlichen Gemetzel gespielt hatte. Er war jetzt Major und Kommandeur in Fort Cassandra; aber Scott ahnte, daß das großzügige Gehalt und die Zuteilung von einem zweiten Adjutanten nur wenig dazu beitragen konnten, Sandersons Groll zu mildern.

Sein Skalp, der sorgfältig imprägniert worden war und nun unter Glas neben der Marmorbüste des verstorbenen Generals George Armstrong Custer einen Ehrenplatz auf seinem Schreibtisch bekommen hatte, war ein deutlicher Hinweis darauf, daß Major Sanderson nicht beabsichtigte, jenen blutigen Tag zu vergessen.

Während sie die Straße nach Deadwood entlangritten, erinnerte sich Scott an den Schock, den er bekommen hatte, als er zum erstenmal nach seiner Rückkehr in Sandersons Stube gerufen worden war und den Skalp erblickt hatte, der so liebevoll präpariert und so wirkungsvoll plaziert worden war. Er ritt an Zekes Seite. In Deadwood wurde heute ein großer Ball gegeben, und Sanderson war die Ehre zuteil geworden, die Feier zu eröffnen; er und Zeke sowie ein halbes Dutzend weitere Soldaten bildeten die Eskorte, die sich im Morgengrauen mit dem Major auf den Weg gemacht hatte. Die Amtseinführung von Präsident Garfield sollte gefeiert werden; Silas Snodgrass, Goldgräber und überzeugter Republikaner, hatte die St.-Ambrose-Kirche eigens für diesen Anlaß gemietet.

Der Morgen war feucht; die neuen Blätter glänzten, und die Canyonwände schimmerten regennaß. Der Weg bergauf war mühsam, und sie mußten immer wieder anhalten, um den Maultierkarren, mit dem ihre Ausgehuniformen transportiert wurden, aus dem Schlamm zu ziehen. Aber Scott freute sich auf den Abend. Das Leben im Fort war so öde wie zuvor. Er hatte eine Kostprobe davon bekommen, was Sanderson unter Kampf verstand – dieses Massaker –, und er brauchte ganz bestimmt keine zweite. Den ganzen Winter über war es ruhig geblieben. Die Sioux hatten sich in ihr Schicksal gefügt und sich mit ihren madenverseuchten Fleischrationen begnügt. Aber Sanderson war noch verrückter geworden. Er ließ zu den unmöglichsten Tages- und Nachtstunden exerzieren – und manchmal sah man ihn an den Palisaden entlangspazieren, Xenophon und Wellington rezitierend. Scott vermutete, daß man ihm das in West Point beigebracht hatte.

»Captain Harper!« ermahnte Sanderson ihn scharf. Der Major hatte den Hut abgesetzt, und das rosa Narbengewebe, das seinen

Kopf wie eine obszöne Tonsur schmückte, leuchtete zu ihm herüber. »Sie träumen schon wieder, Mister!«

Er hielt an. Die anderen waren weit hinter ihnen. Sie zerrten schon wieder den Karren aus einem Schlammloch. Er mußte im Nieselregen blinzeln. Dann wendete er das Pferd und ritt zurück. »Verzeihung, Sir.«

Sanderson musterte ihn eindringlich, suchte ganz offensichtlich nach einem Makel, für den er ihn tadeln könnte. Als er nichts entdeckte, ließ er ihn weiterreiten.

Scott träumte tatsächlich. Er fragte sich, ob die Russin wohl auf den Ball kommen würde. Er hatte Gerüchte gehört, daß sie eine neue Siedlung südlich von Deadwood gegründet hätte – in der Nähe des Ortes, wo sie die alte Indianerin und die Wölfin im Schnee gefunden hatten.

Er träumte oft von ihr. Im Camp gab es keine Frauen außer den Crow-Frauen, die dort zur allgemeinen Verfügung standen. Wenn die Männer Ausgang bekamen, kehrten sie oft im Green Door in Deadwood ein, doch Scott mochte nicht zu Huren gehen; sein Vater hatte ihn anständig erzogen, auch wenn sie seit Kriegsende nicht mehr besonders wohlhabend waren.

Aber mit der Russin war das etwas anderes.

Die Band stimmte sich ein – Violinen, Gitarren und die durchdringende, näselnde Stimme eines Sängers. »Wir hätten nicht kommen dürfen«, sagte Vishnevsky zu Natalia. »Du ziehst zuviel Aufmerksamkeit auf dich. Es wissen schon zu viele Menschen von unserem kleinen Projekt…«

»Ruhig, Cousin. Wenn wir Snodgrass' Einladung ausgeschlagen hätten, wäre das mindestens ebenso auffällig gewesen. Wir dürfen die einflußreichen Männer von Deadwood nicht vor den Kopf stoßen. Jedenfalls nicht, bevor wir wissen, wen wir beeinflussen können und wen wir… auslöschen müssen.«

Es stimmte, daß Natalia unweigerlich Aufmerksamkeit erregte. Sie trug ein perlenbesticktes Rüschenkleid aus scharlachrotem Satin, darüber ein Jäckchen aus demselben Material und ein Nerzcape. Ihr Gesicht war unter einem roten Schleier verborgen, denn anders ließ sich der Streifen Wolfspelz nicht tarnen, der ihr Gesicht entstellte. Zusätzlich schloß ihr Cape mit einem aufgestellten Kragen ab, dessen Färbung genau zu der ihres Fells paßte. Natalia war eine so auffällige Erscheinung, daß sie bereits im Vorraum, bevor sie den Tanzsaal betreten hatte, von allen Anwesenden mit offenen Mündern bestaunt wurde.

Ein katholischer Priester stand am Eingang, empfing die Gäste und überprüfte ab und zu eine Liste, die er bei sich trug. Das Portal war mit Bändern verziert – rot, weiß und blau –, und die rohen Dielenbretter waren mit Blütenblättern bestreut.

Als sie näher kamen, hörten sie den Priester sagen: »Bitte lassen Sie ihre Waffen hier beim Deputy.«

Neben dem Eingang stand ein mit Blumen dekorierter Tisch, wo ein korpulenter Mann Waffe um Waffe abgab.

Nachdem der Dicke endlich alle Waffen abgelegt hatte – alle sichtbaren zumindest –, waren Vishnevsky und seine Cousine an der Reihe. Vishnevsky hatte vorausschauenderweise nur ein Paar Derringer mitgenommen, die in beiden Hemdärmeln steckten. Der Hilfssheriff winkte ab.

»Wir bleiben nur so lang, wie es die Höflichkeit gebietet«, murmelte Vishnevsky. Der Graf von Bächl-Wölfling sollte erst in ein paar Tagen eintreffen, und Vishnevsky war nicht ganz so zuversichtlich wie seine Cousine. Die Entdeckung, daß bereits andere von ihrer Gattung in diesem Territorium lebten, hatte ihn zutiefst verunsichert. »Selbst wenn die Errichtung der neuen Stadt wie geplant voranschreitet«, erklärte er ihr, »könnte etwas dazwischenkommen. Wir haben Winterreise so unzugänglich wie möglich angelegt, weitab von der Straße zwischen Deadwood und Cheyenne und fast am Rande des Sioux-Territoriums. Aber es gehen bereits Gerüchte um, daß dort Gold zu finden sei, und wir können nichts tun, um sie zu widerlegen... vor allem, wenn die Menschen sehen, wie vornehm du dich kleidest, meine liebe Cousine.«

»Wir müssen hier bleiben. Ich muß diesen berühmten Helden Sanderson, den Major ohne Skalp, persönlich kennenlernen.«

»Es ist wichtig, daß wir ihn sehen. Dein und mein Herr wird eine Beschreibung brauchen.«

»Sieh mal! Dieser Eisenbahner, Monsieur Grumiaux!« Natalia deutete zum Eingang.

Grumiaux trug einen fast schäbigen Frack. An seinem Arm führte er eine schlanke Chinesin. Ihr rosafarbenes Spitzenbaumwollkleid war zwar gut erhalten, aber mindestens fünfzehn Jahre alt, denn es hatte noch einen Reifrock.

»Ah, Valentin Nikolaievich«, begrüßte er die beiden Russen auf französisch. »Und Natalia Petrowna. Ich hatte Sie hier gar nicht erwartet. Man hört, daß Sie neue Städte bauen.«

»Ich habe es dir doch gesagt«, flüsterte Vishnevsky Natalia auf russisch zu. »Diese Leute ahnen etwas... selbst wenn die Wahrheit zu unglaublich ist, dann vermuten sie doch *irgend etwas.*«

Ohne ihm Beachtung zu schenken, sagte Natalia: *»Est-ce que c'est votre femme, Monsieur Grumiaux? Elle est vraiment charmante.«*

Grumiaux verbeugte sich, und seine Frau knickste. Die beiden Männer reichten sich mit ernster Miene die Hand, dann wollte Grumiaux seine Waffen beim Deputy abgeben.

»Ich bitte um Verzeihung, Sir, aber... wir können sie hier nicht reinlassen.« Der Deputy schien sich nicht wohl in seiner Haut zu fühlen, er starrte die Chinesin an. »Dies ist eine christliche Kirche, und... nun, sie ist... also sie ist eine Heidin.«

»Ach so«, erwiderte Grumiaux. »Aber ich habe eine Einladung für Mr. und Mrs. Grumiaux erhalten.« Er zog aus seiner Westentasche eine wunderschöne Karte mit Prägeschrift und Goldrand. »Nirgendwo war etwas über den religiösen Glauben meiner Frau zu lesen. Dies ist ein katholisches Haus, nicht wahr? Trotzdem sehe ich...« er schielte an dem Sheriff vorbei in den Kirchensaal, »...Presbyterianer, Mormonen, sogar, Gott sei uns gnädig, eine Jüdin!«

»Sie wissen, was ich meine, Franzose. Wenn wir zulassen, daß sich Nigger und Chinesen unter uns Weiße mischen...« Er schaute hilflos zu dem Priester hinüber.

»Nun...« begann der Priester, »es stimmt, daß sie auf der Liste steht, aber...«

»Laß die Frau durch, du Stinktier!« mischte sich ein Mann ein, der plötzlich hinter ihnen aufgetaucht war. Vishnevsky erblickte einen schlicht aussehenden Kerl, der in jeder Hand eine Pistole hielt. Er war nicht in Abendkleidung gekommen, sondern trug einen Wildledermantel und Lederhosen. Trotz seines polternden Auftretens war seine Stimme erstaunlich hoch. »Eine ehrliche Chinesenfrau ist bestimmt besser als das Dutzend Huren aus dem Green Door, die schon drin sind!« Der Deputy streckte seine Hand nach einer Waffe aus, die vor ihm auf dem Tisch lag. »Ich würde das an deiner Stelle nicht tun«, sagte der Mann. »Wenn du deinen Zeigefinger noch länger behalten willst.«

»Bitte nicht, Jane«, beschwichtigte der Priester. »Du weißt, daß Silas Snodgrass keine Szene möchte.«

Erst jetzt fielen Vishnevsky die weiblichen Kurven unter dem Hemd des Schützen auf. »Das muß die berüchtigte Calamity Jane sein«, wisperte er Natalia zu. »Eine Revolverheldin, die immer Männerkleider trägt... eine amerikanische Version der heiligen Jungfrau von Orleans.«

Der Deputy warf einen flehenden Blick zur Decke und ließ Grumiaux und seine Gattin passieren; Vishnevsky und seine Cousine folgten ihnen in den Saal, wo die Kapelle gerade ein Stück anstimmte, das entfernte Ähnlichkeit mit einem Walzer hatte. Einige Soldaten in schmucken Ausgehuniformen waren anwesend, außerdem ein paar wohlhabende Goldgräber, die sich steif und linkisch in der ungewohnten Abendkleidung bewegten, sowie Damen aus gutem und nicht ganz so gutem Hause.

»Halten wir nach Sanderson Ausschau«, regte Vishnevsky an. »Dann begrüßen wir ihn kurz und verschwinden...«

»Diese Revolverheldin... sie ist interessant, nicht wahr? Natürlich riecht sie entsetzlich«, fand Natalia, »aber trotzdem finde ich sie... exotisch.«

Vishnevsky mußte alle Kraft aufbieten, um nicht in Panik zu geraten. Natürlich war der Mond nicht voll, aber – Natalia war von der silbernen Kugel gestreift worden. Ein Teil ihrer selbst hatte sich nicht zum Menschen zurückverwandelt. Vielleicht traf das nicht nur auf den Körper, sondern auch auf den Geist zu, überlegte Vishnevsky. Wie sehr war sie im Inneren noch Wolf?

Er drehte sich um und lächelte Grumiaux und seiner Gattin zu. Calamity Jane war davongestakst und unterhielt sich mit ein paar Goldgräbern. Er tastete nach dem Gläschen mit Claggarts Allheilmittel in seiner Jackentasche. Was für ein seltsamer Zufall, daß dieser Kurpfuscher ausgerechnet Wolfsbann in sein wertloses Gebräu gepantscht hatte!

Er hoffte, daß er es heute nacht nicht brauchen würde.

Little Elk Woman wanderte seit sechs Tagen durch den schmelzenden Schnee. Es war Istawichayazan Wi, der Mond der wunden Augen, die vom Schnee geblendet waren. Es war ein gefährliches Unternehmen, und sie hatte mit niemandem darüber gesprochen. Sie glaubte nicht, daß man sie sehr vermissen würde. Ihr Lakota-Ehemann war bei dem Massaker ermordet worden, und sie hatte *Wikhpéyapi* gemacht; sie hatte ihren gesamten Besitz verteilt und war zu dem Bruder ihres verstorbenen Gatten ins Tipi gezogen, der sich nie etwas aus ihr gemacht hatte, einer Frau, die früher zwei weiße Männer geliebt hatte.

Sie hatte versucht, sich schön für ihn zu machen, obwohl sie wußte, daß er sie nicht mehr liebte. Sie hatte ihre Lippen mit den grellen Stiften der Weißen angemalt und ihr Gesicht gepudert. Unter dem Büffelumhang trug sie ein Baumwollkleid, das sie extra für diese Gelegenheit aufbewahrt hatte. Der Schlick lief ihr in die Mokassins. Der Weg führte meist bergauf, und sie fürchtete, daß Soldaten oder Crow-Krieger, die mit den Soldaten gemeinsame Sache machten, sie vergewaltigen könnten. Sie ging immer in der Nähe der Straße, aber nie auf ihr. In den *Washichun*-Kleidern konnte sie kaum laufen, und reiten wäre vollkommen unmöglich gewesen. Die Weißen waren ein sehr unpraktisches Volk, mehr noch, sie bewunderten alles, was unpraktisch war, vor allem an ihren Frauen; sie schätzten Frauen, die nichts wußten, die niemals arbeiteten, weil sie fürchteten, sie könnten ihre Kleider schmutzig machen, die man ständig bedienen und pflegen mußte, von Kopf bis Fuß, und die nicht einmal alt oder besonders weise waren. Sie waren einfach verrückt! In gewisser Hinsicht war sie froh, daß ihr weißer Gatte sie verlasen hatte.

Der Mond war eine dünne Sichel. Die Nächte waren dunkel. Sie entfachte kleine Lagerfeuer, kaute Pemmikan und überlegte sich, was sie ihm sagen wollte, wie er wohl antworten würde. Sie fragte sich, wie seine neue Frau wohl war und wie sie reagieren würde, wenn plötzlich eine ältere Ehefrau auftauchte. Die meisten Frauen freuten sich, wenn eine weitere Frau ins Tipi kam, die mithelfen konnte, aber sie weißen Frauen waren irrsinnig eifersüchtig; man sagte, sie würden untreue Ehemänner sogar im Schlaf kastrieren. Aber ihr Ehemann hatte keine weiße Frau genommen; er hatte eine von den gelben Frauen geheiratet, die von der anderen Seite des Meeres kamen. Sie fragte sich, ob diese Frau die weißen Frauen auch für so seltsam hielt.

Die Nacht brach herein, als sie den Ortsrand erreichte. Sie wußte, wo sich das Haus befand, obwohl sie es noch nie betreten hatte.

Sie bezwang ihre Furcht und klopfte.

Die Tür schwang auf. Ein alter Chinese schaute gerade lang genug von seiner Opiumpfeife auf, um ihr in stockendem Französisch zu erklären, daß Claude-Achille Grumiaux nicht hier sei, daß er auf den Ball gegangen sei.

»Dann werde ich ihn dort finden«, antwortete sie. Sie konnte es sich nicht leisten, die Reise umsonst gemacht zu haben. Zuviel stand auf dem Spiel. Sie erkundigte sich nach dem Weg und stapfte durch die schlammige Gasse vor zur Hauptstraße.

»Sieh ihn dir an!« flüsterte Natalia. Der berühmte Major stand am anderen Ende des Saales. Er hatte den Hut unter den Arm geklemmt und machte keinerlei Anstalten, seinen entstellten Kopf zu verbergen. Neben ihm stand der junge Lieutenant, der damals so von ihr fasziniert gewesen war; und daneben wiederum der

Scout Zeke Sullivan, der sich gerade mit Calamity Jane unterhielt, die beide Hände tief in den Hosentaschen vergraben hatte. »Er ist wirklich elegant, nicht wahr? Und die Mann-Frau... sehr beeindruckend... und der junge Soldat... er ist kein Lieutenant mehr, sondern Captain? Aber er ist immer noch genauso charmant. Oh, er hat mich gesehen.«

»Um Gottes willen, Natalia! Tu nichts Unüberlegtes!«

Sie eilte bereits in die Richtung der kleinen Gruppe. Vishnevsky konnte nicht erkennen, ob sie unter ihrem Schleier wieder dieses grausame und verführerische Lächeln lächelte, das so viele Männer unwiderstehlich fanden.

»Sie ist hier! Die Russin!« Scott versuchte Zekes Aufmerksamkeit auf sich zu ziehen, aber der strengte sich gerade an, um Calamity Jane zu übertönen, während sie sich beide noch ein Glas Whisky einschenkten.

Die Musik hatte wieder eingesetzt. Scott beobachtete mit offenem Mund, wie Natalia Petrowna unbeirrt auf Major Sanderson zusteuerte. Er verbeugte sich formvollendet vor ihr und führte sie auf die Tanzfläche. Die Russin war verschleiert, aber Scott erkannte sie an ihren Bewegungen – wie ein Raubtier im Wald. Der Captain, der im Kampf so roh und skrupellos erschienen war, tanzte mit einer überraschenden Leichtigkeit.

»Wer ist diese Frau?« hörte er Calamity Jane fragen.

»Ach, das ist die Geliebte von irgendeinem ausländischen Grafen«, antwortete Zeke. Er lachte betrunken.

Scott starrte Natalia und Sanderson nach. Sie wirbelten zwischen den anderen Tänzern hindurch. Warum trug die Russin einen Schleier? Sandersons vernarbter Schädel hüpfte zwischen den farbenfroh gekleideten Gästen auf und ab. Er entdeckte den ausgesprochen reichen Silas Snodgrass, ihren Gastgeber, der mit schmierigem Grinsen durch den Raum schwankte, ein grell bemaltes Mädchen in jedem Arm.

Der Boden war unlackiert, und die Wände waren nicht gestrichen, aber das Weibsvolk war Schmuck genug, dachte Scott. Trotz der schäbigen Umgebung erinnerte es ihn an seine Kindheit – als seine Eltern ihn manchmal mitgenommen hatten, flußaufwärts zu den großartigen Bällen, die sein Cousin Harold auf der Plantage gab. Nur die Witwe Bryant, die zusammen mit Ebenezer, dem Barbesitzer, in einer ruhigen Ecke trank, trug Schwarz. Von der Bühne, wo die Band fiedelte und zupfte, war nun eine Frau zu hören, die in rauchigem Alt zu singen begann, und Scott fiel die Opernsängerin wieder ein, die aus Natalia Petrownas Fenster gestürzt war.

Ich sollte sie vor ihm warnen, dachte er. Er ist so grausam. Er bewegte sich langsam auf das Paar zu und versuchte abzuwägen, ob der Major wohl beleidigt wäre, wenn er sich einzumischen wagte.

Nach einem kurzen Marsch bergauf kam sie zur Kirche. Lichter, Musik, die seltsamen, harten Laute der *Washichun*-Sprache. Sie nahm all ihren Mut zusammen und trat ein. Sie gelangte in einen Vorraum, in dem einer der schwarz gekleideten *Washichun*-Schamanen stand. Er las gerade in einem Papier. Es gab einen Tisch, auf dem sich Waffen aller Art stapelten. Daneben saß ein Mann, der einen silbernen Stern auf seiner Brust trug. Vielleicht konnte er ihr helfen.

»Excusez-moi«, begann sie. *»Je cherche Monsieur Claude-Achille Grumiaux. Où se trouve-t-il?«*

Der Deputy entgegnete: »Der Teufel soll mich holen! Die Wilden wollen vornehm werden – sie unterhalten sich jetzt schon auf französisch! Hier sind keine Indianer zugelassen... dies ist eine Kirche!«

»Je suis la femme de Monsieur Grumiaux«, sagte sie.

Der Priester starrte erst sie, dann sein Papier an. »Sie sagt, sie sei die Frau des Franzosen... des Eisenbahners, Grumiaux«, erklärte er.

»Aber er ist mit einer Chinesin verheiratet, nicht mit einer verdammten Squaw!«

Sie verstand nicht, was die beiden sprachen. Obwohl ihr Gatte ihr ein fehlerloses Französisch beigebracht hatte, hatte sie nie gut Englisch gesprochen. Aber sie machte sich so groß sie konnte und sagte in dem Pidgin, das die Umgangssprache unter den Händlern, Indianern und Chinesen darstellte: »Ich, Frau von Claude Grumiaux. Bringe Botschaft. Viel wichtige Botschaft!«

Der Hilfssheriff lachte. »Seine Frau ist schon drinnen.«

»Aber das ist ein Skandal!« meinte der Priester. »Ich wußte gar nicht, daß der Eisenbahner Bigamist ist!«

»Viel wichtige Botschaft!«

»Paß auf.« Der Deputy beugte sich vor. »Ich hab' nichts gegen Indianer... wenn sie bleiben, wo sie hingehören. Ich hab' schon eine Chinesin reingelassen. Wenn ich die da reinlasse, wer weiß, was als nächstes durch die Tür reinkommt... wahrscheinlich ein Haufen Nigger!«

Little Elk Woman hatte nichts für Männerarbeit übrig, aber sie war schnell. Sie sprang auf den Tisch und setzte ihr Messer dem Sheriff an die Kehle, bevor er eine der Waffen auf dem Tisch zu fassen bekam.

»Du rothäutige Schlampe«, krächzte der Deputy.

Der Priester lachte. »Lassen Sie die Frau durch«, empfahl er. »Ich will kein Blutvergießen in Gottes Haus... Sie wissen, daß sie andere Sitten haben als wir. Auch wenn sie eine Wilde ist, mag sie tatsächlich glauben, daß sie das Weib des Eisenbahners ist. Und meine Gästeliste sagt nichts darüber aus, wie viele seiner Frauen wir eingeladen haben.«

Sie löste ihren Griff.

»Such ihn«, sagte der Priester. »Überbring ihm deine Botschaft.«

Vishnevsky versuchte, seine Cousine im Auge zu behalten, während sie mit dem Major tanzte. Aber er versuchte auch, ein paar andere Leute auf sich aufmerksam zu machen, mit denen er heute abend Geschäfte zu erledigen hatte – Geschäfte, die Natalia noch nichts angingen. Er wußte, wie leichtfertig sie manchmal mit Geheimnissen umging. Dort waren die Männer, die er suchte, alle beim Büfett, auf dem jene geschmacklosen Speisen aufgebaut waren, die die Menschen hier bevorzugten: Steaks, Truthähne,

Schweinelenden, Schinken und Platten mit verkochtem Gemüse. Kriminelle! Der Abschaum der Gesellschaft! Wie er es haßte, mit solchen Elementen zusammenarbeiten zu müssen! Aber er brauchte ihre Hilfe, und mit dem Geld des Grafen konnte er sich ihr Schweigen erkaufen.

Er bahnte sich seinen Weg zu ihnen, schlängelte sich zwischen den Tänzern hindurch. Dann blieb er plötzlich stehen. Dieser junge Soldat – der, ohne es zu wissen, für Natalias Zustand verantwortlich war – stand direkt hinter ihr, wartete auf eine Gelegenheit, ihren Tanz zu unterbrechen. Es gefiel Vishnevsky nicht, daß er in ihrer Nähe war. Er sollte nie erfahren, welcher Gefahr sie seit jener Nacht im Saloon ausgesetzt war. Er wollte nicht, daß er sich in ihr Leben mischte. Erkannte er nicht, daß er sich ins Unglück stürzte?

Harper machte einen Schritt, wollte sich dazwischendrängen –

Sie bemerkte ihn. Sie nickte ihm zu. Natürlich sah er ihr Lächeln nicht durch den Schleier, wenigstens nicht deutlich. Aber er erstarrte wie ein Karnickel vor der Schlange. Es machte Spaß, mit diesen jungen Männern zu spielen. Sie waren so leicht zu beeinflussen, so ehrerbietig, daß man beinahe Mitleid mit ihnen haben mußte.

Sie überlegte sich, ob sie es ihm gestatten sollte, den Major abzulösen. Nein. Er soll dort stehenbleiben, dachte sie, schwitzen, seine Beine zusammenkneifen und die Wölbung in seiner Hose zu verbergen versuchen! Er weiß nicht, daß ich den Geruch seiner Erregung bereits gewittert habe.

»Haben Sie viele Indianer getötet, Major?«

»Unzählige, Madam. Mein zerschnittenes Haupt zeugt von der bestialischen Brutalität dieser Wilden. Aber obwohl wir zahlenmäßig weit unterlegen waren, haben wir sie niedergemacht. Bald sind wir sie alle los. Wir von der Elften Kavallerie beschützen alle Siedler und Goldgräber vor den Angriffen des roten Mannes... und, wenn ich hinzufügen darf, vor seiner tierischen, zügellosen Lust.«

»Ah, Sie sind ein so tapferer Mann...«

»Ich tue nur meine Pflicht.« Sie tanzten schweigend weiter. Dann sagte der Major: »Was hat sie eigentlich in diese gottverlassene Gegend verschlagen, Natalia? Im Fort kursieren Gerüchte... daß eine neue Stadt aufgebaut werden soll, mit europäischem Geld... eine Stadt mitten im Nichts, weit von allen Straßen, allen Eisenbahnlinien entfernt. Und angeblich haben... *Sie* etwas mit dieser Stadt zu tun.«

»Eine Stadt mitten im Nichts! Aber Major, warum sollte jemand so etwas bauen wollen?«

Sie hielt Ausschau nach ihrem Cousin, aber der wanderte gerade zum Büfett hinüber. Wer köderte hier wen? Hatte der Major sie nur aufgefordert, um ihr Informationen zu entlocken?

»Wenn es um Gold geht, Madam – ich kann ein Geheimnis für mich behalten.«

»Gold hat nichts damit zu tun, Major.«

»Wenn es um etwas anderes geht... seien Sie versichert, daß ich Ihnen nach Kräften helfen werde.«

»Wir werden es nicht vergessen«, sagte Natalia. Sie wandte den Blick ab. Der schöne junge Captain kam auf sie zu. Er starrte sie verlangend an, ein Gefühl, urteilte Natalia, das von Groschenheften und grotesken romantischen Gedichten geschürt wurde. Wenn er bloß wahres Verlangen kennen würde – den brennenden Durst nach Dunkelheit. Sie wollte ihn.

Er streckte ihr seine Hand entgegen und verbeugte sich.

Ein anderer Mann stieß ihn grob beiseite. Aber nein, es war gar kein Mann – es war die Revolverheldin, die vorhin so mannhaft die Ehre der Chinesin verteidigt hatte. Sie verbeugte sich steif wie ein Mann und blickte sie mit einem ironischen Schmunzeln an. Natalia lachte. »Major Sanderson«, erklärte sie und löste sich aus seinem Griff, »vielleicht gefällt Ihnen nicht, wenn ein anderer Mann Sie ablöst, vor allem, wenn es ist ein Mann von niedrigerem Rang; aber Sie können sich nicht beklagen, wenn der Mann eine Frau ist!«

Sanderson schien das tatsächlich nicht zu gefallen, aber er mußte mitspielen, wollte er sich nicht zum Trottel machen. Die

Gäste um sie herum hielten inne und deuteten auf die beiden, während die Revolverheldin Natalia wieder auf die Tanzfläche führte. Sie bemerkte, daß auch Valentin Nikolaievich zu ihnen herübersah und daß seine Miene tiefe Abscheu verriet. Was für ein Glücksfall, dachte sie. Ich habe doch eine Methode gefunden, wie ich meinen blöden Cousin vor den Kopf stoßen kann. Hartmut hat ihn als meinen Beschützer, meinen Verteidiger mitgeschickt, aber er glaubt, er wäre mein Kerkermeister. Sollen mich die Leute doch anstarren! Ich will Aufmerksamkeit erregen! Wenn man sich sowieso nicht unauffällig geben kann, dann ist gar keine Verkleidung die beste Verkleidung.

»Verdammt!« befand Zeke. »Da hat jemand stärkere Geschütze aufgefahren als du... und weibliche Geschütze noch dazu!«

Scott versuchte, gute Miene zum bösen Spiel zu machen, aber Zeke konnte sich gar nicht mehr beruhigen. Er wollte gerade versuchen, das Thema zu wechseln, als Zeke plötzlich erstarrte. Er wurde bleich.

»Beweg dich nicht. Schau zur Tür. Siehst du?«

Scott konnte zuerst überhaupt nichts sehen, weil ihm so viele Menschen den Blick versperrten. Dann entdeckte er eine schlanke Frau in einem gelben Baumwollkleid. Sie hatte langes schwarzes, zu Zöpfen geflochtenes Haar. »Eine Indianerin«, sagte Scott. »Aber...«

»Diese Frau«, sagte Zeke »wär' mein Weib geworden, wenn dieser niederträchtige Hurensohn Grumiaux sie mir nicht weggeschnappt hätte!«

»Was tut sie hier?«

»Das sollten wir lieber herausfinden.«

»Grumiaux hat sie auch bemerkt. Er scheint ziemlich verwirrt zu sein, und seine Chinesenfrau sieht aus, als würde sie ihm gleich eine verpassen!«

Sie drängelten sich durch die Menge. Grumiaux und seine Frau eilten ebenfalls dem Eingang zu – Major Sanderson war wie entfesselt und brüllte etwas wegen gottloser Wilder.

Sie kreisten die Indianerin vollkommen ein. Scott sah, daß die Frau Angst hatte, aber all ihren Mut zusammennahm. Als sie Major Sanderson entdeckte, erstarrte sie. Hatte sie etwa das Massaker überlebt?

»*Toi!*« Little Elk Womans Gatte schien verunsichert, als er sich ihr näherte. »Warum bist du gekommen? Ist etwas mit dem Jungen?«

Sie antwortete ruhig und in fließendem Lakota.

»Was sagt sie?« flüsterte er Zeke zu.

»Sie sagt, daß das Kind vor drei Jahren fortgelaufen ist und nach seinem Vater sucht. Das Leben im Reservat war nichts für ihn. Aber sie ist nicht wegen dem Kleinen gekommen. Sondern wegen dem Massaker.«

Grumiaux sprach erneut, und sie antwortete wieder, diesmal noch leiser als zuvor. Zeke sagte, so daß nur Scott es hören konnte: »Nachdem er sie verlassen hat, hat sie mit einem alten Indianer zusammengelebt, der Seven Horses hieß. Im selben Lager, das wir...«

»Oh.«

»Sie will uns warnen. Ihr Mann is' tot, und ihr Bruder kümmert sich nicht um sie, weil sie einmal einem Weißen gehört hat. Deshalb is' sie hierhergekommen, um ihr Glück bei ihrem ersten Mann zu versuchen. Als die Krieger heimgekommen sind und ihre Frauen und Kinder kleingehackt gefunden haben, waren sie natürlich ziemlich sauer und wären am liebsten sofort auf den Kriegspfad gegangen. Aber ihre Verbündeten, die Nachbarstämme, sind zu feige. Sie haben beschlossen, aufs Frühjahr zu warten. Ein paar von ihnen sind nach Kanada hoch, wo sie Sitting Bulls Flüchtlinge dazu überreden wollten, bei dem Angriff mitzumachen. Aber ich hab' ein Gerücht gehört, daß Sitting Bull sich bald in Fort Buford stellen will... die Große Großmutter Victoria war nicht so großzügig, wie er gehofft hat.«

»Ich kann dieses Heidengeschwätz nicht mehr ertragen! Schafft diese unverschämte Barbarin hinaus!« zeterte Sanderson. Er zog seinen Zierdegen aus der Scheide, den er, da er nur zur Zierde diente, nicht an der Tür abgegeben hatte. »Oder ich beschäftige mich selbst mit ihr.«

»Das ist sehr taktlos von Ihnen, Major!« sagte Grumiaux und stellte sich ihm in den Weg. »Warum erfreuen wir uns nicht an dem Ball? Es wäre bedauerlich, wenn die Feier zu Ehren Präsident Garfields mit einem Blutvergießen enden würde... auch wenn es sich nur, wie Sie sagen würden, um das Blut von Barbaren handelt.«

»Verdammte Zivilisten...«, beschwerte sich Major Sanderson, aber er schob den Säbel zurück in die Scheide und mischte sich wieder unter das Volk.

»Meine Freunde...« Grumiaux gab Zeke und Scott ein Zeichen. »Wir werden uns unterhalten müssen. Ich weiß, daß wenigstens einer von euch verstanden hat, was diese Frau gesagt hat. Ich glaube, es wäre das beste, sie zu meinem Haus zu begleiten...«

Zeke wandte sich an Scott: »Du hörst besser nicht, was sie uns erzählt... Wenn du es hörst und es nicht meldest... dann ist das Hochverrat.«

»Aber...« setzte Scott an. Er saß in der Falle. Er wußte, daß Zeke recht hatte; er wußte auch, was Zeke riskierte, wenn er der Frau weiter zuhörte. Mindestens eine unehrenhafte Entlassung, wenn nicht gar den Tod durch den Strang.

Zeke sprach mit einer Zärtlichkeit zu der Frau, die Scott gar nicht an ihm kannte: *»Hekhalawin.«*

Die Indianerin schien Zeke jetzt erst wahrzunehmen. »Zeke«, sagte sie.

Grumiaux wollte etwas einwenden, aber die Chinesin packte ihn fest am Arm.

Zeke sagte: »Ich weiß, daß du nicht vorgehabt hast, zu mir zurückzukommen, Little Elk Woman. Aber ich schätze, du hast genau das getan.«

Die beiden Frauen sahen einander an. Trotz ihrer abgetragenen, verblichenen Kleider schauten beide würdevoll und zugleich indigniert drein. Plötzlich brachen sie in Lachen aus und begannen, aufeinander einzuschwatzen, jede in ihrer Sprache. Was für

Klänge! Zeke und Grumiaux und die Indianerin und die Chinesin ließen Scott allein an der Tür zurück. Sie gaben ihm mit keiner Geste zu verstehen, daß er mitkommen solle. Und obwohl Scott verstand, warum Zeke ihn ausgeschlossen hatte, war er verletzt. Wieder einmal standen Dinge zwischen ihnen, die er nicht verstehen konnte. Die Musik setzte wieder ein, diesmal mit einer Polka.

Er sah den Major fluchend auf und ab stolzieren; Vishnevsky war ins Gespräch mit widerwärtig aussehenden Kerlen vertieft, die am Büfett herumlungerten; und Natalia Petrowna tanzte immer noch mit der berüchtigten Calamity Jane. Er fühlte sich fehl am Platz und elend. Ich kann mir geradesogut etwas zu trinken holen, sagte er zu sich selbst.

North Platte, Nebraska

Der Sonntag wurde auf der U. P. in aller Feierlichkeit begangen, denn jeder mitreisende Priester und Prediger erhielt Gelegenheit zu einem Gottesdienst in einem der Salonwagen. In der Zweiten und Dritten Klasse wurden eigene Gottesdienste abgehalten, denn in jeder Klasse reisten genügend Geistliche mit, und manche der wagemutigeren Diener des Herrn aus der Ersten Klasse nahmen es sogar auf sich, den ganzen Zug zu durchstreifen und jedem zu predigen, der für das Wort Gottes empfänglich schien.

Johnny erforschte den Zug auf eigene Faust. Hinter den Wagen der Dritten Klasse war noch ein Pferde-Waggon angekoppelt; er konnte die Tiere wiehern hören und riechen. Sie waren nervös. Der Geruch weckte Jonas auf, und Johnny wollte nicht länger bleiben, deshalb schlenderte er zurück zu seinem Wagen, wo ihn Speranza mit dem Frühstück und dem Lateinbuch erwartete.

Es gab viele Geistliche, aber leider nur wenige Gläubige; denn eine Stunde nach Sonnenaufgang, als gerade der Bahnhof von

North Platte am Horizont verschwand, wurde eine Büffelherde gesichtet. Johnny sah, wie sich die Passagiere um die Fenster scharten und auf den Plattformen drängten. Das Frühstück war bereits beendet. Er entwischte Speranza wieder und machte sich auf die Suche nach dem Zeitungsjungen.

Er konnte kaum einen Blick nach draußen erhaschen. Die Menschen drängten sich in dem einzigen Salonwagen, im dem kein Prediger seiner Berufung nachging. Es war ein Wald von Beinen; Beinen in faltigen, maschinengenähten Jeans, in alten Sackhosen, die nach Schweiß und Alkohol und altem Urin stanken; in eleganten goldbesetzten Beinkleidern – und unter Frauenröcken mit raschelnden Tournüren, deren Satin und Baumwolle die Gänge versperrten. Für einen kleinen Jungen, der zwischen all diesen Beinen steckte, gab es nicht viel zu sehen.

»Teddy!« Er entdeckte seinen Freund, der sich mit neuen Zeitungen in der Lederschürze durch die Menge wühlte. Er trug einen viel zu großen Schlapphut, der ihm tief in die Stirn hing. Deshalb hatte Johnny ihn vorhin nicht erkannt. »Hier bin ich!«

»Komm!« sagte Teddy und nahm ihn bei der Hand. »Hier unten siehst du überhaupt nichts. Ich kenn' einen besseren Platz.«

Er zog Johnny nach draußen. Die Plattform zwischen den zwei Waggons war überfüllt. Schüsse in der Ferne. Ängstlich drückte Johnny die Hand seines Freundes fester. »Hier lang!« kommandierte Teddy.

»Ich muß doch sehr bitten, junger Mann!« empörte sich eine alte Frau und versetzte ihm mit ihrem Sonnenschirm einen Hieb auf den Hintern. Er feixte sie an und arbeitete sich dann ans Geländer vor. Eine Leiter führte auf das Dach. »Schnell!« drängte er.

Johnny kletterte ihm hinterher. Der Fahrtwind blies ihnen die Haare in die Augen. Teddy half ihm aufs Dach. Er stand auf. Teddys Schlapphut wurde ihm vom Kopf geweht, und er rannte hinterher, mit weit ausgebreiteten Armen, um die Balance nicht zu verlieren.

»Scheiße! Ich hab' den Scheißhut verloren!« Johnny beobachtete, wie Teddy in die Luft boxte. Der Wind wirbelte den Hut hoch wie einen riesigen, unförmigen Vogel. »Du beschissener gemeiner diebischer Gauner!«

»Es war doch nur der Wind… du kannst gar nichts dagegen machen!« rief ihm Johnny zu.

Teddy zuckte mit den Achseln. »Na, dann muß ich mir eben einen neuen klauen.«

Der Zug schaukelte, und Rauch schlug ihnen ins Gesicht. Es war ein phantastisches Gefühl – der Wind peitschte sie, die Prärie erstreckte sich endlos zu beiden Seiten, das dünne Metallband teilte die grüne Welt in zwei Hälften. Als würden sie auf dem Rücken eines feurigen eisernen Drachens durch den Wind reiten. Rechts, im Norden, lag ein riesiger, unruhiger brauner See, der sich auf sie zubewegte – wirbelnd, brodelnd, aufschäumend. Johnny konnte kein einzelnes Tier ausmachen, aber er wußte, was das sein mußte.

»Das ist… großartig!« jubelte er. »Es müssen Hunderte sein. Tausende!«

»Das ist noch gar nichts. Bevor die Büffeljäger gekommen sind, waren es Millionen in einer Herde, Millionen. Man konnte keinen einzigen Grashalm sehen, von einem Ende der Welt bis zum anderen.«

Sie fuhren jetzt direkt auf die Herde zu, und Johnny hörte immer mehr Schüsse. Hinter dem Scheppern der Kupplungen, hinter dem Zischen der Lokomotive und dem Pfeifen des Windes donnerten jetzt Hufe – und die grellen Schreie der Jäger ertönten. »Schau mal!« rief Teddy. »Da kommt Buffalo Bill!«

»Wer ist das?« fragte Teddy.

Ein Jäger mit einem flachsgelben Schopf jagte einer Gruppe Reiter voran auf die Herde zu. Er galoppierte so schnell, daß die anderen Mühe hatten, nicht abgehängt zu werden. Sein weißes Pferd war schneller als der Zug.

»Er ist der berühmteste Büffeljäger der Welt, und die U. P. hat ihn eingestellt, damit er die Passagiere auf dieser Strecke unterhält.«

Die Herde mußte in Windrichtung von ihnen gestanden haben. Die Büffel unternahmen nicht einmal einen Fluchtversuch, als die

Jäger auf sie zukamen. Dutzende der massigen Leiber brachen getroffen zusammen. Johnny verfolgte fassungslos das Schauspiel. Und in ihm rührte sich jemand – jemand, der die Angst riechen konnte, der das Blut rauschen hörte. Der Wind drehte sich, und plötzlich begann die Herde, in einem unrhythmischen, dumpfen Donnern loszustürmen. Und die Person in Johnny lächelte. Er flüsterte Johnny etwas ins Ohr.

»Geh weg!« rief Johnny. »Laß mich in Ruhe, hör auf, mit mir zu reden, ich kann mich nicht mehr denken hören!«

»Was is' los? Fürchtest du dich vor dem Lärm?«

»Nein«, antwortete Johnny mühsam. Er kämpfte darum, Jonas zum Schweigen zu bringen, der jetzt die anderen im Wald aufwiegelte, einen Aufruhr anzetteln wollte, um ihn von der Lichtung zu vertreiben.

Teddy starrte ihn unsicher an. Johnny dachte: Man sieht es mir im Gesicht an. Niemand darf es wissen! Jonas, Jonas, geh weg, ich will heute nicht spielen!

Die beiden Jungen legten sich auf das Dach. Teddy brüllte, um das Donnern der Hufe zu übertönen: »Willst du Kautabak?« und zog einen Pfriem aus seiner Schürze. »Heißt Pride of Durham... der beste, und bestimmt nicht billig.« Sie kauten. Johnny war der Geschmack zuwider, aber er wußte, daß ein paar von den anderen ihn mochten, deshalb überließ er einem von ihnen die Lichtung für einen Augenblick. Das war ein Fehler. Er fühlte, wie Jonas am Waldrand lauerte und nur auf einen geeigneten Moment wartete, um einzugreifen.

Sie lagen jetzt direkt neben der Dachluke und konnten in den Wagen sehen. Immer noch traten die Passagiere unten einander auf die Zehen und bewunderten die Büffel. Die Jäger waren nicht mehr zu sehen; sie hatten sich zurückgezogen und führten jetzt eines ihrer berühmten Kunststücke vor: mit einem Satz mitsamt dem Pferd in den Pferdewaggon zu springen.

Jetzt sah Johnny, wie Buffalo Bill persönlich in den Waggon trat – er entdeckte sogar Speranza, die ihn anlächelte und ihm ein kleines Büchlein hinhielt, in das er sein Autogramm schreiben sollte.

Es versetzte ihm einen Stich. Oder war nur Jonas eifersüchtig? Jonas wollte immer in Speranzas Nähe sein, wollte sie riechen, sie berühren, sich an ihre Brüste schmiegen – Johnny schauderte bei dem Gedanken daran.

»Is' das nich' toll?« erklärte Teddy. »Als wären wir die Herrscher der Welt. Wir können alles tun, was uns gefällt, niemand kann uns dabei erwischen, niemand kann uns sehen.« Er rollte sich auf den Bauch und lag jetzt neben Johnny; wie beiläufig legte er seinen Arm um die Schulter des jüngeren Knaben. »Bist du schon mal... du weißt schon, *heiß*... geworden da unten? In deiner Hose?« Seine Hand glitt tiefer. Tiefer.

Jonas knurrte. »Leck mich!« Johny erschrak vor Jonas' Zorn. Er versuchte, ihn zurückzuhalten, aber Jonas war schon auf der Lichtung, trabte über den Boden.

»He, ich will dir doch nichts tun.« Teddy schwieg ein paar Sekunden, dann fragte er: »Willst du mal meinen kleinen Johannes sehen?«

Jonas grinste widerwärtig.

»Ich hab' gewußt, daß du nicht so vornehm bist, wie du tust.« Teddy knöpfte seine Hose auf, und Jonas blickte auf den halb erigierten Knabenpenis. »Willst du mal reiben?«

Jonas lachte. »Du hast noch nicht einmal Haare«, knurrte er verächtlich. »Du bist ja noch ein Baby.«

Teddy kicherte nervös; er wirkte plötzlich viel jünger. Jonas beobachtete ihn durch halb zugekniffene Augen. Er liebte den Wind. Er liebte den Geruch des Grases, gewürzt mit dem Duft nach Angst und frischem Blut. Der Zug pflügte sich weiter vor nach Westen, unbeirrbar wie ein Pfeil.

Jonas dröhnte: »Es ist nicht die Zeit, wo ich wirklich ich selbst sein kann. Aber ich werde es dir zeigen... ich werde es dir zeigen, du dummer kleiner Junge!«

Plötzlich lachte Teddy laut auf. »He, ich glaub', du hast zuviel Theater gesehen. Du solltest in einer von diesen Wildwest-Shows auftreten!«

Jonas stieß ein wildes Heulen aus. Dann begann er, sich die Kleider vom Leib zu reißen, schleuderte sie beiseite. Der Wind verfing sich in seiner Jacke und wehte sie an die Leiter. Teddy krabbelte den Kleidern hinterher und schrie: »Du bist ja total übergeschnappt!« Jonas kicherte, als Teddy die Kleider unter seinen Arm stopfte. »Das sind gute Sachen, Sachen für reiche Leute. Du solltest dich schämen. Ich muß maschinengenähte Jeans stopfen und sie tragen, bis sie in Fetzen sind.«

Jonas stand nackt im Wind. Er ließ sich auf alle viere nieder. Der kalte Wind zerrte an seinem Körper. Ich wünschte der Mond wäre voll, bedauerte er. Nur dann bin ich vollständig. Er knurrte. Er stellte sich vor, wie er seinen Schweif hoch in die Luft hielt, die Schnauze am Boden, sein Hinterbein hob und quer über das Dach in den Wind pißte. »*Du* willst, daß *ich* dich reibe!« brüllte er mit rauher Stimme, er war jetzt ganz und gar Jonas, und der andere, auf den die übrigen so oft hörten, hatte sich in die feuchte, bedrükkende Dunkelheit zurückgezogen. »Ich bin größer als du, ich bin haariger, ich kann dich aufspießen, aufreißen, dich mit meinem großen bösen Wolfsschwengel in Stücke fetzen... Du bist nichts. Ich bin böser, als du dir träumen kannst. Schieb deine Nase in meinen Arsch und riech an meiner Scheiße.«

Er kroch auf Teddy zu. Teddy war wie versteinert. Jonas entdeckte die Angst in seinem Gesicht, aber auch die Faszination. Er kniff die Augen zusammen und schnüffelte. In seinem Geist war er ganz Wolf, ganz Tier, mit gesträubten Nackenhaaren, entblößten Reißzähnen, sprungbereit, angespannt.

Teddy grinste unsicher. »Mann, für so etwas hab' ich nichts übrig. Ich mein', das is'... ich mein'...«

Jonas sprang. Teddy glitt aus und fiel auf den Rücken. Jonas war begeistert. Er markierte das Dach mit seiner Pisse. Die Kinderkleider flatterten um sie herum, während Jonas Teddy auf den Boden preßte, sein Gesicht zwischen seine Schenkel klemmte und die Nase des Jungen zwischen seine Hinterbacken drückte. Der Junge wehrte sich verzweifelt, aber Jonas mobilisierte all seine Wolfskräfte. Er heulte in den Wind. »Ich bin der König! Riech meine Losung! Ich bin der König!«

Plötzlich hörte er Schritte.

Er schaute auf Teddy hinab. Er fühlte, wie es an ihm zerrte, ihn in den Wald zurücksog... wo er sich doch gerade so gut amüsierte, protestierte er. Wenn der Mond voll ist, dann räche ich mich an deinem Rudel!

Teddy kreischte: »Hilfe!«

James Karney erwachte, nackt und auf einem fremden Jungen hockend. Immer muß ich alles ausbaden, dachte er. In den peinlichsten Augenblicken darf ich hinaus, wenn allen anderen die Sache über den Kopf gewachsen ist. »Es tut mir schrecklich leid, Sir«, entschuldigte er sich und stand auf, so daß der struppig aussehende Junge sich aufsetzen und etwas von seinem Gesicht wischen konnte. Urin, ja. Meistens schickte ihn Jonas hinaus. Jonas amüsierte sich für sein Leben gern, aber die Konsequenzen wollte er nie tragen.

Der fremde Junge sagte: »Du beschissener... du beschissener... dafür sollte man dich hängen!«

Die Schritte kamen näher. Teddys Augen wurden größer. Er rief: »Er is' total übergeschnappt, Mister Claggart! Er hat mich angegriffen!«

James sagte: »Ich bitte, die Unannehmlichkeiten zu entschuldigen, Sir. Wenn es Ihnen beliebt, würde ich Ihnen jetzt gern den Lunch servieren.« Eine ruhige, autoritäre Stimme. Normalerweise reichte das, damit –

Er drehte sich um und schaute den Neuankömmling an.

Ein kleiner kahler Mann, fast geckenhaft gekleidet, dessen Jakkett hinter ihm im Wind flatterte. Er stand ganz still und starrte die beiden an. »Jetzt bin ich hier raufgekrabbelt, um endlich mal was von der Vorstellung zu sehen, und was entdecke ich? Wenn das nicht der kleine Lustknabe des Grafen ist! Und sogar in seiner Freizeit übt er, wenn mich nicht alles täuscht! Und du, Teddy Grumiaux, gibst dich ebenfalls den Fleischeslüsten hin! Und das am Tag des Herrn!«

»Sie haben gar kein Recht, darüber zu urteilen«, fauchte Teddy ihn an.

Der kleine Mann kam näher – und plötzlich wurde James Karney von der Lichtung gefegt – Jonathan Kippax tauchte einen Augenblick lang auf, blinzelte im Wind, schätzte die Situation ab und zog sich gleich wieder zurück. Johnny Kindred wurde trotz seiner Proteste auf die Lichtung geschoben –

Es ist eiskalt, dachte er. Wo sind meine Kleider?

Claggart war jetzt fast bei ihnen angelangt. Teddy kauerte am Boden, blickte ihn aber verächtlich an. Johnny war wie aus einem Traum erwacht, denn wenn Jonas los war, dann schaute er lieber nicht zu, was Jonas anstellte. Er hatte schreckliche Angst. Claggart blickte sie finster an, und als Teddy ihm eine Faust entgegenstreckte, ließ er einen Derringer aus seinem Ärmel in die Hand gleiten.

»Bist du aber haarig, Bursche!« Claggarts Stimme war honigsüß. Johnny zitterte, als der Mann ihm mit der Mündung seiner Waffe über den Brustkorb strich, und die Haare standen ihm zu Berge. »Und so starke Augenbrauen ... sieh mal, sogar dein Handrücken ist mit Flaum bedeckt... wie ein wildes Tier... wie ein Wolfsjunge.« Er pfiff durch die Zähne. »Ich glaube, das schätzt dein Herr so an dir, wie? Daß das weiche Fell an ihm reibt, während er dich durchmangelt? He, Wolfsjunge, ich zahl' dir einen Dollar für dein kleines runzliges Arschloch... he, he, he.«

»Berühren Sie ihn nicht!« warnte ihn Teddy plötzlich. »Wenn man schmutzige Sachen zu ihm sagt, dann wird er ganz komisch und verwandelt sich in jemand anders, in ein Monster.«

Jonas regte sich wieder. »Bleib weg!« rief Johnny entsetzt. »Bleib weit weg... im Wald... wo du hingehörst.«

»Wolfsjunge!« zischte Claggart. »Wolfsjunge!«

»Zieh dich an«, flüsterte Teddy Johnny zu, voller Angst und voller Mitleid.

Speranza saß neben dem Grafen von Bächl-Wölfling im Salonwagen. Sie schauten einander nicht an. Sie trug ihr züchtigstes Kleid und preßte die Bibel an ihren Busen. Aber mit der anderen Hand streichelte sie die Hand des Grafen. Sie wagte nicht, ihn anzusehen, aber schon die Berührung von Hartmuts Fingern in ihrer Handfläche jagte ihr tiefe Schauer durch den Körper. Schließlich blickte sie doch in sein ernstes Gesicht. Er war in Gedanken versunken, erwiderte ihren Blick nicht. Letzte Nacht, dachte sie, hat er mir gestanden, daß er mich liebt.

Der Wagen war voller Leute. Sie lauschten einem Priester, der gegen die Sünden des Fleisches wetterte. Die Predigt war von Buffalo Bills Vorführung unterbrochen worden, aber inzwischen hatte sich der Star-Entertainer der U. P. mit ein paar passionierten Jägern in einen Privatwagen zurückgezogen, während die Büffelkadaver irgendwo weit hinter ihnen liegen blieben, und der Priester hatte seine Predigt wieder fortgesetzt.

»Dem aber, der einer fremden Frau beiwohnt, gar den Lüsten Sodoms frommt oder sich jenen Sünden hingibt, die man allein begeht«, donnerte seine Stimme über das Rattern des Zuges, »dem ist das ewige Feuer gewiß. Der Herr sieht alles, was ihr tut, und niemand vermag den Zorn des Allmächtigen abzuwenden. Ich bringe nicht Frieden, sondern das Schwert. Wenn ihr eines anderen Mannes Weib begattet, dann endet ihr in der Hölle, so sicher, wie auf die Nacht der Tag folgt. Teufel mit gespaltenen Schwänzen und gespaltenen Zungen werden euch das Fleisch mit glühenden Spießen vom Leib fetzen, sie reißen euch die Köpfe vom Rumpf und setzen sie wieder auf, fünfzig-, sechzigmal am Tag... gräßlich und grauenhaft sind die Qualen der Hölle! Und wenn der Herr sieht, wie ihr Hand an euch legt, dann wird euch eure Männlichkeit aus dem Unterleib gerissen und den wilden Tieren zum Fraß vorgeworfen werden, nicht nur einmal, sondern immer und immer wieder, bis ihr nach Gnade wimmert, aber dann ist es zu spät, es sei denn, ihr bereut... bereut... Aber wehe all jenen, die bei den Männern wie bei den Frauen liegen! Eure tiefste Körperöffnung wird immer wieder mit glühenden Spießen gepfählt werden...«

Der Graf begann zu kichern. Ein paar Passagiere drehten sich mißbilligend zu ihm um.

»Ha!« tobte der Prediger. »Noch macht ihr euch über mich lustig, aber auch ihr werdet in der Hölle einst bereuen ...«

Abrupt erhob sich der Graf. Ein paar Augenblicke herrschte Stille, Speranza sah in seiner Miene einen schrecklichen Groll, den er kaum zügeln konnte. Gefährlich leise sagte er: »Sie wissen überhaupt nichts über die Hölle, Reverend, Sie haben ihr keine Gerechtigkeit widerfahren lassen; ich darf das sagen, denn ich spreche aus eigener Erfahrung.«

Er drehte sich um und ging aus dem Wagen.

Deadwood

Halbmond

Ein grauer Morgen in Deadwood: vor der Kirche lagen bunte Bänder, die von unzähligen Füßen in den Schlamm getrampelt worden waren. Die Minenarbeiter zogen den Hügel hinauf, mit dampfendem Atem und wehenden Schals. Der Wind heulte über den Gehsteig. Steckbriefe flatterten an den Holzwänden. Alte Weiber humpelten, die Hauben tief in die Stirn gezogen, gegen den Wind an. Der spielte mit den Hüten der Kinder und den Zöpfen der Chinesen.

Major Sandersons Eskorte war bereits im Morgengrauen aufgestanden, um den Wagen zu beladen; Scott Harper beaufsichtigte die Arbeiten. Der Major war in der Nacht verschwunden... irgendwann, gemeinsam mit der Russin. Zeke und Grumiaux und die beiden Frauen waren ebenfalls nicht wieder aufgetaucht, und Scott hatte nicht gewagt, ihnen zu folgen. Er hatte die Nacht in demselben Saloon verbracht, in den er damals Natalia Petrowna gebracht hatte, in der Nacht der Wölfe. Diesmal hatte er sein Bett mit einem Sergeanten und zwei Goldgräbern teilen müssen, die nach Alkohol stanken und ihre Schuhe auch im Bett nicht auszogen. Es war keine angenehme Nacht gewesen.

Er hatte erwartet, Zeke hier anzutreffen, aber eine Stunde nach

Sonnenaufgang war der Scout immer noch nicht zurückgekehrt. Er achtete kaum auf die Soldaten, die den Karren mit frischen Vorräten beluden. Sanderson wird jeden Augenblick auftauchen, befürchtete er, und Zeke ist nicht da, und der Major wird unangenehme Fragen stellen.

In eben diesem Augenblick erschien Sanderson. Er kam die Hauptstraße heraufmarschiert. Wo war Natalia? Worüber hatten sie sich unterhalten, und wohin waren sie verschwunden? Die Eifersucht setzte Scott zu, aber er riß sich zusammen. »Ich nehme an, wir sind bald fertig zum Abmarsch, Harper?« wollte er wissen.

»Jawohl, Sir.«

Sanderson schaute sich um, und seine Miene verdüsterte sich. »Es sieht so aus, als würde uns ein Mann fehlen, Mister! Ihr Freund, der Scout Sullivan, glaube ich.«

»Ich habe ihn seit letzter Nacht nicht gesehen, Major.«

Der Major warf einen fragenden Blick in die Runde, und die anderen Männer bestätigten, daß sie ihn ebenfalls nicht gesehen hätten. »Halten Sie es für möglich, daß der Mann desertiert ist? Diese Indianersquaws können einen zivilisierten Menschen manchmal fast verhexen. Ich hoffe sehr, daß Ihrem Freund das nicht widerfahren ist, Harper.«

»Ich weiß es nicht, Sir.« Jetzt war er froh, daß Zeke ihm nichts verraten hatte.

»Ich nehme an, daß Sie die Wahrheit sagen, Captain«, erklärte Sanderson. »Trotzdem möchte ich, daß Sie ihn finden. Bestimmt kennen Sie seine Lieblingsplätze; wenn er bloß betrunken irgendwo herumliegt, dann werden Sie wahrscheinlich am besten wissen, wo. Finden Sie ihn, Harper, und verhaften Sie ihn; danach schließen Sie zu uns auf. Sobald Sie im Fort sind, werden wir geeignete Disziplinarmaßnahmen ergreifen.«

Scott salutierte. Er wußte, daß Zeke eine folgenschwere Entscheidung getroffen hatte, als er die Indianerin hereinkommen sah. Wenn Zeke tatsächlich desertiert war und Scott ihn fand und zurückbrachte, dann stand die Strafe schon fest: Tod durch den Strang. Warum riskierte er das?

Sanderson gab inzwischen den anderen Männern Anweisungen, bellte Befehle, ließ sie schneller laufen. »Ich nehme an, er ist im Hause des Eisenbahners«, erklärte Scott. »Im Chinesenviertel. Es wird nur ein paar Minuten dauern.« Der Major grunzte lediglich, und Scott wandte sich ab, stieg auf sein Pferd und ritt bergab in Richtung Chinesenviertel.

Sie hatten Deadwood mitten in der Nacht verlassen. Wenigstens brauchten sie nicht zu Fuß zu gehen; Grumiaux hatte ihnen ein Pferd überlassen. Es wäre nicht klug gewesen, hätte Zeke versucht, sein eigenes Pferd aus dem Mietstall zu holen.

»Ich kann es immer noch nicht glauben«, sagte Zeke zu Little Elk Woman. Sie lächelte still in sich hinein und faßte seinen Mantel mit beiden Händen. Die Straße war dunkel; nur manchmal schien der Halbmond zwischen den dichten Bäumen hindurch, die den Weg bergab säumten.

Sein Lakota ist eingerostet, dachte sie, aber vielleicht habe ich mich in ihm getäuscht; sein Herz ist bei unserem Volk, nicht bei den *Washichun.* »Wie seltsam«, erklärte sie ihm. »Ich kam, um einen Ehemann zu warnen... und jetzt kehre ich mit einem anderen Mann zu meinem Volk zurück, einem, den ich nie wiederzusehen glaubte!«

»Ich habe dich nie vergessen«, gestand Zeke. »Und ich war sehr wütend, daß du ihn mir vorgezogen hast. Und als er dich verließ, hast du nicht einmal nach mir gesucht, du hast dich gleich diesem Seven Horses in die Arme geworfen...«

»Ich wollte nicht, daß man sagt, ich würde mein eigenes Volk verachten«, antwortete Little Elk Woman. »Außerdem hat er vier Pferde für mich geboten. Vor allem der Appaloosa ist sehr schön; wenn du ein Tipi für uns beide gebaut hast, werde ich ihn dir schenken.«

Kurz vor der Morgendämmerung bogen sie vom Weg ab und verschwanden im Wald. Little Elk Woman sammelte Feuerholz und bereitete ihnen dann ein weiches Bett aus Zweigen und Blättern, über das sie ihr Büffelfell legte. Bevor sie einander liebten, flüsterte sie: »Ich bin froh, daß du zurückgekommen bist. Seven Horses Bruder und die anderen ziehen bald gegen die weißen Männer in den Krieg, und es hätte mir nicht gefallen, wenn sie mit deinem Skalp zurückgekommen wären. Wenn ich dann mit den anderen Frauen um die Skalps der Besiegten getanzt hätte, hätte ich auch deinen Skalp auf einen Stock spießen und vor Freude springen müssen.«

Es waren morbide Gedanken. Es war Zeit, daß sie ihm Freude bereitete und sich von ihm Freude bereiten ließ. In der Zukunft blieb noch genug Zeit, um an den Tod zu denken –

Grumiaux verriet Scott nichts. Aber als der Eisenbahner seinem Blick auswich, wußte Scott, daß er richtig vermutet hatte. Er sah auch, daß Grumiaux' Pferd nicht vor der Wäscherei angebunden war. Frische Hufabdrücke führten aus dem Chinesenviertel hinaus nach Osten. Nicht viele Menschen ritten nach Mitternacht noch aus dem Ort.

Es war nicht schwer, Zekes Spur zu folgen; und Scott wußte nur zu gut, wo Little Elk Womans Dorf lag. Nichts würde diese Erinnerung aus seinem Gedächtnis radieren können.

Zwanzig Meilen östlich der Stadt bogen die Spuren in den Wald ab. Scott band sein Pferd an einem Baum fest und folgte ihnen vorsichtig. Er wußte, daß er zuviel Lärm machte, daß er auf Zweige trat, im Schlamm ausrutschte. Er beschloß, Zekes Rat zu folgen, und kündigte sich einfach an, indem er rief: »Zeke! Zeke!«

Der Wald verschluckte seine Worte.

Die Spuren waren jetzt schwerer zu erkennen, außer an jenen Stellen, wo der Schnee noch nicht geschmolzen war. Er marschierte tiefer in den Wald.

Einen Augenblick lang blieb er stehen. Schritte? Ein Zweig, der unter einer Tierpfote knackte?

Er schaute auf. Zu spät! Jemand sprang von einem Ast auf ihn herab. Arme schlagen sich um seinen Hals. Er stolperte. Er versuchte, das Wesen auf seinem Rücken zu packen. Da war ein Messer. Sein Angreifer war leicht, ungewöhnlich leicht – vielleicht ein

Junge. Er griff nach seinem Colt, wirbelte herum und sah, wer es war. Sie lag auf dem Boden, bebend vor Zorn. Das Messer glänzte im Tau.

»Little Elk Woman?«

»Du ihn nicht anfassen«, warnte sie ihn. »Ich töten. Ich töten!«

»Ich...«

Sie stürzte sich wieder auf ihn. Schlug mit blanken Fäusten auf ihn ein. Er packte ihre Arme. Sie wand sich, kreischte, versuchte ihn zu beißen. »Ich werde dir nichts tun«, sagte er leise. »Wirklich nicht.«

Dann hörte er Zekes Stimme: »*Wichakte shni yo.*«

Sie ließ schluchzend von ihm ab.

»Ich hab' ihr gesagt, sie soll dich nicht töten. Sie hätte es sonst getan, irgendwann, solang' sie noch atmet.« Zeke kam hinter einem Baum hervor. Er zielte mit einer Winchester auf Scott. Aber Scott ließ seinen Colt nicht fallen.

»Gib mir die Waffe, mein Junge. Nicht, daß ich dir nicht trauen würde, aber wir beide kämpfen nicht mehr auf derselben Seite.«

Scott sagte: »Ich habe Befehl von Major Scott...«

»Ich gehe nicht zurück. Mir is' wieder eingefallen, wie ich zum erstenmal diese Indianerfrau gesehen hab'. Wegen ihr hätte ich fast diesen Schweinehund Grumiaux abgeknallt. Die Indianer haben was, das wir zivilisierte Leute nich' mehr haben, und ich will es wiederfinden.«

»Aber ich habe meinen Befehl, Zeke!« Er hielt seinen Colt auf seinen Freund gerichtet, aber er brachte es nicht über sich abzudrücken.

»Dann wirst du mich töten müssen, mein Sohn. Du kannst ja sagen, ich hätte mich der Verhaftung widersetzt. Niemand wird schlecht über dich denken.«

Der Scout kam auf ihn zu. Die Frau stand neben ihm. Scott sah seinen alten Freund an. Sein Gesicht war wettergegerbt, aber seine Augen schienen jung zu sein. »Ich kann dich nicht töten, Zeke!« sagte er. »Aber...«

»Die Armee schlägt mir auf den Magen, Scott. Dieses letzte

Massaker war zuviel für mich. Als ich Little Elk Woman gesehen hab' und gehört hab', daß sich ihr Volk auf einen Krieg vorbereitet, hab' ich gewußt, zu wem ich gehöre. Dieses Land hatte einmal eine Seele. Aber Eisenpferde haben keine Seele. Gewehre haben keine, und die Armee kämpft ohne Seele. Wenn du mich tötest, dann zeigt das bloß, wie schnell ein gutherziger Junge wie du in diese große, seelenlose Maschine gezogen wird... und jede Freundschaft vergißt.«

»Was soll ich denn tun?« schrie Scott hilflos. »Soll ich desertieren, so wie du?« Sein Vater war nie desertiert, nicht einmal, als er wußte, daß die Konföderierten keine Chance mehr hatten. Er war auf seinem Posten geblieben.

Aber damals gab es noch so etwas wie Ehre. Pflicht, Ehre, Selbstachtung – alles schien in den sechziger Jahren viel klarer gewesen zu sein.

»Geh zurück. Sag ihnen, du hättest meine Spur verloren. Oder daß ich dich in einen Hinterhalt gelockt hätte und du mich nicht fangen konntest.«

»Aber sie werden dich trotzdem suchen, Zeke.«

»Wenn du mich jemals wiedersiehst, Scott Harper, dann töte mich.«

»Gut.«

Die Frau sagte etwas auf Lakota. »Sie will, daß ich dich töte und deinen Skalp ins Dorf mitbringe. Damit könnte ich mir wieder etwas Respekt verschaffen, den ich verloren habe, als ich den Stamm vor so vielen Jahren verließ.«

»Vielleicht solltest du das tun«, schlug Scott vor.

»Schätze schon. Du siehst, mein Freund, daß auch ich hin- und hergerissen bin. Am besten gehst du, bevor einer von uns etwas tut, was er für den Rest seines Lebens bereuen muß.«

Scott drehte sich um.

»Ich will das Pferd«, rief Zeke ihm nach. »Der alte Klepper, den Grumiaux uns überlassen hat, kann uns nicht beide bis ins Sioux-Territorium tragen, und es sind zu Fuß höchstens vier, fünf Stunden bis Deadwood. Da kriegst du ein frisches Pferd. Erzähl dem

Major, daß ich dir das Pferd geklaut hätte, als ich dir einen Hinterhalt gestellt hab'. Wenn sie mich kriegen, dann hängen sie mich sowieso, daran ändert ein Pferdediebstahl auch nichts mehr, wirklich nich'.«

Scott drehte sich um und ging zum Weg zurück.

Ogllala, Nebraska

Halbmond

Nacht. Speranza erwachte aus unruhigem Schlaf. Es war der gleiche Traum wie jede Nacht: der Wald, der Bach, das Heulen, das Wasser rot und warm wie Blut. Und der Geliebte, der an der Quelle auf sie wartete.

Sie setzte sich auf. Jetzt war sie hellwach. Im Privatwaggon des Grafen war es dunkel bis auf die Flamme einer einzelnen Kerze neben dem Bett. Der Graf lag schlafend neben ihr. Er war nackt. Die Unschicklichkeit störte sie nicht mehr, wie sollte sie auch? Ich bin eine gefallene Frau, sagte sie sich, und ich schäme mich nicht einmal. Feines, silbernes Haar bedeckte seine Brust, seine Arme. Seine Stirn lag in Falten, als würde er im Schlaf über etwas nachgrübeln. Seine Augenbrauen trafen sich in der Mitte. Sie berührte vorsichtig seinen Arm. Er bewegte sich nicht. Er schnarchte nicht; er schien kaum zu atmen. Sein Geruch blieb an ihren Fingerspitzen haften. Der Geruch nach feuchter Erde und Tierschweiß.

Sie schlüpfte aus dem Bett und warf einen seidenen Morgenrock über ihr Nachthemd. Sie zündete eine Kerze an der neben dem Bett an, steckte sie in einen Halter und schlich sich fort. Eine spanische Wand teilte den Schlafraum vom Salon ab, wo der Graf seinen Kaffee zu sich nahm. Es gab einen Holzofen, das einzige unpassende Möbelstück in der luxuriösen Ausstattung. Die Scheite warfen einen rötlichen Schimmer über den Onyx-Tisch mit der

Union-Pacific-Karte, die orientalische Vase mit den welken, einige Wochen alten Rosen und das Ebenholz des Mobiliars. Es gab eine mit lila Samt bezogene Chaiselongue, auf der Johnny oft schlief. Sie war leer. Speranza fragte sich, wohin der Knabe wohl gegangen war. Bestimmt strolchte er wieder mit diesem Zeitungsjungen herum! Immer noch waren viele Menschen auf; obwohl es bereits nach Mitternacht war, wurde in einem der Salonwagen noch Poker gespielt.

Sie setzte sich in den Sessel und schloß die Augen, aber der Traum ließ sie nicht los. Sie stand auf, um den Vorhang ein Stückchen zurückzuziehen. Der Halbmond warf ein gespenstisches Licht auf die große Ödnis, die sich um sie herum erstreckte, soweit das Auge reichte. Das Gras wogte wie Büschel silberner Fäden. Sie fragte sich, was für eine Frau die Geliebte des Grafen wohl sein mochte – jene Frau, die er vorausgeschickt hatte, um den Lagerplatz auszusuchen – und ob er sich von dieser Natalia Petrowna Stravinskaya bereits wieder entliebt hatte. Hatte er das damit gemeint, als er ihr von seiner Schwäche eingestanden hatte, von seiner Unfähigkeit, jene zu lieben, die er in eine der ihren verwandelt hatte?

Bin ich die nächste, dachte sie.

Sie lehnte sich ans Fenster. Prärie, nichts als Prärie. Sie versuchte, die Augen offenzuhalten. Aber noch im Stehen wiegte sie das stete Rattern und Schaukeln des Zuges wieder in Schlaf, in ihren Traum.

In ihrem Traum hatte sie bereits begonnen, den Fluß zu durchwaten, um die Ursache des Heulens zu finden.

Johnny Kindred war nicht mit Teddy zusammen. Das Pokerspiel interessierte ihn nicht, Teddy dagegen war so ins Zuschauen versunken, daß er kein Wort mit dem kleineren Jungen wechselte. Irgend etwas war zwischen ihnen vorgefallen, aber Johnny erinnerte sich nur daran, daß er plötzlich nackt auf dem Dach des Aussichtswaggons gestanden hatte. Er wußte, daß Jonas etwas angestellt hatte, aber Jonas verriet ihm nichts, und die anderen verloren sich nur in sonderbaren Andeutungen.

Johnny verließ den Salonwagen und machte sich auf den Weg zum Ende des Zuges, in Richtung der Zweiten-Klasse-Waggons. Hier lagen schnarchende Männer und Frauen im Gang, Kopf und Glieder in unnatürlichen Positionen verrenkt.

Der Indianer saß immer noch regungslos und mit offenen Augen da und starrte auf die Felder. Obwohl sich die Menschen im Wagen drängten, war der Platz neben ihm leer geblieben; als würden sich die anderen vor ihm ekeln oder vielleicht fürchten. Die Luft stank schwer nach Schweiß und Fürzen, aber in seiner Nähe schien sie fast zu duften – nach Blumen, die nur im Mondschein blühten.

Johnny sagte sehr leise zu ihm: »Ich habe die Feder weggetan, die Sie mir gegeben haben, Sir. Sie liegt in einer Zigarrenkiste, die mir der Graf geschenkt hat. Sie sind ein sehr netter alter Herr, finde ich. Obwohl die Baronin von Dittersdorf behauptet, daß alle Indianer Wilde sind.« Der Indianer antwortete nicht; er schien Johnny überhaupt nicht gehört zu haben. »Sind Sie wirklich ein Wilder, Sir?«

Jonas flüsterte in seinem Geist: »Ich hab's dir doch gesagt. Er spricht nur zu mir, du dummes Kind. Ich spreche die Sprache der Tiere. Rieche meine Losung! Ich bin der König!«

Der Indianer schwieg lange und begann dann unvermittelt zu sprechen: »Du bist wie die Splitter eines Wesens. Du bist zerbrochen, aus dem großen Kreis ausgestoßen. Aber der Wolf ist vollkommen in dir, und der Mensch ist auch vollkommen in dir.« Er hatte die Lippen nicht bewegt. Die Worte waren kleine Zuckungen in seinem Gesicht, Gerüche, kurze Handbewegungen.

In seinem Geist protestierte Jonas wütend: »Er lügt! Ich bin die einzig wahre Person in diesem Körper, nur ich bin wirklich Mensch und Wolf. Versuch bloß nicht, mir was anderes weiszumachen, kleiner Johnnyboy.«

Und Johnny antwortete: »Ich verstehe ihn auch ohne deine Hilfe, Jonas. Ich *kann* ihn verstehen, wie du ihn verstehst!«

»Dann verwandle dich! Transformiere! Du kannst es nicht. Ich wüte, ich brenne, ich brülle, aber wenn du herauskommst, dann bist du immer nur ein heulendes winselndes kleines Baby.«

Johnny schaute den Indianer wieder an, hoffte, daß er noch etwas sagen würde. Aber er hörte nur ein kehliges Summen. Es war wieder dieses Lied, der *Shungmanitu olowan.*

Johnny versuchte, die seltsamen Tonfolgen nachzuahmen. Aber er schaffte es nicht, die flatternden Töne, die der Indianer in seiner Kehle fabrizierte, zu imitieren. Plötzlich drehte sich der Indianer um, schaute ihn an und lachte. Johnny verzog sich, halb beschämt, halb stolz.

Sie spürte haarige Hände an ihren Schultern rütteln. »Wir müssen uns bereit machen!« sagte der Graf. »Etwas Aufregendes wird gleich geschehen. Wir müssen den Jungen finden.«

Sie rieb sich die Augen.

»Ich habe es gewittert«, sagte er.

Sie sah seine Augen im Widerschein des Holzofens glühen.

Teddy verharrte im Schatten, wo Claggart ihn nicht sehen konnte. Er war in das Geheimnis des geheimen Kartenverstecks eingeweiht. Jetzt wollte er sehen, wie Claggart es einsetzte. Die Baronin von Dittersdorf und Chandraputra beteiligten sich ebenfalls am Spiel; die Baronin rauchte eine dieser maschinengerollten Zigaretten, die aus Europa kamen. Ein kleiner Negerjunge polierte die Fingernägel an der linken Hand des Inders. Als vierter beteiligte sich der griechische Priester am Spiel, der ebenfalls zur Gesellschaft des Grafen zu gehören schien.

»Eine äußerst interessante Darbietung, diese Büffeljagd«, sagte Chandraputra soeben. »Dieser Buffalo Bill ist ein hervorragender Reiter. In Indien würde er mit Sicherheit im britischen Country Club Polo spielen, meinen Sie nicht auch? Ich erhöhe um fünfzig Dollar, wenn Sie gestatten.«

Noch mehr Gold wurde auf den Tisch geladen. Teddys Augen wurden größer.

»Pah!« widersprach die Baronin und nahm einen Schluck Champagner. »Ich möchte sehen und erhöhe um, sagen wir, noch einmal fünfzig?« Ein Champagnertropfen rann von ihrer Lippe und verschmierte einen Schönheitsfleck, der tags zuvor noch nicht dort gewesen war.

Claggart pfiff durch die Zähne und erklärte: »Es ist mir eine Ehre, Madam, mit einer so beherzten und unerschrockenen Dame Geschäfte zu machen.« Dann warf er einen Blick auf seine Taschenuhr.

»Wir spielen bis zum Morgengrauen«, erklärte Chandraputra. »Es sei denn, einer von uns bekommt... wie sagt man? Muffensausen.«

Pater Alexandros legte schweigend Geld auf den Tisch.

»Was für ein kräftiger Bursche, dieser Buffalo Bill«, bemerkte die Baronin. »Wie schade, daß er uns in Ogllala schon wieder verlassen mußte. Glauben Sie, daß wir ihn jemals wiedersehen werden? Er strahlt so eine rohe Faszination aus... einen direkt animalischen Magnetismus. Wir hätten ihn für... unsere Zwecke rekrutieren sollen.«

»Baronin! Sie lassen es in Ihrer Erregung an Diskretion mangeln!« fiel ihr der Astrologe ins Wort. Aus irgendeinem Grund war er erschrocken.

Die Baronin kicherte wie eine Hexe.

Teddy streckte seinen Kopf noch weiter vor. Er erkannte die Karten an winzigen Unregelmäßigkeiten, so wie Claggart es ihn gelehrt hatte. Er mußte lächeln. Es ging um Tausende von Dollars in diesem Spiel, aber alle Spieler schienen zu bluffen. Das erforderte Nerven, vor allem, da jeder wußte, daß mindestens ein Spieler falschspielte. Teddy mußte sie einfach bewundern, wie sie dort saßen und gepflegt miteinander plauderten, als würde all dieses Geld nicht die geringste Rolle spielen.

»Nun«, sagte Claggart, »Sie haben wirklich Mut und Sportsgeist bewiesen, das muß ich Ihnen zugestehen. Aber ich kann mich nicht dazu überwinden aufzudecken, deshalb muß ich noch einmal um hundert Dollar erhöhen.«

Noch einmal rollten fünf goldene Doppeladler auf den Tisch. Was hatte das zu bedeuten? Claggart schien alle Vorsicht vergessen zu haben. Es war, als wäre es ihm gleichgültig, wie dieses Spiel endete. Etwas bahnte sich an, etwas Ernstes. Er konnte es fast riechen. Das war sehr merkwürdig, es roch ein bißchen wie Hundepisse.

Plötzlich schienen Chandraputra und die Baronin gleichzeitig zu erstarren, Sie schnüffelten kurz, beinahe wie Hunde, die eine frische Witterung aufgenommen haben. Teddy kroch weiter vor.

»Wir müssen das Spiel beenden«, sagte die Baronin gleichmütig. »Ich fürchte, es ist etwas dazwischengekommen.«

»Geben Sie auf?« fragte Claggart.

»Das macht keinen Unterschied«, antwortete die Baronin, erhob sich und warf ihre Karten auf den Tisch.

Der indische Astrologe tat es ihr gleich. Sie flüsterten einander etwas in einer fremden Sprache zu. Deutsch, vermutete Teddy. Der Negerknabe ging in den nächsten Wagen voraus, zusammenhanglos plappernd. Die anderen folgten ihm auf dem Fuß, nur Claggart, Teddy und der Priester blieben zurück.

Irgendwoher, vielleicht aus der Dritten Klasse, drang der Schrei einer Frau.

Dann hörte man Schüsse.

Teddy stand auf. Claggart schaute sich verunsichert um und zuckte dann mit den Achseln. »Schätze, dann hab' ich gewonnen«, beschloß er und begann, allerdings ohne alle Würde, das Gold zusammenzustreichen.

Da meldete sich Pater Alexandros zu Wort: »Sie hätten noch warten sollen, bis ich mein Verslein aufsage. Ich möchte sehen, Mr. Claggart.«

Verwirrt deckte Claggart seine Karten auf. Er hatte nur ein Paar Achter. In seiner Panik betätigte er versehentlich den Mechanismus, und drei Asse kamen aus seinem Ärmel geschossen.

»Ich nehme an, wir können diese da unberücksichtigt lassen?« fragte Pater Alexandros scheinheilig und spielte mit seinem Bart. »Ich habe ein Paar Neuner.« Mit einer eleganten Bewegung sammelte er einen Teil der Münzen ein und begann sie in seiner Robe zu verstauen.

»Einen Augenblick!« protestierte Claggart. »Glauben Sie bloß nicht, sie kämen mit ihrer Betrügerei durch, nur weil sie eine Robe tragen! Ich habe gesehen, daß Sie diese Neuner aus der Hand gezaubert haben...«

»Das macht kaum noch einen Unterschied«, beschied ihm Pater Alexandros. »Immerhin werden wir angegriffen.«

Fensterglas klirrte, und eine Kugel pfiff durch den Salonwagen.

»Verdammt! Runter!« brüllte Claggart und tauchte unter den Spieltisch.

»Diese Kugeln machen mir nichts«, entgegnete der Priester gelassen. Trotzdem ließ er den größten Teil des Geldes auf dem Tisch liegen, drehte sich um und verschwand.

Teddy krabbelte ans nächste Fenster. Im Licht des Halbmondes sah er Reiter – mindestens ein Dutzend –, die von Norden her auf sie zu ritten. Sie trugen Masken. Einer von ihnen war bereits an dem Salonwagen angelangt. Er hatte seinen Gewehrlauf durch das Fenster gestoßen. »Scheiße!« fluchte Teddy. »Zugräuber!«

»Komm und hilf mir, die Münzen aufzusammeln!« schrie Claggart ihn an. »Vielleicht können wir abspringen, bevor sie den Zug in ihre Hand bekommen. Ich hab' keine Lust, mein schwerverdientes Geld einer Bande von Ganoven zu überlassen!«

Noch ein Schuß. Teddy sah, wie Claggart sich schreiend an den Arm faßte. Blut spritzte über das Gold. »Ein verdammt gefährlicher Beruf!« schnaufte er und fiel zu Boden. Sein Kopf knallte gegen das Bein eines Lehnsessels. Teddy kroch zu ihm hinüber und versuchte, ihn wachzuschütteln. Der Reiter ritt immer noch neben dem zerborstenen Fenster. Seine Augen verfolgten das Geschehen durch die schwarze Maske, die im Wind flatterte. Er schien gleich durchs Fenster springen zu wollen –

»Scheiße! Ich mach' mich aus dem Staub«, beschloß Teddy und lief zum Ausgang.

Im nächsten Wagen kreischten die Passagiere panisch und krochen wie Schildkröten auf dem Boden herum. Ein Kind weinte. Teddy schob sich zwischen zwei Frauen durch, die jammernd die Hände rangen. Plötzlich sah er Johnny Kindred am anderen Ende des Wagens stehen.

Er schien überhaupt keine Angst zu haben. Er schaute nur zu Teddy herüber und machte ihm ein Zeichen. Teddy mußte sich zu ihm durchkämpfen. Johnny sagte: »Der Graf möchte, daß wir uns in seinem Wagen versammeln. Ich glaube nicht, daß ich Fremde mitbringen soll, aber du bist mein Freund. Ich will nicht... allein... mit ihnen zusammen sein.« Teddy mußte sich anstrengen, um ihn zu verstehen. Sie gingen nach draußen. Klopften gegen die Tür zum nächsten Wagen. Sie sahen, wie sich die verängstigten Passagiere gegen das Glas stemmten.

»Gottverdammt, laßt uns rein!« schrie Teddy. Der andere Junge stand reglos, als ginge ihn das gar nichts an. »Hilf mir, dieses Ding zu öffnen.«

Sie traten über die Kupplung, die unter ihnen stöhnte. Funken flogen unter ihren Füßen. Teddy hämmerte mit blanken Fäusten gegen das Glas. Es gab nach. Er fühlte die Schmerzen nicht, aber er sah das Blut auf seinen Händen. Noch drei oder vier Wagen.

»Mach schnell, Teddy!« bat Johnny lächelnd.

Er schaute auf und sah, wie jemand von Dach zu Dach sprang. In seinen Ohren gellten Schüsse. Sie zwängten sich in den Wagen und schoben sich durch die Menge, ohne sich umzusehen.

Die Sandhügel von Nebraska

In derselben Nacht

»Der Junge, Speranza!« flüsterte der Graf drängend und rüttelte sie wach. »Sie müssen ihn finden!«

Im Privatwagen fanden sich langsam alle Mitglieder der Reisegesellschaft ein. Sie waren vollkommen desorientiert. Schüsse – ängstliche Schreie aus den anderen Waggons – ein Angriff – von wem? Warum? Die Neuankömmlinge brachten Kerosinlampen, die den Raum in unruhiges flackerndes Licht tauchten. Sie quetschten sich in das Abteil; drei oder vier hockten auf dem Bett, wo sie sich vor wenigen Stunden Hartmuts ungestümer Leidenschaft hingegeben hatte. »Johnny!« rief sie. Keine Antwort. Wohin konnte der Junge verschwunden sein? Ausgerechnet jetzt: »Ich suche nach ihm«, antwortete sie.

»Ja. Das müssen Sie.« Plötzlich konnte sie im Gesicht des Grafen keinerlei Gefühl für sie entdeckten, nur für den Jungen, in den er solche große Hoffnungen setzte. Sie unterdrückte die Eifersucht und verließ den Wagen, um nach ihrem Schützling zu suchen.

Dritte Klasse: die Sitze standen in Flammen. Ein Kind brüllte. Die Augen der Mutter waren ausgeschossen worden. Sie hörte Schritte über sich, auf dem Dach. Frauen mit angstgeweiteten Augen versteckten sich unter dem Stroh. Speranza eilte weiter.

Ein Salonwagen. Sie erkannte Cordwainer Claggart. Er war verwundet, grabschte nach blutigen Goldmünzen, die zwischen Glassplittern auf dem Boden verstreut lagen. Ein Mann mit einem Gewehr kletterte durchs Fenster herein. Sie bewegte sich wie ein Automat, ließ ihre Angst nicht hochkommen und eilte weiter.

Die Zweite Klasse. Zwei tote Goldgräber waren vor ein Fenster gelegt worden; Männer mit Winchestern knieten hinter ihnen, benutzten sie als Schild, feuerten in die Dunkelheit. Hufschläge. »Johnny! Johnny!«

Im Gang tanzte ein alter Indianer. Er sang mit pfeifender, hoher Stimme, und er schwenkte seine Arme wie wild. »Haben Sie einen Jungen gesehen?« rief sie ihm zu. »Einen kleinen Jungen?«

Er tanzte. »Sind Sie verrückt geworden?« Wie anscheinend die ganze Welt. Der Indianer begann wie ein Wolf zu heulen. Es klang so echt, daß sie an Wien denken mußte – die Nacht, als der Graf seinen Ball abgehalten hatte –, und zum erstenmal fühlte sie Entsetzen. Sie zwängte sich an ihm vorbei. Machte einen großen Schritt über den Leichnam einer Frau hinweg, deren Brüste in Fetzen geschossen worden waren. Sie trat auf Splitter: Schenkelknochen. Der Wind heulte wild. Die Perücke der toten Frau flog Speranza ins Gesicht. Sie schlug sie beiseite und ging weiter. Ihr Herz klopfte schneller. Sie mußte ihn finden.

Der alte Indianer heulte.

Der Speisewagen. Die Tische waren fürs Frühstück gedeckt, aber der Boden war mit Porzellanscherben übersät.

Ein Wagen voller Passagiere. Männer mit Pistolen und Gewehren vor den Fenstern auf der rechten Seite. Links Frauen und Kinder, die zwischen den Sitzen kauerten. Sie entdeckte Johnny und den anderen Jungen. Sie krabbelten auf allen vieren in ihre Richtung, zwischen den Leibern der Toten und Lebenden hindurch. Auf Johnnys Gesicht war Blut. Sie rief ihn. Sie versuchte, zu ihm zu gelangen.

Sie hörte jemand sagen: »Sie haben den Heizer erschossen.«

»Der Bremser läuft nach vorn und versucht, den Zug zu stoppen.«

»Das schafft er nie. Die knallen ihn ab, bevor er auch bloß eine Bremse angezogen hat.«

Er stürzte ihr in die Arme. Über ihren Köpfen donnerten Stiefel auf Holz. »Warum suchst du mich?« keuchte er. »Ich war… auf dem Weg zurück… zu meinem Vater.«

»Bist du Johnny? Oder einer… von den anderen?«

»Ich weiß nicht. Bitte, laß uns gehen.«

Sie drängten sich zur Tür zurück. Über die Kupplung in den Speisewagen, rannten über zerborstenes Porzellan und gelangten in den Waggon, wo der Indianer tanzte. Ein schauriger, zittriger Singsang, der oft in ein Wolfsheulen umkippte. Sie registrierte einen vertrauten Geruch – Hundepisse, die eine Zeit großer Emotionen für die Werwölfe ankündigte. Aber es war noch kein Vollmond!

Sie schaute ihren Schützling scharf an. Es war zu dunkel, um festzustellen, ob seine Hosen naß waren. Sie sah nur, daß er wie gebannt den Tanz des Indianers verfolgte. Die Blicke der beiden trafen sich wie zu einer mystischen Vereinigung. Der Wind fauchte durch die zerplatzten Fensterscheiben. Aber nicht deshalb war es ihr so kalt. »Madam«, sagte der Zeitungsjunge plötzlich, »ich glaube, wir sollten weiter.«

»Du fühlst es auch, nicht wahr?«

»Ihr Junge macht manchmal merkwürdige Sachen, Madam. Er ist nich'... Er is' ziemlich daneben, wie? Im Kopf, meine ich. Schauen Sie ihn und diesen Indianer an!«

Johnnys Arme und Beine bewegten sich spastisch, unkontrolliert. Plötzlich brüllte er mit grausamer, tiefer Stimme: »Nimm den verdammten Körper, Arschloch, du bist doch nur gut, um Schmerz und Pein zu ertragen!«

»Johnny!« rief Speranza.

Sie packte seine Hand und führte ihn weiter. Noch mehr Männergesichter, bleich im Mondlicht, und blitzende Mündungsfeuer in der Nacht. Weiter. Claggart lag immer noch reglos da, seine Hand umkrampfte das Gold. Teddy schrie: »Ist er tot?« blieb aber nicht stehen, um das zu überprüfen. Sie erreichten die Tür zum Privatwagen des Grafen.

Die Tür wurde aufgerissen: »Schnell. Sie und der Junge.«

Von Bächl-Wölfling stand draußen. Der Geruch ging von ihm und den anderen im Waggon aus. Der Zug schaukelte heftig. Sie strauchelte, streckte ihre Hand aus – er nahm sie. Wärme durchströmte sie. »Sie und der Junge. Dieses Wesen da...« Er bedachte den Zeitungsjungen mit einem angeekelten Blick. »Ich fürchte, er gehört nicht zu uns.« Sein Mantel flatterte im Wind. Seine Augen hatten ein wenig von dem wölfischen Leuchten angenommen.

Teddy schaute ihm verächtlich ins Gesicht. »Ich hab' keine Angst vor Ihnen, Mister. Ich bin gekommen, weil mein Freund das so will. Ich bin' gewöhnt, nirgendwo dazuzugehören.«

»Scher dich fort, Bursche. Du verstehst nicht, worum es hier geht.«

»Ficken Sie sich ins Knie, Mister Großmaul.«

Speranza schaute vom einen zum anderen. Sie trat auf die Plattform des anderen Wagens. Johnny rührte sich nicht.

»Mein Sohn«, ermahnte ihn der Graf, »du mußt jetzt zu mir kommen.«

»Teddy kommt auch mit.«

»Ich habe dich schon zu lange gewähren lassen. Erst dieses Kindermädchen, das schon zuviel weiß, und nun...«

Dafür hältst du mich also, dachte Speranza. Obwohl du mich an den intimsten Stellen berührt hast, obwohl du eine wilde, abartige Leidenschaft aus mir herausgepreßt hast. Ich bin überzählig, eine Frau, die zuviel weiß – nicht vertrauenswürdig.

Sie schaute Teddy an. Sie beide verband etwas. Nicht nur Johnny, sondern die Tatsache, daß sie beide Menschen waren – nicht so ein Wesen wie der Graf.

Lärm von oben. Eine Männerstimme: »Ja, leck mich! Geiseln!« Jemand kletterte die Leiter herunter. Der Graf riß sie ins Wageninnere. Johnny folgte. Er hielt Teddy fest an der Hand. Die Tür schlug zu. Speranza drehte sich um und erblickte ein maskiertes Gesicht hinter dem Glas. Sie schrie auf.

Teddy kannte den schmalen Gang, durch den man von hier in den nächsten Wagen gelangen konnte, aber er war noch nie im Privatabteil des Grafen gewesen. Die Möbel waren aus Samt und Plüsch. Gemälde in Goldrahmen hingen an der Wand. Eine Trennwand teilte den Salon vom Schlafgemach ab, wo er ein Himmelbett sehen konnte, auf dessen Vorhängen ein altertümliches Wappen prangte.

Er hatte kaum Zeit, all dies in sich aufzunehmen, weil sich im Wagen die exzentrischste Gesellschaft versammelt hatte, die ihm je begegnet war. Einige kannte er bereits vom Pokerspiel: den Astrologen mit seinem Turban, die Baronin, den Pater; aber noch andere waren hier. Ein kahlköpfiger alter Mann mit einem Elfenbeinstock funkelte ihn böse an. Und alle waren höchst elegant gekleidet. Sie hatten Geld, soviel stand fest. Aber vielleicht waren sie alle wie Johnny Kindred vollkommen übergeschnappt. Vielleicht könnte er ein paar von Claggarts Tricks an ihnen ausprobieren. Wenn einer von ihnen diese Nacht überlebte. Er wich Johnny nicht von der Seite. Das hier war sein Revier.

Aber diese Erzieherin –

Sie hatte ihn vorhin so komisch angesehen, draußen – als wollte sie ihm etwas sagen. Er würde sich mit ihr beschäftigen müssen.

Sie unterhielten sich leise in einer fremden Sprache. Sie musterten ihn, fast als – wollten sie ihn fressen. Er fühlte sich unwohl. Er blieb immer in Johnnys Nähe, der sich hier zu Hause zu fühlen schien.

Sie hörten ein lautes Knirschen. »Hinter uns!« rief jemand. Alle drängten sich ins Schlafabteil. Teddy kannte dieses knirschende, klappernde Geräusch nur zu gut. Jemand hatte die hinteren Waggons abgekoppelt. Er schaute durch das kleine Fenster. Der Abstand wurde immer größer. Reiter galoppierten auf den Schienen, ihnen nach. Maskierte Männer sprangen von ihren Pferden auf den Wagen. Kletterten die Leiter hoch. Schritte oben: tapp tapp tapp. Die Erzieherin legte Johnny die Hand über die Augen, aber er schob sie beiseite. Dann wieder das Geräusch des Abkoppelns. Die Räder kreischten, als der Wagen langsamer wurde. Die Baronin zeterte wie eine Wahnsinnige. Der Graf stand unbewegt. Pater Alexandros murmelte etwas auf Griechisch. Teddy rutschte aus. Stürzte auf Speranza und Johnny. Die drei fielen in einen unförmigen Samtsessel. Sie wurden langsamer, langsamer – während der vordere Teil des Zuges weiterraste.

Verdammte Geldsäcke! Warum mußten sie auch in dicken Privatwaggons voller protziger Möbel reisen? Kein Wunder, daß sich die Räuber ausgerechnet diesen Wagen ausgesucht hatten. Er hörte, wie Eisen auf Eisen traf, als die Bremse angezogen wurde.

Sie hielten an.

Ein Kopf tauchte im Abteil auf. »Raus! Hände hoch! Alle! Und einer nach dem anderen!« Eine grobe Stimme.

Er folgte den anderen nach draußen.

Es waren etwa ein Dutzend bewaffnete Männer zu Fuß und einige Berittene. Alle waren schwarz gekleidet. Die Pferde waren dunkel. Auch die Masken waren schwarz, und die Hüte hatten sie tief ins Gesicht gezogen. Sie sahen furchterregend aus. Aber Teddy wußte, daß er versuchen mußte, sie aus dieser Klemme zu befreien. Diese verdammten Ausländer machten ja nicht mal den Mund auf – sie standen wie die Schafe herum. Vielleicht kapierten sie überhaupt nicht, was hier vorging. Zum Teufel, sie schienen nicht mal Angst zu haben.

Teddy rief: »Da hinten ist viel mehr zu holen!« Er deutete mit dem Daumen auf den Zug, der Richtung Westen verschwand. »Ein paar Pokerspieler haben mehr als tausend Dollar in Gold im Salonwagen liegengelassen. Es liegt da einfach auf dem Boden rum. Warum laßt ihr uns nicht in Ruhe und holt es euch?«

»Halt's Maul!« Ein Pistolenknauf traf ihn ins Gesicht. Er stolperte rückwärts. Blut in den Augen. Er sah zu den anderen, die ihn halb ungläubig, halb verächtlich anschauten.

Das ist also der Dank, dachte er bitter. Jetzt bringen sie mich um, und ich hab' noch nicht einmal meinen Pa gefunden.

»Los jetzt. Einer hinter dem anderen.«

Sie wandten sich nach Norden, von den Geleisen weg.

Und marschierten. Ohne jeden Laut. Die Pferde wieherten, die Banditen bellten von Zeit zu Zeit einen Befehl, aber die Ausländer marschierten ohne ein Wort, fast wie Nachttiere.

Eine Explosion hinter ihnen. Feuer färbte den Himmel. Er schaute sich nicht um; niemand tat das.

Die Felder waren schwarz und gold im Widerschein des Feuers. Ein leichter, heißer Wind wehte von hinten, roch nach verbranntem Gras. Und Tausende von Sternen. Sie marschierten weiter, bis das Zischen des Holzes und das Krachen des herabfallenden Metalls nicht mehr zu hören war.

Sie marschierten eine Stunde, zwei Stunden, drei Stunden. Keiner schien müde zu werden. Außer der Erzieherin. Nur ihre Schritte konnte er hören, das leise Knistern ihrer Schuhe auf dem Gras.

Jetzt konnte er die Umrisse niedriger Hügel am Horizont ausmachen. Es waren die Sandhills. Kalkfelsen leuchteten im Mondlicht. Ein paar Bäume standen daneben, die ersten, seit sie die Geleise verlassen hatten. In ihrer Nähe warteten Planwagen, Lagerfeuer und Zelte.

Andere Reiter näherten sich ihnen.

Teddy mußte einfach sprechen, obwohl sein Kopf immer noch von dem letzten Schlag schmerzte. Er sagte zu der Erzieherin: »*Mich* werden sie wohl kaum als Geisel nehmen, Madam. Für mich kriegen sie nicht einmal zwei Pence.«

»Etwas Seltsames geht hier vor«, antwortete Speranza.

»Ihre Freunde benehmen sich ziemlich komisch«, bemerkte Teddy. »Fast als wären sie keine Menschen.«

»Sie sind keine Menschen«, sagte sie. »Sie sind Werwölfe.«

Sie wußte, wie albern das klingen mußte. Aber der Junge schien gar nicht überrascht zu sein. Als hätte sie bloß seine Vermutung bestätigt.

Sie hatte bereits während des Angriffs Verdacht geschöpft. Denn die Mitglieder des Lykanthropenvereins hatten überhaupt keine Angst gezeigt; sie hatten einfach abgewartet. Es überraschte sie nicht, daß ihnen das Gemetzel im Zug gleichgültig gewesen war. Aber wenn das gewöhnliche Räuber gewesen wären, dann hätten die Wölfe ihnen bestimmt einen erbitterten Kampf geliefert und sich nicht so ohne weiteres gefangennehmen lassen.

»Bleib immer bei mir, Teddy«, sagte sie. Soviel war sie ihm schuldig. Er war auch ein Mensch, den Johnny in seine Welt gezerrt hatte. Johnny brauchte Menschen, um zu verhindern, daß er für ewig von Jonas Kay unterdrückt würde.

Sie hielten an. Ihre Bewacher stiegen ab und schoben sich die Masken vom Gesicht. Sie nahmen Habtachtstellung ein und warteten auf ein Signal. Der Graf lächelte. Die Reiter, die jetzt auf sie zu kamen, trugen Fackeln; andere folgten ihnen zu Fuß.

Dr. Szymanowski wandte sich an die Gemeinschaft. Seit dem Beginn ihrer Reise hatte er kaum mehr als ein oder zwei zusammenhängende Sätze gesprochen. »Es war eine hervorragende Idee, Exzellenz. Der Überfall, das Abkoppeln, die Explosion des Pullmann. Jedermann wird annehmen, daß wir von den Räubern verschleppt und getötet wurden.«

»Und die Weiterreise?« fragte Chandraputra. »Wie lange wird sie dauern? Wir haben nur noch ein paar Tage bis... zur Transformation, und wir brauchen etwas zu essen, das steht fest.«

Ein Bandit ergriff das Wort: »Keine Sorge, ehrwürdige Herrschaften«, sagte er. »Im Norden gibt es Vorräte genug, auf dem Weg zum Lagerplatz... ein ganzes Indianerdorf erwartet Sie!«

»Was soll das?« flüsterte Teddy.

»Später«, erwiderte Speranza. Sie konnte ihm nicht alles auf einmal verraten. Und sie mußte ihm Schutz verschaffen – noch vor der Vollmondnacht.

Unter den Reitern, die sich ihnen näherten, ritt jemand im Damensattel. Eine rotgekleidete Frau. Ein Schleier verhüllte ihr Gesicht. Ihre Röcke schleiften beinahe am Boden, und sie hob ihre Arme in einer galanten Willkommensgeste.

Plötzlich fielen alle Mitglieder des Lykanthropenvereins, alle außer dem Grafen, auf die Knie. Und beobachteten sie bewundernd – und lüstern, ergänzte Speranza in Gedanken. Sie wußte, wer diese Frau war. Sie hatte diesen Augenblick gefürchtet, seit sie von ihrer Existenz erfahren hatte. Ist dies die wahre Madonna der Wölfe, und bin ich nur ein namenloses Ventil, um die Gelüste des Grafen zu stillen? Wenn ich wenigstens ihre Augen sehen könnte –

Aber sie hob den Schleier kein einziges Mal.

Trotzdem hatte Speranza sie auf Fotografien gesehen und erkannte sie an ihrer Haltung. Es mußte die Leitwölfin sein, Natalia Petrowna Stravinskaya, die Geliebte des Leitwolfes – jene Frau, deren Platz im Bett des Grafen sie eingenommen hatte.

Das Lakota-Gebiet

Mond im zweiten Viertel

»Ein alter Mann ist gekommen. Ein alter Shungmanitu ist gekommen und tanzt.«

Little Elk Woman hörte die Stimmen, als sie und ihre Schwestern am Fluß waren und Felle gerbten, nicht weit von den Tipis entfernt, die ihr Dorf bildeten. Das Geschwätz ihrer Schwestern über ihre Männer ödete sie an; sie beschloß, ins Dorf zurückzugehen und dieses Wunder mit eigenen Augen anzusehen.

Und dort stand er neben dem Feuer im Mittelpunkt des Dorfes, ein Mann, dessen wettergegerbtes Gesicht und grauen Haare von hohem Alter kündeten und in dessen Augen das nicht ganz menschliche Feuer brannte, das die Shungmanitu angeblich von den Menschen unterschied. Die Kinder saßen bereits zu seinen Füßen und warteten auf neue Geschichten, die von Tapferkeit bei Jagd und Kampf kündeten. Sie stand abseits, empfand die seltsame Ausstrahlung des Fremden. Er tanzte im Licht der Dämmerung, seine bloßen Füße stampften mit einer Kraft auf den Boden, die sein Alter Lügen strafte, und von seinen Lippen stieg ein Wolfslied auf.

Bald würde er in das Zelt eines Kriegers gebeten werden, und Frauen und Kinder waren von der Zeremonie der Pfeife ausgeschlossen. Sie wollte soviel hören wie möglich.

Er tanzte, und sie kam näher. Sie konnte jetzt seine Worte verstehen, zwischen dem endlosen *eya-eya* des Refrains: »Ein Wolf wurde geboren. Ich frohlocke.«

Aber warum war er in ihr Dorf gekommen? Die Kinder beobachteten ihn aufmerksam, reglos. Sie fragte sie nicht, denn sie schienen ganz und gar in eine andere Welt gezogen worden zu sein.

Tanzend und seine Worte mit langem Schweigen und plötzlichem Heulen akzentuierend, erzählte der Alte: »Unter den *Washichun* habe ich einen jungen Wolf gesehen. Einen jungen Wolf, den jüngsten von ihnen, einer der ihren und doch nicht von ihnen. Hört mir zu! Ich habe weiße Wölfe unter den weißen Menschen gesehen, Wichasha Shungmanitu unter den Menschen mit den toten Augen, die auf dem eisernen Pfad über die Prärie reisen. Ich habe ihren Urin im Wind der Reise gewittert. Ich habe ihren heißen Atem gerochen. Niemand hätte geglaubt, daß das geschehen kann, aber ich habe es gesehen, ich, ein alter Mann der Shungmanitu, ich, dessen Mutter und Tante im Mond der Baumblüte starben, als sie den Platz für den Wintermond-Tanz suchten.«

Zeke saß im Zelt und lauschte dem Gesang, aber die Worte ergaben für ihn keinen Sinn. Sein indianischer Freund saß vollkommen reglos und hörte dem alten Mann so aufmerksam zu, als wäre es ein Priester.

Sie haben ihren Sonntagsstaat angelegt, dachte Zeke. Der alte Wambliwashté war sogar in seinem Kriegshemd gekommen, das mindestens fünfzig Jahre alt sein mußte; die Fransen aus Feindeshaar waren zerrupft, und die Hälfte der Büffelknochen-Verzierungen fehlte. Jetzt saß er in ihrer Mitte, reichte die zeremonielle Pfeife mit den rituellen Worten Na und Ku weiter. Das Zelt war voller Rauch, der so übel stank, daß man kotzen könnte, wenn Kotzen bei einem so wichtigen Ereignis nicht als unverzeihliche Beleidigung gegolten hätte.

Der Fremde erzählte weiter. Sein Tanz wurde wilder und seine Stimme zittriger. »Viele Monde bin ich auf dem Eisenroß geritten, denn die Weißen Männer haben mir das zum Geschenk gemacht, als ich ihnen gelobt habe, daß mein Stamm sich nicht erheben würde, wenn sie den eisernen Pfad bauen. Ich bin vorwärts und rückwärts geritten und habe viele seltsame Dinge gesehen. Aber nichts war so seltsam wie der Junge, der zugleich *Washichun* und Shungmanitu ist. Ich sah ihn an, und er erkannte mich. Und dann kamen viele Männer, griffen das Eisenroß an und töten die Menschen. Sie fingen den jungen Wolf und nahmen ihn mit sich.«

Ein Zugüberfall offenbar, dachte Zeke. Und dabei haben die Leute so sehr gehofft, die Zivilisation würde endlich auch das Territorium erreichen.

Er lehnte sich zurück und atmete den Rauch ein. Die Schwaden umschwebten ihn und füllten seine Lungen. Ein bitterer Rauch mit einer leichten Süße. Es war der Rauch der Träume, mit dem man ferne Dinge sehen konnte. Obwohl er ihn oft eingeatmet hatte, hatte er noch nie eine Vision gehabt. Der alte Wambliwashté dagegen saß mit geschlossenen Augen da, wiegte sich leicht. Vielleicht unterhielt er sich gerade mit einem Tiergeist. Für die Indianer waren Visionen so natürlich wie das Atmen, und ein Traum war so real, als wäre es bei hellem Tageslicht geschehen.

Der tanzende alte Mann sang: »Dieses Kind wurde in einem fernen Land geboren und uns als Retter geschickt, um uns aus dieser dunklen Zeit zu führen.«

Bei diesen Worten setzte sich Zeke auf. »Du irrst dich«, sagte er und vergaß in seiner Erregung vollkommen, Lakota zu sprechen. »Du hast zu viele Missionare gehört, alter Mann. Für die Indianer gibt es ganz bestimmt keinen Wolfsmessias. Die Zeiten sind dunkel, aber sie werden nicht heller.«

Er unterbrach sich. Niemand hatte ihn verstanden. Sie beobachteten ihn schweigend, warteten vielleicht darauf, daß er fortfuhr. Der alte Mann hatte mitten im Wort abgebrochen, wartete das Ende des Einwurfs ab.

Zeke sah ihm in die Augen. Vielleicht war es ein Spiel des Feuers und des Rauches, aber die Augen schienen gelb und geschlitzt wie die Augen eines wilden Tieres. Er hatte schon einmal solche Augen gesehen.

Plötzlich sah er den Tag des Massakers vor sich. Der Todesrauch stieg aus dem Schneegestöber auf wie jetzt aus dem Kreis des Lebens. Der Rauch würgte ihn, ließ seine Augen tränen. Der Junge verblutete im Schnee. Die alte Wölfin unter den Toten, die nahe am Himmel zur letzten Ruhe gebettet waren. Die Worte, die Scott ausgestoßen hatte: *»Shungmanitu hemakiye.«*

»Ein Wolf hat zu mir gesprochen!« Das hatte der junge Harper damals gesagt – die rituellen Worte, die ausgesprochen wurden, wenn ein Lakota-Sioux von einer geistigen Wanderung zurückkehrte –, rituelle Worte, die jenen Tiergeist identifizierten, der ihn geführt hatte!

Ja. Er hatte schon einmal solche Augen gesehen.

Heute nacht würde er Little Elk Woman fragen müssen, wie lange es noch bis Vollmond war.

Am Abend feierten sie die Ankunft des Alten. Little Elk Woman saß neben ihrem Gatten, ein wenig abseits der Feier. Es gab kein Büffelfleisch, aber sie hatten sich inzwischen an das zähe, salzige Rindfleisch gewöhnt, das die Soldaten ihnen zur Verfügung stellten. Außerdem wurde gerade ein süßer junger Hund gekocht. Die

Tänzer sangen im Rhythmus der dröhnenden Trommel – die Frauen schrill, die jungen Männer mit tiefer Stimme. Hatten nicht gute Nachrichten das Dorf erreicht? Aber ihr Gatte hatte kein einziges Wort gesprochen, seit er das Zelt des Häuptlings verlassen hatte. Es war fast, als läge ein Bann über ihm.

»Ich weiß«, sagte sie und legte ihre Hand auf seinen Arm, »daß du früher ein *Washichun* warst. Obwohl du ihren Pfad verlassen hast und ein Mensch geworden bist, kannst du die Wege der Weißen Männer nicht ganz vergessen. Ich mache mir Sorgen um dich.« War es möglich, daß er wieder bei ihnen sein wollte? »Der *Wichasha wakan* sagt, daß die *Washichun* keine Seele haben, daß sie tot im Herzen sind. Heute sind wir alle glücklich, weil der alte Mann gekommen ist. Nur du bist traurig.«

Vielleicht hatte es auch Vorteile, keine Seele zu besitzen; sie wußte, daß die *Washichun* grausame, wütende und gnadenlose Krieger waren. Sie konnte sich nicht vorstellen, warum ein Mann freiwillig den Weg der Weißen Männer gehen wollte, aber selbst unter den Lakota gab es welche, deren Seelen man anscheinend gestohlen hatte; wie leicht konnte dann ein Mensch, der unter den Weißen gelebt hatte, in ihre Welt zurückgeholt werden? Sie fürchtete um ihn und konnte nicht aufhören zu sprechen, obwohl er sie gar nicht zu hören schien.

Die Jungen rannten im Kreis um sie herum, heulten Kriegsschreie und bekämpften sich gegenseitig mit getrockneten Ästen. Der alte Wambliwashté kniete beim Feuer und erzählte Kriegsgeschichten. Little Elk Woman holte ein Stückchen Hund aus dem Kessel und brachte es ihrem Mann, der schweigend darauf herumkaute.

Schließlich fragte er: »Wann ist Vollmond?«

»Was für eine seltsame Frage«, antwortete sie. »In spätestens vier Tagen. Aber der Fremde wird das am allerbesten wissen. Er ist ein Shungmanitu und wird sich dann wahrscheinlich in einen Wolf verwandeln.«

»Du glaubst wirklich daran, nicht wahr?«

»Gibt es einen Grund, das nicht zu glauben?« Aber sie wußte, daß es einen gab. Die weißen Menschen hatten keine Träume und sahen nur die Oberfläche der Dinge. Sie waren ja selbst so.

Aber er murmelte nur auf englisch zu sich selbst: »Die Welt wird immer verrückter. Ein Wolfsmessias. Alte Männer verwandeln sich in Tiere.«

Sie verstand nicht, was er sagte. Sie legte seinen Arm um sich, um ihm Trost zu spenden, aber er reagierte nicht; und später in jener Nacht, als sie unter das dicke Büffelfell krochen, lag sie auf ihm, versuchte sie, ihn zu erregen, lockte ihn mit kleinen Schreien und winzigen Bewegungen. Aber obwohl sie seine Leidenschaft weckte, schien es ihr, als weilte sein Geist an einem Ort, an dem sie ihn nicht erreichen konnte.

Dakota-Territorium

Vollmond

Seit sie einander zum erstenmal erblickt hatten, hatte sich Natalia Petrowna kein einziges Mal dazu herabgelassen, mit Speranza zu sprechen. Tagsüber zog der Konvoi über die Yucca-bedeckten Hügel nach Norden, samt Karren und Packtieren. Der Regen erschwerte das Vorankommen und ließ die Grassamen duften. Speranza teilte ihren Wagen mit Johnny und dem Zeitungsburschen.

Nachts errichteten die Diener des Grafen Zelte: einen großen Pavillon für den Grafen und seine Madonna, kleinere, nach Rang geordnete Zelte für die niedrigeren Wölfe, und winzige Tipis für die Menschen. Die Wölfe versammelten sich währenddessen um das Lagerfeuer und erzählten reihum von ihren Heldentaten oder von den Verfolgungen in der Alten Welt. Oder sie spielten Poker. Sie genossen ihre Freiheit, und sie lachten oft und laut. Es war kaum zu glauben, daß das Blutbad im Zug zwischen Omaha und Cheyenne Teil ihres Planes gewesen war.

Wie es seinem Rang entsprach, nächtigte der Sohn des Grafen im Pavillon seines Vaters. Speranza wußte nicht, mit welchen Bösartigkeiten er dort indoktriniert wurde, aber tagsüber versuchte sie, soviel wieder gutzumachen wie möglich, indem sie mit ihm spielte oder ihn lateinische Verben konjugieren ließ und ihm all ihre Zuneigung schenkte, trotz der seltsamen Metamorphosen, denen er inzwischen unterworfen war. Es wurde immer schwieriger. Johnny Kindred wurde mehr und mehr in den Hintergrund gedrängt, und Jonas Kay wurde immer stärker. Sie vermutete, daß Johnny nur noch in ihrer Gegenwart auftauchte und vollkommen unterdrückt wurde, sobald der Junge bei seinem Vater war.

Sie teilte ihr Zelt mit Teddy Grumiaux. Nachts schlüpfte der Graf wie ein Schatten hinein und hinaus. Er machte kein Geräusch, und Speranza glaubte nicht, daß Teddy dadurch geweckt wurde; aber ein- oder zweimal entwich ihr ein Schrei. Es verwirrte und beschämte sie, daß sie solches Vergnügen empfand; und sie stellte sich vor, wie der Junge von seinem Lager am gegenüberliegenden Ende des Zeltes, wo er in seine Decke gewickelt lag, mit weitaufgerissenen Augen herüberstarrte, und der Gedanke ließ sie nicht mehr los und hielt sie noch lange wach, nachdem der Graf wieder verschwunden war.

Als der Tag des Vollmonds dämmerte, wußte sie, daß sie Teddy erklären mußte, mit was für Wesen sie zusammen waren. Die drei saßen wieder in ihrem Wagen, zusammengekauert vor den riesigen Leinwandballen. Der Wagen knarzte und schaukelte, Töpfe und Pfannen schlugen aneinander, während sie bergauf holperten, die aufgehende Sonne zu ihrer Rechten. Sie hatte in ihrer Bibel gelesen; als sie aufsah, merkte sie, daß sie mit Teddy allein war. Johnny stöberte hinten zwischen den Stoffballen herum.

Sie legte die Bibel beiseite. Sie hatte soeben die Stelle gelesen: »Und der Wolf wird neben dem Lamme liegen«, und die Erinnerung an die vergangene Nacht war so intensiv gewesen, daß sie vor Scham errötete. Sie senkte schnell den Blick, denn sie befürchtete, jemand könnte es bemerken, aber zu spät – der Halbwüchsige sagte: »Sind Sie krank, Madam? Sie sehen aus, als hätten Sie Fieber.«

»O Teddy, ich muß dir etwas Wichtiges sagen. Aber du wirst mich für verrückt halten.«

»Etwas über Werwölfe.«

»Du hast noch keine... Transformationen gesehen.«

»Ich weiß es, seit wir nach Norden ziehen. Ich hab' Augen hinten im Kopf und Ohren im Hosenboden, Madam. Ich bin vielleicht nicht zur Schule gegangen, aber ich bin nicht blöd. Ich hab' gesehen, wie sich Johnny benimmt. Er ist keiner von uns und keiner von denen.«

»Deshalb bin ich immer noch hier.«

»Schätze, Sie woll'n ihn irgendwie zum Mensch machen«, vermutete Teddy. Er fischte einen Pfriem aus seinen Hosentaschen und bot ihn ihr an; sie lehnte ab. »Verwandeln sie sich wirklich?«

»Ich habe es mit eigenen Augen gesehen.«

Teddy atmete tief durch und schwieg eine Weile. Der Wagen schwankte hin und her, und in unregelmäßigen Abständen hörte sie Johnny hinten einen imaginären Feind beschimpfen.

»Und wenn sie sich verwandeln – was essen sie dann?«.

Speranza senkte den Kopf. »Ich habe Dinge gesehen, die ich am liebsten vergessen möchte.«

»Menschen also.«

Sie nickte. »Deshalb sind sie hierher gekommen... um sich in der Wildnis niederzulassen und ihren Hunger mit den armen Wilden zu stillen. Und ich bin mitgekommen, weil ich hoffte, daß Johnny irgendwie... daß ich verhindern könnte... daß ich...«

»Die armen Wilden!« machte Teddy sie nach. Aber hinter seiner Ironie verbarg sich Trauer, erkannte Speranza. »Wußten Sie, Miss Speranza, daß wir genau auf das Indianerreservat zufahren? Ich schätze, wir haben das Dorf bei Mondaufgang erreicht.«

»Das Dorf...«

»Das Dorf, aus dem ich fortgelaufen bin. Das Dorf meiner Mutter. Ich bin meinen Vater suchen gegangen, aber ich glaub', ich werd' ihn nich' mehr finden.«

»Deine Mutter ist in Gefahr!« sagte Speranza. Die Indianer, die ihr bisher zu Gesicht gekommen waren, hatten eigentlich nur pittoresk gewirkt und ihr immer den Eindruck vermittelt, daß sie nur dazu da waren, um der Reise eine exotische Note zu verleihen. Natürlich war der Junge ein Halbindianer – wie dumm von ihr, nicht daran zu denken, daß ihn Bande mit der Welt dieser Wilden verknüpften, die kaum weniger stark waren als jene zu der Gemeinschaft der Weißen. »Wir müssen sie irgendwie warnen«, sagte Speranza. »Du mußt zu ihr... du, ein armes Kind, allein in der Wildnis!«

Er lachte. Ein Stein auf der Straße rüttelte den Wagen durch, und sie berührten einander. Sie spürte seine Verachtung daran, wie er ihr seine Hand entzog. »Ein armes Kind«, äffte er sie wieder nach. Dann flüsterte er: »Wenn Sie mir helfen, könnt' ich mir ein Pferd besorgen. Wir wären rechtzeitig im Dorf, um sie zu warnen...«

»Ich dir helfen! Ich kann kaum im Damensattel reiten. Ich weiß nichts über die Wildnis.«

»Ich will ja gar nich', daß Sie mit mir kommen, Madam. Ich brauch' bloß jemand, der den Grafen ablenkt. Damit er nich' mitkriegt, wie ich eins von den Pferden stehl'.«

»Aber ich muß mich um Johnny kümmern...«

Im gleichen Augenblick hörte sie den Jungen heulen. Er kroch an ihr vorbei, die Arme nur kurz über dem Boden, und sie dachte: Es ist zu spät, er gehört ihnen. Er ist mir entschlüpft; die Wildnis hat auch ihn wild gemacht; ich kann ihn nicht retten. Ich kann nicht einmal mich selbst retten; die Bestie hat mich zu ihrem Spielzeug gemacht.

Speranza weinte. Sie hatte das Gefühl, als hätte sie alles verloren, was sie besessen hatte, als sie in der Victoria Station auf Cornelius Quaid gewartet hatte: ihre Selbstsicherheit, ihren Glauben an das Gute im Menschen, ihre Kraft. Und während sie weinte, sah sie Johnny neben sich stehen. Er lachte grob und pinkelte über den Wagenrand.

Teddy unternahm nichts, um sie zu trösten, sondern starrte

schweigend und tabakkauend in die Landschaft. Schließlich legte sie ihre Hand auf seine Schulter und flüsterte leise: »Sag mir, was ich tun soll.«

Er sprang vom Wagen und lief nebenher. Der Schlamm quetschte sich zwischen seine Zehen. Jonas jubilierte. Jedes mal, wenn ich mich verwandle, dachte er, werde ich mehr ich selbst. Er schnupperte und witterte die Fährte der anderen Rudelmitglieder. Auch der Duft von Angst lag in der Luft, vermischt mit vertrauten Aromen: er ahnte, daß sich Beutetiere unter ihnen befanden und daß sie schon jetzt die kommende Nacht fürchteten.

Der Zug hielt an. Es war Zeit für die morgendliche Rast: Champagner, Karten, Tabak, Konversation. Er sah, wie die Baronin mit Pater Alexandros pokerte; der indische Astrologe maß den Sonnenstand mit einem Miniaturastrolabium. Sein Vater lagerte bereits auf einer Chaiselongue, die die Diener von einem Wagen abgeladen hatten. In dem Sessel neben ihm ruhte Natalia Petrowna, die ehemalige Geliebte seines Vaters. Noch hatte er sie nicht ausdrücklich verstoßen; so blickte sie mit stolzer Miene. Ihr Gesicht war zur Hälfte unter einer Hermelinstola verborgen.

Zwei Pferde wurden, um sie vor der Morgensonne zu schützen, an einen Baum gebunden, der auf einem grasbewachsenen Nordhang stand. Dahinter folgten Hügel und in der Ferne dunklere Silhouetten, vielleicht ein Gebirge.

Dank seiner geschärften Sinne konnte er die Diener flüstern hören, als er sich seinem Vater näherte: »Da kommt er, der Welpe des Grafen!«... »Man sagt, er ist der gefährlichste von allen.«... »Dabei sieht er so harmlos aus. Und doch...«

Ja! Er witterte ihre Angst im Wind, sauer mit einem süßlichen Nachgeschmack, ein bißchen – er grinste, als ihm der Gedanke kam – wie Orangensoufflé. Eine delikate Sache, diese Angst.

Er wußte, daß auch sein Vater sie roch, denn der Graf von Bächl-Wölfling lächelte leicht und begrüßte ihn: »Mein Sohn.« Er erhob sich, streckte seine Arme aus, und sein blutroter seidener Morgenrock flatterte in der leichten Brise. Jonas rief aus: »Vater,

Vater!« und rannte los, um ihn zu umarmen. Unter der Seide spürte er die harten, animalischen Muskeln, das rauhe Wolfshaar. Obwohl die Nacht noch weit entfernt war, wirkte die Kraft des Mondes bereits ein wenig.

»Vater«, knurrte Jonas. »Ich bin stark geworden. Ich brauche diese Erzieherin nicht mehr.«

Der Graf legte einen Finger auf die Lippen des Jungen. »Vielleicht nicht. Aber jetzt... brauche ich sie leider, mein Kind.« Er lächelte nachsichtig und ohne auf die Verwandlung des Jungen einzugehen. Sah er nicht, daß Johnny fort war, verbannt in die Tiefen des Waldes?

»Schwächling! Du solltest dein Volk führen! Du solltest dich nicht mit Menschen abgeben!« Jonas entblößte sein Gebiß. Wo waren seine Fangzähne? Er konnte sie spüren, Phantomzähne, die sich aus seinem Kiefer drängten. Wo war der Mond? Verzweifelt schlug er mit schwachen Fäusten zu, denen die Klauen fehlten.

Sein Vater versetzte ihm eine Ohrfeige. Dann sagte er, ohne die Stimme über ein Flüstern zu erheben! »Du hast noch viel zu lernen, Welpe. Ich bin der Führer, nicht du. Vielleicht wirst du eines Tages den Mut haben, mich herauszufordern, vielleicht wirst du mich sogar töten; diese Möglichkeit zog ich in Betracht, als ich dich zeugte. Aber noch wirst du dich mir unterordnen.«

»Trotzdem«, mischte sich Natalia ein, »finde ich, daß er recht hat, Hartmut. Wir sollten sie fortschicken oder besser gleich töten.«

»Unsinn, Natalia«, wies sie der Graf zurecht. Und zu dem Jungen sagte er: »Du hast sie so geliebt.«

Jonas' Gesicht brannte. Er blickte Natalia tief in die Augen. Vielleicht war sie seine Verbündete.

Sie sagte: »Mein lieber Hartmut, wenn ich verstoßen werden soll, dann laß es bald geschehen. Ich ertrage deine Unentschiedenheit nicht. Dort kommt sie.«

Jonas drehte sich um und sah sie den Hügel heraufklettern. Sie war kein willkommener Gast, paßte nicht zu den fröhlich gekleideten Feiernden. Hinter ihr marschierte der schmutzige Bursche, mit dem Johnny befreundet gewesen war. Nach Einbruch der Dunkelheit würde er sich seiner zuerst entledigen. Als sie näher kam, spürte Jonas noch jemand in seinem Inneren, am Rande der Lichtung. Johnny versuchte den Körper wieder zu übernehmen. Wie unangenehm! Die anderen konnte er kontrollieren, aber Johnny hatte Kraft, obwohl er so kindisch und empfindlich war. Er hörte es schon wieder, dieses nervtötende Greinen: »Laß mich raus! Ich will mit ihr sprechen! Ich will mit ihr sprechen!«

»Nein!« Jonas gab sich alle Mühe, seine Erregung nicht zu zeigen. Aber die Muskeln in seinem Gesicht zuckten, verzerrten seinen Mund zu einer infantilen Schnute, preßten die Flüssigkeit aus seinen Tränenkanälen, und plötzlich war Johnny auf der Lichtung, und Jonas wurde in die Dunkelheit gezerrt.

Es war noch nicht alles verloren. Erst hatte das Kind geknurrt und sie angefaucht, aber dann waren ganz überraschend Tränen aus seinen Augen geflossen. Er hatte sie traurig angeschaut und fast so fehl am Platze gewirkt wie sie selbst.

»Mein Sohn hat mich gerade darüber informiert«, erklärte ihr der Graf, »daß er keine Gouvernante mehr braucht.«

Sie ermahnte sich, daß sie ihn ablenken mußte, damit Teddy ein Pferd stehlen konnte. Aber ihr fiel nichts ein, was nicht wie eine Szene aus einem Groschenroman gewirkt hätte, deshalb nahm sie all ihren Mut zusammen, warf sich dem Grafen zu Füßen, überschlug sich beinahe, spürte ihr Korsett auf den Magen drücken.

»Speranza!«

»Was für ein Augenblick, mir das zu sagen!« jammerte sie. »Nachdem ich alles verlassen habe, was mir lieb und teuer war, nachdem ich entehrt und auf die widerwärtigste Weise mißbraucht wurde.«

Sie hielt inne. Die Gäste des Grafen lachten über sie! Und der Graf selbst lächelte selbstzufrieden und streichelte ihr den Kopf, zuversichtlich, daß sie ihm jetzt ganz und gar gehörte. »Ich habe nicht gesagt«, beschwichtigte der Graf, »daß ich die Meinung meines Sohnes teile.«

»Es reicht!« Natalia Petrowna ergriff das Wort. »Ich werde mir diese Frau ansehen, die mir den Rang streitig machen will.«

»Das habe ich keinesfalls im Sinn!« widersprach Speranza.

»Sollen wir den Kampf gleich austragen?« Natalia wandte sich an die anderen. »Jetzt, solange Sie noch eine faire Chance haben? Wenn wir bis Mondaufgang warten, dann werde ich sie einfach in Fetzen reißen!«

Sie machte einen Satz. Schleuderte Speranza zu Boden. Drückte ihr Knie in ihre Magengrube, bis das Fischbein knackste und Speranza vor Schmerzen kaum noch Luft bekam. Auf Natalias Lippen stand Schaum. Ihr Speichel tropfte auf Speranzas Augen, ihren Mund – widerwärtig stinkender Sabber. Ihre Fingernägel bohrten sich in Speranzas Handgelenke, als wären sie bereits zu Klauen transformiert. Der Gestank raubte Speranza den Atem, obwohl sie den Geruch gut kannte, seit der Graf sie nachts besuchte.

»Laß sie in Ruhe!« schrie Johnny auf. Er begann an Natalias Rock, ihrer Stola zu zerren – er riß sie ihr vom Hals, und Speranza entdeckte das Fell und das Narbengewebe, das darunter verborgen gewesen war – Natalia kreischte, während der Kleine sie mit seinen Fäusten bearbeitete, aber als Speranza ihn beobachtete, wurden die Augen des Jungen zu schmalen Schlitzen, gelb, als würde er Natalias Identität in sich aufnehmen, und dann war er plötzlich auf allen vieren und stürzte sich auf Speranza, und sie glaubte, Fänge in seinem Mund zu sehen, glänzende, stinkende Reißzähne. Jetzt hörte sie das Brüllen der anderen Tiere, und sie sah, wie sich der Graf von seiner Chaiselongue erhob und auf sie zutrabte – mit bernsteingelben Augen.

Und Teddy, der zu den Pferden rannte.

Sie schloß die Augen, kniff sie zu, aber vor ihrem inneren Auge waren sie bereits Wölfe, mit blutverschmierten Lefzen, und ihr Heulen tönte durch die kalte Nachtluft.

Als sie die Augen wieder öffnete, standen alle mit dem Rücken zu ihr am Rand des Hanges, und als sie sich mühsam erhob, konnte sie in der Ferne ein Pferd und einen Reiter erkennen, die nach Norden jagten. Er war nur noch ein Fleck im windgepeitschten Grasmeer.

Sie sah, wie der griechische Priester ein Gewehr auf seine Schulter legte und sorgfältig zielte.

Ein schrilles Lachen von der Baronin, seiner Spielpartnerin: »Wie ich sehe, haben Sie bei diesem Buffalo Bill Unterricht genommen«, krakeelte sie.

»Laßt ihn«, befahl der Graf ruhig. »Wir dürfen nicht vergessen, meine Freunde, daß wir uns bis zum Anbruch der Nacht immer noch zivilisiert geben müssen.«

»Was ist mit der Gouvernante?« fragte jemand. Es klang nach dem indischen Astrologen. Sie schloß die Augen, weil sie erwartete, daß sie sich nun wieder auf sie stürzen würden.

Dann hörte sie die Stimme des Grafen: »Sie darf nicht verletzt werden. Ich möchte, daß sie eine der unseren wird. Aber sie soll es aus freiem Willen werden.«

Und Natalias ironischen Kommentar: »Das hast du auch zu mir gesagt, Hartmut, vor gar nicht so vielen Jahren. *Merde!* Seitdem weiß ich, was ich von deinem sogenannten ›freien Willen‹ zu halten habe!«

Sie öffnete die Augen. Natalia starrte sie mit blankem Haß an. Die Russin spuckte vor Speranzas Füßen aus und wandte sich dann wieder dem Grafen zu.

Als sie zu ihrem Wagen zurückging, hörte Speranza eine Kinderstimme: »Speranza, Speranza.« Und sie spürte eine kleine Hand in ihrer. Sie ergriff sie und wußte, daß sie Johnnys einzige Hoffnung war. »Halte meine Hand«, sagte sie. »Ich werde dich aus dem Wald führen.«

»Wenn es einen Weg hinaus gibt«, antwortete der Junge traurig.

Das Lakota-Gebiet

Am selben Abend

Es war Vollmond. Ein Streifen Mondlicht fiel durch die Öffnung des Tipis auf Little Elk Woman und ihren Ehemann. Und aus der Ferne hörte man ein ganz neues Heulen – kalt, zornig, fast wie das Kreischen des Eisenrosses, das über die Ebene der toten Büffel donnerte.

Little Elk Woman dachte nach. Wenn die Wölfe heulen, dann spürt man ihre Freude, eins zu sein mit der Nacht. Man hört ihren Hunger, während man tiefer unter das Büffelfell schlüpft und sich fürchtet. Aber diese Wölfe heulten nicht vor Hunger. Ihr Heulen klang eher nach Lust – nicht nach der Lust der Liebenden, sondern der kalten Lust des Kriegers, der seinen gefallenen Gegner entehrt, indem er ihn von hinten besteigt. Diese Wölfe konnten noch nicht lange in diesem Land leben. Sie waren irgendwie wie die Weißen – sie waren von der Natur abgeschnitten, sie kannten sich nicht selbst.

Das Feuer im Tipi war erloschen. Sie setzte sich auf, wollte ihren Ehemann wecken. Aber er war nicht da.

»Zeke?« flüsterte sie. Keine Antwort außer dem fernen Heulen. Sie wand sich aus dem Büffelfell und schlang sich eine Decke um.

»Zeke!« sagte sie noch einmal. Vielleicht war er draußen und lauschte dem Heulen. War es möglich, daß er sich den Wölfen verwandt fühlte? Keine Antwort. Doch dann hörte sie die Flöte.

Zuerst glaubte sie, sich den Klang nur einzubilden. Doch dann kam er wieder, weich und erotisch – der Klang der *Siyótanke*, der tiefen Flöte der Liebeswerbung. »Du neckst mich«, sagte sie sanft. »Ja. Ich bin keine Jungfrau mehr, und du bist nicht mit Pferden und Skalps gekommen, die du meinem Vater geben möchtest, um mich zu kaufen. Ich bin alt und habe schon Kinder geboren. Ich habe zu viele Männer gekannt.« Sie lachte. Die Musik wurde lauter, ertränkte das Heulen der Wölfe, nahm ihr die Angst.

Sie trat aus dem Tipi. Der Mond stand am wolkenlosen Himmel. Woher kam die Musik? Von irgendwo außerhalb der Lichtung. Sie glaubte, eine schnelle Bewegung wahrzunehmen, aber als sie sich umdrehte, um ihn genauer zu sehen, verschmolz er im langen Schatten eines Tipi.

Sie folgte der Musik. Verließ die Lichtung. Trat in den Wald. Zu schnell – als wäre sie gar nicht mit ihren Füßen gegangen, sondern auf einem Traum geschwebt – erreichte sie den Bach, an dem die Frauen die Wäsche und sich selbst wuschen. Das Lied der Flöte war jetzt lauter, durchdrang die ruhige Luft. Im Schatten der Bäume – spielte dort ein alter Mann? Sie konnte ihn nicht genau erkennen, weil dort, wo er stand, das Blätterdach so dicht war, daß kein Mondlicht durchdrang.

Und dann hörte sie die Stimme ihres Ehemannes. Er beschimpfte den alten Mann. Sie sah ihn stehen, halb außerhalb des Mondlichts.

»Du hast hier nichts zu suchen«, zischte Zeke – Little Elk Woman verstand nicht, warum er in der Sprache der *Washichun* redete. »Du machst ihnen falsche Hoffnungen. Es wird keinen Erlöser geben, alter Mann, und du bist auch nicht Johannes der Täufer. Verschwinde dahin, wo du hergekommen bist.«

Die Musik brach ab. Wieder hörte sie das Heulen.

Blut! Der Duft erfüllte die Luft, machte ihn verrückt, stachelte ihn an, während er sich am Hang wälzte, gefangen in der Agonie der Transformation. Alle um ihn herum verwandelten sich! Da lag der Umhang des Grafen, achtlos beiseite geworfen, während sich die Fingernägel zu festen Krallen verdickten. Chandraputras Turban wand sich lose durchs silberne Gras. Das Fell der Baronin wogte, als sie sich auf alle viere niederließ. Und er, Jonas Kay, brüllte, als seine Wolfsnatur durch seine menschliche Gestalt brach und seine Vorderpfoten das Seidenhemd und die Flanellhosen zerfetzten. Um sie herum standen die Diener, steif in ihren gestärkten Uniformen, mit passiver Miene, während ihre Herren die Anstrengungen der Metamorphose durchmachten.

Bei den angepflockten Pferden stand Natalia Petrowna. Sie war immer noch in menschlicher Gestalt. Sie hatte ihren Schal abgeworfen, der ihre vernarbte Wange verhüllte, aber ihr Gesicht war schmerzverzerrt. Heulend tobte sie, doch das Silber in ihrem Fleisch verzögerte die Transformation, machte sie zur Qual. Wie seltsam es zu beobachten war, wie ihr Körper sich wehrte, wie das Gift gegen ihre wahre Natur wirkte.

Kein Zorn bei Jonas' Transformation. Keiner! Wie der Wind in seinen scharfen Ohren sang, wie würzig die Luft roch, wie ihn das Aroma der Angst und das Brausen des Blutes berauschte! Er jubilierte, als er auf die anderen zurannte, noch während das Haar aus seinem Rücken sproß, prickelnd, und im Wind kitzelte. »Vater! Vater!« rief er, doch sein Ruf war bereits ein Winseln.

Sie wandelten sich. Sie hetzten auf den Wald im Norden zu, wo sie menschliche Beute witterten. In den letzten Sekunden, bevor seine menschliche Natur ihn verließ, sah Jonas Kay Speranza in ihrem schwarzen Kleid im Mondlicht stehen. Der Graf, sein Vater, umkreiste sie, stupste sie, liebkoste sie mit seinen Pfoten. Sie umkrampfte eine Bibel mit ihren Händen und weinte. Das Mondlicht hüllte sie ein; ihr Gesicht leuchtete; ihre Tränen schimmerten; er konnte das Tosen ihres Blutes und ihren rasenden Puls hören, schnell und laut wie das Trommeln eines Hasen.

Und jetzt sah ihn Speranza auch.

Ich hasse dich! *Ich hasse dich!* Sie hält den anderen immer noch gefangen – jenen Teil von mir, der mich aus dem Wald zerren will–, dieses winselnde Menschenkind. Er wird von ihr angezogen, er will sie begatten. Sie hält sogar meinen Vater gefangen – meinen Vater, den König der Tiere, den Herrn der Dunkelheit: Sogar jetzt, während sein Vater sie umkreiste, knurrend, heulend und klagend wie der Wind, ließ er sie nicht bluten, zerfleischte er sie nicht. Selbst jetzt, wo das ganze Rudel nach Menschenfleisch lechzte, zog er um sie herum einen Bannkreis, bewahrte er sie mit einer Barriere aus Pisse, Scheiße und Sperma vor jedem Schaden.

Jonas haßte sie aus tiefstem Herzen, bis seine Tiernatur ihn ganz in Besitz nahm und sein Denkvermögen ausschaltete.

Teddy Grumiaux hielt am Bach an und sog die Luft ein. Es roch nach gekochtem Hundefleisch. Das Lager mußte ganz in der Nähe sein, nicht mehr dort, wo es gewesen war, als er fortlief, um seinen Vater zu suchen. Von der anderen Seite des Baches drang das zärtliche Geflüster einer Holzflöte aus dem Wald. Jemand umwarb seine Geliebte, dachte er. Eine gute Zeit dafür. Der Vollmond ließ die Blätter in einem schwachen Feuer leuchten. Wenn sie nur wüßten, was ich weiß.

Der Klang wurde lauter. Durchtrennte die Nachtstille. Teddy lief ein Schauer über den Rücken, und er drehte sich zu dem Pferd um, das er an eine Kiefer gebunden hatte. Es verhielt sich ungewöhnlich ruhig. Es hatte Angst. Wenn Teddy überhaupt etwas von den Indianern gelernt hatte, dann, wie Angst roch. Aber das Aroma des gekochten Hundes war stärker, und Teddy war hungrig. In der Ferne ertönte Wolfsgeheul. Aber das Rudel war noch weit entfernt. Die Angst strömte von dem Pferd aus, das seine Herren kannte und wußte, daß sie bald kommen würden.

Plötzlich sah er den Flötenspieler. Einen winzigen Augenblick lang. Als sich der Nebel teilte. Ein Geist? Er erschrak. Er trat zurück. Die Musik erstarb, und er hörte das Knacken toter Zweige. Durch den Nebel zeichneten sich die Umrisse von Tipis ab.

»Du bist kein Geist«, sagte Teddy leise. Ein alter Mann stand am Ufer. Ein alter Mann tanzte. Halbnackt in der Kälte.

Teddy hatte ihn schon einmal gesehen. Es war der verrückte Häuptling, der immer mit dem Zug fuhr, hin und her, von Cheyenne nach Omaha nach Cheyenne. Er hatte schon immer im Zug gesessen, sich vor und zurück gewiegt und vor sich hin gesungen, aber Teddy hatte sich nie Gedanken über ihn gemacht; nur einmal, als er und der Wolfsjunge sich in einer geheimen Sprache zu unterhalten schienen.

Und dann hörte er einen anderen Mann zu dem Indianer sprechen, und damit stand fest, daß es kein Geist war.

Er verstand nicht alles, aber der Mann sprach englisch. Hier im Sioux-Territorium klangen die Worte fremd. »Kein Messias... wenn du weiter den Menschen solche Lügen erzählst und ihnen falsche Hoffnungen machst, wirst du sie noch ins Verderben führen. Ich hab' mal einen Indianer wie dich über den Geistertanz im Süden reden hören... daß es einen Messias für die Weißen gibt und einen für die Roten... und daß sie den Büffel wieder auf die Prärie wünschen und den Weißen Mann zurück ins Meer träumen können, wenn sie nur fest daran glauben und den Geistertanz mit ganzem Herzen tanzen. Du bist auch bloß so ein verrückter alter Kerl, von denen sich die Indianer so gern beeindrucken lassen. Ich will nich', daß meine Frau dir glaubt.«

Der alte Mann bückte sich, hob seine Flöte wieder auf, setzte sie in der gleichen Bewegung wieder an seine Lippen und spielte die Melodie weiter, ohne seinen Tanz auch nur für einen Augenblick zu unterbrechen.

»Du kannst tanzen, solange du willst, Alter, aber du kannst die Uhr nicht zurückdrehen.«

Was hatte das zu bedeuten? Er wollte gerade aus dem Schatten treten und sich dem Alten zu erkennen geben. Hatte er nicht den Shungmanitu olowan gesungen, als er Johnny Kindred zum ersten Mal erblickte? Teddy wußte, daß die Sioux einen sechsten Sinn für Gefahren besaßen. Ahnte er nicht, was geschehen würde? Nein, sein Tanz war voller Freude.

Teddy sah, daß der Weiße Mann jetzt fortging. Es war ihm nicht gelungen, den Alten zu überzeugen, wovon auch immer. Er sah wütend aus. Ich warte, bis er außer Sichtweite ist, dachte Teddy. Dann erzähle ich dem alten Mann alles. Er wird wissen, wie wir das Dorf am besten warnen.

Wieder hörte Teddy in der Ferne ein Heulen. Der Weiße Mann blieb stehen, lauschte. Teddy zog sich zurück, versuchte, im Schatten unterzutauchen. Dann entdeckte er die Frau.

Sie hatte im Nebel hinter den beiden Männern gestanden. Jetzt verzogen sich die Schwaden. Ihr Gesicht war gefleckt: Mondlicht und Zweige. Teddy hatte sie lange nicht mehr gesehen, aber er erkannte seine Mutter sofort, und er konnte sich nicht beherrschen, ihr zuzurufen: »Ina, ina!«, wie ein kleiner Junge, der um eine Süßigkeit bettelt.

Es war zu spät, sich noch zurückzuziehen. Der weiße Mann erblickte die Frau, und sie schaute betreten zu Boden.

»Ich werde dich beschützen, Little Elk Woman.«

»Ja, Zeke.«

Teddy kannte diesen Mann. Ein- oder zweimal hatte seine Mutter über einen anderen Weißen gesprochen, einen Freund und Rivalen seines Vaters. Deshalb rief er seine Mutter noch einmal und watete durch das Wasser zu ihr hinüber.

Der alte Mann hörte zu spielen auf.

»Mutter...« sagte Teddy. So viele Gedanken wirbelten durch seinen Kopf – die lange Trennung, Reue, der alte Streit. Aber dafür war jetzt keine Zeit. Er sagte auf Lakota zu ihr: »Etwas Schreckliches wird geschehen. Weiße werden zu Shungmanitu. Sie wollen euer Dorf angreifen. *Hechitu welo!*« Er zitterte, denn das Wasser im Bach war eiskalt gewesen. Sie kam auf ihn zu, legte einen Teil ihrer Decke um ihn. Vertraute, lang verlorene Gerüche stiegen aus dem Gewebe auf.

Ich weiß nicht, warum ich fortgelaufen bin, dachte er. Ich war ein Narr. Sie liebt mich. Niemand hat mich geliebt, als ich bei der Eisenbahn arbeitete. Nicht einmal, wenn sie mit meinem Körper dreckige Sachen gemacht haben, fünf Minuten nachdem sie vom Priester gekommen sind.

»Wenn das nicht der Kleine dieses alten Bastards Grumiaux ist!« sagte Zeke Sullivan. Und kam näher.

Er ist jetzt ihr Mann, dachte Teddy. Hoffentlich will er nicht, daß ich ihn Daddy nenne. Aber er ist wie ich, er versucht, zwischen den zwei Welten zu wandern. Vielleicht versteht er mich sogar besser als ihr alter Indianermann.

Teddy schaute seine Mutter und den Fremden an. Instinktiv zog er sich in die Falten der alten Decke zurück, in die Arme seiner Mutter. Und er hob die Hand, als wollte er einen Schlag abwehren.

Aber Zeke sagte nur: »Ich bin froh, daß du heimgekommen bist, Kleiner. Deine Mutter war krank vor Sorge um dich.«

Und seine Mutter sagte: »Mein Sohn, du mußt hungrig sein«, als wäre er niemals fortgewesen.

Der alte Mann begann nicht wieder zu spielen, sondern schaute sie alle drei merkwürdig an. Er schnupperte dreimal. Dann sagte er: »Ich rieche Angst. Ich rieche Zorn. Ich rieche die Jäger.« Er ließ sich auf alle viere fallen, streckte seinen verwitterten Hintern dem Mond entgegen. Er scharrte im Boden, vergrub seine Nase im Erdreich. Er drehte den Kopf zur Seite, als würde er fernen Stimmen lauschen.

Da kam das ferne Heulen wieder. Teddy spürte, wie seine Mutter zitterte. »Das Heulen klingt falsch«, sagte Little Elk Woman, »deshalb habe ich dich gesucht. Es sind keine echten Wölfe«

»Das is' verdammt wahr!« bestätigte Teddy. »Es sind Werwölfe... einer wie der andere –, all die komischen Ausländer im Zug.«

»Das hat Harper also gemeint...« sagte Zeke. Teddy wußte nicht, von wem er sprach, aber er schien besorgt. Auf Lakota ergänzte Zeke: »Ich hatte einen Freund, und mein Freund hatte eine Vision, obwohl er ein Weißer und ein Soldat war. Und danach waren wir nie wieder so gute Freunde wie zuvor.«

Der alte Mann sah vom Waldboden zu ihnen auf. Sein Gesicht war mit feuchtem Laub bedeckt. Er nahm die Flöte mit dem Mund vom Boden auf und schleuderte den Kopf zurück, so daß das Instrument in hohem Bogen wegflog, dann setzte er ihm nach und fing es mit der ausgestreckten Hand wieder auf. Und seine Fingernägel sahen aus wie Krallen. Die drei schauten ihm zu. Wieder hörten sie das Heulen. Der alte Mann erwiderte es. Seine Augen wurden schmal. Sie glühten.

Dann eilte der Alte durch das Laub, wirbelte es auf, verteilte es. Der Wald roch nach – Teddy erinnerte sich daran, wie eine Dame aus Boston ihm einen halben Dollar dafür gezahlt hatte, daß er seine Zunge in ihr Unaussprechliches steckte und langsam hin und her schleckte, während sie sich in den schaukelnden Sitz zurücklehnte und der Zug an Grand Island vorbeirollte. Genauso roch der feuchte Boden. Wie eine Frau zwischen ihren Beinen. Es hatte damals auch Blut gegeben, geronnenes auf den Spitzen ihrer Unterhose, glitschiges auf seiner Zunge.

Und der alte Mann – immer wieder heulte er, während er über den Waldboden krabbelte, viel graziöser, als ein alter Mann krabbeln konnte, und Zweige und Dreck aufwühlte. Natürlich, der alte Mann war einer von ihnen! Teddy schrie: »Ich wollte euch warnen, aber da is' schon einer von ihnen, der sich gleich vor unsern Augen in ein Monster verwandelt!«

»Neeeeiiin!« heulte der alte Mann. »Ich tanze, um euch zu schützen... ich rieche die Gefahr, die dem Jungen droht!« Und er stand wieder auf und zog einen Kreis um sie, hielt in allen vier Himmelsrichtungen inne und ließ ächzend Wasser. »Ich bin zu alt, um mich noch zu wandeln... *yahéhéhé*... aber ich kann immer noch auf den Boden pissen und ihn heilig machen... *yaháháhá*... und einen Schutzkreis gegen eure Feinde ziehen...«

Der Nebel lichtete sich. Der Mond schien auf sie herab. Teddy fror immer noch, und die Decke kratzte auf seinen Wangen, seinen Händen. Er konnte das Dorf jetzt deutlich erkennen. Hie und da glühte in einem Tipi ein Feuer. Das Geheul der Wölfe kam näher, näher, näher –

Teddy schrie: »Die *Washichun* Shungmanitu kommen! Wacht auf, wacht auf!«

»Du kannst ihnen nicht helfen, Junge!« Der alte Mann hielt in seinem Tun inne und sprach mit plötzlicher Klarheit: »Die Wölfe werden sich durch das Dorf fressen. Das Dorf bedeutet nichts mehr. Ich bin hier, um den Kreis zu ziehen... der Kreis, in den der eine, der uns retten kann, gezogen wird, obwohl du in diesem Lied keinen Platz hast, wirst du geschützt sein, solange du im Kreis verweilst...«

Das Heulen kam näher, kakophon, mächtig, grauenhaft.

Teddy schaute ihn entsetzt an. Seine Mutter sang lautlos ein Lied: War es ein Todeslied? Er konnte ihre Lippen nicht lesen. Hinter ihnen wachten die Menschen in den Tipis auf, lugten zwischen den Zeltwänden vor, starrten einander mit großen Augen an.

Dann, auf der anderen Seite des Baches –

Hufschläge. Wiehern. Knurren. Knackend tasteten sich Pfoten

durchs Unterholz. Und Teddy sah einen Mann auf einem Pferd, der zum Bach jagte. Die Wölfe waren ihm auf den Fersen. Er trug die Uniform der Kavallerie. Er war schon lange geritten. Die Wölfe sprangen dem Pferd in die Flanke, rissen ihm das Fleisch von den Knochen. Und Zeke schrie: »Harper!« als der Gaul strauchelte und stolperte und die Wölfe sich darauf stürzten –

Um sie herum befand sich der Kreis, den der Alte gezogen hatte. Es war tatsächlich ein Kreis, wie Teddy jetzt sah, ein Kreis aus blaßblauem Feuer, das sein geisterhaftes, flackerndes Licht auf seine Mutter und die anderen warf, das sich in den Augen der Wölfe spiegelte.

Und Zeke brüllte: »Ich komm' dich holen!« und wollte auf das Bachufer zulaufen, aber der Alte hielt ihn mit einer Geste davon ab und schritt selbst aus dem Kreis. Er hob die Arme. Die Wölfe zögerten. Ihre Fänge waren blutverschmiert.

Der alte Mann spielte eine einfache Melodie auf seiner Flöte, und die Wölfe heulten in Erwiderung darauf. Zugleich aber teilten sie sich, so daß der junge Offizier aus dem Bachbett klettern konnte. Sein Gesicht war blutig, seine Uniform zerfetzt. Zeke und Teddy wagten sich an den Rand des Kreises. Sie beugten sich so weit wie möglich vor, bis sie den Mann über die Grenze zerren konnten.

Ein Wolf stand abseits des Rudels. Teddy erkannte ihn an dem silbernen Fellstreifen auf seiner Stirn. Er sagte: »Das ist ihr Anführer.« Der Wolf sprang über den Bach und näherte sich dem Kreis. Als seine Pfote die blaue Flamme berührte, zog er sie mit einem schmerzhaften Aufjaulen wieder zurück. Der alte Mann spielte, und die Flamme wurde heller.

Der Wolf schaute den Alten lang und unverwandt an. Es war der Blick, mit dem ein Wolf seine Beute fixiert, um ihr zu sagen, daß die Jagd vorüber und es Zeit zu sterben ist.

Aber der alte Mann spielte weiter und erwiderte den Blick des Wolfes, als wären sie gleichrangig und beide Führer. Und in den Augen des Alten lag Ruhe.

Der Wolf, der auch der Graf von Bächl-Wölfling war, hob seinen Schweif und brüllte vor Wut. Er versuchte, die blaue Flamme mit seiner Pisse zu löschen. Aber der Alte spielte immer weiter.

Die anderen Wölfe warteten.

Scott Harper lag innerhalb des Kreises. Er japste nach Luft. Der Himmel wußte, wie lang er schon geritten war. Er keuchte: »Sanderson schickt mich nach dir, Zeke Sullivan. Er will dich hängen lassen, als Deserteur.«

»Er hat dich geschickt?« fragte Zeke. »Er weiß, daß du mein Freund bist.«

»Er wußte es. Er will ein Exempel statuieren. Zeke...« Scotts Stimme brach, und Teddy ging zu ihm hinüber, um die Decke über ihn zu legen. »Zeke, ich will nicht mehr bei der Armee sein. Ich habe Alpträume. Ich sehe immer wieder, wie Sanderson dieses Baby aus der Wiege stieß. Ich sehe das tote Baby im Schnee liegen. Und die verdammten Wölfe. Sie wollten mir etwas sagen, das weiß ich genau.«

Der Graf, der Wolfskönig, drehte dem Flammenkreis den Rükken zu. Er glitt mit hoch erhobenem Schweif auf das Dorf zu, und einer nach dem anderen folgten ihm die Wölfe durch den Bach.

Teddy wollte ihnen nachlaufen, aber der alte Indianer packte ihn und ließ ihn nicht los. »Viele werden sterben«, sagte er.

»Chéyewakinicha«, antwortete der Alte.

»Was meint er?« fragte Scott heiser vor Fieber.

»Er sagt, er kann seine Tränen kaum zurückhalten«, erklärte Teddy. »Aber keiner von uns darf den Kreis verlassen. Sonst holen uns die Werwölfe.«

Die Wölfe hatten das Dorf erreicht. Teddy konnte die Schreie vernehmen. Er zwang sich wegzuhören.

Sie kauerten sich zusammen, alle vier, während der alte Mann weitertanzte. Und dann sah Teddy noch jemanden auf den Bach zukommen, dort, wo die Wölfe aufgetaucht waren. Sie stand hinter dem Kadaver des Palomino. Teddys Pferd war ebenfalls erledigt; es lag leblos neben der Kiefer, an der es angebunden gewesen war. Als der Kavallerist die Frau sah, schien er vollkommen den Verstand zu verlieren.

»Natalia!« Er konnte kaum sprechen; die Worte entrangen sich seiner Kehle wie der eines Sterbenden. Er begann aus dem Kreis zu taumeln.

»Geh nicht aus dem Kreis!« flüsterte Zeke ihm mit rauher Stimme zu und versuchte, ihn aufzuhalten. »Teddy, halt ihn fest!«

Teddy bekam einen Zipfel seines Hemdes zu fassen, aber es zerriß in seiner Hand. Es war blutdurchtränkt. Scott stolperte auf die Frau zu. Teddy erkannte sie wieder. »Gehen Sie nicht zu ihr!« rief er. »Sie ist die Leitwölfin, die Geliebte des Grafen, und Sie sind nur ein Mensch...«

Natalia Petrowna lächelte ihn an. Ihr Gesicht war zur Hälfte pelzbedeckt, aber sie stand immer noch aufrecht. Warum hatte sie sich nicht im Mondlicht verwandelt? »Gehen Sie nicht hin!« schrie Teddy, aber Scott hatte den Bach bereits erreicht und watete durch das Wasser auf sie zu.

»Halte ihn nicht auf«, sagte der alte Mann. Aus dem Dorf glaubte Teddy die Schreie eines Kindes zu hören, dem die Gliedmaßen ausgerissen wurden. »Er ist schon tot.«

Scott sagte: »Madam, hier ist kein Ort für Sie, unter all den Wölfen und Indianern...«

Natalia Petrowna breitete die Arme aus, um den Soldaten zu begrüßen. Ihr schwarz-rotes Kleid raschelte im Wind. Wie das Gras, wie die Baumwipfel. Im Mondlicht glühte ihr Lächeln fast phosphoreszierend, und ihre Zähne glitzerten wie kleine Dolche.

In einem anderen Kreis, südlich des Waldes, auf einer Anhöhe über der verlassenen Prärie stand Speranza, die Bibel unter dem Arm. Um sie herum eilten geschäftig die Bediensteten, die alles für die Rückkehr ihrer Herren vorbereiteten. Sessel und Sofas wurden wieder auf die Planwagen verladen. Im Fackelschein spielte ein Butler mit zwei Stubenmädchen Karten.

Vishnevsky beobachtete sie aus einem Wagen heraus. Sie ertrug seinen Blick kaum. Sie wußte, daß sein Schicksal mit dem von Natalia Petrowna verknüpft war. Wie sehr mußte er sich quälen, das Elend seiner Cousine mit anzusehen, dachte sie. Und doch ist er ein Mensch wie ich, selbst wenn er das Siegel auf seiner Hand trägt. Er muß sich nach dem Ende seiner Knechtschaft sehnen.

Ein Lakai näherte sich ihr; er trug ein Tablett mit Glühwein, etwas Suppe und einem Brot. Er verbeugte sich und sagte: »Gnädiges Fräulein, Sie können den Schutzkreis beruhigt verlassen. In etwa drei Stunden wird der Mond untergehen; und es ist höchst unwahrscheinlich, daß die Herrschaften mit ungestilltem Appetit zurückkehren. Außerdem sind Sie nicht nur durch den Kreis, sondern auch durch den ausdrücklichen Befehl des Grafen geschützt.«

Speranza trat aus dem Kreis. Der Lakai stellte ihr einen Stuhl im Schatten eines Wagens auf. Ein Feuer knisterte. Sie hörte den Butler und die Stubenmädchen lachen. Sie setzte sich und schlürfte die Suppe. Es war eine herzhafte Brühe mit Wildbretwürfeln und gehackten Karotten; der Wein stammte aus Frankreich. Sie wollte sich mit jemandem unterhalten, aber die Diener mieden sie. Sie fürchten mich, dachte sie. Weil ich vielleicht bald ihre Herrin werde – weil ich vielleicht auch der Versuchung nicht widerstehen kann, Lykanthrop zu werden.

In diesem Augenblick bemerkte sie eine Gestalt, die sich den Hügel hinaufkämpfte und ihr zuwinkte. Es war kein Diener, und es konnte auch kein Wolf sein, denn die hatten alle das Lager verlassen; selbst Natalia Petrowna, die Schwierigkeiten bei der Transformation gehabt hatte, war dem Rudel auf einem Pferd gefolgt.

Als der Mann näher kam, erkannte sie ihn an seinem steifen Hut, der bunten Weste und an seinem ungelenken Gang. Seine Kleider waren zerrissen, und er war unrasiert; aber das war zweifellos auf die Mühen zurückzuführen, die er auf sich genommen hatte, um hierher zu gelangen. »Na so was«, sagte sie, »Mr. Claggart! Wie seltsam, daß Sie uns nachreisen.«

»Made-*mäusel* Martinique!« sagte Claggart. »Ich hätte nie damit gerechnet, mitten im Nichts eine wahrhafte Dame anzutreffen! Hätten Sie vielleicht einen kleinen Happen für einen Verhungernden übrig, Madam? Und einen kleinen Schluck zu trinken?«

»Wie haben Sie uns gefunden?« fragte sie, klatschte in die Hände und ließ einen weiteren Stuhl bringen. Dann bat sie den Diener, noch ein zweites Glas zu füllen, denn obwohl der Mann ein Scharlatan und Tagedieb war, konnte sie ihm die Gastfreundschaft kaum verwehren. »Ich dachte, Ihr Zugabschnitt hätte die Reise nach dem unglückseligen... Raubüberfall fortgesetzt.«

»Das ist richtig, Madam, wir erreichten den nächsten Bahnhof ohne Probleme. Aber dort lauerte mir in Big Springs ein Marshall auf. Anscheinend habe ich, als ich der Stadt das letztemal den Rükken kehrte, ein paar Menschen mit unangenehmen Erinnerungen zurückgelassen... ich möchte nicht näher darauf eingehen, Madam. Aber aufgrund meiner prekären Position hielt ich es für das Beste, mir ein Pferd zu entleihen und die Gegend zu verlassen. Ich wollte zurück nach Deadwood. Mein Weib hat mich seit Monaten nicht mehr gesehen, aber Ehefrauen, Gott segne sie, bieten einem in schwierigen Zeiten einen gewissen Schutz. Dann entdecke ich die Wagenspur in den Sandhills und frage mich, wer wohl auf einer so verlassenen Straße nach Norden zieht, wo es doch die Postkutschenstraße von Cheyenne nach Deadwood und außerdem den Zug gibt. Und ich denke mir, Leute, die diese Straße nehmen, müssen was zu verbergen haben. Oder irre ich mich, Madam?« fragte er und stürzte den Wein hinunter.

»Das kann ich Ihnen nicht sagen«, antwortete Speranza.

Cordwainer Claggart schaute sie scheel an. »Sie haben sich um einen kleinen Jungen gekümmert... ein hübscher kleiner Kerl, ein Aristokrat.«

»Der kleine Johnny ist mein Schützling«, bestätigte Speranza, »aber er ist im Augenblick bei seinem Vater.«

»Am Tag vor dem Überfall«, sagte Claggart und starrrte ihr aufmerksam in die Augen, »habe ich ihn in einer höchst ungewöhnlichen Situation überrascht. Ich würde ihn wirklich gerne näher kennenlernen.«

Speranza irritierte es, daß der Kartenhai so unvermittelt aufgetaucht war, und noch mehr, wie er über Johnny sprach. Sie versuchte, das Thema zu wechseln. »Wenn Sie den weiten Weg auf sich genommen haben, weil Sie jemanden suchen, dem Sie Ihre Kartentricks vorführen wollen Mister, dann werden Sie hier genügend willige Opfer unter der Dienerschaft finden.«

»Leider, Mademäusel, sind meine Tage als Spieler gezählt. Mein Ruf hat sich bis an die Grenzen Nebraskas verbreitet, und auch im Dakota-Territorium kennt man mich allzu gut. Eine Karriere sollte man nach drei oder vier Jahren abbrechen, wenn man keine Lust hat, an einem Baum zu enden. Ich war einmal verdammt nah dran, in Cheyenne für meinen patentierten Floccinaucinihilipilificator gehängt zu werden, deshalb habe ich zum Glücksspiel gewechselt – ich dachte, das wäre ein ehrbarer Beruf. Schätze, es wird wieder Zeit für einen Wechsel.«

Speranza mußte lächeln. Nach all den übernatürlichen Schrekken, die sie heute abend gesehen hatte, fand sie diese ehrliche, menschliche Gaunerei fast liebenswert. Sie sagte: »Vielleicht wird der Graf Sie engagieren. Er braucht jemanden, der das Territorium gut kennt; und ich bin überzeugt, daß niemand es besser kennt als ein Mann, dessen Beruf ihn bisweilen mit dem Gesetz in Konflikt bringt.« Vielleicht wäre der Mann auch ein Verbündeter, dachte sie. »Sie könnten zusammen mit uns nach Norden reisen. Die Diener können Ihnen ein Bett am Feuer bereiten... obwohl ich Ihnen zu Ihrer eigenen Sicherheit empfehlen würde, innerhalb jenes Kreises dort zu schlafen.«

Sie deutete dorthin, wo sie vorhin gestanden hatte. Wo der Graf es markiert hatte, leuchtete das Gras gespenstisch blau, als wäre es mit Phosphor bestrichen worden. Cordwainer Claggart schaute hinüber, dann schüttelte er den Kopf. »Ich will niemandem dienen, Madam; lieber wäre ich ein Krimineller, als von einem Adligen Befehle entgegennehmen zu müssen. Ich habe eigene Pläne, Madam, phantastische Pläne. Der Wolfsjunge hat mich darauf gebracht. Aber ich wäre Ihnen sehr dankbar für einen Laib Brot und eine oder zwei Flaschen Heiliges Wasser, wie die Indianer es nennen.« Er leerte das zweite Glas Wein. »Fleisch kann ich mir selbst besorgen«, fügte er hinzu und schüttelte kurz den Ärmel, worauf ein Derringer in seiner Handfläche erschien.

»Wie Sie wünschen«, sagte Speranza und befahl den Bediensteten, ihm frischen Proviant zu bringen.

»Und wenn Sie mir ein frisches Pferd verkaufen könnten – unglücklicherweise wurde das Tier, das ich in Big Springs gestohlen habe, vor kaum einer Stunde von einem Rudel Wölfe überfallen – die wildesten, gefährlichsten Bestien, die ich je sah. Aber mir haben sie kein Haar gekrümmt.«

Speranza fiel erst jetzt auf, daß Claggart eine silberne Uhrkette trug, die aus seiner Westentasche baumelte, und daß seine Manschetten mit Silber besetzt waren. Um seinen Hals hing eine schwere Silberkette, an der irgendein türkises Amulett oder ein Talisman befestigt war. Ahnte er überhaupt, wie knapp er dem Tod entronnen war? »Das Pferd?« wiederholte er seine Frage.

»Leider kann ich hier keine Befehle erteilen.«

»Ich kann Ihnen kein Geld dafür geben, aber ich kann Ihrem Grafen ein Geschenk machen, das ihm sehr am Herzen liegt... mein Schweigen, Mademäusel Martinique.«

Er sah ihr geradewegs in die Augen. Sie wußte nicht, wie ernst seine Drohung gemeint war, oder ob man ihm überhaupt glauben würde; sie hatte den Eindruck, daß der Graf all jene, welche die Geschicke des Dakota-Territoriums lenkten, bereits mit seinem Gold bedacht hatte. Und trotzdem – Hartmut würde kein Risiko eingehen wollen.

Speranza nickte. Sie gab dem Lakai ein Zeichen. »Er soll bekommen, was er verlangt«, sagte sie. »Und sorgen Sie dafür, daß er von hier fort eskortiert wird... wenn nötig, bis Deadwood.« Der Lakai verbeugte und beeilte sich, ihren Befehlen nachzukommen. Sie halten mich schon für die nächste Madonna der Wölfe, dachte sie. Aber was war mit Natalia? Vielleicht müssen wir um diese Rolle kämpfen. Auf den Tod, wie zwei römische Gladiatorinnen.

Sie sah ihm nach, als er davonritt. Wenn seine Ankunft sie auch beunruhigt hatte, so freute sie seine Abreise trotzdem nicht. Vishnevsky beobachtete sie immer noch aus seinem Wagen heraus.

Warum interessierte sich Cordwainer Claggart für den Jungen?

Was hatte er entdeckt, und zu welchem großartigen Plan wurde er durch ihren Schützling inspiriert? Unverwandt blickte sie nach Norden, wartete auf die Rückkehr der Wölfe, entschlossen, nicht einzuschlafen, denn wenn ihr Leben schon ein Alptraum war, um wieviel mehr dann ihr Schlaf.

Scott konnte nichts dagegen tun. Die Russin rief ihn. Vielleicht war sie verletzt, vielleicht hatten die Wölfe sie verwundet. Er riß sich von Zeke und dem jungen Halbblut los, das ihn so fatal an jemand anderen erinnerte. Er machte sich gar keine Gedanken darüber, was für einen unwahrscheinlichen Zufall es darstellte, daß Natalia am Rande eben jenes Dorfes stand, in das Sanderson ihn geschickt hatte. Sobald sie ihn ansah, konnte er nicht mehr klar denken. Er vergaß Major Sanderson und seinen Auftrag, Zeke zu verhaften. Er dachte nur noch an diese Frau mit den goldenen Augen und jenem angedeuteten Lächeln.

»Das ist doch Captain Harper!« begrüßte sie ihn mit süßer Stimme. »Und so weit von Fort Cassandra weg.« Sie streckte ihm ihre behandschuhte Hand entgegen. »Sie müssen mir über Fluß helfen. Ich bin eine so schwache Frau.«

»Sie sollten hier nicht sein, Madam.« Er starrte auf den Pelzstreifen, der ihr Gesicht entstellte.

Zeke und der Junge riefen ihn, blieben aber in dem Kreis. Der alte Medizinmann – wenn es einer war – tanzte wie wild, und die verrückten Wölfe rissen im Dorf die Tipis um. Scott hatte nur Augen für die Frau.

Er reichte ihr seine Hand. Sie sagte: »Ich muß zu den Wölfen, Sie verstehen.«

Er stellte ihr keine Fragen. Er war wie gebannt. Er nahm sie in seine Arme und trug sie durch den Bach. Ein animalischer Geruch haftete ihr an, kaum unter dem Parfüm verborgen, der ihn zum Wahnsinn trieb, sein Verlangen steigerte. Sie klammerte sich an ihn. Ihre Zunge glitt über die feuchten Lippen. »Ich habe dich immer gewollt«, sagte sie. »Ich wollte dich auf dem Friedhof. Ich wollte dich auf dem Fest. Aber du bist vor mir geflohen, nicht?«

»Ich wußte es ja nicht.« Ihre Nähe, ihre offenkundige Leidenschaft raubten ihm den Verstand.

»Küß mich.«

Er drückte sie an sich. Aber bevor seine Lippen ihre berührten, packte sie seine Hand so fest, daß er vor Schmerz aufschrie, dann entwand sie sich mit einer unglaublichen Behendigkeit seinem Griff, so daß er stolperte und mit dem Gesicht voran zu Boden stürzte. Er schmeckte Tauwasser, vermischt mit schlammigem, laubigem Waldboden.

Als er aufblickte, sah er, wie sie sich verwandelte. Und sie sprach zu ihm, während sie ihr Äußeres änderte, mit tieferer, kehligerer Stimme, fast wie ein Hund. »Du hast Wasser aus meinen Pfotenabdrücken getrunken, mein kleiner blonder Soldat!« Und der Pelzstreifen auf ihrer Wange pulsierte, breitete sich über das ganze Gesicht aus.

»Wasser...« keuchte er.

»Bald wirst du sein wie ich. Wenn Graf mich wegen dummer Erzieherin verstößt, dann ich habe wenigstens, was ich will. O Captain Harper, du bist schön, aber bald du bist mehr als schön... du wirst sein Tier, Tier...« Und bei diesen Worten verzerrte sich ihr Mund zu einem wilden Maul, und ihre Augen wurden schmal und glitzerten, und sie warf sich neben ihn auf den Boden und wälzte sich aus ihren Kleidern und ihr Geruch wurde stärker, erfüllte ihn mit unstillbarer Lust, und sie stürzte auf ihn, Geifer tropfte auf sein Gesicht, sie zerriß seine Uniform mit ihren Fangzähnen, erstickte ihn fast mit den Stoffetzen. Er spürte ihre Pfoten zwischen seinen Hinterbacken, spürte Fell und Klauen am Schaft seines Penis, und er dachte, das ist nicht wahr, das darf nicht wahr sein, ich kann diese Gefühle nicht haben, und er versuchte seine Erektion zu unterdrücken, aber ihre Ausdünstung wurde immer stärker. Sie preßte ihn auf den Boden und streckte ihm ihre Hundevotze ins Gesicht, und jetzt war sie ganz und gar Wolf mit rotem Fell, stark, und ihr Lachen war ein hohes Kläffen. Er versuchte sein Gesicht freizubekommen. Er brüllte: »Zeke, Zeke... hilf mir...« und wollte seinen Colt aus dem Halfter zerren, aber der klemmte.

»Zu spät«, knurrte der Natalia-Wolf; es klang wie die Parodie einer Menschenstimme. »Du-hast-getrunken-Wasser-aus-Abdruck –«

Er hörte die Frau kreischen: *»Hiyá, Zeke, hiyá!«*, dann den Jungen: »Zeke, bleib im Kreis!« und den Falsettgesang des alten Indianers.

Als nächstes begriff er, daß Zeke sich auf den Natalia-Wolf geworfen hatte. Als Scott sich unter der Wölfin hervorrollte, berührte seine Hand den Schutzkreis. Er spürte einen dumpfen, pochenden Schmerz. Als sollte er abgewiesen werden. Als würden die Frau und das Kind vor *ihm* beschützt. Er setzte sich auf und sah seinen Freund mit der Wölfin kämpfen. Die Indianerin stieß einen gellenden Schrei aus. Es war der Schrei einer Frau, der ihr Mann genommen wird. Und dann sah er, was der Wolf mit Zeke machte. Er saß reglos daneben, zu entsetzt, um etwas unternehmen zu können. In seinen Augen standen Tränen und kalter Schweiß. Das Wesen riß Zeke in Stücke, überall war Blut, das im Mondlicht schwarz und metallisch glänzte. Er hörte ein Rückgrat knacken, sah, wie die Wölfin die Eingeweide aus dem aufgerissenem Bauch wühlte – zu spät fingerte Scott nach seinem Colt und feuerte alle Patronen auf die Wölfin ab, und er wußte, daß es zu spät war, daß er seinen Freund nicht mehr retten konnte, daß Zeke von jener Bestie ermordet worden war, die er begehrt hatte.

»Schnell in den Kreis«, sagte der Junge und zupfte an seinem Ärmel. Die Frau nahm seinen anderen Arm. Der Flammenkreis versengte ihn, aber er biß die Zähne zusammen und ertrug den Schmerz. Er wußte, daß er noch keines dieser Wesen geworden war, gleichgültig, was sie behauptete. Er saß und starrte die Wölfin an, die methodisch den Leichnam auseinandernahm. Sie blickte ihn an, eine abgetrennte Hand im Maul. Und als sich ihre Blicke trafen, spürte er erneut Lust, und sein Penis regte sich wieder, und er schrie: »Nein, nein, nein!« und preßte die Augen zu, bis die Tränen über seine Wangen strömten.

»Idiot!« zischte der Junge. »Schauen Sie nicht hin, denken Sie nicht dran.«

»Zeke… ist mein Freund, du hast ja keine Ahnung…«

»Er ist nicht mehr zu retten«, sagte der Junge.

»Seine Frau…«

»Sie wird's überleben. Sie ist Indianerin. Sie weiß, was Leben und Tod bedeuten, Mister. Und ich bleib' bei ihr. Ich lauf' nicht mehr fort. Ich werd' meinen Pa nie mehr finden. Ich bleib' hier und jag' für sie und sorg' dafür, daß sie im Winter nicht aus dem Lager gejagt wird, so wahr ich Teddy Grumiaux heiß'.«

Und mitten in diesem Gefühlsaufruhr überkam ihn eine neue Erkenntnis – daß dieser Junge der Sohn von Claude-Achille Grumiaux, dem Eisenbahner, war. Leise sagte er: »Ich weiß, wo dein Vater ist, Teddy. Ich kann dich zu ihm bringen, wenn du möchtest.«

Die Wölfin verwandelte sich bereits wieder, noch während sie den Leichnam seines Freundes zerfleischte. Die Schnauze bildete sich zurück, langes rotes Haar sproß zwischen dem Fell hervor, Brüste wuchsen aus dem Pelz. Und sie sprach wieder, obwohl die Worte kaum zu verstehen waren: »Jetzt kenne ich endlich das Gegengift gegen Silber – die Leidenschaft eines Mannes. Wir brauchen einander von nun an… wir sind aneinander gebunden… durch deine Begierde und mein Gebrechen…«

Natalias Gesicht war bleich im Mondlicht, viel zu bleich. Das Haar fiel ihr auf die Brüste. Sie bedeckte ihre Scham mit einer blutverschmierten Hand, die sich, als er einen kurzen Stich der Leidenschaft verspürte, sofort wieder in eine Klaue verwandelte. Er wandte sich ab. »Laß mich nicht hinschauen«, zischte er dem Jungen zu. »Halt mir die Augen zu.«

Er fühlte eine kalte Hand auf seinem Gesicht. Als sie sich wieder zurückzog, war die Erscheinung verschwunden. Aber Zekes Überbleibsel lagen immer noch dort, und die Klageschreie der Frau verebbten nicht, ebensowenig wie der wilde Tanz des Alten. Herr im Himmel, dachte er. Dort liegt sein Kopf, mitten im Unterholz.

»Sie zittern wie Espenlaub«, sagte der Junge. »Und meine Ma und der alte Indianer sin' auch nich' ansprechbar.«

»Er war mein Freund«, sagte Scott. »Ich habe mir nie vorstellen können, daß er sterben würde. Er kannte den Wald so gut wie jede Rothaut.« Und er erinnerte sich an den Leichnam von Eddie Bryant, der am Baum gelehnt hatte und dem das Gold aus den Taschen gequollen war.

»Sie haben aus ihren Pfotenabdrücken getrunken«, meinte Teddy. »Schätze, das heißt, daß Sie sich auch verwandeln werden. Das hat die Russin gesagt.« Und er erklärte Scott, was er über die Werwölfe gehört hatte und daß der Graf Natalia wegen einer französischen Erzieherin verstoßen hatte, die immer Schwarz trug. »Sie will einen neuen Partner«, sagte er, »und ich hab' gehört, wenn einer aus dem Pfotenabdruck von 'nem Werwolf trinkt, dann hört er bald selbst den Mond rufen.«

»Ich habe nicht vor, zum Werwolf zu werden«, widersprach Scott. »Auf gar keinen Fall.«

Sie hörten noch vereinzelte Schreie aus dem Lager. Scott spürte die Hitze, die die brennenden Tipis verströmten, und er roch versengtes Fleisch. Aber er schaute nicht hin. Er wollte Natalia nicht wiedersehen.

Er fühlte, wie die Mondstrahlen auf seiner Haut prickelten, unter seiner Haut wie Nadelstiche juckten. »Gebt mir eine Decke«, bat er, »damit ich nicht mehr im Mondlicht bin.«

Der Junge nahm seiner Mutter die Decke weg und warf sie über Scott. Der dicke Stoff dämpfte die Todesschreie, aber er spürte das Mondlicht immer noch.

»Ich werde mich niemals verwandeln«, schwor er sich. »Morgen früh reite ich zurück ins Fort. Ich werde verhindern, daß ich jemals ins Mondlicht komme.«

Aber er wußte, was ihn in Fort Cassandra erwartete. Er wußte, daß er Zeke nicht mehr mitbringen konnte. Er wußte, daß er Major Sandersons Groll würde ertragen müssen. Er konnte nicht zurück. Sanderson hatte ihm nie vergeben, daß er das Massaker damals nicht mitgemacht hatte.

Aber als er sich vorstellte, nicht mehr zurückzukehren, erschien ihm die Zukunft noch düsterer und hoffnungsloser. Sein Vater war so stolz auf ihn gewesen, als er ihm den elfenbeinverzierten Colt überreicht und seinen Sohn losgeschickt hatte, um in eben jener Kavallerie zu dienen, gegen die er selbst im letzten Krieg gekämpft hatte. Scott glaubte nicht, daß es noch irgendeinen Grund gab, stolz auf ihn zu sein. Sein Freund war von einer Teufelskreatur ermordet worden, und er selbst spürte bereits das Gift in seinem Blut, obwohl er sich unter der Decke einer Squaw vor dem Mondlicht verbarg.

»Es geschieht nicht über Nacht«, belehrte ihn Teddy Grumiaux. »Das kommt ganz langsam, hat mir mein Freund einmal erzählt. Aber eines Tages wacht man auf und denkt wie sie, und dann wartet man nur noch auf den nächsten Vollmond...«

Warum tanzte dieser verdammte alte Medizinmann immer noch?

Als würde sie seine unausgesprochene Frage beantworten, sagte Zekes Frau etwas auf Lakota, und Teddy meinte: »Der alte Mann war mit uns im Zug. Er kam, um den Leuten hier zu erzählen, was er gesehen hat, genau wie ich. Aber was er sagt, ist ganz anders als das, was ich gesehen hab'. Er glaubt, daß was Gutes kommt. Und Ma sagt, er tanzt, um einen Geist zu rufen...«

»Wie ein Teufelsanbeter?« fragte Scott.

»Nein. Er ruft ein Geist-Kind, das die Shungmanitu vereinen soll. Ich weiß nicht genau, was das bedeutet, Mister.« Als Scott unter der Decke hervorlugte, sah er den Jungen, der unverwandt auf den Bach starrte, als wollte er den Anblick, den Geruch, die Geräusche aus dem Sioux-Lager aus seiner Wahrnehmung ausblenden.

Nach den ersten Klageschreien zeigte Zekes Frau keine Anzeichen von Trauer mehr. Wie konnte sie einfach dasitzen bleiben, während ihr Mann in kleinen Stücken vor ihr im Gras lag?

Vielleicht bemerkte sie seinen unausgesprochenen Vorwurf. Denn Little Elk Woman sagte: »Wir nicht mehr wichtig. Nur Geist-Kind wichtig.«

Geist-Kinder, übernatürliche Wölfe, Kreise aus blauem Feuer – nichts ergab Sinn. Aber Zekes verstümmelte Leiche lag außerhalb des Kreises, und kein Gesang oder Tanz, keine Philosophie konnte sie wegzaubern. Er wollte weinen, um seinen Schmerz zu lösen, aber er spürte nur immer stärkere Furcht, die nicht mehr weichen wollte.

In derselben Nacht

Der junge Wolf folgte seinem Vater durch den Bach. Es waren ein paar Menschen außerhalb des Dorfes, die im Territorium eines fremden Wolfes Schutz gefunden hatten. Er roch den Urin des Fremden. Er schien vertraut. Vielleicht war eine der anderen Personen diesem Wolf schon einmal begegnet. Aber diese anderen Personen waren jetzt nicht da – er hatte sie verbannt, er allein beherrschte den Körper, triumphierte über alle. Er rief seinem Vater in der Wolfssprache zu: »Wer wagt es, einen Bann gegen dich, den mächtigsten aller Wölfe, auszusprechen?«

Sein Vater antwortete nicht, sondern schnaubte und trabte schneller, so daß unter seinen Pfoten Erdbrocken hochflogen. Kopf und Schweif waren hoch erhoben. Die Sehnen zeichneten sich unter seinem Fell ab, und seine Augen glühten wie rote Kohlen. Als sie das Lager erreichten, wartete er, bis der junge Wolf ihn eingeholt hatte. Die anderen hatten ebenfalls aufgeschlossen. Sie heulten nicht mehr, sondern liefen in vollkommener Stille dahin. Nur das Knirschen von Pfoten auf trockenem Holz war zu hören.

Irgendwo hinter ihnen konnte der Welpe das Wiehern verängstigter Pferde hören, sie hatten die nahenden Jäger bereits gewittert. Der junge Wolf lief schneller. Der Boden war hier härter, von unzähligen Lagerfeuern festgebacken.

Eine Indianerin schaute aus einem Tipi-Eingang hervor. Die Wölfe versammelten sich. Sie brüllte sie an, versuchte, sie mit Armbewegungen zu verscheuchen, schrie um Hilfe. Hinter dem Königswolf standen die anderen aus dem Rudel – die Zigeunerin

Azucena in nachtschwarzem Fell; der indische Astrologe als Wolf mit silbernem Fell und erhabener Haltung; Dr. Szymanowski mager und mit kahlen Stellen im Pelz; Pater Alexandros mit seinem glatten, glänzenden Fell; die Baronin von Dittersdorf mit einem weißen Ring um ihren Hals, wie die Hermelinstolen, die sie so liebte. Sie warteten auf ein Zeichen. Die Pferde und die Waldtiere, die sie auf dem Weg hierher erlegt hatten, waren jetzt vergessen. Der junge Wolf wußte, daß diese Beute ganz anders war. Einen Menschen zu töten, das bedeutete, ein Bewußtsein auszulöschen. Das Aroma von Angst hing in der Luft, köstlich wie Parfürm und ebenso erotisch. Warum erbeutest du sie nicht, dachte er. Er unterdrückte seine Ungeduld, denn er wußte, daß er den festgelegten Rhythmus der Gewalt nicht ändern konnte. Er wartete. Alle warteten darauf, daß der Leitwolf sprang.

Der Vater des jungen Wolfes öffnete das Maul. Seine Zähne glänzten wie Perlen im Mondlicht. Ja, dachte der junge Wolf. Es ist soweit – der letzte Blickkontakt – die Augen der jungen Frau öffneten sich immer weiter, ein Schrei wollte aus ihrer Kehle aufsteigen, da sprang der Graf, mit weit aufgerissenem Rachen, umarmte die Frau mit seinen Pfoten, zerbiß ihre Wangen und riß ihren Hals auf, so daß die noch zitternde Luftröhre sichtbar wurde. Es kam kein Schrei, nur ein melancholisches Pfeifen aus der zerstörten Luftröhre. Die Frau sank zu Boden, und die Wölfe fielen über sie her.

Kläffend tauchte der Welpe unter den Läufen der anderen Wölfe durch. Und schmeckte süßes Blut. Atmete es ein, während es seine Nüstern bedeckte und das Fell seiner Wangen verklebte. Süß, süß und warm. Fröhlich bellte er, als das Blut, das Lebensfeuer dieser Frau, herausspritzte. Er badete darin, wurde neu geboren.

Nur einen winzigen Augenblick lang hörte er die anderen Stimmen in seinem Kopf, die herausgelassen werden wollten. Aber er war zu stark. Er war mitten in seiner Familie, er war stark, und die Frau, die immer zu den anderen hielt – sie war weit weg. So sollte es sein.

Dann legte sein Vater den Kopf in den Nacken und heulte im Blutrausch, und bald heulten sie alle, und sie drängten sich an die Seite des Tipis, bis die Zeltstangen zerbrachen und die Felle in Flammen aufgingen, Flammen, die das trockene Gras weitertrug durch das Lager bis zu den anderen Tipis.

Ein brennender Mann stürzte aus einem Zelt, und das Rudel heftete sich an seine Fersen, während er versuchte, das rettende Wasser zu erreichen. Die Wölfe waren schneller als ein Sturzbach. Als der Mann hineinfiel und das Wasser um ihn herum zischte, umringten sie ihn jaulend, zerrten an ihm, bissen Stücke aus seiner Wange und aus seiner Kopfhaut heraus, und er sah, wie Pater Alexandros einen Augapfel auf seiner Zunge balancierte, bevor er ihn verschluckte, und wie die Baronin die Federn zerkaute, die einst das Haar des Mannes geschmückt hatten.

Wieder heulte sein Vater, und die Wölfe jagten zurück zu den brennenden Tipis. Der junge Wolf wollte ihnen gerade folgen, als er ein sonderbares Geräusch hörte, fast wie das Flüstern des Baches. Er hielt inne, stellte die Ohren auf, lauschte – es weckte dunkle Erinnerungen. Er wußte gar nicht, daß sein Gedächtnis so weit zurückreichte.

Das Geräusch kam von einem lächerlichen alten, gebeugten Mann, der auf einer Flöte spielte. Er stand in dem Kreis, in dem sich drei Menschen aneinanderkauerten. Obwohl er aussah wie ein Mensch, erkannte der Wölfling den Geruch sofort. Er war wütend. Dieses Wesen hatte den Grafen herausgefordert! Ein Wesen, das sich nicht einmal mehr verwandeln konnte!

Soll er doch starren! Ich werde ihn fixieren, ihn bannen, zu Stein werden lassen, schwor sich der Welpe. Ich werde ihn anstarren, bis er sich in eine Blutpfütze und einen Haufen Fleisch verwandelt hat. Das werde ich, das werde ich. Ich scheiße auf ihn, ich pisse in den Wind und auf sein Flötenspiel. Ich pisse, pisse, pisse.

Er löste seine Pfoten aus dem feuchten Boden, spannte seinen Körper, wollte springen. Der Alte beobachtete ihn, ohne sein Spiel zu unterbrechen. Der junge Wolf kauerte sich nieder. Ihre Blicke trafen sich. Mein Blick ist kalt, dachte der junge Wolf. Er soll die letzte Dunkelheit in meinen Augen sehen, er soll die Hölle sehen. Der alte Mann wandte den Blick nicht ab, sondern spielte eine neue Melodie, tiefer, weicher. Und der Welpe hörte Stimmen in seinem Inneren: »Laß mich frei, laß mich frei!«

Nein! Nicht jetzt! Wut überschwemmte ihn, und er sprang auf, sprang nach dieser faltigen Kehle, sprang, um die Musik zum Schweigen zu bringen, aber –

Er landete auf steinigem Boden. Das Flötenspiel drang aus weiter Ferne zu ihm. Das Licht hatte ihm einen Streich gespielt. Ich muß die Augen schließen, sagte er sich, meinen menschlichen Sinnen abschwören, nur dem Laut und dem Geruch vertrauen. Er schloß die Augen, nahm die Witterung auf, ging dem Klang nach am Ufer des Baches.

Er spürte jetzt Feuer. Er konnte seinen Vater in der Sprache der Nacht rufen hören: »Komm zu mir, mein Sohn … komm hierher, das Blut ruft. Folge nicht dem Fremden …«

Aber das Lied der Flöte war stärker als das Lied des Blutes. Der ätzende Gestank brennenden Leders und verschmorenden Fleisches raubte ihm fast den Atem. Heiße Asche wirbelte um ihn herum. Er öffnete die Augen noch immer nicht. Er konnte mit seiner Nase, seinen Ohren gut genug sehen; er sah das Baby, an dem sich der indische Astrologe labte, während es immer noch nach seiner Mutter weinte, er spürte die Pfeile durch die Luft zischen, mit denen die Indianer vergeblich versuchten, ihre Feinde abzuwehren. Er jaulte auf, als ein Pfeil ihn in die Flanke traf, aber er lief weiter. Die Wunde schloß sich, und die Pfeilspitze wurde aus seinem Fleisch gedrückt. Der Pfeil bereitete ihm keine Schmerzen. Viel schmerzhafter war die Musik. Er folgte ihr. Der bittere Geruch des alten Mannes wurde weicher, süßer, erinnerte ihn an die Zeiten, bevor er seinen wahren Vater kennengelernt hatte – an die Zeit vor Speranza – vor dem Irrenhaus in London, vor – bevor seine Seele in Dutzende widerstreitender Persönlichkeiten zersplittert war, hatte es nicht eine Zeit gegeben, zu der er vollständig gewesen war? Die Musik weckte die Erinnerung daran. Und als sein Vater ihm zurief: »Er füttert dich mit Täuschungen, falschen

Hoffnungen ... du bist, wie du bist, wie ich bin, wie wir alle sind ... erfreue dich deiner Verdammnis, jubiliere, sei glücklich, sei, was die Dunkelheit aus dir gemacht hat«, da schenkte er den Worten keine Beachtung, die durch den bitteren Rauch zu ihm herüberdrangen, denn die Musik war viel süßer. Sie lockte ihn. Seine Füße wurden leichter. Er tanzte auf den Mondstrahlen.

Und der alte Mann sprach in der Sprache der Wölfe: »Hör mir zu. Du hörst ein Echo der Musik des Mondtanzes. Du kannst die Musik hören, weil du einer von uns bist. Du bist Shungmanitu. Komm zu deinem Volk. Der Mond ist die Quelle des Lichtflusses. Wir tanzen mit dem Mond. Wir sind eins und doch nicht eins mit dem Volk der Ebene und des Waldes und der Hügel. Wir sind eins und doch nicht eins mit den Wesen mit vier Beinen, den Wesen mit Flügeln, den Wesen mit Flossen und den Wesen mit Schuppen. Höre die Musik.«

Und sein Vater heulte, heulte mit einer so verzweifelten Kraft, daß der Bann fast gebrochen wurde. Der junge Wolf öffnete die Augen. Er stand mitten im Dorf. Ein paar Kinder, noch schlaftrunken, kuschelten sich an die Leiche ihrer Mutter. Ein alter Mann mit gebrochenem Genick lag auf dem Bauch. Das Rückgrat ragte aus dem aufgerissenen Rücken, und zwei Wölfe umkreisten ihn knurrend, beide die Beute beanspruchend. Und in der Mitte des Geschehens stand sein Vater. Leichen lagen auf einem Haufen neben dem Feuer, und sein Vater stand auf dem Gipfel dieses Haufens, heulte, heulte, schlug mit der Pfote in die Luft, heulte seine Wut hinaus.

Und dann heulten alle Wölfe zusammen, und ihr Heulen hatte einen Namen: »Tod, Tod, Tod, Tod, Tod.«

Dann kam die Stimme seines Vaters. »Glaube ihm nicht. Wir sind Dunkelheit, und zu Dunkelheit sollen wir wieder werden. Laß alle Hoffnung fahren, mein Sohn. Erfreue dich, daß wir die Werkzeuge des Chaos sind. Erfreue dich, daß es keine Hoffnung gibt.«

Und dann heulten sie wieder, und ihr Heulen war: »Chaos, Chaos, Chaos, Chaos, Chaos.« Und sie stellten sich vor dem

Wolfskönig auf, und er ölte sie mit seinem Urin und markierte sie mit seinem Duft, und sie heulten seinen Namen wieder und immer wieder.

Der junge Wolf sah zu. Sein Vater schüttelte die letzten Urintropfen von seinem Bein und senkte den Kopf, um an den Genitalien eines toten, tapferen Indianers zu nagen.

Das Flötenspiel kam wieder. Sein Vater hielt inne, legte den Kopf schief, entblößte seine Fänge, knurrte leise. Der alte Mann tanzte den schmalen Pfad herunter, spielte Flöte, kam ohne jede Furcht direkt auf das Rudel zu. Der Jungwolf stellte seine Ohren auf; er stellte sich dem alten Mann; es war, als würde er auf ihn zutreiben, in einem Teich aus Mondlicht.

Plötzlich brach wütendes, wildes Gebell aus. Die anderen Wölfe umringten sie. Sein Vater sprang von dem Leichenhaufen herab und stürzte sich auf den Alten, doch eine unsichtbare Kraft warf ihn zurück, so daß er aufjaulend zu Boden fiel.

Der Jungwolf heulte: »Vater, Vater...«

Aber sein Vater war weit weg. Er folgte jetzt dem alten Mann, aus dem Rudel heraus, an den brennenden Tipis vorbei, ans Ufer des Baches, in den Kreis aus blauen Flammen.

Und die anderen Wölfe folgten ihm und versuchten, in den Kreis zu gelangen, fielen aber zurück, als stünden sie in Flammen, nur er und der Alte passierten die Barriere ohne Schwierigkeiten, und die Stimmen in seinem Inneren kämpften um seine Aufmerksamkeit, rissen die Schranken nieder, die er errichtet hatte, starrten durch seine Augen, spürten den heißen Wind durch seinen Pelz, und jetzt fühlte er auch diese traurige Figur namens Johnny in seiner Haut, der versuchte auszubrechen.

Die Wölfe gelangten nicht in den Kreis. Aber ihr Heulen ließ ihm das Blut in den Adern gefrieren, und Teddy vermied es, ihnen in die Augen zu sehen. Scott Harper lag in seine Decke gewickelt wie ein Leichnam, und seine Ma hielt ihn schweigend und wiegte ihn vor und zurück. Sie hatte eine Vision, vermutete er. Sie sang leise zu sich selbst, und Teddy fürchtete, es könnte ein Todesgesang sein. Es kam vor, daß ein Lakota irgendwann einfach sitzen blieb und sich selbst ins Grab sang.

Dann bemerkte Teddy den Alten mit dem Wolfswelpen zu seinen Füßen. Der Pelz des jungen Wolfes pulsierte; Flecken menschlicher Haut schimmerten durch. Die Augen wurden größer, die Schnauze schrumpfte ein, und Eiter und Blut flossen aus ihr. Er wußte, wer der Welpe war. »Johnny... bist du da drin, Johnny?« fragte er leise. Der Mond war noch nicht untergegangen, aber er wußte, daß Johnny kein Werwolf war, nur der andere Junge, der aufgetaucht war, als sie auf dem Zugdach gespielt hatten. Er wußte, daß Johnny ihm nichts tun würde – falls es Johnny war, und nicht einer der anderen Wesen, die in seinem Körper lebten.

Das Gesicht war jetzt beinahe das von Johnny; nur die Ohren waren noch spitz, und das Haar auf seinen Wangen vibrierte, als es in die Haut zurückgesogen wurde. Weinend rief der Junge nach Speranza, Speranza.

Der Wolf, der auch der Graf von Bächl-Wölfling war, lief immer weiter im Kreis um sie herum. Ab und zu versuchte er einzudringen, zuckte dann aber wieder zurück und winselte vor Schmerz. Der Alte kümmerte sich nicht um ihn, sondern tanzte immer weiter. Er tanzte schon seit Mondaufgang, schätzte Teddy, aber er schwitzte kein bißchen. Die Musik, die er spielte, ergab keinen Sinn. Manchmal waren die Töne klagend und hoch; dann wieder tief wie die Laute, die eine Frau von sich gab, wenn man sie an den richtigen Stellen berührte.

Der schwarze Wolf brüllte. Der Alte legte seine Flöte beiseite und sprach zu ihm. Es war ein Kauderwelsch, Menschenworte vermischt mit dem Winseln und Bellen eines Hundes. Teddy hatte keine Ahnung, was er sagte, aber der Wolf wurde immer wütender, bis er sich schließlich abwandte und mit gesenktem Schweif davontrottete.

Die anderen Wölfe rannten ihm nach, sprangen durch den Bach, schlugen mit ihren Pfoten dumpf auf die feste Erde, verschwanden wie eine Wolke aus Fell und Staub in der Dunkelheit.

Und Teddy sagte zu dem Jungen, der nackt und wie ein Neugeborenes mit Blut bedeckt neben ihm stand: »Speranza ist nicht hier, sie ist im Lager und wartet. Ich wollte die Leute im Dorf warnen, aber ich bin zu spät gekommen.«

Johnny sagte: »Sie wird lange warten müssen. Ich muß jetzt mit *ihm* gehen.« Er zeigte auf den alten Indianer.

Der Alte sagte: »Ishnazuyai.« So hieß er wahrscheinlich.

Der Junge schien von dem Geschehen vollkommen unberührt. Es war, als hätte er das alles nur geträumt. Die Blutflecken auf seiner Haut verschwanden von selbst, und seine Ohren nahmen wieder menschliche Form an. Der Junge stand einfach da, und das Haar auf seinem Rücken glänzte silbern im Mondlicht.

Ishnazuyai legte seine Flöte auf den Boden. Sobald sie die Erde berührte, verschwand der magische Kreis. Es begann leicht, kaum wahrnehmbar, zu regnen.

Der Alte hockte sich hin, und Johnny sprang ihm auf den Rükken. Der Regen glättete sein Körperhaar. Der alte Mann stand wieder auf. Johnny lächelte.

»Huckepack?« fragte er.

Ohne jedes weitere Wort marschierte der Alte los, den Jungen auf seinen Schultern. Er marschierte Richtung Norden, auf die Heiligen Hügel zu. Johnny schaute kein einziges Mal zurück.

»Wohin geht ihr?« schrie Teddy ihm nach.

Johnny antwortete ihm nicht. Aber Little Elk Woman sagte leise: »Das Land der Shungmanitu liegt versteckt in den Black Hills, wohin noch kein weißer Mann sich vorgewagt hat, nicht einmal auf der Suche nach dem gelben Metall.«

Der Regen wurde dichter und schwerer. Teddy sah, daß manche Tipis eingestürzt waren und schwelten. »Ist bald Dämmerung«, sagte er und versuchte, Scott aus seiner Starre zu locken. Aber der schlief tief und fest. Teddy wolle ihn nicht wecken. Er vermutete, daß er eine Menge durchgemacht hatte. Immerhin hatte er gesehen, wie sein Freund von einer Wölfin in Stücke gerissen wurde, und vielleicht würde er sich beim nächsten Vollmond selbst in einen Wolf verwandeln.

Schließlich erwachte seine Mutter aus ihrer Trance. Sie schaute ihren Sohn an. »Ich bin wieder da, Mutter«, sagte Teddy. Die Sprache seiner Kindheit kam leicht über seine Lippen.

»Ich mache dir etwas zu essen«, sagte Little Elk Woman. »Ich glaube, unser Tipi steht noch.« Aus dem Dorf hörten sie das Klagen der Frauen.

Er zog die Krempe seines Schlapphutes tiefer über seine Ohren, um sich vor dem Regen zu schützen. »Ja«, sagte er. »Ich glaube, ich bin hungrig.«

»Wir haben gestern einen Hund geschlachtet, vielleicht ist davon noch etwas übrig. Und wir müssen uns auch um unseren Gast kümmern; er sollte auf einem Büffelfell schlafen, nicht auf dieser unbequemen Decke.« Wie tapfer sie war; sie zeigte ihren Schmerz nicht. Eine Weiße würde bestimmt überhaupt nicht mehr aufhören zu jammern. Er war sehr stolz auf sie.

Die lange Suche nach seinem Vater, die monatelange Arbeit bei der Eisenbahn, die Qualen, die Fremde ihm zugefügt hatten – plötzlich erschien ihm alles wie ein böser Traum. Aber als er im Licht des anbrechenden Tages die Zerstörung sah, die die Wölfe in dem Dorf angerichtet hatten, und die Leiche jenes Mannes, den seine Mutter geliebt hatte, da wußte er, daß er nur einen Alptraum gegen einen anderen eingetauscht hatte.

Am nächsten Morgen

Sie hatte im Pavillon des Grafen gelegen, ohne ein Auge zuzumachen; Mondlicht überstrahlte das Zelt, versilberte das ölige Holz des Diwans, zwang ihre Augen auf, wenn sie versuchte, sie zu schließen.

Der Mond ging bereits unter, aber die Dämmerung war noch nicht angebrochen, als sie den Lärm hörte, den die Wölfe bei ihrer Rückkehr veranstalteten. Die Diener rumorten geschäftig vor dem Zelt herum, und leichtes Kaffeearoma wehte in den Pavillon herein. Sie setzte sich auf und wartete darauf, daß der Graf und Johnny ins Zelt platzten.

Aber es kam nur der Graf. Noch während er eintrat, streifte er seinen Wolfskörper ab. Seine Transformation verlief geschmeidig und graziös. Dann stand er nackt vor ihr, in einem Kegel Mondlicht, und noch während er eine Begrüßung murmelte, kam er auf sie zu. Er war wütend. Wo war der Junge? Seine Augen glühten. Er packte sie an den Schultern und schleuderte sie zu Boden. Sie streckte die Arme aus, um sich abzufangen, und im gleichen Augenblick zerriß er ihr Nachthemd mit seinen Fingern, deren Krallen sich noch zurückbildeten, und begann sie zu stoßen, obwohl sie nicht bereit war, zu stoßen und zu stoßen, während sie sich auf die Lippen biß, um nicht loszuschreien. Er entblößte seine Zähne. Es waren noch Fangzähne, auch wenn sie sich bereits in den Kiefer zurücksenkten. Sie drehte ihren Kopf zur Seite. Das Muster des Teppichs verschwamm. Sie schrie auf.

Warum war er so brutal? War das immer noch seine bestialische Leidenschaft? Sie stöhnte, schrie – und dann hörte er unvermittelt auf. Er erhob sich, drehte sich um, nahm einen Mantel von seinem Kleiderständer und legte ihn um. Sie versuchte, sich aufzusetzen, konnte es aber nicht; der stechende Schmerz in ihrem Unterleib hinderte sie daran. »Der Junge…« flüsterte sie. »Was hast du mit ihm gemacht?«

»Er wurde uns genommen!« donnerte der Graf. Nie zuvor hatte er die Fassung verloren. »Mein Kind, mein Sohn… und ich konnte nichts gegen die Macht ausrichten, die ihn von mir genommen hat!« Er sank auf den Diwan, und sie hatte den Eindruck, daß er weinte, obwohl sie im Halbdunkel nicht sicher sein konnte. »Mein Sohn.«

Sie rappelte sich hoch und versuchte, mit den Resten ihres Nachthemdes ihre Blöße zu bedecken. Sie sagte: »Ich dachte, nichts könnte sich dir in den Weg stellen?«

Der Graf sagte: »Wir sind nicht die ersten Lykanthropen in diesem Land. Natalia hat das bereits angedeutet, aber ich dachte, sie irrt sich. Der Traum, den Dr. Szymanowski uns präsentierte, war so perfekt, daß ich die Möglichkeit eines Makels gar nicht in Betracht ziehen wollte.«

Und doch war es so. Schließlich, dachte Speranza, nach all diesen Monaten, zeigt er, daß er verwundbar ist. »Sie haben uns Johnny gestohlen?«

»Mehr als gestohlen. Sie haben mit mächtiger, schwarzer Magie verhindert, daß ich ihn zurückholte. Mein Kind, mein Kind... in der Hand von Wilden! Sie haben ihn mit ihrer Musik hypnotisiert.«

»Mit Musik...«

Speranza legte einen seidenen Morgenmantel um, der dem Grafen gehörte – schwerer Tiergeruch hing darin –, und humpelte nach draußen. Sie sah die anderen den Hügel heraufkommen. Diener eilten ihnen mit Mänteln und Kleidern entgegen. Die Werwölfe entledigten sich der letzten Überreste ihrer tierischen Natur. Die Sonne würde bald aufgehen. Blutgeruch lag in der Luft. Die Wolfswesen eilten hügelaufwärts, von ihren Dienern begleitet, die ihnen Umhänge überlegten, denn die alten Kleider waren während der Transformation zerrissen. In einigem Abstand folgte auf einem Hengst Natalia. Jetzt warf der Butler des Grafen ihr eine Decke zu, die sie über ihre Schultern zog. Traurig schaute sie zurück zu den Wäldern im Norden.

Die Indianer wollten Zeke wie einen der ihren bestatten, auf einer Plattform den Elementen ausgesetzt. Erst ließ die Vorstellung eines so heidnischen Rituals Scott Harper erbleichen; aber Teddy Grumiaux nahm ihn beiseite und erzählte ihm, als sie im Schatten von Little Elk Womans Tipi saßen, das die letzte Nacht unbeschadet überstanden hatte, wie es ist, in zwei Kulturen aufzuwachsen. »Ich weiß, daß er dein Freund war«, sagte er. »Aber ich schätz', sie tun ihm eine mächtige Ehre, wenn sie ihn bei den Kriegern von ihrem Stamm bestatten.«

»Es sind keine Christen«, wandte Scott ein, aber noch während er das sagte, wußte er, daß er wie Major Sanderson klang.

»Wenn du 'n stilles Gebet für ihn sprichst...«

Scott willigte ein. Sie standen auf und gingen zum Bestattungsplatz. Es nieselte immer noch. Der Regen roch nach Frühling. Sie hörten Trommeln in der Ferne und die heiseren Gesänge der Trauernden. Als sie gegangen waren, beobachteten sie, wie Little Elk Woman die Felle von ihrem Zelt zog. Ein paar Frauen schauten ihr schweigend dabei zu.

»Was macht sie da?« fragte Scott den Jungen.

»Ich glaube, es ist ein... ein *Wikhpéyapi*«, sagte Teddy. Am Rande der Lichtung führten die Indianer ihre Bestattungsriten für die Toten durch, aber was hier geschah, wirkte irgendwie noch tragischer. Little Elk Woman kam aus dem Tipi mit einer Holzkiste heraus, deren Inhalt sie unter den anderen Frauen verteilte.

Die Frauen murmelten etwas, blickten Little Elk Woman aber nicht ins Gesicht. Die Witwe verteilte scharfe Messer, Bürsten, einen alten Spiegel mit Elfenbeingriff, der einst aus Frankreich gekommen sein mochte. Als die Kiste leer war, gab sie sie einem kleinen Mädchen, das damit wegging. Die Kiste war fast größer als es selbst. Dann ging Little Elk Woman wieder hinein und kam mit einem Armvoll sorgfältig gefalteter Decken heraus, die sie ebenfalls verteilte.

»Warum tut sie das?« fragte Scott den Jungen. »Im Winter wird sie diese Decken brauchen.«

»Sie wird keinen Winter mehr erleben.«

»Was soll das heißen?«

Teddy antwortete ihm nicht. Little Elk Woman verschenkte jetzt ihre Kleider – ein Baumwollkleid war darunter, das ihr Claude-Achille einst geschenkt haben mußte, schöne Hemden, mit Perlen liebevoll verziert. Scott begann zu ahnen, was die Frau vorhatte.

Endlich schien Teddys Mutter Scott und den Jungen wahrzunehmen. Sie kam auf sie zu. Stolz blieb sie vor ihnen stehen, wie die Frau des größten Generals in der Kavallerie, und sagte etwas zu ihrem Sohn. Teddy wandte sich zu Scott und erklärte: »Sie bittet dich, daß du mich zu meinem Pa bringen sollst.«

»Was ist mit ihr? Dein Vater lebt jetzt mit einer Chinesin in Deadwood.«

»Sie will niemandem im Weg steh'n«, sagte Teddy. Seine Stimme versagte.

Und Little Elk Woman musterte Scott ohne sichtbare Gemütsregung, wartete einfach auf seine Antwort.

»Du darfst das nicht zulassen«, sagte Scott. Endlich begriff er, wovon Teddy sprach. Bei diesen Indianern, das hatte er gehört, war es üblich, daß eine Frau ohne Mann einfach in den Wald verschwand, damit sie ihrem Volk nicht zur Last fiel. »Sie ist eine Frau, sie kann das Dorf nicht einfach verlassen, sie wird...«

»Sterben.«

»Und du läßt das so einfach zu?«

»Ich kann nichts dagegen tun«, antwortete Teddy, und wenn in diesem Augenblick sein Herz brach, dann verbarg er das sehr gut. »Dein Freund Zeke hätte das verstanden. Der Tod ist für sie was anderes als für dein Volk. Meine Ma hat niemanden mehr, der für sie jagt. Sie weiß, daß sie bloß eine Last für ihr Volk wär', und letzte Nacht sind so viele gestorben, daß sie eine nutzlose Frau nicht mehr durchfüttern können.«

Scott wollte Little Elk Woman anfassen, wollte sie bei der Hand nehmen, sie trösten, aber als er es versuchte, bemerkte er, daß sie drei Finger ihrer linken Hand verloren hatte. Die Wunden waren noch frisch, die Knochen noch zu sehen. Es war ein sauberer Schnitt wie von einem Arzt. Entsetzt zuckte er zurück.

»Sie hat's selbst gemacht«, erklärte ihm Teddy. »Und sie hat keinen Laut von sich gegeben.« Und jetzt würde sie aus dem Dorf in den Wald wandern; sie würde vielleicht den Sommer überleben, aber niemals den Winter.

Scott dachte an das, was er über die Unverletzlichkeit des menschlichen, des weiblichen Lebens gelernt hatte. Sein Glaube an jene Werte hatte bereits beträchtlich gelitten, als Sanderson ihm befohlen hatte, an dem Massaker teilzunehmen.

Und dann war da noch Natalias Prophezeiung, er würde sich zu einem Werwolf wandeln, in eine Kreatur Satans, die unwiderruflich verdammt war – doch er fühlte sich nicht verdammt. »Ich bin kein Teufel«, murmelte er vor sich hin, »und auch wenn sie behaupten, daß meine Seele nicht mehr zu retten ist, so weiß ich doch, daß das nicht wahr ist.« Zu dem Jungen sagte er: »Komm, wir gehen zu Zeke.«

Die Werwölfe hielten Rat. Das Frühstück wurde serviert, obwohl niemand Hunger zu haben schien. Hin und wieder fiel leichter Nieselregen, dann eilten die Diener zu ihren Herrschaften und bauten sich mit hoch erhobenen Schirmen hinter ihnen auf. Es gab italienische Spezialitäten und Brot, das bald matschig wurde. Aber niemand aß. Ihre Mienen wirkten wie in einem Freudentaumel, der allerdings durch die Sorge um den verschwundenen Johnny gedämpft wurde.

Speranza saß auf einem Stuhl neben dem Sessel des Grafen; sie fürchtete Natalias Groll und ahnte, daß von Bächl-Wölflings Nähe ihr wenigstens etwas Schutz bot. Sie waren alle versammelt, sogar der gebrechliche Dr. Szymanowski, der auf einem Diwan lagerte und eine Schale mit gewürztem Rotwein schlürfte. Alles drehte sich um das Kind, das Kind.

»Ich habe dich gewarnt«, erklärte Natalia Petrowna, »in meinem Brief.« Ihr Cousin Vishnevsky ergänzte bitter: »Wir haben Ihnen treue Dienste geleistet, Graf. Vielleicht hätten Sie uns mehr vertrauen sollen...« Er schaute Speranza direkt in die Augen, und sie wußte, daß er sie haßte, weil sie Natalias Platz eingenommen hatte; und Natalias Wohlbefinden war alles, wofür er noch lebte.

»Solange sie meinen Sohn gefangenhalten«, sagte der Graf, »müssen wir vorsichtiger sein. Vielleicht wollen sie ihn als Geisel verwenden... vielleicht lassen sie ihn nicht frei, bevor wir umdrehen und diesem Land unseren Schweif zuwenden.«

»Es sind primitive Wilde!« widersprach die Baronin von Dittersdorf. »Sie werden uns kaum Widerstand leisten; wir werden sie ausrotten wie Unkraut.«

»Sie sind nicht bloß Wilde«, meinte der Graf. »Sie sind nicht nur Beute für uns. Haben Sie nicht den Schutzkreis des Alten gesehen?

Nicht einmal *ich*, der Führer, konnte auf den Platz vordringen, wo er den Knaben gefangenhielt. Und sie haben uns beobachtet, auf uns gewartet. Ich bin sicher, daß ich diesen alten Mann schon im Zug gesehen habe, obwohl ich seine Witterung damals nicht aufnahm; irgendwie gelang es ihm, seine Fährte zu verbergen, obwohl ich glaube, daß er mit meinem Sohn kommunizierte.«

Dann sprach Dr. Szymanowski. »Vielleicht«, schlug er vor, »verdienen sie es, studiert zu werden, vielleicht sollten wir einige Experimente mit ihnen anstellen. Wir sollten sie nicht vorschnell auslöschen.«

Und Chandraputra, der als einziger aß, sagte: »Ich verstehe nicht, warum wir uns solche Sorgen machen, er war sowieso nur zur Hälfte wie wir, nicht wahr? Ich habe noch nie etwas von Rassenvermischung gehalten.«

Speranza dachte: Jetzt bin ich allein. Nur wegen Johnny kam ich aus Europa hierher. Ich habe niemanden, dem ich vertrauen kann. Die Diener sind den Wölfen gegenüber loyal; selbst der kleine Halbindianer ist fort.

Noch nie hatte sie sich so einsam gefühlt. Sie wußte, daß sie so etwas wie Liebe für den Grafen empfand. Sie musterte die Mitglieder des Lykanthropenvereins, und sie erkannte, daß sie eine Art Familie bildeten und daß sie eine Außenseiterin war, nur eine Zuschauerin; sie beobachtete, wie sie sich in ihrer Geheimsprache verständigten, die aus Blicken und Gesten bestand und deren Bedeutung sie erst langsam zu erahnen begann. Sie gehörte nicht hierher. Sie spielte mit dem Gedanken, einen Fluchtversuch zu wagen, nach Europa zurückzukehren. Aber sie hatte kein Geld; und was erwartete sie in Aix-en-Provence?

Mit Entsetzen wurde ihr bewußt, daß es in ihrem neuen Leben Dinge gab, die sie tatsächlich genoß. Der Zugüberfall und seine unerwartete Wendung hatten sie angeregt. Daß der Mann, der sie jede Nacht liebte, auch ein Tier war, war abstoßend, aber zugleich fand sie ihn unwiderstehlich und erregend. Nein, sie konnte nicht zurück. Was war, wenn sie Johnny fanden, nachdem sie den Lykanthropenverein verlassen hatte, und er allein, ohne Freund, den

Weg in den Wahnsinn beschreiten würde? Nein. Alles, was für sie Bedeutung besaß, war hier: alles, was sie liebte, alles, was sie haßte.

Die Erwähnung Johnnys riß sie aus ihren Gedanken. Von Bächl-Wölfling sagte: »Ganz offensichtlich müssen diese Wilden wissen, wohin der Junge gebracht wurde. Sie sind selbst keine Lykanthropen, sonst hätten sie sich verwandelt; der alte Mann war allein, ein Ausgestoßener vielleicht und zu alt, um sich noch in einen Wolf verwandeln zu können. Aber es muß eine Wolfssiedlung irgendwo im Territorium geben. Ganz offenbar gibt es hier nur Beute für ein Lykanthropenrudel. Sie haben bestimmt das Land markiert. Wir dürfen nicht ruhen, bevor wir ihn gefunden haben.«

»Obwohl es interessant wäre«, wandte Dr. Szymanowski trokken ein, »wenn sie beschließen würden, ihn als einen der ihren aufzuziehen, denn wir wissen noch nicht, ob diese Wesen genau wie wir selbst sind oder ob sie anderen Gesetzen unterliegen, die wir nicht kennen... ob Silber sie verletzen kann, zum Beispiel. Es wäre von wissenschaftlichem Interesse, das Kind von diesen nichtperfekten Versionen unser selbst erziehen zu lassen...«

»Nicht mein Kind!« schnitt ihm der Graf das Wort ab.

Und Speranza dachte: Er ist nicht durch und durch schlecht. Er liebt seinen Sohn, wie ein Mensch sein Kind liebt.

Sie klammerte sich an diese menschlichen Züge; sie wußte, daß sie für alles Menschliche an ihm dankbar sein mußte.

Denn sie brauchte das, um ihm ihre Liebe schenken zu können. Wenn sie bei ihm blieb, wenn sie ihn ständig an seine menschlichen Gefühle erinnerte, dann würde er der Dunkelheit nicht vollkommen anheimfallen.

Scott Harper beobachtete, wie der Medizinmann Beschwörungen murmelte und ein Bündel heiliger Objekte über Zekes zerfleischtem Körper wedelte. Dann hievten zwei Krieger den Leichnam auf eine Plattform. Ein dreifarbig bemalter Büffelschädel wurde zu seinen Füßen aufgestellt. Sie hatten alle seine Überreste aufgesammelt und sie wie ein Puzzle zusammengesetzt.

Teddy meinte: »Dafür sollte man die Wölfe kaltmachen.« Er hatte eine der Frauen um die Whiskyflasche erleichtert, die seine Mutter weggeschenkt hatte, und hatte mehr als seinen Anteil getrunken. Aber Scott ließ ihn gewähren.

Scott kannte die Bibel nicht allzugut, deshalb murmelte er nur ein Vaterunser und alles, was er vom dreiundzwanzigsten Psalm noch wußte. Teddy kannte den Text nicht, deshalb sprach er ein Gebet auf Lakota. Er bat Scott, zu Wakantanka zu beten. »Schätze, Gott nimmt's dir nicht krumm, wenn du ihn so anredest«, sagte er.

Das Ritual der Indianer war würdevoll und ernst; keineswegs bestand es aus jenem Geheule und Gekreische, das nach Major Sandersons Ansicht die einzige Religion der Sioux darstellte. Der Älteste sang mit zitternder Stimme, die von dem regelmäßigen Schlag der Trommel akzentuiert wurde.

Aber während der ganzen Feierlichkeiten murmelte Teddy ununterbrochen vor sich hin: »Scheiß Wölfe... verdammte Ficker... gehören kaltgemacht, lebendig verbrannt, mit Blei vollgepumpt, aufgeschlitzt... verdammte Ficker.«

Er konnte das Ritual nicht mehr mitansehen, deshalb gingen Teddy und er den Hügel wieder hinunter, zurück zum Lager. Als sie dort ankamen, war Little Elk Womans Tipi bereits abgebaut und sie selbst nirgendwo mehr zu sehen. Der Regen trommelte auf den blanken Boden. Die anderen Frauen waren mit ihren neuen Sachen verschwunden.

»Verdammte Mistficker«, sagte Teddy.

»Du solltest nicht so reden«, meinte Scott. »Schließlich glaubst du, daß ich auch einer von ihnen werde. Es sei denn, du willst mich auch umbringen.«

Der Gedanke schien Teddy ein bißchen zu ernüchtern. Er wich vor Scott zurück, und in seinen Augen stand aufrichtige Angst. Deshalb sagte Scott: »Ich werde dir beweisen, auf welcher Seite ich stehe. Wir werden uns rächen. Du und ich und die Menschen aus diesem Dorf... wenn sie wollen..., wir werden diese Hurensöhne aufspüren und sie abknallen.«

»Hast du Silber?« fragte der Junge. »Ich hab' zwei Dollar, die wir zu Kugeln schmelzen können.«

Der Planwagen schaukelte nach Norden. Das Ziel war nur noch wenige Tagesreisen entfernt, und die Erwartung, die Vorfreude steigerten sich mit jedem Tag. Die Wölfe hatten reiche Beute im Land gefunden, wie Dr. Szymanowski es prophezeit hatte; bald würden sie die neue Heimat erreichen, von der sie alle schon so lange träumten. Nur Speranza war allein.

Sie saß in ihrem Wagen und schaute nicht nach draußen, denn diese Landschaft hätte sie zu Tränen gerührt. Und irgendwann fiel ihr etwas ein, das zu vergessen sie sich so bemüht hatte: ein kleines Päckchen, das in Chicago auf sie gewartet hatte und das sie in einen Kasten mit allerlei unnützen Kleinigkeiten aus Europa geworfen hatte. Es war ein Brief von Freud; sie hatte ihn nicht lesen wollen, aus Angst, sich zu genau an jenen grauenhaften Wiener Winter zu erinnern.

Jetzt wurde ihr klar, daß sie in Wahrheit den Brief für einen Augenblick absoluter Einsamkeit aufbewahrt hatte. Der Planwagen roch nach Moschus und Tierurin und nach teurem Rotwein, der am Morgen verschüttet worden war. Sie drehte die Flamme der Kerosinlampe vorsichtig größer, denn die Straße war holprig, und sie wollte nicht, daß die Plane Feuer fing. Dann brach sie das Siegel auf – es trug eine lateinische Aufschrift über dem Wappen der Universität Wien – und las den Begleitbrief.

Chère Mademoiselle Martinique,
mit großer Besorgnis habe ich Ihren letzten Brief gelesen. Ich weiß, daß die Mitglieder der Bruderschaft, welcher der Graf vorsteht, sehr exzentrisch sind, aber ich erwartete nicht, daß Sie sich von ihrer sehr speziellen dementia anstecken ließen, denn Sie scheinen eine sehr sensible Frau zu sein und Traum und Wirklichkeit sehr wohl auseinanderhalten zu können; aus genau diesem Grund erachtete ich es als wichtig für den kleinen Johnny, jemanden wie Sie als Halt zu haben.

Mademoiselle, ich schicke Ihnen anbei einen kleinen Vorrat jenes Koka-Pulvers, das Sie während Ihres Aufenthalts in Wien so schätzten; vielleicht verleiht es Ihrem Geist jenen transzendentalen Frieden, dessen Sie bedürfen, um dem Wahn, der Sie von allen Seiten bedroht, widerstehen können.

Mit vorzüglicher Hochachtung sowie größter Wertschätzung und Bewunderung Ihr

Sigmund Freud

Ein kleines Säckchen mit Kokain lag in dem Päckchen, sorgfältig in preußisch-blauen Samt gehüllt. Sie schüttete sich eine Prise auf die Handfläche und überlegte einen Augenblick, ob sie ihn nehmen sollte. Der Puder hatte ihr damals geholfen, den Wiener Winter zu ertragen, aber sie fürchtete, davon abhängig zu werden, so wie andere von Tabak oder Hanf abhängig waren.

Woher sollte ich mitten in der Wildnis dieses Mittel beziehen, wenn ich darauf angewiesen wär? dachte sie. Und doch – das Koka kam aus Amerika, ich bin also näher an der Quelle, nicht weiter davon entfernt.

Der Wagen holperte über irgendein Hindernis, und das weiße Pulver flog ihr aus der Hand auf das rauhe Holz. Ich darf es nicht verschwenden, dachte sie und erinnerte sich plötzlich an ihre Familie in Aix-en-Provence, die soviel Wert auf Sparsamkeit legte; sie ließ sich auf Hände und Knie nieder, um es wieder aufzulesen. Und bevor sie sich besann, hatte sie bereits eine kleine Prise inhaliert; schnell wirkte die Magie des Pulvers auf sie, eine Magie, die viel stärker und verführerischer war als Schnupftabak oder Laudanum.

Deadwood

Zwei Nächte nach Vollmond

Cordwainer Claggart wartete bis lange nach Einbruch der Dunkelheit, bevor er sich in die Stadt wagte. Wahrscheinlich würde es niemanden hier interessieren, daß er in Big Springs gesucht wurde, aber man konnte nie wissen –

Die Diener des Grafen hatten ihn bis an den Stadtrand gebracht. Sie nahmen sein Pferd mit, um sicherzustellen, daß er nicht umkehrte. Es war ihm gleichgültig. Für ihn war jetzt die Zeit gekommen, mit seiner Frau Frieden zu schließen, auf welche Weise auch immer. Er brauchte ihr Geld.

Verstohlen arbeitete er sich zu ihrem Haus vor. Als er auf der Veranda angekommen war, mußte er daran denken, welch ein Glück ihm beschieden war, daß es ihm gelungen, das Vermögen der Witwe Bryant in seine Verfügungsgewalt zu bekommen, obwohl kein Priester ihre Verbindung gesegnet hatte; aber Claggart hielt ohnehin nichts von derlei Zeremonien: Ein Priester war keinen Deut besser als ein Schlangenölkurpfuscher – er war beides gewesen und wußte das aus Erfahrung.

Was für eine Tür, dachte er: poliertes Mahagoni mit einer Buntglasscheibe und allem Drum und Dran. Er konnte sogar die Zeichnung erkennen, weil drinnen eine Kerosinlampe brannte.

Er öffnete die Tür, hängte seinen Schlapphut an den Haken, zog, weil er Sally Bryant eine Überraschung bereiten wollte, auch seine Schuhe aus und stellte sie neben der Tür ab. Woraufhin ein solch übler Gestank von seinen Füßen aufstieg, daß er beinahe vergessen hätte, weswegen er nach Deadwood gekommen war.

Sally hatte sich zu einem rechten Klotz am Bein entwickelt, seit er ihren Besitz in seine Gewalt gebracht hatte, und sie würde sich seinen neuesten Plänen höchstwahrscheinlich mit aller Kraft widersetzen. Er würde sie vielleicht sogar töten müssen, das war ihm klar – oder zumindest irgendeinen Unfall inszenieren.

Er hörte ein leises Geräusch von oben. Ein rhythmisches Quietsch-Quietsch-Quietsch, als ob das Bett –

Das Bett! War die alte Schlampe ihren Fleischeslüsten so verfallen, daß sie es sich mit einer Wachskerze besorgte? Die Vorstellung brachte ihn beinahe zum Lachen.

Vielleicht sollte ich ihr ein paar Stöße mit dem alten Truthahnhals verpassen, dachte er, bevor ich sie beseitige. Um der alten Zeiten willen.

Er nahm die Lampe in die Hand, stieg auf Zehenspitzen die Treppe hinauf und öffnete leise die Tür zu seinem Schlafzimmer.

»Keine Angst, Liebling«, sagte er. »Es ist bloß der gute alte Cordwainer, der seinem geliebten Weib einen Kuß geben und sich dafür entschuldigen will, daß er nicht eher heimgekommen ist.«

»Der niederträchtige Claggart hat also beschlossen, nach Hause zurückzukehren!« antwortete ihm eine rauhe Stimme.

Er hob die Lampe hoch und starrte Major Sanderson ins Gesicht – der splitternackt, bis auf die Stiefel, auf der Bettkante saß. Auch im Halbdunkel leuchtete das rosafarbene Narbengewebe auf seiner Schädeldecke. Sally setzte sich im Bett auf und verhüllte ihr unappetitliches Fleisch mit einer Decke. Sie funkelte Claggart böse an, aber der amüsierte sich insgeheim über ihre Wut.

»Bitte gehen Sie von meiner Frau herunter, Sir«, sagte Claggart und faßte in die oberste Schublade, wo er immer eine geladene Smith and Wesson aufbewahrte.

Er ertastete sie sofort und richtete sie auf den Major. Noch ein Glücksfall, dachte er insgeheim. Jetzt kann ich sie loswerden – wie geplant –, und habe noch dazu das Recht auf meiner Seite. »Nun, Major«, fuhr er fort, »da ich Sie und mein Weib in flagranti ertappt habe, wie ein Jurist es ausdrücken würde, habe ich das gottgegebene Recht, Sie alle beide ins Paradies zu pusten. Stimmt's?«

»Guter Mann!« beschwichtigte ihn der Major. »Sie besäßen nicht einmal den Anstand, mich erst zu einem Duell herauszufordern?« Er tastete nach seiner Uniform, die über einem Korbstuhl neben dem Bett hing; er versuchte, sein Leben mit einem Mindestmaß an Würde zu retten, das war offensichtlich.

»Warum sollte ich? Sie wissen ebensogut wie ich, daß ich verlieren würde. Ich laß mich doch nicht wegen einem blöden Weib abknallen, und schon gar nicht, wenn ich sie dabei erwischt habe, wie ein anderer Mann in ihrem Faktotum herumfingert. Nein, ich glaube, ich erschieße euch einfach alle beide, gleich hier und jetzt.«

Eine seltsame Erregung überkam ihn. Er feuerte und traf seine Frau mitten in die Brust. Es war ein sauberer Schuß. Sie erbebte, kippte gegen das Kopfende des Bettes und sank zusammen. Die Bettdecke färbte sich rot. Er schaute sie an. Plötzlich bemerkte er, daß er im Augenblick ihres Todes eine unwillkürliche Ejakulation gehabt hatte, die nun an seinen Schenkeln herunterlief und seine Hose durchnäßte.

Na so was, dachte er, das ist ja besser als ein Tag in der Kirche, um sich von allen Bürden zu befreien.

Er fragte sich, ob sich diese Erfahrung wohl wiederholen ließe –

Major Sanderson stand auf und bedeckte seine Weichteile mit einem zerlumpten Unterhemd. »Jetzt weiß ich, daß Sie definitiv kein Gentleman sind, Mr. Claggart, und daß ich recht daran tat, den Bitten dieser armen Frau zu entsprechen und ihr Trost in jenem Kummer zu spenden, den ihr unnützer Gatte ihr machte. Und nun ermorden Sie sie kaltblütig... schändlich! Obwohl Sie natürlich das Recht für sich in Anspruch nehmen können, eine Gemahlin zu töten, die Sie in flagranti überrascht haben.«

»Sehr großzügig von Ihnen, das zu sagen, Major Sanderson, wirklich«, antwortete Cordwainer Claggart. Er hielt die Waffe immer noch auf den Major gerichtet, der zitternd seine Uniform anlegte. »Deshalb sollte auch ich großzügig zu Ihnen sein. Ich hege keinen Groll gegen Sie, Major, und mein Rachedurst ist durch den Tod dieser Hure da gestillt. Ich kann verstehen, daß Sie den Verlockungen eines solchen Flittchens wie der verblichenen Mrs. Claggart nicht widerstehen konnte, nachdem Sie den lieben langen Tag hindurch wehrlose Indianerfrauen und -kinder abschlachten mußten.«

»Da haben Sie vollkommen recht, Mr. Claggart«, meinte der

Major. Claggart entging nicht, wie erleichtert er darüber war, daß er nicht sofort ins Gras beißen mußte. »Alles Wilde, einer wie der andere.« Er rieb über seine haarlose Schädelplatte. »Ich bedauere, daß Sie meinetwegen Ihre Frau bestrafen mußten, und ich würde gerne die Bestattungskosten übernehmen, als kleinen Ausgleich für die entstandenen Unannehmlichkeiten. Ich freue mich, daß Sie so verständnisvoll und solch ein Gentleman sind, Mr. Claggart.«

»Wenn Sie gleich mit mir zum Sheriff kommen würden, dann könnten wir all diese unangenehmen Dinge auf zivilisierte Weise zu einem Ende bringen.«

»Natürlich. Wir sollten den Papierkram so schnell wie möglich erledigen«, bestätigte der Major seufzend.

»Sie sind wirklich eine schleimige Ratte, Major Sanderson«, bekundete Claggart, ohne seine Waffe aus der Hand zu legen, »und Sie dürfen das als Kompliment auffassen, denn man muß selbst eine sein, um eine zu erkennen.«

Er warf nur einen kurzen Blick auf seine tote Gattin. Er hatte noch nie auf eine Frau geschossen, überlegte er, er hätte sich nie vorstellen können, daß ihm das solchen Nervenkitzel verschaffte. Und er war dem Major zu tiefem Dank verpflichtet, denn dessen ehebrecherischer Akt hatte ihm das Recht zu töten gegeben; nicht daß er Schuld empfunden hätte, denn er wollte sich ihrer sowieso entledigen, aber auf diese Weise brauchte er sich wegen seines mangelnden Schuldbewußtseins nicht schuldig zu fühlen; er hatte nur reagiert wie jeder aufrechte Mann an seiner Stelle, und dieser Mord hatte den Segen des Gesetzes und der Heiligen Schrift.

»Aber ich vernachlässige meine Pflichten als Gastgeber, Major«, sagte er. »Gehen wir hinunter und trinken wir ein Glas.«

Nachdem sie einander im Wohnzimmer zugeprostet hatten, überzeugte Claggart den Major von der Notwendigkeit, einen Skandal zu vermeiden, und rang ihm ein Versprechen ab. Claggart würde Hilfe brauchen, wenn er sein neuerworbenes Erbe verkaufte, um seine neue Karriere starten zu können.

»Sollen wir jetzt zum Sheriff gehen?« fragte der Major. »Ich muß bald gehen; ich habe eine Nachricht aus dem Osten erhalten, die den Eisenbahner Grumiaux interessieren wird; und außerdem habe ich in Winter Eyes zu tun.«

»Winter Eyes? Wo ist das?«

Der Major wich seinem Blick aus. »Im Süden«, antwortete er und wechselte das Thema. Aber Claggart kam der Name irgendwie vertraut vor; hatte das nicht etwas mit dem ausländischen Grafen zu tun? Er konnte den Namen nicht einordnen, aber der Gedanke an den Grafen erinnerte ihn wieder an den Wolfsjungen.

Er brauchte ihn nicht wirklich, das war ihm klar, um seinen Plan in die Tat umzusetzen. Aber der Anblick des Kindes hatte ihn zu diesem großartigen Vorhaben inspiriert, und deshalb wäre es nicht vollständig ohne diesen Burschen.

Er war noch unschlüssig, wie er an den Jungen herankommen würde. Aber alles hatte seinen Preis. Wenn der Zeitpunkt gekommen war, konnte er auf die Unterstützung des Majors rechnen, dessen war er sicher.

Ich bin wirklich besessen, stellte Claggart erstaunt fest, als er sich darauf vorbereitete, mit dem Major ein paar Runden Black Jack zu spielen.

Es war nach Mitternacht, als sich Teddy Grumiaux und Captain Harper nach Deadwood wagten. Sie schlichen hinter Saloons und Hurenhäusern herum. Die Stadt stank nach Schnaps und altem Rauch und Pferdemist. Sie stank noch schlimmer als Omaha. Teddy blieb dicht hinter dem Captain, der zwar einen Büffelumhang trug, aber kaum als bleicher Indianer durchgehen würde; er marschierte wie ein Weißer. Teddy hielt sich im Schatten und versuchte, Scott davon abzuhalten, allzusehr auf den Bohlen herumzutrampeln.

Nach einer Weile roch er Opium. Die Straßen waren hier schmaler, schmutziger. »Wo Opium ist, sind auch Chinesen«, stellte Teddy fest. »Ich dachte, du willst mich zu meinem Pa bringen.«

Scott sagte kein Wort. Er hatte kaum etwas gesprochen, seit sie das Sioux-Reservat verlassen hatten. Er trauerte um seinen toten

Freund, aber er zeigte seine Gefühle nicht. Teddy schätzte, daß er alle seine Sinne brauchte. Wenn die Army ihn erwischte, dann wäre für ihn als Deserteur eine Krawattenfeier fällig. Und Teddy wollte nicht, daß Scott gehängt wurde.

Dieser Captain is 'n guter Kerl, dachte er. Behandelt mich wie einen richtigen Menschen. Nicht wie 'n Bekloppten, der nur dazu da ist, getreten zu werden.

Schritte. Fröhlich, zuversichtlich. Ein vertrautes Kichern. Das konnte nicht wahr sein! »Runter!« flüsterte er. »Schnell!« Sie quetschten sich in eine Gasse.

»Was zum...« sagte Scott. Dann gesellte sich eine zweite Stimme zur ersten, und er erstarrte. Teddy lugte aus dem Schatten heraus.

Zwei Männer überquerten die Straße. Einer trug eine Uniform. Wo normalerweise Haar wuchs, war nur rosa Gewebe. Er war skalpiert worden und hatte es überlebt. Sein Begleiter war Cordwainer Claggart. Teddy erstarrte. Er hatte gehofft, dem Kartenspieler nie wieder zu begegnen.

»Scheiße«, flüsterte er. »Dieses Scheusal hat neun Leben! Als ich ihn das letzte Mal gesehen hab', ist er grade im *Pacific Express* verblutet.«

»Der andere Mann ist Major Sanderson«, ergänzte Scott.

Die beiden Männer kamen jetzt an ihnen vorbei. Sie waren auf dem Weg in Richtung Hauptstraße. »Sie haben mich ganz schön ausgenommen beim Black Jack, Mr. Claggart!« erklärte der Major. »Fünfhundert Dollar! Wenn ich die Karten nicht selbst ausgeteilt hätte, hätte ich schwören können, daß Sie betrügen.«

»So etwas sollten Sie nicht zu einem Mann sagen, der all sein Hab und Gut bei einem Raubüberfall verloren hat, Major; und der bei seiner Heimkehr feststellt, daß sein Weib mit einem philanthropischen Hurenbock rumrammelt.«

Sie waren bald außer Hörweite, und Scott sagte schließlich: »Ich verstehe es nicht... was haben die hier zu suchen?«

»Im Chinesenviertel? Wahrscheinlich haben sie sich Opium gekauft.«

»Nein Teddy, nicht nur… es sah aus, als wären sie gerade von deinem Pa gekommen.«

Etwas später stand Teddy Grumiaux endlich seinem Vater gegenüber. Es war ein schwieriger Augenblick. Die Chinesin, mit der er jetzt zusammenlebte, machte es nicht leichter. Sie war seiner Mutter in manchen Dingen ähnlich – sein Pa mochte zierliche Frauen, das stand fest –, und sie bewegte sich genauso wie sie. Und der Raum roch seltsam: nicht nur wegen des Opiums. Das Essen roch komisch, und die Frau, die es kochte, auch. Doch sie gab ihm eine Schale, und obwohl sie es anders nannte, schmeckte es verdammt noch mal wie Innereien-Eintopf – zerhackte Kalbsnieren und Bries mit Hirn –, ein stinknormales Essen der Weißen.

Sein Vater sagte kein Wort zu Teddy, kein einziges Wort. Und Teddy sagte auch nichts. Hier war alles anders. Wenigstens gab es Stühle und stabile Wände hier, nicht wie in einem Tipi. Aber die Luft war abgestanden und muffig, und der Wind wehte nicht, und es duftete nicht nach frischem Gras – das Opium machte einem das Atmen schwer, verstopfte alle Poren.

Teddy beschränkte sich darauf, in einer Ecke zu sitzen und den Männern zuzuhören. Sie sprachen über viele Dinge, die er nicht verstand, aber eines war klar – sein Pa wußte alles über diesen fremden Grafen, hatte sozusagen für ihn gearbeitet.

»Das erklärt auch die Information, die Major Sanderson mir eben gegeben hat«, meinte er zu Scott. »Offenbar hat es dramatische Veränderungen bei den Aktien der Fremont, Elkhorn and Missouri Valley Railroad gegeben. Dieser Graf hat ein seltsames Spiel mit den Aktienbesitzern getrieben, und… nun, es sieht so aus, als würden alle Arbeiten eingestellt, wenigstens vorübergehend. Vielleicht bis 1886. Der Graf hat alles getan, um die Eisenbahn zu kaufen, und nun – wo er sie zu kontrollieren scheint – sieht es so aus, als würde er sie ruinieren. Sieht aus, als wäre ich meinen Job los.«

Scott sagte: »Scheiße, er wollte nie, daß die Eisenbahn gebaut wird. Er wollte sie immer schon lahmlegen.«

»*Vraiment*«, bekräftigte Grumiaux. »Sie haben recht.«

Dann erzählte Scott Grumiaux, wie Zeke getötet worden war. Teddys Pa war entsetzt; ganz offensichtlich waren sie Freunde gewesen. Grumiaux spottete nicht, als Scott die Werwölfe beschrieb; er hatte sich seit langem damit befaßt und glaubte, daß es sie gab.

Aber Teddy fühlte sich trotzdem verletzt, weil sein Vater kaum Gefühle zeigte, als er seinem Sohn gegenüberstand, und statt dessen beinahe weinte, als er von Zekes Tod hörte.

Ob mein Pa wohl gedacht hat, ich bin tot, fragte er sich. Ich frag' mich, ob er wegen mir geweint hat. Ich kenn' diesen Mann gar nicht, den ich jahrelang gesucht hab'.

Er starrte seinen Vater an, versuchte, schlau aus ihm zu werden.

»Wir müssen jetzt gehen«, sagte Scott, »bevor sie uns finden. Ich nehme an, daß man mich bald suchen wird.«

»Wohin wollen Sie?« fragte Grumiaux.

»In die Berge. Vielleicht kann ich den Sioux bei ihrem Kampf gegen diesen neuen Feind helfen. Mich rächen. Für Zeke.«

»Für Zeke.« Nach einer Weile sagte Grumiaux: »Da ich nicht mehr für die Eisenbahn arbeite, kann ich ebenso auf die Jagd gehen, *non?* Ich habe früher in Kanada Wölfe gejagt, wegen der Prämie. Aber mit diesen *loups garoux* kann man kein Geld machen – ihre Körper nehmen wieder Menschengestalt an, wenn sie sterben, hat man mir erzählt.«

Teddy wußte nicht genau, warum er sich so komisch fühlte. Vielleicht weil seine Mutter in den Wald gewandert war, vielleicht war es Neid, weil sein Vater darauf brannte, den Tod eines Mannes zu rächen, den Teddy nur ein paar Minuten gekannt hatte. Während er gleichzeitig für seinen Sohn nur ein oder zwei beiläufige Worte übrig hatte.

Doch unvermittelt sagte sein Vater, als würde er aus einem Traum erwachen: »Aber ich kann nicht mit Ihnen gehen, Harper... das ist bloß Träumerei. Ich habe jetzt einen Sohn. Er hat soviel durchgemacht, um mich zu finden, und ich bin es ihm schuldig, in Zukunft ein weniger abenteuerliches Leben zu führen.«

Teddy sah seinem Pa zum erstenmal direkt in die Augen und erkannte, daß jener ihn tief in seinem Herzen liebte, deshalb widersprach er: »Ich kann viel aushalten, Pa.« Dann fügte er wütend hinzu: »Und ich will mit diesen Dreckswölfen abrechnen, Pa.«

»*C'est mon fils* – mein Sohn!« sagte Grumiaux und strahlte.

»Dann sind wir jetzt im Krieg«, sagte Scott.

Black Hills

Mond im dritten Viertel

Der alte Ishnazuyai wanderte unermüdlich mit dem kleinen Jungen auf dem Rücken durch den Wald Richtung Norden. Alle paar Stunden pausierten sie; Ishnazuyai kniete am Ufer eines Baches nieder und schlürfte Wasser, und der Junge machte es ihm nach. Viele Tage lang wechselten sie kein Wort. Dann begannen sie langsam, miteinander zu sprechen.

»Wasser«, sagte der Junge und schüttelte den Kopf.

Blätter raschelten. Beide hielten den Atem an, als sie den Bären rochen, der kaum eine Achtelmeile von ihnen entfernt auf Beutesuche war. Der Junge lächelte, als ein blaugefiedertes Ammermännchen vorbeiflatterte, wie ein buntes Gewitter inmitten der erdigen Farben des Waldes.

Der Junge kannte die Menschensprache nicht – oh, natürlich sprach er mit der Zunge des Weißen Mannes, aber er kannte kein einziges Lakota-Wort –, deshalb verständigten sie sich in der Sprache der vierbeinigen Wesen, die der Junge aber auch nur unvollkommen beherrschte: er lispelte, er verwechselte Heulen und Knurren, er stotterte. Die Shungmanitu von der anderen Seite des Großen Wassers hatten weitab vom Zentrum der Welt gelebt, überlegte Ishnazuyai; der Große Geist hatte sie nur aus sehr weiter Entfernung berührt.

Der Junge fragte: »Warum bringst du mich von meinem Volk fort?«

Und Ishnazuyai antwortete: »Als ich ein kleiner Junge war – noch vor meiner ersten Verwandlung –, da hatte ich eine Vision, und in dieser Vision sah ich Wölfe auf einem Eisenfluß in unser Land kommen. Wo immer sie haltmachten, wurde das Land zur Wüste; und Wakantankas Werk wurde zunichte gemacht, denn obwohl das Große Geheimnis diese Wölfe zu Beginn der Zeit erschaffen hatte, hatten sie sich verirrt und wußten nicht mehr, wo das Zentrum des Universums ist. Und sie rodeten den Wald und trugen die Berge ab, und sie verjagten die Wesen mit zwei Beinen und die mit Flügeln und die mit vier Beinen aus der Ebene. Dann ersetzten sie sie durch Wesen, die kein Leben hatten, sondern nur lebendig zu sein schienen.«

Während er sprach, wanderte er immer weiter; er sang eher, als daß er sprach, im Rhythmus seiner Schritte. Er fühlte, wie er das Kind mit seiner Vision in Trance versetzte, wie es die Vision mit seinen eigenen Augen sah, denn es besaß die Gabe, mit den Augen vieler Menschen zu schauen.

Er sprach weiter: »Alle Wege führten dazu, daß die Shungmanitu ausgelöscht wurden, alle außer einem. Denn in meinem Traum sah ich auch, daß einer kommen würde, der zu uns gehörte und doch nicht zu uns gehörte; denn sein Herz war in viele Seelen zersplittert; es war einer, der ganz Mensch und doch ganz Shungmanitu war. Die Zeit verstrich. Meine Mutter wurde alt und verließ das Dorf, um ihren letzten Mondtanz zu tanzen. Und so begann ich mit der Eisenbahn zu fahren, hin und her, hin und her, und auf den einen zu warten, der uns retten kann. Und als ich dir begegnete, wußte ich, wer du warst, und als ich das Begrüßungslied sang, wußte ich, daß du mich verstanden hattest. Und dann sah ich, wie du von den anderen Wölfen geführt wurdest und wie du dich bei ihrem sinnlosen Töten sträubtest, und ich begriff, daß du Mitleid spürst, kleiner Wolf, und konnte es nicht mehr ertragen, dich unter ihnen zu sehen. Ich wollte nur zu dir sprechen, dich nicht fortbringen, aber als ich dich im Dorf sah, fühlte ich große

Liebe zu dir, und ich wußte, daß ich dich nicht unter ihnen zurücklassen durfte, so weit vom Zentrum der Dinge, denn damit hätte ich dich sterben lassen.«

Der Hügel wurde steiler. Sie wanderten am Ufer eines Baches entlang. Er konnte die Fische riechen, die durchs Wasser schnellten. Hier und da zeigte sich zwischen dem Kieferndach ein Fleck blauen Himmels. Sogar die Vögel schwiegen; sie wissen, dachte Ishnazuyai, daß ein wichtiges Wesen durch ihr Revier wandert.

»Wie lange noch?« radebrechte der Junge.

»Noch ein paar Tage.« Noch immer lag Schnee auf den Gipfeln. Der Junge spielte mit den Federn im Haar des alten Kriegers und streichelte immer wieder vorsichtig über seine glatten Wangen; bestimmt war er an die vernarbten, haarigen Gesichter der *Washichun*-Wölfe gewohnt.

»Läßt du mich 'runter, damit ich neben dir gehen kann?«

Aber Ishnazuyai ließ sich nur ungern darauf ein. Nicht weil er Angst hatte, der Junge könnte ihm entfliehen, er war so wertvoll, so wichtig für das Überleben der Wölfe, daß er ihn nicht aus der Hand lassen wollte. Als er der Bitte trotzdem nachkam, bemerkte er kaum, daß eine Last von seinen Schultern genommen war; es war nur ein kleiner Junge, und er wog fast nichts. Aber er spürte den Wind an seinem Rücken und plötzliche Kälte, denn der Junge strahlte eine sengende Hitze aus, die Hitze der Wandlung, obwohl er sich nicht veränderte. Er war mehr als ein Wichasha Shungmanitu; selbst in seiner menschlichen Gestalt wanderte er ständig zwischen den Splittern seines Selbst hin und her.

Ehe er uns retten kann, muß er selbst geheilt werden, dachte Ishnazuyai.

Jonas Kay hatte sich versteckt, seit der alte Indianer dieses verführbare kleine Wiesel hypnotisiert hatte, damit es seinen Vater verließ. Er tobte durch den Wald, aber jedesmal, wenn er versuchte, auf die Lichtung und ins Bewußtsein des Körpers zu stürmen, traf er auf einen stärkeren Widerstand als sonst. Dieser Bastard hatte eine Allianz gegen ihn geschmiedet! Und was er schon während der Zugfahrt vermutet hatte, bestätigte sich nun – Johnny verstand die Sprache der Wölfe. Es gab einen Bereich in Johnny, der so animalisch war wie Jonas. Und das erzürnte Jonas, denn er wollte das Tier ganz für sich allein.

Mürrisch hängte er sich kopfüber an einen Baum und schwang hin und her, um seinen Widersacher hin und wieder zu verhöhnen. »Ich weiß gar nicht, was du willst«, rief er. »Früher warst du ganz zufrieden. Du hattest diese widerwärtige Französin, und ich ... ich hatte die Nacht, die Wölfe. Wenn du nur halbwegs bei Verstand wärst ... ich wünschte, ich hätte dich im Irrenhaus gelassen!«

Er schwang noch einmal hoch und landete auf allen vieren auf dem weichen Boden. Er versuchte, durch die Augen des Jungen in die Außenwelt zu sehen, aber die anderen drängten sich davor, ließen ihn nicht durch. Als er einen winzigen Blick erhaschte, erkannte er, daß sich die Außenwelt nicht von der Innenwelt unterschied. Ein Wald. Die Luft war modrig feucht. Und sie gingen und gingen. Ein anderer Wald und doch derselbe Wald. Ein Gefühl, als wäre der Körper von innen nach außen gestülpt worden.

Johnny war wieder auf die Schultern des Indianers geklettert. Das blöde Gör lachte, spielte mit dem fettigen Haar des Wilden – die Läuse sahen dick und lecker aus. Wenn Johnny nur einen Augenblick unachtsam –

Da! Er versuchte einen Dachs anzulocken, der über den Waldboden wackelte. Was für ein sentimentaler kleiner Clown, dachte Jonas. Er verachtete ihn aus vollem Herzen. Aber das verschaffte ihm die nötige Öffnung. Jonas sprang heraus, biß in eine dieser saftigen Läuse und zog sich sofort wieder in die Dunkelheit zurück.

»Guten Appetit, kleiner Johnny!« rief er hämisch, als Johnny wieder auf die Lichtung geschleudert wurde.

Johnny spie die Laus augenblicklich aus. Er verzog das Gesicht. Jonas war irgendwo dort unten. »Zurück«, flüsterte er, »zurück, zurück, zurück!«

Ishnazuyai blieb stehen. Vielleicht glaubte er, der Junge wollte herunter; er ließ Johnny von seinem Rücken klettern und vorlaufen, obwohl er ihn keine Sekunde aus den Augen ließ.

Der Kleine war wendig. Er kraxelte bergauf. Auf allen vieren war das leichter, denn der Hügel war steil. Er war nackt – seine Kleider hatte er bei der Verwandlung verloren –, und das lose Geröll piekste ihn in die Hände und Ellenbogen. Er hörte Ishnazuyai hinter sich, und er wußte, daß der alte Indianer ihn beobachtete, aber er witterte auch ein anderes menschliches Wesen – er schmeckte den Kummer –, eine Frau, die Tag und Nacht gelaufen sein mußte, und das seit mehreren Tagen.

Er spähte durchs Gebüsch.

Und er erkannte die Frau, die unter einer Kiefer hockte und vor sich hin sang, obwohl sich die lange Reise in ihr Gesicht geprägt hatte und ihr Geruch schärfer geworden war. Tod sprach aus ihrem Lied und aus ihrer zusammengesunkenen Haltung. Es war Teddys Mutter.

Leise rief er ihr zu: »Little Elk Woman!«

Irritiert blickte sie auf. Zweifellos sah sie bloß seine Augen durch das dichte Laub. Er streckte sein Gesicht durch die Blätter und sagte auf englisch, denn er kannte ihre Sprache nicht: »Warum bist du nicht bei Teddy?« und dann: »Es tut mir leid, daß dein Mann tot ist. Ich hab' es nicht getan... ich hätte niemals so etwas getan, glaub mir.« Obwohl er Jonas' ironisches Gelächter tief in seinem Inneren hörte.

Ängstlich starrte sie ihn an. Er wußte, daß er eine seltsame Erscheinung war – ein nacktes weißes Kind mitten in der Wildnis. Hinter sich hörte er andere Geräusche, Ishnazuyai spielte wieder auf seiner Flöte. Die Musik schien die Frau zu beruhigen, und sie antwortete mit einem Akzent, der französisch und indianisch zugleich klang: »Du bist Kind Ishnazuyai erzählen.«

»Du willst... sterben, nicht wahr?« frage Johnny. »Aber was ist mit Teddy?«

»Ich sagen, er finden Vater.« Sie wandte sich von ihm ab und nahm ihr Todeslied wieder auf. Johnny roch den Tod an ihr, und die Erwartung des Todes – der Geruch einer Beute, die weiß, daß der Jäger nah ist. Und dann wußte er auch, welchen Tod sie erwartete.

Wenn die Wölfe in Wien ihr Opfer mit den Augen bannten, dann tat der Alte es mit dem Spiel seiner Flöte.

Der Alte war direkt hinter ihm. Der Hauch der Flöte wehte ihm kühl in den Nacken. Er drehte sich um, verzerrte seine Gesichtsmuskeln zur Sprache der Nacht und sagte grob: »Ich will nicht, daß du sie tötest. Vor wenigen Tagen hast du sie beschützt.«

»Andere Wölfe werden kommen. Ich bin zu alt, um mich zu wandeln.«

»Ich will, daß du sie beschützt.«

»Aber das ist gegen die Natur. Sie hat den Tod gesucht, Kind, und wir können ihr Lied nicht ungesungen machen.«

Aber Johnny rief die Frau, spürte ihren Schmerz: »Du darfst jetzt nicht sterben... ich habe dich gefunden!« Und weil er das Unbehagen des Alten fühlte: »Ein Lied *kann* ungesungen gemacht werden! Wenn ich all das bin, was der alte Mann sagt, dann bin ich derjenige, der all das ungesungen macht, was geschehen ist... die Ankunft der weißen Shungmanitu, den fürchterlichen Krieg der Wölfe.« Er wußte nicht, woher er die Worte nahm. Und trotzdem klangen sie wahr. Sogar die Frau lächelte leicht. Und dann sagte er zu ihr, als könnte er das Schicksal sehen, das sie aus ihrem Dorf getrieben hatte: »Ich brauche eine Menschenmutter.«

Die schmerzhafte Erinnerung an Speranza im Lager seines Vaters tauchte in ihm auf, und er dachte: Sie ist für mich verloren. Sie liebt ihn zu sehr.

Schmerz überflutete ihn. Aber er stemmte sich gegen den Schmerz. In seinem Geist hörte er Jonas vom Rande der Lichtung her: »Vergiß sie! Sie ist fort, du jämmerlicher kleiner Waschlappen. Und bald bist auch du fort, weil sie mich wollen, mich, den Werwolf, nicht dich, die Heulsuse.« Aber er wußte, daß die anderen noch auf seiner Seite waren; solange die Allianz hielt, konnte er Jonas zurückschlagen. Laut sagte er zu der Frau: »Komm mit uns. Ich brauche einen Menschen, wenn ich unter den Werwölfen leben soll.«

Leise meinte Ishnazuyai zu Little Elk Woman: »Ich hatte recht. Unsere Hoffnungen ruhen in diesem Kind, denn er allein besitzt Mitleid.«

Irgendwo vor ihnen flüsterte ein Bach; Blätter rauschten im Bergwind. Die Luft war dünn, und Johnny Kindred zitterte vor Kälte. Er hoffte, daß die Reise bald zu Ende war. Aber es sollte noch ein paar Tage dauern, bis er und der Alte und Little Elk Woman den heiligsten Ort der Shungmanitu erreichten, das Wolfslager, in das sich noch kein Menschenwesen gewagt hatte.

Winter Eyes

Mond im letzten Viertel

Die Stadt lag zwischen den Hügeln, nicht weit von einem bedrohlichen, hoch aufragenden Felsen entfernt, der seinen langen Schatten über die tiefgrüne Ebene warf. Der Graf von Bächl-Wölfling ritt der Prozession voran, Natalia Petrowna an seiner Seite, während man Speranza in den Proviantwagen verbannt hatte. Solange Natalia ihrer Position als Wolfskönigin nicht ausdrücklich enthoben war, wäre es unziemlich gewesen, wenn Speranza bei offiziellen Gelegenheiten Natalias Platz eingenommen hätte, obwohl die Diener ihr bereits ihre Ehrerbietung erwiesen. Ein Duell zwischen den beiden Frauen, welcher Art auch immer, war unvermeidlich. Aber Speranza wollte ihre Gegnerin solange als möglich hinhalten. Inzwischen behandelte Natalias Cousin Vishnevsky, der in der Hierarchie der gräflichen Gefolgsleute bemerkenswert an Boden verloren hatte, sie mit verächtlicher Herablassung; ihr gefiel das sogar, wußte sie doch, daß sein Schicksal mit dem Natalias verknüpft war.

Pappeln umgaben die neue Siedlung und verbargen sie. Ungefähr eine Meile, bevor sie die Stadt selbst erblicken konnten, trafen sie auf die Geleise, die sich an die Vorberge schmiegten. Sie folgten den Schienen, bis sie unvermittelt in einem Meer von kniehohem Gras endeten. Von dort aus war die Stadt zu sehen. Die Kuppeldächer einer orthodoxen Kirche leuchteten durch die Baumwipfel. Zwischen dem Laub ließen sich Fassaden verschiedener Gebäude ausmachen. Ein paar hundert Meter vom Schienenende entfernt wand sich eine Straße in den Pappelwald. Eine frisch geputzte Kutsche rollte auf sie zu. Der livrierte Kutscher schwang die Peitsche, während ein weiterer Diener mit seiner Waffe auf dem Kutschendach mitfuhr. Die Kutsche wurde von sechs weißen Pferden gezogen.

Der Graf überließ es Natalia, den Zug anzuführen, und blieb zurück, bis er neben dem Wagen ritt, in dem Speranza saß.

»Unsere Kutsche«, meinte er zu ihr, nicht ohne Humor. »Fast wie im Märchen, nicht wahr? Obwohl ich kaum glaube, daß wir von nun an glücklich bis an unser Ende leben werden.«

»Du siehst traurig aus, Hartmut«, sagte Speranza.

»Überrascht dich das? Die Neue Welt ist bedauerlicherweise nicht ganz so, wie ich sie mir erträumte. Aber sieh nur, Szymanowski scheint es zu gefallen.« Er deutete auf den kahlen Alten, dessen Pferd jetzt neben Natalias trabte. Die beiden waren in ein lebhaftes Gespräch vertieft und betrachteten interessiert das Panorama. »Ach Speranza, du weißt gar nicht, welches Paradies ich vor mir sah! Eine perfekte Welt, in der ich, meine Königin und mein Sohn leben könnten, weitab von all dem Wahn, den das Leben im neunzehnten Jahrhundert darstellt. Nun ist mir mein Sohn genommen worden, und meine Königin, meine Königin...« Er reichte ihr seine Hand. Sie war kalt, fast wie die Hand eines Toten.

Hand in Hand näherten sie sich der Stadt. Speranza lehnte sich aus dem Wagen. Sie trug Schwarz, wie immer, aber sie hatte eine rote Schärpe umgebunden, einen Hauch von Rouge auf ihre Wangen aufgetragen und ihre Lippen karmesinrot gefärbt. Sie wußte, daß er sie schön fand, und schon das kam ihr seltsam vor, denn noch vor wenigen Monaten hätte sie sich nicht vorstellen können, jemals etwas anderes als eine einfache Gouvernante zu sein.

Dann tauchte ein Schild auf: *Willkommen in Winter Eyes*. Ein bemaltes und an einen Baum genageltes Brett.

Der Graf lachte leise, fast wie zu sich selbst, und sagte: »So enden unsere Träume. Ich meinte, wir sollten unsere Stadt *Winterreise* taufen, nach unserer langen Reise durch den Schnee; aber irgendein Spaßvogel von Schildermaler hat einen Witz daraus gemacht. Noch ein Schlag gegen Szymanowskis Vision, fürchte ich.«

Er ritt voran, gesellte sich zu seiner Geliebten, und stieg mit ihr in die von weißen Pferden gezogene Kutsche. Die Diener jubelten. Sie schienen sich wirklich zu freuen; wenigstens, dachte Speranza, hat die lange Reise ein Ende.

So erreichten die Wölfe Winter Eyes. Es waren nur wenige zu ihrer Begrüßung gekommen; einer jedoch stand mitten auf dem Dorfplatz: ein Soldat. Er zog seinen Hut, um den Grafen zu grüßen, und vielen Dienern stockte der Atem, denn statt Haaren bedeckte rosafarbenes Narbengewebe seinen Schädel. Offenbar war er skalpiert worden und hatte die Marter überlebt. Es war beinahe Mittag, und die Frühlingssonne strahlte am blauen Himmel. Es war nicht warm; eine Brise fegte durch die Straßen, die zu sauber rochen, über makellose Bürgersteige, gegen frischgemalte Schilder, die gegen frischgemalte Türen klapperten, zwischen Pfosten zum Anbinden der Pferde, an denen keine Pferde waren.

Speranza kletterte aus ihrem Wagen und kam näher. An einem Ende des Platzes stand die Kirche, die der unheilige Pater Alexandros gerade betrat. Der Soldat half Natalia aus der Kutsche. Um den Platz lagen ein Hotel, ein Saloon, ein Kaufladen, ein Barbiergeschäft – aber alles schien unwirklich, denn nirgendwo bewegte sich etwas, und überall glänzte frische Farbe. Die Gebäude waren wie leere Hüllen, Winter Eyes nur ein potemkinsches Dorf. Aus dem Saloon ertönte Klaviergeklimper, aber keine Stimmen. Vielleicht war es eines dieser beliebten modernen Pianos, die keinen Spieler mehr brauchten.

Auch Dr. Szymanowski hatte man ein Gebäude errichtet, in dem er seine Studien fortsetzen konnte – allerdings ein gutes

Stück außerhalb des Ortes, denn darauf hatte der Wissenschaftler Wert gelegt.

»Madam«, sagte der Offizier und verbeugte sich tief vor dem Grafen und seiner Mätresse. Und Speranza erkannte an seinem speichelleckerischen Benehmen, daß er bereits ein Sklave der Werwölfe war – daß er sich innerlich bereits mit dem Mal der Dienerschaft hatte brandmarken lassen.

Natalia sagte zu dem Grafen, Speranza absichtlich ignorierend: »Dies ist Major Sanderson, Hartmut. Er ist Kommandeur von Fort Cassandra, und er hat sich uns als sehr nützlich erwiesen. Es gelang mir, ihn ... in meinen Bann zu ziehen. Er wird uns helfen, Neugierige von Winter Eyes fernzuhalten, und er wird uns darüber informieren, wo sich die Indianer gerade aufhalten.«

»Alles, was den wilden Sioux ihren Platz zuweist, Eure Exzellenz, ist zu begrüßen«, ereiferte sich Major Sanderson. »Man sollte sie wie Ungeziefer ausrotten, aber mir sind die Hände durch die neuen Verträge gebunden.«

»Es freut mich«, bedankte sich der Graf, »daß wir auf diese Weise einander helfen können.«

Weitere Höflichkeiten wurden ausgetauscht. Speranza ließ sich ablenken. Das Klavier spielte immer noch, vollkommen gleichmäßig und unberührt von all dem Treiben. Sie war jetzt überzeugt, daß es automatisch betrieben wurde. Sie stieg auf den überdachten Gehsteig und warf einen Blick in den Saloon. Niemand war drin.

Sie ging weiter, ohne sich um die Diener zu kümmern, die die Wagen entluden und die Vorräte auf die verschiedenen Häuser verteilten. Hinter der Kirche, hügelaufwärts, standen die Wohnhäuser für die Mitglieder des Lykanthropenvereins. Sie waren identisch bis auf eines, das größer war und höher stand, mit griechischen Säulen vor der Veranda und Buntglas in den Fenstern des oberen Stockwerks. Sie spazierte durch den Kirchhof. Weihrauch wehte aus der offenen Tür; Pater Alexandros war bereits bei der Arbeit. Als sie den Vorraum betrat, erkannte sie, daß sich ein Friedhof an die Kirche anschloß, aber sie glaubte nicht, daß dort jemand lag; die Grabsteine dienten dazu, das Bild authentischer zu machen, wie Adams Nabel.

»Es überrascht Sie, daß wir hier eine Kirche haben?« Sie drehte sich um und sah Natalia Petrowna auf sich zu kommen. Der Umhang aus schwarzem Samt und rotem Satin wehte hinter ihr im Wind, und eine Hermelinstola verdeckte ihre Wange. »Das sollte es nicht. Sie glauben vielleicht, daß wir Kinder des Satans sind, keine Reliquien berühren, keine heilige Kommunion nehmen können. Ach, wir hängen so an der Vergangenheit, an vertrauten Dingen.« Sie lachte. »Schließlich waren wir alle einmal Menschen. Bis etwas – jemand – das Tier in uns geweckt hat.«

»Sind Sie gekommen, um mit mir zu kämpfen?« fragte Speranza.

»Hier? Jetzt? Können Sie es nicht mehr erwarten, Königin zu werden?«

Speranza dachte an Johnny Kindred, der von den Wilden entführt worden war, vielleicht für immer. »Wofür sonst soll ich noch leben?« Ihre Stimme hallte. Es gab kein Gestühl in der Kirche; sie entsann sich, daß die Anhänger des orthodoxen Glaubens während der Predigten standen, die manchmal über drei Stunden dauerten. Aber es gab einen Altar, vor dem Pater Alexandros kniete. Er preßte seine Lippen an das Altartuch, während sein Ministrant das Weihrauchfaß schwenkte und das Schiff mit Rauchschwaden füllte. Der Duft überlagerte fast vollkommen den scharfen Uringestank.

»Eine Kirche – auch eine unechte – ist wohl kaum der Ort für einen Kampf«, wich Speranza aus. »Ich will nicht Wolfskönigin sein. Ich werde Ihnen den Rang nicht streitig machen, falls Sie das wollen und falls Sie den Grafen bitten, mir Geld für die Überfahrt nach Europa zu geben; denn ohne das Kind bin ich hier überflüssig.«

Natalia lachte.

»Ich bin noch keine von Ihnen«, ergänzte Speranza. »Ich werde hier nicht gebraucht...« Aber die Russin hörte ihr nicht zu.

»Das brauchen Sie mir nicht zu sagen. Sie riechen nach Mensch. Wahrscheinlich halten Sie an Ihrer Gestalt fest, weil Sie ihn kennen. Wenn Sie sich wandeln, wird er sie verstoßen. Nur Rassenmischung interessiert ihn, nicht wahr?«

»Ich...«

Natalia sprang sie an, zerkratzte ihr das Gesicht. »Ihr Kleiner wird Ihnen diesmal nicht helfen!« Speranza riß die Hände hoch, um sie abzuwehren. Sie stolperte rückwärts, stieß mit Pater Alexandros zusammen, der ungerührt seine Gebete murmelte. Die Russin versuchte sie zu erwürgen! Speranza krächzte, versuchte, sich aufrecht zu halten, krampfte ihre Finger ins Altartuch – sie stieß ihr Knie hoch in Natalis Unterleib, die vor Schmerz aufjaulte. Ihr Griff lockerte sich, und Speranza riß sich los. Dann war Natalia wieder über ihr, schleuderte sie gegen den Altar. Sie spürte, wie ihr Korsett brach, wie eine Fischbeinrippe durch die schwarze Seide ihres Mieders stach. Die Frau drückte sich gegen sie, zerfetzte ihre Kleider mit einer Wut, die fast an Lust grenzte – es *war* Lust, wurde Speranza klar, als sich ihre Blicke trafen.

Sie drehte sich um und sah Pater Alexandros schweigend hinter dem Altar stehen und mit einem versonnenen Lächeln den Nakken des Ministranten streicheln. »Helfen Sie mir«, brachte sie heraus, aber der Priester reagierte nicht. Natalia schien in ihrem eigenen Universum gefangen zu sein, preßte Speranzas Körper an sich und arbeitete mechanisch mit ihren eiskalten Fingern in Speranzas Scham herum. Speranza spürte, wie Natalias Körper erbebte, dann erschauerte, wie die Wölfin von einer Leidenschaft ergriffen wurde, die stärker war als sie selbst. Immer wieder versuchte sie, Speranza zu Boden zu werfen, aber die blieb gegen die scharfe Kante des Altarsteins gepreßt stehen und erstickte beinahe im Weihrauchduft.

»Und das treibt Hartmut fast in den Wahnsinn?« zischelte Natalia. »Das verstehe ich nicht. Sie sind wie Stein, wie Holz, ohne jedes Gefühl.«

Plötzlich verebbte Natalias Lust. Sie trat vom Altar zurück, und Speranza sank in sich zusammen. Natalias Angriff war so schnell gewesen, daß sie gar keine Zeit zu reagieren gefunden hatte. Erst jetzt fühlte sie sich benutzt, beschämt. Sie wollte etwas sagen, als

Schüsse zu hören waren. Und das Donnern von Stiefeln auf dem Dach.

»Hartmut!« schrie Natalia auf und rannte nach draußen.

Speranza folgte ihr. Der Anblick, der sich ihr bot, war komisch und entsetzlich zugleich. Mehrere Diener lagen verblutend im Staub. Dr. Szymanowski stolperte mit einem Pfeil im Hals über den Platz, Lakaien und Dienstmägde rannten hin und her, und die Werwölfe unternahmen nichts, um ihnen zu helfen.

Der Graf hatte hinter den Schwingtüren des Saloons Schutz gesucht. Natalia kreischte wie von Sinnen. Niemand kam Dr. Szymanowski zu Hilfe, der wie ein Zirkusclown durch die Arena taumelte, eine lächerliche Figur. Blut spritzte aus seinem Hals. »Warum hilft ihm denn niemand?« rief Speranza. Sie vergaß die Gefahr und rannte quer über den Platz zu dem Grafen. Noch mehr Schüsse. Und jetzt erwiderte Major Sanderson das Feuer. Ihre Angreifer hatten sich auf dem Kirchendach verschanzt. Sie konnte sie sehen, einer war ein dunkelhäutiger Junge mit schmutzigbraunem Haar – der Zeitungsbursche aus dem Zug. Neben ihm lagen zwei Weiße, die sie nicht kannte, und daneben wiederum ein Indianer, der seinen Bogen spannte. Noch ein Indianer war hinter ihm. Vielleicht waren es auch noch mehr Angreifer, aber die Sonne blendete sie, so daß sie das nicht erkennen konnte.

»Teddy!« gellte sie.

»Gehen Sie aus der Schußlinie, Miss Martinique!« antwortete ihr die piepsende Stimme des Jungen. »Sonst werden sie umgebracht!«

»Teddy…« Einen Augenblick lang waren die Angreifer verunsichert. »Teddy«, schrie sie, »versuch nicht, gegen sic zu kämpfen… lauf fort, sonst fressen sie dich…«

Dann rief Natalia, die einen der Angreifer zu identifizieren schien: »Harper, Harper«, und in ihrer Stimme lag fast so etwas wie Triumph. »Du kämpfst auf der falschen Seite, schöner junger Soldat… du gehörst zu uns, nicht zu diesen ekligen Menschen!« Der jüngere der beiden Weißen schien irritiert und senkte das Gewehr.

»Harper!« donnerte Major Sanderson. »Sie wagen es, sich hier zu zeigen? Ich lasse die gesamte Elfte Kavallerie das Territorium nach ihnen durchkämmen, ich lasse Sie hängen, strecken, vierteilen, in Scheiben hacken, den Wölfen zum Frühstück vorsetzen!« Er zielte und begann auf das Dach zu feuern, wo Harper immer noch unentschlossen verharrte.

Die beiden Indianer blickten einander an. Dann begannen sie Pfeil um Pfeil auf den Platz abzuschießen. Szymanowski wurde noch einmal getroffen, und ein schwaches Quaken kam über seine Lippen. Sanderson trat den Rückzug hinter die Kutsche an.

Speranza lief zu von Bächl-Wölfling. »Tu etwas! Hilf Dr. Szymanowski!« brüllte sie ihn an. »Du kannst doch nicht in aller Ruhe zusehen, während dein Vertrauter mit einem Pfeil im Hals...«

»Ich kann nichts tun«, erwiderte von Bächl-Wölfling. Aus seinem Blick sprach unstillbare Trauer. Es war der gleiche Weltschmerz wie an jenem Abend vor so langer Zeit, im Zug nach Wien; seitdem hatte sie ihn nie mehr so hilflos gesehen.

Ein Pfeil sirrte vorbei. Er bohrte sich vor ihren Füßen in den Gehsteig. Sie sah die halb im Holz vergrabene Spitze glänzen... Silber.

»Sie wissen es«, hauchte sie.

»Unsere uralten Feinde... die Menschen... haben uns wieder gefunden. Wie kurzlebig war doch unsere Hoffnung auf ein Utopia! O Speranza, ich verzweifle«, antwortete der Graf mit rauher Stimme.

Szymanowski lag im Staub, zuckte wie in einem epileptischen Anfall. Immer mehr Pfeile durchbohrten ihn. Er wand sich wie ein Stachelschwein in der Falle. Seltsame Pfeifgeräusche entrangen sich seiner aufgeschlitzten Kehle.

Endlich organisierten sich die Diener. Sie erwiderten das Feuer, nutzten die Wagen und die Kutsche als Deckung. Die Indianer tanzten auf einem Sims und ärgerten sie mit ihrem Kriegsschrei. Die Diener feuerten, aber die Indianer waren spurlos verschwunden. Plötzlich entdeckte Speranza Teddy und die beiden Weißen, die von Dach zu Dach sprangen; ein Indianer folgte ihnen. Die

Diener hatten sie ebenfalls bemerkt und feuerten wieder. Speranza wußte nicht, für wen sie Partei ergreifen sollte. Aber sie wußte, daß Teddy Johnnys Freund gewesen war und daß er die nächtliche Attacke der Werwölfe auf das Indianerdorf miterlebt hatte. Sie wollte nicht, daß der Junge starb.

Wieder Feuer. Der Rauch trieb ihr die Tränen in die Augen. Sie war zu durcheinander, um Angst zu empfinden. Sie stand mitten in der Schußlinie, kreischte zu Teddy hinauf, er solle fliehen. Und Natalia stand neben ihr und kreischte Verwünschungen zu dem Mann hinauf, den sie Harper nannte.

Plötzlich stürzte ein Mann vom Dach und prallte gegen einen Pfosten. Blut floß aus einer Wunde in seiner Brust.

Sie hörte das entsetzte Heulen des Jungen: »Pa!« und sie begriff, daß dies Teddys Vater sein mußte, der Mann, den er so lange gesucht hatte.

Getrappel auf dem Dach. Die Angreifer zogen ab. Die Schritte entfernten sich, immer weiter, – dann hörte sie Wiehern.

Die Zurückgebliebenen eilten wie aufgescheuchte Hühner hin und her. Speranza rannte zu Teddys Vater, der auf dem Gehsteig zusammengebrochen war. Niemand interessierte sich für ihn. Alle sammelten sich um Dr. Szymanowski und die toten Diener. Sie kniete neben dem Mann nieder, versuchte seine Wunden mit Stofffetzen aus ihrem Kleid zu verbinden, das Natalia zerrissen hatte.

»Non, non!« wehrte er sich mit schwacher Stimme, als sie sich über ihn beugte. Sie sah die Angst in seinen Augen. Er begann auf französisch etwas über den *loup garou* zu murmeln. Er hielt sie für eine von ihnen!

Leise antwortete Speranza: *»Pas moi.«* Und nahm sanft seine Hand.

»Mein Sohn«, hauchte er.

»Sie sind entkommen.«

»Ich hätte nicht gedacht, daß er so … tapfer ist.« Sie glaubte, ihn lächeln zu sehen, bevor er starb. Überall war Blut – in ihrem Haar, an ihren Fingern. Zwei Diener hoben den Leichnam auf ihre Schultern und trugen ihn davon.

»Nein!« hielt sie die beiden auf.

Sie spürte die Hand des Grafen auf ihrer Schulter. »Sie müssen ihn wegbringen«, sagte er. »Wölfe mögen Aas, wußtest du das nicht? Er sollte nicht hier liegenbleiben; es würde dir nicht gefallen, sein Gesicht in Fetzen zu sehen.«

»Dann begrabt ihn auf dem Friedhof – wie einen Menschen«, forderte Speranza.

»Du verlangst viel. Sie haben uns den Krieg erklärt. Hast du Szymanowski gesehen?« Sie schüttelte den Kopf, aber dann schaute sie über den Platz und sah ihn auf einer Decke liegen. Es war, als hätte sich ein Wolf aus seinem Inneren freikämpfen wollen; Hautfetzen hingen lose von seinem Gesicht, und zwei steife Vorderpfoten brachen aus seinem Brustkorb, der blutig-schwarz glänzte. Wolfskiefer bohrten sich durch seine Wangen. Der Bereich um seinen Kopf war mit grauem Hirngewebe übersät. Der Anblick übte eine morbide Faszination auf sie aus.

Natalia weinte bitterlich über der Leiche, hob ihre Arme gen Himmel und stieß höchst ungewöhnliche Trauerbekundungen aus. Vishnevsky stand mit unbeteiligter Miene neben ihr.

»Er war wie ein Vater für uns alle«, sagte Hartmut. »Ich habe mir nie vorstellen können, daß er stirbt...« Als er wieder auf die Diener schaute, die Grumiaux' Leiche forttrugen, packte er Speranza so fest an der Schulter, daß sie vor Schmerz zusammenzuckte, und sagte: »Und du willst *dem da* ein anständiges christliches Begräbnis zukommen lassen! Wenn er unser Feind ist, dann hat er uns den Krieg erklärt! Wir können niemals mit ihnen koexistieren, Speranza, das mußt du begreifen, wenn du eine von uns wirst! Wir sind die Jäger, sie sind die Beute!«

»Und ich bin also auch Beute, nehme ich an?« fragte Speranza bitter.

»Du mußt dich für eine Seite entscheiden, Speranza. Vor allem, wenn du mein Kind tragen wirst.«

Er schwieg. Speranza rief aus: »Dein Kind! Nein, Hartmut, das kann ich nicht... Ich habe Natalia Petrowna gesagt, daß ich nicht ihre Rivalin bin, daß ich zurück will nach Aix-en-Provence...«

»Ich brauche eine Königin, Speranza.«

»Ich werde niemals so wie ihr!«

»Ich könnte deinen Gehorsam erzwingen«, sagte der Graf, und Speranza ahnte, daß er mit dem Gedanken spielte, sie den Tau aus seinen Fußstapfen trinken zu lassen. »Aber es wäre mir lieber, wenn... deine Liebe zu mir wachsen würde. Ich glaube nicht, daß du mich abstoßend findest.« Speranza konnte das kaum abstreiten. »Mein Kind, im Tumult aufgewachsen, wurde mir von Werwölfen genommen, die unter den Wilden hausen. Ich habe gehofft, daß dieses Kind, halb Mensch, halb Tier, die Rettung für uns alle sein könnte. Sage nicht, daß du kein Kind tragen kannst. Du hast keine Wahl; die Saat ist bereits ausgebracht.«

Er ließ ihre Schulter los und verschwand in dem Saloon, aus dem immer noch seelenloses Klaviergeklimper ertönte.

Von der Hügelkuppe blickten sie auf die Stadt hinunter. Die Sonne ging unter. Die beiden Indianer, die sie begleitet hatten, rösteten eine Hirschkeule über einem Feuer.

Teddy Grumiaux saß bis zum Hals im hohen Gras und tat etwas, das Scott ihn noch nie hatte tun sehen – er heulte wie ein Schloßhund. Es war Zeit zu trauern, dachte Scott. Das Kind hatte sich lang genug wie ein Mann benommen. Wie der Indianerjunge, der Sanderson noch skalpiert hatte, obwohl er selbst schon tödlich verwundet war. Scott ließ den Jungen in Ruhe, bis die Sonne beinahe hinter den Hügeln im Westen verschwunden war; dann brachte er ihm kalten Kaffee in einem Zinnbecher und ein Stück angekokeltes Fleisch, das er in seinem Taschentuch transportierte.

»Wir müssen bald zurück«, sagte Scott.

»Ich gehe nicht ohne meinen Pa.«

»Was? Willst du etwa in die Stadt schleichen und seine Leiche stehlen? Du mußt...«

»Nein. Ich schätze, sie tragen ihn in den Wald. Damit sie ihn beim nächsten Vollmond ausgraben können. Wölfe lieben Aas.« Er sprach ohne jedes Gefühl; seine Tränen waren längst eingetrocknet. »Da, schau!« Er deutete auf etwas. Scott kniff die Augen zusammen und sah zwei winzige Punkte, die aus der Stadt herauskamen. »Sie gehören zum Grafen. Wir können bald runter und uns um die Leiche von meinem Pa kümmern. Ein Gebet sagen oder so. Du sagst das Gebet, Scott; ich kenn' keins.«

Sie stellten eine Statue auf dem Platz auf. Die Werwölfe waren alle auf Szymanowskis Beerdigung, und Speranza blieb allein zurück; sie stand vor dem Saloon und schaute den Arbeitern zu. Sie konnte den Trauergesang vom Friedhof hören. Manchmal klang er wie ein Lied, dann wieder wie das Heulen einsamer Wölfe.

Sie ging auf den Platz. Die Statue war mit einem Leintuch abgedeckt. Ganz bestimmt würde es eine Einweihungszeremonie geben. Aber Speranza glaubte, die Steinmadonna mit dem Wolfswelpen in den Armen aus dem Park in Wien wiederzuerkennen.

Die Sonne ging unter. Die Arbeiter waren wieder verschwunden, und Speranza spürte ein unwiderstehliches Verlangen, den Schleier der Statue zu lüften. Sie berührte das Leintuch. Hob es an einem Zipfel an. Das Gesicht der Madonna starrte sie an. Es war anders als in ihrer Erinnerung. Es schien ihr eigenes zu sein, auch wenn sie sich nicht als so schön empfand; als hätte ein Künstler ihr Antlitz idealisiert. Ihr Blick war gesenkt, bescheiden; im Licht der untergehenden Sonne schienen die Wangen in jugendlicher Blüte zu stehen, und die Lippen versprachen eine leise Andeutung von Sinnlichkeit.

Sie schloß die Augen. Der Traum stieg wieder in ihr Bewußtsein auf. Noch einmal watete sie flußaufwärts auf ein Etwas zu, das vor Wut oder Ekstase heulte wie ein Liebhaber, wie ein alleingelassenes Kind. Aber nun konnte sie zum erstenmal die Quelle des Flusses erkennen. Auf einer Hügelkuppe stand ein gekreuzigtes Wolfskind. Blut sprudelte aus seinen Händen und vereinigte sich zu dem Fluß, der durch den düsteren Wald strömte.

»Johnny!« schrie sie auf. Und dachte: Ich habe ihn betrogen, ich habe ihn sterben lassen, und jetzt wächst ein neues Kind in mir, aus dem der Graf machen wird, was er nicht aus Johnny Kindred machen konnte.

Sie öffnete die Augen und sah ihr ernstes Gesicht in Stein gemeißelt und den Welpen, den sie säugte.

Ein langer Schatten glitt über das Gesicht der Madonna.

Sie drehte sich um. Es war der Graf. Leise sagte er: »Ich habe es vor unserer Abreise in Wien machen lassen.«

»Du wußtest, daß ich mit dir... du hast die Frechheit besessen zu glauben, du hättest mich so in der Gewalt, daß du...«

»Leugnest du es, meine Madonna?«

Und er kam näher. Und näher.

Wie hatte sie sich diesem Mann so ausliefern können? Ich bin hierhergekommen, weil ich Johnny beschützen, nicht weil ich Teil dieser blasphemischen Familie werden wollte.

Und er kam näher. Sein moschushafter Duft erreichte sie. Sie wich nicht zurück.

Sie fanden Grumiaux im Schlamm unter den Pappeln und begruben ihn mühsam, indem sie die Erde mit ihren Gewehrläufen wegräumten. Sie legten zwei gekreuzte Silberpfeile über seine Brust, damit die Wölfe sein Grab nicht aufwühlten.

Sanderson ist mit ihnen verbündet, dachte Scott. Er will, daß die Wölfe sich bekämpfen, ihm ist alles recht, was die Indianer dezimiert. Er ist nicht nur ihr Verbündeter, irgendwie *besitzen* sie ihn.

Und sie besitzen mich auch, entsann er sich. Er schmeckte noch das bittere Wasser aus Natalias Pfotenabdrücken. Aber ich werde sie bis auf den Tod bekämpfen. Ich werde ganz bestimmt nicht zum Werwolf!

Aber er wußte, daß er in jenem Augenblick, als Natalia ihn auf dem Dach erkannt und ihm beim Namen gerufen hatte, beinahe nachgegeben hätte –

»Johnny«, murmelte Speranza. »Ich muß ihn finden, ihn umsorgen, ihm meine Liebe geben...« Aber als sie die Augen schloß, sah sie wieder den gekreuzigten Wolfsjungen vor sich, und sie dachte: Er ist tot, er ist so gut wie tot, er ist nicht mehr als Hartmuts gescheitertes Experiment, und ich werde sein nächstes Experiment.

»Ich liebe dich«, sagte der Graf von Bächl-Wölfling. Und er kam näher –

»Adieu, Pa«, schluchzte Teddy. Und drehte der Stadt Winter Eyes den Rücken zu, den Kopf voller Rachepläne.

– und näher.

Dritter Teil

Der Krieg der Wölfe

1963: South Dakota

Zunehmender Mond

In den Dakotas dauert der Winter fast ewig; der Frühling ist wie ein kurzer Traum; der Sommer kommt kurz und plötzlich. Wie Dr. La Loge mir immer wieder erklärte: »Es gibt hier nur zwei Jahreszeiten… Winter und August.«

Den ganzen Frühling über suchte ich nach der Madonna, die in Johnnys Geschichte ein so wichtiges Symbol darstellte. Ich wühlte auf Dachböden und in den Kellern des Szymanowski-Instituts. Es gab eine ganze Geisterstadt zu durchsuchen. Aber nichts, was einer Madonnenstatue geähnelt hätte. Anfangs hoffte ich, daß dieser Fund Johnnys Geschichte endlich erhärten würde; aber ich fand nichts.

Und eines Tages, im Hochsommer, als Preston Bluefeather Grumiaux wieder im Szymanowski-Institut auftauchte –

So als wäre gar nichts geschehen. Kein blutiger Mord, keine Kastration, und vor allem keine geisterhafte Erscheinung im Bahnhof von Omaha. Er betrat einfach eines Morgens den Speisesaal, als J. K. in seiner James-Karney-Rolle mir Schinken und Ei servierte.

James Karney wurde böse. Er verschüttete Kaffee auf das Tischtuch. Ich war wie erstarrt, als ich Preston stehen sah. J. K. knurrte, fletschte die Zähne – und näßte sich vor Wut in die Hose.

»Hallo, Carrie«, begrüßte mich Preston zuckersüß.

»Preston… du bist… du bist…«

»Tot? Ein Geist?« nahm er mir das Wort aus dem Mund. »Aber so was passiert euch Weißen ja nicht.« Er schien wirklich verwirrt zu sein. »Ich war ziemlich lange weg, wie? Mit euren Maßstäben. Aber ich war auf einer Traumwanderung. Es ist Sommer. Zeit, einen Sonnentanz darzubringen.«

J. K. umkreiste den Tisch, geduckt, leise knurrend. Ich wollte verhindern, daß er sich aufregte, deshalb läutete ich nach einem Pfleger, der ihn in sein Zimmer bringen sollte.

»Johnny«, sagte ich, »wenn du da bist, wenn du mich hören kannst... ich komme später zu dir, das verspreche ich dir, und höre mir weiter deine Geschichte an.« Dann führten sie ihn weg. Preston zog sich einen Stuhl heran und setzte sich mir gegenüber.

Er schaute mir beim Essen zu, eindringlich, nervtötend.

»Ein Sonnentanz?« fragte ich schließlich.

»Eine ganz eigene Art, sich die Brustwarzen durchstechen zu lassen«, antwortete er. »Willst du mitkommen?«

Ich schaute auf. Sein Blick verriet seine Verletzlichkeit. Er wollte das wirklich mit mir teilen. »Klar«, sagte ich.

Das war für mehrere Wochen das letzte Mal, daß ich ihn sah. Und Johnny Kindred zog sich zurück, sprach manchmal tagelang nicht mit mir. Dr. La Loge war immer beschäftigt. Die Fortsetzung der Geschichte würde ich Johnny wohl irgendwie entlocken müssen. Wir hatten einen entscheidenden Punkt in der Erzählung des jungen Werwolfs erreicht; und so wie mich die Angestellten mieden, begann ich zu glauben, daß ich nicht mehr allzu willkommen war – hatte das alles etwas mit dem Wiederauftauchen von Preston Bluefeather Grumiaux zu tun?

Fast jeden Morgen fand ich eine Notiz von Dr. La Loge vor, daß Johnny unpäßlich sei oder daß der Doktor selbst leider keine Zeit für mich habe. Und als ich eines Morgens meine Schlafzimmertür aufmachte, rutschte ich aus und landete in einer Urinlache. Sollte ich zum Streitknochen zwischen Johnnywolf und Prestonwolf werden? Darüber wollte ich lieber erst gar nicht nachdenken.

Ich entschied, daß es an der Zeit war, wieder einmal wegzugehen. Ich war ab und zu in Deadwood gewesen, auf der Suche nach Informationen, die Johnnys Geschichte erhärteten. Ich hatte nie etwas zutage gefördert, höchstens festgestellt, daß er die Straßennamen größtenteils korrekt wiedergegeben hatte – es gab keine Abweichungen, die man nicht dem nachlassenden Gedächtnis eines alten Mannes zuschreiben konnte. Zum Beispiel schien der

Mount-Moriah-Friedhof in Deadwood nicht so nahe bei der Kirche zu liegen, wie von Johnny beschrieben – aber vielleicht gab es früher noch mehr Friedhöfe, oder seine Erinnerung trog ihn in dieser Hinsicht. Jedenfalls beeinträchtigten solche Details nicht die Eindringlichkeit und Glaubwürdigkeit seiner Erzählung.

Und dennoch gab es – wie schon erwähnt – auch nie einen konkreten Beweis. Mir wurde klar, daß ich zu versessen darauf war, ihm zu glauben, daß ich kurz davor stand, ihm die ganze Geschichte mit allem Drum und Dran abzukaufen. Aber gerade als ich alles zur »Wilden Phantasie eines Wahnsinnigen« erklären wollte, erhielt ich einen Hinweis. Es war verlockend, er bestätigte lediglich die Existenz einer winzigen Nebenfigur in Johnnys Geschichte, aber er hielt mich davon ab, aufzugeben. Ich fand ihn, als ich wieder nach Deadwood fuhr.

Deadwood im Sommer ist eine Touristenstadt: an der Hauptstraße reihen sich die Andenkenshops aneinander, die Wild-Bill-Hickock-Statuen aus Hongkong, Indianerteppiche aus Taiwan, und natürlich Tassen, T-Shirts, Aufkleber verscherbeln. Es gibt ein Wachsmuseum, ein nachgebautes Lakota-Dorf und als Krönung des Ganzen eine szenische Darstellung des Verfahrens gegen Wild Bills Mörder Jack McCall – so lebensecht wie eine Schulaufführung und erträglich nur dank der Beflissenheit der Amateurschauspieler. Ich ließ das Stück an vier aufeinanderfolgenden Abenden über mich ergehen und verbrachte die Nächte in einem edlen victorianischen Hotel, nachdem ich mir von meinen geplagten Eltern Geld anweisen hatte lassen. Tagsüber fiel ich den Rathausangestellten auf die Nerven, indem ich ständig in alten Zeitungen blätterte.

Eine Menge Hobby-Historiker betrieben hier ihre Nachforschungen – durchwegs pfeiferauchende Tweedjacketträger, so hatte es den Anschein. Ich glaube, sie nahmen mich gar nicht wahr, höchstens wenn sie sich fragten, warum ich ihnen eigentlich keinen Kaffee servierte. Ich durchforstete alte Akten, in der Hoffnung, irgendwo auf den Namen von Bächl-Wölfling zu stoßen. Ich hatte seinetwegen sogar einem österreichischen Genealogen geschrieben, der mir aber nicht geantwortet hatte. Wahrscheinlich hielt er mich für einen dieser Publicity – besessenen Amerikaner, der ihm seinen Rang streitig machen wollte.

Eines Tages jedoch, als ich gelangweilt in einem brüchigen, ledergebundenen Jahresband von *Graham's Magazine* blätterte – einer Art *Reader's Digest* des neunzehnten Jahrhunderts –, stieß ich auf einen Artikel über die tollpatschigen, ungehobelten Westler und die weltgewandten Oststaatler, in dem folgende Zeilen standen:

> Natürlich müssen wir auch den höchst verwunderlichen Casus jener Chinesin hinzuziehen, welche in Lead aufgrund der wohl reichlich anachronistischen Anklage gehenkt wurde, unnatürlichen Verkehr mit Wölfen gehabt zu haben – diese Frau, die offenbar die Gattin eines ortsansässigen Eisenbahn-Controlleurs war, hatte nichts Verwerflicheres gethan, als einen Angriff zu überleben, bei welchem ein Rudel marodierenden Wölfe eine Gesellschaft angriff, verstümmelte und tötete...

Der Rest des Artikels war irrelevant – der Autor mokierte sich über den Cowboyjargon und das sündige, lasterhafte Benehmen der Frauen im Westen –, aber ich spürte mein Herz schneller schlagen. Grumiaux' Frau – die Chinesin –, dies mußte die Frau aus Johnnys Erzählung sein. Gab es noch mehr Beweise – den Namen der Frau vielleicht oder Gerichtsakten?

Ich fuhr nach Lead, um das herauszufinden.

Lead! Als erstes lernt man, daß es »Lied« ausgesprochen wird, nicht »Ledd«. Daran erkennt man die Touristen – und dafür wollte ich keinesfalls gehalten werden. Touristen, Touristen, mit ihren Polyesteranzügen und schrillen Sommerkleidern, mit ihren schwitzenden Kindern unter riesigen Cowboyhüten und original Hongkong-Indianerschmuck, die auf der Straße Cowboy und Indianer spielten.

Touristen, Touristen – die Schlange standen, um eine echte Goldmine zu besichtigen. Ein Indianerjunge stand auf dem Bürgersteig und ließ sich für fünfundzwanzig Cents fotografieren. Ich machte ein Bild und fühlte mich wie die Große Weiße Mutter. Es war zu spät, die Bücherei und das Rathaus waren bereits geschlossen. Die Sonne ging unter. Es wird hier auch im Sommer nach Einbruch der Dunkelheit kalt, weil die Stadt so hoch liegt und der Wind nie nachläßt. Ich entdeckte einen Friedhof, ganz ähnlich jenem, den J. K. mir in Deadwood beschrieben hatte. Ich fragte mich, ob er die beiden Städte durcheinanderbrachte. In der Nähe stand eine windschiefe Kirche – unverschlossen und kahl. Ich ging hinein, kehrte gleich wieder um – plötzlich war mir eigenartig zumute. Vielleicht, weil wie von Zauberhand alle Touristen verschwunden waren – sie waren wohl alle auf irgendwelchen Rundfahrten –, und niemand mehr zu sehen war. Ich schlenderte zwischen den Gräbern herum – ich wußte nicht, wonach ich eigentlich suchte –, aber ich fand etwas:

– Rumiaux Chines –

1883

Es war eine fast verrottete Holztafel, aber davor lagen frische Wiesenblumen. Bestimmt nicht älter als ein paar Stunden. Ich zitterte. Wenn es das war, was ich glaubte –

Ein Schatten. Ich drehte mich um und –

»Himmel – ich such' nach einer Vision, und was find' ich? Dich!«

Es war Preston. Er packte mich an beiden Händen, fest. Und sagte: »Carrie, du folgst meiner Familie wie eine Wölfin einer frischen Fährte.«

»Was zum... wie hast du...«

Er lächelte. Der Wind zauste sein langes Haar, schlug es über seine schmalen Lippen, seine harten Augen. Seine Wangen waren hohl, er hatte Gewicht verloren. Vielleicht fastete er. Ich wußte, daß das zu einer Traumsuche dazugehörte. »Preston«, rechtfertigte ich mich, »ich versuche nicht...«

Er ließ nicht locker. »Sie haben sie gehenkt. Weil sie mit einem Wolf gefickt haben soll! Natürlich weißt du nichts darüber.« Er zog mich an sich. Sein Atem war faulig, Uringeruch umgab ihn, und ich wußte, in was er sich verwandeln würde. »Du weißt, warum ich den Sonnentanz machen muß, nicht wahr? Ich will wissen, wie weit ich noch Mensch bin. Ich bin immer noch auf der Suche nach meiner Vision.«

»Aber ich dachte, dazu mußt du in die Wildnis.«

»Dies ist die Wildnis... die Wildnis der *Washichun*... wußtest du das nicht?« Und deutete mit einer Handbewegung über die Grabsteine. Und über die Stadt dahinter.

»Sie war nicht mit dir verwandt«, sagte ich. »Warum die Blumen?«

»Mein Großvater sah sie sterben. Gelb, rot, schwarz, braun, dein Volk hat uns alle unterdrückt.«

»Du vergißt«, widersprach ich wütend, »daß du auch weißes Blut in deinen Adern hast, wenn J. K.s Geschichte stimmt.«

»Erinnere mich nicht dran!« fauchte er und begann fortzulaufen. Dann blieb er am Friedhofstor stehen und drehte sich um. »Ich seh' dich nächste Woche im Reservat. Zum Brustwarzenpieksen.«

Ich schaute ihm nach, bis er unten am Hügel verschwunden war. Ich zitterte. Die Brise spielte mit den Blumen unter dem Grabmal. Sie glitten davon. Ich sah sie im Wind trudeln. Der Gedanke, ins Szymanowski-Institut zurückzukehren, machte mich nervös; ich fürchtete mich vor diesem Buch, das wuchs und wuchs und langsam monströse Ausmaße annahm. Aber ich wußte, daß ich die Geschichte zu Ende schreiben mußte, daß ich in gewisser Weise sogar Teil davon war. J. K. hatte auf etwas – jemanden – gewartet, und er hatte mich zum Ventil seiner Erlösung erkoren. Die Vorstellung beängstigte mich und machte mich gleichzeitig stolz, und ich liebte ihn auch ein bißchen, obwohl ich manchmal glaubte, daß ich das nur tat, weil ich irgendwie von der Person Speranza Martinique besessen war.

Schließlich kehrte ich ins Institut zurück. Ich nahm die Interviews mit J. K. wieder auf. Er war launischer denn je; an manchen Tagen saß er schweigend vor mir und wechselte von Persönlichkeit zu Persönlichkeit, ohne ein Wort zu sagen, ich blinzelte, und eine neue Person saß mir gegenüber. Ich kannte die Gesichter inzwischen. In Johnny Kindreds Unschuld lag die unauslöschliche Erinnerung an ausgestandene Qualen; Jonas Kay war eine zornige Fratze; James Karney erschien mit müder Resignation; es gab auch andere, die nur selten und flüchtig auftauchten: Johannes Klagendorfer mit seinem Grinsen, Joszef Kandinsky, der ausgezeichnet russisch sprach; ein oder zweimal war mir auch Joszefina begegnet, die »Zwillingsschwester«, die lispelte und wie eine schlechte Parodie von Marlene Dietrich die Hüften schwenkte.

Und immer saß La Loge im Hintergrund, machte sich Notizen, hielt seine Spritze bereit, falls der Patient außer Kontrolle geriet. Immer öfter schienen die Personen in einen Zustand abzudriften, in dem sie nur noch in die Luft starrten und ich sie nicht mehr auseinanderhalten konnte.

Eine Woche steckten wir bereits in dieser Sackgasse, als ich ihn mal wieder fragte: »Du wurdest von dem alten Indianer entführt. Was geschah dann? Was wurde aus dir?«

Ich war sicher, daß ich mit Johnny Kindred gesprochen hatte. Die Augen waren weit aufgerissen, das kindliche Lächeln stand auf seinem Gesicht, und die wenigen Worte, die er mit mir gewechselt hatte, hatte er mit kindlich piepsender Stimme gesprochen.

In derselben Stimmlage erklärte mir jetzt J. K.: »Ich weiß nicht, warum du ihn immerzu fragst. Du mußt doch wissen, daß er kein Englisch spricht.«

»Wer spricht kein...« La Loge schaute von seinem Notizblock auf. Zum ersten Mal seit Tagen schien er überrascht.

»Der Indianer. Du weißt doch, Shungmanitu Hokshila, der Wolfsjunge.« Sein Gesicht verzerrte sich; ich war wieder mit dem verständnislosen Starren konfrontiert und begriff endlich, daß ich es mit einer simplen Sprachbarriere zu tun hatte, nichts weiter.

»Das durchbricht das Muster!« ereiferte sich La Loge. »Kein J. K.«

Eine neue Stimme: Jonas Kays. »Alter Narr! Es gibt keine Jotts und Kas in der Indianersprache. Sie hatten keine Schrift!«

»Sehr logisch gedacht!« gab La Loge anerkennend zu.

Dann kam eine neue Stimme. Sie sprach Lakota, in gemessenem Rhythmus und mit fast hypnotischer Sprachmelodie – wie eine zeremonielle Trommel. Sie begann im Falsett wie die eines Kindes, aber sie sprang immer wieder nach unten – die Stimme eines Knaben im Stimmbruch. Ich verstand nur ab und zu ein Wort, Bruchstücke, die ich früher schon aufgeschnappt hatte – das Wort *Shungmanitu*, das Wolf bedeutet, das Wort *Olowan* für »Lied«. Nach ein paar Minuten begann die Stimme zu singen. Kindlich unsicher, mit dem leichten Zittern eines alten Mannes. Ich war ratlos.

»Du kannst nicht verlangen, daß ich verstehe, was...« setzte ich an.

Eine andere Stimme, wieder eine Jungenstimme, unterbrach den Gesang. Noch ein neuer Darsteller auf der Bühne. »Tach, Miss Speranza. Ich bin rausgeschickt worden, damit ich Ihnen das übersetzen tu, was mein Indianerbruder sagt. Ich heiße Jake Killingsworth.«

»Hallo, Jake«, begrüßte ich ihn vorsichtig. Dr. La Loge hatte einen neuen Notizblock hervorgezaubert. Er war aufgeregt. Anscheinend war das wieder ein Durchbruch. »Bist du mir schon einmal begegnet? Als wir zusammen reisten?«

»Ich habe noch nie kein Wort mit Ihnen gesprochen, Madam«, antwortete Jake Killingsworth, »bis heute. Aber ich habe Sie durch die Augen von den anderen Kindern gesehen. Solange die immer rumgetobt und rumgemacht haben, war ich tief im Wald geblieben und hab' gewartet, bis ich rauskommen kann. Ich war bei dem Wolfsjungen von dem Tag an, wo er geboren worden ist, als der alte Indianer ihn auf seinem Rücken nach Norden getragen hat.«

»Der Wolfsjunge?«

»Shungmanitu Hokshila«, sagte Jake. »Und ich bin der einzige, der ihn verstehen tut, wenn er redet, und ich sage die englischen Worte für ihn. Er ist der jüngste von uns allen. Er spricht nicht keine Weißensprache. Deshalb habe ich mich um ihn gekümmert, und wenn er was Englisches sagen mußte, habe ich für ihn geredet.«

»Hast du... oft für ihn... gesprochen?«

»Nein, Madam. Nur als ihn der Schlangenölmann gefangen hat...«

So ging es in den nächsten Tagen weiter. Die neuen Persönlichkeiten erzählten ihre Geschichte weitschweifig und umständlich; mehr als alles andere zeigte mir das, wie eng und linear ich dachte. Der Wolfsjunge sah die Welt als Folge von konzentrischen Kreisen, nicht als Linie von der Vergangenheit über die Gegenwart in eine ungewisse Zukunft. Zukunft und Vergangenheit waren gleichermaßen gewiß und ungewiß, gleichermaßen rätselhaft. Mein Erzähler war ganz anders als Johnny Kindred; er war kein bißchen ängstlich oder unsicher. Und doch erklärte er mir durch seinen Übersetzer, daß er seit mehr als achtzig Jahren nicht mehr gesprochen hatte; daß ich ihn als erste wieder aus dem Wald in J. K.s Geist gerufen hätte.

»Warum?« fragte ich ihn. Er war bei weitem die reifste, ernsthafteste Persönlichkeit. Wenn man ihn nur gefördert hätte, das fühlte ich, hätte er die anderen Charaktere in sich aufnehmen, zum Zentrum des Heilprozesses werden können. Er war weise. Warum mußte er verschwinden?

Jake Killingsworth antwortete an seiner Stelle: »Das war der Schlangenölmann, Madam. Er wollte den Wolfsjungen zerstören. Und er hätte beinahe seine Seele gestohlen.«

»Der Schlangenölmann?«

»Er ist drei Jahre lang nicht aufgetaucht. Und wir haben schon angefangen gehabt zusammenzuwachsen. Aber eins hat uns gefehlt...«

»Was?« Ich sah, daß La Loge aufblickte.

»Sie, Speranza«, antwortete Jake leise. »Und als wir Sie wiedergesehen haben, da hat uns schon der Schlangenölmann geschnappt gehabt.«

Morgen holt Preston mich ab. Wir fahren zusammen ins Reservat, und ich werde den Sonnentanz sehen.

Ich bin sicher, daß ich enttäuscht sein werde. Ich habe einen

Haufen anthropologischer Artikel über diesen Sonnenschwur gelesen. Ich weiß, daß sie ihren Brustkorb durchbohren und sich mit langen Rohlederriemen an einen heiligen Baum fesseln; sie tanzen, starren in die Sonne, blasen auf kleinen Flöten und wedeln mit Salbeisträußen – bis die Fesseln aus dem Fleisch reißen. Diese Artikel strotzen vor Beschreibungen – Augenzeugen – und Reiseberichten, manchmal kommen auch die Indianer selbst zu Wort. Aber ich habe gehört, daß sich das Ritual verändert hat. Sie geißeln ihr Fleisch längst nicht mehr so sehr – wie auch, wenn sie am nächsten Morgen ausgeruht am Arbeitsplatz erscheinen müssen? Die Riemen reißen sofort, und fertig ist der Schwur. Das hat mir jedenfalls Dr. La Loge eines Morgens beim Frühstück erklärt. Das Büro für indianische Angelegenheiten hatte das Ritual verboten, doch jetzt wird es anscheinend wieder durchgeführt. Aber vielleicht ist es nicht mehr dasselbe.

Deshalb fürchte ich, daß es nicht so sein wird wie in den Berichten. Trotzdem weiß ich, daß er mich dabeihaben will.

Ich muß sowieso mit ihm reden. Ich möchte wissen, ob er mir mehr über die Chinesin erzählen kann – seine Schwiegergroßmutter? Oder seine Schwiegerurgroßmutter? Ich sehe diese Frau – eine zierliche Gestalt mit hohen Wangenknochen – immer wieder am Galgen hängen, während die Menge johlt und sich ausmalt, wie sie und der Wolf –

Und doch, ich habe mich dabei ertappt, wie ich mir auch genau das vorgestellt habe.

Und ich wache nachts auf, und dieser Duft hängt mir immer noch nach, vielleicht aus einem Traum, dieser strenge Moschusgeruch, und ich bin so aufgeregt, daß ich nicht wieder einschlafen kann, und – ich gestehe es –, ich berühre mich, ich streichle mein feuchtes Geschlecht, stelle mir kratzendes, schlammverkrustetes Fell auf meiner weichen Haut vor, und – ich kann es nicht leugnen –, es erregt mich.

1883: Lead, Dakota-Territorium

Vollmond

Die Chinesin sollte mittags gehenkt werden, aber die ganze Nacht über war zu hören, wie sie den Galgen zusammenzimmerten. Im Morgengrauen kamen die ersten Schaulustigen, flüsterten miteinander, und aus den Saloons plärrte Musik.

Speranza wollte die Hinrichtung nicht sehen; sie war aus einem ganz anderen Grund nach Lead gekommen, und ihr kam dieser Trubel sehr ungelegen; aber es war schwierig, aus Winter Eyes herauszukommen, und sie mußte die Gelegenheit nutzen, die sich ihr bot. Bei Vollmond, wenn die Wölfe in Aufruhr waren, war es am einfachsten: sie war unter dem Vorwand, Kleider kaufen zu wollen, in die Stadt gefahren; und man hatte ihr nur einen alten Diener als Eskorte mitgegeben. Der Diener war eben jetzt im Kaufladen und besorgte neue Vorräte – denn Winter Eyes hatte noch nicht die von Dr. Szymanowski anvisierte Autarkie erreicht–, und so hatte sie sich heimlich aus dem Imperial Hotel stehlen können. Die Hinrichtung, das war ihr jetzt klar, gab eine ausgezeichnete Ausrede ab; denn nicht einmal der Graf würde bei dem Gedanken mißtrauisch werden, daß eine Frau gerne eine andere hängen sehen wollte.

Das Fenster des Wartezimmers im ersten Stock blickte auf die Galgen. Sie mußte immer wieder hinausschauen, obwohl sie verzweifelt versuchte, sich abzulenken, indem sie in einem Montgomery-Ward-Katalog blätterte. Sie wartete schon mehrere Stunden, und Dr. Josiah Swanson war noch nicht aufgetaucht; er war mit einer sehr diffizilen Operation beschäftigt – eine Kugel aus dem Gesäß eines Pistoleros zu lösen.

Endlich bat er sie herein; sie war sehr erleichtert, daß von dem Fenster des Behandlungszimmers aus der Hinrichtungsplatz nicht zu sehen war. Aber ihr Mut sank, als er schweigend vor ihr stand und seinen Schnurrbart zwirbelte. Der Pistolero ächzte und fluchte noch immer; er lag auf einem Tisch hinter einem chinesischen Wandschirm.

»Könnten wir uns irgendwo ungestört unterhalten?« fragte sie. »Wie Sie wissen, Dr. Swanson, handelt es sich um eine etwas delikate Angelegenheit...«

»Oh, der hört bestimmt nichts, Miss Martin«, versicherte er ihr. Er nannte sie bei ihrem neuen Namen, den sie in den vergangenen Jahren in der Neuen Welt angenommen hatte. »Ich habe ihm so viel Whisky eingeflößt, daß er sich wahrscheinlich kaum noch daran erinnert, wie er zu der Narbe an seinem Allerwertesten gekommen ist.«

»Aber ich komme wegen der...«

Lärm von der Straße, ein allgemeines Gemurmel – hungrig, hungrig, wie ein Rudel Wölfe, wie vertraut war ihr dieser Klang, wie genau wußte sie, daß die Chinesin unschuldig war, während sie, Speranza, sich den fleischlichen Lüsten einer Bestie hingab – sogar jetzt noch Lust dabei verspürte, wo sie sich selbst der Schamlosigkeit bezichtigte.

»Lassen Sie uns nicht darüber sprechen, was ich tun werde, Miss Martin«, fiel ihr der Doktor ins Wort. »Es ist schlimm genug, daß eine schöne Frau wie Sie ihr ungeborenes Kind aus ihrem eigenen Leib verstößt. Wenn es nicht wegen des...«

Speranza zog ein paar Münzen aus ihrem Mieder und zählte sie nacheinander auf den Schreibtisch des Arztes. Jede trug einen Adler – eine, zwei, drei, ein Dutzend. Doppelt so viele wie beim letztenmal. Diskretion hatte ihren Preis.

»Madam, schließlich sind Sie keine Hu-«, Swanson konnte sich gerade noch bremsen. »Ich meine, dreimal...«

»Sir, ich habe meine Gründe. Begnügen Sie sich damit, daß ich Sie für diese Operation bezahle und daß ich mir immer noch Ihr Schweigen leisten kann. Ich kann und werde weder dieses noch ein anderes Kind austragen. Alle Spekulationen sind müßig, Doktor, und werden nichts daran ändern.« Sie klang mutiger, als sie sich fühlte. Sie wußte, daß sie nicht länger warten konnte, sonst würde sie Liebe für jenes Wesen empfinden, das in ihr wuchs, und das durfte niemals geschehen. Dann würde sie – so wie der Graf es beabsichtigte – zur Madonna der Wölfe werden, und das bedeutete, nie wieder frei zu sein, auch die letzte Hoffnung aufgeben zu müssen, Johnny Kindred wiederzufinden.

Es krachte. Der Revolverheld war vom Tisch gefallen. »Verdammter Mist!« fluchte Dr. Swanson. »Am besten kümmere ich mich im Wartezimmer um ihr kleines Problem, Miss Martin. Ich schließe die Tür ab, damit uns keiner stört, bevor ich fertig bin.«

»Ist ein Päckchen für mich gekommen?« fragte Speranza, denn Dr. Swanson hatte sich bereit erklärt, als toter Briefkasten für diese rätselhafte Miss Martin zu agieren. Seitdem führte sie ihre Korrespondenz mit Herrn Freud über seine Adresse.

»Es ist tatsächlich etwas da«, sagte er. »Und da es aufgeplatzt ist, können wir mit dem Koka-Pulver auch den Schmerz während der Operation betäuben...«

Er kam mit zwei Dollar in der Tasche nach Lead. Ein Dollar in Kleingeld für Essen und Trinken, und ein fetter runder Silberdollar für eine Hure. Jedenfalls hatte Teddy Grumiaux ihn dafür vorgesehen. Immerhin war er jetzt ein Mann – schon fast fünfzehn –, und in den Bergen, wo er mit dem Deserteur lebte, gab es kaum Gelegenheit für einen Mann, seinen Penis zu gebrauchen.

Vor allem, wenn der Deserteur sich immer wieder in einen Wolf verwandelte.

Die letzten beiden Jahre waren schwer gewesen. Die Sioux hatten ihnen angeboten, in ihrem Dorf zu bleiben, aber Scott befürchtete, daß man in Fort Cassandra irgendwie Wind davon bekommen könnte oder daß ein Crow-Scout sie entdecken würde. Sie hatten ein paar Höhlen in den Black Hills gefunden, im Heiligen Bezirk der Sioux. Scott durfte sich natürlich in der Stadt nicht blikken lassen, deshalb übernahm Teddy diese Aufgaben; er stahl ab und zu etwas und überbrachte auch der Chinesin die Nachricht von Claude-Achilles Tod. Er würde nie vergessen, wie sie, ohne eine Träne zu vergießen, mit gesenktem Kopf in ihrem gelben

Baumwollkleid vor ihm stand und sich dann ohne ein weiteres Wort daran machte, Teddy ein Essen zu kochen. Sie war fast wie eine Indianerin, so vollkommen verschloß sie den Schmerz in ihrem Innern. Und weil er wußte, daß er ihr vertrauen konnte, erzählte er ihr, wie sie ihn und Scott erreichen konnte; während der letzten Jahre war sie ein paarmal hinausgekommen in die Berge, meist mit einem Schinken und einem Laib Brot bepackt, der in der Woche, die sie für den Weg benötigte, hart geworden war. Und sie brachte ihnen Silber für die Kugeln.

Der Ärger mit den Wölfen hatte begonnen, nachdem der Graf und seine Freunde nach Winter Eyes gekommen waren. Es war nicht mehr so leicht, sie anzugreifen; sie waren ständig auf der Hut. Wenn der Mond voll war, ging das Rudel auf die Jagd. Sie töteten Indianer und Weiße, manchmal ebenfalls Pferde und Rinder, wenn auch nicht so gerne.

Und bei jedem Vollmond mußte sich Teddy um Scott Sorgen machen. Er gehörte noch nicht ganz zu ihnen, aber beide wußten, daß dieser Tag nicht mehr fern war. Deshalb zog sich Scott bei zunehmendem Mond in den hintersten Winkel der Höhle zurück und dichtete den Eingang mit allem trockenen Holz ab, das er finden konnte. Die Nächte über saßen sie im Dunklen, und Teddy hörte nur seinen Freund atmen. Gestank, der ihm beinahe den Atem raubte, zog durch die Höhle. Am liebsten wäre er hinausgerannt an die frische Luft, aber er bewegte sich nicht. Er stellte sich vor, wie Scott sich ganz allmählich veränderte. Er hockte in einem Kreis von Silbermünzen. Es war ein bißchen wie die Heiligen Kreise der Indianer. Schutz. Er wußte, daß Scott sich eines Tages ganz verwandeln würde. Vor allem dann, wenn er die Russin noch einmal zu Gesicht bekommen sollte.

Selbst wenn kein Vollmond war, erkannte Scott, wer ein Werwolf war und wer nicht. Teddy wußte, daß er Wolfssinne besaß, auch wenn er wie ein Mensch aussah. Manchmal schnupperte er oder schaute er von einer Seite zur anderen wie ein Tier.

Sie erschossen nur drei Werwölfe in den zwei Jahren: die Zigeunerin, Pater Alexandros und einen dritten, der nicht auf der Zugfahrt von Omaha dabeigewesen war. Das bedeutete, daß die Wölfe neue Opfer rekrutierten.

Echte Wölfe erschossen sie zu Dutzenden. Auf Wölfe war eine Prämie ausgesetzt, und manchmal konnte man doppelt so viel Gold kassieren, indem man die Ohren in einem County und den Schweif in einem anderen County ablieferte. Um echte Wölfe zu schießen, brauchte man kein Silber, aber es war eine gute Übung. Sie waren Ungeziefer, nicht mehr, nicht weniger.

In der gleichen Nacht, als die Werwölfe den Goldgräbertrupp ermordeten, hatte die Chinesin ihn und Scott besucht. Sie hörten alles – die Schreie, das Heulen, das Zerreißen von Fleisch im Tal unterhalb ihrer Höhle.

Sie saßen zu dritt im Dunklen und lauschten, lauschten. Scott murmelte vor sich hin, und Teddy fragte sich, ob er bereits in die Wolfssprache verfallen war, dieses leise Knurren, das einem Gänsehaut machte. Die Chinesin sagte kein einziges Wort. Sie hatte ihnen am Mittag einen Hasen gebraten, auf chinesische Art mit gehacktem Gemüse.

Teddy wollte Scott nicht allein lassen, weil er fürchtete, daß er sich verwandeln könnte. Außerdem hatte er keine Lust, allein gegen die rasende Wolfsmeute anzukämpfen, und sie hatten auch nicht genug Silbermunition übrig. So saßen sie schweigend da und lauschten dem Lärm in der Nacht.

Am nächsten Abend kamen die Jäger. Sie waren meilenweit zu hören, trampelten durchs Unterholz, grölten angetrunken herum und feuerten wahllos in die Gegend.

»Versteck dich, Scott, schnell!« zischte Teddy. Die drei zogen sich eilig in die Höhle zurück, genau wie in der letzten Nacht. Aber diesmal kamen keine Werwölfe; sie kehrten nur ungern zweimal an denselben Platz zurück.

Scott schrie auf, keine Worte. Teddy warf ein paar abgestorbene Äste über seinen Freund. Die Jäger waren ganz in der Nähe; etwas mußte sie angelockt haben; vielleicht die Glut draußen.

Stimmen: »Der Teufel soll mich holen, wenn hier nicht jemand ist. Vielleicht in der Höhle da.«

»Geh bloß nicht rein. Am Ende hockt das ganze Rudel da drin und wartet nur darauf, uns in Stücke zu reißen wie den alten Jebediah Snipe.«

»Ich hab' keine Angst vor Wölfen nich'.«

Schritte. Näher jetzt. Angst erfaßte sie. Teddy glitt tiefer in den Schatten. Ein leises Rumoren: Wolfsatem. Teddy wußte, daß Scott sich jetzt verwandelte, trotz der Dunkelheit und gegen seinen Willen. Die Angst nahm Scott gefangen, die Witterung von Furcht, Teddys Furcht.

Männer in der Höhle. Er wußte nicht, wie viele.

»Ich sag' dir doch, ich hab' keine Angst vor ihnen. Sie sind Ungeziefer.«

Flackerndes Licht: eine Laterne. »Jemand hat in dieser Höhle gewohnt.« Schwaches Licht über den Silberkreis: »Sieh dir das an!«

»Das müssen hundert Dollar sein! Hier, greif zu!«

Und sie brachen den Silberkreis. Er roch Scotts Verwandlung, auch wenn er sie nicht sah.

Scott sprang sie an. Scott, ein halber, fauchender Wolf. Sie feuerten immer und immer wieder. Ohne Erfolg.

Bis die Chinesin hinaustrat, den Wolf umklammerte, ihn zurückzuhalten versuchte. Sie hatten sie verwundet, als Schild gegen den Wolf verwendet, als sie gemerkt hatten, daß der Wolf sie dann nicht angriff. Dann hatten sie sie fortgeschleppt und sich dabei lauthals über die unaussprechlichen Sünden ausgelassen, die sie begangen haben mußte...

Heute würde sie gehenkt werden. Die Nachricht war Teddy während seiner Reise wie ein Lauffeuer entgegengeschlagen. Weil alle um ihr Leben und um das Leben ihrer Kinder fürchteten und weil jemand dafür sterben mußte.

Teddy stand auf dem Platz, wurde wider Willen von dem Schauspiel angezogen. Es war eine Stunde vor Mittag, aber die Menschen drängten sich hier bereits. Er stand auf der Veranda vor Dr. Swansons Haus. Er wollte die Hinrichtung eigentlich lieber nicht sehen, aber es waren so viele Menschen hier, daß er nicht als Feigling dastehen wollte. Es war sonnig, freundlich und sommerlich. Die Menschen schwitzten in ihren Stiefeln, und der Geruch von Pferdemist lag in der Luft. Teddy blieb eine Weile unschlüssig stehen und dachte an die Chinesin. Vielleicht konnte er sie irgendwie retten – wild schießend in den Ort galoppieren und sie vom Galgen holen. Er hatte schon eine Menge derartiger Geschichten gehört, aber sie spielten sich immer in weit entfernten Städten ab, Virginia City zum Beispiel oder Abilene.

Je heißer es wurde, desto tiefer trat er in den Schatten von Dr. Swansons Veranda zurück. Schließlich lief ihm der Schweiß in den Kragen, und er wagte sich in die Eingangshalle. Eine Frau kam die Treppe herunter. Er hätte sich nicht träumen lassen, daß er sie jemals wiedersehen würde.

Er zog vor ihr den Hut. Sie erstarrte, als hätte er sie beim Stehlen ertappt. Dann lächelte sie verlegen und sagte: »Teddy Grumiaux.«

»Sehr wohl, Madam. Sind Sie gekommen, um die Hinrichtung anzugucken?«

Speranza legte die Hand auf die Stirn. Gleich kippt sie um, dachte Teddy. Er eilte ihr zu Hilfe und reichte ihr seinen Arm. Seine schwieligen Hände strichen über Seide, edle Seide, und hinterließen schmutzige Spuren auf den Manschetten, aber das schien ihr nichts auszumachen. Sie sagte: »O Teddy, Teddy, es tut so gut, jemanden zu sehen, der versteht...«

Draußen wurde die Menge langsam ungeduldig.

»Sie sollten sich hinhocken, Madam«, sagte Teddy, »bevor Sie ohnmächtig werden.« Er half ihr zu einem Sofa im Foyer, am Fuß der Treppe. Einige von Dr. Swansons Patienten musterten sie neugierig; die meisten, die hinaufgingen, waren nicht krank, sondern wollten bloß einen Logenplatz für die Hinrichtung.

Das Gefängnis lag eine Viertelmeile vom Hinrichtungsplatz entfernt. Cordwainer Claggart hatte einen Besuch bei der Verurteilten arrangiert. Sie wurde eben aus der Zelle gebracht, als Major Sanderson erschien.

Er und Claggart waren ein seltsames Paar: der Major stocksteif mit polierten Knöpfen und gebügelter Uniform, die ekelhafte Wunde unter einem Hut verborgen, fleischgewordene Korrektheit; Claggart grellbunt herausgeputzt, mit einer pfauenblauen Seidenweste am Leib, einem Zwanzig-Dollar-Stetson auf dem Kopf und einer Zigarre im Mund.

»Sheriff?« fragte der Major den schlaksigen Kerl mit dem Stern. Claggart blieb lieber unauffällig im Hintergrund, obwohl das bei seinem Aufzug kaum möglich war. Der Major stellte Claggart nicht vor, und der Sheriff schien sich nicht für ihn zu interessieren. »Ich möchte Ihre Hinrichtung nicht aufschieben, aber es gibt noch ein paar offene Fragen.«

»Gern, Major, aber die da draußen werden schon ziemlich ungeduldig. Irgendwann stürmen sie das Gefängnis und hängen sie selbst.«

Erst da bemerkte Claggart die Chinesin. Das also war Grumiaux' Frau! Ein schmächtiges kleines Ding in einem fadenscheinigen Baumwollkleid, mit gesenktem Blick. Sie war in Handschellen. Sie wehrte sich nicht. Claggart fragte sich, ob ihre Bewacher sie vergewaltigt hatten und ob das bei einem so klapperdürren Wesen überhaupt Spaß machte. Er mochte lieber Frauen mit ordentlich Fleisch dran. Und Kampfgeist. Sie mußten sich wehren. Sonst machte es keinen Spaß, ihnen weh zu tun.

»Vielleicht könnten Sie uns einen Augenblick allein lassen, Sheriff«, bat der Major. »Es geht um militärische Geheimnisse. Ohne Ihnen nahetreten zu wollen.«

Der Sheriff schien irritiert, marschierte aber gehorsam hinaus. Claggart konnte hören, wie er versuchte, die Menschen vor der Gefängnistür zu beruhigen. Jetzt waren sie nur noch zu dritt im Gefängnis.

»Ich interessiere mich nicht für die Chinesin«, sagte der Major zu Claggart, als wäre ihm die Angelegenheit ein bißchen peinlich, »aber ich habe einen Auftrag zu erfüllen.«

Der Major zückte einen Silberdollar und hielt ihn vor die Chinesin hin. Sie zuckte nicht einmal mit der Wimper.

»Sie gehört nicht zur Gruppe des Grafen«, bekundete Sanderson. »Sie reagiert nicht auf das Silber, sehen Sie? Damit geht mich die Sache nichts mehr an. Ich weiß nicht, warum diese Leute ihr vorwerfen, mit Tieren zu verkehren. Aber ein Sündenbock ist ein Sündenbock, und es ist nur gut, daß sie sie von der Wahrheit ablenkt.«

»Was hätten Sie getan, wenn sie ein Werwolf gewesen wäre?«

»Ich bin dem Grafen verpflichtet, Claggart. Ich hätte versucht, sie zu retten, auch wenn mir der bloße Gedanke daran zuwider ist.« Claggart schwieg, aber er dachte: Was für ein Idiot, was für ein Sklave er doch ist, da helfen ihm alle seine feinen Manieren nichts. Dieser ausländische Graf hat den Major um den kleinen Finger gewickelt. Wie hat er das bloß angestellt? Claggart zweifelte nicht daran, daß die Russin etwas damit zu tun hatte.

Der Major fragte: »Entspricht die Anklage der Wahrheit?«

Sie antwortete ihm nicht.

»Sie gehört Ihnen, Claggart«, meinte der Major gelangweilt.

Claggart trat vor sie hin, ganz nahe, damit ihn der Major nicht verstehen konnte. Sie roch säuerlich, und sie war vollkommen zerkratzt, aber er bezweifelte, daß ein Wolf das angestellt hatte. Nein. Die Männer des Sheriffs hatten sich über sie hergemacht. Er packte sie an den Schultern, schaute ihr in die Augen und sagte leise: »Ich suche den Wolfsjungen.«

Sie schüttelte den Kopf.

»Ich will diesen Jungen, verstehst du? Er wird mich reich machen. Manche sagen, die Indianer haben ihn. Andere sagen, er ist irgendwo in den Hügeln. Manche sagen, du wärst nicht mit einem Wolf, sondern einem Wolfsmenschen zusammengewesen. Die meisten Leute glauben nicht an Wolfsmenschen, aber ich habe zuviel gesehen. Ich kenne sie. Du kannst mir alles erzählen. Es macht sowieso keinen Unterschied; du wirst hängen.« Er lächelte grausam.

»Ich nicht kennen Jungen. Ich nichts wissen.« Eine gleichgültige Stimme. Die Stimme einer bereits Verstorbenen.

Wütend schlug Claggart ihr ins Gesicht. Die dumme Pute zuckte nicht einmal.

»Keine Privatvergnügungen, Mr. Claggart«, wies ihn der Major zurecht und lachte donnernd. »Sie dürfen der Menge nicht ihren Spaß nehmen.« Leck mich doch, dachte Claggart. Der Major hatte seine Sache erledigt – bewiesen, daß der Graf die Chinesin nicht zu retten brauchte, daß sie nicht nach Winter Eyes gehörte. Aber Claggart hatte bloß seine Zeit vergeudet.

»Johnny!« sagte sie unwillkürlich, und sie roch Blut im Wald, in der feuchten Luft –

»Kommen Sie, Miss Speranza«, sagte Teddy. »Sie müssen an die frische Luft. Halten Sie sich an mir fest. Ich bringe Sie hier raus.«

Speranza öffnete die Augen. Sie mußte einen Moment lang das Bewußtsein verloren haben. Das Geräusch, das sie für Blätterrascheln im Wald gehalten hatte – war das Gemurmel der Menschen draußen vor der Tür.

Sie klammerte sich an die Schulter des Jungen. Er war in den letzten Jahren sehr gewachsen, aber sein Gesicht hatte in ihr augenblicklich die Erinnerung an die Eisenbahnfahrt wachgerufen, an den fingierten Überfall, an die Flucht durch die Wildnis des Nebraska-Territoriums. Er schaute sie an und dann gleich wieder weg; aber sie verstand diesen kurzen Blick zu deuten: wir beide müssen uns verbünden. Sie vermutete, daß der Junge ahnte, weswegen sie Dr. Swanson aufgesucht hatte. Leere in ihr.

Ihr wurde wieder schlecht. Sie dachte: Wenn ich nur in Ohnmacht fallen würde und damit Schluß, das wäre wenigstens damenhaft; dann würde ich woanders aufwachen, mit Ammoniak ins Leben zurückgerufen werden, und vielleicht würde ich mich dann nicht mehr so leer fühlen.

»Madam… kommen Sie lieber mit nach draußen.«

»Die Hinrichtung…«

»Ich lasse Sie nicht hinschauen, Miss Speranza, das verspreche ich Ihnen.«

Der Junge öffnete ihr die Tür. Die Menschen schoben und drängten sich, wurden gegen die Pferdepfosten gequetscht, rauften sich um die besten Plätze. Sieben Kinder hockten wie auf einer Perlenkette aufgezogen auf dem Dach vor Dr. Swansons Praxisschild. Es roch nach Alkohol und Pferdepisse. Auch Chinesen waren da, in ihren seltsamen Anzügen und mit den zu einem Zopf geflochtenen Haaren.

»Ich hätte Sie nicht rausbringen sollen«, entschuldigte sich der Junge. »Hier draußen ist die Luft genauso mies wie drinnen.« Sie hielt sich an seinem Arm fest; er war ihr über den Kopf gewachsen, aber mager wie ein wildes Tier, und er verströmte den Geruch von feuchter Erde – den Geruch ihrer Alpträume.

Sie schloß die Augen und sah – »Johnny«, flüsterte sie. Denn die Zeit, die sie im Zimmer des Doktors verbracht hatte, wo ihr das Kind genommen worden war und sie im Rausch des Betäubungsmittels gedöst hatte, diese Zeit hatte sie zugleich im düsteren Forst ihrer Träume verbracht, und wieder einmal war sie dem gekreuzigten Johnny gegenübergestanden, und das Blut war aus seiner Seite geströmt und hatte den Bach gebildet, der den Wald durchzog.

Plötzlich legte sich Stille über die Menschenmenge. Ich will nicht hinsehen, sagte sich Speranza. Ich kenne den Tod.

Aber dann konnte sie nicht anders, und sie schaute in die glotzenden Gesichter und dachte: Sie sind wie die Werwölfe, verwandeln sich in Bestien, sobald der Tod naht. Sie sah die ausdruckslose Miene der Frau, der das Seil um den Hals gelegt wurde. Ein Knacksen, dann jubelte die Menge auf. Und sie begann leise zu weinen, bis die Tränen das Bild der Chinesin verschwimmen ließen und sie nur noch eine zuckende Silhouette über dem Staub ausmachen konnte.

»Weinen Sie nicht, Madam«, tröstete sie der Junge leise. »Es ist doch bloß eine Chinesin.«

»Du solltest das nicht sagen«, antwortete Speranza. »Denn ausgerechnet du müßtest wissen, daß ich an ihrer Stelle hängen sollte, daß ich mit einem Wolf zusammen –«

»Seien Sie doch ruhig!« fiel ihr Teddy Grumiaux ins Wort. Aber sie hatte Glück. Im allgemeinen Jubel hatte sie niemand gehört.

»Manchmal denke ich an nichts anderes als an Johnny. Ich glaube, ich habe ihn betrogen... ich habe den Weg des geringsten Widerstands gewählt.«

»Schätze, er ist tot«, meinte Teddy.

Aber sie wußte, daß das nicht stimmte, und sie wußte, daß er ihre Gewißheit spürte. Es war gut, daß die Menschen um sie herum lachten und grölten und sich amüsierten. Denn das Gefühl zwischen ihnen beiden war so mächtig, daß es nur in einer großen Menge, in der Anonymität zu ertragen war.

Er führte sie in eine Seitenstraße, an einer farbenfrohen Fassade vorbei, hinter der sich, wie Speranza wußte, ein Haus von schlechtem Ruf befand. Der Junge schaute sich um, als befürchtete er, entdeckt zu werden, und ihr wurde klar, daß auch er Geheimnisse hatte und Ängste, die er ihretwegen ignorierte.

»Ich wohne im Imperial Hotel«, erklärte sie ihm. »Und ich fahre morgen früh zurück. Bitte mach dir keine Umstände.«

Aber er bestand darauf, sie dorthin zu begleiten. Zum Glück war der Diener noch nicht zurückgekehrt; vielleicht hatte er ebenfalls der Hinrichtung zugesehen. Im Foyer wollte sie sich bei dem Jungen bedanken; aber er hatte sich schon wieder umgedreht.

»Ich hoffe, daß wir uns irgendwann wiedersehen«, sagte sie. Doch er war schon verschwunden.

Das Dorf der Shungmanitu

Vollmond

Der Mond ging über den nebelverhangenen Bergen auf. Der Wind war abgeflaut, das Feuer niedergebrannt; die Hunde lagen dicht beieinander in der Wärme. In den Tipis warteten alle auf die Wandlung, auf die Zeit, wenn die Kinder der Wichasha Shungmanitu zu vierbeinigen Wesen wurden.

Im Wald im Geist des Jungen schien ebenfalls der Mond, blutrot über der Lichtung. Johnny Kindred, der Verbannte, lugte aus seinem Versteck, einem Baumhaus, das er und James und Jake als Zuflucht vor Jonas Kay zusammengezimmert hatten. Jonas Kay war in rötliches Licht gebadet, trabte durch den Wald, heulte, scharrte im Dreck, markierte jeden Busch, Stein, Ast mit seiner Pisse – Jonas wandelte sich.

»Wir können hier nicht ewig drin bleiben«, erklärte Jake Killingsworth. »Ich bin nicht immer da, kann nicht immer für dich sprechen.«

Johnny kauerte in einer Ecke. Der Mond schien durch die Ritzen und Spalten in den Wänden. Jakes Gesicht war rotgestreift im Mondlicht. Jake war eines Tages aus dem Nichts aufgetaucht, hatte Johnny bei der Hand genommen und ihm das Baumhaus gezeigt, das er sich gerade baute.

Er hörte weit entfernt die Stimme Ishnazuyais, der leise zu ihm sprach. Er konnte ihn nicht sehen, denn Jonas der auf der Lichtung herumraste, blockierte jede Verbindung nach draußen. Er verstand die Indianersprache sowieso nicht. Er hatte sie am ersten Tag nach seiner Gefangennahme ausprobiert; aber seit ihrer Ankunft im Wolfslager hatte er geschwiegen – zwei Jahre lang. Und sich geweigert, die Wolfsmenschen zu verstehen.

Aber jemand anderer im Baumhaus lauschte. Er konnte ihn noch nicht sehen. Manchmal erhaschte er einen winzigen Blick, entdeckte er eine Feder, einen Tupfen Kriegsbemalung oder weite, braune Augen. Johnny wußte, daß irgend jemand in ihm mit den Indianern sprach, denn er wußte, daß sein Körper mit ihnen kommunizierte, schon seit vielen Monaten. Aber diese Person hatte sich ihm noch nicht offenbart.

Johnny wartete. Draußen heulte Jonas Kay im Mondlicht.

Ishnazuyai saß bei dem Jungen, wie jedesmal, wenn der Mond voll wurde. Die anderen Dorfbewohner waren schon hinaus in die Nacht gelaufen. Er dagegen hatte den Zelteingang zugeklappt und saß mit dem Kind in der schattigsten Ecke auf dem Büffelfell, wo sie das Licht, das durch die Öffnung im Dach drang, nicht erreichte. Er wollte nicht, daß der Junge sich wandelte, bevor er mit ihm gesprochen hatte.

»Höre«, sagte er zu dem Jungen. »Es ist Zeit für den Wandel, deshalb will ich dir wieder erzählen, wie das Große Geheimnis das Volk der Wölfe schuf...« Und er sprach, wie es seine Mutter so oft getan hatte, von den Wichasha Shungmanitu und Wakantanka und von dem Vertrag, den sie geschlossen hatten, als die Welt noch jung war.

Wieviel davon verstand der Junge? Manchmal wandelte er sich überhaupt nicht, wenn der Mond voll war, sondern blieb reglos am Feuer sitzen, lutschte am Daumen und schien in eine Leere zu starren, die viel zu groß war für ein so kleines Kind. Er wußte, daß der Junge die Menschensprache verstand; ging er nicht Holz holen, kümmerte er sich nicht ums Feuer, aß er nicht, wenn man es ihm sagte? Aber er sprach immer nur das kalte Kauderwelsch der *Washichun*, eine Sprache, die nicht wie der Wind und der Bach klang, sondern wie die Eisenmaschinen, die durch das Land donnerten, wo einst die Büffel zu Tausenden weideten. Die paar zaghaften Worte, die er am ersten Tag gesprochen hatte, als Ishnazuyai ihn auf dem Rücken trug, kamen nicht wieder.

Little Elk Woman, deren Leben der Junge gerettet hatte, lag schlafend neben ihm unter einer Büffeldecke, an der sie monatelang gearbeitet hatte und die mit einem komplizierten Muster blauer und weißer *Washichun*-Perlen verziert war; die Perlen waren aus einem Ort gekommen, der Prag hieß. Ishnazuyai hatte sie zur Frau genommen, wie es sich gehörte, denn sie hatte keinen Ehemann, der für sie jagte, und der Junge hatte sie zur Mutter gewählt. Aber die Frau sprach ebenfalls kaum.

Die Nächte, in denen der Junge sich wandelte, fürchtete er noch mehr als die anderen. Dann stand eine obszöne Wut in den Augen des Knaben. Er war wie ein Krieger, der sich an den Pfahl hatte binden lassen, so daß er bis zum Tode kämpfen muß, ein entehrter Krieger, dessen Stolz nur im Tod wiederhergestellt werden kann.

»Ich kann nicht mehr mit den anderen gehen«, sagte Ishanzuyai. »Sie werden durch den Wald streifen. Sie werden den Tanz des Jägers und der Beute tanzen. Und manchmal, wenn ein Lakota seinem Volk zur Last wird oder den Wunsch zu leben verloren hat, ruft er den Wolfsgeist, der ihn ins Land der vielen Tipis bringen soll; dann kommt einer von uns, um ihn zu holen. Es ist die heiligste Tat, die einer aus unserem Stamm vollbringen kann.« Verstand der Junge ihn? Ishnazuyai wußte, daß er nicht wie die anderen Wolfsmenschen aus dem Land der Weißen war, die zwar die Gestalt von Tieren annehmen konnten, aber immer noch die Herzen von Weißen besaßen und nur um des Tötens willen töteten.

Ein anderer Geist hauste in dem Jungen; deshalb hatte ihn Ishnazuyai mit zu seinem Volk genommen. Er hatte den Knaben in einer Vision gesehen, wo er Mensch und Tier und rote Menschen und *Washichun* vereinte. Aber die Vision war schon lange vorbei, und das Kind sprach immer noch nur in der Sprache des weißen Mannes – laut und mit viel Luft. Vielleicht, dachte Ishnazuyai, habe ich mit geirrt.

Von draußen war entferntes Heulen zu hören.

Aus dem Schatten hörte er Indianersprache. Johnny verstand die Worte nicht, aber Jake übersetzte sie ihm. »Er sagt, er ist der wahre Wolfsjunge. Er sagt, Jonas Kay ist nur ein Schatten. Er sagt, daß er auf die Lichtung gehen tut.«

»Wer ist er? Warum spricht er nicht englisch?«

»Weil er kein Engländer ist, darum. Er ist nie aus diesen Hügeln rausgekommen.«

»Was macht er in mir?«

»Er ist neu«, erklärte Jake. »Wie ich.«

Johnny hörte die Bewegungen des neuen Jungen; sie klangen wie das Rascheln von Laub im Wald. Und seine Stimme war nie lauter als ein Flüstern, und er sprach kein Wort Englisch.

»Er sagt, wir sollen ihm folgen«, meinte Jake.

Am Eingang des Baumhauses sah Johnny den Indianerjungen auf den Boden springen, ein dunkler Fleck gegen das Laub, das im Mondlicht rötlich schimmerte. Es war nur ein winziger Augenblick, aber Johnny konnte erkennen, daß er anders aussah als die anderen im Wald. Jetzt huschte er durch die Bäume, blieb stehen, lief los, tauchte auf, wieder unter. »Los«, meinte Jake, »jetzt geht's auf die Lichtung.«

»Ich habe Angst«, bekannte Johnny.

»*Los!* Begreifst du nicht, was das bedeutet, du hirnloser Kerl? Vielleicht können wir *geheilt* werden!«

»Geheilt!«

Mondlicht brach durch das Walddach, tüpfelte das tote Laub am Boden, der Nebel wogte. Er konnte fast die Lichtung sehen. Und er konnte Jonas heulen hören. »Ich fürchte mich, Jake«, sagte er zu seinem neuen Freund. Aber Jake nahm ihn einfach bei der Hand und zog ihn herunter. Er bekam Panik, weil er dachte, die Erde würde ihn verschlingen, aber er landete weich auf dem feuchten Boden. Er wischte sich den Dreck von der Hose und schaute dann auf. Die Lichtung lag vor ihnen. »Wo ist der Indianer hin?« fragte er.

»Siehst du seine Fußabdrücke nicht?«

Nichts. Mondlicht beschien die Stelle, auf die Jake deutete: hier ein geknickter Zweig, dort ein umgedrehtes Blatt. »Das sind keine Fußabdrücke«, beschwerte sich Johnny.

»Wenn ein Indianer läuft«, beschied ihm Jake, »verneigt sich der Wald vor ihm.« Johnny fragte sich, wie lange Jake und der Indianer schon zusammen im Wald waren und darauf gewartet hatten, die anderen im Kopf kennenzulernen. Er folgte Jake – durch dichtes Unterholz und über Schleichwege, die er noch nie gesehen hatte, bis sie plötzlich auf der Lichtung standen –

Und er sah zwei Wölfe, die einander anfunkelten, maßen, beschnupperten: den Wolf, der Jonas Kay war, hager, mit schmalen Augen und silbernem Fell, und einen zweiten Wolf, schlank und dunkel wie der Wald selbst.

Und der Junge öffnete die Augen und sprach in der Menschensprache zu Ishnazuyai, und seine ersten Worte waren: *»Até, até«*

»Er jagt den Jonas-Wolf!« sagte Johnny. Die beiden Wölfe hetzten über die Lichtung, grollten, versuchten, einander zu markieren. Jonas brüllte, er knurrte, er scharrte Dreckbatzen auf, er peitschte mit dem Schweif die Erde; aber der andere Wolf war kleiner und behende und umtanzte ihn wie die Nacht selbst.

Der Junge zuckte, Schaum stand ihm vor dem Mund, und als Ishnazuyai ihn berührte, wurde er steif wie ein Toter. Vielleicht ist es der Wahnsinn, dachte Ishnazuyai, die Angst vor dem Wasser; aber als er seine Lippen mit einem Löffel aus Büffelknochen voll frischem Quellwasser benetzte, wehrte sich der Junge nicht. Ishnazuyai umarmte ihn – hatte er ihn nicht »Vater, Vater« genannt? – und versuchte, ihn zu wärmen, denn der Knabe zitterte, und sein Schweiß war kalt wie das Eis im Winter.

Mit gesenktem Schweif floh Jonas Kay in die Dunkelheit. Der neue Wolf wandelte sich, als der Mond unterging, und Johnny wagte sich auf die Lichtung. Der Indianerjunge stand jetzt dort. Obwohl er nach der Transformation nackt war, umhüllten ihn das schwache Mondlicht und der Nebel wie ein Kleid.

»Zho-ni«, sagte er leise und lächelte und legte Johnny die Hand auf die Schulter. Und da wußte Johnny, daß sie Brüder waren und von gleicher Natur. Der Wolfsjunge blickte Johnny in die Augen, und Johnny fühlte sich geborgen.

Und der Indianer sprach zu ihm in der Sprache der Lakota, mit gemessenem Rhythmus und in einer eigenartigen Melodie; und Johnny verstand, da er sie alle vor Jonas beschützen würde. Und zum erstenmal sah er eine Zeit voraus, in der sie alle sich die Lichtung teilen würden; und alle würden aus denselben Augen schauen und mit denselben Lippen sprechen und eins werden.

Ishnazuyai sagte: »Wir sind froh, daß du heimgekehrt bist, Shungmanitu Hokshila.«

Der Wolfsjunge lächelte und bat seinen Vater, die Flöte für ihn zu spielen. Der Mond ging unter. Ishnazuyai führte den Jungen an der Hand zu einem Ort, den sie Little Wolf Creek nannten, und sie warteten gemeinsam, bis die anderen der Familie von der Jagd zurückkamen. Und während sie warteten, erzählte ihm Ishnazuyai die Geschichte, wie die Wölfe Menschen wurden, und zum erstenmal lauschte ihm der Knabe mit Verständnis und Freude.

Lead, Dakota-Territorium

In derselben Nacht

Gegen Abend ließ der Wind nach. Über der Stadt lag fauliger Gestank. Reglos hing die Chinesin am Galgen, von Zeit zu Zeit stöhnte das frische Holz.

Es war später, als Teddy angenommen hatte. Es hatte keinen Sinn, sich jetzt noch auf den Rückweg zu machen. Scott lag in der Höhle, inmitten des Silberkreises. Er hatte den Höhleneingang mit Unterholz getarnt. Er machte sich Sorgen, wie jedesmal, wenn er Scott über Nacht bei Vollmond allein ließ, aber schließlich ließ er sich doch von seinen Trieben leiten und kehrte zum Bordell zurück.

Teddy brauchte nicht lange auszusuchen. Er hatte seine Wahl bereits getroffen. Sie hieß Nita. Sie war noch ein junges Mädchen, nicht älter als dreizehn, vermutete er, und sie hatte vielleicht ein bißchen Indianerblut in sich; deshalb kam er immer zu ihr. Halbblut fickt Halbblut, sagte die Puffmutter dazu, aber sein Geld war schließlich genausogut wie das irgendeines anderen Kerls.

Heute nacht war auch ein neues Mädchen da, das noch jünger aussah als Nita; als er sie anschaute, verzog sie sich hinter die Vorhänge, hinter denen die Beine des Klaviers versteckt waren. Sie hieß Gina Hopwood, war Waise, die Madam nannte sie »eine ungepflückte Blume«, packte sie an der Hand und schleifte sie aus dem Empfangsraum.

Als sie auf dem Zimmer waren, zahlte Teddy Nita einen ganzen Dollar, weil sie alle ihre Unterröcke ausgezogen hatte.

Das Mädchen hatte die seltsame Angewohnheit, so zu tun, als würde ihr die Arbeit Spaß machen. So verhielten sich normalerweise nur Indianermädchen; Teddy war noch nie einer Weißen begegnet, die zugab, es zu mögen. Die meisten jammerten und weinten und bezichtigten sich lautstark, gesündigt zu haben, nur um ein paar Cents extra herauszuschinden.

Er wollte seinen Colt mit dem Elfenbeinknauf vom Nachttisch nehmen – Scott gab ihm die Waffe immer bei Vollmond – und gehen; aber heute nacht wollte sie sich mit ihm unterhalten, und als es vorbei war, bat sie ihn, im Zimmer zu bleiben, weil sie ihm angeblich den Penis mit Wasser und Seife waschen wollte. »Seife? Kommt gar nicht in Frage«, belehrte er sie. »Damit kann man einem Muli das Fell von Leibe ätzen!« Aber als sie ihn an ein Fenster gedrängt und seine Hose aufgemacht hatte, beschloß er, daß es töricht wäre, eine solche Gratisleistung auszuschlagen.

»Es ist teure Seife aus Frankreich«, erklärte sie ihm mit einem süßen Lächeln. »Ich könnte dich von Kopf bis Fuß waschen, wenn du möchtest, aber dann mußt du die Stiefel ausziehen.«

»Die hab' ich schon sechs Monate nicht mehr ausgezogen«, erwiderte er lachend, während sie traurig die Dreckspuren begutachtete, die seine Schuhe auf dem seidenen Bettbezug hinterlassen hatten. Sie begann ihn abzuwaschen, und das Parfüm stieg ihm in die Nase. Er hakte das Fenster auf, um frische Luft hereinzulassen, aber statt dessen schlug ihm der faulige Gestank von draußen entgegen.

Das Mädchen schwatzte über dies und das – Teddy interessierte sich nicht besonders für ihr Geplapper, aber ihre Stimme klang angenehm. Er war mit seinen Gedanken ganz woanders. Er war diese Art von Unterhaltung gewöhnt, und Nita war von ihren eigenen Schilderungen, in denen es um Rivalitäten und Freundschaften unter den Mädchen ging, so gefangengenommen, daß sie ihn kaum wahrnahm.

Deswegen starrte er auf den Vorhang hinter dem Bett, und deswegen hörte er auch die seltsamen Geräusche aus dem Nebenzimmer – als würde ein Hund ausgepeitscht – und ein Winseln, Schmerzensschreie ganz gewiß, aber auch ein bißchen wie Schauspielerei.

»Was ist da drüben los?« unterbrach er sie.

»Ach, das ist das Zimmer für die wirklich kranken Kunden, die ein bißchen Schmerz zum Vergnügen brauchen.«

»Was machen sie dort?«

»Wahrscheinlich nehmen sie die Peitsche oder den Stock. Miss Hayvenhurst – sie hat mich alles gelehrt –, sie mag solche Sachen auch. Vielleicht ist sie sogar selbst drin, zusammen mit diesem Claggart.«

Bei der Erwähnung dieses Namens sank Teddys Mannesstolz in sich zusammen.

»Er ist wirklich komisch, dieser Claggart. Zum Glück hatte er mich noch nie wollen. Aber er zahlt gut, und immer mit Gold – willst du zuschauen?«

»Ich…«

Nita beugte sich vor und teilte den Vorhang ein bißchen. Teddy sah, daß in verschiedener Höhe Gucklöcher in die Trennwand gebohrt waren, so daß zwei oder drei gleichzeitig zuschauen konnten. Deshalb hörte man auch so deutlich, was nebenan vorging. Teddy schauderte. Der Name Claggart rief unweigerlich Erinnerungen an jene Bahnfahrt in ihm wach.

»Es ist ruhig heute nacht, wegen der Hinrichtung«, erklärte ihm die junge Prostituierte, »und weil es so stinkt. Du kannst so lange bleiben, wie du willst. Aber du kannst es nicht noch mal machen, das kostet sonst wieder fünfundsiebzig Cents.«

»Ich weiß«, antwortete Teddy gedankenverloren. Er krabbelte auf das Bett und schaute durch das Guckloch.

Im Nebenraum war es viel dunkler. Nur ein paar Kerzen brannten. Cordwainer Claggart war tatsächlich darin. Er beugte sich über das Bett und streckte dabei seinen fetten Arsch in der Luft wie ein Hund. »Er ist ja splitternackt!« flüsterte Teddy schockiert. Dann sah er das Mädchen unter ihm, gefesselt und geknebelt. Sie lag in einem Mondlichtstreifen, der zwischen den Vorhängen hindurch ins Zimmer fiel.

»Und das ist nicht Miss Hayvenhurst – das ist das neue Mädchen«, ergänzte Nita. »So eine Schande, daß sie ihre Jungfernschaft nicht an einen anständigen Gentleman verlieren darf!«

»Er tut ihr weh!« flüsterte Teddy, denn Glaggart peitschte den Hintern des jungen Mädchens mit einer Reitgerte. »Das darf er nicht, ich muß ihn aufhalten.« Er sah die Blutflecken auf dem Laken. Das Mädchen wimmerte.

»Du kannst ihn nicht aufhalten«, flehte Nita. »Er hat gutes Gold dafür gezahlt... und... ich krieg' sonst Schwierigkeiten!«

»Drecks –« Cordwainer Claggart hatte ein kleines Taschenmesser gezückt und wollte etwas in den Hintern des Mädchens schnitzen; mit der anderen Hand spielte er an seinem Geschlecht, während er leise vor sich hin brummelte.

»Ich muß Miss Hayvenhurst holen!« Nita war bleich geworden. »Sie mag es gar nicht, wenn man ihre Ware beschädigt!« Sie rannte aus dem Zimmer und ließ Teddy allein zurück.

Teddy hockte auf dem Bett, unfähig, den Blick abzuwenden. Trotz dem Knebel war das Wimmern zu hören; aus den weit aufgerissenen Augen des Mädchens strömten Tränen. Sie näßte ins Bett, während Claggart immer und immer wieder ausholte, und Teddy dachte, das hätte mir in dem Zug auch geschehen können – wen hätte es gekümmert? Ich war nur ein Zeitungsjunge und ein Halbblut dazu, und eine Waise wie sie.

Je mehr er darüber nachdachte, desto mehr wünschte er sich, Claggart zu töten. Er tastete nach seinem Colt auf dem Nachttisch, aber der war außer Reichweite, und er konnte seine Augen nicht von dem Messer abwenden, das jetzt ins Fleisch ritzte, und von der dünnen Blutlinie, schwarzsilbern im Mondlicht und im flackernden Kerzenschein. Er berührte den Knauf, aber die Waffe klapperte zu Boden, und Cordwainer Claggart schaute auf und entdeckte das Auge des Jungen hinter dem Guckloch und sagte: »Diese Augen kenn' ich doch irgendwoher...« und begann auf die Tür zuzustaksen, und bevor Teddy wußte, wie ihm geschah, hatte

Claggart die Tür in der dünnen Trennwand zwischen beiden Zimmern aufgetreten und kam auf ihn zu, und der Colt lag immer noch auf dem Boden zwischen ihnen.

Teddy konnte die Waffe nicht erreichen. Er sagte sich immer wieder, ich bin jetzt ein Mann, ich kann mich wehren, kann ihn töten, aber er fühlte sich nicht mehr wie ein Mann, er fühlte sich wie das Kind, das Cordwainer Claggart damals im Zug nach Cheyenne mißhandelt hatte.

Claggart schleuderte ihn aufs Bett. Er hatte seine Gerte dabei. Er schlug ihm ins Gesicht. Teddy schmeckte Blut und wußte, daß seine Wange aufgeplatzt war. »Vielleicht kannst du mir ja was über den Wolfsjungen erzählen«, drohte Claggart leise. »Vielleicht weißt du ja was...«

Bevor er noch nachdenken konnte, platzte es aus Teddy heraus: »Der alte Indianer hat ihn, der verrückte alte Indianer, der immer mit dem Zug...«

»Hin und her, hin und her –« Claggarts Blick war lähmend. Sein Gesicht strahlte ungebändigte Freude aus, er sah aus wie jemand, der beim Würfeln gewann, fand Teddy. »Omaha, Cheyenne und wieder zurück, wie ich in meiner Kartenspielerzeit.«

»Ich schwöre es, der Indianer hat ihn...« Er wollte sich nicht an die Nacht im heiligen Kreis des Alten erinnern, aber jetzt kam alles wieder hoch, und er dachte, ich hätte ihn nicht verraten sollen, aber ich muß doch meine Haut retten.

»Versuch lieber nicht, die Wahrheit vor mir zu verheimlichen, mein Kleiner«, drohte Cordwainer Claggart. »Sonst komm' ich und reiß' dir deinen kleinen Pimmel raus und trockne ihn und verkaufe ihn als Wurst.«

Teddy spie Claggart ins Auge. Claggart wich überrascht zurück, so daß sich Teddy aus seinem Griff befreien und vom Bett herunterrollen konnte. Er warf sich auf den Colt. Er spannte gerade den Hahn, als Claggart ihm die Waffe aus der Hand kickte und sich ein Schuß löste. Rauch stieg auf, ein Spiegel klirrte. Teddy hechtete dem Colt hinterher, packte ihn, verbrannte sich die Finger am glühenden Lauf.

Dann rannte er durch die offene Tür ins Nebenzimmer. Das Mädchen war immer noch ans Bett gefesselt. Teddy konnte nicht feststellen, ob sie tot war oder noch lebte. Sie bewegte sich nicht. Überall war Blut. Er hörte Schritte. Dort war ein Fenster. Es stand offen. Der Gestank wehte herein. Schnell kletterte er hinaus. Er hörte einen Schuß. Gedämpft. Irgendwo drinnen. War es das Mädchen? War sie tot? Würde Claggart es wagen –

Eine Frau kreischte. Und Teddy hastete über die Vordächer, um den Platz herum, wo die Chinesin immer noch baumelte, leise hin und her schwang, denn ein schwacher Wind war aufgekommen, der den Gestank verscheuchte. Ihr kleines Gesicht war vom Mondlicht angestrahlt, und ihre Augen waren ganz und gar weiß.

Wohin kann ich? dachte Teddy. Aus dem Fenster drangen immer mehr Schreie. Eine Straße weiter erkannte er die Fassade des Imperial Hotels, und er dachte an Speranza.

Unter ihm donnerte eine schwarze Kutsche vorbei, gezogen von schwarzen Pferden. Schwarze Vorhänge verwehrten den Blick ins Innere. Teddy glaubte, den Kutscher zu erkennen, ein Diener des Grafen, er fuhr in Richtung Hotel! Teddy duckte sich, zog sich an den Holzsimsen entlang, kauerte sich hinter Schilder. Vielleicht war Speranza in Gefahr. Er preßte sich den Colt gegen das Herz. Er war jetzt gegenüber dem Imperial angelangt, auf einem Vordach, das fast über die ganze Straße reichte. Wenn er weit genug sprang, konnte er vielleicht den Baldachin erreichen –

Der Portier an der Rezeption las im Licht einer Paraffinlampe. Es war ein alter Zeitungsartikel über die Eröffnung der Brooklyn-Brücke. Er versuchte, den drückenden Fäulnisgestank fortzufächern.

Draußen wieherten Pferde. Die Eingangstür wurde aufgestoßen. Der Portier blickte auf und sah zwei Männer, die eine Art Sänfte trugen. Sie war an allen Seiten mit schwarzem Samt abgedeckt. Ein unheimlicher Gestank – Hundepisse? – überdeckte den Fäulnisgeruch. Ein weiterer Mann in einer Livree bildete die Nachhut. Er baute sich vor dem Portier auf und sagte: »Miss Hope

Martin.« Und legte eine goldene Drei-Dollar-Münze auf die Rezeption.

Der Portier verzog keine Miene. »Sir, ich hoffe, Sie halten dieses Haus nicht für eine Absteige; das Imperial ist eine anständige Adresse.«

Noch mehr Gold klimperte auf die Theke: Quarter-Eagles, kleine Golddollar, schließlich eine Zwanzig-Dollar-Münze. »Mein Herr verkehrt ausschließlich in Häusern mit hervorragendem Ruf.«

Der Blick des Mannes duldete keinen Widerspruch, und so verriet ihm der Portier die Zimmernummer.

Es klopfte ans Fenster.

Sie schaute auf und sah nichts. Sie hatte ihr Koka-Pulver noch nicht eingenommen; wenn es wirkte, drohten oft überall Gefahren: unter dem Bett, im Schrank, geheime Pläne, sie zu vernichten. Ganz bestimmt ist es nur der Wind, dachte sie. Aber es klopfte noch einmal, und in der Ferne hörte sie Pferde wiehern.

Sie hatte in der Bibel gelesen. Sie schaute auf und sah zu ihrer Verblüffung Teddy Grumiaux, der sie vom Sims her anstarrte; er sah so verzweifelt aus, daß sie sofort aufstand und ihn hereinließ. Sein Kragen war aufgeknöpft, seine Hose stand offen, und seine Augen waren weit aufgerissen, als hätte er etwas Entsetzliches gesehen, worüber er nicht einmal nachzudenken wagte. Es tat ihr augenblicklich leid, daß sie das Fenster geöffnet hatte, denn der Gestank draußen war unerträglich. Schnell schloß sie es wieder und zog die Vorhänge zu, da sie ahnte, daß er nicht gesehen werden wollte. »Ich hab' Claggart gesehen«, keuchte Teddy. »Er hat wen umgebracht... glaube ich.«

Speranza erinnerte sich nur allzugut an den unangenehmen Spieler. »Ruhig, Teddy«, beschwichtigte sie ihn, »du mußt dich beruhigen. Hier bist du sicher.«

»Aber Sie sind nicht sicher, Miss Speranza! Ihr Graf ist auf dem Weg zu Ihnen...«

»Er kann gar nicht kommen, Teddy. Es ist...«

»Vollmond. Ich weiß.«

Er saß jetzt auf der Bettkante, ganz im Schatten. Bis jetzt hatte er verängstigt gewirkt, aber nun schien er völlig zusammenzubrechen, und Speranza hörte ihn schluchzen wie ein Kind; ihr Herz flog ihm zu, und ihr wurde klar, daß er, obwohl er mit einer Waffe in der Hand in ihr Schlafzimmer gesprungen war, doch immer noch ein Kind war. Er ist ja gerade erst im Stimmbruch, dachte sie.

Sie schob alle moralischen Skrupel beiseite und nahm ihn in ihre Arme. Das war sie ihm wenigstens schuldig; hatte er sie nicht im Haus des Doktors beschützt, ohne auch nur zu fragen, an welchem Übel sie litt?

Schließlich brachte er heraus: »Claggart ist auch hinter Johnny her.«

»Johnny?« fragte Speranza, die Johnny so oft im Geist hatte sterben sehen, die unzählige Alpträume durchgestanden hatte, in denen er in jenem düsteren Forst gekreuzigt über dem blutigen Fluß hing. »Johnny ist von uns gegangen, der Arme! Ich fürchte, er weilt nicht mehr auf dieser Welt.« Sie sagte das ohne innere Überzeugung.

»Ich weiß, daß er noch lebt«, widersprach Teddy. »Und ich glaube, Claggart will ihm was antun. Er ist ganz versessen darauf, ihn zu kriegen.«

Sie hatte immer gewußt, daß er noch lebte, das begriff sie jetzt. Woher wußten die Wolfsmenschen so viele Dinge? Sie spürten sie in ihrem Herzen. So konnte auch sie Johnny in ihrem Herzen spüren... durch ihr gemeinsames Mensch-Sein.

»Ich glaube, er braucht uns«, meinte Teddy.

Schritte draußen. Pochen an der Tür. »Gräfin...« Sie zuckte zusammen, als sie die Anrede hörte, die ihr nicht gebührte.

»Ich hab' Ihnen gesagt, daß der Graf kommt«, sagte Teddy.

»Es ist sein Bote. Schnell, versteck dich...« Sie suchte nach einem geeigneten Versteck, aber der Junge lag schon unter dem Bett.

Die Tür wurde ohne weitere Anstalten geöffnet, und der Tiergeruch, ständiger Begleiter ihrer Nächte, drang in den Raum ein. Die beiden Lakaien setzten die Sänfte ab – die fast wie ein abgedeckter Vogelbauer wirkte – und schlossen die Fensterläden. Sie hatten Ballen schweren schwarzen Tuches bei sich, das sie über die Vorhangstangen warfen.

Die Luft vibrierte. Sie hörte den schweren Atem des Grafen. »Wie konntest du hierher kommen?« rief sie aus. »Man könnte dich entdecken, du könntest alles ruinieren, wofür du gearbeitet hast...«

»Du tötest meine Kinder!« Es wurde heller, denn der Bote hatte eine Kerosinlampe entzündet und sie neben das Bett gestellt. Der flackernde Schein strich über die Vorhänge ihres Himmelbettes.

»Deine Kinder...« Ihr fiel keine Erwiderung darauf ein. Scham peinigte sie.

»Meine Kinder... und deine... die Saat des zukünftigen Volkes der Wolfsmenschen... o Speranza, weißt du nicht, wie weh du mir tust?«

Grobe Hände auf ihren Armen. »Gräfin«, sagte der Bote leise, »wir sind gekommen, um Sie heimzuholen. Und um Sie von nun an zu bewachen. Neun Monate oder länger, wenn es sein muß.«

»Laßt sie! Ich will sie! Jetzt!« Ein bißchen menschlicher jetzt, das Knurren. Er kontrollierte die Verwandlung so weit wie möglich.

Sie spürte seine Anziehungskraft. Das schwarze Tuch vibrierte leicht. Wie weit war die Transformation fortgeschritten? »Meine... Madonna... der...«

Sie kam ihm immer näher. Sie schwitzte; die Metamorphose strahlte sengende Hitze ab, und obwohl sie sein tierisches Wesen verabscheute, vergaß sie nicht seine glühende, leidenschaftliche Zärtlichkeit, denn trotz ihres Betruges liebte sie ihn. Aber sie flüsterte: »Ich sollte dort draußen hängen: Ich liebe eine Bestie.«

»Vielleicht... ist sie für dich gestorben.«

Sie war ihm jetzt nahe. Eine Hand faßte durch das schwarze Tuch – eine halbe Klaue, das Fleisch wandelte sich noch, pulsierte. Die Hand glitt in ihre schweißnasse Handfläche, und das Fell, das aus der rauhen Wolfshaut sproß und stach, kitzelte sie.

»Zu viele Menschen sind für mich gestorben«, sagte sie. »Ich ertrage das nicht mehr, Hartmut... du mußt mich fortschicken...«

»Und die Kinder... für wen... sind sie... gestorben?«

Sie konnte ihm nicht antworten. Auch sie hatte gemordet. Sie war zu tief gefallen, um sich je wieder erheben zu können. Sie leistete keinen Widerstand, als der Graf sie an sich –

Plötzlich ließ er sie los. »Ich rieche noch jemanden... einen Jungen, ein Menschenkind...« Er bellte seinen Dienern Befehle zu: »Schnell! Wir nehmen die Gräfin mit!«

»Sie werden sie nirgendwohin mitnehmen, Mr. Graf.«

Es war Teddy. Er krabbelte unter dem Bett hervor. Er hatte seine Waffe gezogen und zielte auf ihn.

Graf Hartmut von Bächl-Wölfling lachte. Und stand auf, schob die Vorhänge beiseite, die ihn vom Mondlicht abschirmten. Sein Abendanzug hing ihm in Fetzen am Körper, der zum großen Teil noch menschlich war.

»Ein kleiner Junge will mir angst machen!« Seine Stimme war wieder menschlicher geworden; sie sah, daß er die Verwandlung durch übermenschliche Willensanstrengung zu kontrollieren vermochte. »Als ich dir hierher folgte, Speranza, verdächtigte ich dich, mir untreu zu sein. Ich hatte ja keine Ahnung, daß du dich für kleine Buben interessierst!«

Er machte den anderen ein Zeichen. Sie ließen Speranza los und kamen auf den Jungen zu. Speranza nutzte die Gelegenheit und eilte zu Teddy.

»Nicht so schnell!« warnte er die Diener. »Diese Waffe ist mit Silberkugeln geladen.«

Der Junge feuerte. Der Rückstoß schleuderte ihn in Speranzas Arme; der Graf lachte wieder und sagte: »Von einem alten Aberglauben lasse ich mich bestimmt nicht umbringen, mein Kleiner.« Die Kugel hatte nur seinen Mantel getroffen.

»Miss Speranza, Sie kommen am besten mit mir«, sagte der Junge, und plötzlich sah Speranza einen Hoffnungsschimmer. Ein schwacher Schimmer nur, doch es war mehr, als sie sich vor wenigen Sekunden noch hatte vorstellen können. Der Junge deutete auf das Fenster. Speranza dachte an ihre Kleider, an die Juwelen, mit denen der Graf sie beschenkt hatte, an die Dinge, die sie sich früher nicht einmal erträumt hatte – dann verfluchte sie sich, weil sie sich solchen Gedanken hingab, wo sich endlich ein Weg zeigte, die Schmach zu lindern, der sie sich hingegeben hatte. »Helfen Sie mir, das Fenster aufzumachen«, sagte Teddy und tastete sich an der Wand entlang, ohne die Waffe von dem Grafen abzuwenden.

Er zerrte den Vorhang herunter. Sie sah die Chinesin am Galgen hängen, eine schwarze Silhouette im Mondlicht.

Der Graf begann sich zu verwandeln. Die Wirklichkeit verschmolz in den Alptraum. Sie fühlte Ekel und Lust zugleich. Sie zitterte vor Angst, aber sie spürte auch, wie sie feucht wurde.

Sie wich zurück.

»Sie haben meinen Pa umgebracht«, sagte Teddy. »Und die Chinesin. Und die Goldgräber und die Indianer. Was hat mein Pa Ihnen denn getan? So wahr mir Gott helfe, ich werde Sie ins Jenseits befördern und auf Ihrem Grab tanzen!«

Sie sah unversöhnlichen Haß in Teddys Gesicht. Er feuerte immer wieder. Er schluchzte und konnte unmöglich erkennen, wohin er zielte. Aber sie sah Fleisch aufplatzen und Blut auf das seidene Bettlaken spritzen, und sie hörte Hartmuts Lachen: »Wunden, Wunden, was scheren mich Wunden, glaubst du, ich habe noch nie Silber gespürt?«

Und Speranza mahnte: »Wir müssen fort. Ich glaube nicht, daß er stirbt. Er ist stärker als die anderen. Er ist der König.«

Der Junge flüsterte: »Ich hab' ein Pferd. Ich hab' es vor der Stadt angebunden. Kommen Sie mit mir, Miss Speranza. Sie müssen fort.«

Der Junge stieß das Fenster auf und kletterte hinaus auf den Sims. Heißer Wind wehte ins Zimmer. Speranzas Herz raste. Der Gestank von draußen vermischte sich mit dem Tiergeruch. Die Diener waren dem Grafen zu Hilfe geeilt, einer stillte das Blut mit einem Handtuch, der andere füllte eine Schüssel mit dem Wasser vom Nachttisch.

Sie wich immer weiter zurück, ohne ihren Blick von Hartmuts

Augen abwenden zu können. Selbst als die Schnauze sich durch das Menschenfleisch bohrte, selbst als die Zähne länger wurden und ihm die Zunge hechelnd aus dem Maul hing, selbst als der Graf auf alle viere fiel, selbst dann waren seine Augen noch menschlich, und sie erkannte, was er für sie empfand... denn seine Augen sagten: »Hab Mitleid mit mir«, und sie wußte, daß er sie liebte.

Aber sie griff nach ihrer Börse auf dem Nachttisch, in der sie all die Ersparnisse der letzten Jahre verwahrte. Teddy Grumiaux half ihr auf den Sims hinaus, und dann mußte sie sich von Hartmuts Anblick abwenden. Hartmuts Heulen stieg in die Luft und ertrank im Klimpern der Saloon-Klaviere und dem Jammern des Sommerwinds.

Es war nur gut, daß der Sheriff in Miss Hayvenhursts Etablissement gerufen worden war, wo er sich mit dem Fall Cordwainer Claggart beschäftigen mußte, denn so konnten sie unbemerkt aus Lead hinaus gelangen. Gut für Claggart war dagegen, daß Major Sanderson immer noch in der Stadt weilte und für ihn bürgte.

Es war außerdem gut für Claggart, daß Nitas junger Kunde geflohen war und sich deshalb nicht gegen Claggarts Anschuldigungen verteidigen konnte, er sei betrunken gewesen und ausfallend geworden; es war auch gut für Claggart, daß Nita eine Hure und ein Halbblut dazu war, so daß man ihr keinen Glauben schenkte.

Es war ganz besonders gut für Claggart, daß Gina Hopwood gefesselt auf dem Bett lag und ihr Gehirn aus ihrem zertrümmerten Schädel schleimte. Es war gut, daß Miss Hayvenhurst, während sie die graue Masse sorgfältig von den Wänden und vom Boden schrubbte, sich bereits überlegte, wie sie einen Skandal um ihr ohnehin schon übel beleumdetes Haus vermeiden konnte.

Die Blume der toten Waise aber blieb ungepflückt; denn seit Cordwainer Claggart die dunkelsten Wege der Lust beschritten hatte, verachtete er es, auf konventionelle Art mit einer Frau zu verkehren.

Es stimmt, überlegte er, während er das Haus verließ, ins Gespräch mit Major Sanderson vertieft, ich bin viel zu sensibel, als daß ich mich mit etwas so Vulgärem wie Bumsen zufriedengeben könnte.

Er hatte den Zwischenfall ohnehin beinahe schon wieder vergessen, so verlockend war die neue Spur, die sich ihm aufgetan hatte: Der verrückte alte Indianer hatte etwas mit dem Wolfsjungen zu tun! Schon schmiedete er neue Pläne.

Er hörte den langweiligen Erklärungen des Majors gar nicht zu, der die Stärken und Schwächen des verstorbenen General Custer vor ihm ausbreitete, so sehr war er von seiner Idee gefangen. Er registrierte auch nicht die steife Leiche der Chinesin, als sie am Galgen vorbeikamen. Er bemerkte nicht einmal die schwarze Kutsche, die über die Hauptstraße in Richtung Deadwood donnerte.

Das Dorf der Shungmanitu

Mond im letzten Viertel

Die Nächte waren klar, die Tage glühendheiß; von den Bergspitzen konnte man bis ans Ende der Welt sehen – und mit den Augen des Geistes, den Augen des kreisenden Adlers noch darüber hinaus, in die Zukunft und in die Vergangenheit. Der Wolfsjunge wurde unter Little Elk Womans Obhut stärker und stärker, und innerhalb weniger Tage begann er zu wachsen, obwohl seine Gestalt sich vielleicht nur seinem wahren Alter anpaßte.

Es war eine Zeit der Freude im Land der Shungmanitu. Obwohl sie sich vor den *Washichun* in die entlegensten Bereiche der Heiligen Hügel zurückziehen mußten und es nur wenig zu essen gab, war Ishnazuyais Volk nicht traurig. Hatte die Vision des Häuptlings sich nicht erfüllt? Der weiße Junge, der von einem Grauen errettet worden war, das nur andere Bleichgesichter verstehen konnten, sprach endlich die wahre Sprache; fast als wäre seine Vergangenheit für immer begraben. Es war nur eine Frage der

Zeit, bis sich der Rest der Prophezeiung ebenfalls erfüllte – daß der Junge die Wolfsmenschen, rot und weiß, in eine gemeinsame Zukunft führen würde, die niemand vorherzusehen vermochte.

In der ersten Nacht sprach der Junge wie ein Baby, deutete lachend auf verschiedene Gegenstände und sprach ihre Namen aus.

Am nächsten Morgen sprach er bereits wie ein Kind, stellte immer neue Fragen, war selbstsicher, führte die anderen Kinder an. Ein Cousin machte ihm einen kleinen Bogen, und er ritt, als wäre er immer einer der ihren gewesen. Ishnazuyai schenkte ihm eine Pferdedecke als Sattel und ein perlenbesticktes Lederamulett mit einem Knochen von einem Eidechsentier, das schon lange nicht mehr auf der Erde wandelte. Im Vertrag stand, daß die Black Hills nicht mehr den Indianern gehörten, aber die Shungmanitu verstanden es, sich unsichtbar zu machen. Tagsüber ritten sie über die saftigen Grasebenen, ohne sich darum zu scheren, ob der Weiße Mann dieses Land Dakota oder Wyoming nannte. Der Junge lernte, auf Grashalme zu schießen; und nach zwei Tagen kam er bereits mit den Waffen der Männer zurecht.

Als der Mond der wilden Erdbeeren zum Halbmond geschrumpft war, redete er wie ein Erwachsener in gleichmäßigem Rhythmus und hatte gelernt, wie alle Stammesmitglieder mit angemessenem Respekt und Ehrerbietung anzusprechen waren. Und er begann, ihnen von seinen Visionen zu erzählen.

Am Tage spielte der Knabe mit den anderen Kindern aus dem Dorf. Es gab nicht viele Kinder, denn die Shungmanitu waren nie ein großes Volk gewesen, und jetzt waren nur noch wenige Familien übrig. Ihre Spiele waren uralt: Es gab ein Kriegsspiel mit Lanzen aus Grashalmen; ein Liebesspiel mit einem ausgehöhlten Zweig als Liebesflöte, die das Lied des Spechtes nachahmte. Der Junge spielte sehr schön, und die Erwachsenen flüsterten einander zu, daß er bald reif genug wäre, um die *Winchinchalas* zu umwerben und ihr Herz zu brechen. Auch wenn der Junge seltsam aussah, so war er doch hübsch, und er wuchs so schnell heran, daß der Sommer, in dem er den Kriegshäuptling herausfordern könnte, vielleicht gar nicht mehr so weit entfernt war, wie es schien.

Eines Nachts, als sich die Männer des Stammes und ihre Freunde in Ishnazuyais Tipi versammelt hatten, erzählte er ihnen, wie er zu dem geworden war, was er war. Während er sprach, waren seine Augen halb geschlossen, und er gebrauchte viele seltsame Worte, um Dinge zu beschreiben, die ein Mensch sich kaum vorstellen konnte. Aber die Männer hörten ihm mit ernster Miene zu, und die Jungen mit großen Augen, als verkündete er ihnen einen alten Mythos. Und draußen wisperten aufgeregt die Frauen und Mädchen. Ein Mädchen, das bereits ein wenig in den Knaben verliebt war, kauerte neben dem Zelteingang und versuchte zu lauschen.

Und dies ist die Geschichte, die Shungmanitu Hokshila erzählte:

Ich bin ein einziger Körper mit vielen Seelen. In mir sind gute Menschen und böse Menschen, Männer und Frauen und sogar *Winkte*, Mann-Frauen. Aber ich, der Wolfsjunge, war von Anfang an da, obwohl ich meinen Namen nicht kannte und auch nicht die Menschensprache. Ich sah, wie die anderen um den Körper kämpften. Einer von ihnen war ein Wolfsjunge wie ich; die anderen waren Menschen und leugneten das Tier in sich. Der *Washichun*-Wolfsjunge in mir wußte, was er war, aber er liebte nur das Tier und den Schatten, er kannte mich nicht, denn ich war nur ein Beobachter und sprach nicht. Er glaubte, daß er allein die wahre Seele des Körpers und das Mensch-Tier war. Aber die anderen Seelen hatten sein Mitleid und sein Fühlen und seine Liebe gestohlen; so blieben ihm nur noch der Haß und die Lust am Töten.

Wir waren nicht immer geteilt. Einst waren wir eine einzige Seele. Aber ich bin der einzige, der das weiß. Und ich weiß nicht, warum es geschah. Ich glaube, es geschah, als der Körper noch sehr jung war und in einem Haus lebte, wo die Kranken wohnten – denn bei den *Washichun* gelten Menschen, die Visionen haben, als krank; die *Washichun* glauben nicht an Träume, sie wollen, daß alles kalt und ohne Seele ist.

Zuerst kannte ich meinen Namen nicht. Ich verstand ihre Sprache nicht. Nur wenn der Mond voll war und das Mensch-Tier den Körper beherrschte, verstand ich manches, aber nur in der Sprache der Nacht. Ich verstand den Geruch der Angst. Ich verstand Hunger. Und manchmal Lust. Wenn das Mensch-Tier seine Opfer angriff, sah ich durch seine Augen. Einmal oder zweimal versuchte ich herauszukommen. In einem Eisenpferd in Europa, das ist das weit entfernte Land der *Washichun*, fiel das Mensch-Tier eine Squaw an. Ich wollte das Mädchen um Verzeihung bitten, denn schon damals wußte ich, daß wir nicht um des Tötens willen töten dürfen, sondern um zu überleben. Die Beute fügt sich, wenn sie bereit ist und den Ruf des Räubers hört. Dieses Mädchen war nicht bereit. Sie beachtete mich nicht, als ich sie um Vergebung bat. Später hielt mich die Frau, die wie eine Mutter zu mir war, und ich weinte. Sie wußte nicht, daß ich es war, der weinte, denn ich konnte nicht sprechen und mich zu erkennen geben. Später griff in einer großen Stadt der Weißen das Mensch-Tier ein Kind an, obwohl es in ein Haus floh, das Wakantanka heilig war. Das Mensch-Tier war ohne Gnade; ich spürte das Mitleid. Ich konnte es nur aufhalten, weil ich es aus dem Bewußtsein zerrte; das Menschenkind übernahm den Körper, und ich weinte durch seine Augen.

Versteht ihr all das, was ich euch sage? Ich bin ein gebrochener Kreis, ein zersplitterter Schild. Durch euch werde ich ganz sein.

Lange mußte ich reisen. Ich überquerte das große Meer. Ich ritt in einem eisernen Pferd über die Prärie. Und dort hörte ich Ishnazuyais Lied. Dort hörte ich die Worte, die ich nur halb verstand, die aus einer großen Tiefe aufstiegen in mir. Ich hörte das Lied seiner Flöte in meinen Träumen. Sie rief mich wie *Siyótanka*, die Flöte der Liebe. Ich umarmte die Luft wie ein Liebhaber. *Hechitu welo!*

Die Wolf-*Washichun* sind gekommen, um euch dieses Land zu nehmen. Sie sind gekommen, um eure Erde zu markieren und sie faulen zu lassen. Sie sind gekommen, um vom Fleisch der Lakota und Cheyenne und Arapaho zu essen, nicht weil das Fleisch bereit ist, sondern weil sie danach hungern, anderen Schmerz zuzufügen. Das habe ich auf meiner Reise durch die Prärie gelernt. Auch wenn ihr euch nicht vorstellen könnt, warum ein Wesen Hunger nach dem Land verspürt, sage ich euch, daß es so ist. *Siché lo!*

Und im Lied von Ishnazuyais Flöte, in dem Lied der Liebe, hörte ich auch die Todesgesänge vieler Shungmanitu. Ich sah unser Volk zerbrechen und verzweifeln, und ich sah alte Frauen im Schnee sterben. Ich sah, wie der Winter jedes Jahr länger wird, bis es nur noch Winter gibt, ewigen, einsamen Winter.

Aber in dem Lied hörte ich auch Heilung. Das Lied lockte mich aus dem Versteck, in dem ich die ganzen Jahre gelebt hatte. Ich hörte Worte, wie ich sie mir nie erträumt hatte, und schließlich fand ich den anderen Wolfsjungen und jagte ihn fort. Eine Seele nach der anderen werde ich in mich aufnehmen, bis wir geheilt sind. Und meine Heilung wird Heilung für alle Shungmanitu sein. Denn selbst den anderen Wolfsjungen, der nur nach Blut dürstet, werde ich in mich aufnehmen. Es gibt ein gemeinsames Schicksal für alle Shungmanitu. Auch die Wolfsmenschen vom anderen Ufer des Meeres sind ein Teil von Wakantanka. Auch sie können Mitleid empfinden. Ich habe es gesehen. Ich werde euch alle an ein gemeinsames Ziel führen, und wir werden den Mondtanz zusammen tanzen, weiß und rot, Dunkel und Licht.

Und der Kreis wird sich schließen.

Als Jake Killingsworth Johnny diese Worte übersetzte, bekam Johnny Angst. »Er will mich ausradieren!« sagte er. Wieder kauerte er in seinem Baumhaus.

Jake sagte: »Er wird den alten Mann bitten, auf die Heilige Wanderung gehen zu dürfen. Er ist noch jung, aber der Alte wird es ihm nicht verwehren. Er ist den Indianern heilig, weil er die Vision des Alten wahrgemacht hat. Fleischgewordenes Wort, würde der alte Priester sagen.«

»Aber er will uns in sich aufnehmen. Ich will kein wilder Indianer werden, ich will heim zu Speranza.«

»Er wird uns heilen.«

»Ich will nicht mit Jonas Kay zusammen sein! Ich werde immer nur häßliche Dinge denken und immer zornig sein.«

Jake beruhigte ihn: »Er sagt, wir werden alle wiedergeboren. Wir alle... und die Indianer... und die Leute des Grafen auch.«

»Aber wenn wir wiedergeboren werden... müssen wir dann nicht erst sterben?«

Darauf wußte Jake keine Antwort. Aber der Indianerjunge zog die Schleier des Bewußtseins beiseite und ließ sie die Gesichter der Zuhörer sehen. Der Indianerjunge hatte aufgehört zu sprechen, und jetzt sprachen die Männer über seine Worte, einer nach dem anderen, in sorgfältig überlegten Sätzen. Johnny wollte fliehen. Er fürchtete sich vor dem Tod. Natürlich wollte er geheilt werden. Aber zuerst mußte er noch etwas erledigen, mußte er sich an etwas erinnern – etwas aus der Vergangenheit – vielleicht aus dem Irrenhaus – etwas wegen seiner Mutter.

»Du hast keine Mutter!« Es war ein rauhes Hecheln, und Johnny merkte, daß Jonas ihn nicht verlassen hatte. Was immer es auch war, der Indianer führte sie direkt darauf zu. Und sie würden sich ihm alle stellen müssen.

Und sterben.

Das Tipi war voll und stickig, aber in den Augen der indianischen Werwölfe leuchtete Hoffnung.

Black Hills

Abnehmender Mond

Sie flohen ohne große Schwierigkeiten aus Lead; Speranza ritt hinter dem Knaben durch die Dunkelheit. Als sie die Stadt verließen, wurde die Luft besser; im Wald duftete es nach Nadelholz, und in der Ferne plätscherte Wasser.

Es war ein anstrengender Ritt bergauf. Im Morgengrauen band Teddy das Pferd am Ufer eines Baches an, und sie setzten ihren Weg zu Fuß fort. Es ging steil die Hügel hinauf, und die Luft war frisch, auch als die Sonne herauskam. Die Kiefern wuchsen hier dicht. Nach einer Weile empfand sie ihre Schuhe als steif und beengend, und sie ging barfuß. Der Boden war weich, feucht, mit Astern, Zwergbrombeeren, Ringelblumen, Veilchen übersät. Licht drang durch die leise schaukelnden Wipfel und sprenkelte das Unterholz, so daß sie zwischen Warm und Kalt, Kalt und Warm hin und her wechselte.

Dies war nicht der Wald aus Speranzas Träumen. Dort war die Atmosphäre ganz anders. Nein, dachte sie, hier herrscht Ehrfurcht, keine Angst.

Teddy half ihr die letzten Meter hinauf. Sie fürchtete sich ein wenig vor ihm. Ihn umgab immer ein leichter Anflug von Melancholie, selbst wenn er lächelte. Er erzählte ihr mehr von sich als je zuvor, mehr, vermutete sie, als er irgend jemandem bisher erzählt hatte. Als sie hörte, wie Claude-Achille Grumiaux gestorben war, überlief sie ein eiskalter Schauer, weil sie wußte, daß dieser Mann einen Faktor in den Berechnungen des Grafen dargestellt hatte; in den Berichten Natalia Petrownas nach Wien wurde sein Name mehrmals erwähnt.

Sie erreichten die Höhle. Es war Mittag. Als sie eintrat, erhob sich ein junger Mann und begrüßte sie. Sie blieb wie angewurzelt stehen, denn er strömte den Wolfsgeruch aus, der ihr so vertraut geworden war.

»Mein Name ist Scott Harper, Madam. Verzeihen Sie bitte«, sagte er, »daß ich meinen Hut nicht vor Ihnen ziehen kann; ich habe ihn längst verloren.« Sein Haar war sandfarben, sein Körper schlaksig, aber er besaß Stil. Sie gestattete ihm, ihr die Hand zu küssen. Seine Lippen waren warm, wie Hartmuts.

Teddy erklärte ihm: »Das ist Miss Speranza, Johnnys Erzieherin. Wir werden Johnny finden.«

Speranza sah das gekreuzigte Kind vor sich. Sie begann zu zittern.

»Die Indianer haben ihn«, meinte Teddy. »Ich kenne sie. Als ich mit meiner Ma im Sioux-Dorf lebte, sprachen die Indianer manchmal von einem anderen Stamm, der hoch in den Bergen wohnt. Sie nannten sie *Shungmanitu Tanke* – die Wölfe. Und ich weiß, daß der alte Indianer ein Werwolf ist wie die Leute in Winter Eyes.

Aber sein Volk ist anders. Sie sind keine Mörder. Schätze, sie haben Johnny aufgezogen, weil sie nicht wollten, daß er wie sein Pa endet.«

»Es ist gefährlich«, wandte Scott ein. »Ich verstehe nicht, warum du diese Dame einer so großen Gefahr aussetzen willst.«

»Ich bin keine Dame mehr«, wiedersprach Speranza leise. »Ich war die... Hure des Grafen.« Sie schauderte.

»Nein, Madam«, sagte der Soldat. »Sie waren niemandes... aber ich vergesse meine Manieren. Ich sollte Ihnen zu essen und zu trinken anbieten.« Er führte sie zu einer Behelfscouch aus Heu und wilden Brombeeren und reichte ihr eine Blechtasse voll Kaffee sowie einen Streifen geräuchertes Hasenfleisch. Der Boden der Höhle war mit Silber übersät: Zehn-Cent-Stücke, Dollars, Armreife, ein paar formlose Klumpen... und Kugeln. Während sie trank, fuhr er fort: »Glauben Sie mir, Madam, ich weiß, wie sie ihre Opfer in ihre Welt zerren. Sie schauen Ihnen in die Augen, Madam, und schon sind Sie gefangen, umgarnt, ehe Sie es ahnen.«

Jetzt erkannte sie ihn. Er war bei dem Angriff auf Winter Eyes dabeigewesen. Er war derjenige, den Natalia erkannt hatte. »Aber... sind Sie nicht übergelaufen? Auf ihre Seite? Ich dachte, Sie wären... einer von ihnen geworden.«

»Der Junge hilft mir. Aber ich weiß nicht, ob ich lange durchhalten könnte, wenn die Russin nach mir suchen würde.«

»Und Sie haben... Wölfe getötet.«

»Ab und zu.«

»Und... sind selbst einer.«

»Wie gesagt, der Junge hilft mir.« Ihr Blick fiel auf das verstreute Silber, und sie begriff, wozu es diente. Man konnte Kugeln daraus schmelzen – und es hemmte Scott Harpers Transformation. Wie lange kämpfte er schon gegen seine wahre Natur an? Als hätte er ihre Gedanken erraten, fuhr Scott fort: »Das ist bereits so, seit Ihr kleiner Junge gestohlen wurde, Miss Speranza. Seit fast zwei Jahren. Ich kämpfe dagegen an, aber ich weiß, daß ich irgendwann den Kampf verlieren werde. Wenn ich Natalia Petrowna das nächste Mal sehe...«

»Ich weiß nicht, ob es eine Heilung gibt«, sagte Speranza und griff nach dem Umschlag mit Koka-Pulver in ihrem Mieder. Denn sie dürstete nach Vergessen und nach schneller Linderung des Schmerzes in ihrem Herzen.

Nach einem Tag und einer Nacht in ihrer Nähe widmete er sich ihr immer mehr. Er hatte so lange keine Frau mehr gesehen. Er wagte es nicht, mit dem Jungen in die Stadt zu gehen; wenn man ihn erwischte, würde er gehenkt werden, und er vermochte sich nicht so leicht unsichtbar zu machen wie der Bursche.

Einmal hatte Teddy Scott nachts angedeutet, wie er ihm Erleichterung verschaffen könnte. Aber Scott hatte für derartige Spiele noch nie etwas übrig gehabt, und Teddy hatte den Vorfall nie wieder erwähnt. Jetzt war Speranza zu ihnen gekommen, und Scott brauchte nicht mehr immerzu an die Wolfsfrau mit dem flammendroten Haar zu denken. Speranza war keine atemberaubende Schönheit wie Natalia, aber Scott ahnte, daß sie zu tiefer, echter Liebe fähig war. Obwohl sie vor ihm geflohen war, liebte sie den Grafen noch immer; und sie liebte Johnny mehr, so vermutete er, als die meisten leiblichen Mütter ihr eigen Fleisch und Blut. Sie wollte sich augenblicklich auf die Suche nach ihm machen. Aber erst mußte Teddy ins Lakota-Dorf hinunter und auskundschaften, ob jemand den Lagerplatz der Shungmanitu kannte. Und sie konnten nicht während des Vollmonds reisen. Manchmal, auch wenn der Mond nicht ganz voll war, spürte er das Tier in sich, das nach Blut lechzte.

Sie waren alle drei besessen. Teddy war von dem Gedanken besessen, sich zu rächen: für seinen Vater, für die Chinesin, für Zeke, selbst für seine Mutter, die in den Wald gegangen war, um zu sterben. Scott war von der Russin besessen und von der Angst, sie könnte ihn über die Klippe in den Abgrund stoßen. Deshalb half er Teddy bei seinem Rachefeldzug, deshalb tötete er Werwölfe, würde er vielleicht auch den Werwolf töten, der ein Teil seiner selbst war.

Speranza wünschte sich verzweifelt, das Kind zu finden; vielleicht würde das ihre Gewissensqualen lindern. Obwohl sie Scott nicht verriet, warum sie Dr. Swanson besucht hatte, war der Grund nicht schwer zu erraten. Sie hatte ebenfalls einen Teil ihrer selbst getötet, vermutete Scott. Sie waren sich auf seltsame Weise ähnlich, diese ausländische Gouvernante und er, der einfache Soldat aus Missouri.

Er versuchte nie, sie zu berühren; aber nachts, wenn er im Halbschlaf lag, beruhigte ihn ihr gleichmäßiger Atem.

Eine Morgens eröffnete er ihr: »Ich schätze, Teddy kommt bald aus dem Indianerdorf zurück.«

»Woher wissen Sie das?«

»Ich habe wahrscheinlich bereits tierische Instinkte«, sagte er. Sein Geruchssinn wurde immer schärfer.

»Sollen wir Ausschau nach ihm halten?« fragte Speranza.

Sie traten aus der Höhe – er hätte gerne ihre Hand gehalten, wagte es aber nicht –, und Scott führte sie bergab bis zu einem Felssims über dem Tal. Er hielt kurz an, um ein Kaninchen fürs Mittagessen aus einer Falle zu holen, widerstand aber dem Impuls, es augenblicklich roh hinunterzuschlingen. Sie suchten die Gegend ab. Dann sah Scott etwas ganz und gar Unerwartetes im Tal – einen Wagentreck, der sich um einen Hügel schlängelte – Pferde, Mulis, Karren, Soldaten dazu. Sie schoben sich gemächlich vorwärts, als würden sie alle paar Minuten Rast machen, um die Landschaft zu genießen, wie eine Karawane aus Tausendundeiner Nacht.

Einen kurzen Moment lang fürchtete er, man hätte ihn entdeckt. Aber nein, das da hatte nichts mit ihm zu tun. Das mußten Fremde sein, irgendwelche Würdenträger.

Der ganze Konvoi hielt an. Winzige Gestalten sprangen aus dem letzten Wagen. Sie bauten ihre Ausrüstung auf. Künstler, vielleicht sogar Fotografen, dachte er. Zeitungsleute, Touristen, Oststaatler.

»Wer ist das?« fragte Speranza. »Ich hätte nicht gedacht, daß es noch Leute gibt, die im Planwagen reisen.«

»Ich habe keine Ahnung«, gestand Scott. »Aber ich schätze, es muß jemand verdammt Wichtiges sein.«

Teddy versteckte sich hinter den Büschen und wartete, bis sie vorübergezogen waren. Sein Pferd weidete an einem Fluß. Neugierig beobachtete er die Karawane.

Er hatte keine Ahnung, wer das war, aber sie hatten Soldaten dabei, und er wollte kein Risiko eingehen, deshalb blieb er in seinem Versteck. Warum fuhren sie nicht weiter? Es waren sehr viele. Es mußten hundert, vielleicht zweihundert Kavalleristen sein, und sie trugen keine Kampfkleidung – ihre Uniformen strahlten, ihre Knöpfe glänzten, die Schuhe blinkten. Er duckte sich so tief hinunter, wie er nur konnte. Er mußte zu Miss Speranza und Scott, bevor Johnny etwas zustieß, denn er hatte etwas über die Shungmanitu erfahren.

Wenn sie nur endlich weiterfahren würden!

Ein Befehl wurde in der Ferne gebrüllt, und alle hielten an. Er robbte näher heran. Fotografen eilten hin und her, Tische wurden im Freien aufgestellt und gedeckt. Es roch nach Spanferkel, und sein Magen begann zu knurren.

Noch ein bißchen näher. Ein Koch mit weißer Schürze und einer steifen Kochmütze dirigierte die anderen Köche. Ein Feuer loderte, darüber drehte sich ein Schwein an einem Spieß, zusätzlich wurde weiteres Fleisch zurechtgehackt. Das Wasser lief ihm im Munde zusammen. Auf einem Tisch, fast in Reichweite, stapelten sich Fleischpasteten. Der Duft war einfach himmlisch.

Niemand schaute. Er rannte hinter dem Busch hervor zum Tisch. Versteckte sich unter dem Tischtuch. Es war echte Brüsseler Spitze. Schaute jemand? Er hielt es nicht mehr aus. Seine Hand glitt hoch, tastete sich an dem Tischtuch entlang bis zum Tellerrand – feinstes Porzellan, dachte er, als er die glatte Fläche unter seinen Fingerspitzen spürte, als –

Plötzlich wurde er herausgezerrt. Ein dicker Kavallerist hob ihn hoch, hielt ihn fest, fixierte ihn mit seinen Schweinsäuglein. »Bei uns werden Diebe gehenkt, Kleiner – weißt du das?«

»Ich bin bloß ein armes hungriges Kind, Sir…«

Panisch schaute er sich um. Ein Kreis von Soldaten hatte sich um ihn gebildet, und sie lachten. Er wehrte sich. Der fette Soldat lachte auch. Dann sah er ein vertrautes Gesicht; er lehnte am nächsten Wagen, kaute genüßlich eine Fleischpastete –

»He... Buffalo Bill! Ich bin's, Teddy Grumiaux, der Zeitungsjunge vom Cheyenne-Omaha. Sie kennen mich doch, Bill!«

Buffalo Bill blickte von seinem Imbiß auf. Ein riesiger, ernster Indianer neben ihm zuckte mit den Achseln.

»Kennen Sie diesen Kerl, Bill?« fragte der fette Soldat.

Bill nickte, und der Fettwanst seufzte, ließ Teddy auf seinen Hintern plumpsen und verzog sich. Teddy rannte zu Bill und bedankte sich bei ihm.

»Du hast Glück, daß ich nie ein Gesicht vergesse«, antwortete Buffalo Bill. »Nimm dir ruhig etwas zu essen... und tu so, als gehörtest du dazu, um Gottes willen, sonst hängst du heute nacht am nächsten Ast.« Teddy wollte sich schon auf die Pasteten stürzen, als Bill hinzufügte: »Und bring Sitting Bull auch eine mit.«

Als er zurückkam, sagte der Indianer: *»Pilamaya«* und begann mechanisch zu essen. Er trug Kriegsschmuck, wie Teddy erkannte, aber ohne jeden Anlaß, und die Federn waren bunt gefärbt, so daß sie eher auf den Hut einer feinen Dame als auf den Kopf eines tapferen Kriegers gepaßt hätten. Der Indianer mußte Teddys Grimasse bemerkt haben, denn er sagte auf Lakota: »Ja, *Chinkshi*, viel hat sich seit Little Big Horn verändert. Ich muß mich... ah, wie sagen es die *Washichun*... verkaufen, in einem Zirkus auftreten, mich zur Schau stellen. Das Leben ist eine Last, aber mir fehlt die Ehre, um zu sterben. *Hechitu welo!*«

Irritiert antwortete Teddy ebenfalls auf Lakota: »Du bist der Takanka Yotanka, der mit seinen Visionen General Custer vernichtet hat...«

Das Gesicht des Indianers gefror zu einer Maske. Aber Buffalo Bill nickte. »Was machst du eigentlich hier, mein Junge? Ich dachte, du wärst bei dem Zugüberfall in Fetzen geschossen worden.«

»Nun, anscheinend hab' ich das überlebt.«

»Du lebst von den Früchten des Landes, wie? Marschierst auf deinem Magen wie weiland der alte Napoleon?«

Teddy grinste. »Kann ich mir noch ein paar Pasteten nehmen?«

»Sie sind nicht zufällig für ein paar Freunde gedacht, die sich irgendwo in den Hügeln versteckt halten, oder?«

Teddy nickte, und begann, da niemand etwas dagegen einwandte, Pastete um Pastete in sein Hemd zu stopfen. Er verknotete es, damit nichts herausfiel, denn das alte Ding hatte nur noch zwei Knöpfe, obwohl es aus gutem Leinen gemacht war.

»Aber bevor du verschwindest, mein Junge, solltest du noch unseren Gastgeber kennenlernen«, meinte Bill.

Und ehe er protestieren konnte, schleppten Buffalo Bill und Sitting Bull ihn zu den Fotografen hinüber. Der eben Erwähnte saß in einem Ledersessel, schlürfte ein Glas Wein und war ein Mann mittleren Alters mit weißem Schnurrbart und Koteletten. Um ihn herum saßen Generale und andere hochrangige Kavallerie-Offiziere, denen von Dienern in weißen Uniformen Kaffee und Wein serviert wurden. Ein Uniformierter entzündete ständig Phosphorblitze für die Fotografen.

»Ah, Cody«, sagte der würdevolle Herr. »Es dauert mich, daß Sie uns so bald verlassen müssen... aber ich schätze, Ihr Wildwest-Zirkus braucht Sie; trotzdem war es uns ein Vergnügen, Sie zu Gast zu haben.« Er bemerkte Teddy und musterte ihn eindringlich; er machte den Knaben so nervös, daß ihm die Pastete aus der Hand fiel. Sofort kniete er sich nieder und suchte danach – und die nächste Pastete rutschte ihm aus dem Hosenladen. »Und wer ist dieser junge Mann?« fragte der Herr. »Offenbar hat er recht großen Appetit.«

Teddy schreckte hoch, verbeugte sich und sagte: »Ich bin Theodore Grumiaux, Sir; es ist mir eine Ehre, Sie kennenzulernen.«

»Ein guter Name«, befand sein Gastgeber. Er strahlte. Alle schienen äußerst zufrieden mit sich zu sein.

Teddy wurde frech. »Und wer sind Sie, Sir?«

»Nun, mein Junge, ich heiße Arthur, Chester Arthur. Ich bin der Präsident der Vereinigten Staaten.«

Teddy lachte. »Und ich bin der Kaiser von China.« Denn er wußte, daß kein Präsident so weit nach Westen reiste.

Der Mann lachte polternd los, und die ganze Gesellschaft folgte seinem Beispiel. Teddy begann zu begreifen, daß dieser Mann vielleicht tatsächlich der Präsident war; wie sollte er das schon beurteilen. Er wurde rot, denn er hatte keine Ahnung, wie er sich aus dieser peinlichen Situation herauswinden konnte.

Schließlich hatten sich die Offiziere wieder beruhigt, und der Präsident sagte: »Merken Sie sich eines, meine Freunde; so sollten alle Amerikaner sein! Dieser Knabe hier kennt mich nicht – deshalb verlangt er Beweise. Er will Fakten, keine Illusionen. Ja, das ist die Art, aus der unsere Leute geschnitzt sind!« Applaus brandete auf, und Teddy wurde noch verwirrter. Der Präsident fuhr fort, wobei er immer wieder an seinem Wein nippte: »Laß dir sagen, mein Knabe, daß ich auf dem Weg zu einer historischen Begegnung bin... einem Treffen mit dem Shoshoner-Häuptling in Yellowstone, im Territorium von Montana. Zum ersten Mal wird der Erste Bürger unseres großartigen Landes dem Führer eines Eingeborenenstammes einen Staatsbesuch abstatten. Merke dir meine Worte, denn diese Begegnung wird in die Geschichte eingehen! Und du, mein Knabe, warst dabei!«

Aber Teddy wollte lieber zu Speranza und Scott zurück, um nach Johnny zu suchen, bevor es zu spät war. Er suchte nach einem Fluchtweg. Nichtsdestotrotz erzählte der Präsident weiter, bis er schließlich erwähnte, daß einige Unternehmer Buffalo Bills Erfolgsgeheimnis kopieren und ebenfalls einen Wildwest-Zirkus eröffnen wollten. »1890 wird man sich nicht mehr vor ihnen retten können«, prophezeite der Präsident, »aber bis dahin werden unsere Freunde hier bestimmt bereits vor den Königen Europas auftreten.« Er schaute auf. »Ah, da kommen ja schon einige jener Unternehmer, von denen ich eben sprach...« Drei extravagant gekleidete Gentlemen kamen hinter dem nächsten Wagen hervorspaziert.

Teddy erstarrte vor Entsetzen. Er erkannte den Anführer der Gruppe.

Cordwainer Claggart! Lachend und fröhlich und gekleidet wie ein richtiger Gentleman! Nach allem, was er getan hatte! Ahnte denn niemand, was er mit nackten, hilflosen Mädchen anstellte? Er fühlte so brennenden Haß in sich aufsteigen, daß er befürchtete, Claggart gleich hier und jetzt anzugreifen. Aber Claggart hatte ihn noch nicht bemerkt, würde ihn in dieser Gesellschaft bestimmt nicht erwarten –

Alle beschäftigten sich inzwischen mit anderen Dingen. Er war wieder unsichtbar. Er mußte weg! Plötzlich spürte er, daß Claggart ihn anblickte. Wahrscheinlich glaubte er seinen Augen nicht.

Dann kam Claggart auf ihn zu, wollte ihn genauer in Augenschein nehmen.

Teddy packte so viele Pasteten, wie er nur konnte, und rannte zu seinem Pferd. Dann ritt er bergauf, ohne sich noch einmal umzudrehen.

Winter Eyes

Abnehmender Mond, sichelförmig

Graf Franz Maria Hartmut Severian Enescu von Bächl-Wölfling lag schweißgebadet auf seinem Bett. Diener rannten im Zimmer herum, holten kalte Kompressen, Blutegel und heiße Milch. Im allgemeinen Durcheinander trat Natalia Petrowna unbemerkt in seine Suite. Sie schickte die Diener hinaus. »Ich werde mich persönlich um ihn kümmern«, sagte sie. Ihre Anordnungen wurden augenblicklich befolgt. Wie sie diese Diener haßte!

Sie trug ein Tablett mit Gläsern voller Blutegel, einer Salbe aus einem Eisenhutdestillat in Gummi Arabicum, einer Jodtinktur und einer Kanne frisch aufgebrühten Tees, den sie mit einem kräftigen Schuß Wodka versetzt hatte. Sie ließ sich auf seiner Bettkante nieder und blickte in sein verzerrtes Gesicht. Wie sie auch ihn haßte; sie versuchte, es nicht zu empfinden, aber sie wußte, daß er ihren Haß riechen konnte, denn er knurrte schwach.

»Du führst dich auf, als wäre ich schon tot«, beschwerte er sich. »Ich kann die Uhr in deinem Kopf ticken hören. Du denkst schon an meinen Nachfolger...«

»Hartmut, Hartmut, wie kannst du nur so grausam zu mir sein?« Sie strich über seine Braue, über die menschlichen Falten, aus denen drahtige Haare sprossen. Aber natürlich wußte sie, daß er sie durchschaute.

Der Graf zuckte, als sie seine Stirn streichelte. Sein Gesicht war sehr heiß. Sie lächelte ihn an, versuchte, sich an damals zu erinnern, als er sie umworben hatte. Mit der anderen Hand begann sie, sein seidenes Nachthemd zu öffnen. »Liebst du mich nicht immer noch?« hauchte sie ihm zu. Und legte ihre Hand auf seine Brust. »Nun sind wir beide verwundet, entstellt, Wesen der Zwischenwelt.« Ihre Hand erforschte seinen fiebernden Körper. Überall wuchsen Büschel von Wolfsfell. »So tief bist du gefallen... so anders bist du als der Hartmut, der mir den Kopf verdrehte und mich dazu brachte, mein Menschsein aufzugeben!« Und sie küßte ihn dreimal zärtlich auf die Augenbrauen, wohl wissend, daß ihre Küsse ihn schmerzten, denn das Fleisch war vernarbt.

»Du glaubst, daß ich sterben werde, nicht wahr?« fragte er.

Sie lächelte wieder und stieg über ihn und wiegte sich langsam vor und zurück. »Ich werde dich in mir aufnehmen«, versprach sie ihm, »und du wirst dich nicht befreien können, und ich werde dein Kind tragen.«

»Es ist drei Monate nach der Zeit«, widersprach Hartmut. Denn die Wölfe empfangen nur im April.

»Sind wir Sklaven der Natur oder ihre Herren?« fragte Natalia, während sie die Schnüre löste, die ihr Fischbeinkorsett zusammenhielten, und den Schleier auf den Boden warf, unter dem sie den Wolfspelzflecken auf ihrer Wange verbarg. Mit geübter Hand schob sie sein Nachthemd hoch. Sie fühlte seinen Penis unter der Seide und der Baumwolle pulsieren, und sie wußte, daß er ihr in seinem geschwächten Zustand keinen Widerstand entgegensetzen konnte. Sie registrierte sein Begehren durch den säuerlichen Geruch von Krankheit und Medizin, der im Zimmer hing.

»Speranza«, wisperte der Graf kaum hörbar.

Sie schlug ihm ins Gesicht. Und zerrte an seinem Nachthemd, wütend, heulend, schnüffelte in der Spalte zwischen seinen Hinterbacken. »Du wagst es, mich bei ihrem Namen zu nennen! Ich bin die Wolfskönigin, ich, Natalia Petrowna Stravinskaya.« Sie dachte: Ich darf kein Vergnügen dabei empfinden! Ich tue dies nur um der Macht willen, sonst wegen nichts. Wenn ich mit den Welpen des Leitwolfs trächtig bin, wird niemand in Frage stellen, daß ich die Leitwölfin bin, und wenn Hartmut stirbt, werde ich unter den Wölfen wählen können – und ich werde herrschen, bis mein Sohn alt genug ist.

Sie versuchte, keine Leidenschaft, kein Vergnügen zu empfinden. Aber das Aroma von Lust hing in ihren Nüstern. Er brachte sie in Hitze, obwohl jetzt gar nicht die Jahreszeit dazu war. Ich darf ihm meine Liebe nicht zeigen, dachte sie. Ich werde sein Kind voller Zorn und Haß empfangen! Aber als er in sie eindrang, als sie auf ihm ritt und sich festklammerte wie ein Rodeo-Reiter, da begann sie ihn zu kneifen, zu quetschen, lauthals zu lachen, sich über ihn lustig zu machen, denn er war jetzt Sklave seines Instinkts, unfähig, klar zu denken –

Es klopfte an der Tür.

»Euer Gnaden... Sie haben Besuch... sehr dringend...«

Diese verdammten Diener! Begriffen sie nicht? Der Graf und sie waren ineinander verkeilt, sie konnten jetzt niemanden empfangen.

»Du Trottel! Du indiskreter Kretin!« kreischte sie.

Der Lakai war ins Zimmer getreten. Aber er verbeugte sich ausschließlich vor dem Grafen, gab sich den Anschein, als würde er Natalia überhaupt nicht wahrnehmen. Eigentlich blickte er sie beide kaum an; er war lange genug im Dienst des Grafen, um absolute Diskretion gelernt zu haben. Aber er glitt an eine Truhe und holte einen Quilt heraus – eine jener primitiven, aber warmen amerikanischen Decken –, den er geschickt über dem Paar arrangierte, so daß Natalia überhaupt nicht anwesend zu sein schien, und er hob den Kopf des Grafen hoch und stopfte drei Daunenkissen darunter, damit wenigstens ein Anschein von Würde gewahrt blieb.

»Verzeihen Sie, Euer Gnaden«, sagte er. »Ich habe versucht, ihm klarzumachen, daß Sie nicht gestört werden dürfen, aber er hat nicht viel Zeit.«

Natalia Petrowna roch Tabakrauch, der von draußen hereindrang; und hinter diesem Geruch witterte sie einen Wolfsrüden – aber keinen, den sie kannte. Kein Bewohner von Winter Eyes. Vielleicht war es ein lange vermißtes Mitglied des Lykanthropenvereins, das mit einem Schiff aus Europa gekommen war und es bis nach Winter Eyes geschafft hatte. Aber warum dann diese Eile?

Sie zog sich tiefer unter die Decke zurück und wartete darauf, daß sich ihre Vagina entkrampfte. Der Graf hatte noch nicht ejakuliert; sie würde warten müssen, bis der Besucher wieder verschwunden war, und es dann noch einmal probieren.

Da! Jetzt war sie locker genug, damit sie sich lösen konnte! Vorsichtig schob sie sich über den Körper des Grafen, so daß sie unbemerkt unter einer Falte der Decke hervorschauen konnte. Sie wußte, daß der Besucher, der selbst ein Wolf war, ihre Anwesenheit witterte. Aber der Anstand mußte unter allen Umständen gewahrt bleiben, vor allem vor den Wesen ihrer Gattung. Sie wußte, daß der Graf einen Verstoß gegen die guten Sitten niemals verzeihen würde.

Der Tabaksgeruch wurde stärker. Dann sah sie, daß er aus einer Indianerpfeife stieg, einem langen Steinrohr, das mit Federn dekoriert war und auf einem Tablett in den Raum getragen wurde. Der Diener stellte die Pfeife ab. Ein Indianer trat ein.

Der Mann war groß und wahrscheinlich alt, obwohl sein Alter schwer zu schätzen war. Langes weißes Haar hing in Zöpfen unter einer kunstvollen Kriegshaube mit feiner Perlenarbeit heraus. Er trug den feinsten Ornat seines Volkes; seine Hose und sein Wapitilederhemd waren mit Skalps verziert und mit Glasperlen aus Prag, Wien und Dresden bestickt. Der Diener brachte ihm einen Stuhl, und er ließ sich nieder. Natalia fragte sich, ob er sie bereits bemerkt hatte. Aber er sagte nichts.

Und jetzt, als sie ihn anstarrte, als sie versuchte, seinen Körpergeruch aus den Myriaden anderer Düfte herauszuschmecken, erkannte sie ihn plötzlich wieder. Ebenso wie der Graf. Dies war der alte Mann, der während des Überfalls in dem Sioux-Dorf gewesen war – der das Kind des Grafen gestohlen hatte – der die Werwölfe mit seinem bizarren Urinzauber in Schach gehalten hatte. Weswegen war er gekommen? Hier war er unterlegen, und ohne die Kraft des Mondes war er bestimmt schwach und verletzlich.

Sie spürte, daß Hartmut sich aufsetzte. Sie fühlte die unerträgliche Spannung in der Luft. Sie wußte, daß der Alte ihre Anwesenheit ahnte; wie sollte es anders sein? Aber er ignorierte sie immer noch; sie wußte nicht, ob aus Höflichkeit oder Ironie.

Er sprach mittels eines Dolmetschers, einem Diener, der sich die Indianersprache selbst beigebracht hatte und sie in eigenwilliges Deutsch übersetzte: »Sie haben Angst in dieses Land gebracht. Sie haben Blutvergießen gebracht. Wir suchen diese Dinge nicht. Warum haben Sie uns das angetan und unseren Brüdern? Ich bin gekommen, um Sie zu sehen, trotz großer Gefahr für mich, denn die *Washichun* sind überall. Ich will Frieden schließen. Ich habe Ihr Kind, und ich weiß, daß er ein großer Seher ist und daß er einen neuen Weg zwischen unseren beiden Völkern schmieden will.«

Dies also war die Höhle des Feindes. Frauengeruch lag in der Luft, obwohl Ishnazuyai keine Wölfin sah. Natürlich, schließlich durfte auch keine anwesend sein, wenn die Friedenspfeife geraucht wurde. Wenigstens besaß der Feind genug Höflichkeit, um die Frau zu verbergen und nicht gegen allen Anstand zu verstoßen.

Er hatte mit einer starken, eindrucksvollen Persönlichkeit gerechnet. Sie waren sich schon einmal begegnet, damals, als die *Washichun*-Wölfe über das Dorf hergefallen waren. Damals hatte er den Leitwolf nur mit größer Anstrengung in Schach halten können, aber jetzt war er verwundet, litt Schmerzen, starb vielleicht. Das glänzende Metall hatte ihn getroffen, das die *Washichun* Silber nannten – das Mondmetall. Die Shungmanitu besaßen dieses Metall nicht. Sie hatten gehört, daß die Menschen in den Wüsten des Südens es kannten und daß die Kojotenmenschen dort unten ebenfalls dadurch verwundet werden konnten, aber der weise Mann hatte keine Ahnung gehabt, wie sehr Silber einen Körper verwüsten konnte. Der Graf litt große Schmerzen, obwohl er sich Mühe gab, das nicht zu zeigen; seine beiden Gestalten rangen miteinander, und blutige Fellflecken brachen aus der Menschenhaut. Sein Blick war getrübt, sein Antlitz grau wie das eines Menschen, der sich zum Sterben niedergelegt hat und darauf wartet, daß der Regen und der Wind seine Seele ins Land der vielen Tipis bringen würden. Aber er lag nicht auf einem Sterbegestell draußen in der Natur; er war an sein Bett gefesselt, in diesem unnatürlichen Tipi gefangen, wo die Luft abgestanden und muffig war, dessen Wände viel zu hart waren und dessen Holz man so lange poliert und abgeschabt hatte, bis alles Leben daraus entwichen war.

Trotzdem begannen seine Augen zu leuchten, als Ishnazuyai von dem Jungen sprach, und Ishnazuyai erkannte, wie sehr dieser Mann sein Kind liebte. Das erschien ihm seltsam, denn er hatte gedacht, daß diese Wesen keinerlei Mitleid kannten.

Der Graf murmelte etwas, und der Diener übersetzte: »Ihr habt den Jungen... das ist gut.«

»Ich bringe Tabak und eine Pfeife«, sagte Ishnazuyai. »Es soll Frieden herrschen zwischen uns, bis der Knabe seine Vision hatte.« Er wartete die Übersetzung ab. »Vielleicht wird er uns dann den Weg weisen. Es gibt genug Land für uns alle.«

Zum Entsetzen des Dieners ließ er sich auf dem Boden nieder. Der Teppich war unangenehm weich, aber er versuchte, sich klaglos in der fremden Umgebung zurechtzufinden. Er entzündete die Pfeife und rauchte, nacheinander allen vier Richtungen des Universums zugewandt. Dann hob er die Pfeife an das Bett und verkündete: »Möge der Rauch, vermischt mit unserem Atem, Wakantanka erreichen, so wie er in alle vier Richtungen der Welt aufsteigt.«

Er hielt ihm die Pfeife hin und wartete.

Und der Graf hob seine schwache Hand, um die Pfeife zu nehmen, als erhielte er Trost aus Ishnazuyais Worten.

Sie ertrug es nicht mehr. Sie schleuderte die Decke beiseite und wirbelte zu Hartmut herum. »Wie kannst du ihm nur zuhören?« kreischte sie. »Er vergiftet unsere Zukunft, die du und Szymanowski für unser Volk vorausgesehen habt... er will unseren Adel mit seinen primitiven Gedanken beflecken!« Der Übersetzer setzte gehorsam an, ihre Worte in die Lakota-Sprache zu übertragen, aber sie brachte ihn mit einer knappen Handbewegung zum Schweigen. »Das geht nur mich und Seine Gnaden etwas an«, fauchte sie.

»Ruhig, Natalia«, wehrte sich Hartmut schwach. »Was soll er denn von uns halten? Ist das der Adel, von dem du sprichst?«

»Er benutzt das Kind von dieser Whitechapel-Hure, um dich von deinem Ziel abzubringen! Dies ist unser Land, Hartmut! Der wahnsinnige Welpe ist kein Messias, er ist ein krankes, hilfloses Kind, mehr nicht, er gehört nicht zu uns und nicht zu ihnen... Und diese Franko-Italienerin, auf die du deine Hoffnungen gesetzt hast... *si, la speranza che delude sempre!...*, sie hat dich betrogen, sie hat ihre eigenen Kinder getötet. Glaube bloß nicht, ich wüßte das nicht!«

Sie schaute sich um. Ihr Ausbruch hatte den Diener verwirrt, aber Hartmut irrte sich, wenn er glaubte, sie ließe es an Würde mangeln. Ihr Zorn verlieh ihr Größe. Sie warf ihr Haar zurück, zog die Decke über ihren Busen, der ihr halbgelöstes Korsett zu sprengen drohte. Sie war schön. Sie wußte, daß nicht einmal der Pelz auf ihrer Wange ihre Schönheit beinträchtigte; auch der Indianer konnte sich ihrer Ausstrahlung nicht entziehen – sie roch seine Erregung durch den Angstschweiß des Dieners.

Aber der Graf lächelte nur – es war der Anflug eines Lächelns –, nahm die Friedenspfeife und zog einmal daran und gab sie dem Alten zurück.

Und sagte mit ersterbender Stimme: »Es soll Frieden herrschen zwischen uns...«

Natalia versteifte sich.

»...solange mein Sohn in Sicherheit ist.«

Als der Indianer gegangen war, tobte sie los: »Nein! Vergiß deinen Sohn! Ich, ich werde dir einen neuen Sohn aus den Lenden pressen... und wenn du dabei sterben wirst!«

Müde erwiderte der Graf: »Ich bin verwundbar. Er hat, was mir am teuersten ist. Geduld, Natalia! Richtig, es gibt hier Wilde, aber sie leben bereits seit Jahrtausenden hier, wir nicht!«

»Ist das Hartmut der Eiserne, Hartmut der gnadenlose Jäger, Hartmut der Seelenräuber? Diesen Hartmut liebte ich, liebte ich so sehr, daß ich mein Menschsein hingab. Ich bin eine Wölfin! Und du, Hartmut, der du wölfischer sein solltest als alle anderen Wölfe, du wirst weich wie ein Mensch.«

Er versuchte, sie hinauszuschicken, aber sie küßte ihn auf die Stirn, die Wangen, die Lider, schließlich auf den Mund, weil sie den Fäulnisgeruch liebte, der ihm entströmte. Sie kauerte sich über ihn, kratzte über seinen Brustkorb, leckte seine Wunden. Das Blut war warm, kitzelte. Sie sprang ihn an, preßte ihn nieder, biß ihn spielerisch, schnüffelte an den scharf riechenden Falten seiner Unterwäsche. »Ich liebe dich so, wie du früher immer geliebt werden wolltest«, sagte sie leise, und in ihrer Stimme schwang silberner Tod, »ich liebe dich so, wie dich kein Menschenweib lieben kann... sieh, sieh, ich schmecke dein Geschlecht, ich lecke den Eiter von deinem aufgerissenen Fleisch... ich kratze dich mit meinen Klauen, ich presse deine Nase in meine Votze... du kannst dieser Liebe, meiner Liebe nicht entfliehen...«

Der Graf wandte sein Gesicht ab. Aber sie wußte, daß sich im Geist dieses aristokratischen Ästheten ein anderer Geist verbarg, dunkler, tierischer, und daß die Vernunft endlich doch dem Instinkt weichen würde.

Die Black Hills

Einen Tag vor Vollmond

Dämmerung. Seit vielen Tagen war er in der Wildnis. Er hatte die ganze Zeit über nicht gegessen; hin und wieder, wenn er Durst hatte, kniete er nieder und leckte Wasser aus einem Bach. Er hatte vergessen, wohin er ging. Aber die Luft war dünner hier, und er wußte, daß er bald den Gipfel der Welt erreichen würde. Graue Kuppen stiegen über dem Kieferndach auf. Die Sonne schien herab; manchmal brannte der Wind wie der Atem aus dem Eisenroß der Weißen; manchmal war er kalt.

Der Wind wehte ununterbrochen, aber der Wolfsjunge, der nichts als einen Lendenschurz trug, genoß seine Schärfe. Ich bin Teil des Windes, dachte er, ich entspringe Baum und Fels.

Er lief bergauf. Seine Füße waren die Schwingen des Adlers. Über einem fernen Gipfel toste ein graudunkler Sturm; er konnte den Donner kaum hören. Er lief bergauf. Und in seinem Geist, in dem Wald, den er sich selbst geschaffen hatte, lief er auch. In der Außenwelt erklomm er steile Felsen über einem Fluß, der tief ins Land der Menschen hinabstürzte und dabei ähnlich klang wie das Lachen der Männer und das Wehklagen der Frauen über den Sieg und den Tod ihrer Verwandten. In der Innenwelt war der Fluß träge und roch nach Blut. Aber er wußte, daß er die Quelle finden mußte. Die Quelle beider Flüsse. Denn beide Flüsse entsprangen dem Großen Geheimnis.

Die Quelle des Flusses draußen würde er auf dem Dach der Welt finden, dort wo sich zum Wohlgefallen des Großen Mysteriums die Rauchschwaden unzähliger zeremonieller Pfeifen mischten. Die Quelle des Flusses drinnen lag im Dunkeln, sie mußte er fürchten. Doch er mußte seine Furcht besiegen. Die anderen suchten im Wald Zuflucht, waren allein mit ihrer Angst; sie würden sich nie vereinen, solange sie sich fürchteten.

Ich bin gekommen, erklärte der Wolfsjunge den anderen. Ihr

braucht keine Angst mehr zu haben. Nicht einmal du, dunkler Wolf, den ich besiegt habe. Selbst du bist Teil meiner Seele; wir sind alle Spiegelbilder im Wasser.

Der Wolfsjunge wanderte, suchte den Traum. Er wußte, daß sie alle miteinander träumen mußten, bevor er ins Dorf zurückkehren konnte. Sie mußten alle denselben Traum träumen. Selbst der Dunkle würde ihn träumen müssen. Und selbst der Dunkle, dessen Angst, obwohl er sie nie zeigte, viel größer war als die der anderen, würde in den Kreis des Lichtes treten müssen.

Und auch der alte Ishnazuyai hatte einen Traum, in dem er Wakantanka gegenübertrat und der ihm sagte, daß es Zeit war, ins Land der vielen Tipis zu gehen...

Claggart war dem verrückten Indianer seit zwei Tagen auf den Fersen. Er war aus der Richtung gekommen, in der Winter Eyes lag, als er ihn entdeckt hatte. Dann war Claggart zu seinem Mißfallen geradewegs in die Reisegesellschaft des Präsidenten gelaufen, mit ihren Dutzenden von Packmulis, den unzähligen Kavalleristen, den Fotografen und Journalisten. Aber er war trotzdem geblieben, wenigstens lange genug, um respektabel zu erscheinen; er hatte die Gelegenheit genutzt, ein paar alte Tricks auszugraben, die er seit seiner Zeit bei der Eisenbahn nicht mehr geübt hatte; und er hatte sich unzählige gute Ratschläge von Cody eingehandelt, wie ein Reisezirkus geführt werden mußte, während er sich dessen schwerverdiente Dollars in die Taschen schob. Mein Gott, dachte er, wenn ich den berühmtesten Scharlatan der Welt über den Tisch ziehen kann, brauche ich mich wirklich vor niemandem zu verstecken.

Aber er mußte diesen Indianer wiederfinden. Die Spur war kaum zu verfehlen. Dieser Kerl hatte die seltsame Angewohnheit, sich alle fünfzig oder sechzig Schritte zu erleichtern, und er hatte bestimmt die schärfste Pisse in ganz Custer County. Selbst nach zwei Tagen stank sie noch so stark, daß es ihn ein- oder zweimal würgte.

Außerdem gab es noch eine andere Spur – der Alte hatte die Angewohnheit, nachts auf einer Flöte zu spielen, deren Klang meilenweit zu hören war: Wenn man sorgfältig genug lauschte, konnte man sie von dem Geschrei der Nachtvögel und dem Sirren der Insekten und dem Fiepen kleiner Säugetiere unterscheiden; sie verschmolz mit diesen Geräuschen, harmonisierte mit dem Murmeln des Nachtwaldes. Es war indianische Liebesmusik, aber der Häuptling war hinter keiner Squaw her. Wahrscheinlich ging er nur süßen Erinnerungen nach, dachte Claggart und kicherte, während er seinen eigenen Lustschwengel durch die Taschen seiner Levi's befingerte.

Immer tiefer in die Hügel folgte er ihm. In unbekanntes Land. Der untergehenden Sonne entgegen. Er machte auf einer Lichtung Rast, um einen frisch geschossenen Hasen zu häuten und am Spieß zu braten und um sein Pferd zu tränken. Bald würde es Nacht werden. Die Luft wurde kühler, unangenehm, als er sich auf der Lichtung in einem Bett aus Zweigen und altem Laub niederließ. Das Pferd war unruhig; vielleicht waren ihm die Satteltaschen mit all den Waffen und Silberketten zu schwer. Claggart gab eigentlich nicht viel auf solche Altweibergeschichten, aber er wollte kein Risiko eingehen. Er hatte auch ein Eisenhutdestillat erworben – von einem Quacksalber, der mindestens ebenso schlimm wie er selbst zu seiner Zeit als Schlangenölhändler war – und Knoblauch und Kreuze und alles, was als Schutz gegen irgendwelche übernatürlichen Wesen dienen konnte, die nachts durch den Wald schlichen. Nur zur Sicherheit, wie er sich selbst immer wieder sagte.

Falls der Junge tatsächlich das war, was er erhoffte.

Silberketten, um eine Goldgrube auszubeuten!

Irgendwo heulte ein Wolf. Erst glaubte er, es sei ein Indianerruf, und griff nach seiner Smith and Wesson.

Aber er hatte keine Angst. Dies hier war kein Indianerland mehr – es gehörte den Goldsuchern, und außerdem hatte er genug Waffen und Munition in seinen Satteltaschen, um eine ganze Armee verrückter alter besoffener Rothäute abzuknallen. Und es gab keine Indianer mehr in den Hügeln, nicht, seit sie ihr heiliges

Land aufgegeben hatten und in das eintönige Reservat gezogen waren, wo sie keine anständigen Menschen mehr belästigen konnten.

Keine Horden von Wilden! Nein, nur ein herumstreunender Indianer mit einem geklauten Kind. Wahrscheinlich sein Lustknabe, dachte Claggart, während er im Feuer stocherte und seinen Hasen grillte.

Während er an einem Hasenbein knabberte, fragte er sich, warum der Indianer wohl zum Einzelgänger geworden war. Es gab eine Reihe möglicher Gründe dafür. Vielleicht hatte er seinen Stamm durch seine Feigheit entehrt oder die Häuptlingstochter geschwängert oder das falsche Pferd mitgenommen – die Indianer regten sich über die lächerlichsten Dinge auf. Und was hatte ihn dazu getrieben, den kleinen weißen Jungen zu entführen?

Claggart lauschte. Hörte einen Moment lang auf zu kauen.

Verdammt, das war doch wieder diese Flöte, und viel näher, fast am Rand der Lichtung.

Er blickte auf und sah den Alten dort stehen. Natürlich – der Hase – er wollte was von dem Hasen abhaben, indianische Gastfreundschaft genießen!

»*Hau*«, begrüßte ihn der Alte. Seine Miene war keineswegs feindselig. Aber seine Augen glühten komisch gelb, und Claggart traute niemandem, der so freundlich tat. Ein reicher Indianer, dachte Claggart, als er die Perlenstickerei auf dem Hemd sah; muß wohl früher mal ein wichtiger Häuptling gewesen sein. Aber jetzt ist er bloß noch ein lästiger Saufbold, der mich um mein Abendessen anbetteln will.

Ich hätte ihm nicht heimlich folgen sollen, dachte Claggart. Er hat ja gar keine Ahnung, was ich will. Er hält mich bloß für einen einsamen Trapper.

Im Licht und durch den Rauchschleier glänzten seine Augen.

»Komm schon«, sagte Claggart und streckte ihm ein Stück Fleisch entgegen, »komm her, komm,… iß.« Indianer sind wie Hunde, überlegte er und warf ihm den Knochen hin, erwartete halb, daß sich der alte Mann wie ein Tier darauf stürzte.

Eine Rauchwolke – eine schnelle Bewegung – der Alte kaute genüßlich und spuckte den Knochen aus.

»Ich traue meinen Augen nicht!« staunte Claggart. »Du bist schnell wie ein junger Wolf.« Und er bedeutete dem Mann, sich ans Feuer zu setzen, und schenkte ihm Whisky in eine Zinntasse. »Hier, Alter... ein Bauchvoll Zauberwasser macht dich friedlich und geschwätzig...«

»*Washtẽ*«, bedankte sich der Indianer höflich. So vertrauensselig! Er zog etwas aus seinem Hemd – eine von diesen Friedenspfeifen mit Adlerfedern und allem Drum und Dran – und bot sie ihm an. Claggart nahm an, denn er wußte, daß der Indianer ihm vollkommen vertrauen würde, nachdem er die Pfeife mit ihm geraucht hatte.

Er wartete, bis der Indianer getrunken hatte, und schenkte ihm wieder und wieder ein. »Mann, wie du dieses Zeug drinbehältst«, sagte er. »Ich hab' noch nie einen Indianer saufen sehen, ohne daß er gleich losgebrüllt und getobt und einen Riesenaufstand gemachte hätte.« Er schwankte ein bißchen – oder kam das von dem fast vollen Mond, der hinter einer Wolkenbank aufgetaucht war? »He, Häuptling... noch mehr wollen? Viel mehr wollen? Nehmen!« sagte er und kicherte über seine gelungene Parodie.

Mit zunehmendem Alkoholgenuß wurde der Blick des Indianers verhangener, friedlicher. Schließlich beschloß Claggart, ihn nach dem Jungen zu fragen. »Du wunderst dich wahrscheinlich, daß ich hier so ganz allein in den Black Hills herumwandere«, setzte er an. »Nun, ich will nicht nur die frische Luft genießen. Ich suche ein Kind... ein verlorenes Kind... meinen Sohn.« Seine Augen wurden schmal, während er an einer glaubhaften Geschichte bastelte. »Ich hab' ihn bei einem Zugunfall verloren. Ja... bei *dem* Zugunglück... ich meine, ich erkenne dich wieder und...«

Um ganz sicherzugehen, richtete er seinen Revolver auf den Indianer. Zu seinem großen Erstaunen blieb der Indianer vollkommen ungerührt, wedelte nur mit seiner Flöte und lächelte. Verdammter Trottel! Wollte er es etwa auf ein Duell ankommen lassen, eine Smith and Wesson gegen einen Holzstecken? Claggart hätte ihn am liebsten an Ort und Stelle mit Blei vollgepumpt. Es würde den Druck in seinen Lenden mildern, jenen Druck, den er immer spürte, wenn er den Tod vor Augen hatte. Aber der Tod dieses alten Idioten wäre keine süße Erlösung – nicht wie das langsame Ende eines hübschen jungen Mädchens.

Claggart lächelte, als er sich an das Mädchen in Lead erinnerte, das in den Armen der faltigen Madam gestorben war. Lachend nahm er einen tiefen Schluck Whisky und stocherte seine Waffe dem Alten in die Rippen. »Rede schon«, herrschte er ihn an. »Ich vermisse mein Söhnchen nämlich und lasse auch etwas springen, wenn ich erfahre, wo er ist; und ebenso sicher werde ich dir, wenn du nicht reden willst, deinen blöden Indianerschädel von den Schultern blasen.«

»Er nicht dein Sohn«, sagte der Indianer. Wie die Indianer in den Schmierenkommödien, dachte Claggart – spielt er etwa bloß den Besoffenen und skalpiert mich, sobald ich ihm den Rücken zudrehe? »Nein, er nicht dein Sohn… er Sohn von Himmelsgeist… Sohn von Erde… nicht Sohn von Menschen.«

»Heiliger Jesus!« lachte Claggart »Du klingst wie diese Wanderprediger in der Eisenbahn, die sonntags immer loslegten!«

»Shinichẽ lo!« meinte der Indianer wütend. *»Nichinkshi shni!«*

»Das werden wir schon sehen«, meinte Claggart und legte ihm den Arm um den Hals. Die Liebesflöte fiel ins Feuer. »Ich brech' dich entzwei wie einen trockenen Zweig«, drohte er ihm, »wenn du mir nicht mehr sagst!« Den Indianer schien das überhaupt nicht zu beeindrucken, obwohl er so schlapp aussah wie ein räudiger alter Köter. Sein Hals war hart wie Stahl, und jetzt hatte er die Augen geschlossen und sang leise eines dieser Heidenlieder. In einem Wutausbruch versuchte er, den Indianer umzustoßen, aber sie landeten nur zu zweit im Schmutz wie zwei balgende Buben.

»Kind heilig«, sagte der alte Indianer. Machte sich frei und schüttelte sich wie ein Hund nach dem Pissen. Er ging zurück zum Feuer und begann, als wäre nichts geschehen, an einem neuen Stück Hasenfleisch zu knabbern. »Du nicht berühren können. Großes Schicksal.«

»Ich werde dir sein Schicksal schon zeigen, du alter Dreckskerl«, sagte er. Plötzlich kam ihm ein Gedanke. Vielleicht war der Alte ja selbst – Claggart holte eine Silberkette aus seiner Satteltasche und peitschte den Indianer quer über das Gesicht.

Der Indianer schrie auf! Fiel auf alle viere und begann zu jaulen. Claggart schlug noch mal zu, Striemen brachen auf, rotschwarze Flüssigkeit quoll hervor – und ein vertrauter Geruch: »Na so etwas, Alter, jetzt hast du dich auch noch vollgepißt«, sagte Claggart kichernd, während er den Indianer mit der Silberkette fesselte.

Der Alte knurrte. »Ist Mondmetall«, keuchte er. Natürlich, dachte Claggart, es gibt kaum Silber im Territorium, vielleicht weiß der Alte gar nichts von seiner Wirkung.

Ein paar Borsten stachen durch die Wangen des Indianers, und seine Haut begann sich zu schälen. Um einen Augapfel lag das Fleisch bloß. Claggart beobachtete fasziniert, wie sich ein Netz von Falten von jenen Stellen aus über das ganze Gesicht breitete, wo das Silber getroffen hatte. »Mond-Metall... guter Name, Alter«, meinte er anerkennend. »Und jetzt sag mir, wo der Junge ist, sonst kriegst du es gleich noch mal zu schmecken.«

»Hanblĕcheya«, antwortete der Alte. Seine Stimme klang wie ein tiefes Knurren.

»Spar dir das Indianergeschwätz.«

»Er... auf... Suche... nach Traum.«

Der Junge war also auf der Suche nach einer Vision! Er war selbst zum Wilden geworden! Um so besser.

»Paß auf, alter Mann, ich hab' auch eine Vision gehabt. Die Vision von mir und dem Kleinen... die Vision von Goldbergen, die bis zum Himmel reichen. Ich war ein Scharlatan und Hochstapler; ich hab' schon viele Vermögen gewonnen und verloren, aber ich schäme mich nicht zu sagen, daß ich was Schöneres, Größeres und Besseres will als alles, was ich bisher gehabt habe. Auch ich habe Träume, Alter.« Stumpfe Augen starrten ihn an, einst gelb, jetzt verschleiert wie gestockte Milch. Mit der Spitze seines Messers löste er einen Streifen Haut von der Wange des Indianers. Er kitzelte in seiner Hand, und feine Härchen wuchsen darauf, als wäre es

Schweinsleder. Die Haut pulsierte; sie lebte noch. Cordwainer Claggart atmete tief den Duft brennenden Zedernholzes ein. Die Indianer verehrten den Schmerz; der Alte hatte nicht einmal aufgeschrien.

»Der Junge, der Junge!« sagte Claggart, der sich an die Zugfahrt vor zwei Jahren erinnerte, als wäre es gestern gewesen. »Überall feine silberne Haare. Und seine Stimme, erst eine Kinderstimme, dann tief wie ein brüllendes Tier. Ich habe ihn während dieser Reise ausgiebig studiert... und, bei Gott, deine Reaktion auf meine Silberkette beweist, daß ihr die gleichen Wesen seid... den Lenden des Bösen entstiegen... ausgeschissen aus dem Loch der ewigen Dunkelheit! Ich kenne dich und deine Sorte, ich kenne euch sehr gut! Ich habe lange die Leute in Winter Eyes beobachtet und studiert und ausspioniert. Ich will verdammt sein, wenn es neben den weißen nicht auch rote Werwölfe gibt! Hör mir gut zu, mein Freund, weil ich dich bald umbringen werde. Ich hab' noch nie etwas Übernatürliches getötet und werde deinen Tod mit größter Genauigkeit verfolgen.«

Wieder brachte er ein paar Schnitte im Gesicht des alten Mannes an. Es war, als würde er den Namen seiner Geliebten in die Rinde eines Baumes schnitzen, der seit Jahrhunderten unberührt im Wald stand. Der Indianer stöhnte leise, aber im Grunde schien es ihm nichts auszumachen. Er sang leise vor sich hin; vielleicht war das sein Todesgesang, dachte Claggart. Die Worte pfiffen aus seiner Kehle, aber Claggart verstand sie nicht. Vielleicht war es aber auch eine Warnung; vielleicht war der Junge ganz in der Nähe. Er durfte kein Risiko eingehen. Mit leichtem Bedauern zwang er den Mund des alten Mannes auf, zog die Zunge heraus – sie war schlüpfrig wie eine alte Schlange – und schnitt sie ab. Blut spritzte heraus, und er hörte ein leises Gurgeln, als würde es auch in die Lunge hinunterlaufen. Claggart schmiß die Zunge ins Feuer, das kurz aufflackerte. Es roch gut.

»Ich will den Kleinen für mich allein, Alter. Vielleicht hältst du ihn für deinen Sohn. Vielleicht denkt dieser reiche Graf, er wär der Vater von dem Wolfsjungen. Aber keiner von euch weiß, was ich weiß: Er ist wirklich aus der Dunkelheit geboren. Und weil ich das ganz bestimmt weiß, gehört er mir allein, und ich allein kann sein Vater auf Erden sein, anstelle seines Vaters in der Hölle.«

Aber das blöde Balg war auf der Suche nach einer Vision! Es war bestimmt nicht schwer, ihn zu finden. Er würde den Alten als Lockvogel benutzen. Deshalb durfte er ihn nicht gleich töten, sonst würde der Gestank den ganzen Wald verpesten und den Jungen warnen. »Das ist aber eine häßliche Wunde auf deiner Zunge«, sagte er. »Die muß sterilisiert werden.« Er überlegte, ob das Feuer wohl heiß genug war, ein bißchen Silber zu schmelzen, und ob er das dem alten Mann in die Kehle gießen könnte, ohne daß er sofort abkratzte.

»Vielen Dank für Ihre Begleitung, Major Sanderson«, sagte Natalia Petrowna, als der Major ihr vom Pferd half. »Das werde ich Ihnen nie vergessen.« Was für ein widerwärtiger Kerl dieser Sanderson doch war! Und doch brauche ich ihn, dachte Natalia, als sie sich ihren Umhang fester um die Schultern zog. Die Nacht brach bald an, die Berge waren nebelverhangen. Sie waren in der heißen Sonne geritten, und im Schatten war es unerwartet kühl.

Sanderson verbeugte sich und lächelte – ein feistes Grinsen, die Parodie jener wohlerzogenen Offiziere vom Hof seiner kaiserlich und königlichen Majestät in Wien. »Es ist meine Pflicht«, sagte er – wieder diese linkische Galanterie –, »den Siedlern zu dienen, vor allem, wenn sie so schön sind wie Sie.«

Sie reichte ihm ihre Hand zum Kuß. Der Mond war fast voll, ihr Gesicht hatte bereits wilde Züge, und ihre Augen funkelten. »Sie verstehen, Major, daß unsere Mission unbedingt geheim bleiben muß...«

»Ich muß gestehen, Madam, daß ich mir über Ihre Wünsche nicht ganz im klaren bin; die Dringlichkeit Ihrer Nachricht und das Feingefühl, mit dem Sie gewisse... äh... Punkte auszudrücken beliebten, brachten mich dazu, Sie in die Hills zu begleiten. Welche Freiheiten Sie sich gestatten werden...« Er bebte tatsächlich vor Vorfreude, dieses Tier!

»Später, Major Sanderson. Jetzt muß ich Ihnen... ein furchtbares... Geheimnis gestehen.«

Er drängte sich näher an sie. Er roch nach totem Fleisch, nach Wunden – sie wußte, daß unter seinem Stetson die vernarbte Erinnerung an seine letzte Begegnung mit den Wilden lag. Oh, er war nicht schön, nicht wie dieser Soldat, der aus der Armee geflohen war, um den Werwölfen den Krieg zu erklären, der bald selbst zum Wolf würde, der versuchte, wider seiner Natur zu leben.

Sie wollte ihn nicht ansehen; statt dessen schaute sie auf die Berge, die von der untergehenden Sonne in Myriaden Farbschattierungen getaucht und von den Kiefern mit einem Schattengitter überzogen wurden. Sie versuchte, die Witterung des Knaben aufzunehmen; sie roch eine Spur, ganz gewiß, aber sie war so schwach, daß selbst ihre feinen Sinne sie kaum aus den zahllosen Gerüchen des Waldes filtern konnten. Irgendwie hatte er seinen Geruch getarnt – davon war sie überzeugt! Vielleicht hatte er nicht einmal das Territorium markiert, obwohl sie sich nicht vorstellen konnte, daß er seinen Instinkt so gut beherrschte.

»Das furchtbare Geheimnis...« riß sie der Major aus ihren Gedanken, aufdringlich, wie nur ein Mensch sein konnte.

»Der Graf stirbt.«

»Das habe ich bereits gehört, Natalia. Wird ein anderer seinen Platz einnehmen?«

»Er und die Indianerwölfe haben einen Waffenstillstand geschlossen.«

Der Major dachte einen Augenblick stirnrunzelnd nach. Sie fuhr fort: »Wegen des Jungen.«

»Jungen?«

»Ein Bankert des Grafen. In gewisser Hinsicht war er ausschlaggebend dafür, daß der Graf Szymanowskis Plänen zustimmte, nach Amerika auszuwandern. Ein neues Kind, ein neues Land... Sie verstehen?«

»Nicht ganz...«

»Nicht ganz! Er gehört nicht ganz zu uns!«

Er dachte darüber nach. »Also ein Art Mischling, Madam,

nehme ich an. Ich mag keine Mischlinge, wie Sie wissen, und bin gerne bereit, sie vom Erdboden verschwinden zu lassen.«

»Der Graf hat lange genug nur für seinen Traum gelebt, daß dieses Kind eine Verbindung, eine Brücke zwischen Mensch und Tier sein sollte. Vor nicht langer Zeit erfuhr er, daß das Kind nicht gestorben ist, als die Wilden es entführten, sondern bei ihnen lebte und von *les sauvages* als Messias verehrt wird. Erst diesen Monat kam einer der *Indiens peaux-rouges* persönlich zu einer Unterredung mit dem Grafen nach Winter Eyes... welch eine Dreistigkeit!« Der Major ließ ein zustimmendes »Ts-ts-ts« hören.

»Wir haben erfahren, daß auch die Indianer dieses Kind als etwas Besonderes ansehen. Verstehen Sie nicht? Das hat die alte Liebe des Grafen zu dem Kind wieder zum Leben erweckt, seine alten Visionen, seine alten Träume...«

Major Sanderson hielt den Blick auf den Waldboden gesenkt. Die Blätter wirbelten um seine Füße. »Madam, ich habe mein Leben dem Kampf gegen den roten Mann geweiht«, erklärte er ihr und errötete vor Stolz darüber, daß er endlich seine Ideale offenbaren durfte. »Und es dauert mich sehr, wenn ich sehe, daß einer, den ich bisher für gleichgesinnt hielt, sich mit den Mächten der Barbarei verbündet...«

»Wir können nur eines tun... und...« Sie gestattete sich einen leichten Anflug von Verletzlichkeit in ihrem Benehmen. »O James, ich fürchte, wir müssen das Kind töten! Und wir müssen es heimlich tun... sonst ist... wenn der Graf stirbt... mein ungeborener Sohn, mein einziger Trumpf... nichts mehr wert...« Sie hielt inne, deutete viel, viel mehr an, als sie zu geben bereit war.

»Du willst das Rudel übernehmen, nicht wahr? Ich wußte gar nicht, daß Frauen...«

»Und warum nicht?« Sie funkelte ihn böse an, damit er merkte, wer hier das Sagen hatte. »Ich bin die stärkste in unserem Volk... und ich trage sein Kind. Warum sollte nicht eine Frau führen?« Sie strich ihm leicht über die Wange und lächelte ihn an und sagte: »Aber ich könnte durch einen Mann regieren, wenn es der richtige wäre.«

»Ich bin keiner von euch!«

»Noch nicht... ich brauche einen Menschen, um den Jungen zu töten, weil wir bald Vollmond haben und ich dann nicht mehr rational überlegen kann. Aber wenn der Junge aus dem Weg ist...«

»Machen Sie mich zu einem der Ihren...«

»Und Sie werden an meiner Seite...«

»Wenn der Graf gestorben ist.«

Der Major lächelte. Diese Menschen waren so leicht zu verführen. Sklaven ihrer lächerlichen kleinen Gelüste. Sie sind nicht mehr als Tiere, dachte Natalia, nur dazu gut, an der Nase herumgeführt, getötet zu werden.

Sie hatte keineswegs die Absicht, den Major an sich heran zu lassen. Nein, sie hatte Ehre. Der Major würde sterben, sobald er das Kind umgebracht hatte; auf diese Weise würde sie ihre Hände nicht mit dem Blut des Knaben beflecken, und niemand würde an ihr Rache nehmen wollen, weil sie die Rache bereits auf sich genommen hatte.

»Ich habe die Silberkugeln, wie Sie befohlen habe, Natalia«, sagte der Major.

»Dann kommen Sie. Tiefer in den Wald. Ich glaube, ich rieche ihn schon.«

Der Traum – der Wald – das gekreuzigte Kind –

Speranza wachte auf. Ein Feuer schmauchte. Trockenes Laub knisterte, als sie sich aufsetzte und versuchte, den Traum abzuschütteln. Ein wenig abseits saßen der Soldat und der Junge Rükken an Rücken an einem Baumstamm. Der Widerschein des Feuers tanzte auf ihren Gesichtern.

Sie hatte eine Prise Koka-Pulver genommen, weil sie hoffte, daß es ihre Gewissensbisse stillen würde; doch sie waren nur stärker geworden. Der Soldat hatte Gefühle in ihr geweckt, Gefühle, die sie sich nicht eingestehen wollte. Sie schloß die Augen wieder. In der Ferne war Geheul zu hören. Vielleicht kam es aus ihrem Traum.

Der Traum –

Nebel. Durch die nebelverschleierten Baumwipfel schien der blutige, fast volle Mond. Ich bin immer noch in meinem Traum, dachte sie. Denn der Wald war nicht einladend und wohlriechend. Nein. Ein schwacher Fäulnisgeruch hing in der Luft. Aus der Ferne ertönte Heulen. Ich hätte mich inzwischen wirklich an das Heulen gewöhnen müssen, tadelte sie sich. Und sie stand auf und schüttelte die Zweige von ihren zerrissenen Kleidern.

Sie waren schon mehrere Tage unterwegs, seit Teddy zurückgekehrt war, und immer bergauf gegangen. Sie hatten länger gebraucht als gehofft. Morgen nacht war Vollmond, und Scott würde bewacht und vom Mondlicht abgeschirmt werden müssen. Sie schaute die beiden an. Sie hörte sie nicht atmen.

Sie bewegten sich nicht. Panisch dachte sie: Die Wölfe sind schon gekommen, sie haben sie im Schlaf getötet... aber nein. Der Junge stöhnte im Schlaf; es klang fast französisch. »Pa, Pa...« Seine Stimme war zaghaft wie die eines Babys.

Dann hörte sie das Flüstern. Rief nicht der Wald leise: *Speranza, Speranza, Speranza?* Nein. Es war der Bach, der leise plätschernd ins Tal hinabsprudelte.

Sie stand lange reglos da, wagte kaum zu atmen.

Dann hörte sie wieder das Flüstern: *Speranza, Speranza.*

Ich habe keine Angst, ermahnte sie sich. Ich bin hierhergekommen, weil ich den Jungen liebe – und weil ich für das sündige Leben büßen muß, das ich mit Hartmut und den anderen Wölfen geführt habe. Sie sehnte sich danach, den Jungen in ihren Armen zu halten wie damals im Zug, als er blutverschmiert aus dem Bauch der zerfetzten Dienstmagd gekrochen war. Wie hatte er damals geweint.

Speranza, Speranza, Speranza...

Es war seine Stimme! Es mußte sein! Als sie sich umdrehte, merkte sie, daß sie sich von ihrem Lagerplatz entfernt hatte. Die Bäume sahen sich alle so ähnlich – Nebeltentakel umschlangen sie – der Wald spielte eine unheimliche Musik; das Schreien der Nachtvögel und das Geräusch der unsichtbaren Säugetiere. Der Wind fuhr in Böen durch die Bäume.

Speranza...

»Johnny!« schrie sie.

Eine andere Stimme noch, das rauhe, tierische Lachen Jonas Kays. Und eine dritte Stimme, ruhig, flüssig, die in der Sprache der Lakota redete.

Sie ging auf das Geräusch zu. Das Kind mußte irgendwo dort sein. Sie mußte ihn trösten, beschützen. »Johnny«, rief sie, »du bist in Gefahr, du darfst nicht...«

Ein Pfad führte über die helle Lichtung ins Dunkel. Sie mußte ihm folgen. Ihr Magen verkrampfte sich, als würde sie noch unter der morgendlichen Übelkeit leiden. Die Stimme war wieder zu hören, und sie ging den Pfad entlang. Die Bäume waren hier dicker. Dichter. Dunkler. Sie konnte kaum den Pfad vor sich erkennen und hatte ihn hinter sich längst verloren. Der Nebel umhüllte sie, die feuchte Luft roch nach Hundeurin. Ein Windstoß jagte das tote Laub hoch. Die Bäume wogten; Dunkelheit senkte sich über sie wie ein hungriger Raubvogel.

Plötzlich teilte sich der Nebel. Der Wind flaute ab. Im Nachthimmel, direkt vor dem Mond, schwebte die Silhouette einer Eule. Ein Felssims ragte über eine Klamm, und auf dem Sims leuchtete ein Kreis blauer Flammen, und in diesem Kreis stand ein Kind.

Und sie rannte auf ihn zu, rannte, ohne sich um die Sträucher zu kümmern, die ihr die Waden zerkratzten, oder um die Brennesseln, rannte auf ihn zu, seinen Namen auf den Lippen, als er sich zu ihr umdrehte, das ernst blickende Gesicht umrahmt von blondem Haar, die Augen in einem Kreis blauschwarzer Farbe –

Und der Junge sagte zu ihr, ohne seine Lippen zu bewegen: Ich habe auf dich gewartet. Nur dich brauchte ich noch, um die Vision zusammenzufügen. Komm zu mir, Speranza.

Und sie rannte und rannte –

In die Umarmung der Dunkelheit – der Junge hielt inne, schaute auf, einen Schrei auf den Lippen, die Vision zersprang, zersplitterte, entschwand, und dann sah sie –

Tipis. Rauch. Sie befand sich am Ufer eines Baches. Auf der anderen Seite stand eine Indianerin und starrte sie neugierig an.

Ich habe ihn verpaßt, dachte sie hysterisch. Heiße Tränen rannen über ihre Wangen. Sie fühlte sich entsetzlich schwach. Sie brach zusammen, obwohl sie immer noch versuchte, sich an die Reste ihrer Vision zu klammern. Sie fiel rückwärts –

In Scott Harpers Arme. Teddy war nicht weit entfernt.

»Wir haben Sie schreien hören«, sagte Scott.

»Sie hatten einen Alptraum«, ergänzte Teddy. »Sie haben geweint und sind gelaufen...« Plötzlich schwieg er. Er hatte die Frau gesehen.

»Sehen Sie«, sagte Scott und deutete auf die Frau am anderen Ufer. Speranza sah sie, eine zierliche Frau in einem Wapitilederkleid, das an ein paar Stellen mit Baumwollfetzen verziert war. Sie hielt eine irdene Amphore, mit der sie Wasser aus dem Bach schöpfen wollte; statt dessen schaute sie sie verwundert an. Das Wasser tropfte aus dem Krug auf den Boden.

»Ich dachte, sie wäre tot«, sagte Teddy leise.

Und Speranza begriff, daß dies Little Elk Woman sein mußte, jene Frau, die aus dem Indianerdorf fortgegangen war, um zu sterben. Sie wunderte sich, warum sie noch am Leben war und wie sie wohl hierher gelangt sein mochte.

»Ich werde...« sagte Teddy. Und plötzlich begann er sich zu fürchten, als könnte die Frau bloß ein Geist sein. »Ma...«

Und lief, sie zu umarmen. Wasser spritzte hoch, spritzte auf ihr Gesicht, ihre Arme. Speranza dachte: Er ist immer noch ein Kind, trotz allem, was er durchgemacht hat.

»Ich habe sie gefunden, Miss Speranza... ich dachte, sie wäre tot, und ich habe sie gefunden...«

»Aber sie ist nicht allein«, fiel ihm Scott ins Wort. »Sieh.«

Denn hinter der Indianerfrau, fast im Schatten, konnte Speranza die Umrisse vieler Tipis erkennen.

Der Wolfsjunge hatte seit vielen Tagen nichts gegessen. Jetzt war der Hunger verschwunden. Er war nur noch ein leeres Gefäß, bereit, den Traum aufzunehmen.

Er stand auf einem Sims im Vollmond. Der Wind zerrte an seinen dünnen Gliedern und peitschte ihm das Haar in die Augen, die nicht in die Ferne blickten, sondern in die Dunkelheit; denn sein Blick war nach innen gerichtet, und er befand sich auf einer Reise des Geistes.

Der Wolfsjunge zog einen Flammenkreis, den nur jene sahen, denen es bestimmt war. Es war ein heiliger Kreis, gezogen mit dem Wasser aus seinem Körper, über das er sein Lied gesungen hatte, damit das Leben darin blieb, auch nachdem es seinen Körper verlassen hatte. Innerhalb des Kreises wehte kein Wind, es war warm. Der Körper würde hier reglos liegen blieben, bis seine Seele zu ihm zurückkehrte.

Aber was war mit den anderen Seelen, die in jenem Wald in seinem Inneren gefangen waren?

Auch sie müssen träumen, sagte der Wolfsjunge zu sich selbst.

Und er ließ seinen Geist in den Wind steigen.

Im nächsten Augenblick befand er sich hoch über der Welt. Er sah seinen eigenen Körper ruhig inmitten des Kreises stehen und ins Leere blicken. Über ihm zogen die Wolken am Mond vorbei. Ein Adler kreiste neben ihm. Der große Vogel setzte zum Sturzflug an, und auch er fiel, wurde in den Windschatten des Tieres gesogen. Und er rief in der Sprache der Wesen mit Flügeln: »Laß mich die Welt durch deine Augen sehen, *Wambliwashté*. Vater, *até*, zeig mir die Welt.«

Sofort schien ihm die Welt entgegenzuspringen und zu schwanken und zu beben und sich von einer Seite zur anderen und um ihn herum zu erstrecken. Er trudelte. Die Berge erhoben sich. Schwarz und silbern, die Mondstrahlen gekrümmt, irisierend. Der Adler kreiste, und die Welt kreiste. Die Berge rasten. Die Bäume zitterten. Und er stieg, stieg in Regionen, wo die Luft dünner war. Dort war das Lager seines Volkes, der Shungmanitu Tanka.

Er konnte die Menschen sehen, kleine Menschen, die sich um die Wärme des Lagerfeuers scharten – um das Tipi Ishnazuyais, seines irdischen Vaters, Fremde und doch nicht Fremde, Menschen, die er aus anderen Leben kannte. Da war eine Frau, die ihm einst viel bedeutet hatte – wie hieß sie? Einer der anderen würde es wissen. Und der Junge – er hatte ihn einst *Mitálkola*, mein Freund, genannt.

Warum waren sie gekommen? Shungmanitu Hokshila wußte es nicht. Der Adler flog höher. Unter ihm falteten sich die Berge auf wie ein altes Büffelfell. »Vater, Vater, wohin trägst du mich?« rief er aus. Aber der Adler antwortete nicht. Er schlug nur mit den Schwingen, segelte gegen den Luftstrom. Wolkenfetzen wirbelten um sie herum. Der Wind dröhnte. »Ich kann nicht mehr atmen!« Der Wind stach in seinen Lungen, eiskalt, schneidend.

Die Wolken teilten sich, und der Wolfsjunge sah die ganze Welt im weichen Mondschein liegen. Es war nicht die Welt, die er kannte, sondern die Welt vor der Ankunft der Weißen. Obwohl der Wind tobte und die Berge hinabraste, obwohl die Lust von den Schreien der vierfüßigen und geflügelten Wesen und vom Donnern des fallenden Wassers widerhallte, war es eine Welt in Harmonie. Es war kein Paradies – es gab Schmerzen, Schmerzen der Gejagten, Schmerzen des Todes. Er hörte den Tod überall im Wind, Tausende Todesschreie, und doch geschahen diese Tode im Einklang mit der Welt, denn nie wurde das Leben genommen, wenn es nicht freiwillig gegeben wurde. Die Beute, die bereit war, den Pfeil zu empfangen, kam, um ihn zu suchen, und der Jäger bat ihren Geist um Vergebung. Es gab auch Krieg in diesem Land, aber dieser Krieg war gerecht und ehrenhaft, nicht sinnlos wie der Krieg der *Washichun*.

Endlich sprach der Adler: »Hier ist der Platz des Mondtanzes.« Sie wandten sich nach Süden, dem Flachland hinter den Black Hills zu. Dort lag er, kaum mehr zu erkennen: eine hohe Felsformation wie ein Wolf, der sich zum Sprung vorbereitet. Der Adler fuhr fort, und in seiner Stimme schwang uralte Weisheit: »Alle müssen dort tanzen, wenn der große Zyklus der Wandlung kommt, alle Wölfe. Du mußt sie einen neuen Tanz lehren, und sie müssen tanzen, bis die alte Welt verwittert ist und eine neue Welt entsteht. Nur dann werden die weißen Wölfe und die roten Wölfe Frieden finden.«

Schon wurde die Vision schwächer, verlor sie sich im tosenden

Wind – er sah die Häuser der *Washinchun* aus dem Boden schießen, Eisenpferde über die Prärie donnern, die Stadt Winter Eyes um den Wolfsfelsen wachsen und ihn mit dem Rauch aus ihren Kaminen einhüllen –, die Welt verschwamm, trübte sich, schimmerte, verschob sich, und jetzt sah er andere Eisenpferde, schnellere, die wie Feuer über die dunkle Erde fegten, und Eisenvögel, die mit Feuerschwänzen über den Himmel jagten, und Menschen, immer mehr Menschen, mehr als einst Büffel über die Prärie gezogen waren.

Verzweifelt schrie der Wolfsjunge auf! »Ist das die Zukunft? Wie kann ich sie aufhalten, ich allein?«

»Es ist nur eine von vielen Möglichkeiten. Führe die Wölfe zum Felsen und laß sie tanzen... vielleicht können wir die Welt zurückführen in die alte Zeit.«

»Vielleicht?«

»Ich spreche nur, wie ein Adler spricht. Ich bin nicht Wakantanka, das Große Geheimnis. Obwohl ich hoch über der Erde fliege, sehe ich nicht alles.«

»Vielleicht werde ich getötet...«

»Nein, Wolfsjunge. Wer dich tötet, muß dich wirklich lieben, und du bist nicht leicht zu lieben. Du bist dunkler als die Dunkelheit.«

Und der Wolfsjunge erinnerte sich an sein Leben unter den *Washichun*, an die entsetzliche Angst vor der Dunkelheit, die von den Weißen Satan genannt wurde; und die Angst berührte ihn in seinem Traum –

»Hab keine Angst!« rief der Adler. »Wenn du dich fürchtest, wirst du den Weg durch deinen Traum verlieren...«

Zu spät! Er war nicht mehr substanzlos. Er fühlte das tote Fleisch sein ätherisches Wesen durchdringen, während er hinabstürzte. Er schnappte nach Luft. Der Wind schleuderte ihn gegen einen harten Felsen, Schmerz jagte durch seinen Körper. Er stand jetzt im Kreis, neben seinem bewußtlosen Körper.

Er machte sich bereit, den Körper durch den Mund und die Nase zu betreten, um ihn mit dem Wind des Lebens wiederzuerwecken.

Er schwebte abwartend über seinem Gesicht; er hatte Angst davor, die Führung vorschnell zu übernehmen, denn ein Körper konnte auch von seiner eigenen Seele zu Tode erschreckt werden.

Der Körper kniete. Seine Augen waren geschlossen. Die Haut war ausgedörrt, er roch den Schweiß, den ranzig-süßen Geruch des Hungers. Schatten lagen unter seinen Augen, und auf seiner Stirn waren Falten. Kein Wind wehte innerhalb des Kreises, kein Laut war zu hören. Die Zeit selbst stand still, denn diese kleine Welt gehörte nicht zum Universum.

Wolfsjunge wollte gerade in den Körper gleiten, als –

Sich die Augen öffneten! Und ihn anstarrten, glühend wie Bernstein! Der Mund weitete sich zu einem hämischen Grinsen, die Zähne glänzten, die Zunge verzerrte sich zu den groben, unmenschlichen Lauten der *Washichun*-Sprache.

Dann kam eine andere, weichere Stimme: »Es ist Jonas, Shungmanitu Hokshila! Er sagt, du hättest den Körper nie verlassen dürfen... er sagt, es ist jetzt sein Körper, und er wird dich niemals wieder hineinlassen...«

Der Körper knurrte. Hände verkrampften sich zu Tierklauen. Sie konnten sich noch nicht wandeln, nicht bevor morgen der Mond aufging. Wolfsjunge sah die Kiefermuskeln arbeiten, Speichel fließen, Augen rollen. Der Körper wehrte sich, denn die anderen versuchten, den dunklen Wolf drinnen zurückzuhalten. Wolfsjunge nutzte den Augenblick, um in den Körper zu schlüpfen und sich dem anderen zu stellen. Er fand sich im Wald wieder. Hinter der Lichtung brannte das Baumhaus, und er sah nun auch Jonas Kay, dessen Kiefer mahlten und der eine brennende Fackel in der Hand schwenkte.

»Nein, Jonas! Weißt du nicht, daß wir alle sterben müssen, wenn du...«

Der dunkle Wolf war keinen Argumenten mehr zugänglich. Er brüllte, er heulte, er tobte durch den Wald, wirbelte Laub auf, setzte tote Bäume in Brand. Der Pfad war voller verkohlter Planken aus dem Baumhaus.

Wer hatte den Körper übernommen? Niemand! Wolfsjunge

übernahm, schaute aus den Augen des Körpers, wischte den roten Schleier des Zornes beiseite, um auf den Mond zu blicken –

Der Adler kreuzte am Himmel, rief seinen Namen!

»Vater!« rief Wolfsjunge.

Hinter sich hörte er einen rauhen Schrei und Jakes Stimme: »Er sagt, wir haben keinen Vater außer der Dunkelheit... er sagt, wir müssen alle Hoffnung aufgeben.«

Der Adler taumelte. Wolfsjunge verstand seinen Ruf nicht. Hatte er die Kraft zu träumen verloren?

Ich muß das Feuer löschen, sagte sich Wolfsjunge. Und wieder träumen.

Winter Eyes

Vollmond

Draußen brannte die Sonne, obwohl es noch Morgen war. Selbst das Zimmer des Grafen von Bächel-Wölfling war in tiefes Bernsteingelb getaucht, obwohl vor allen Fenstern schwarze Vorhänge zugezogen waren. Das Fieber hatte nachgelassen. Er war schweißgebadet, und die Pelzflecken stanken nach Tierschweiß und nach lange nicht gewechselten Umschlägen.

Er rief. Lange kam niemand: Die Diener waren alle verschwunden, nur Vishnevsky war unten, saß hinter einem breiten Schreibtisch, auf dem sich Eisenbahnaktien, Anteilsscheine und Bankauszüge stapelten; er versuchte, die Geschäfte des Grafen zu ordnen, denn alle wußten, daß das Ende nahe war.

Vishnevsky zog die Vorhänge des riesigen Erkerfensters zurück, durch das man auf die Straße blicken konnte. Draußen ging es bereits drunter und drüber, dabei waren es noch zehn Stunden bis Mondaufgang! Baronin von Dittersdorf bewirtete einige der Neuzugänge in Winter Eyes: Edgecomb, ein schwarzer Kuhhirte, der sich ein bißchen zu weit von seiner Herde entfernt hatte; Josh Levy, ein Pfandleiher aus Pierre; Victor Castellanos, ein Ex-Comanchero, der vor dem Gesetz ins Territorium geflohen war und sich plötzlich als Werwolf wiederfand. Die drei waren von der Baronin persönlich »akquiriert« worden – ihre Auswahl der Opfer war ebenso eigenwillig wie ihre Spieltechnik.

Hinter ihnen bereiteten ein paar Lakaien die dunklen Concord-Kutschen vor, mit denen sich die Wölfe an einen ergiebigen Futterplatz fahren ließen. Der Haushofmeister des Grafen überprüfte die dicken schwarzen Samtvorhänge auf eventuelle Risse; ein einziger Mondstrahl konnte vier Wochen sorgfältiger Planung zunichte machen.

Idioten, dachte Vishnevsky und wandte sich wieder dem Vermögen des Grafen zu. Er hatte sich kaum wieder gesetzt und seine Pfeife mit dem hier erhältlichen Orcico-Tabak gestopft, da hörte er ein Stöhnen von oben: »Valentin Nikolaievich!«

Er legte die Pfeife ab und stieg die Treppe hinauf. Auf dem Absatz blieb er kurz stehen, um ein Tablett aufzunehmen, das die Diener hier abgestellt hatten. Darauf standen eine Weinkaraffe und verschiedene Flaschen nutzloser Heilmittel: Foley's gegen Gallenkoliken und Verstopfung, Wisconsin-Dyspepsie-Tabletten, Harford's Myrrhebalsam, ein kleines, noch versiegeltes Fläschchen mit Cordwainer Claggarts Floccinaucinihilipilificator – seltsam, wie dieser gräßliche Mensch wieder bei ihnen aufgetaucht war, als vollkommen unpassender Trabant dieses steifen, störrischen Major Sanderson – ah, es war doch etwas Brauchbares dabei – eine kleine Flasche Laudanum und ein alter Platinlöffel mit dem Wappen der von Bächl-Wölflings. Seufzend öffnete Vishnevsky die quietschende Tür, deren Angeln lange nicht mehr geölt worden waren.

Und er sah seinen Herrn. Im Zimmer hing Verwesungsgeruch. Der Graf schaute unter einem Haufen von Decken, Daunenbetten und urinfleckigen Laken hervor.

»Euer Gnaden«, sagte er leise.

»Dumnezeu, dumnezeu«, sagte der Graf kaum hörbar. Über-

rascht registrierte Vishnevsky, daß er zu Gott flehte – und auch noch in Wallachisch, einer Sprache, die Vishnevsky seinen Herrn nur mit den Bauern seines Landsitzes sprechen gehört hatte. *»Doamne ajută!«* flüsterte der Graf im Fieberwahn. *»Ce-am făcut?… l-au crezut pe băjatul ăla…«* Sein Blick schweifte von einer Seite zur anderen, wie der eines Wolfes auf Beutezug. Plötzlich bemerkte er Vishnevsky, der immer noch in der Tür stand. Augenblicklich versteifte er sich und wechselte ins Hochdeutsche, wie es sein Status verlangte. »Ich sehe, daß Sie persönlich gekommen sind. Valentin Nikolaievich«, empfing er ihn und verzog seine Lippen zu einer leeren Imitation seines einst hoheitlichen Lächelns. »Bitte verschonen Sie mich mit dem Laudanum; keine Kompressen, keine Senfpflaster mehr… man soll mich auf den Friedhof tragen… schauen Sie nicht so erschrocken, Vishnevsky! … Wo ist Ihre Cousine?«

»Sie ist auf die Jagd gegangen, mein Herr, mit Major Sanderson.«

»Ein… seltsames Paar… sie ist so… vornehm, und er…« Vishnevsky wand sich. Der Graf sah ihn eindringlich an, und er senkte den Blick; selbst in diesem Zustand strahlte von Bächl-Wölfling noch Autorität aus. Vishnevsky trat ans Fenster und brüllte einem Lakaien einen Befehl zu; dann kniete er sich neben dem Bett nieder und wischte den Eiter und das verhärtete Erbrochene vom Nachthemd des Grafen. Aber er dachte nicht an den Grafen, sondern an seinen Nachfolger; um jeden Preis mußten Natalias Interessen gewahrt bleiben.

Gegen Mittag hatten die Diener eine Bahre zusammengezimmert und ihren Herrn in die Kirche getragen. Natalias Kirche, dachte Vishnevsky, für Pater Alexandros gebaut, damit ihnen auch in der Wildnis die Segnungen der Kirche gewährt würden. Draußen, auf dem Platz, stand die Madonna, die ein anderes Gesicht hatte, aber die Kirche gehörte Natalia.

Vishnevsky kniete kurz nieder, als sie eintraten. Weihrauch – Kerzen – Ikonen auf dunklem Holz, immer wieder lackiert, bis die

Gemälde kaum noch zu erkennen waren – hier war die Hitze lähmend, die Luft stickig. Seit Pater Alexandros' Tod waren keine Gottesdienste mehr abgehalten worden, und Natalia war die einzige, die regelmäßig kam, entweder um stundenlang reglos hier zu stehen oder um neue Kerzen anzuzünden.

»Vielleicht«, sagte der Graf – seine Stimme war deutlich heiserer geworden, seit sie das Haus verlassen hatten – »kann man die Kirche auch anders nutzen... als Bibliothek zum Beispiel, oder vielleicht...« ein schwaches Lächeln, als würde er sich an einen längst vergessenen Scherz erinnern »als Irrenhaus.«

»Sie wollten zum Friedhof«, sagte Vishnevsky, denn die Atmosphäre hier war so bedrückend, daß er frische Luft brauchte, selbst wenn sie dazu auf einen Friedhof mußten; im Gegensatz zu den Wölfen konnte er den Verwesungsgeruch der Begrabenen nicht wahrnehmen, für ihn war es ein duftender Garten. Natalia hatte dort Rosen gepflanzt, die an den Landsitz in der Wallachei erinnern sollten, wo sie und der Graf sich manchmal im Vollmond in einem ummauerten Garten zwischen wilden, dornigen Rosen vergnügt hatten.

Die Sonne brannte, als die Lakaien die Bahre des Grafen neben dem Grab von Dr. Szymanowski absetzten.

Der Graf sagte: »Ich weiß, daß Sie über die Nachfolge nachdenken.« Vishnevsky erstarrte. »Über Natalia.«

Vishnevsky wartete.

»Es gibt ein Testament...«

Während Vishnevsky zusah, begann sich das geschundene Gesicht des Grafen zu transformieren. Silberweiße Borsten schoben sich zwischen seinen Brauen durch die Haut. Blut strömte über sein Gesicht, durchtränkte den Kragen seines Nachthemdes. Eine Wange schien fast zu tanzen, als neue Muskeln an die Stelle der alten traten. Im hellen Sonnenschein wirkte die Metamorphose seltsam unpassend, fast lächerlich. Der tierische Gestank mischte sich mit dem Duft der Rosen. Vishnevsky mußte schlucken; es wäre höchst peinlich, wenn er sich ausgerechnet jetzt übergeben müßte, wo sein Herr sich wandelte –

»Wahrscheinlich komme ich Ihnen lächerlich vor… mich am hellichten Tage zu verwandeln… Jetzt wissen Sie, daß ich todkrank bin…«

»Nein, mein Herr.«

»Sterbe.«

Er packte Vishnevsky am Arm und ließ nicht mehr los. Blut befleckte die Manschette.

»Die Finanzen der Stadt…« Aus den Augen flossen eitrige Tränen. Vishnevsky mußte den Blick abwenden; er schaute zur Seite und fixierte die Holztafel, auf der in flachen eingekerbten Buchstaben *Tomasz Szymanowski* stand, kaum leserlich nach zwei Wintern.

Wenn sie nur wieder in Wien wären, dachte er. In einer Loge in der Staatsoper – er liebte die rauhen Fanfaren moderner Opern –, die Stadthäuser von Gaslichtern erhellt, die durch den Nebel strahlten – »Ihnen gefällt es… hier nicht…« flüsterte der Graf. Konnte er denn nichts vor seinem Herrn verbergen?

»Nein«, gestand Vishnevsky.

»Ich glaubte nicht, daß ich… hier so sinnlos sterben würde, ohne… die Saat einzupflanzen. Sie verstehen? Glauben Sie nicht, ich würde die Pläne Ihrer Cousine nicht kennen. Ich bin der Leitwolf, aber jeder weiß, daß auch eine Wölfin führt, auf ihre Weise… denn sie muß die Höhle suchen und den Wurf austragen. Und wir haben keinen Wurf.«

»Nein, Graf.«

»Es gibt ein Testament… es liegt in Szymanowskis Sarg… in der Brusttasche seines Jacketts… nur Sie wissen davon… wenn ich gegangen bin.«

Eine Schnauze begann sich durch die Wange des Grafen zu bohren. Ein Knochen stach heraus, wo sich ein Lappen menschlicher Haut von seiner Schulter gelöst hatte. Ein Auge war bereits umwölkt. Die Hand auf Vishnevskys Arm war dunkel verfärbt; es war das Silber, das ihn durchtränkte, vergiftete.

»Sie haben Schmerzen, Graf«, sagte Vishnevsky. »Ich werde Ihnen Wein bringen… Glühwein… oder etwas Morphium.«

»Ja. Schmerzen.« Und dennoch lächelte er. »Kein Wein, ich will mit klarem Kopf sterben. Schicken Sie einen Lakaien in den Wald; er soll mir ein Glas kaltes, klares Wasser aus dem Bach schöpfen.«

Black Hills

Am selben Tag

In dieser Nacht hatte Speranza in Ishnazuyais Tipi geschlafen, aber Teddy und Scott blieben draußen am Lagerfeuer. »Ich muß einen Kreis um ihn ziehen«, hatte ihr Teddy erklärt, als sie die Zeltluke öffnete und in die Nacht hinausschaute. »Damit.« Und er begann, Morgan-Dollars und alte Achter aus seiner Hosentasche zu leeren. »Morgen nacht ist es soweit. Ich zähl' mit.«

»Aber werden nicht *alle* im Dorf...?« fragte Speranza. Sie wunderte sich darüber, daß sie keine Angst spürte.

»Sie werden uns nichts tun. Die Shungmanitu Tanka jagen keine Menschen, solange die nicht zu sterben *wünschen*...«

Die Nacht war überraschend angenehm verlaufen. Zum erstenmal seit ihrer Bekanntschaft mit dem Lykanthropenverein hatte sie keine Alpträume; sie träumte überhaupt nicht. Der Geruch im Tipi war anfangs unangenehm gewesen – der dumpfe Gestank der Büffelfelle, das scharf-ranzige Hirschfett –, aber die Büffeldecke, in der sie schlief, war weich und warm, und das Essen war sättigend gewesen.

Sie erfuhr, daß es gekochter Hund gewesen war, aber sie verspürte nur kurz Ekel; während der Jahre in Lord Slatterthwaites Diensten hatte sie lernen müssen, nicht wählerisch zu sein.

Im Morgengrauen gingen die Frauen an den Bach hinunter, um sich zu waschen und Wasser zu holen. Little Elk Woman bedeutete ihr mitzukommen. Sie plantschten im Wasser, durch die hohen Bäume von den Blicken der Männer abgeschirmt. Obwohl sie nackt waren, erkannte Speranza, daß diese Indianerfrauen eine natürliche Bescheidenheit besaßen, um die sie manch fein gekleidete, parfümierte Dame von Rang beneiden würde. Danach zeigte ihr Little Elk Woman die Stelle, wo die Frauen Büffelfelle gerbten, die Felle mit dem Hirn des Tieres einrieben und mit knöchernen und steinernen Instrumenten bearbeiteten; und wieder erkannte Speranza, daß dieses Volk fleißig war und schwer arbeitete – wie die amerikanischen Protestanten – und nichts mit jenem Bild hedonistischer Wilder gemein hatte, das sie sich früher gemacht hatte. Und es war ein anmutiges Volk; wie plump fühlte sie sich, als sie in ihrem Tipi das Fischbeinkorsett anlegte und tief einatmen mußte, um sich in das feingewebte Spitzenhemd zu quetschen, das auf ihrer Odyssee bereits beträchtlichen Schaden genommen hatte.

Als sie wieder aus dem Tipi trat, war es bereits Vormittag; ein paar Dorfbewohner hatten sich um ein zeremonielles Schild aus Büffelleder versammelt, das ein alter Mann mit einem Knochenstift und gemahlenen Farbpigmenten verzierte. Scott Harper und Teddy Grumiaux waren bereits dort, und Little Elk Woman brachte ihnen in einem Eisenkanister – der von einem Weißen stammen mußte – Wasser aus dem Bach sowie eine Schüssel mit einem Brei, der aussah wie Haferbrei.

Als sie sich neben den Soldaten und den Jungen setzte, fiel ihr sofort auf, wie ähnlich Teddy seiner Mutter war. Der Junge hatte seine »zivilisierte« Kleidung vollkommen abgelegt; er trug einen Lendenschurz, eine Kette aus Tierwirbeln und Perlen, ein Paar sorgfältig gearbeiteter Maokassins, die ihm ein bißchen zu groß waren. Sein zuvor ungekämmtes Haar hatte er mit Tierfett geglättet und mit einer Adlerfeder geschmückt. Er schien sich in dieser Kleidung wohl zu fühlen, und Speranza merkte, daß sein schlanker Körper hübsch, nein, schön war; er hatte sich vom Buben in einen edlen Wilden gewandelt.

»Was malt er da?« fragte sie und deutete auf den Alten, der das Hirschfell verzierte.

»Es ist das Winterfell«, erklärte ihr der Junge. »Jede Zeichnung steht für das wichtigste Ereignis, das in einem Jahr passiert ist; so zählen die Indianer die Jahre.« Er deutete auf das Fell, und jetzt sah sie, daß eine Reihe von Zeichnungen, fast wie Votivtafeln, in einer Spirale darauf angeordnet waren; der Maler fügte sein Bild an das letzte in der Reihe an. »Sehen Sie das Bild an, mit dem blauen Rock und dem gelben Haar? Das war 1876, das Jahr der Schlacht am Fluß des Fetten Grases. Das gelbe Haar steht für General Custer, denn so nennen ihn die Indianer.«

»Und dieses Jahr?« fragte Speranza und versuchte, das Werk des Alten durch die Gruppe neugieriger Kinder und Erwachsener, die sich um ihn versammelt hatte, zu sehen. Plötzlich ließ sich der Mann im Schneidersitz nieder und begann vor sich hin zu singen, wie es die Indianer so oft taten; und sie sah, daß er ein Baby gemalt hatte, das an den Zitzen einer Wölfin saugte – es erinnerte sie an die berühmte Statue von Romulus und Remus, den legendären Gründern Roms, die ausgesetzt und von einer Wölfin aufgezogen worden waren.

Teddy fragte seine Mutter etwas auf Lakota, und Little Elk Woman antwortete, indem sie sich an Speranza wandte: »Dieses Jahr ist Shungmanitu Hokshila gekommen, *l'enfant loup*, der weiße Wolf, der uns befreien wird.«

Endlich kamen sie auf Johnny zu sprechen. Und so fragte Speranza: »Ist der Junge nicht hier?«

»Oh«, antwortete Teddy, »ich habe mich bereits erkundigt. Er ist auf einer Traumwanderung; sie schätzen, daß er heute nacht oder morgen zurückkommt, weil dann Vollmond ist. Aber sie sagen, wir können jetzt nicht zu ihm, weil sein Geist auf einer langen Wanderung ist.«

»Was ist mit dem Mann, der ihn entführt hat?«

»Der verrückte Alte... er ist ein *Wichasha wakan*, eine Art Medizinmann..., er ist auf dem Weg von Winter Eyes hierher. Er muß bald eintreffen, meinen sie. Er will mit Ihrem Grafen Frieden schließen... wegen dem Jungen.« Teddy fügte hinzu: »Miss Speranza, er ist in Gefahr! Wenn dieser Claggart ihn in die Finger kriegt...«

»Wir werden Claggart töten müssen, schätze ich«, mischte sich Scott ins Gespräch.

Seine Stimme verriet tiefe Resignation, und Speranza wurde klar, daß er keinen Gefallen am Töten fand. Sie fragte sich, wie er wohl in die Kavallerie gekommen war. Er tat ihr leid, weil sie wußte, wie schmerzhaft die Transformation für jemanden sein konnte, der sich ihr verweigerte, und er verweigerte sich ihr bereits so lange. Wie einsam muß er sein, dachte sie; er weiß, daß er nicht mehr ganz Mensch ist, und wehrt sich doch gegen das Tier in seinem Inneren. Und sie sagte: »Sie sind ein sehr tapferer Mann, Mr. Harper. Ich bewundere Sie sehr.«

»Das weiß ich zu schätzen, Madam«, antwortete er.

Und sie legte ihm ihre Hand auf die Schulter und fügte hinzu: »Ich glaube, Sie werden Ihr Leiden besiegen.«

»Jedenfalls kämpfe ich. Aber das ist meine erste Vollmondnacht in einem Dorf voller Werwölfe. Ich bin wirklich froh, daß Sie und Teddy hier sind, um mich zu beschützen.«

Major Sanderson zog sich mit kaum bezähmbarer Wut zurück; Natalia mußte warten, bis sich sein Zorn ein wenig gelegt hatte. »Diese Frechheit!« tobte er. »Ein ganzes Dorf von Bettlern mitten in den Bergen, das ist eine unverschämte Mißachtung des Vertrages, in dem die Indianer ihre Rechte an den Black Hills abgetreten haben!«

Dort lag tatsächlich ein Dorf; Tipis auf einer Lichtung umgaben ein Feuer, über dem Fleisch geräuchert wurde. Natalia roch die Einwohner, und sie erkannte, was für Wesen es waren. »Reißen Sie sich zusammen, Major«, zischte sie ihn an, denn der Major schien mit blankem Säbel zur Attacke übergehen zu wollen. »Das sind nicht die Indianer, die den Vertrag unterzeichnet haben... es ist ein ganz anderer Stamm... es sind Werwölfe wie wir selbst.«

»Sobald ich zurück in Fort Cassandra bin, werde ich ein Kommando losschicken, das mit diesen Wilden aufräumt«, versprach Sanderson. »Es ist mir egal, ob sie den Vertrag unterzeichnet haben oder nicht... Indianer sind Indianer, und nur ein toter Indianer ist ein guter Indianer. Da werden Sie mir sicherlich zustimmen.«

»Ja, ja. Aber vergessen Sie nicht, daß wir wegen des Jungen hier sind, nicht, um Krieg zu führen. Noch nicht.«

Gegen Abend lud Teddy seine Pistole mit Silberkugeln. Nur für alle Fälle, sagte er sich.

Im Geist des Körpers jenes Jungen, der einst Johnny Kindred hieß, brannte das Baumhaus. Johnny schaute hilflos zu. Eine verkohlte Planke stürzte herab. Der Rauch biß in seinen Lungen. Draußen hörte er gehässiges Lachen; er wußte, daß Jonas Kay irgendwo da draußen war.

Die nächste Planke. Rauch zog durch die Spalten zwischen den Brettern, Rauch wirbelte, tanzte vor seinen Augen. Johnny preßte sich an die Wand neben dem Fenster, starrte gebannt auf die Flammen, bis sie an seinen Zehen leckten.

Eine Stimme von unten. »Spring, Johnny, spring... das ist deine einzige Chance!«

Johnny wirbelte herum, starrte aus dem Fenster. Jake winkte ihm aufgeregt zu. Johnny schrie: »Verstehst du nicht? Wir müssen alle sterben... außer dem Indianer... und dann gehört ihm der ganze Körper ganz allein...«

»Kapierst du denn überhaupt nichts? Er kann ohne dich nicht überleben, du Idiot... er ist ein Teil von dir, und du bist ein Teil von ihm... wir *alle* sind ein Teil von dir! Jetzt spring!«

»Nein!« kreischte Johnny. Das war gelogen! Er war kein Teil von jemand anderem! Es war ein Trick, sie wollten ihn überwältigen und in die ewige Dunkelheit jagen. Tränen stiegen ihm in die Augen. Der Rauch brannte in seinen Lungen, trocknete seine Lippen aus, ließ ihn husten. Aber als er seine Augen vor Schmerzen zusammenkniff, sah er plötzlich Speranza...

Und sprang, ihren Namen auf den Lippen...

Und Speranza, die allein vor dem Winterbild saß, glaubte, seine Stimme zu hören... aber vielleicht war es auch nur der Schrei eines wilden Tieres im Wald.

Und Claggart lachte, während er das geschmolzene Silber zu neuen Folterinstrumenten schmiedete, lachte in den pfeifenden Wind –

In dem magischen Kreis wartete Wolfsjunge auf die Nacht.

Little Elk Woman führte ihren Sohn an den Rand des Lagers. Die Sonne ging unter. Die Hügel zeichneten sich noch schwärzer vor dem grauen Himmel mit den roten und orangen und violetten Streifen ab, die Bäume waren höher und abweisender, die Schatten länger.

»Ich dachte, du wärst tot«, sagte Teddy. »Warum hast du mich verlassen, Ma?« Und er fügte in gebrochenem Lakota hinzu: »Mein Vater ist tot. Alle deine Männer sind gestorben. Aber ich war noch da. Ich dachte, du wärst fortgegangen, um zu sterben. Das war ehrenvoll. Das konnte ich annehmen. Aber du bist zu einem anderen Mann gegangen, zu einem anderen Sohn.«

Sie konnte keine Antwort geben. Statt dessen sagte sie: »Du weißt, daß sie sich heute nacht wandeln, nicht wahr?« Und sie sah Wut im Antlitz ihres Sohnes. Sie hatte Angst, denn sie wußte, daß die weißen Wölfe Claude-Achille getötet hatten und daß Teddys Rachedurst so groß war, daß er sich von den weißen und den roten Menschen abgewandt hatte.

»Ich hasse sie«, sagte Teddy leise.

»Sie sind nicht wie die, die du kanntest.«

»Ich weiß. Aber trotzdem hasse ich alle Wolfsmenschen. Sie haben mir meine Freunde genommen. Sie haben Pa und Zeke genommen, und sie nehmen Scott und Johnny... und sie haben dich genommen.« Obwohl er ihr keinen Vorwurf machte, war sein Blick um so beredter.

Die Sonne war untergegangen. Sie hörten Heulen, in weiter

Ferne, wie leise Liebesflöten. Das Gesicht ihres Sohnes verhärtete sich. Er zehrte von seiner Wut; er machte ihr Angst.

Auf englisch sagte er: »Ich muß zu Scott. Wenn er die Wölfe riecht, geht es vielleicht mit ihm durch, und ich weiß nicht, was er dann tut. Ich glaube, er... mag Miss Speranza.«

»Ich werde dir helfen.« Little Elk Woman begriff, was der Freund dem Jungen bedeutete. Teddy brauchte etwas, woran er sich festhalten konnte, er mußte seinen Freund vor der Dunkelheit retten, wenn der Mond voll wurde. Denn jedesmal, wenn er seinen Freund rettete, siegte er von neuem über die Dunkelheit in sich selbst.

– aus dem brennenden Wald –

Rauch schlängelte sich heran – Bäume in Flammen, krachten, stürzten um – der Boden schwankte, als Johnny rannte, Steine verbrannten seine nackten Füße –

Eine Hand, aus dem Rauch heraus, packte ihn. »Los, Johnny! Wir müssen zur Lichtung...«

»Jake! Was ist denn los?«

»Die Welt steht in Flammen, schätze ich.«

Johnny drehte sich um und sah das Baumhaus sterben. Es stöhnte, brach auseinander, stürzte herab, die Bretter donnerten gegen die Nachbarbäume. »Nein!« schrie er. Dort war er in Sicherheit gewesen, der einzige Platz im Wald, an dem ihm Jonas nichts anhaben konnte. Rauch stieg ihm in die Augen. Und Jake zog ihn immer weiter, über herabgestürztes Geäst, über Spalten im Boden, aus denen Rauch stieg –

»Vorsichtig, Kleiner! Du wirst dir die Fußsohlen verbrennen.«

»Ich will das Baumhaus sehen... ich will Abschied nehmen...«

»Es gibt kein Zurück!«

Und er zog ihn über felsigen Boden, wo spitze Steine seine Sohlen aufschnitten. Und Johnny flüsterte immer und immer wieder Speranzas Namen wie ein Gebet. Denn zu wem hätte er sonst beten können.

»Wir sind gleich da…« versprach Jake.

Es war nicht der übliche Weg zur Lichtung. Aber es gab tausend Wege im Wald, und Jake kannte sich besser aus als alle anderen.

»Wir gehen von der Lichtung fort…« protestierte Johnny.

»Erst muß es schlechter werden, damit's wieder besser werden kann«, sagte Jake und zerrte Johnny vom Weg weg.

»Aber der Weg…« wehrte sich Johnny und versuchte, sich aus Jakes Griff zu befreien.

»Runter!« Jake schubste Johnny gegen einen knorrigen Baumstumpf. Johnny sah in einem winzigen Moment eine Feuerkugel den Waldweg herunterschießen. Das Zischen schmerzte in seinen Ohren. Als er sich wieder umdrehte, lag der Weg in Asche, und ein paar schwarze Blätter segelten im Wind. »Ich sag' dir doch, wir dürfen nicht mehr auf dem Pfad bleiben… und jetzt beweg deinen knochigen Hintern!«

Ein fernes Donnern – ein zweiter Flammenball – Johnny blieb nicht mehr stehen, er rannte an Jakes Seite, seine Füße rutschten durch den Schlamm. Das Feuer hatte diesen Teil des Waldes noch verschont, aber die Luft war rauchig – hier war er noch nie gewesen, hier drohte Gefahr. Er wußte nicht, welche. Er rannte noch schneller. Der Rauch folgte ihnen, schlug sich um ihn wie ein Tuch.

Gesichter im Qualm! Gesichter aus der Zeit vor –

»Nicht stehenbleiben, Johnny! Nicht in die Gesichter schauen…«

Graue Lider. Graue Lippen. Flüsterten. Blut. Eine Kreuzung.

»Ich erinnere mich an etwas…«

Er blieb stehen.

Das Gesicht schaute ihn zornig an. Der Qualm versengte seine Lungen. Die grauen Lider öffneten sich, unter ihnen blaue Augen, die Augen einer wunderschönen Frau, deren Lippen sich zum Kuß öffneten. Das Bild schlug ihn in Bann – war es Speranza? Warum hatte er Speranza so geliebt? Vielleicht, weil sie jener anderen Frau so ähnlich war? Plötzlich hatte er das Gefühl, etwas unwiderbringlich verloren zu haben. »Sie ist tot«, flüsterte er.

»Natürlich ist sie tot«, bestätigte Jake. Er schien mehr über

Johnny zu wissen als dieser selbst. »Natürlich ist sie tot... du hast sie umgebracht!«

Und Johnny schrie: »Nein! Nein! Ich war's nicht! Das war ich nicht! Jonas war es! *Jonas*!«

»Du wirst es bald erfahren«, sagte Jake. »Komm weiter. Wir müssen alle gemeinsam da durch... wenn uns der Wolfsjunge über den dunklen Fluß bringt.«

Sie waren in Little Elk Womans Tipi. Die Bewohner des Dorfes, die den Wandel bereits spürten, waren längst in den Wald verschwunden. Der Wandel war etwas Heiliges, und jeder von ihnen vollzog ihn in einem eigenen Ritual, das ihm in einem Traum von seinem Totemtier verraten worden war. Im Zelt waren Speranza und Scott und Teddy Grumiaux und Little Elk Woman, die in einem Kessel rührte, sowie zwei Dorfkinder, die ihren Totemtraum noch nicht gehabt hatten und deshalb ihre Gestalt nicht wandeln konnten.

Speranza und die Kinder kauerten auf einer Büffeldecke im Hintergrund und schauten zu, wie Teddy einen Kreis aus Silberstücken um seinen Freund zog. Das Silber schien für die Shungmanitu etwas Beängstigendes auszustrahlen, denn die Kinder zogen sich die Büffeldecke über den Kopf und schielten mit großen – und vom Anblick des Mondmetalls tränenden – Augen darunter hervor.

»Der Mond geht bald auf, Ma«, sagte Teddy, und Little Elk Woman erhob sich, löschte das Feuer und zog die Schnüre fest, mit denen der Rauchabzug verschlossen wurde. Sie sah Scott in seinem Silberkreis auf allen vieren hocken, schnuppern, mit schmalen Augen unruhig hin und her schaukeln.

»Du wirst dich nicht wandeln, Scott. Wir passen auf dich auf. Kein einziger Mondstrahl wird dich erreichen, Scott Harper.« Er sagte es immer und immer wieder wie ein Gebet. Sie ahnte, daß dies ein Ritual zwischen den beiden war.

Little Elk Woman flüsterte einem Kind etwas zu; das Mädchen krabbelte zum Eingang und zog die Zeltbahnen herunter. Es war dunkel. Little Elk Woman öffnete eine Kiste, zog zu Speranzas großem Erstaunen eine Petroleumlampe hervor, wie man sie bei Montgomery Ward bestellen konnte, und entzündete sie mit einem Streichholz. Die Silberstücke auf den schwarzen Büffelfellen glänzten im Lampenschein.

Sie hörten Heulen. Die Kinder blickten auf. Sie weinten nicht. Das Heulen kam näher.

Scotts Gesicht war schweißnaß; Teddy beobachtete ihn besorgt. Er stopfte seine Pistole in die Falten seiner Hose. Drei weitere Waffen lagen vor ihm. Eine Menge Silber.

»Johnny kommt wahrscheinlich morgen früh, nachdem der Mond untergegangen ist«, meinte Teddy. »Und Ishnazuyai auch, meinen sie. Dann ist alles vorbei.« Er klang wenig überzeugend. Er spielte mit den Waffen, ordnete sie und ordnete sie wieder neu, ohne Speranzas Blick zu erwidern. »Keine Angst, Miss Speranza«, fügte er hinzu, um sie zu beruhigen, »ich erschieße schon keine Indianer. Sie sind unsere Gastgeber, und sie haben meine Ma und Ihren Johnny und uns aufgenommen. Die Waffen hier hab' ich nur... nur für alle Fälle...« Er blickte zu Scott hinüber. »Vielleicht sollten Sie auch eine bei sich tragen«, schlug er vor, angelte die Remington aus seiner Hose und schob sie zu ihr hinüber. Sie schaute darauf, nahm sie aber nicht. Die Kinder neben ihr versteckten sich unter dem Büffelfell.

»Ich nehme an, wir haben lange genug gewartet, Madam«, sagte Major Sanderson, den es kaum mehr in ihrem Versteck hielt. »Der Mond geht bald auf, und...«

Natalia schauderte und zog sich den schwarzen Samtumhang tiefer ins Gesicht, verbarg sich vor dem Licht, das sie schon jetzt, obwohl es noch hinter dem Horizont war, lockte... wegen des Silbers in ihrem Blut war sie dazu verdammt, ewig ein Halb-Werwolf zu sein, immer kurz vor der Verwandlung stehenzubleiben. Aber das Mondlicht faßte sie noch immer an, zerrte an ihr, lockte das verwundete Tier in ihrem Inneren.

Der Mond war noch nicht aufgegangen. Aber der Himmel war

im Osten bereits hell, die Wolken trugen einen Perlmuttrand, reflektierten das milde Licht. Sie hatten den ganzen Tag das Lager ausspioniert; jetzt witterte Natalia etwas Neues, Unbekanntes in der Luft. Zweimal hatte der Major auf unbeholfene Art versucht, die in Aussicht gestellte Belohnung gleich einzufordern; jedesmal hatte sie ihm nur ein sprödes Lächeln, das sinnliche Beben ihres Körpers geschenkt.

»Die Indianer verlassen das Dorf«, stellte Sanderson fest. »Meiner Erfahrung nach haben diese Wilden jedesmal, wenn sie antreten oder in irgendeine Richtung abmarschieren, eine Schurkerei vor.«

»Sehen Sie Jungen?« fragte Natalia. »Wir sind nicht gekommen für die anderen. Wenn Zeit gekommen ist, werden wir...«

»Kein Junge«, verneinte der Major. Er teilte die Blätterwand vor ihrem Versteck, um das andere Ufer genauer in Augenschein nehmen zu können. Sie verzog das Gesicht, diese Menschen waren solche Tölpel, sie hatten keine Ahnung, wie man sich den Geräuschen des Waldes angleicht? Die Wölfe würden ganz bestimmt –

»Moment mal – das ist doch ein weißer Junge!« sagte der Major plötzlich.

Natalia schaute. Ein schlaksiger weißer Halbwüchsiger lugte aus einem Zelteingang hervor. Sein Oberkörper war nackt, wie das bei den Indianern üblich war. Seine Glieder wirkten geschmeidig; süßlicher Knabenschweiß strömte von ihm aus. Sein Haar war dunkel und lang, sein Blick nachdenklich; er war nicht unattraktiv, und Natalias Herz schlug ein bißchen schneller. Ihre Sinne wurden mit dem aufgehenden Mond schärfer, deshalb nahm sie ihn ausgezeichnet wahr; sie schmeckte fast die heißen Stellen unter seinen Armen und zwischen seinen Beinen.

Er roch vertraut, aber er war nicht der Junge, den sie suchten. »Nein«, sagte sie.

»Wie können Sie so sicher sein?« fragte der Major. »Ich kenne die Wilden, Madam; sie verwandeln jedes Kind innerhalb eines Jahres in einen Eingeborenen, der Hunde frißt, sich mit Hirschfett beschmiert und nach dem Müll stinkt, in dem diese Primitiven hausen. In zwei Jahren ist er bestimmt nicht mehr wiederzuerkennen.«

»Glauben Sie mir, Major... meine Sinne sind schärfer als Ihre...«

»Aber vielleicht durch das Silber beschränkt!«

»Hören Sie auf, Major, er ist nicht mal blond!«

»Tarnung! Diese Indianer tun alles, um einen weißen Gefangenen zu verstecken...«

»Ruhig... der Mond geht auf.«

Sie zog den Umhang fester um sich. Sie bedeckte sogar ihre Augen. Die Welt bestand nur noch aus Geruch; trotz der absoluten Schwärze badete die Welt in brillanten, bunten Gerüchen; das frische Wasser, die Urinmarkierungen der Wölfe, der bittere Duft sterbender Kiefernzapfen und die schwere Süße von Wölfinnen in der Paarungszeit. Sie hörte den Major zu seinem Pferd gehen, hörte die Patronen in seiner Tasche klimpern, das Klicken einer Flinte, die geladen wurde.

Sie sagte: »Wir gehen ein bißchen weiter entfernt über den Bach... in Windrichtung. Sonst wittern sie uns.« Sie schnupperte, versuchte, die Witterung des Grafensohnes aufzunehmen.

»Madam, bitte glauben Sie mir, daß ich in der Kriegsführung durchaus bewandert bin. Wir sind hierhergekommen, um einen weißen Jungen zu töten, und es ist ganz und gar unvorstellbar, daß in einem derart abgelegenen Dorf mehr als einer...«

Er watete durch den Bach.

»Sie Idiot!« Sie packte ihn am Ärmel. »In Windrichtung... in Windrichtung!«

Im Halbdunkel des Tipis sah Speranza die Schatten tanzen. »Ist das Musik?« fragte sie. Draußen war zwischen dem Heulen, das aus allen Richtungen herandrang, ein hohes Klagen zu hören, wie von einer indianischen Liebesflöte.

»Das ist nichts, Madam«, antwortete Teddy, ohne auch nur einmal den Blick von seinem Freund zu wenden. »Nur der Wind.«

Wieder dieser Klang. Daß rußige Flackern der Petroleumlampe – Sie dachte: Ich träume. Ich falle aus der realen Welt in –

Sie suchte in ihrem Mieder nach dem Koka-Pulver. Ihre Vorräte waren beinahe erschöpft! Verzweifelt schnupfte sie die letzten Körner. In ihr war ein riesiges Loch, von dem das Pulver aufgesogen wurde und das immer mehr und mehr verlangte. Sie schauderte, das Tipi schien zu schwanken, und über allem schwebte das hohe Pfeifen der Flöte – und ihr Name – ihr Name, gerufen von einem einsamen Kind – *Speranza – Speranza –*

Sie wußte nicht, wann genau der Traum begann. Sie wußte nur, daß die anderen in der Zeit erstarrten, daß ein staubiger, nach Sommergras duftender Wind durch das Zelt wehte, daß nur sie ihn spürte; ihr Haar wurde zerzaust, das fadenscheinige Hemd klatschte gegen das Fischbein ihres Korsetts, ihr Rock schlug um ihre Schenkel.

Verwundert starrte sie die reglosen anderen an. Die Flammen tanzten noch – sie tanzten – vom Wind gefüttert, tanzten sie – Rauch tanzte – sie stand dort, wo der Wind das Tipi fortgerissen hatte, die Zeltstangen flogen auf den Mond zu, die Büffelfelle flatterten ihr um den Kopf, und jetzt sah sie die Kiefer schwanken, als der Wind sie erreichte, und sie hörte die Baumwipfel rascheln wie mit Kinderstimmen – und sie roch das windverbrannte Gras – und die scharfen Ausdünstungen erregter Wölfe – und jetzt wirbelte der Wald um sie herum, blau, schwarz, silbern, der Wind war in den Bäumen, und der Wind war die Bäume, und die Bäume waren ein Wirbelwind, und hinter ihrem Tosen hörte sie das Lied der Liebesflöte und die Kinderstimme, die sie rief.

Dann plötzlich, Feuer. Schwarze Baumstämme stürzten vor ihr quer über den Weg. Ein schlanker Schatten glitt durchs Gebüsch.

»Johnny!« schrie sie.

»Speranza…« Im gleichen Augenblick war er da. Ein winziger Junge, noch kleiner als bei ihrer ersten Begegnung in der Victoria Station, in eine zerfetzte Waisenhausuniform gekleidet, das Haar bis auf die Kopfhaut geschoren, weite tiefblaue Augen ohne Leben.

»Johnny, du darfst keine Angst haben«, sagte sie. »Ich bin da, dich zu retten... um dich zu befreien... du mußt mit mir kommen.«

»Ich...« Er wollte sie umarmen. Sie versuchte ihn festzuhalten, aber er war Luft wie der Wind. Und Feuer donnerte durch den Wald. Trockene Koniferen zischten, sprühten, explodierten.

War der Junge ein Geist? Ich träume immer noch, ermahnte sie sich. Ich bin in Little Elk Womans Tipi.

»Komm... komm bitte schnell...« bat der Junge und begann zu laufen. Sie folgte ihm. Eine Feuerwalze war ihr auf den Fersen. Sie lief.

»Johnny, warum kann ich dich nicht berühren?«

»Du bist in mir. Der Wolfsjunge hat das gemacht. Seine Träume sind wahr, Speranza.«

Ein zweiter Junge lief neben ihnen her. Älter, aber unverwechselbar mit Johnnys Zügen. Lange Haare unter einem Schlapphut, Jeans, gespornte Stiefel, eine geflickte Seidenweste, die er aus einem Zugwrack gestohlen haben konnte. »Jake Killingsworth, Madam«, stellte er sich ihr keuchend vor. »Zu Ihren Diensten.«

Der Wald wurde dunkler. Selbst die Flammen waren düster. Jake hatte ein glänzendes großes Fahrtenmesser, mit dem er das Unterholz wegsäbelte.

Johnny erklärte ihr: »Jake meint, wir kommen nur so auf die Lichtung... aber der Weg ist weit...«

»Und führt durch die Hölle!« Eine weitere Gestalt tauchte auf. Verkniffenes, fahles Gesicht, gelbe, geschlitzte Tieraugen, knurrende, kehlige Stimme. Die Stimme kam ihr irgendwie vertraut vor.

»Ich muß Ihnen das erklären, Miss Speranza«, keuchte Jake, während er ihnen einen Weg durchs Unterholz schlug. »Wir sind alle in ihm... und wir werden jetzt zu einer einzigen Person...«

»Nur über meine Leiche!« zischte Jonas Kay. Sein Atem stank faulig. Blut tropfte von seinen Eckzähnen. Aber er trug unleugbar Johnny Kindreds Gesicht.

Die Erde bebte. Steine flogen. Kleine Tiere flohen. Der Wald wurde dichter, dichter, dichter – dunkel, feucht, schlüpfrig wie die Scham einer Frau. Jonas fauchte, knurrte, heulte, wandelte sich, als die karmesinroten Mondstrahlen sich durch das Laub bohrten. Sie konnte kaum atmen. Ab und zu sah sie Lampenlicht flackern, dann fiel ihr wieder ein, daß alles nur ein Traum war, und doch – und doch –

Immer mehr versammelten sich. Drüben, in einem schwarzen Anzug und mit einem Tablett in der Hand, war das nicht James Karney? Sie glaubte, Jonathan Kippax zu erkennen. Joachim Karnstein mit seiner Geige, viele andere, die sie nur sehr flüchtig kennengelernt hatte; die Menge drängte aus dem Mondlicht auf das unbeschreibliche Dunkel vor ihnen zu.

»Warum ist es so dunkel?« fragte Speranza. Sie bildeten jetzt eine Kolonne, und sie hörte den Wind brausen, aber sie sah nichts außer den schwach luminiszierenden Silhouetten der Seelen Johnny Kindreds.

»Etwas versteckt sich«, antwortete Johnny. Er versuchte, ihre Hand zu nehmen, aber seine Finger glitten durch ihr Fleisch, hinterließen nur ein leichtes Kitzeln.

Jake sagte: »Er meint, daß wir durch das Dunkel müssen... um den Indianer zu finden. Der Indianer ruft uns mit seiner Traumkraft. Er hat einen großen Kreis auf dem Berggipfel gezogen, wenn wir in den eintreten, werden wir eine Seele, ein Selbst, ein Geist sein, mit all unseren Erinnerungen. Nur blöd, Miss Speranza, daß wir zum Lichtkreis nur durch das schwarze Herz kommen... wenigstens hat er mir das gesagt.«

»Aber warum bin ich hier?«

»Weil Sie und er verbunden sind... weil Sie ihn lieben.«

»Bin ich deshalb hergekommen?«

»Ja. Ich schätze, *er* hat Sie aus dieser Werwolf-Stadt geführt... über die Berge... zu dem jungen Grumiaux...«

»Weil ich ihn liebe«, wiederholte Speranza leise.

»Metaphysischer Quatsch!« fiel Jonas Kay ein. Seine Stimme war kaum zu verstehen; er lief auf allen vieren, war fast vollständig Wolf, streunte durchs Dickicht, markierte sein Territorium alle paar Meter. »Quatsch... metaphysischer... Quatsch... ich bin alles... alles... *alles*!«

Und stellte sich gegen sie, mit entblößten Fängen, heulend –

Aber sein Heulen wurde übertönt vom Lied der Liebesflöte –

»Aber was ist im dunklen Herzen?« fragte Speranza. »Warum führt der Pfad hindurch?«

Jonas antwortete ihr, und seine Stimme war ein Rasseln über dem tiefen Dröhnen der Erde: »Das, was man am meisten fürchtet.«

Little Elk Woman und die Kinder hatten gespürt, wie Speranzas Geist sie verließ, sahen ihre Pupillen hinter den geschlossenen Lidern hin und her huschen, als würde sie träumen. Teddy gab sich mit der Antwort seiner Mutter zufrieden, daß ihre Seele für einige Zeit fortgeflogen war; wenn die Indianer über solche Dinge sprachen, war es unmöglich, festzustellen, ob sie ihre Erklärungen metaphorisch meinten oder für real hielten.

Niemand sprach.

Etwas wird schiefgehen, dachte Teddy. Scott hielt sich ausgezeichnet, widerstand der Kraft des Mondes besser als in den vergangenen Monaten. Er hatte sich innerhalb des Silberkreises niedergelegt und schnarchte. Es war zu schön, um wahr zu sein.

Alle schliefen. Alle außer ihm. Seine Mutter atmete leicht und regelmäßig, Speranza kaum hörbar.

Teddy hörte etwas. Er hielt den Atem an.

Schritte im Lager. Nichts Besorgniserregendes, außer daß – sie klangen nicht wie die Schritte eines Indianers. Wenn ein Indianer geht, dann verneigt sich die Erde vor ihm; seine Füße schmiegen sich allen Unebenheiten des Bodens an; es gibt fast kein Geräusch. Dies waren ungeschickte Schritte; Zweige knacksten, Steine rollten fort.

Die Schritte hörten auf.

Ein Schatten an der Wand –

Teddy schaute hoch. Blitzschnell schnappte er die Remington, die Speranza liegengelassen hatte. Er zielte auf die Wand und merkte im gleichen Augenblick, daß es sein eigener Schatten gewesen war, der im flackernden Licht der Öllampe über die Zeltbahn huschte.

Nervös lachte er.

Dann hörte er Scott knurren. Leise, ganz leise. Zuerst hielt er es für Schnarchen.

Das Knurren wurde lauter, dann –

Ein Fahrtenmesser schlitzte durch die Büffelhäute, wo der alte *Wichasha wakan* ein kompliziertes Muster sich paarender Werwölfe aufgemalt hatte, und –

Schweiß brach auf Scotts Gesicht aus, als das Mondlicht ihn traf, und das Wolfsfell bohrte sich durch seine Haut –

»Nein… *nein*, Scott!«

Als er seine Stimme hörte, verzögerte sich die Transformation seines Freundes um einen winzigen Augenblick. Ängstliche Menschenaugen starrten ihn aus einem pelzbewachsenen Antlitz an. Sie weinten Blut.

»Nein, Natalia…« wehrte sich Scott schwach.

Dann sah Teddy, wer hinter dem Riß in der Zeltwand stand. Es war der Kommandant von Fort Cassandra, der sich mit den Wölfen in Winter Eyes zusammengetan hatte. Und hinter ihm wartete die Russin.

»Ich werd's euch zeigen«, drohte Teddy. »Ich hab' eine Waffe, und ich kann schießen!«

»Ich habe Ihnen doch gesagt, daß er es nicht ist!« sagte die Russin. »Wir vergeuden unsere Zeit…«

»Kein Halbblut mit einem Derringer wird mich daran hindern, das amerikanische Volk an diesen herzlosen Wilden zu rächen!« verkündete Major Sanderson.

Er schoß Little Elk Woman mitten ins Gesicht.

»Ma!« brüllte Teddy. Und eilte zu ihr, ließ dabei die Waffe fallen, fing seine Mutter auf, wischte das Blut von ihren zerfetzten Wangen –

Teddy drehte sich wieder zu dem Major um: »Ich werde Sie töten, töten, töten…« Aber der Major lachte und feuerte noch zweimal, erst auf das linke Auge des Fünfjährigen, dann auf den Hals des Mädchens, so daß ihr Todesschrei nur noch als schwaches Röcheln aus ihrer Kehle zu hören war.

Teddy trat ihn in den Bauch, schleuderte ihn gegen die Zeltwand, schlug ihm die Waffe aus der Hand. Die Zeltstangen schwankten vor und zurück, die Petroleumlampe war umgefallen, das Feuer schlängelte sich über die Büffelfelle, und der stinkende Qualm versengter Haare würgte ihn. Der Major lachte. »Du kommst auch noch dran, verdammtes Halbblut... ich hasse dich.«

Dann merkte Teddy, daß Scott und die Russin einander anstarrten, als wollten sie sich gegenseitig hypnotisieren. Und die Russin verwandelte sich – langsam, entsetzlich langsam –

»Mein schöner Soldat«, sagte Natalia. »Wir können einander einfach nicht entkommen...«

Scott heulte! Kratzte an der Silbermauer, jaulte, als das Mondmetall ihn verbrannte! »Hör auf, sie ist dein Feind, sie will dich auffressen, deine Seele stehlen...« Aber es war, als würde Scott ihn überhaupt nicht hören. Sein Blick hing an der Russin. Rauch in Teddys Augen. Ma ist tot, dachte er, wie ich die ganzen Jahre über geglaubt habe. Ich habe einmal um sie getrauert: Jetzt kann ich nichts mehr fühlen, gar nichts.

Sie lag im Qualm, die beiden toten Kinder auf ihrem Schoß, und ihr Blut färbte das Büffelfell schwarz. Warum kann ich nichts empfinden? fragte er sich. Dann drehte er sich zu dem Major um, der auf ihn zustürzte, ihn mit bloßen Händen erwürgen wollte.

»Komm – komm – komm über den silbernen Fluß...« lockte Natalia Petrowna. »Ich warte am anderen Ufer auf dich, ich bin dein dunkles Verlangen.«

Und Scott sprang über den Silberkreis, und die beiden, nicht ganz Wolf und nicht ganz Mensch, umkreisten einander, während die Zeltstangen Feuer fingen.

»Hilf mir, Scott!« brüllte Teddy. Scott schien einen Augenblilck lang irritiert zu sein: Er wandte sich zu Teddy um. Er beschnüffelte den Boden, trabte auf den Jungen zu, während Natalia sich bereit machte, ihn anzuspringen.

In diesem Augenblick erhob sich Speranza.

Sie stand in einem Sturm, der nur um sie allein tobte. Ihr Haar flatterte in einem Wind, den niemand sonst spürte. Und sie ging los. Als sie die Zeltwand erreicht hatte, fraß sich das Feuer durch die Bespannung und gab eine mannsgroße Öffnung frei.

Der Major war einen Moment lang irritiert. Teddy befreite sich und rannte hinter Speranza her. Scott war bei ihm. Er war wieder ein bißchen mehr Mensch. Natalia folgte ihm auf den Fersen.

»Sie ist immer noch in ihrem Traum«, erklärte Teddy. »...aber es ist ein *wahrer* Traum... ich glaube, *er*... ruft sie... wir müssen zu ihm, bevor ihm... was geschieht...«

Speranza ging schnell und zielsicher vorwärts. Vom Lager fort. Bachaufwärts. Träumten sie etwa auch? Hinter ihnen loderte das Tipi. Sie hörten Kinder husten und alte Männer rufen, die das Feuer löschen wollten. Speranza marschierte weiter. Schnell. Der Wald teilte sich vor ihr, und der Nebel wich vor ihr zurück. Schnell, schnell. Er konnte kaum Schritt halten. Er sah nicht einmal, ob ihre Füße überhaupt den Boden berührten, aber er wußte, daß sie auf dem Wind des Traumes flog. Welche Kraft auch immer ausgelöst worden war, sie war stark genug, alle vier zu tragen... die Russin, den Major, den Deserteur, das Halbblut, alle waren wie in einem Haus in einem Wirbelsturm gefangen.

Wolfsjunge spürte die anderen kommen. Er konnte sie noch nicht sehen. Sie waren noch nicht im magischen Kreis. Bevor sie ihn erreichten, bevor er sie heilen konnte, würde jeder von ihnen gegen seine ureigenste Dunkelheit kämpfen müssen.

Aber – da waren noch andere – die Frau kannte er, es war die Frau, die den Jungen liebte, aber wer waren die anderen? Er kannte sie noch nicht.

Was sollte er tun? Plötzlich sah er die Flöte vor sich liegen. Es überraschte ihn nicht, daß sie aus dem Nichts aufgetaucht war; das Totemtier wußte, was es alles heranschaffen mußte, um den Traum wirklich werden zu lassen. Er hob die Flöte auf; kein Zedernholz, sondern Knochen; er hatte sie selbst aus dem Hüftknochen einer Großmutter geschnitzt. Ishnazuyais Mutter vielleicht, die auf ihrem Weg zum Mondtanz im Schnee gestorben war, im Schnee neben den Schienen des Eisernen Rosses.

Er begann zu spielen.

Es war beinahe die Melodie der Liebesflöte, aber in ihr schwang auch eine Ahnung des Todesgesangs. Es war eine langsame, rekursive Melodie, die immer nur um wenige Töne stieg oder fiel. Eine langsame Regelmäßigkeit lag in ihr, wie der Wechsel der Gezeiten, wie der Wandel des Mondes. Eine neue Musik für einen neuen Mondtanz. Er spielte leise, und die Sterne schienen, und der Mond schien, umringt von einer strahlenden Korona, über die silbernen Äste, deren Blätter in der leisen, den Nebel teilenden Brise zitterten.

Johnny brummelte und zuckte und versteckte sich vor den unsichtbaren Gesichtern. Jonas knurrte und umkreiste die anderen und ließ niemanden über den Fluß. Die anderen Persönlichkeiten unterhielten sich aufgeregt, aber niemand wagte es, sich gegen Jonas zu erheben. Jonas tobte, er brüllte, er schnappte nach ihren Waden.

Endlich kam Speranza an den Fluß. Ich kenne diesen Fluß, sagte sie. Ich habe ihn in unzähligen Alpträumen gesehen. Und ich weiß, was uns am anderen Ufer erwartet –

Der Fluß schäumte, der Fluß war Blut, der Fluß stank nach dem Monatsblut der Wölfinnen, der Fluß brannte, der Fluß heulte und schrie wie eine geschändete Frau.

Hinter dem Fluß war die Kreuzung – der Ort, wo sich alle treffen würden – der Kreis – der Fels im Feuerring.

Der brennende Mond warf über den Fluß den verzerrten Schatten eines Kreuzes.

»Ich gehe nicht!« wehrte sich Johnny. Seine Tränen fielen auf den Boden, verbrühten und verbrannten das Gras.

»Du mußt, Johnny… du mußt«, sagte sie.

Er vergrub sein Gesicht an ihrem Busen, sie versuchte, ihn zu halten, jetzt war er – bisweilen – fast greifbar. Er bemühte sich, real zu werden. »Ich weiß, daß der Wald nur ein Traum ist«, sagte er. »Aber im Traumwald hatte ich ein Baumhaus, in dem ich mich verstecken konnte. Im echten Wald gibt es keine Baumhäuser, oder? Es ist wie die Jäger, die den großen bösen Wolf holen, Steine in seinen Bauch nähen, in dem Rotkäppchen war, ihn in den Brunnen schmeißen. Ich glaube, so ist das Aufwachen. Ich bin ein Wolf. Speranza, ich bin ein Wolf, aber wenn ich schlafe, dann träume ich, daß ich ein Junge bin.«

»Du *bist* ein Junge!« widersprach Speranza. »Ein lieber Junge.« Sie drückte ihn an ihre Brust, während drüben eine Flöte weinte. Blut strömte aus seinen Augen, als sie sich umarmten, es war nicht die unschuldige Umarmung der Madonna und des Kindes, denn es lag Lüsternheit in ihr, und der Wolf, der Jonas Kay war, zerrte an ihren Röcken und bellte.

»Komm«, sagte sie. Sie trug Johnny auf ihren Armen und begann, durch den Fluß zu waten. Blut reichte ihr bis zum Nabel, durchtränkte ihren Leib, drang in alle Poren, aber sie kehrte nicht um. Der Junge schaute sich furchtsam um. Geister waren im Wasser, starrende Fratzen, höhnische Stimmen. Die anderen folgten ihr. Die Angst hatte sie fest im Griff. Das Blut geronn zu kleinen Inseln, und überall schwammen Knochen. »Keine Angst«, sagte sie und wiegte ihn, »was du siehst, ist längst vergangen… längst vergangen.«

Im Schatten des Kreuzes stand der Indianerjunge. Er spielte auf einer Knochenflöte. Die Musik nahm ihr die Angst, und sie trieb die anderen an. Aber als sie das andere Ufer erreicht hatten und am Rande des magischen Kreises standen, schaute sie auf –

Am Kreuz ein Wolf, angeschlagen, weinend – Blut floß aus seinen Händen und Füßen und aus der Wunde in seiner Seite – ein Wolf mit den Augen eines Kindes, der sie mit Kinderstimme anflehte: »Mutter, Mutter…«

Und Cordwainer Claggert lachte, als er sein Werk betrachtete, und sagte: »Wenn das den Wolfsjungen nicht aus seinem Traum reißt, dann will ich nicht Cordwainer Claggart der Dritte heißen!«

Nebel umwallte ihn. Tief unten im Tal brannte ein Tipi; der Gestank verschmorter Büffelfelle drang bis zu ihm herauf. Claggart saß in einer Astgabel, biß einen neuen Pfriem Kautabak ab und wiegte sich vor und zurück, vor und zurück, um sein Opfer noch mehr zu quälen.

Sein Opfer aber sah leidenschaftslos zu ihm auf; er war keinem Schmerz mehr zugänglich, und doch war er noch der perfekte Köder.

Sie kletterten bergauf. Voran immer die geisterhafte Gestalt Speranzas, die zwischen den Bäumen hin und her schwebte, mit Leichtigkeit über Felsbrocken sprang. Der Mond und das flammende Tipi unter ihnen erhellten den Wald. Und die Abstände zwischen ihnen wurden immer größer.

Sie liefen; der Major setzte der Frau unermüdlich nach, Natalia verfolgte den schönen jungen Soldaten, dieser nichtsnutzige Mischlingsbursche mühte sich hinter ihnen ab, rief immer wieder Scotts Namen.

Er würde ihn nicht beachten. Nicht dieser wunderschöne Soldat, der sich nun, im gleichen Rhythmus wie Natalia, transformierte. Natalia lief neben ihm, stupste ihre Nase in seine Flanke, angezogen vom wilden, fruchtigen Aroma seiner Schenkel. Sie schrie ihm zu in der Sprache der Nacht: »Du bist für mich geschaffen, du schönes Tier, geschaffen, mich zu lieben!«

»Nein!« brüllte er. »Nein... ich liebe dich... nicht...«

Sie knurrte ihn an, sie leckte das Fell um seine Hoden, er trabte bergauf, scharrte feuchten Dreck und totes Laub hoch. Sie wußte, daß er ihr gehören würde. Frohlockend heulte sie den Mond an. Es war so gut, endlich wieder frei zu sein, dem Gefängnis menschlichen Fleisches und menschlicher Sitten zu entkommen, das silberne Gift zu vergessen, das ihr den Wandel so schwer machte, sich von der Lüsternheit befreien zu lassen.

Dicht über dem Boden. So gut, die Erde an ihren Pfoten zu spüren, die Erde zu riechen. Sie hielt kurz an, um einen Farn zu markieren. Sie lief weiter. Die Luft wurde dünner.

Sie hörte Major Sandersons Stimme. »Diesmal sind wir wohl auf eine Goldader gestoßen...«

Licht zwischen den Bäumen; unterhalb von ihnen die Berge unter einer Decke von schwarzen Baumwipfeln. Der Wind in ihren Nüstern, der Geruch nach Verbranntem – und der betörende Duft des jungen Soldaten – er war jetzt ganz Wolf, mit weißgoldenem Fell, so wie sein Menschenhaar, mit aufgestelltem Schweif und glühenden Augen. »Ja, mein Liebling«, rief sie ihm in der Wolfssprache zu, »ja! Genieße dein Tiersein! Genieße es!« Ihre Pfoten trommelten über die feste Erde, sie rannte, sprang, stürmte, tanzte den Tanz des Jägers. Oh, er war so schön, seine Muskeln bewegten sich harmonisch unter dem dicken Fell, die Schnauze hatte er arrogant erhoben, während er die Myriaden von Gerüchen sortierte, die er nun wahrnehmen konnte. Oh, wie sehr sie ihn liebte, diese neugeborene Kreatur der Dunkelheit.

Und sie sah die beiden Menschen auf den Sims zugehen. Der Bach am Shungmanitu-Dorf entsprang hier, ein kleiner Wasserlauf, der über schroffe Felsen fiel. Auf der anderen Seite stand der Junge, den sie suchte, und –

Noch jemand war bei ihm – diese Hündin Speranza! Das Menschenweib, das ihr den Grafen gestohlen hatte!

Brüllend hetzte sie auf den Bach zu.

Es ist fast vollbracht, sagte der Wolfsjunge zu sich. Die Musik der Flöte hatte alle herbeigeführt, sie standen jetzt am Rand des Kreises – und die Frau aus seinem alten Leben, die Frau, deren Namen ihm jetzt auf der Zunge lag, half ihnen, sich der Dunkelheit zu stellen, die sie besiegen mußten, ehe sie in den Kreis eintreten und geheilt werden konnten.

Und dann werde ich all ihre Erinnerungen besitzen und sie die meinen, und ich werde ihre Sprache verstehen und auch ihren Namen wissen.

Sie schaute ihn von außerhalb des Kreises an. Die anderen drängten sich um sie. Was träumte sie? Ihre Miene war schmerzerfüllt.

Was sah sie? Wolfsjunge wußte, daß er von dem Leben der anderen kaum etwas wußte. War etwas in dem Kreis, das er selbst nicht sah, etwas Grauenhaftes?

Plötzlich hörte Wolfsjunge einen Hilfeschrei. Es war der Gesang eines Menschen, der sterben will, der auf den Gestaltwandler, auf den Wolf wartet. Das Lied war immer dasselbe:

Tukte tuke esha munkin kta waun we
Hepin nan blihichiya waun we

»Bald«, so lauteten die Worte, »bald werde ich mich niederlegen und sterben. Jetzt stehe ich. Ich stehe auf einem hohen Berg. Ich stehe auf einem hohen Berg und habe Mut.«

Aber er stand so dicht davor, die Persönlichkeiten endlich zu vereinen, so dicht vor jenem magischen Akt, der über das Schicksal aller Wolfsmenschen entscheiden würde. Wie konnte er einen solchen Ruf jetzt beantworten? Und doch mußte er es tun. Er durfte keine Selbstsucht zeigen. Der Weg der Shungmanitu war immer schon der Weg des Mitleids gewesen.

»Wartet«, sagte er leise und legte seine Flöte nieder. »Ich muß einen tapferen Mann in das Land der vielen Tipis bringen.«

Die anderen verharrten am Kreis, warteten.

Der Hilferuf kam von der Quelle.

Triumphierend sah Cordwainer Claggart sein Opfer näher kommen und bereitete seine Falle vor.

Und als der Wolfsjunge den Kreis verließ, fiel das Mondlicht auf ihn, und er wandelte sich, flüssig, geschmeidig, schmolz in die Gestalt eines Vierfüßigen, spannte sich an und sprang die großen Felsen hinauf, hin zu dem einen, der ihn rief.

Und als Speranza den gekreuzigten Wolf berühren wollte, da zerbrach der Traum, und sie sah keinen gekreuzigten Wolf mehr, sondern einen Mann.

»Das wär's gewesen, Wolfsjunge«, murmelte Cordwainer Claggart leise. »Jetzt gehörst du mir, Kleiner, mir ganz allein.«

Der alte Indianer war mit zwei Rohlederschnüren an einem Baum aufgehängt. Die Schnüre waren an seinen Brustwarzen angebracht. Der alte Mann schwang hin und her.

Speranza hörte ein rhythmisches Trommeln von einem Ast, sie entdeckte Cordwainer Claggart, der mit seinem Pistolenknauf auf eine Satteltasche hämmerte. Er sah aus wie ein Wahnsinniger. Er schlug rhythmisch und langsam, wie auf eine Indianertrommel, und rief ihr zu: »Guten Abend, Madam! Wir sind uns doch schon mal begegnet... im Zug, nicht wahr?«

Er trommelte. Der Indianer tanzte. Sein Gesicht war schmerzverzerrt. Blut strömte aus seiner Brust und mischte sich mit dem Wasser des Baches.

»Die Indianer haben ihren Sonnentanz«, sagte Claggart. »Warum soll es nicht auch einen Mondtanz geben? Einen Mondtanz für die Werwölfe... mit Silberketten an einen Todesbaum gefesselt!«

Jetzt verstand sie, was er meinte. Die Brustwarzen des Alten waren mit silbernen Nadeln durchbohrt. Sie glänzten im Mondlicht. Der Alte schrie nicht, sondern sang leise vor sich hin. Es war eigentlich kein richtiger Gesang – eher ein Gurgeln, jetzt wurde ihr bewußt, daß ihm die Zunge herausgeschnitten worden war und daß aus seinem Mund stetig Blut tropfte.

Wo das Silber seine Haut durchbohrte, sah Speranza Wolfspelz wachsen, und Wolfshaut drückte sich durch die Wunden in seinen Armen und an seiner Flanke. Kreuzigung, schlimmer als eine Kreuzigung!

»Mr. Claggart«, flüsterte Speranza entsetzt, »ich kann mir nicht vorstellen, was Sie durch eine so unvorstellbare Grausamkeit erreichen wollen!«

»Sie können es sich nicht vorstellen... ha, ha! Sie verstehen wirklich, sich vornehm auszudrücken, Madam. Passen Sie mal auf: diese Shungmanitunse sind verdammt berechenbar. Sie halten sich für so eine Art Todesengel, sie glauben, sie sind gesandt von ihrem Wakantanka, um die Seelen der Sterbenden einzusammeln. Wenn sie einen alten Mann klagen hören, dann müssen sie ihn erlösen, auf jeden Fall... selbst wenn sie ihre Traumwanderung dafür abbrechen müssen!«

»Johnny würde seinen Traum nie aufgeben... nicht wenn er endlich geheilt werden kann... nicht wenn er seiner armen Seele endlich Frieden geben kann...«

»Da«, verkündete Claggart und baumelte über ihr mit den Beinen, »irren Sie sich, Madam. Drehen Sie sich mal um.«

Ein junger Wolf jagte über die Felsen auf sie zu. Er umkreiste sie langsam. Dann fixierte er den Alten mit starrem Blick, und der Alte starrte zurück.

»Ein altes Wolfsritual«, erklärte ihr Claggart. »Ich habe keine Ahnung, wozu das gut sein soll. Wölfe und ihre Beute tauschen lange Blicke aus, damit das Opfer dem Jäger sagen kann, daß es wirklich sterben will, und der Jäger bittet die Beute, ihm zu vergeben... jedenfalls glauben das die Indianer, habe ich mir sagen lassen.«

Es war schön anzusehen, das langsame Umkreisen, der Blick, in dem Liebe und Tod lagen. Aber Speranza dachte nur an Johnnys Heilung, an die Tatsache, daß er am Rand des Kreises gestanden hatte, in dem er zu einem Ganzen geworden wäre –

»Bleib stehen, Johnny!«

Zu spät. Der Wolf sprang hoch, Silbergrau flog durch den Schatten, und die Lederschnüre strafften sich. Der Alte schrie nicht; ein schwaches Pfeifen stieg aus seiner Kehle. Die Silberhaken rissen aus seiner Brust und baumelten nutzlos am Baum. Blut spritzte auf Speranzas Gesicht, tränkte ihren Rock, so wie der Fluß in ihrem Traum ihn durchtränkt hatte.

»Johnny...« Der Wolf riß jetzt das Fleisch auf. Seine Fangzähne durchbohrten Sehnen, zerfleischten das Halsgewebe, bissen den Brustkorb auf, so daß sich eine Rippe nach der anderen löste, und immer noch schwangen die Fleischfetzen an den silbernen Pendeln hin und her.

»Mann, was für ein Anblick!« empörte sich Cordwainer Claggart scheinheilig. »Aber er glaubt immerhin, ihm einen Liebesdienst zu erweisen... indem er den armen dummen Indianer von seinen Leiden erlöst... armer Indianer! Er hat geglaubt, daß der Junge so etwas wie ein Sohn für ihn ist... aber er hat nur einen einzigen Vater... der ihm zeigen wird, wie schlecht die Welt sein kann!«

»Sie sind ein grausamer Mensch«, schrie Speranza, während der Wolfsjunge einen Arm aus dem Gelenk riß. »Ich wünschte, es gäbe auf dieser Welt keinen Platz für Geschöpfe wie Sie. Ich hielt den Grafen für den Prinz der Dunkelheit, aber er hatte wenigstens Mitgefühl, ja Adel...«

»Klar, daß Sie so gut über den Grafen sprechen. Schließlich waren Sie ja seine Lieblingshure und seine Zuchtwölfin! Dr. Swanson hat lange über Ihre Besuche bei ihm geplaudert...«

»Er hat Ihnen davon erzählt! *Ihnen*!« Unerträglicher Zorn und unerträgliche Wut erfaßten Speranza.

»Zweihundertfünfzig Golddollar«, antwortete Claggart. »Und ich hab' ihm am nächsten Morgen bei einem kleinen Spielchen jeden einzelnen davon wieder abgenommen. Er hat sich halb bewußtlos gesoffen und mir alles, alles erzählt! Sie, Miss Hope Martin, wie Sie sich nennen, Sie tragen vielleicht hübsche Kleider, aber darunter steckt doch nur eine kokasüchtige Hure...«

»Ich bin nicht süchtig...« protestierte sie, und doch wußte sie, daß es stimmte, daß alles stimmte – sie hatte ihren Vorrat aufgebraucht, sie spürte Schmerzen, die in Wellen durch ihren Kopf fuhren, in ihrem Schädel hämmerten, pulsierten, pulsierten.

Der junge Wolf heulte, tanzte auf dem Leichnam. Er riß das Herz aus der Brust, kaute darauf herum, spuckte die harte Aorta wieder aus. Er wälzte sich in der ausgeweideten Brusthöhle und kam blutverschmiert wieder zum Vorschein.

Und doch – sie sah, daß der Indianer lächelte, seltsam friedlich, obwohl sein Kopf im rechten Winkel an seinem Hals hing.

»Johnny, komm zu mir...«

Der Wolf schaute auf. Seine Gestalt schwankte kurz, und sie

glaubte, die ängstlichen Augen ihres ehemaligen Mündels zu erkennen.

»O Johnny...« Sie streckte ihm die Arme entgegen. Er zögerte. Und doch erkannte er sie, sie wußte es!

In diesem Moment warf Claggart ein Netz über ihn. Ein Netz aus Silberfäden. Und lachte wieder.

Der Wolfsjunge biß um sich, Schaum vor dem Mund, schlug mit seinen Pfoten. Claggart sprang von seinem Aussichtspunkt herab und begann, den Jungen mitsamt dem Netz in einen Mehlsack zu stopfen. Johnny kämpfte. Speranza rannte zu ihm. Sie stolperte. Fiel mit dem Gesicht voran auf den Leichnam des Indianers. Keine Zeit zum Ekeln, dachte sie und erhob sich aus dem blutigen, schleimigen Kadaver des Alten. Sie bearbeitete Claggart mit ihren Fäusten, aber er schleuderte sie mit einer einzigen Armbewegung gegen einen Baumstamm. Ein Kindergesicht blickte sie aus der Sacköffnung an; die Augen waren mitleidserregend, eingesunken, zutiefst verzweifelt.

»Monster!« schrie Speranza Claggart an.

»Er war mein Vater«, meinte Johnny mit Blick auf den Toten. »Auf seine Weise, wie der Graf.«

»Na«, belehrte ihn Claggart, »jetzt bin ich dein Vater, mach dir darüber mal keine Illusionen!«

Dann hauchte Johnny so leise, daß nur sie es hören konnte: »Es war alles vergebens, weißt du? Es ist mir nicht bestimmt, die Wölfe zu führen. Ich bin bloß ein Aussätziger... nicht mehr, nicht weniger.« Und eine andere Stimme, die sie als die Jonas Kays erkannte: »Ein verdammter Aussätziger!«

Speranza rief: »Er wird nie geheilt werden! Er muß doch endlich eins werden...«

»Er wird schon eins werden, keine Angst«, versicherte ihr Claggart höhnisch. »Ich werde ihn lehren, was er wirklich ist. Ich werde ihm geben, was ihr ihm alle nicht geben könnt, einen Sinn... einen wahren Sinn, nicht dieses Geschwätz von Bestimmung und Schicksal, er ist nicht für eine Bestimmung oder ein Schicksal geschaffen, nein, Madam, er ist zum Töten geschaffen!«

Dann hörte sie Johnny sprechen: »Speranza!«

Und eine andere Stimme: »Johnny ist tot... der Indianer ist tot! Ja, du lächerliche, keusche Gouvernante mit deinen schmutzigen kleinen Phantasien... sie sind alle tot... alle, alle, alle... die Heilung ist vollbracht... wir sind jetzt eins... wir, Jonas Kay, der Werwolf!« Als Claggart den Jungen vollends in den Sack stopfte, hörte sie ein animalisches Geheul.

Claggart verschnürte den Sack und hievte ihn sich über die Schulter. Er hing unbewegt herab. Der Junge kämpfte nicht mehr. Hatte er endgültig aufgegeben? Aber wie hätte er sich auch wehren können? Es war hoffnungslos. Wie konnte ich mir nur einbilden, daß ich, ich allein, ihn erlösen könnte? Er trägt so viel Schmerz in sich, und er hat den Schmerz so vieler anderer auf sich genommen – oder aufgeladen bekommen.

Claggart begann den Hügel hinabzuwandern.

Sie wollte ihm nachlaufen, als –

Eine Wolfsfrau auf sie zukam, mit im Mondlicht flammend rotem Haar. »Hündin!« heulte sie. »Hündin...« Und war über ihr. Stieß sie in den Magen, so daß sie wieder über den Toten stolperte. Sie drehte sich um und sah die Wölfin, die ihr das Kleid vom Leibe riß, deren Fänge ihr Fleisch suchten, deren scharfe Klauen ihr die Haut aufrissen –

Es war Natalia! »Ich wollte Ihnen nichts tun«, wimmerte sie. »Ich konnte nicht anders...«

Aber die Wölfin war keinen Argumenten mehr zugänglich, der Haß hatte ihre Metamorphose beschleunigt. Speranza versuchte sie abzuschütteln, drehte den Kopf beiseite, um den geifernden Kiefern zu entkommen. Fangzähne glühten im Mondlicht. Wieder und wieder drückte die Wölfin sie gegen die Steine, die Erde, die Rippen des Toten. In ihren Augen, in ihrem Mund war Blut. Sie versuchte zu schreien, aber die Klauen fuhren ihr über die Wange, versuchten, ihr die Zunge zu zerfetzen –

Als er den Sims erreicht hatte, sah Scott, daß Natalia Speranza angriff – er war so irritiert, daß seine Transformation unterbrochen wurde, sich umkehrte. »Miss Speranza!« rief er aus, hörte halb, daß er nur ein wahnsinniges Knurren zuwege gebracht hatte. Dann sagte er in der Sprache der Wölfe: »Greif sie nicht an!«

»So!« antwortete Natalia, und ihre Worte rochen nach Zorn. »Du begehrst sie... das ist es also... du ziehst einen Menschen deinesgleichen vor...«

»Ich bin nicht deinesgleichen! Noch nicht...« Aber noch während er das sagte, spürte er, daß er nie wieder ganz Mensch sein würde. Er fühlte rasende Wut und Resignation zugleich. Er peitschte den Boden mit seinem Schweif. Er heulte seine Wut hinaus. Instinktiv stellten sich seine Nackenhaare auf, und seine Hinterbeine spannten sich an – er sprang.

»Mr. Harper?« krächzte Speranza verzweifelt.

Sie hatte ihn erkannt! Er wandte sich Natalia zu. »Du hast mich angelogen«, erklärte er in der Sprache der Wölfe. »Sie kennt mich als Mensch...«

»Das ist nur Täuschung!« beschwor ihn Natalia und zog mit ihrer Pfote tiefe Furchen in Speranzas Wange.

Scott ertrug es nicht. Er versenkte seine Zähne in Natalias linkem Hinterbein. Er schmeckte Haar, Haut und etwas Blut. »Weißt du nicht, was du bist, mein schöner kleiner Soldat?« fragte Natalia mit einem überraschten und schmerzerfüllten Japsen.

Er biß wieder und wieder zu. Natalia rollte sich herum. Fell riß und legte rotes Fleisch frei, und ab und zu einen Flecken menschlicher Haut. Sobald ihr sexueller Appetit nachgelassen hatte, transformierte sie wieder. Die Schnauze zog sich zurück, das Gesicht schmolz ein, lange rote Haare stießen durch den pelzbewachsenen Schädel –

»Danke«, sagte Speranza leise. Sie legte ihre Hand auf Scotts Fell. Sie versuchte ihn anzulächeln, das Menschliche in ihm zu erreichen.

Natalia zog heulend Kreise um sie. Weiter unten lieferte sich Claggart mit Major Sanderson ein Feuergefecht. Jetzt humpelte Teddy auf sie zu, die Remington immer noch in der Faust. Speranza atmete schwer, als sie versuchte, sich aufzusetzen. Im Hintergrund hörte sie Schüsse. Aber neben ihr stand Scott-Wolf. Sie streichelte ihn; er zitterte. Eine leise Regung in ihrer Schamgegend, vielleicht eine Erinnerung an Hartmuts Berührung, sie wußte gut, wie es war, ein Tier zu lieben.

Scott wandte sich Speranza zu. Er wollte sagen: »Es tut mir leid, Miss Speranza, ich werde Sie von diesem schrecklichen Ort fortbringen...«, aber sie war ihm so nah, und mit seinen geschärften Sinnen entging ihm nicht ihre Erregung trotz all dem Schrecken. Zitternd setzte sie sich auf und lehnte sich gegen den Baumstamm. Der tote Indianer lag neben ihr. Überall war Blut. Blut, dessen Geruch in seine Nüstern drang, ihn mit Lust erfüllte. Er hatte sie begehrt, seit er sie zum erstenmal gesehen hatte, er hatte schon immer gewußt, daß etwas in ihm sie haben wollte, aber er hatte sich nie die Gewalt, die Wut dieser Besessenheit erträumt.

»Miss Speranza«, versuchte er zu sagen, aber eine fremde Stimme sprach aus ihm, ein rauhes, tiefes Knurren; mit angstweiten Augen preßte sie sich an den Baumstamm. Sie war schön, ihr Hals blaß und schlank, ihre Lippen standen halb offen, als wollte sie protestieren, ihr Mieder war zerrissen, Mondstrahlen lagen auf dem Perlmuttfleisch einer entblößten Brust – und ihre Augen waren voller Angst.

Angst! Die Angst erweckte das stärkste Verlangen in ihm. Vergebens kämpfte er dagegen an. Ihr Herz pochte, ihr Körper strömte das süßliche Parfüm des Verlangens aus. Das Tier hatte ihn ganz im Griff. Nein, wehrte er sich, nein, aber die Lust war stärker als sein Wille – er sprang sie an. Sie roch nach Schweiß und Blut und Natalias Speichel. Er war von Sinnen. Sie war so schön. Er berührte ihre Wangen, fühlte die weiche Haut unter seinen schwieligen Pfoten. »Ich liebe dich«, versuchte er ihr zu sagen, aber nur ein Knurren stieg aus seiner Kehle. »Ich liebe dich, ich liebe dich«, wiederholte er, und je mehr sie ihm widerstand, desto steifer wurde sein Penis in der Hautfalte, und sein Schweif peitschte über den Toten –

Speranzas Widerstand war erfolglos. Ihr Korsett war an Dutzenden Stellen zerbrochen; jetzt platzte es auf wie die Schale eines Insekts. Sie bedeckte ihre Brüste mit den Händen, aber die Wolfszunge drang immer tiefer vor, bis sie ihre Vulva erreicht hatte. Sie spürte Zähne an ihrer Klitoris. »Nicht... nicht, Mr. Harper!« stöhnte sie ängstlich und schaute dem Wolf in die Augen. Von dem selbstbewußten jungen Mann war nichts mehr zu entdecken, die Augen glänzten unersättlich. Die Wolfszunge schnellte in ihre Vagina, rieb über das sensible Gewebe. Sie schrie auf. »Hören Sie auf... bitte hören Sie auf, Mr. Harper!« jammerte sie. »Bitte, Sir... ich kann mich nicht wehren.«

Mit einem Jaulen, das ihr das Blut in den Adern gefrieren ließ, stemmte der Wolf seine Vorderpfoten gegen sie, bis sie wieder zu Boden stürzte, neben den Leichnam des Indianers. Einer Ohnmacht nahe spürte sie, wie der Wolf ihr von hinten aufritt, wie die Schnauze sich in ihren Nacken bohrte, wie der Penis in ihrer Vagina anschwoll, sie brüllte vor Schmerz, brüllte, bis sie Erbrochenes und Galle schmeckte und ihr die Tränen aus den Augen und über das Gesicht strömten und sich in ihrem Mund mit dem Geschmack von Hundespeichel vermischten.

Plötzlich sah sie Teddy Grumiaux neben sich stehen. Teddy flehte seinen Freund an: »Du kannst dich befreien, Scott... Scheiße, Scott, das darfst du nicht tun, nicht nach allem, was wir durchgemacht haben, es ist einfach nicht...«

Teddy drückte seine Remington gegen die Wolfsschulter. Der Wolf rammelte weiter, drückte sie gegen den Baumstamm. Schneller, schneller. Ihr Schädel dröhnte. Sie sah den Mond durch einen blutigen Schleier, aufgeblasen, wie das leere Auge eines Totenschädels. Vom Baum regnete Laub herab, klebte an dem Blut auf ihrem Hals und ihren Brüsten fest. »Rette mich... rette mich«, stammelte sie, sie wußte, was allein sie noch retten konnte, und sie sah Teddy neben sich stehen, tränenüberströmt, den Blick von ihnen beiden abgewandt.

»O Gott... ich kann es nicht... heiliger Jesus...«

Mit einem letzten Stoß ergoß sich der Wolf in sie – sie spürte den heißen Strahl, den rauhen Schaft seines Penis, der ihre Vagina wund rieb, den Samen, der wie ein Feuerball durch ihr Inneres schoß.

»Vergib mir«, sagte Teddy. »Du bist mein bester Freund. Ich liebe dich wie meinen Bruder, wie meinen...«

Er feuerte.

Sofort setzte die Rückverwandlung ein. Aus borstigem Fell wurde sandfarbenes Haar, die Topasaugen verfärbten sich tiefblau. Der Wolf heulte, aber plötzlich schwang in seinem Heulen menschliche Angst mit, und als er über ihr zusammenbrach, war es der Schrei eines tödlich Verwundeten.

Sie drehte sich um, so daß er in ihren Armen lag. Er war nackt. Er war jung, weich, nicht mit dem Grafen zu vergleichen. Der Mond schien durch das Blätterdach und spielte auf dem blaugeäderten Muster seiner Arme. Sein schweißnasses Haar fiel über ein Auge; das andere starrte in ihres; der immer noch erigierte Penis ragte aus blutverklebtem flachsblonden Schamhaar auf.

Sie sehnte sich danach, jenen Ekel zu spüren, der einer solchen Situation angemessen wäre. Doch als sie den Mann in ihren Armen bluten, als sie die Selbstverachtung in seinem Blick sah, da konnte sie ihn nicht mehr hassen.

»Jetzt muß ich wohl sterben«, sagte er ganz ruhig.

»Es ist doch nur eine Fleischwunde«, tröstete sie ihn. »Nur eine Kugel in der Schulter... ich besteche Doc Swanson für Sie, wenn Sie wollen, er wird Sie behandeln, ohne daß jemand davon erfährt...« Aber nicht einmal sich selbst konnte sie überzeugen.

»Ich wollte dich nicht töten, nur von Miss Speranza runterkriegen«, schluchzte Teddy, aber es war offensichtlich, daß er wußte, was er getan hatte. Er wischte sich mit einem schmutzigen Ärmel über die Augen.

»Haben wir den Jungen gerettet?« fragte Scott.

Wo waren die anderen? Sie schaute Teddy an. Er flüsterte: »Fort... auf der Jagd... wenn Claggart ihn nicht hat, dann haben ihn inzwischen die Russin und der Major.«

Scott schaute sie fragend an. »Ja«, antwortete sie weinend, »wir haben ihn gerettet.«

»Das ist gut. Wenn er gerettet ist, dann sterbe ich wenigstens nicht umsonst.«

»Ja.« Sie konnte ihn durch ihre Tränen kaum erkennen.

»Tut mir wirklich leid, was ich Ihnen angetan habe, Madam. Ich wollte das nicht... es ist bloß... ich schätze, ich wußte selbst nicht, wie sehr ich... Sie mag.«

Sie fühlte den kalten Wind, die Wipfel schaukelten; der Wind seufzte; und Scott Harper starb – als Mensch.

Speranza wiegte ihn in ihren Armen. Er war leicht; im Tode wirkte er noch jünger. Seine Arme und Beine waren schlank, sein Brustkorb glatt und muskulös. Sie ließ ihn neben dem Leichnam des alten Indianers zu Boden gleiten.

»Johnny«, sagte sie. »Sie haben Johnny...«

Aber Teddy war nicht ansprechbar. Ihn schien nichts mehr zu erreichen. Er betrachtete seinen toten Freund mit vollkommen leerem Blick. Sie bemitleidete ihn, aber sie wußte, daß er zu stolz war, um ihr Mitleid anzunehmen. Er hatte damals in Lead in ihren Armen geweint, aber er sah nicht mehr aus wie jemand, der jemals wieder weinen würde.

»Gottverdammt«, sagte Teddy leise und innig. »Ich werde Cordwainer Claggart jagen. Ich schicke ihn zur Hölle, und wenn es das letzte ist, was ich tue.«

Entschlossen stand er auf, lud seine Remington neu. Und wollte davoneilen.

»Nein«, rief Speranza. »Du wirfst dein Leben fort...«

»Ich lass' mich schon nicht umbringen, Miss Speranza. Ich kann schon selbst für mich sorgen.«

Aber er war so entsetzlich jung. Sie wollte seine Hand ergreifen – und brach schließlich zusammen. Obwohl ihr Korsett zerstört war und ihr Atem durch nichts eingeschränkt wurde, war die Luft dünn und der Ansturm der Gefühle einfach übermächtig; ihr schwanden die Sinne, als sie seine Hand in ihrer hielt.

»Dieser Hurensohn Claggart«, tobte Major Sanderson, »scheint uns tatsächlich entkommen zu sein.« Er feuerte ein paar ungezielte Schüsse in die Richtung, die Cordwainer Claggart eingeschlagen hatte.

Natalia spürte den aufkommenden Wind. Sie war wieder Mensch, da die erotische Stimulation fehlte. Der Major hatte ihre zerfetzten Kleider aufgesammelt und ihr mitgebracht, und sie hatte sich angezogen. Sie lächelte, als sie die Hand auf den Arm des Majors legte und ihn von der Verfolgung abbrachte. »Lassen Sie ihn laufen«, meinte sie.

»Unfug, Madam. Wir sind gekommen, weil wir den Jungen erledigen wollten; es wäre ein leichtes, ihn loszuwerden.«

»Ich möchte Ihnen etwas zeigen.« Sie führte ihn an den Simsrand, von wo der Bach zum Indianerdorf hinabstürzte. Das Feuer hatte sich über die Lichtung ausgebreitet. Zeltstangen prasselten, Rauch stieg auf und verhüllte das Gesicht des Mondes. Der Wind war kalt, aber hin und wieder drang ein Wärmeschwall vom Feuer herüber.

»Sie haben erreicht, was Sie wollten«, sagte sie. »Sie haben Indianer getötet; und das ist doch Ihr innigster Wunsch, nicht wahr?« Das mühsam unterdrückte Grinsen des Majors war Antwort genug. »Der Tod des Jungen ist nebensächlich. Hauptsache, er ist nicht mehr bei den Indianern in Sicherheit, und der Waffenstillstand war an die Sicherheit des Jungen geknüpft! Sie haben großes Interesse daran, daß der Krieg fortgesetzt wird, *n' est-ce pas*? Ich auch. Solange Krieg herrscht, haben wir beide Macht.«

Endlich zog sich ein breites Lächeln über Sandersons Lippen. Kein Grund, ihn jetzt schon zu töten; es gab viel Dreckarbeit zu erledigen, und sie konnte ihn immer noch mit dem Versprechen einer sinnlichen Belohnung unter Kontrolle halten.

»Lassen Sie uns nach Winter Eyes zurückkehren … wir wissen jetzt, daß *la guerre continue.*«

»Der Krieg geht weiter«, bestätigte Sanderson, »bis der letzte Barbar ins Gras beißt. Custer ist nicht umsonst gestorben. Ich habe diesen Mann immer bewundert; er kannte den Platz der weißen Rasse. Gut, er war skrupellos; aber auf eine spartanische Weise, die ich als Soldat billigen und sogar schätzen kann. Jawohl, Natalia, ich verehre ihn ebenso wie Alexander den Großen oder Julius Caesar, die größten Generale des Altertums...«

Er redete immer weiter und weiter, zählte Custers Leistungen auf; Natalia fiel ein Gerücht ein, das ihr zu Ohren gekommen war, als sie mit ihrem Cousin die neue Brutstätte für den Grafen gesucht hatten. Demnach hatte Sanderson angeblich bei dem Massaker am Little Big Horn unter Custer mitgekämpft; er hatte sich im Kadaver eines Indianerpferdes versteckt und nicht einen einzigen Schuß abgefeuert. Dann hatte er seine Papiere gefälscht und später behauptet, daß er an jenem Tag krank im Bett gelegen sei; nun fürchtete er, daß seine Feigheit eines Tages ans Licht kommen könnte. Und deshalb war er so versessen darauf, die Indianer auszurotten.

Schließlich ertrug sie sein Geschwafel nicht mehr. »Kommen Sie, Major Sanderson«, befahl sie. »Wir gehen hinunter ins Indianerdorf und überprüfen, was wir erreicht haben.«

»Ja. Der Mond geht bald unter; wir müssen uns beeilen.«

»Die Wölfe kehren zurück. Die Nacht ist gefährlich«, antwortete Natalia und verschwand aus seinem Blickfeld, um den Pfad zu markieren. »Zurück zu den Pferden... zurück nach Winter Eyes.«

»Ich bin jetzt froh, daß wir die Pferde in einem Silberkreis angebunden haben, wie Sie vorschlugen, Gräfin.«

Sie lächelte. Endlich erkannte er, wer in ihrer Beziehung den Ton abgab. Sie schaute ihn an. Ihr Anblick im Mondlicht, in ihren nach der Wandlung zerfetzten Kleidern, mit dem wallenden roten Haar mußte ihn vor Begehren fast zum Wahnsinn treiben. Richtig, er kam ihr näher. Er roch nach Duftseife, trotz der Anstrengungen heute abend; er gehörte zu jener Sorte Mensch, registrierte sie, die sich immer und immer wieder wäscht, ohne zu merken, daß der Schmutz in der Seele liegt, nicht auf der Haut.

»Natalia Petrowna...« begann er. Sie wußte, was er wollte; und so gab sie ihm einen verlockenden und zugleich höhnischen feuchten kleinen Kuß auf sein linkes Ohr – und knabberte ein winziges bißchen daran. Sie hörte sein Herz schlagen.

»Der Krieg!« drängte sie ihn. »Vergessen Sie nicht den Krieg!«

»Den Krieg bis zum Ende«, sagte er.

»Den Krieg der Wölfe«, ergänzte Natalia. Aber in Gedanken war sie bei dem schönen, jungen Soldaten. Vielleicht war er schon tot, denn sie hatte Silber in der Luft gewittert – nicht gerade viel, aber genug, um registriert zu werden. Wer immer ihnen auf den Fersen war, wußte um die Macht dieses Metalls.

Teddy Grumiaux half Speranza auf die Füße. Der Wind heulte. Die Kälte war angenehm, denn sie betäubte ihn ganz und gar; er wollte nichts mehr fühlen, bis an das Ende der Zeit.

Er war zu müde, um Claggart zu verfolgen. Und er spürte diesen Schmerz, mit dem er nichts anzufangen wußte. Weinen hatte keinen Sinn. Es gab nur eine Antwort, die Antwort eines Mannes: Rache. Ich werde ihn töten, sagte er sich. Und niemand wird mich aufhalten. Egal, wie lange ich brauche.

Speranza sagte: »Ich habe versagt.«

Ihm war nicht nach Trost zumute. »Das haben Sie«, bestätigte er, ohne sie anzusehen.

»Ich kann nicht zurück nach Winter Eyes... und meine Verbindungen nach Europa sind abgeschnitten... in Deadwood kennt man mich als Hure und Kindsmörderin; ich war töricht genug, mich Dr. Swanson anzuvertrauen...« Teddy konnte ebenfalls nicht nach Deadwood zurück. Vielleicht glaubte man dort, er hätte die junge Gina Hopwood auf dem Gewissen; es würde ihn nicht überraschen, wenn Cordwainer Claggart den Mord so hingedreht hätte. Er wollte auch nicht zu den Indianern zurück. Nichts verband ihn mehr mit ihnen. Ich bin allein, dachte er.

Bald würde er fünfzehn werden.

»Miss Speranza«, erklärte Teddy, »ich jage jetzt schon seit drei Jahren Wölfe, weil ich angenommen habe, daß sich mein Vater das von mir gewünscht hätte. Ich werde auch in Zukunft Wölfe jagen. Alle Wölfe, vierbeinige wie zweibeinige. Ich hab' wohl eine neue Berufung gefunden. Und ich muß ihr allein nachgehen.«

Sie nickte.

»Ich bringe Sie nach Cheyenne, dann können Sie den Zug nehmen, wohin Sie wollen. Nach Osten oder Westen, das ist jetzt alles egal.«

Sie sagte: »Du mußt mich hassen... so, wie Mr. Harper starb...«

»Nein, Madam.« Aber er blickte ihr nicht in die Augen.

»Ich hasse mich selbst«, gestand Speranza. »Ich habe ihn enttäuscht. Und dich. Und alle anderen.«

Teddy versuchte, seine Stimme nicht allzu bitter klingen zu lassen: »Nein, Miss Speranza. Aber ich glaube, Sie sind keine Pionierfrau. Sie fühlen anders. Wahrscheinlich wären Sie anderswo, wo es zivilisierter zugeht, glücklicher. Sie sind nicht hart und grausam genug für dieses Land. Der Wind der Wildnis weht nicht durch Ihr Herz.«

Sie lächelte tapfer. »Vielleicht kennst du mich nicht gut genug, Theodore Grumiaux.«

»Ich weiß, daß andere Sie verletzt haben, und ich will nicht, daß Sie noch mehr verletzt werden.«

Den Rest der Nacht verbrachte er damit, eine Plattform aus Ästen zusammenzubauen und mit den Lederriemen zu befestigen, die Claggart für seinen blasphemischen Sonnentanz verwendet hatte. Als der Mond unterging, befand sich die Plattform auf der Astgabel, wo Claggart gesessen hatte. Speranza schaute ihm zu. Zuerst hievte er den Leichnam des Indianers hinauf. Dann den von Scott. Er schloß die Augen seines Freundes mit zwei großen Silberdollars. »Silber tut dir nichts mehr«, wisperte er. Er bedeckte beide mit totem Holz. Wortlos half ihm Speranza, Laub und Wildblumen zu sammeln. Er streute die Blüten auf die Toten, so daß der Duft des Sommers den Totengeruch vertrieb. Ab und zu ließ ein Windstoß Blütenblätter auf sie herabregnen. Sie versuchte, die Überreste ihres Korsetts zusammenzuschnüren. Sie ist wirklich durch und durch zivilisiert, dachte Teddy.

Der Morgen dämmerte beinahe – der Mond war eine bleiche, verschleierte Scheibe nahe über dem Horizont. Claggart war im Galopp geritten, hatte das Pferd durch Schluchten gejagt, den Wolfsjungen im Mehlsack quer vor sich über dem Sattel, hatte zwischendurch seinen Fusel gekippt, ohne anzuhalten. Die Gegend wurde jetzt ebener, und er konnte in der Ferne das Territorium von Wyoming erkennen, hinter den Hügeln – ein riesiges Meer von Büffelgras und am Horizont Felsgebilde, die wie anklagende, halbfertige Skulpturen in den Himmel ragten.

Er ließ das Pferd in Trab fallen. Lauschte. Die Bäume murmelten im Wind, ein gräßliches Geräusch, das er am liebsten abgestellt hätte. Aus dem Sack hörte er leises Wimmern, und er ahnte, daß der Wolfsjunge wieder zu Bewußtsein kam. »Ruhig«, sagte er, »ruhig, meine kleine Goldgrube, mein Goldeselchen.« Er strich über den Sack. Das Leinen war heiß, rauhe Fäden kratzten über seine Handfläche. Er spürte, wie sich die Kreatur bewegte. »Ruhig«, sagte er. »Ich jage dich schon lang genug; ich bin dein Freund. Ich habe dich gejagt, weil wir beide zusammengehören, du und ich. Ich will dich nicht umbringen... ich lasse dich am Leben, ich werde dich sogar füttern... mit dem appetitlichsten Menschenfleisch, das überhaupt zu finden ist. Aber erst muß ich dich lehren, wer dein Herr ist.«

Er ließ das Pferd anhalten, stieg ab, schnürte den Sack auf, so daß der Inhalt auf den felsigen Boden plumpste. Der Wolfsjunge lag vor ihm, in einem Silbernetz, halb verwandelt. Schlanke Arme endeten in Pfoten. Der Rücken war ein Flickenteppich aus Haut und Haaren. Doch das Gesicht war ganz und gar menschlich, und blutig: Blut klebte auf Wangen, Lippen, Ohrläppchen, Stirn. Die Augen waren eingesunken, starrten tiefblau aus dunklen Ringen; das lange blonde Haar war mit dem Blut der Toten verkrustet. Apathisch starrte der Wolfsjunge zu seinem Fänger auf.

»Bald ist der Mond fort«, sagte Claggart, »und wir beide haben noch etwas zu erledigen. Vielleicht erinnerst du dich an die Zugfahrt von Omaha...«

Er kniete sich neben dem Wolfsjungen nieder. Packte ihn am Haar, zwang ihn, ihm in die Augen zu blicken. Jäger und Gejagter – der Blick der Liebe und des Todes –, also doch kein Indianerquatsch, dachte Claggart, denn ich liebe ihn auf meine Weise mindestens so sehr wie irgendwer sonst.

Der Wolfsjunge knurrte leise. Ein gelber Fleck in den Augen.
»Du gehörst jetzt mir, Wolfsjunge«, sagte Cordwainer Claggart. »Sag es. Sag es.«

»Ich...«

Er packte den Wolfsjungen am Nacken und zerrte ihn an einen Baumstumpf, ohne die Stimme zu erheben, sagte er: »Du bist bloß ein Hund, mein Sohn, deshalb gibt es nur eine Methode, dich zu lehren, wer dein Herr ist...«

Der Junge wand sich, aber Claggart hielt ihn am Boden, preßte ihn gegen die rissige Rinde. Er lächelte. Dann stand er auf und pißte ihm auf Gesicht und Leib. Wo der Urin auf die Schwielen traf, begann das Fleisch sauer zu riechen wie alter Wein; der Junge winselte. »Ruhig jetzt, hörst du? Sonst kriegst du meine silberbeschlagene Rute zu spüren!« Der Wolfsjunge zitterte; das Haar auf seinem Rücken glänzte; sein Körper brannte wie in einem tödlichen Fieber. Claggarts Hände strichen über die gesprenkelte Haut, fühlten die Hitze in seinen Händen, er erinnerte sich an den Tag, als er zum erstenmal diesen seltsamen Jungen gesehen hatte, auf dem Dach des Zuges, der durch Nebraska donnerte.

»Na«, meinte er, »wo meine Hosen schon einmal runter sind, lehre ich dich am besten gleich die zweite Lektion.« Er drehte den Wolfsjungen um, so daß er mit dem Bauch über dem Baumstumpf lag, befeuchtete sein Glied mit etwas Spucke und riß die Beine des Teufelsgeschöpfes auseinander.

Und in seinem Geist war der Wald niedergebrannt, und die Bäume bluteten aus tausend Wunden. Der magische Kreis war gebrochen. Sie fanden die Lichtung nicht mehr. Ziellos wanderten sie über das aschgraue Land. Heiße Steine qualmten, und die Bachläufe waren ausgedörrt wie die Kehle eines Toten. Eine nicht endenwollende Dämmerung hatte sich über das Land gebreitet.

Johnny Kindred hatte vergessen, wie lange er und die anderen unterwegs waren. In der Ferne standen noch Bäume, zu phantastischen Gebilden verdreht, manche kahl, manche kopfüberstehend, so daß die Wurzeln im eisigen, scharfen Wind zuckten.

»Weiter«, sagte Jake Killingsworth. »Wir müssen die Lichtung vor Anbruch der Nacht erreichen.«

»Warum?« fragte Johnny. »Es wird keine Nacht mehr geben. Es gibt keine Lichtung mehr.«

»Sir«, widersprach James Karney, »ich bin überzeugt, daß die Lichtung noch existiert; sie ist jetzt fest in der Hand Jonas Kays...«

»Und deshalb müssen wir sie finden«, betonte Jake. »Vielleicht glaubt Jonas, daß wir alle tot sind. Aber es hat uns nur tiefer in den Geist verschlagen. Wir befinden uns in einer Art Fegefeuer.«

»Aber wir sind so gut wie tot. Wir haben keinen Führer mehr. Wo ist der Indianer? Ich kann ihn nicht mehr fühlen. Ich glaube, er ist verschwunden, für immer fort. Ich kann mich nicht mehr heilen. Und wo ist Speranza? Da ist nur der alte Schlangenölhändler, und er hat mit Jonas... ein Abkommen geschlossen.«

»Ich weiß nicht, wo der Indianer ist. Aber wir *können* ihn retten.«

»Wozu?« Vielleicht kann ich mich ausblasen wie eine Kerze, dachte Johnny. Wahrscheinlich würden wir alle sterben, wenn ich das täte.

Aber Jake hatte seinen Gedanken gehört. Und sagte: »Vergiß nicht, was der Indianer in seiner Vision sah... du kannst nicht sterben, Johnny, nur durch die Hand von jemandem, der dich wirklich liebt.«

»Warum kann ich nicht sterben? O Gott, ich möchte sterben... nur noch sterben... bitte, laß mich sterben. Gott, laß mich sterben.«

»Gott?« Es war Joachim, der fast nie sprach, sondern immer nur Violine spielte. »Vielleicht ist es an der Zeit, das Konzept ›Gott‹ aufzugeben. Es ist eine durch und durch menschliche Idee. Ich glaube nicht, daß es einen Gott der Werwölfe gibt.«

Jake wollte ihm antworten. Aber plötzlich wurde Johnny in die Luft gewirbelt, sah das ganze Universum davontrudeln, dann war nur noch Schwärze um ihn, und Schmerz explodierte in seinem Körper, Schmerz, der von seinem aufgerissenen Anus ausging wie ein Prügel, der seine Schultern zerschmetterte wie eine Peitsche, die über seinen Hintern zuckte, Schmerz, der ihn durchtränkte, der sein Rückgrat hinaufraste, in seinem Gedärm, in seinen Eingeweiden bis hinauf zum Herzen Schmerz, Schmerz –

»Wie gefällt dir das, Johnny Kindred?«

»Nein... nein... laß mich los...«

»Du willst doch gar nicht mehr auf die Lichtung, Johnny-Boy. Sie gehört jetzt mir allein. Du willst nicht mehr zurück. Ich komme viel besser allein zurecht, du jämmerlicher Waschlappen. Von jetzt an werde ich dich nur noch rufen, damit du den Schmerz auf dich nimmst. Nur dafür taugst du!«

»Bleib unten im Fegefeuer, Johnny-Boy... du bist nicht Manns genug für die Hölle!«

Und Cordwainer Claggart ritt, nachdem er sich erleichtert hatte, nach Wyoming weiter, pfiff vor sich hin, richtete seine Krawatte und bürstete seine Weste ab, denn er mußte eine respektable Erscheinung abgeben, wenn er den nächsten Außenposten der Zivilisation erreichte.

Winter Eyes

Einen Tag nach Vollmond

Sie kamen rechtzeitig zur Beerdigung zurück nach Winter Eyes.

Die Hitze war lähmend; Natalia konnte den toten Grafen bereits vom Waldrand aus riechen. Nach ihrer Ankunft kleidete sie sich, wie es sich ziemte, ganz in Schwarz. Der Major legte seine Ausgehuniform an (er bewahrte ständig einen Satz Uniformen im Hause von Bächl-Wölfling auf); das Begräbnis zog sich hin, es wurde viel geweint, aber man schickte sich in das Unausweichliche. Nur wenige Hoffnungen mußten mit dem Grafen zu Grabe getragen werden; wesentlich mehr Hoffnungen wurden neu geboren, es formierten sich bereits Fraktionen.

Spätnachmittags verabschiedete sich der Major. Natalia zog sich ins Haus zurück, um mit Vishnevsky zu konferieren.

Am gleichen Abend, während sie zu zweit an der langen Mahagonitafel im Speisezimmer von Bächl-Wölfing dinierten, überreichte er ihr ein vergilbtes Dokument, das nach Fäulnis stank. Er erklärte ihr, daß er es aus Dr. Szymanowskis Sarg geholt habe. Sie sprachen russisch, damit die wallachischen Dienstmädchen sie nicht verstehen konnten. Sie hatte sich den besten Wein bringen lassen; zu ihrem Erstaunen war es ein Rotwein, der im Jahr 1791 auf dem wallachischen Gut des Grafen gekeltert worden war. Fast hundert Jahre alt, dachte sie und schüttete ein Glasvoll in einem Zug hinunter.

»Trink nicht so viel«, mahnte er sie. »Und... lies.«

Es war ein Testament in Hartmuts Handschrift. Vergeblich versuchte sie sich einzureden, daß es eine Fälschung war; sie wußte, daß er es geschrieben hatte, denn aus jedem Satz, jedem Komma sprach sein Stil.

Sie sagte: »Niemand darf davon erfahren.«

»Natürlich... Gräfin«, bestätigte Vishnevsky.

Sie lächelte dünn. »Wir haben Krieg. Solange Krieg herrscht, herrscht Einigkeit. Und diese zu bewahren, ist meine wichtigste Aufgabe.«

»Ja, Gräfin«, wiederholte Valentin Nikolaievich, obwohl sie wußte, daß er sich bestimmt nicht hinters Licht führen ließ.

»O Valentin«, sagte sie plötzlich ganz anschmiegsam. »Warum tadelst du mich nicht einmal für meine Anmaßung? Und dieses ›Gräfin... Gräfin‹... seit wann bist du so formell, *mon cousin*? Seit wann nennst du mich nicht mehr *tyi*?«

»Ich kenne meinen Platz«, erwiderte Vishnevsky und verbeugte sich. »Und vor allem weiß ich, daß mein Schicksal mit deinem verknüpft ist. Deinen Sturz werde ich nicht überleben.«

Sie nahm einen großen Schluck. Aber es war die Macht, nicht der Wein, die sie trunken machte.

San Francisco

Neumond

Wieder einmal saß sie in einem Wartesaal. Er war nicht nach Geschlechtern getrennt – soviel europäische Lebensart durfte man im Wilden Westen nicht erwarten –, aber es herrschte ein Überfluß, den sie während der Jahre in Dakota einfach nicht gewöhnt gewesen war: angefangen von den braunen Samttapeten mit aufgedruckten Cupidos bis zu den verschnörkelten Messinglampen, deren Flammen von Engeln mit wallendem Haar getragen wurden.

Wieder einmal – wie zu Beginn all ihrer Abenteuer – trug sie ein einfaches schwarzes Kleid und suchte Zuflucht in der Bibel, obwohl es sich diesmal um ein leinengebundenes Exemplar handelte, das sie aus zweiter Hand von einem Mormonenpriester im Zug erworben hatte und das – auf den zweiten Blick – viele fremde Passagen enthielt.

Es half nichts. Die Alpträume wollten nicht weichen. Das Rattern der Geleise hatte sie von Cheyenne durch Utah begleitet, wo sie die Eisenbahngesellschaft gewechselt hatte, durch Nevada und die gefährlichen Sierras; der Zug hatte sich durch engste Kurven geschlängelt, war Steigungen hinaufgeschnauft und Gefälle wieder hinunter, durch strahlende Sonnenauf- und -untergänge. Sie war in der Ersten Klasse gefahren – ihr Goldvorrat schmolz zwar schnell dahin, doch dafür reichte es noch –, und ihre gelegentlichen Ausflüge aus ihrem Abteil zum Speisewagen oder zur Bibliothek hatten den anderen Passagieren anregenden Gesprächsstoff geboten. Denn auf so langen Reisen lösen sich die Zungen; ein distanzierter Mitreisender wird unweigerlich Opfer verschiedenster Spekulationen und allgemeinen Gesprächstoffes. Und so geschah es, daß Miss Hope Martin, wie sie an Bord des *Pacific Express* genannt wurde, in San Francisco mit einer Vergangenheit ankam, oder vielmehr mit Dutzenden von Vergangenheiten, von denen eine bunter als die andere und doch keine mit der Wirklichkeit zu vergleichen war. Sie hatte die ganze Fahrt über mit niemandem gesprochen, außer in ihren Träumen.

Und so waren ihre Alpträume:

Es war einmal ein kleines Mädchen, das hieß Rotkäppchen und lebte im Wald. Es hieß Rotkäppchen, weil ihre Möse immer blutig war und alle Wölfe anlockte, und wenn sie sich fürchtete, dann blutete sie noch mehr, und die Wölfe pusteten und pusteten und bliesen ihr Papierhäuschen einfach fort wie die Seiten einer Bibel und –

Es war einmal ein kleines Mädchen, das hieß Rotkäppchen und weinte am Fuß eines Kruzifixes und wiegte einen kleinen Welpen in ihren Armen und –

Dunkel im Wolfsbauch. Die Jäger kommen bald. Dumpfe Schüsse in der Ferne, Dunkel. Die Wände schwitzen Blut. Monatsblut. Die Wände schwitzen. Und Pusten und Pusten und –

Am Fuß des Kreuzes –

Es war einmal ein kleiner Junge, der hieß Rotkäppchen und krabbelte zu seiner Mutter ins Bett und winselte: Ich bin ein guter Junge, und seine Mutter war ein Wolf, und das letzte, was er sah, waren ihre Zähne um ihre bluttriefende Möse herum und –

Ein kleines Mädchen namens Rotkäppchen lebte in einem Wald, und der Wald roch nach –

»Miss Martin?«

Sie schaute auf. Ein Mann in mittleren Jahren, schlicht gekleidet, mit gezwirbeltem Schnurrbart und leuchtenden Augen, stand vor ihr. »Miss Martin?« wiederholte er. »Sie sind mir im Zug von Carson City aufgefallen, und ich habe mich gefragt, ob Sie vielleicht Hilfe brauchen...«

Sie wollte protestieren, aber der Mann sprach mit so freundlicher Stimme weiter, daß es ihr unvorstellbar erschien, er könnte ihre Situation ausnutzen wollen. »Dürfte ich Sie vielleicht... zum Essen einladen?«

»Ich bin keineswegs...« setzte Speranza an. Nein. Die Zeiten, als sie noch eine Anstandsdame brauchte oder an den Absichten eines Fremden zweifelte, der die Frechheit besaß, sie zum Essen einzuladen, waren längst vorbei. Ich bin eine gefallene Frau, sagte sie sich. Wenn diese Bibel – und meine Alpträume – ein Hinweis sind, dann bin ich inzwischen zu jeder Schändlichkeit bereit.

Der Mann trat einen Schritt zurück. »Verzeihen Sie, Miss Martin, wenn ich Ihnen nahegetreten bin. Wissen Sie… die anderen Passagiere haben sich immer über Ihre Hochnäsigkeit lustig gemacht, aber ich glaube, Sie… wollten einfach allein sein. Ich war selbst lange allein, ich bin Witwer. Ich verstehe das.«

Speranza begann mit einer Leidenschaft zu weinen, die sie sich selbst nicht mehr zugetraut hätte. Und mit dieser Leidenschaft kam die Übelkeit, und sie mußte sich übergeben.

»Sie tragen ein Kind«, erkannte der Fremde. Aber es klang nicht vorwurfsvoll, und dafür war sie ihm dankbar.

Es war einmal ein kleines Mädchen, das hieß Rotkäppchen und versteckte sich in seiner Mutter, die ein Wolf war, und wartete, bis die Jäger pusteten und pusteten und –

Sie wußte, daß sie die Einladung des Fremden annehmen würde. Vielleicht fand er irgendeine Beschäftigung für sie, so daß sie alles, was geschehen war, vergessen konnte.

Er reichte ihr seine Hand; sie bemerkte, daß die Rüschen seines Hemdes aus Seide waren und eine goldene Uhrkette seine Weste zierte. »Ich bin Bankier und besitze in dieser Stadt einigen Einfluß; ich hoffe, daß Ihnen meine Gesellschaft nicht unangenehm ist. Ich heiße William Dupré.«

Der Bauch ist das Baumhaus ist Blut.

Vierter Teil

Mondtanz

1963: South Dakota

Mond im zweiten Viertel

Aus Carrie Duprés Notizbuch:

William Dupré.

Mein Urgroßvater.

Ich schätze, damals wurde mir endgültig klar, daß dies nicht nur die Geschichte des Killers von Laramie war – der ungewöhnlichste bisher bekannte Fall von multipler Persönlichkeit – eine lykanthropische Familiensaga – ein spektakuläres, höchst ungewöhnliches Panorama des Wilden Westens. Die Geschichte umfaßte all dies, aber es war auch meine Geschichte.

Und die Alpträume waren meine Alpträume.

Es waren Alpträume, die mich jede Nacht heimsuchten – intensiver nach den Sitzungen mit J. K. Je tiefer wir in die Welt in J. K.s Kopf eintauchten, desto lebhafter wurden sie. Fragmente alter Märchen mischten sich mit Grand Guignol und sexuell behafteten Bildern, abstoßend und erotisch zugleich. Bilder von Geburt, Abtreibung, deformierten Embryonen, Babys mit Hundeschnauzen, blutigen, speichelnassen Fängen, gelben Augen. Ich brauchte mir nichts von Dr. La Loge über die Freudschen Implikationen dieser ganzen Lykanthropie-Theorie erklären zu lassen – ich bekam sie jede Nacht frei Haus serviert. Ich hatte Angst vor dem Schlafengehen. Angst davor, J. K. mit meinem Tonbandgerät und meinem Notizblock gegenüberzutreten. Angst vor dem Alleinsein. Angst von morgens bis abends.

Ich hatte mir gelobt, nie wieder zu rauchen, als ich meinen Abschluß in Berkeley gemacht hatte – nicht einmal Marihuana. Aber als Johnny Kindred von den Indianern gefangen wurde, als Speranza kokssüchtig wurde – da kaufte ich mir Winston 100. Erst war es ein Päckchen am Tag, nicht besonders viel, später wurden es zwei.

Ich mußte für ein, zwei Tage aus Winter Eyes verschwinden. Der Sommer war absolut erdrückend; die Klimaanlage war ausgefallen, und die Wände im alten Trakt schwitzten, die Pfleger schlurften kurzärmelig herum, die Insassen waren schlapp und die Ärzte lustlos. Ich las, daß in der Pine Ridge Reservation ein großer Sonnentanz stattfinden würde, und mir war klar, daß Preston dort sein würde. Ich stieg in den Wagen, den ich wochenlang nicht mehr benützt hatte, seit ich aus Lead zurückgekommen war. Der Winter hatte es mit dem alten Impala nicht gut gemeint, jetzt keuchte und spuckte er und brauchte viel freundliches Zureden, bis ich mitsamt meinem Notizbuch und allem Drum und Dran zum Sonnentanzplatz fahren konnte.

Natürlich wußte ich in groben Zügen aus Dr. Murphys Unterricht über Indianer, was dort geschehen würde. Aber ich stellte mir das Ereignis in etwa wie einen Bericht im *National Geographic* vor, und damit hatte es nicht das geringste zu tun.

Es gab den Kreis von Frauen, die sich wie in Zeitlupe zu dem hypnotischen Trommeln vor und zurück bewegten. Es gab auch den heiligen Baum, die Männer in ihren knielangen Schürzen mit Salbei in der Hand, Pfeifen im Mund und Nadeln in ihren Brüsten, die zu der ernsten Musik tanzten. Ich hatte allerdings nicht mit der Hitze gerechnet, mit der Gleichgültigkeit, die mir entgegenschlug, und vor allem nicht mit der – wie soll ich es ausdrücken – Korpulenz der Akteure.

In meiner Vorstellung hatten drahtige, schwitzende junge Männer einen wilden, leidenschaftlichen Tanz aufgeführt – in der Schule hatte ich sogar geheime masochistische Träume mit diesem Ritual verbunden. Die Realität war ziemlich ernüchternd. Ich sah, wie versunken die Tänzer waren; ihre Schmerzen mußten echt sein. Aber ich litt unter dem gleißenden Sonnenlicht. Und Preston war nicht da.

Schließlich mußte ich zugeben, daß vor allem Prestons Abwesenheit mir das Spektakel vermieste. Ich wollte ihn leiden sehen.

Nicht um seines Volkes willen, sondern wegen mir. Es war schwer, mir das einzugestehen, aber so war es. Unter dem Auge des Großen Geheimnisses gab es keine Lügen, nicht einmal vor mir selbst.

Und das fand ich am unerträglichsten an diesem Tanz. Die Wahrheit, die daraus sprach. Es gibt keinen Helden, der sich kreuzigen läßt, um der Welt die Sünden zu nehmen. Es gibt nur den Menschen, hier und jetzt, der sich selbst kreuzigt, leidet und Leben schenkt. Und kein muskelbepacktes Conan-Abziehbild. Die Wahrheit hat einen dicken Bauch, ist manchmal arbeitslos, vielleicht Alkoholiker, schlägt vielleicht seine Kinder. Ein gewöhnlicher Mensch mit gewöhnlichen Fehlern.

»Schmerzliche Wahrheit« ist für die Lakota keine Metapher.

Ich fürchtete mich vor der Wahrheit.

Deshalb floh ich vom Schauplatz des Geschehens, noch bevor ein Tänzer sich vom Heiligen Baum losgerissen hatte, deshalb rannte ich den ganzen Weg zurück zum Auto, das Trommeln und die Falsettstimmen immer noch im Ohr, deshalb drehte ich das Radio auf und schoß zur altbekannten Musik der *Drifters* die Straße hinunter.

Ich beschloß, nach Wall zu fahren, einer merkwürdigen Stadt mit einem Drugstore so groß wie ein ganzes County, in dem es immer von Touristen wimmelte. Die Straße wand sich durchs Hinterland; ich dachte – mit dem romantischen Größenwahn der Jugend –, daß ich mit diesen verkrümmten Felsen, diesen grellen Farben, dieser einzigartigen Ödnis kommunizieren könnte und daß es mir diese Kommunikation ermöglichen würde, das einzuordnen, was ich eben gesehen hatte.

Statt dessen starb mir das Auto ab, und so stand ich in der brütenden Hitze, wischte mir die Stirn mit meinem Sommerkleid und sah mit meinem hochtoupierten Haaren wie ein erschrecktes Stachelschwein aus. Qualm stieg unter der Motorhaube empor, und ich war so durstig, daß ich fürchtete, meine Kehle könnte verdampfen. Ich fluchte auf mich selbst. Ich hatte tatsächlich damit gerechnet, daß es bei dem Sonnentanz einen Cola-Automaten geben würde – bei einer religiösen Zeremonie! Ich war so blöd und so verdammt – so verdammt – spießig und so typisch weiß! Und in diesem Augenblick, mitten im Nichts, verlor ich die Fassung. Ich sprang aus dem Wagen und trommelte mit meinen Fäusten auf die Motorhaube und schrie den Impala an, er solle sich seinen Motor in den Arsch schieben.

»Du hättest das Wasser nachsehen sollen, bevor du das Irrenhaus verlassen hast, Schwester.«

Ich wirbelte herum. Er stand vor mir.

Drahtig und muskulös und kein bißchen fett. »Du warst nicht da!« schrie ich ihn an. »Du hast dich nicht einmal getraut, du Angeber... du kannst nur Eindruck schinden...«

Er stand ruhig und lächelnd vor mir in zerrissenen Jeans und einem fadenscheinigen T-Shirt. Sein Haar war gewachsen; in der windstillen Hitze klebte es an seinen Wangen und an seinem Hals. Er war dünn; er roch süßlich-krank wie jemand, der an Unterernährung leidet. Er ließ sich ein paar Minuten lang von mir anbrüllen. Dann packte er mich an den Handgelenken, mit einer Ruhe, die er nicht besaß, davon war ich überzeugt. Irgendwie war er anders.

»Ich habe mich nicht getraut, Carrie«, sagte er. »Ich hab'... was anderes entdeckt. Eine Traumwanderung ist ziemlich komisch. Du gehst los und erwartest weiß Gott was... Schmerzen natürlich, aber danach wirst du was sehen, denkst du. Vielleicht einen riesigen Totem-Bären, der dir Pfeil und Bogen reicht und sagt: ›Du bist ein Krieger.‹ Oder: ›Du bist ein Medizinmann.‹ Oder vielleicht auch: ›Du bist eine Schwuchtel.‹ Und dann führt er dich zur Schwitzhütte und zum Heiligen Kreis... und zum Sonnentanz und allem. Aber manchmal siehst du in der Vision auch Dinge, die du nicht wissen möchtest.« Seine Augen waren in schrecklich weite Ferne gerichtet.

»Wie hast du mich gefunden, Preston?«

»Ich hab' dich gewittert. Die Luft ist ruhig und feucht, da bleibt ein Geruch stundenlang, tagelang haften. Und ich habe keine Angst davor, dich wittern zu können. Du weißt es jetzt, nicht wahr?«

»Was denn?«

»Baby, du hast Wolfsblut in dir. Vielleicht bist du kein hundertprozentiger, erstklassiger Werwolf, aber es steckt dir in den Knochen, du kannst es fühlen. Ich weiß es.«

Ich stand vor ihm, wie vom Donner gerührt. Der Alptraum kam wieder. Speranzas Alptraum. Überschwemmte mich. Hier, bei hellem Tageslicht, in der Sonne. Mir fiel wieder ein –

Ich war sehr klein und kuschelte mich in meinem Bett unter die Decke mit den großen roten Rosen, meine Mama las mir Rotkäppchen vor. Und als das Licht gelöscht wurde, wickelte ich mich in die Decke wie in einen Kokon und sah –

Dunkelheit. Feuchte Wände. Im Wolfsbauch. Ich wartete auf die Jäger. Wartete auf die Geburt. Ich, mißgebildet, verkrümmt, Halb-Frau.

»Schätze, ich repariere deine alte Schrottmühle, bevor sie hochgeht«, sagte Preston und hob die Motorhaube an. »Ah… kein Kühlerwasser… dumme Ziege.« Aber er sagte es ohne Bitterkeit. Er begann in den Innereien meines Wagens herumzufuhrwerken – ich fühlte mich, als wären es meine Innereien.

William Dupré war nicht mein Urgroßvater.

Nicht der Mann auf der verblichenen Fotografie im Wohnzimmer neben der Verandatür…

Mein Urgroßvater hieß Scott Harper und kam aus Missouri, war ein Kavallerie-Offizier, Held der Indianerkriege, Renegat, Deserteur – Werwolf.

Deshalb verstand ich die Alpträume – und deshalb erschien mir Johnny Kindreds Vorhaben so real. Ich hatte nie an die Macht des Schicksals geglaubt, aber jetzt wurde mir klar, daß wie bei einem Schachspiel alle meine Züge für mich geplant worden waren. Ich hatte Angst. Ich ließ zu, daß Preston mich in seine Arme zog. Ich spürte seine Lippen, seine Zunge auf meiner – brennend, trocken. Und immer dieser Geruch nach überreifen Orangen, die in einem vergessenen Garten verfaulen.

»Jesus, wir sind vielleicht ein Trio«, sagte er heiser. »Du und ich und der Killer von Laramie.«

Ich entwand mich ihm. »Was hast du in deiner Vision gesehen?« fragte ich ihn. Ich zündete mir eine Zigarette an.

»Mußt du mit deinem Dreck den heiligen…« setzte er an, so ruppig wie einst. Dann: »Tut mir leid.«

»Es tut mir auch leid.« Ich drückte sie aus und warf sie in den Aschenbecher des Impala. Die Berge machten sich über mich lustig. Sie griffen nach den Sternen, gelbe Berge, rosa Berge, ab und zu Grasflecken auf dem blanken Fels, mit lila Wildblumen getupft.

»Meine Vision…«

Seine Augen: das Braun war gelb gesprenkelt. Selbst im hellen Tageslicht hatte er etwas von einem Wolf an sich.

Ich wartete.

»November. Vollmond. Der Große Kreis schließt sich wieder. Es wird einen Mondtanz geben.«

»Einen Mondtanz?«

»Ja. Der Wolfsjunge wird uns führen. Türen werden geöffnet. Die Welt kann erlöst werden. Wir können mit dem Tier in uns leben. Ja.« Seine Augen glänzten. »Sonst gibt es Krieg, Zerstörung, Tod, Apokalypse. Es liegt an uns.«

»Ist das nicht ein bißchen übertrieben metaphysisch?« fragte ich. Ich wollte lachen, doch dann merkte ich, daß es ihm todernst war. Also zupfte ich betreten an meinem Sommerkleid herum – nachdem ich keine Zigarette mehr hatte, und wartete ab.

»Du warst auch in der Vision, Carrie.«

»Wie meinst du das?«

»Du, ich und der Killer von Laramie.«

Ich kehrte am Abend ins Szymanowski-Institut zurück, besuchte den Friedhof: diesmal waren die Grabsteine jene von alten Freunden. Scott Harper. Hatten sie seine Leiche nach Winter Eyes zurückgebracht, obwohl er ihr eingeschworener Feind war? Noch ein Rätsel, das zu lösen blieb. Vielleicht wog die Tatsache, daß er Weißer und ein Werwolf war, so schwer – vielleicht mußte auch Natalia aus irgendeinem Grund ihr Volk von ihrem Coup ablenken.

Es gibt kein Grab für von Bächl-Wölfling, und die Statue, die Speranza Martinique, die Madonna der Wölfe, darstellen soll, habe ich ebenfalls noch nicht entdeckt.

Preston kehrte nicht zusammen mit mir zurück. Er ist immer noch da draußen, lebt in der Wildnis; ich vermute, er will sich noch mehr auf das Tier einstimmen. Vielleicht will er die Zivilisation nicht sehen, bevor sich seine Vision erfüllt hat.

Ich schlafe allein. Die Alpträume lassen mich nicht los.

Am Morgen traf ich Sterling La Loge zum Frühstück vor dem für diesen Tag vorgesehenen Interview mit J. K. Ich hatte bereits zwei Zigaretten geraucht, als er auftauchte. Er lächelte bloß und sagte: »Sie bringen sich noch um, Carrie.«

Ich aß.

»Ich klinge ungern wie der klassische Freudianer, der ich nun einmal bin, aber diese neue Sucht deutet auf einen tiefen Wunsch hin, zum oralen Entwicklungsstadium zurückzukehren. Eine Art Regression, um genau zu sein. Sehnen Sie sich nach dem Mutterleib, meine Liebe?«

Ich lachte, aber als ich die Augen schloß, dachte ich an –

Drinnen. Auf die Jäger warten.

»Wirklich nicht, Dr. La Loge.«

»Das ist gut.« Er schenkte mir noch eine Tasse Kaffee ein. Ich trank hastig – ich hörte ihn geradezu denken: »Wie oral, wie oral«, aber das war mir gleichgültig. »Wir sind an einem Scheideweg angelangt... ich hoffe, Sie sind sich im klaren darüber, Carrie, daß wir ohne Sie nicht so weit gekommen wären... aber der schwierigste Teil steht uns noch bevor.«

Ich wußte, was er meinte. Ich hatte gelernt, daß sich eine multiple Persönlichkeit normalerweise nach einem traumatischen Erlebnis in der Kindheit entwickelt – meist handelt es sich dabei um eine Art sadomasochistischen Inzest. Das Erlebnis ist so unerträglich, daß das Opfer seine Existenz verleugnet; es streitet ab, daß ihm so etwas jemals widerfahren ist... und schafft eine neue Persönlichkeit, die diese entsetzlichen Ereignisse auf sich nimmt. Das

Absplittern der ersten Persönlichkeit löst eine Kettenreaktion aus, und bald entstehen ein Dutzend oder mehr Charaktere, jeder mit eigenem Akzent, eigenem Alter, eigener Stimme, eigenem Namen, eigenen Gehirnströmen. Trotzdem ist das keine Psychose – nur eine »Persönlichkeitsstörung«.

Wir mußten uns noch dem Ursprungstrauma stellen.

Ich hatte von gräßlichen Erfahrungen in J. K.s Leben gehört, die für mehrere Traumata ausgereicht hätten. Aber keine davon war die ursprüngliche Erfahrung – das dunkle Herz – J. K. hatte sich ihm nie gestellt, obwohl er während der Traumwanderung des Indianers dicht davorstand.

La Loge sagte: »Ich muß Sie um noch mehr Kooperation als bisher bitten. Ich weiß, daß es schwer für Sie ist; aber J. K. glaubt, daß Speranza anwesend sein muß, wenn er die letzte Barriere durchbricht. Wäre es zuviel verlangt, wenn ich Sie darum bitte, Speranza... zu *personifizieren*? Stellen Sie sich vor, Sie würden in J. K.s Phantasieleben eintauchen, oder was immer Ihnen gefällt, aber...«

Personifizieren?

La Loge hatte keine Ahnung, wie ich mich fühlte. Speranza Martinique hatte mein Leben bereits soweit erobert, daß ich ihre Träume träumte, ihre Gedanken dachte. Ich war hervorragend geeignet, seine therapeutischen Phantasiespiele mitzuspielen, denn ich war kurz davor, vollkommen von Speranza aufgesogen zu werden und Carrie ganz zu verlieren.

Ich schaute an Dr. La Loge vorbei und aus dem Panoramafenster auf Weeping Wolf Rock, der jetzt nicht mehr aus Schnee aufragte wie an jenem Tag, als ich hier angekommen war, sondern über einer leuchtendgrünen Pflanzendecke thronte. »Ich werde tun, was ich kann. Natürlich.« Ich zündete mir meine dritte Zigarette an. Lieber Nikotin, dachte ich, als Kokain wie Speranza.

1885: Rock Springs, Wyoming-Territorium

Am Tag vor Vollmond

Der Herbstwind fegte durch Rock Springs, als die Cowboys die Stadt stürmten, von wo aus der Goodnight-Loving-Trail nach Süden begann. Der Wind rüttelte an den Verschlägen, schüttete Berge toten Laubes auf die matschigen Straßen, klatschte Schlammbatzen gegen die Türen, schlug Schilder gegen die Wände. Vor Webb's General Store verkündete ein flatterndes Plakat an einem Verandapfosten von den Wundern, die am nächsten Tag zu erwarten waren:

Nur einen Tag in Rock Springs
Morgen in Bitter Creek

CLAGGARTS WUNDERBARER
ZIRKUS DER WANDLUNGEN!

Für nur zehn Cents(!)

SEHEN SIE

Eine Zigeunerin, die in die Zukunft sehen kann.
Eine rechnende *Jackalope*.
einen *Magier*, der eine Kugel aus einer Schußwunde herauszaubern kann, die vom *schnellsten Schützen im Wilden Westen* abgefeuert wurde, und:

(NUR BEI VOLLMOND)
einen *Jungen, der sich in einen*
WOLF VERWANDELT!!

Darunter hatte jemand gekritzelt: und einen Chinesen, der zum Christen wird!

Der Wind war so laut, daß kaum zu hören war, was sich sonst noch an jenem Tag in Rock Springs abspielte. Aber als Victor Castellanos sein Pferd vor dem General Store festband und seine beiden Begleiter – Schwarze, die als Kinder noch Sklaven gewesen waren – zum Saloon davonstapfen sah, roch er Blut. Die Stadt stank nach Tod. So kurz vor Vollmond konnte es Victor Castellanos fast schmecken. Obwohl er seit beinahe zwei Jahren, seit dem Tod des alten Grafen, nicht mehr mit dem Rudel in Winter Eyes zusammen war, identifizierte er den Duft sofort. Panik. Schrekken. Und Blut. Er fragte sich, ob die Leute aus Winter Eyes auf ihren Streifzügen so weit nach Westen vorgedrungen waren.

Und da war noch ein anderer Geruch. Irgendwo in der Nähe war ein junger Wolf. Die Pfosten des Gehsteigs waren markiert. Wer immer das getan hatte, verstand zu pissen, selbst im stärksten Wind.

Das Tosen des Windes stieg noch an. Und dann, als Victor sich umdrehte, begriff er, daß es nicht nur der Wind war. Eine aufgebrachte Gruppe von Leuten kam um die Ecke gebogen und eilte auf den General Store zu. Sie schleiften einen Chinesen an seinem Zopf mit. Ein zweiter, den man wie ein Spanferkel zusammengeschnürt hatte, wurde mit Gewehrkolben vorwärtsgestoßen. Die Menge jubelte. Castallanos verstand nicht, was sie sagten. Es war ein widerwärtiger Anblick.

Er entschied, daß es vielleicht am besten war, sich in den Saloon zu verkrümeln. Er überquerte die Straße. Er drückte die Tür zum Saloon auf. Drinnen spielten ein Klavier und eine Geige. Er trat ein. Die beiden Neger saßen ganz hinten vor ihren Gläsern; der Barkeeper blickte auf und nickte neugierig; ein toter Chinese schwang wie ein Pendel vom Dachsparren. Sie hatten ihn an seinem eigenen Zopf aufgeknüpft. Die Zunge hing ihm aus dem Mund, seine Augen quollen aus den Höhlen, und auf Victors Schuhe tropfte Blut.

»Bleiben Sie lieber nicht da stehen«, sagte der Barkeeper. »Das

Chinesenblut bringt Ihre Sporen zum Rosten, ehe Sie es sich versehen.«

Victor Castellanos war schockiert. Nicht einmal unter den Comancheros wurde der Tod so beiläufig abgetan. Nicht einmal die Werwölfe schmückten ihre Häuser mit frisch erlegter Beute –

»Was ist denn los?« fragte er.

»Endlich wird die Stadt von dem Ungeziefer befreit«, erklärte ihm der Barkeeper. »In dieser Stadt leben anständige Menschen, weiße Menschen.«

Die Schwarzen schienen sich äußerst unwohl zu fühlen.

»Ich bin kein Weißer«, erklärte Castellanos und stellte sich an die Bar.

»Wenigstens sind Sie kein Heide. Scheiße, nicht mal die Nigger sind Heiden!«

»Bei Gott, das sind wir nicht«, bekräftigte der größere der beiden Schwarzen, Ned Johnson, ganz entschieden ein »anständiger Mensch«, dachte Victor, und ein exzellenter Cowboy dazu, der mit dem Lasso umzugehen verstand. Sein Freund Samson war nicht ganz so ehrbar, er würde klauen, wenn er keinen Job hätte.

Außer den drei Ortsfremden und dem Barkeeper sowie den zwei Frauen in scharlachroten Kleidern an den Instrumenten war der Saloon leer. Der Lärm draußen schwoll an.

»He«, erklärte der Barkeeper schließlich, »ich will auch zuschauen. Stört es Sie, wenn ich solange zumache?«

Ohne eine Antwort abzuwarten, verließ er die Bar und verschwand nach draußen. Die Geigerin brach mitten im Stück ab, stemmte die Hände in die Hüften und marschierte zur Theke. »Männer!« stöhnte sie. »Sie wollen immer nur töten. Noch eine Runde?« Sie öffnete eine Flasche Hausgebrannten und füllte die Gläser neu, ohne daß einer etwas gesagt hätte. »Ach, keine Angst wegen der fünfzig Cents, das werden sie gar nicht merken bei dem Rummel da draußen.«

Die Klavierspielerin stimmte einen sentimentalen Walzer an, den sie mit weitausholenden Armbewegungen und regem Mienenspiel vortrug.

»Und was ist das für ein Rummel da draußen?« fragte Victor. Er hatte den Wolfsgeruch hinter dem Schrecken und dem Blutvergießen nicht vergessen. Trotzdem war er überzeugt, daß die Werwölfe nichts damit zu tun hatten.

»Sie erledigen endlich, was sie schon vor Jahren hätten tun sollen – sie massakrieren die Heiden, die unsere Stadt übernehmen wollten.«

Schreie draußen. Castellanos stand auf, lehnte sich an die Saloontür. Getrampel auf der Veranda. Männer, Frauen, mit angespannten, haßverzerrten Gesichtern. Mitten auf der Straße kauerten Chinesen, mehr als zehn – ein Mann hielt ein Baby unter jedem Arm – eine Frau in zerfetztem Kleid wehrte mit einem Jade-Götzenbild zwei Männer ab, schrie – Schüsse – Castellanos sah, wie die Menge auf den Saloon zu drängte, wie ein Mann niedergetrampelt wurde, seine Eingeweide sich in den Sporen der Männer verfingen – und Herbstlaub vom wolkenverhangenen Himmel fiel.

»Los, den knüpfen wir gleich hier auf.« Fünf junge Männer – allesamt so alt, daß sie kaum ihre Schuhe binden konnten – trieben einen alten Mann mit Fußtritten über den Gehsteig. Blut quoll aus seiner Nase, seinem Mund. Sein Anzug war blut- und schlammverklebt.

»Am besten direkt über der Saloontür«, schlug einer vor.

»Gute Idee.« Ein zweiter knüpfte bereits die Schlinge.

Sie zerrten den Chinesen hoch, legten ihm die Schlinge um den Hals und warfen das Seilende über einen Querbalken. Einer nach dem anderen spuckten sie dem Chinesen ins Gesicht. Er schien sich in sein Schicksal zu fügen.

»Wir jagen diese verfluchten Heiden aus der Stadt. Kulischweine! Götzendiener!«

»Bringt sie um. Verflucht, bringt sie um. Gottverdammt, killt diese Hurensöhne!«

»Nicht so derb, Jungs!« Die Geigerin hatte einen Stuhl in die Tür geklemmt, damit sie offenblieb. »Es ist eine Sache, die Erde von Ungeziefer zu befreien, und etwas anderes, den Namen des Herrn zu mißbrauchen.« Sie sah ihnen zu, wie sie das Seil befestigten, kaute einen Priem dabei. Dann schlenderte sie hinaus und half mit, das Seil festzuknoten. »Will euch mal unter die Arme greifen.«

Mit feistem Grinsen erwiderte ein Junge: »Ich hab' gehört, du greifst auch ganz woanders hin, Jenny Lee.«

»Könnt ihr denn immer bloß an Weiber denken? Wir haben Wichtigeres zu tun. Wir lösen hier eine nationale Krise, die Chinesenfrage, und zwar in Windeseile.«

Jenny Lee lachte und zog an, wandte sich an Victor. »He, helfen Sie uns mal, Kumpel.« Der Chinese sah sein Ende nahen und unternahm einen letzten verzweifelten Fluchtversuch. Der grinsende Junge verpaßte ihm einen Schlag auf den Mund. Ein Zahn schlitterte über die schmutzigen Bohlen.

Victor wußte nicht, was er tun sollte. Diese Leute machten ihn krank, aber er wußte, daß er nichts unternehmen konnte. Am Ende hätten sie sich ihn selbst vorgeknöpft oder einen der schwarzen Kuhhirten.

Dann dachte er: Ich bin nicht einmal ein Mensch, es macht ohnehin keinen Unterschied. Und er legte eine Hand an das Seil.

Im gleichen Augenblick hörte er eine Kugel sirren. Der grinsende Bursche brach zusammen. In seiner Stirn war ein Loch von der Größe eines Fünf-Cent-Stücks.

»Ja verdammt...« Sein Freund, anscheinend der Rädelsführer, schüttelte den Kopf. Er rief der Menge zu: »He, Vorsicht beim Schießen! Ihr trefft sonst weiße...«

Er ließ seinen Satz unvollendet. Ein zweiter Schuß. Castellanos sah den Magen des Kerls aufplatzen, den Burschen eine überraschte und schmerzverzerrte Grimasse ziehen und dann – langsam – über seinen toten Freund kippen.

Zehn Meter entfernt steckte ein Mann auf dem Gehsteig eine doppelläufige Merwin and Hulbert zurück in den Halfter.

»Laßt ihn«, sagte er. Es war nur ein Flüstern, aber es war laut genug. Ein Blättersturm: Laub türmte sich an den Eckpfeilern auf, Modergeruch drang in Victors Nase. Obwohl der Mann bleich war, hatte sein Gesicht indianische Züge; er trug sein langes Haar unter einem verbeulten alten Schlapphut, von dem eine einzelne Feder herabhing, eingekerbt, wie es bei den Sioux Sitte war, wenn sie zeigen wollten, daß der Träger ein erfolgreicher Krieger war. Er war jung; obwohl sein Gesicht wettergegerbt war und seine Augen von Fältchen umgeben waren, war er schlank, nicht wie ein Erwachsener; wahrscheinlich war er höchstens achtzehn oder neunzehn Jahre alt, so alt wie Castellanos, als er mit den Comancheros zu reiten begonnen hatte – lange, bevor er der Baronin von Dittersdorf begegnet war.

Castellanos konnte sich nicht beherrschen; er sagte: »Vielen Dank, daß Sie sie aufgehalten haben.«

Der Mann trat auf sie zu. Die übrigen Burschen tauchten im Gewühl unter; nur Castellanos, Jenny Lee und die zwei Leichen blieben zurück.

»He, es gab keinen Grund, die beiden umzulegen«, beschwerte sich Jenny Lee. »Sie wollten bloß ihren Spaß haben.«

»Spaß?«

»Die Unruhen gehen jetzt schon seit ein paar Tagen. Heute, spätestens morgen, kommt die Armee und macht Schluß damit. Die bringen die ganzen Heiden zurück nach Rock Springs – und beschützen sie, als wären es anständige Leute. Governor Warren hat sich bei Präsident Cleveland beschwert, und...«

»Und bis dahin haben die Jungs ihren Spaß.« Der Revolverheld betrat den Saloon; Jenny Lee machte ihm den Weg frei. Jetzt erst bemerkte Castellanos das Schild an der Wand neben dem Hutständer, auf dem in verzierten Buchstaben stand: »Keine Hunde, Indianer oder Chinesen.«

Der Revolverheld schenkte dem Schild einen beiläufigen Blick und bemerkte: »Sie haben die Neger vergessen.« Er deutete mit seinem Pistolenlauf auf Castellanos' Begleiter, die betreten zu Boden starrten.

»Äh... also...« begann Jenny Lee. »Wir sehen sie auch nicht gern hier, aber es gibt so viele dunkle Cowboys, daß wir sie als Kunden brauchen... aber wenn Sie möchten, dann bitte ich die beiden, sich weiter nach hinten...«

»Zu gütig von Ihnen, Madam, so gnädig, darüber hinwegzusehen, daß ich selbst nicht ganz sauberes Blut habe.«

Jenny Lee biß sich auf die Unterlippe. Die Melodie von »*La donna é mobile*« dröhnte ebenso laut wie falsch durch den Saloon. Schließlich fragte sie: »Was zu trinken?« und glitt hinter die Theke.

»Eine Runde«, bestellte der Schütze. Er zog eine Handvoll Kleingeld aus der Tasche und schob sie zu den beiden Schwarzen hinüber, dann warf er Victor einen Silberdollar zu. »Fang!«

Victor zuckte zurück. Zu spät! Das Silber fuhr über seine Knöchel, versengte sie – er stieß ein kurzes Jaulen aus. Als sein Blick dem des Revolverhelden begegnete, ahnte er, daß jener wußte, was er war.

Leise, so daß nur Victor es hören konnte, sagte der Fremde: »Sie hätten besser aufpassen sollen, mein Freund. Jetzt muß ich Sie töten. Das habe ich beim Grab meines Vaters geschworen.«

»Ich weiß nicht, warum Sie mich umbringen sollten. Wenn ich zufällig jemanden getötet hätte, der Ihnen nahestand, dann versichere ich Ihnen, daß ich mich zu diesem Zeitpunkt nicht unter Kontrolle hatte – wie Sie sicherlich verstehen werden, da Sie mein Wesen erkannt haben.« Die Knöchel seiner Linken traten weiß hervor; das Silber hatte die Haut abgesengt und sie bloßgelegt.

»Jeder, den ich liebte«, sagte der Fremde, »wurde von euch ermordet.«

»Aber wenn Sie schwören, uns alle umzubringen, nur weil wir sind, was wir sind... ist das nicht das gleiche wie... das, was die Menschen in dieser Stadt mit den Chinesen machen?«

»Ich habe einen Eid geschworen«, antwortete der Fremde nur, aber Castellanos sah den Zweifel in seinen Augen und die Verzweiflung. Sie waren einander ähnlich. Was ihn aus Winter Eyes vertrieben hatte, was ihn zur Flucht vor dem, was er geworden war, gezwungen hatte, es war der gleiche Impuls, von dem der Fremde getrieben wurde. Und deshalb stimmte Castellanos, als jener fragte: »Wie wäre es mit morgen, bei Sonnenaufgang?« dem Duell zu.

»Das gibt mir noch Gelegenheit, meine Dinge zu ordnen«, sagte er. Er erklärte dem Fremden nicht, daß heute nacht Vollmond sein würde; das wußte er bestimmt schon. »Aber wenn ich morgen vielleicht sterben muß, dann wüßte ich gerne den Namen meines Gegners.«

»Theodore Grumiaux«, antwortete der.

Sie reichten sich die Hände. Grumiaux' waren trocken. Die Geigerin servierte ihnen Whisky. Der Barkeeper kam wieder hereingepoltert und versetzte dem erhängten Chinesen einen Stoß, so daß jener wieder zu schwingen begann. Draußen ging das Lärmen weiter. Als die Tür aufschwang, wehten Blätter in den Saloon, ocker, gold, zinnoberrot.

»Gottverdammte Armee«, brummte der Barkeeper. »Sie sind nur noch eine Stunde entfernt.«

»Recht und Gesetz«, bemerkte Jenny Lee verächtlich. Sie nahm einen Schluck Whisky aus der Flasche, die sie eben zum Einschenken hergenommen hatte.

»Paar weiße Burschen versperren mir den Eingang«, beschwerte sich der Barkeeper. Die anderen zuckten mit geübter Nonchalance die Achseln. »Querschläger wahrscheinlich.«

»Schätze, der Spaß ist vorbei«, sagte Jenny Lee.

»Nicht ganz«, erwiderte der Barkeeper. »Ein Zirkus ist heute in der Stadt, da geh' ich mit meinen Freunden hin. Zigeuner, Zauberer und ein Werwolf, habe ich gehört.«

Grumiaux versteifte sich.

Das war also der junge Wolf, den Castellanos gewittert hatte.

Ihm blieb nur wenig Zeit. Er war überzeugt, daß dieser Castellanos ihn durchsieben würde, noch ehe er seine Waffe gezogen hatte. Castellanos hatte schon viele Duelle überlebt, aber er hatte die dumpfe Ahnung, daß dieser Kerl mit silbernen Kugeln schoß. Doch es konnte keinen ehrenvollen Rückzug mehr geben, nachdem sie das Duell mit Handschlag besiegelt hatten.

Vielleicht, dachte er, bin ich bloß vor dem Unausweichlichen geflohen. Ich wollte nie ein Monster sein; vielleicht wurden meine Gebete endlich erhört, vielleicht wird dieser Fluch nun endlich von mir genommen. Er hegte keinen Groll gegen den anderen. »Passen Sie auf«, sagte er, »ich weiß, daß ich Sie damit nicht von Ihrem Vorsatz abbringe, mich zu töten, aber warum sollte ich Sie eigentlich nicht zum Essen einladen? Es gibt ein ausgezeichnetes Restaurant an der Ecke und...«

»Nicht mehr«, antwortete Grumiaux grimmig. »Der Koch war Chinese.«

»Dann das Wirtshaus. Neben Webb's General Store.«

Rock Springs

Vollmond

Der Junge öffnete die Augen. Es war jetzt immer dunkel, es sei denn, sein Meister wollte es anders. Das Dunkel entstand durch eine feste Samtdecke, mit der sein Käfig abgedeckt war und welche die silbernen Gitterstäbe verhüllte; aber er fühlte die Kraft des Mondes, trotz des Samtes und des Silbers. Sein Blut strömte nicht ganz so träge. Es war heiß und stickig im Käfig, und der Geruch seines Urins ertränkte das billige Parfüm, mit dem der Käfigboden übersprüht worden war.

»Was haben Sie da im Käfig, Mister?«

Eine Frauenstimme, rauchig; er registrierte den Tabakqualm in der Luft. Auch süßlichen, getrockneten Samen, Samen verschiedener Menschen. Selbst im Dunkel erkannte er, wohin er gebracht worden war. Er knurrte, aber das Silber dämpfte sein Knurren zu einem leisen Schnurren; er spürte, wie der Samt leicht vibrierte. Die Luft war so stickig, so stickig – er pulte an einer Wunde auf seinem Arm herum, leckte den Eiter ab, kauerte sich zusammen, denn er wußte, was folgen würde.

»Der Käfig, Mister! Sie haben gesagt, daß Sie mir sagen wollen, was da drinnen ist.«

»Ich zeig's dir später. Jetzt zieh erst einmal das Seidenhemd aus und...«

Er hörte Stoff reißen. Und nervöses Kichern.

»Sie wissen, daß wir zerrissene Kleider extra berechnen müssen... das Spitzenband muß wieder angenäht werden, wissen Sie... Parisisches Chantilly und... iih! Das ist aber k-kalt!«

»Mit Gold läßt sich jede Frau zähmen. Hier. Ich werde dich damit berühren. Ich rolle diesen Doppeladler deinen hübschen kleinen Hals hinunter... bis zu deinen Titten. Titten wie... Rosenknopsen, genau, Rosenknospen im Morgentau... im Zwielicht. Wirklich wahr, diese Milchdrüsen sind hübsch, sehr hübsch.«

»Ein Dichter! Einen Dichter habe ich noch nie gehabt!«

»Ich hab' nicht nur Poesie für dich, mein kleiner Engel! Ich habe auch Magie... dunkle, dunkle Magie!«

»Oooh!«

»Das Gold. Es glänzt auf deinem Bauch... wie ein Messer...« Wieder Stoffreißen. Und schwerer Atem. Der Junge spitzte die Ohren, setzte sich auf... roch weibliche Erregung. Dann ein gequältes Stöhnen... wie eine Hirschkuh, die den ersten Biß des Jägers in den Hinterläufen spürt... Haut auf Leinenlaken, Fleisch glitt über schwitzendes Fleisch. Der Wolfsjunge spannte seinen Körper an. Eine Schabe krabbelte über den Samt. Gespannt. Gespannt. Rhythmisches Quietschen, regelmäßig wie die Herzschläge, Herzschläge – er hörte sie genau, wie sie im stickigen, dumpfen Dunkel donnerten – gespannt. Gespannt. Er lauschte. Er hörte das Blut rasen. Er roch die Flüssigkeit, die die Schwellkörper schier zum Platzen brachte. Donnern. Donnern. Das Samt war schweißdurchnäßt, hier und da steif von getrocknetem Blut – der Käfig ein Mutterleib. Brütend heiß.

»Willst du sehen, was in dem Käfig ist?«

»Ja... o ja... ja...«

»Aber das kannst du doch später heute abend sehen. Bei der Vorstellung.«

»Keine Sondervorstellung?«

Ein rauhes, grobes Lachen.

Die Frauenstimme. »Alle gehen hin. Die Männer sind ganz aufgedreht, weil sie den ganzen Tag lang Chinesen gejagt haben... sie wollen jetzt gemütlich zusammensitzen und lachen und trinken. Und ich habe gehört, daß auch viele Soldaten aus Camp Butte kommen, die hier Frieden stiften sollen. Aber ich kann nicht... ich arbeite. Die ganze Nacht.«

»Arbeiten! Wie viele Hengste willst du denn zähmen, junges Ding?«

»Darüber darf ich nicht sprechen, schon gar nicht mit einem Ku-, ich meine...«

»Fürchtest du dich vor Wölfen, mein Kleines?«

»Ich hab' gehört, daß Sie einen Wolfsjungen in Ihrer Show haben.«

»Die Wölfe schleichen sich mitten in der Nacht an unschuldige Bürger heran... auf den Ranches... selbst mitten in der Stadt... große Wölfe mit glitzernden Augen... Wölfe, die dich in Fetzen reißen. Hast du Angst vor Wölfen?«

»J-ja... aber sie werden bald aussterben, es ist eine Prämie auf sie ausgesetzt.«

»Es gibt einen Wolf, den kann man nicht töten... den Wolf in jedem Mann. Den großen, bösen Wolf.«

»Sie machen mir angst!«

Gespannt. Gespannt. Eine Hand strich über den Samt, tastete nach dem Riegel.

»Ohne diesen Käfig gehe ich nirgendwohin. Mein wertvollstes Stück. Mein Herzblut ist in dem Käfig, mein geheimster Herzenswunsch.«

Pochen. Der Samt raschelte. Ein dünner Mondstrahl durchbohrte das Dunkel, spießte ihn auf, und er stieß ein kurzes, erschrockenes Jaulen aus... er wandelte sich, wo ihn das Mondlicht traf. Der Arm. Das Fleisch bebte. Er kauerte sich nieder. Die Stäbe wackelten.

»Jawohl, Madam... ja, du dreckige kleine Hure... vielleicht fragst du dich, was Cordwainer Claggart Dunkles in seinem Herzen birgt. Jetzt liegst du splitternackt vor mir, und der Mond scheint auf deinen hübschen kleinen Körper... du hast nichts mehr zu verbergen, weil ich dich bis auf die Haut ausgezogen habe, und unter der Haut ist nichts mehr, nur Blut und Knochen und Fleisch und Sünde... du kannst nichts mehr vor mir verbergen, kleine Schwester. Ich stehe über dir und sehe und urteile und...«

Der Samt flog herunter, die Käfigtür sprang auf und – Jonas war befreit! Der Mond strich über seinen ganzen Körper. Er kitzelte, das Blut raste, Hitze loderte in seinen Innereien, als das Fell aus der Haut schoß und die Schnauze sich aus seinem Gesicht schob und heiße Pisse aus seinem Penis spritzte und über die Laken sprühte, und der Mondschein drang in seine Augen, und er heulte die zersplitterten Bilder an –

Die Augen der Frau, umgeben von verschmierten Make-up, die sich abschälende Tapete mit dem Jagdmuster, das offene Fenster, durch das ein kalter Wind zog und –

»Tu deine Pflicht, mein Sohn«, drängte ihn Cordwainer Claggart liebevoll.

– ihre totenbleiche Haut im Mondlicht, die unnatürlich roten Lippen, der zum Schrei geöffnete Mund, die verkrampften Halsmuskeln, so daß nur ein leises Piepsen aus ihrer Kehle drang, wie das Pfeifen des Windes.

»Ich hab' dir doch gesagt, es ist Magie«, sagte Cordwainer Claggart.

Herbstblätter, die über das Fensterbrett wehten, langsam auf den Orientteppich herabtaumelten, durch dessen kahle Stellen der polierte Eichenboden glänzte und –

Jonas heulte! Die Frau rollte sich zusammen, die Handflächen gegen die Matratze gestemmt, wich an das Kopfende zurück, das mit einem geschnitzten Rosengeflecht verziert war, der Todesgeruch wurde jetzt stärker, durchtränkte seine Lunge, selbst sie konnte ihn jetzt riechen, und als die Transformation abgeschlossen war, wurden alle Gerüche intensiver, und das leiseste Wimmern gellte in seinen Ohren, und die Farben verblichen in Hunderte Schattierungen wie auf einer alten Fotografie.

»Greif zu, mein Sohn!« sagte Cordwainer Claggart.

Und der junge Wolf sprang.

»Greif zu!«

Seine Klauen gruben sich in ihre Brüste, seine Schnauze war an ihren bemalten Lippen, seine Hinterläufe an ihrem Schamhügel und –

Claggart lachte. »Mein geheimes Ich«, lachte er, »meine Dunkelheit, mein Zorn, meine Rache.«

Er knackte den Brustkorb auf, zerrte die Därme heraus wie ein langes Band, Blut platschte auf die Tapete, sog sich an den kahlen Stellen in den Putz, Blut durchnäßte die Laken, glitschte an den Bettpfosten herab, tröpfelte auf die Dielenbretter wie ein Frühlingsregen.

Claggart lehnte sich gegen das Bett, packte sich mit beiden Händen, die Hose schlackerte um seine Knöchel, er flüsterte sich Worte zu, die der Wolfsjunge nicht verstand – die geheime Sprache seines Herzens.

Ein Blutrinnsal vom Mundwinkel über die Kehle bis hinab zum spitzenbesetzten Kragen.

Er begann zu fressen. Wut trieb ihn an. Dampfende Fleischbatzen, heiße Säfte in seinem Mund. Der Blutgeschmack machte ihn trunken. Er krümmte sich und rieb sich an dem Körper. Er schüttelte das Blut aus seinem Fell. In konzentrischen Kreisen sprühten die Tröpfchen auf den Boden. Er riß die Klitoris heraus und verschlang sie. Sie schmeckte nach Erregung. Das trieb ihn zum Wahnsinn. Er warf sich auf den Leichnam wie ein Liebhaber.

Und Claggart schaute zu. Seine Augen waren in die Ferne gerichtet, aber immer wieder stieß er ein vollkommen unmotiviertes, wildes Lachen aus. Endlich, fast zögernd, warf er sich auf die beiden und peitschte die Hinterläufe des Wolfes mit einer silberbeschlagenen Rute. Der Wolfsjunge jaulte. Und Claggart umarmte die tote Frau und die Bestie, stieß ein paarmal zu und ejakulierte. Samen vermischte sich mit Blut und verklebte das Fell des Jungwolfes.

»Zeit für dich zurückzugehen«, sagte Claggart.

Der Wölfling heulte protestierend.

»Hinein!« befahl Claggart und ließ die Rute scharf auf die Schnauze des Wolfes niederfahren.

Und drückte ihn in den Käfig, donnerte die Tür zu und warf das Samttuch wieder darüber.

Und Jonas spürte die Verwandlung. Er sah Menschenhände aus pelzigen Schultern treten. Die Klauen zogen sich zurück. Es wurde schnell dunkler, denn Claggart zog das Tuch über die Käfigwände. Bald sah er nichts mehr. Er hörte Schaben und Kratzen; Claggart arrangierte das Zimmer um, damit es so aussah, als wären sie angegriffen worden. Später würde er sich ein Messer in den linken Arm stoßen, um einen Kampf mit einem imaginären maskierten Fremden vorzutäuschen.

Man würde ihm glauben. Claggart besaß eine magische Begabung, mit Menschen zu sprechen – es war wie Musik. Nicht die primitive Musik seiner früheren Existenz, sondern eine lebhafte, lebendige Melodie von Blut und Lust – und Tod.

Tief in seinem Geist regten sich Stimmen. Er hörte nicht hin. Die anderen scherten ihn nicht mehr. Es ist meine Zeit, nicht ihre, dachte er. Und ich habe einen Vater.

Einen Vater, der mich liebt, dachte er, und sein Fleisch zeigte Schwären, wo die Peitsche es getroffen hatte.

Und er hörte Claggarts Stimme: »Ich schätze, wir haben das alte Märchen umgedreht. Du bist der Wolf, und ich bin das Schwein, aber du bist im Haus gefangen, und ich puste und puste dein Häuschen bis in die Hölle.«

Evanston, Wyoming-Territorium

Vollmond

Stadt um Stadt, eine so trübselig wie die nächste, alle entlang der Southern Pacific Railway, die sich durch Berge und Wüsten fädelte.

»Mrs. Dupré?«

Speranza hatte im Speisewagen gesessen und zugeschaut, wie sich die Landschaft vor ihr abspulte. Der Mond war hinter fernen Hügeln aufgegangen. Sie hatte die Arme um sich geschlungen, um die Kälte abzuwehren. Das Rattern, das Pfeifen der Lokomitive, das Summen der Fensterscheibe, wenn sie mit ihrem seidenen Puffärmel darüberwischte – diese Geräusche waren ihr so vertraut, daß sie sie kaum mehr wahrnahm. Aber sie war noch nie im Herbst gereist. Als sie die Berge hinter sich ließen und die Nadelbäume dem Laubwald wichen, hatte sie versucht, Farben zu zählen; eine Beschäftigung, um sich von den Gedanken an all das Schreckliche abzulenken, das sie erwartete.

»Mrs. Dupré? Soll ich Ihre Suppe mitnehmen?«

Sie hatte das Krabbenconsommé nicht angerührt. Aber sie lächelte nur und ließ es den Ober abräumen.

Wie es seine unkomplizierte Annäherung in San Francisco schon vermuten ließ, war William Dupré ein höchst unkonventioneller Ehemann. Obwohl sie schon vierzehn Tage nach ihrer Ankunft geheiratet hatten, hatte er ihr zu verstehen gegeben, daß diese Ehe nur dem Namen nach Bestand haben sollte, denn Mr. Dupré hatte nur wenig für das andere Geschlecht übrig. Die Ehegatten taten sich damit gegenseitig einen Gefallen: er würde dem Kind seinen Namen und ein Vermögen vererben; sie würde ihm als respektable Fassade dienen, hinter der er gewissen Bedürfnissen nachgehen konnte.

Die Leidenschaften ihres Gatten hatten sie bei ihren seltenen Zwiegesprächen nie erörtert. Sie hatte sich aus einem belauschten

Wortwechsel der Angestellten untereinander zusammengereimt, daß sie etwas mit seinen häufigen Besuchen in den sogenannten »Pfahlhäusern« San Franciscos zu tun hatten; diese Institutionen wurden nach der orientalischen Sitte benannt, die Ware auf eingefetteten Pfählen auszustellen, so daß der Kunde die Kapazität der diversen rückwärtigen Eingänge ermessen konnte. Mehr wollte Speranza gar nicht wissen.

Jedenfalls war Mr. Dupré freundlich zu Speranza und ihrem Sohn, den er in einem Anfall unangebrachten Stolzes William jr. taufte. Sie liebte ihren Sohn, schenke ihm all ihre Zeit und dachte nur noch selten an jenes andere Kind, das für immer in den Klauen der Dunkelheit gefangen war. Selten am Tage, heißt das; nachts, vor allem in den Vollmondnächten, peinigten sie immer noch Alpträume.

Trotzdem hatten die Pflichten ihrem Manne und ihrem Kinde gegenüber Vorrang. Sie wünschte sich, die Vergangenheit vergessen zu können. Hartmut und den Jungen, der die Augen seines Vaters hatte, aus ihrem Gedächtnis verbannen zu können. Dies gelang ihr nicht, aber sie hatte es wenigstens geschafft, sich mit ihren Qualen abzufinden.

Sie ließ sich in die gesellschaftlichen Kreise ihres Gatten einführen, memorierte Namen, Positionen, Vermögensverhältnisse von San Franciscos Elite. Sie nahm Klavierstunden, ging in Konzerte, wo sie ihre Alpträume in tobenden Kakophonien junger Avantgardekomponisten zu ertränken versuchte. Sie las wie besessen; sie arbeitete Zeitschriften wie *Harper's, Graham's* und *Century* von Anfang bis Ende durch.

Eines Nachmittags, als der Kleine schlief und sich ihr Mann auf einer Aufsichtsratssitzung befand, hatte sie im Wohnzimmer Tee getrunken, nachdem sie sich verzweifelt bemüht hatte, eine Liszt-Etüde vom Blatt abzulesen. Sie hatte den eben erst veröffentlichten *Huckleberry Finn* in ein paar Stunden gelesen und blätterte jetzt gedankenverloren in einer Handelszeitschrift ihres Ehemanns. Ein Artikel über die Chinesenfrage konnte sie nicht fesseln, deshalb blätterte sie weiter bis zu einer Reportage: »Wildwest-Shows: Sind sie eine lohnende Investition? Oder lediglich ein Unternehmen für Hochstapler ohne Zukunftsaussichten?« Darunter war eine Karikatur abgebildet, die Buffalo Bill, Sitting Bull, Annie Oakley und verschiedene andere mit dicken Geldsäcken in der Hand zeigte, während eine aufgeblasene Königin Victoria, hinter der diverse andere gekrönte Häupter angedeutet waren, unglücklich vor sich hin starrte. Der Name Claggart fiel ihr ins Auge.

> Andere, wie zum Beispiel der fahrende Zirkus des berüchtigten Claggart, beschränken sich auf sehr wenige Wildwesthelden und legen das Schwergewicht statt dessen auf magische, übernatürliche Wesen wie Vampire oder Werwölfe, mit der erklärten Absicht, die leichtgläubigsten unserer Hillbilly-Brüder um ihr Hab und Gut zu bringen. Dieses vagabundierende Varieté – denn trotz seiner hohen Ansprüche handelt es sich um nichts anderes – kann man in den Städten an der Southern-Pacific-Strecke bewundern, und der Besitzer behauptet, Woche für Woche mehr als tausend Dollar Reingewinn zu machen.

Sie las den Artikel gerade noch einmal, während sich der Zug mit fünfundzwanzig Meilen pro Stunde auf die Stadt Evanston zubewegte.

Diskrete Nachforschungen bei den Geschäftsfreunden ihres Gatten hatten ergeben, daß Claggarts Wunderbarer Zirkus der Wandlungen tatsächlich existierte. Es war zweifellos ein Billigunternehmen, nicht zu vergleichen mit Buffalo Bills Darbietungen, der an den Höfen Europas Triumphe gefeiert hatte. Aber es war ganz deutlich davon inspiriert – Reiterbilder, Schießkünste, sogar ein zahmer Indianer. Unter den angepriesenen Attraktionen war auch die Verwandlung eines »unschuldigen Knaben in eine reißende Bestie vermittels einfachen Mondscheins und ohne Licht, Spiegel, Hokuspokus oder andere Wundermittel« aufgeführt.

Mr. Dupré hatte keine Einwände erhoben, als sie ihn um die Erlaubnis bat, ein paar Monate lang ins Dakota-Territorium reisen zu dürfen. Er hatte sie mit reichlich Gold für die Reise ausgestattet und ihr außerdem Kreditbriefe mitgegeben. Er fragte nicht, was sie plante; immerhin hatte sie ihn auch nie gefragt.

Jetzt starrte sie auf ein zweites Papier, auf dem gekritzelt stand:

September: Rock Springs, Bitter Creek
November: Abilene

»Mrs. Dupré... ist alles in Ordnung, Madam? Sie haben den Fisch nicht angerührt... und wir wollen gleich das Fleisch servieren.«

»Wie lange ist es noch bis Rock Springs?« fragte sie.

»Ach... mindestens ein, zwei Stunden...«

»Verdammt noch mal!« fuhr sie auf. Den Ober schien ihr Fluch zu schockieren, vor allem, da die Bibel aufgeschlagen an der Blumenvase auf dem Tisch lehnte. Sie zuckte mit den Achseln, als der Ober ihren Teller abräumte und ihn durch eine Platte mit Roastbeef, Klößen, grünen Bohnen und Maisbrot ersetzte; das Rindfleisch lag in einer Senf- und Pfeffersoße. Sie starrte durch das Feuer auf den Sonnenuntergang.

Sie vermochte nicht zu sagen, wie lange sie ihr Spiegelbild angestarrt hatte. Sie gefiel sich selbst nicht mehr; obwohl die Zeit gnädig zu ihr gewesen war, glaubte sie, daß jeder Kuß, jede Zärtlichkeit des Werwolfs sich in ihrem Antlitz eingegraben hatte. Sie studierte die Falten unterhalb ihrer Augen – wenigen fielen sie auf, aber sie zählte sie jeden Abend, bevor sie zu Bett ging.

Sie ratterten an einem Wald vorbei. Eine kräftige Böe fuhr durch die Eichen, ließ die Kiefern schwanken. Sie versank in einem Traum, aber sie wagte nicht einzuschlafen, weil sie sich vor den Alpträumen ängstigte. Der Wald am Horizont verschwamm. Aus seinen Tiefen glaubte sie eine Stimme zu hören: *Speranza... Speranza...*

Stand da nicht ein Wolf an den Geleisen und schaute zum vorbeifahrenden Zug hoch? War er ihretwegen gekommen, wartete er, wachte er?

»Johnny!« lag auf ihren Lippen. Aber dann hörte sie den dumpfen Knall einer Flinte, der Wolf überschlug sich, purzelte den Bahndamm hinunter und verschwand aus ihrem Blickfeld.

Aus weiter Ferne, irgendwo in der Dritten Klasse, hörte sie Applaus. Jemand zeterte: »Haltet den verdammten Zug an! Wir wollen unsere Prämie!«

Sie hatte in *Harper's* gelesen, daß dieses Jahr allein in Wyoming zehntausend Wölfe getötet worden seien...

Der Zug kam quietschend und kreischend zum Stehen. Sie stocherte in ihrem Fleisch herum, aber sie brachte kaum einen Bissen hinunter. Sie schaute aus dem Fenster und sah das Bahnhofsschild: Granger. Sie hielten nur kurz; die Menschen auf dem Bahnsteig drängelten sich vor den Türen. Dann fuhren sie wieder an. Ein Schatten fiel auf ihren Teller. Es war der Schaffner.

»Madam«, sagte er, »ich muß Ihnen leider mitteilen, daß wir in Rock Springs nicht halten werden... eine militärische Anordnung. Ich habe eben das Telegramm erhalten.«

»Nein!« Sie geriet in Panik. »Ich muß unbedingt heute nacht dort ankommen!«

»Es würde Ihnen heute da bestimmt nicht gefallen, Madam. Es gibt Unruhen... achtundzwanzig Chinesen wurden massakriert... die Armee stellt gerade Ruhe und Ordnung wieder her.«

»Aber begreifen Sie denn nicht?« flehte Speranza. »Wenn ich nicht bald bei ihm bin, wird er...«

Sie hielt inne. Wie sollte sie ihm erklären, daß sie gekommen war, um ein übernatürliches Wesen zu retten? Daß ihre eigene Erlösung davon abhing, daß ihr dieses Mal gelang, woran sie bereits einmal gescheitert war? Daß sie die Annehmlichkeiten San Franciscos nicht hinter sich gelassen hatte, weil sie vor ihren Alpträumen fliehen, sondern weil sie sich ihnen stellen wollte? Sie warf einen Blick auf das Papier, auf dem die Auftritte des Wandlungszirkus aufgeführt waren.

»Bitter Creek?« fragte sie.

»Wir werden morgen am Spätnachmittag dort ankommen, Mrs. Dupré. Wenn Sie wollen, könnten wir eine Kutsche bereitstellen, die Sie nach Rock Springs bringt. Wenn Sie wirklich dorthin möchten, Madam. Wirklich, es ist kein Ort für eine feine Dame wie Sie; die Goldgräber verwüsten die Stadt, und überall hängen Chinesen. Sogar Frauen, soviel ich gehört habe, obwohl man sie mit ihren langen Zöpfen kaum auseinanderhalten kann.«

»Bitter Creek ist genausogut, ich kann meine... Angelegenheiten auch dort erledigen.«

Ich darf nicht zu spät kommen, betete sie, während der Zug weiterfuhr.

Vor Rock Springs

Vollmond

Kurz vor Mondaufgang reichte Teddy vor dem Gasthaus Victor Castellanos die Hand.

»Sie wissen, wohin ich gehe«, meinte Castellanos. »Vielleicht finde ich ein Kalb, das seine Herde verloren hat.«

»Gute Jagd«, wünschte ihm Teddy leise und sah seinem neuen Freund nach. Ein paar Soldaten versuchten, die Toten von der Straße zu schaffen; die Menschen waren von den Straßen verschwunden, nur ein paar neugierige Kinder stocherten mit Stekken in den Leichen herum. Bald waren auch sie verschwunden. Alle hatten sich verkrochen, warteten auf den Beginn von Cordwainer Claggarts Show.

Ein paar Stunden später ritt Teddy den mit Fackeln beleucheten Weg entlang, der von der Straße vor der Stadt zum Zirkus der Wandlungen führte. Etwa dreißig, vierzig Pferde waren außerhalb des Geländes an langen Koppelstangen festgebunden. Viele trugen Militärsättel. Ein Zwerg spazierte vorbei, mit einem Stapel Dokumente beladen. Er warf Teddy einen finsteren Blick zu. Als der Mond hinter einer Wolke hervortrat, wieherten die Pferde. Der Mond war bleich, fast bläulich, und von einem Hof umgeben, einer Lichtspiegelung der dünnen Wolkenschicht. Eine Nacht, in der sich die Kinder unter der Bettdecke verstecken und alte Weiber Gespenstergeschichten erzählen, dachte Teddy.

Er schenkte einem Jungen einen Penny, damit er auf sein Pferd aufpaßte, und ging zum Kartenhäuschen, wo eine alte Mexikanerin in einem Zigeunerkostüm ihm einen Vierteldollar abnahm und zehn Cents zurückgab.

Staub lag in der Luft, und er hörte Hufgedonner und das Murmeln der Menge.

Zusammengezimmerte Tribünen lehnten an klapprigen alten Planwagen, Relikten der Pionierzeiten. Eine Leinwand schirmte das Rund gegen den Wind ab. Mondlicht fiel in die Arena. Es war nach Mitternacht, und die Luft war so klar, der Mond so hell, daß die im Kreis aufgestellten Fackeln nicht nötig gewesen wären. Im bleichen Licht zeichneten sich die Silhouetten des Gebirges am Horizont ab.

Im Augenblick wurde eine Reitnummer vorgeführt; grell bemalte, größtenteils zahme Indianer ritten im Damensattel oder stehend auf dem Pferderücken, ein Indianer auf zwei Pferden – die Leute schienen sich zu langweilen, als Teddy eintrat, aber als die Artisten Saltos von Pferd zu Pferd machten, sich unter dem Bauch der Tiere hindurchschwangen und Pfeile auf bewegte Ziele abschossen, die von hübschen Assistentinnen hochgehalten wurden, beruhigten sie sich wieder; sogar Teddy mußte zugeben, daß es ziemlich gute Akrobaten waren.

Er suchte einen Sitz. Ein paar Goldgräber rutschten enger zusammen, um ihm Platz zu machen.

»Schmeißt die Weiber raus und schickt ein paar Chinesen rein!« brüllte jemand.

Eine donnernde Stimme. Teddy versteifte sich; sie war unangenehm vertraut. »Und jetzt... meine Damen und Herren... ein

Kunststück, das noch niemals im Wyoming-Territorium zu sehen war...«

Ein Trommelwirbel. Dann –

Feuer! Feuer schlängelte sich durch die Arena. Ein riesiger Feuerring wurde von zwei als griechische Göttinnen verkleideten Frauen auf zwei Schimmeln hereingebracht. Und Cordwainer Claggart, als Jupiter und mit einem Lorbeerkranz geschmückt, fuhr auf einem römischen Wagen in die Arena und kündigte die nächste Attraktion durch eine vollkommen unzeitgemäße Flüstertüte an, die jemand als klassische Cornucopia zu dekorieren versucht hatte. Der Wagenlenker war ein Indianer mit Kriegsfederschmuck – ein lächerlicher Kopfputz mit rosa und grün gefärbten Federn, wie man sie vor der Ankunft der Weißen auf diesem Kontinent nicht gesehen hatte.

»Jawohl, meine Damen und Herren...« Der Trommelwirbel schwoll an. »Jawohl! Als nächstes kommt Häuptling Thousand Buffalo, der gnadenloseste und tapferste Krieger der Monneconjou Sioux, der einst eigenhändig einhundertundsechs Männer, Frauen und Kinder an einem einzigen Nachmittag während des großen Sioux-Aufstands von Minnesota skalpierte... der aber inzwischen gelernt hat, wie ein richtiger Mensch zu leben, und zivilisiert wurde und sogar unseren Herrn Jesus in sein Herz geschlossen hat. Häuptling Thousand Buffalo wird nun den gefährlichen Todessprung durchs Feuer wagen!«

Teddy sah den tapferen Krieger – einen Achtzigjährigen, verschrumpelt wie eine Backpflaume und mit knallbunter Farbe beschmiert – auf einem Appaloosa hereinreiten, den man über und über mit Blitzen und Sonnen und Monden bemalt hatte. Die Menge begann sich zu amüsieren – weiße Zähne im Mondlicht. Sie erinnerten ihn an Raubtiere. Er griff hinunter und legte seine Hand auf den Revolver.

Jemand stieß einen Jubelschrei aus. Die anderen Zuschauer ließen sich anstecken. Sie grölten jetzt. Gerade richtig, dachte Teddy, nach einem anstrengenden Tag des Lynchens.

Er schaute sich um. Zwei Goldgräber wechselten sich an einer

Flasche Whisky ab, ließen den Alkohol aus ihren Bärten tropfen. Eine Frau in Witwentracht bedeckte die Augen eines kleinen Jungen mit ihren Händen; er versuchte sie wegzuschieben und beschwerte sich: »Ach Ma, ach Ma!« Eine Hure mit fingerdick bemaltem Gesicht saß auf dem Schoß eines Kavallerieoffiziers, dessen Gesicht rotgefleckt von ihren Küssen war. Fackellicht tanzte über die gierigen Fratzen.

»Brenn, Indianer, brenn«, sangen sie. »Brenn, brenn, brenn!«

Der Trommelwirbel war jetzt ohrenbetäubend. Der Indianerhäuptling, der sich vorhin offensichtlich nicht wohlgefühlt hatte, atmete tief ein, und Teddy sah ihn murmeln. Er wußte, daß es ein Lied zum Mutmachen war. Dann gab der Alte seinem Pferd die Sporen und sprang.

»Brenn! Brenn!«

Ein Schuß ging los, machte die Pferde scheu und –

»Brenn! Brenn! Brenn!«

Eine griechische Göttin strauchelte, der brennende Reif kippte vornüber, wie durch ein Wunder waren Reiter und Pferd bereits hindurch, ehe der Reif zu Boden krachte und auf die Tribüne zurollte. Die Witwe hatte ihre Hände von den Augen des Kleinen gelöst, sie brauchte sie zum Beten. Als sie auf die Knie fiel, quietschte das Kind vor Vergnügen, aber seine Miene verzerrte sich zu nacktem Grauen, als der Reif in die Tribüne schmetterte und die Luft nach versengtem Haar zu stinken begann.

Der Häuptling schrie auf, in einem sirrenden Falsett, dann donnerten Indianertrommeln, und Rasseln schepperten, und Pfeifen schrillten, und die Menge seufzte auf, aber es war unmöglich, festzustellen, ob aus Erleichterung oder Erschrecken.

Die Arena stand in Flammen. Die Pferde, die Frauen, der Indianerhäuptling waren verschwunden. Cordwainer Claggart stieg von seinem Wagen, der ratternd hinter den Planwägen verschwand, und stolzierte in die Mitte des Runds. Eine düstere Gestalt; sein langer Schatten tanzte im Fackellicht, der Mond schien ihm in die Augen. Er hielt eine Peitsche in der Hand – eine silberbeschlagene Peitsche.

Teddy wußte, was jetzt kommen würde – deswegen war er hier.

Ein Käfig wurde in die Arena geschoben. Ein ganz und gar mit schwarzem Samt überzogener Käfig, Haken und Seile wurden an dem Samt befestigt, so daß er in einem dramatischen Schwung weggezogen oder langsam angehoben werden konnte, ganz wie es der Direktor wünschte.

Etwas rüttelte an dem Käfig – ein Rascheln, ein Winseln. Das Feuer wurde gelöscht. Dichter Qualm stieg auf. Die Zuschauer husteten, würgten, denn der Qualm war stechend und schweflig, als stiege er aus dem Inneren der Erde auf.

Immer noch in seiner Verkleidung als Jupiter, mit im Wind flatternder Toga, wandte sich Cordwainer Claggart durch seine Flüstertüte an das Publikum.

»Sie alle riechen die brodelnde Lava ... und das ist nur verständlich, denn in wenigen Augenblicken werden Sie ein Wesen sehen können, das aus dem Schlund der Hölle selbst gekrochen ist! Das Herz wird Ihnen beinahe stehenbleiben und das Haar zu Berge stehen ... zu Recht, denn das ist nur die natürliche Reaktion auf das unendliche Böse! Meine Damen und Herren, wenn Sie von Alpträumen heimgesucht werden, wenn Sie ängstlich zittern, sobald jemand Ihnen ein Märchen erzählt, wenn Sie unter die Bettdecke kriechen, falls nachts eine Diele knarrt. Ich erstatte Ihnen den Eintritt zurück, falls Sie jetzt noch gehen möchten, und ich übernehme keine Verantwortung für eventuelle Herzattacken, Schlaganfälle, Grippen oder sonstige Beschwerden, die infolge der Vorstellung auftreten!«

Jetzt hatte er sie. Alle hielten den Atem an. Man konnte die Blätter hören, die mit leisem Rascheln zu Boden fielen. Teddy spürte ihre Furcht. Deswegen waren sie gekommen – nicht wegen der Reiterdarbietungen, der Wahrsagerin, der rechnenden Jackalope.

Sie warteten.

Der Käfig: Mondlicht auf dem Samt. Die Menge schwieg, schwieg.

Noch etwas wurde hereingeschoben: eine Plattform, auf der die

Leiche eines erhängten Chinesen ruhte. Die Schlinge lag noch um seinen Hals. Er war nackt; jemand hatte ihn kastriert und ihm die Hoden um den Hals gehängt. Sein Penis steckte in seinem Mund. Der Bauch war aufgeschlitzt, und die Gedärme waren liebevoll um die Lenden drapiert. Eine Opiumpfeife ragte aus seinem Anus.

Vereinzelt brach Gelächter aus. Schnell wurde es wieder still. Die Spannung wuchs.

Auf der gegenüberliegenden Tribüne fiel eine Hure in Ohnmacht; ihr Begleiter begann mitten im Freien ihr Korsett aufzuschnüren. Das war der Vollmond. Er machte die Menschen verrückt.

Teddy zwang sich, weiter zuzuschauen. Er studierte Claggarts Gesicht. Er war immer noch der gleiche. Vielleicht ein paar Fältchen mehr in den Augenwinkeln. Aber das breite, gefräßige Grinsen war geblieben.

»Normalerweise verwende ich ein wildes Tier«, verkündete Claggart, »für meine nächste Nummer. Aber wenn das wildeste Tier der Welt so leicht verfügbar ist, warum sollte ich dann etwas anderes nehmen?«

Gelächter; die Spannung nahm einen winzigen Augenblick lang ab und steigerte sich dann noch.

»Und jetzt – Ruhe bitte!«

Cordwainer Claggart hob seine Arme wie zur Beschwörung einer uralten Gottheit. Musik erklang: eine verstimmte Trompete krähte über einem blechernen Klavier und einem Trommelwirbel.

Der Samtvorhang hob sich. Langsam. Quälend. Aber bevor der Trommelwirbel verklang, hörte man schon ein Heulen wie der Schrei eines hungrigen Kindes...

Und Teddy sah Johnny im Käfig. Er hatte sich kaum verändert – hatte er sich geweigert zu wachsen? Der Junge kauerte auf allen vieren, und das nervenzerreißende Geheul stieg aus seinem zerbrechlichen Körper.

Jetzt setzte die Transformation ein. Die Zuschauer beugten sich vor. Sie murmelten erregt. Der Junge wiegte sich hin und her. Seine Augen funkelten.

»Meine Damen und Herren – der Mond!« rief Claggart und gab mit großer Geste Anweisung, das Samttuch mit einem Ruck ganz wegzuziehen. Da war der Junge. Nackt. Verängstigt. Wütend. Warf sich gegen die Gitterstäbe. Silberne Stäbe, dachte Teddy. Das hält ihn fest.

»Ist ja gar kein Werwolf!« beschwerte sich eine dröhnende Stimme aus der Zuschauerschaft. »Bloß ein haariges Kind!«

Mit metallischem Scheppern löste Claggart den Riegel. Er berührte den Jungen mit der Spitze seiner Reitgerte an der Schulter. Der Junge winselte, zog sich zurück.

»Hinaus, mein Sohn... hinaus ins Mondlicht... ins bleiche Mondlicht, das dich verbrennt und in eine Bestie verwandelt!«

Mit rollenden Augen schlug Claggart jetzt auf die Gitterstäbe ein. Der Junge lief auf allen vieren hin und her. Die Zuschauer begannen zu lachen. Teddy sah den Zorn in den Augen des Jungen. Sie glitzerten, röteten sich – wie damals bei Scott.

»Mahlzeit!« lachte Claggart und packte den Jungen am Schopf, schleuderte ihn in den Staub der Arena.

Schmutz auf seinem Gesicht. In seinen Nüstern. In seinem Maul. Harter, wurmiger Schmutz. Der junge Wolf erwachte. Augen. Er sah Augen. Lockende Augen. Da war der Meister mit der Silberrute. Er erhob sich, zuerst auf die Hinterläufe, dann auf die Vorderläufe, scharrte im Dreck, schleuderte seinem Meister einen Batzen ins Gesicht.

Blut lag in der Luft. Blut, und das süßsäuerliche Aroma des Grauens. Das Mondlicht durchbohrte sein Fleisch, er spürte den Hunger, das Blut pulsierte. Er drehte sich im Kreis. Ein Toter lag auf einer Plattform. Noch warm. Warm. Er wandelte sich jetzt. Mondlicht zerrte an seinen Lenden, drückte das Fell unter der Menschenhaut hervor, schob Reißzähne aus den Menschenkiefern – Schmerz lag in der Liebkosung des Mondes, Schmerz und Freude – er drehte sich. Der Körper lag reglos. Die Därme bebten. Er hörte die Menge und den Wind seufzen.

Er sprang –

Die Menge hielt den Atem an. Dann schrie sie auf. Der Wolfsjunge zerfetzte jetzt den Leichnam. Eine Hand wirbelte durch die Luft, und Claggart fing sie auf und tanzte durch die Arena, führte ein gespenstisches Händeschütteln vor, während die Zuschauer vor Vergnügen jubelten. Der Wolfsjunge biß fest zu – das Brustbein knackte vernehmlich, dann war das Krachen der Knochen und das Gurgeln der Eingeweide zu hören. Applaus.

Ein paar Leute verließen die Tribünen. Die ohnmächtige Hure, eben erst wiederbelebt, kotzte in den Gang.

Teddy wollte nicht, daß Claggart ihn erkannte. Dazu war es zu früh. Aber er mußte näher heran. Näher an das Tier. Die Menge grölte, lachte, als Claggart eine zweite blutverschmierte Hand auffing und mit beiden Händen zu jonglieren begann. Der junge Wolf hatte die Eingeweide vollkommen aus der Bauchhöhle gezerrt, wie eine Wurstkette. Er schleifte den Leichnam durch die Arena. Näher an die Tribüne. Teddy stieg zum Zirkusrund hinunter, hockte sich in den Gang neben der ersten Reihe, als die Kreatur vorbeilief. Teddy schaute dem Wolf in die Augen und sagte leise: »Du kennst mich. Wir waren Freunde. Du und ich. Du kennst mich, Johnny Kindred.«

Der Wolf heulte. Vor Schmerz? Er blieb stehen, Lefzen hochgezogen, Schweif aufgestellt, knurrend, geifernd. Ein Zuschauer piekste ihn mit der Silberspitze seines Gehstocks. Das Fleisch verschmorte. Der Angreifer zog erschrocken seinen Stock zurück. Der Wolf heulte auf, als sich die Brandnarbe in sein Fleisch grub. Er war in die Eingeweide verstrickt wie ein Kätzchen in ein Wollknäuel.

Teddy kniete neben ihm nieder und flüsterte: »Ich hol' dich da raus. Das schwöre ich. Bei Gott, ich hol' dich da raus.«

Endlich schien der Wolf ihn wahrzunehmen. Er drehte sich ihm zu. Bannte ihn mit einem Blick, der vielleicht Haß, vielleicht etwas anderes war. Teddy blieb nicht länger. Er trat zurück, tastete sich zum Ausgang.

Es gab noch einen Käfig, einen Käfig, der verschlossen blieb. Im Herzen des dunklen Waldes. Alle hockten darin. Johnny und der Indianer und Jake und Jonathan und James. Ein Silberkäfig, der von einem laublosen Baum herabhing. Alle waren sie darin, außer Jonas. Jonas hatte den Körper ganz für sich allein. Der Käfig war aus den verkokelten Überresten des Baumhauses aufgetaucht. Drinnen standen sie einander auf den Füßen, reckten die Hälse, um einen Blick durch die Augen des Körpers werfen zu können. Manchmal, wenn Jonas in Rage war, entglitt ihm die Kontrolle, und sie konnten die Außenwelt wahrnehmen.

Johnny sah das Gesicht aus seiner Vergangenheit.

Er versuchte, die Kiefer aufzuzwingen, sie sagen zu lassen: »Teddy, Teddy«, aber statt dessen schmeckte er Menschenblut. Und die Kiefer heulten bloß. Er versuchte, an die Stimmbänder zu gelangen, und wäre beinahe an einem Darmfetzen erstickt, der in die Luftröhre baumelte.

Schließlich brachte er einen Laut heraus. Ein Pfeifen wie Wind in einer Höhle, und kein bißchen menschlich.

Teddy führte sein Pferd in ein nahegelegenes Dickicht. Totes Laub zierte seine Sporen. Durch das Gelächter hindurch glaubte er das Weinen eines Kindes zu hören, aber er war nicht sicher. Der Wind flaute jetzt ab. Der Mond war wie aufgeblasen. Nebel kroch am Ufer eines Baches entlang, die Berghänge hinauf. Als er sich gegen einen Baumstumpf lehnte, konnte er beobachten, wie die weißen Schleier aufstiegen, wirbelten, sich zwischen den Baumstämmen hindurchtasteten. Er schmeckte die Feuchtigkeit, roch das tote Laub.

Er zurrte sein Pferd fest und wartete auf das Ende der Vorführung.

Der Mond hing tiefer am Himmel, das Licht war schwächer geworden, und der Nebel hüllte die Nacht in eintöniges Grau.

Der Käfig war verschlossen, der Samt darübergezogen; das Publikum war heimgegangen. Auf dem blutgetränkten Boden lagen zerbrochene Whiskyflaschen, Papier, Pferdeäpfel. Die Fackeln waren gelöscht. Am Morgen würden sie ihre Zelte abbrechen und nach Bitter Creek weiterziehen. Claggart hatte schon alle fortgeschickt, alle außer der Wahrsagerin, die in gewisser Weise sein Partner war, da sie die rechnende Jackalope besaß.

Sie hockten an einem niedrigen Tisch im Schatten eines Planwagens und zählten im Schein einer Petroleumlampe ihr Geld.

»Erbärmliches Geschäft«, urteilte die Zigeunerin und wischte sich den künstlichen Schönheitsfleck von der Wange. »Weniger als zweihundert Zuschauer; zwanzig Dollar Eintritt, hundertzwölf für Weissagungen, hundertzwei und fünfzig Cents für Erfrischungen.« Sie begann den Geldstapel zu teilen. »Eins für dich, eins für...«

»Nicht so schnell, Juanita«, bremste Claggart. Er stupste sie mit dem Knauf seiner Gerte in die Brust. »Ich weiß, daß du mehr eingenommen hast.«

»Na ja...«

Claggart lächelte, als sie aus dem Ausschnitt ihres mit Krausen besetzten Kleides ein Sortiment von Ketten, Armreifen und Goldmünzen hervorzauberte. »Trotzdem ein lausiges Geschäft«, erklärte sie achselzuckend. Eine Golddublone rollte aus ihrem Ärmel ins Gras.

Lachend beugte sich Claggart hinunter und tastete danach. Er hob sie auf, zusammen mit einer Grille, deren Flügel er hingebungsvoll auszupfte, bevor er sie wieder zurückwarf. »Du singst nicht mehr«, verabschiedete er sich von ihr. Dann wandte er sich wieder der Mexikanerin zu. Er stupste sie wieder, diesmal zwischen die Brüste. »Du solltest mich nicht anlügen. Ich möchte kein Goldbeutelchen dort finden, wo dein Busen sein sollte.« Er musterte das Geschmeide, das sich auf dem Tischchen häufte. Für eine Stadt mitten im Nichts war es kein schlechtes Ergebnis. »Tand«, urteilte er und schleuderte einen Armreif über seine Schulter.

»Moment... es hat eine Goldschließe.« Juanita krabbelte dem Armband hinterher.

Claggart lachte. »Deine Habgier gefällt mir«, sagte er. Dann riß er ihr das Armband aus der Hand. »Es ist meines.«

»Nein!«

»Gib's mir, oder morgen weiß die ganze Stadt alles über dich.« Er begann ihre Bluse mit der Spitze seiner Reitgerte aufzuknöpfen. Eine Träne rann über ihre Wange und hinterließ einen Graben in dem Rouge und dem Puder. Widerwärtig, widerwärtig. Er löste den nächsten Knopf, spürte, wie der feine Stoff riß...

»Warum quälst du mich? Du kennst doch mein beschämendes Geheimnis. Du brauchst es mir nicht ständig unter die Nase zu reiben...«

Claggart ließ die Gerte nach oben schnellen, öffnete den Mund wortlos und weit, als die Bluse aufriß und Watteballen offenbarte, wo eigentlich Brüste sein sollten – Juanita schluchzte. »Du bist die Karrikatur eines Menschen«, erklärte Claggart. »Du bist kein Mann und keine Frau. Nur ein Monstrum in Cordwainer Claggarts Zirkus der Wandlungen. Ach, weine nicht, Juanita. Gleich werden deine Wangen wieder rot.« Er peitschte ihr mit der silberbesetzten Gerte übers Gesicht und kicherte, als Blutstropfen unter der Schminke hervorquollen. »Und jetzt zähle weiter.«

Er wühlte wieder in ihren Schätzen. Ein paar Taschenuhren waren darunter, die in Cheyenne bestimmt einiges einbringen würden. Außerdem ein paar goldene Westenknöpfe. Noch ein wertloses Halsband, angeekelt schmiß Claggart es über seine Schulter. Er hörte es nicht aufschlagen.

»Grausam, sie so zu quälen.« Eine ruhige Stimme.

»Wer zum Teufel...« Er wirbelte herum. Konnte niemanden sehen. Der Nebel war zu dick.

»Die Indianer nennen jemanden wie sie *Winkte*, dort wäre sie eine heilige Mann-Frau, niemand, der vor der Offenbarung seines Geheimnisses Angst zu haben bräuchte.«

Verdammter Nebel! Er tastete nach der nächsten Waffe, dem Derringer in seinem Ärmel. Er zielte gerade, als ein Schuß ihm die Pistole aus seiner Hand schleuderte und seine Knöchel streifte. Er schrie vor Schmerz auf. Der Schuß verhallte.

»Heb ihn auf, Cordwainer Claggart«, sagte die Stimme so leise, als würde der Sprecher direkt neben ihm stehen. »Ich werde dich töten wie einen Mann, nicht wie die Bestie, die du in Wirklichkeit bist.«

Claggart überlegte. »Ich weiß nicht, aber deine Stimme kommt mir irgendwie bekannt vor.« Neben dem Wolfskäfig streckte sich der Schatten eines Mannes auf einem Pferd über den Boden, Pferdeatem dampfte durch den Nebel.

Claggart beugte sich nicht hinunter, um die Waffe aufzuheben. Das war sicherer. Dieser Typ gehörte anscheinend zu den jenigen, die ein Riesengetue um ihre Ehre machten. So ein Idiot. Claggart war nicht nervös, kein bißchen. Die Stimme *war* vertraut. Jetzt fiel es ihm wieder ein. »Klar. Ich glaube, ich kenne dich. Du bist bloß ein dreckiges Halbblut, dem ich früher mal das Pokern beigebracht habe. Du heißt... Graumiau, so 'n komischer französischer Name, sehr eindrucksvoll für einen halbindianischen Zeitungsburschen.«

»Ich will mir etwas holen, Cordwainer Claggart.«

»Und was denn?«

»Dein Herz.«

»Mann, du bist ja ein Poet. Ich werde verrückt.« Kein lausiges Halbblut wird Cordwainer Claggart reinlegen, dachte er. »Mein Herz! Wenn das nicht poetisch ist. Und was hast du mit meiner Pumpe vor, wenn ich fragen darf?«

»Ich reiß' es dir aus dem Leibe.«

»Ha, ha...«

»Wenn ich es finde.«

»Ausgezeichnet! Wenn du es findest.«

Grumiaux feuerte.

Die Mann-Frau kreischte auf und kroch unter den Tisch. Claggart gab ihr einen Tritt, warf den Tisch um, duckte sich dahinter, angelte nach seiner Waffe. Kauerte nieder. Feuerte. Hörte die Kugel an den Käfigstangen abprallen, den Wolfsjungen winseln. Ein Loch im Samt... vielleicht würde das Mondlicht durchscheinen und die Verwandlung auslösen.

Feuerte wieder. Und wieder. Keine Kugeln mehr. Er schmiß die Waffe fort und zerrte eine zweite aus seiner Westentasche. Juanita hatte sich hinter ein Wagenrad geduckt und kämmte sich unpassenderweise das Haar.

»Vorsicht, wohin du schießt«, sagte Grumiaux. »Sonst bringst du am Ende noch den Wolfsjungen um.«

»Kugeln machen ihm nichts aus.«

Das Biest im Käfig wurde unruhig und rüttelte an den Stäben.

Ein Schuß peitschte. Eine Kugel grub sich in Claggarts Schulter. Er ließ keinen Laut hören. Der Junge meinte es ernst.

»Willst du Gold? Ich zeig' dir, wo das Gold ist. Soviel du tragen kannst. Und noch viel mehr! In unserem großartigen Land gibt es jede Menge zu holen. Einfache Menschen... und dumm dazu.« Blut durchnäßte seine Jacke. Er kommt nicht raus, dachte er, er läßt sich nicht durch Lügen fangen. Claggart begann zu schwitzen, trotz der Kälte. Der Wolfsjunge heulte, als würde er sich wieder verwandeln. Normalerweise heulte er nur so, wenn er Angst in der Luft schmeckte. Vielleicht ängstigte sich Juanita, aber...

Ich habe Angst, erkannte er.

»Ich bin nicht hinter deinem Geld her. Sondern hinter dir.«

Grumiaux feuerte wieder. Die Kugel durchbohrte den Tisch. Das Pferd wieherte. Claggart hörte, wie das Halbblut abstieg. Und sah ihn aus dem Schatten hinter dem Käfig heraustreten.

»Du bist gewachsen«, stellte Claggart fest.

»Allerdings.«

Er war groß. Schwarz gekleidet. Sein Haar war eine schwarze Mähne, die im Mondlicht bläulich schimmerte. Er stand unbeweglich da wie ein Alptraum, der nicht weichen wollte. »Du warst immer ein guter Kerl«, rief Claggart und zwang sich zu einem Kichern. »Ich hab' immer geahnt, daß aus dir noch mal was werden würde. Mann, wirklich! Du bist verdammt schnell mit deiner Waffe.«

»Bin ich.«

»Ich könnte einen Schützen gebrauchen. Wegen der... Taschendiebe und der Besoffenen.«

»Gegen die Taschendiebe scheinst du wirklich machtlos zu sein.« Er deutete mit einer Handbewegung auf das Geschmeide, das jetzt im Gras verstreut lag.

»Er hat mich zum Stehlen gezwungen!« jammerte Juanita. Claggart sah, daß die Grille, der er die Flügel ausgezupft hatte, auf eine Taschenuhr krabbelte, vielleicht um dort zu sterben. »Ich will nichts davon... ich mache bloß Weissagungen... aber Claggart hat mich gezwungen, meine Kunden zu bestehlen, sonst verrät er allen mein Geheimnis...«

»Dein Geheimnis stirbt mit ihm.«

Zum ersten Mal kam Claggart der Gedanke, daß er diese Nacht vielleicht nicht überleben würde. Er würde wie der Blitz zur Hölle fahren, das stand fest, denn so hatte er sein Leben gelebt, dieses Ende hatte er sich gewählt. Wahrscheinlich war es in der Hölle gar nicht so schlecht. Aber er mußte weiterreden; es war nicht seine Art, die Hoffnung aufzugeben, wie klein sie auch sein mochte.

»Ich stell' dich ein, wie wär's? Du gefällst mir, Kleiner, du hast mir schon immer gefallen.«

»Wenn dir jemand gefällt, Claggart, dann heißt das, daß es dir gefällt, ihn leiden zu sehen. Claggart, ich bin dir seit drei Jahren auf den Fersen. Glaube bloß nicht, ich hätte nicht gewußt, wo du steckst. New York, Virginia, Texas, Carson City, Mexiko... Und während ich dir gefolgt bin, habe ich gelesen und Fragen gestellt. Ohne dich wären viele anständige Leute noch am Leben. Und vielen Leuten ginge es besser. Ich weiß, wie viele Frauen du ermordet hast, Claggart. In jeder Stadt, in der du warst, hast du die Leiche einer Hure zurückgelassen. Ich habe einmal gesehen, wie du ein Mädchen umgebracht hast. Und du hast den Wolfsjungen gestohlen.«

Claggart dachte an die Hölle. Ich rieche das Fegefeuer bereits, dachte er. Und sagte: »*Ich* bin sein Volk. Ich habe mehr für den Wolfsjungen getan als jeder andere. Ich bin wie ein Vater für ihn, mehr als ein Vater. Ich habe ihm die Wahrheit gesagt. Niemand hat gewagt, ihm zu verraten, was er ist. Wenn du mich ins ewige Feuer schickst und wenn ich vor dem Fürsten der Dunkelheit stehen werde, dann wird die ganze Hölle wissen, daß *sein* Bote zurückgekehrt ist. Wir sind alle Kinder der Dunkelheit, siehst du das nicht? Der Wolfsjunge ist die Leere in uns allen, die wir über die grüne Erde spazieren; er ist die Dunkelheit, vor der wir alle fliehen und die wir zu vergessen versuchen; und ich, Cordwainer Claggart, bin seine Stimme... ich bin der Gesandte Satans... wie Johannes der Täufer für das kleine Jesukind. Ich bin die Stimme in der Wildnis, die die Ungläubigen mit Pisse und Blut tauft.«

»Du hättest Prediger werden sollen, Cordwainer Claggart.«

Dann feuerte Teddy Grumiaux ihm direkt ins Herz. Das letzte, was Claggart sah, waren die Augen des Schützen. Das letzte, was er empfand, vor dem unfaßbaren Schmerz, der dem unendlichen Nichts vorausging, war Überraschung; Überraschung, weil die Kugel mit solcher Präzision traf; Überraschung, weil in den Augen des Schützen kein Haß zu sehen war; Überraschung, weil Teddy Grumiaux weinte, als er seine Waffe zurück in den Halfter schob.

Cordwainer Claggart starb innerhalb weniger Sekunden.

Aber in diesen Sekunden erlebte Teddy Grumiaux alles noch einmal. Die Zugfahrt im Frühling – Claggart, wie unter seinem aufgerissenen Ärmel das Versteck mit dem Pik-As zum Vorschein kam – wie er gutgelaunt den Jungen an der Schuler packte und ihn in schmutziger Währung für den Unterricht bezahlen ließ – die blutige Begegnung im Sommer – Leichen. Sein Pa. Seine Mutter. Scott Harper. Dann packte ihn die Wut. Er schoß wieder und wieder auf den reglosen Körper, kam näher und näher, ohne auf das spritzende Blut zu achten. Er lud nach und feuerte weiter. Und lud nach. Und feuerte. Der Himmel verdunkelte sich. Der Mond ging bald unter.

Schließlich ließ er von ihm ab. Er wußte, daß in Claggarts Worten Wahrheit gelegen hatte. Als er den Abzug durchdrückte, als er die glühende Wut in sich gespürt hatte, die durch seine Adern pulsierte, da hatte er zugleich die Leere in sich gefühlt, die das Tier war. Vielleicht trugen die Menschen tatsächlich nichts anderes als Dunkelheit in sich.

Er steckte die Waffe weg.

Hinter dem Wagenrad kauerte schluchzend die Frau, die vielleicht ein Mann war. Sie versuchte, ihr lächerliches Zigeunerkostüm wieder zu ordnen. »Werden Sie mich töten?« fragte sie. Die Schminke unter ihren Augen war verlaufen.

»Ich habe nichts gegen Sie«, antwortete Teddy.

»Sie wissen, was ich bin… vielleicht hassen Sie mich.«

»Bloß eine *Winkte*. Bei den Indianern gibt es viele davon.« Ihre Anwesenheit irritierte ihn etwas, aber er versuchte, sich das nicht anmerken zu lassen. Er fühlte das Dunkel in sich, und er fürchtete sich davor.

»Ich weiß nicht mehr, wohin.« Sie krabbelte hoch und streckte ihm eine Goldkette entgegen. »Nehmen Sie.«

»Ich will nichts«, lehnte Teddy ab.

Sie kniete neben Cordwainer Claggarts Leiche nieder. Sie schluchzte laut auf und plapperte in ihrer Muttersprache vor sich hin, schlug sich auf die Brust und raufte sich ihr Haar, das in Wirklichkeit einer Perücke auf der kahlen Kopfhaut eines erbarmungswürdigen alten Mannes war.

Er drehte ihr den Rücken zu. Der Mond war untergegangen. Er hörte, wie die Frau das Geld und das Geschmeide aufsammelte und aufhäufte. Er ging auf den Käfig zu. Der Himmel war schwarz, aber im Osten zeigte sich bereits ein winziger grauer Schimmer. Der Morgenstern stand über einem Bergkamm. Er zitterte. Als er den Käfig erreicht hatte, flüsterte er: »Johnny, ich komme dich holen. Verzeih mir, daß ich nicht eher kommen konnte.«

Er zupfte an der Abdeckung. Sie rutschte hinunter in den Schlamm. Vor ihm lag Johnny Kindred. Zusammengerollt in der Mitte des Käfigs, so weit wie möglich von den silbernen Gitterstäben entfernt. Hinter dem Käfig stand Victor Castellanos. Die beiden schienen wortlos miteinander zu kommunizieren. Der Kopf des Jungen zuckte zur Seite, seine Hände beschrieben Kreise, er entblößte seine Zähne, winselte. Castellanos antwortete mit einer hochgezogenen Augenbraue, dem Zucken eines Ohres. Sie sahen wie Menschen aus, aber das war auch alles.

Castellanos sagte: »Ich mußte herkommen. Ich war oben in den Bergen, um mir eine Bergziege zu reißen, da habe ich ihn gerochen. Nach ihm haben wir gesucht; die Russin hat uns erklärt, daß er gefangen oder umgebracht worden sei.«

»Ja«, bestätigte Teddy.

»Er sagte mir: ›Bring mich zu meinem Volk zurück. Bring mich zu den Wolfsmenschen in den Black Hills. Ich werde sie zum Weeping Wolf Rock führen. Dort werden wir die Weißen forttanzen.‹ «

»Johnny?« fragte Teddy. Er streckte seine Hand in den Käfig. Der Junge kam zu ihm, schnupperte an der Hand, begann sie zu lecken. »Johnny, du kennst mich... ich bin Teddy Grumiaux. Ich komme dich holen, wie ich es dir versprochen habe.«

»Werden Sie mich erschießen?« fragte Castellanos.

»Die schlimmste Bestie ist erlegt«, erwiderte Teddy und deutete über seine Schulter. »Ich brauche keine Wölfe mehr zu töten.«

»Teddy«, sagte Johnny kläglich.

Teddy öffnete die Käfigtür. Der Junge kam heraus. Er bebte am ganzen Körper. Er war abgemagert. Blut lag auf seinen Lippen. Blutflecken auch auf seinen Armen, seinen Rippen, seinem Schamhaar. Teddy zog seine Jacke aus und legte sie ihm über die Schultern.

»Ich habe geschlafen«, sagte Johnny. »So lange. Wo ist Speranza?«

»Weit weg.«

»Ich habe geträumt, daß ich in einem Käfig bin... einem Käfig mitten im Wald... ich habe geträumt, daß ich in einer Frau stecke... und auf meine Geburt warte.«

»Du hast drei Jahre lang geträumt, Johnny.«

»Ich habe von Messern und Klauen und Zähnen geträumt. Und von toten Frauen auf blutigen Betten. War das wahr? Teddy, ich habe Angst. Ich will zu Speranza. Bitte bring mich nicht zu Claggart zurück.«

»Claggart gibt es nicht mehr.«

Der Junge sah die Leiche. Er kniff die Augen zu.

Castellanos ging zum Pflock zurück, um sein Pferd zu holen.

Johnny kam auf Teddy zu – er reichte ihm kaum bis zur Schulter – und betastete sein Gesicht, seine Hände, als könnte er nicht glauben, daß Teddy wirklich da war.

»Was jetzt?« fragte Castellanos, als er zurückkehrte.

»Wir bringen ihn zu den Shungmanitu Tanka«, erklärte Teddy. »Sie haben doch gesagt, daß er das gewünscht hat.«

»Wir? Sie und ich?«

»Es sei denn, der Goodnight-Loving-Trail ist Ihnen wichtiger als die Wölfe.«

»Nein. Diese Angelegenheit muß ein für allemal erledigt werden.«

Teddy hob Johnny auf seine Arme – obwohl sie beinahe gleichaltrig waren, war Johnny federleicht – und setzte ihn aufs Pferd. Ein erster Anflug von Morgenröte am Horizont. Rotes Feuer auf fernen Gipfeln glitt die Abhänge herab wie Kirschsirup, wie frisches Blut.

Als sie fortritten, warf Teddy einen letzten Blick auf die alte Mann-Frau, die über der Leiche ihres ehemaligen Partners stand und ihnen mit großen, tränenlosen Augen nachblickte.

Bitter Creek, Wyoming

Einen Tag nach Vollmond

Das Plakat hing an der Wand einer Lagerhalle, zwischen einem Anschlag über billiges Land in Utah und dem Steckbrief eines Viehdiebes. Speranza schenkte ihm nur einen kurzen Blick, um sicherzugehen, daß der Zirkus der Wandlungen heute nacht tatsächlich auf einem Feld neben dem Friedhof spielen würde. Aber jemand hatte mit dickem roten Stift *FÄLLT AUS* darübergeschrieben.

Ein Träger brachte ihren Koffer auf den überdachten Gehsteig.

Sie blieb unentschlossen stehen, fühlte sich in ihrem fuchsbesetzten rosa Sakko unter dem Serge-Reisemantel fehl am Platze. Ihr Hut mit den bunten Seidenblumen, die Seidenhandschuhe, die Löckchen – all das wies sie als feine Dame aus San Francisco aus. Ein Gassenjunge rannte vorbei, kickte einen Ball vor sich her, der schon bessere Tage gesehen hatte. Die Straße war verschlammt und mit Laub bedeckt.

Auf der anderen Straßenseite war ein General Store mit einem großen »Orcico-Tabak«-Schild. Die Zirkusplakate, die an die Wand genagelt waren, trugen ebenfalls die Aufschrift *FÄLLT AUS*.

Ratlos ließ sie ihren Koffer in der Obhut des Bahnhofsvorstehers zurück und machte sich daran, die Stadt zu erforschen. Durch ihre Kleidung zog sie zwar neugierige Blicke auf sich, aber niemand belästigte sie. Vielleicht war das der Bibel zu verdanken, die sie unter ihren Arm geklemmt hatte. Nach fünf Minuten war sie am Ortsausgang angelangt. An den Mauern hingen noch mehr Zirkusplakate, allerdings noch ohne Vermerk. Sie ging langsamer, hoffte, daß vielleicht jemand auftauchen würde, der die Plakate beschriftete und ihr mehr über Claggarts Aufenthaltsort verraten konnte.

Im letzten Haus war das Büro des Marshalls untergebracht. Davor stapelten sich Wolfsfelle, und ein mürrischer Mann mit Silberstern stritt sich mit einem großgewachsenen Indianer herum – wahrscheinlich aus einem nahegelegenen Reservat.

»Keine Prämien mehr«, übertönte der Marshall die Proteste des Indianers. »Ich weiß, daß ihr eure Familien mit den Wolfsprämien ernährt, aber um die Wahrheit zu sagen, die Regierung will keine Familien mehr unterstützen, die nicht wie anständige Christenmenschen ihr Land bestellen.«

Speranza kam näher, versuchte, unbeteiligt zu wirken, indem sie die Steckbriefe studierte, die an die Wand genagelt waren. Vor allem einer fiel ihr auf:

THEODORE GRUMIAUX – REVOLVERHELD
Gesucht wegen Mordes an drei Menschen
in Duchesne County, Utah
Belohnung: $ 1000 in GOLD

Konnte das wirklich der Junge sein, der sie vor drei Jahren nach Cheyenne begleitet hatte, der Junge, der sich so liebevoll um Scott Harper gekümmert, der sich so um Johnny Kindred gesorgt hatte? Eine Phantomzeichnung des mutmaßlichen Mörders war ebenfalls abgebildet, die allerdings wenig Ähnlichkeit mit dem Knaben in ihrer Erinnerung aufwies.

»Du mich zahlen«, sagte der Indianer.

»Ich habe dir gerade erklärt«, widersprach der Marshall, »daß wir kein Geld mehr dafür haben. Der Große Weiße Vater will, daß ihr...« Er führte pantomimische Bewegungen des Pflügens, Säens, Erntens vor, die der Indianer mit hochgezogener Braue begutachtete.

»Ich soll Arbeit von Weibern machen?« fragte der Indianer schließlich. Er spuckte aus, trat in den Stapel mit Wolfsfellen und ging mit gesenktem Kopf und ohne Stolz davon.

»Die verdammten Indianer wollen nicht begreifen, daß sich die Zeiten geändert haben«, meinte der Marshall. Nachdem niemand außer Speranza in Hörweite war, richtete er seine Bemerkung halb an sie, aber ein Pfosten oder eine blanke Wand hätten es zur Not auch getan. Teddys Namen auf einem Steckbrief zu lesen, hatte nicht gerade dazu beigetragen, ihr Selbstbewußtsein zu stärken. Sie hatte gehofft – ein unrealistischer Traum, wie sie wußte –, ihm irgendwo im Territorium zu begegnen, damit er ihr helfen konnte, Johnny zu finden; aber wenn sie nüchtern darüber nachdachte, begriff sie, daß es ziemlich unwahrscheinlich war, einen Mann in diesem weiten Land aufzuspüren.

»Schauen Sie mal!« sprach sie der Marshall an. Er hielt eine Petrischale hoch, wie sie Biologen zum Züchten von Mikrobenkulturen verwendeten; sie hatte haufenweise davon in Dr. Szymanowskis Labor in Wien gesehen. »Der verdammte Indianer glaubt, er kann ein paar Wölfe abschießen, sie herbringen und kriegt dann genug Geld, um sich eine Flasche Fusel zu kaufen. Das war einmal, Madam. Heute macht man es so. Sarkoptische Räude nennt man das.«

Das klang vertraut. »Ist das nicht eine Krankheit, die Wildtiere befällt?« fragte Speranza.

»Mit dieser Schale hier, Madam, kann man hundert Wölfe töten... und sie sterben unter grauenhaften Schmerzen. Ungeziefer!«

»Da wir gerade von Wölfen sprechen, Sir, ich bin in Ihre Stadt gekommen, um mir einen Zirkus anzusehen, dessen Attraktion ein Mann sein soll, der sich in einen Wolf verwandelt; haben Sie davon gehört?«

Der Marshall kicherte. »Das muß Claggart sein. Ich habe seine Show nie gesehen, obwohl sie letzten Sommer in unserer Stadt war. Ich bin nicht hingegangen; aber meine Frau. Aber als der Junge sich verwandelte, fiel sie in Ohnmacht, deshalb konnte sie mir nicht verraten, wie sie das gemacht haben.«

Speranza wollte gerade etwas Höfliches darauf erwidern, als sie eine alte Frau bemerkte, die auf sie zu kam. Sie blieb vor jedem Zirkusplakat stehen und schrieb mit einem Stift etwas darüber. Sie hatte einen erstaunlich festen Schritt, und als sie näher kam, fiel Speranza auf, daß auch ihr Adamsapfel hervorstand, während ihr Gesicht mit weißem Puder bedeckt war und ihre Lippen und Augen so grell bemalt waren, daß sie eine Parodie der Sinnlichkeit darstellte. Sie trug Zigeunerkleidung, Schals und Tücher und Ketten. Der Marshall war wieder in sein Büro verschwunden und hatte die Tür hinter sich zugeknallt, deshalb mußte sich Speranza selbst diesem merkwürdigen Wesen vorstellen.

»Verzeihen Sie meine Zudringlichkeit, Miss... aber stehen Sie vielleicht in den Diensten eines gewissen Mr. Claggart?«

Die Frau fuhr herum. Der Stift fiel ihr aus der Hand in den Schlamm. Die Hand preßte sich vor den Mund.

»Keine Angst, Miss«, beschwichtigte Speranza. »Ich versichere Ihnen, daß ich nur ein paar Auskünfte möchte, sonst nichts.«

»Claggart ist tot«!« sagte sie. Ihre Stimme klang zugleich verängstigt und triumphierend.

»Tot? Starb er an einer Krankheit? Oder wurde ihm übel mitgespielt?«

»Niemand konnte ihm übel mitspielen«, widersprach die Frau. »Er hat ein Kind... einen kleinen Jungen...«

»Weg! In die Berge! Von zwei jungen Männern entführt, die so taten, als wären sie seine Freunde... Sie werden ihn an die Indianer verkaufen!« Sie packte Speranza an der Schulter und fixierte sie mit ihrem Blick. »Aber Sie sind eine gute Frau... Sie sollten sich nicht unter böse Menschen wagen... ich sehe eine bessere Zukunft für Sie... Geld, einen guten Ehemann... Werfen Sie das nicht fort nur wegen der Bestie in uns!«

Speranza versuchte, sich aus dem Griff der Wahnsinnigen zu befreien. Die Finger bohrten sich in ihr Fleisch. Die Alte schwadronierte immer weiter. Das arme Ding, dachte Speranza, vielleicht ist sie wahnsinnig geworden, weil sie zu lange Cordwainer Claggarts Wahnsinn ausgesetzt war. »Ich muß jetzt wirklich gehen, wenn ich den nächsten Zug noch Osten noch erreichen will«, wehrte sie sich außer Atem.

»Ha, ha! Der nächste Zug kommt erst in drei Tagen... Sie sind mir ausgeliefert.« Speranza erbleichte. »Ausgeliefert!« Ein hohes Kichern. »Ich lege Ihnen die Karten und lese aus Ihrer Hand und berechne Ihr Horoskop...«

Schließlich gelang es Speranza, sich zu befreien. Sie marschierte schnurstracks auf das Depot zu, in der Hoffnung, daß der Bahnhofsvorsteher ihr verraten würde, wie sie diese Stadt noch heute verlassen könnte. Die alte Frau hatte ihr verraten, daß Claggart tot und der Junge fort war – es war entmutigend. Es sei denn, der Junge war von irgendwelchen Freunden befreit worden, die ihn eben jetzt zu den Wolfsindianern in den Black Hills zurückbrachten.

Sie fühlte, wie ihr die Nackenhaare zu Berge standen, sie spürte die Leere in ihrem Leib – der Alptraum kommt schon wieder, dachte sie. Und es ist nicht einmal Nacht! Sie öffnete ihre Börse, kramte fieberhaft nach dem Umschlag aus Wien mit dem Koka-Pulver. Nur eine Prise. Schnell! Die Straße schien unter ihr wegzusacken, sich in den Käfig, den Mutterleib zu verwandeln, wo sie auf die Jäger wartete –

Kein Koka-Pulver. Sie drehte sich auf dem Absatz um und sah die Alte eilig davonwackeln. Eine Brosche fehlte, wie ihr eben auffiel, eine Silberbrosche mit Topasen – ihr Gatte hatte sie ihr in die Hand gedrückt, kurz bevor sie zum Bahnhof gefahren war.

Red Birg, Wyoming-Territorium

Mond im letzten Viertel

Teddy stieg von seinem Pferd, um an eine Baumwollstaude zu pinkeln, die am Berghang wuchs.

»Wenn du schon abgestiegen bist«, rief Victor ihm nach, »werde ich gleich unser Lager aufschlagen. Die Sonne geht bald unter.« Er sprang von seinem Pferd und sammelte gemeinsam mit dem Jungen Brennholz.

Ein Bach schlängelte sich über eine kleine Lichtung mit den Umrissen eines zusammengekauerten Tieres. Teddy lehnte sich gegen einen Baumstamm und knöpfte sich den Hosenladen auf. Er wartete, bis die beiden anderen außer Sichtweite waren. Castellanos hatte immer wieder angehalten, um einen Stein oder einen Baum zu markieren; er machte das ganz beiläufig von seinem Sattel aus und stieß einen Jubelschrei aus, wenn er sein Ziel getroffen hatte.

In ein paar Tagen, dachte Teddy, ist es vorbei. Alle Schulden bezahlt. Zeit, ein neues Leben zu beginnen. Fast als würde ich neu geboren – keine Mutter, keinen Vater, keine Verbindungen mehr zur Vergangenheit.

Ein seltsamer Gedanke, und kein besonders angenehmer.

Ein Schatten im Augenwinkel.

»Was?« Er wirbelte herum. Und sah den Jungen. Der auf seinen Knien hockte wie ein Hund und in den kühlen Herbstwind schnupperte. Johnny stellte sich auf die Fingerspitzen, legte den Kopf schief, krabbelte näher heran. »Was willst du?«

Der Junge umkreiste ihn. Nicht wie ein Raubtier, sondern wie ein Schoßhündchen, das gestreichelt werden will. Teddys zweitbestes Hemd, das er dem Jungen umgelegt hatte, damit er nicht vollkommen nackt herumlief, war schlammverkrustet, weil der Junge mit dem Bauch über den Boden gekrochen war.

»Willst du mich nicht anpissen, Teddy?« winselte der Junge.

»Natürlich nicht... warum sollte ich?«

»Ich habe keinen Meister mehr... ich habe keinen Vater... ich muß jemandem gehören... verstehst du das nicht? Ich existiere nur, wenn ich der Schatten eines anderen bin, seine innere Dunkelheit.« Er beobachtete Teddy mit großen Augen, aus denen Sehnsucht und Hoffnung sprachen.

Teddy antwortete ihm nicht.

»Ich kann nicht allein sein, Teddy Grumiaux. Ich brauche ein Rudel. Ich bin nicht ich, ich bin nicht eins, ich muß jemandem gehören... ich bin nicht ganz.«

»Wir bringen dich heim, Junge. Wohin du gehörst.«

Der Junge packte ihn an den Knien, schnaufte, wackelte mit dem Kopf, scharrte Dreck mit seinen Füßen auf. »Bitte, Teddy Grumiaux, ich bin allein, so allein. Ich apportiere für dich, ich leck' dir den Schwanz, ich rolle mich am Boden und stell' mich tot für dich, ich sterbe für dich. Aber du mußt mich zeichnen... zeichnen!«

»Das kann ich nicht, Johnny.«

»Ich bin nicht Johnny.«

Sein Gesicht war verändert. Vor allem die Augen. Die Iris war gelblich. Er schüttelte die Blätter aus seinem Haar und richtete sich auf und schlang seine Arme um Teddys Taille. Sein Haar war feucht von Schweiß; er war heiß, glühte beinahe. Teddy sagte: »Ich hoffe, du kriegst kein Fieber. Du warst so lange nackt in diesem Käfig...«

»Du hörst mir nicht zu, oder? Johnny ist fort, für immer.«

»Ich habe gehört, wie er nach Speranza fragte. Als ich dich im Zirkus sah.«

»Sie sind alle tot, alle außer mir. Dieser Indianer versuchte, uns alle in sich aufzusaugen. Aber dann kam Claggart. Und jetzt sauge ich alle anderen in mich auf, verstehst du? Johnny und alle anderen. Sie werden alle in mir weiterleben... aber ich bin der König. Ich scheiße auf sie und zeichne sie mit meiner Pisse.«

Plötzlich eine andere Stimme, und Johnnys Gesicht verhärtete, seine Brauen zogen sich zusammen, als wäre er in Trance... es war in der Sprache der Lakota: »Hör nicht auf ihn. Wir haben alle im Wald gewartet. Im Kreis des Mondmetalls warteten wir auf jemanden, der den Kreis zerbricht, so daß wir alle geboren werden können.«

Eine dritte Stimme: »Ich fürchte mich, Teddy...«

»Johnny«, sagte Teddy.

Der Lakota-Sprecher: »Der dunkle Wolf hat beinahe recht. Er hat die anderen für lange Zeit verschluckt. Aber als er die anderen in sich aufnahm, wurde er weniger dunkel; er spürte Johnnys Angst und seinen Schmerz, er bekam Jakes Weisheit, James' Ergebenheit. Das gefiel ihm nicht, denn all dies zerrte ihn aus seiner Dunkelheit, und er haßt das Licht. Er will eine Welt, die in ewigem Schatten liegt. Er versuchte, die Sonne zu verschlingen, aber sie verbrannte ihn, und er spuckte sie voll Wut und Schmerz wieder aus.«

»Hör nicht auf ihn!« mischte sich Jonas wieder ein. »Er spricht bloß Unsinn. Niemand versteht ihn. Er glaubt, ich habe Angst vor ihm...«

»Er hat Angst«, bestätigte Shungmanitu Hokshila, »weil ich der einzige bin, der ihn versteht.«

»Ich habe keine Angst vor dir... ich fresse dich auf, und alle anderen dazu... fick dich selbst... fick, fick, fick, fick!«

Der Junge bebte jetzt am ganzen Leib, er wirkte keineswegs furchtlos. Er knurrte den Wind an. Teddy wußte nicht, was er von der Vorstellung halten sollte, deshalb drehte er ihm den Rücken zu und erleichterte sich erst einmal, obwohl der Junge um ihn herumkrabbelte und immer wieder versuchte, in den Urinstrahl zu gelangen.

Plötzlich verharrte der Junge. Lauschte. Teddy hörte nur das Seufzen des Windes. »Fressen«, sagte er. Teddy konnte nicht erkennen, welche Stimme es war. »Komm.« Johnny führte Teddy vom Bach weg. Er lief unsicher, linkisch wie ein Hund, den man zum aufrechten Gang zwingt.

Ein Hirsch lag tot auf der Lichtung. Castellanos kauerte darüber. Er schaute auf. Blut lief ihm aus dem Mundwinkel, und Teddy begriff, daß er das Wild mit den Zähnen gerissen hatte.

Johnny lachte nervös. Teddy entfachte ein Feuer. »Ich esse kein rohes Fleisch«, sagte er zu Castellanos, der einen Fetzen aus dem Rücken riß und ihn Johnny zuwarf.

»Du mußt groß und stark werden«, sagte Castellanos.

Teddy erwiderte: »Das stimmt... er ist in den letzten fünf Jahren kein Stück gewachsen.« Das machte ihm zu schaffen, seit sie ihn gerettet hatten. Teddy selbst hatte sich von einem Waisenknaben, der sich mit allerlei Gaunereien durchschlug, in einen Revolverhelden verwandelt, der mehrere Menschen auf dem Gewissen und unzählige Wölfe geschossen hatte. Jedesmal, wenn er einen Menschen sterben sah, fühlte er sich älter. Er wußte, daß er nicht mehr wie neunzehn aussah. Der Junge dagegen hatte sich überhaupt nicht verändert. Kein bißchen.

Als würde er seine Verwirrung ahnen, sagte Johnny: »Für mich ist keine Zeit vergangen, Teddy Grumiaux. Aber nachdem du mich nicht zu deinem Schatten machen willst, muß ich jetzt vielleicht ich selbst werden; und dann werde ich vielleicht altern. Und sterben.«

Ein neues Rätsel.

Winter Eyes

Abnehmender Mond, sichelförmig

Es war ein guter Wurf. Natalia Petrowna staunte selbst immer wieder darüber, wie sie es geschafft hatte, so schöne Welpen zu gebären – und nur eines war totgeboren.

Sie waren jetzt im Kindergarten und spielten. Einst war dort die Kirche gewesen; jetzt war der Altar mit einem Segeltuch abgedeckt, und im Kirchenschiff lag Spielzeug verstreut herum. Das Spiel der vier Kleinkinder war ungestüm; sie schaute ihnen gerne zu. Sasha mit den blonden Locken heulte schon wie ein ausgewachsener Leitwolf; Katyusha, rothaarig wie ihre Mutter und mit geschlitzten Augen, versteckte sich gerade hinter einem Pfeiler; Kolya und Petrushka umschlichen einander leise knurrend und warteten darauf, daß einer den ersten Sprung wagte.

Sie klatschte in die Hände. »Zeit zum Heimgehen, Kinder... das Essen ist bald fertig!«

»Essen wir heute wie Menschen oder wie Wölfe?« fragte Sasha.

»Menschen.«

Kurz ertönte Protestgeheul, dann stellten sich die vier schweigend der Größe nach vor ihr auf. Wie schnell hatten sie gelernt, sich in die Hierarchie des Lykanthropenvereins einzufügen! Sie strahlte vor Stolz. »Mal sehen, Kinder. Wenn ihr brav aufeßt, dann gibt es vielleicht einen kleinen Nachtisch... Reste vom letzten Vollmond...«

»Knöchelchen!« Katyusha leckte sich die Lippen. »Ich will das Mark aussaugen!«

»Will die Eier abbeißen!« meldete sich Petrushka, der Gnom, voller Vorfreude an.

»Kinder, Kinder!« bremste Natalia lachend. Sie hatten sich noch nicht einmal verwandelt – die Fähigkeit dazu erlangten sie normalerweise später –, aber vor allem Sasha konnte seine Wolfsnatur kaum unter seiner menschlichen Hülle verbergen, und bei

Vollmond bedeckte ihn ein blonder, feiner Flaum, den Natalia so gerne streichelte. Vielleicht würde sie sich von ihm begatten lassen, wenn er älter war; auf diese Weise würde die Reinheit des Rudels gewahrt bleiben.

Diese Stadt, dieser trostlose Ort, an dem die Winterreise meines Rudels endete, wird doch noch erblühen, dachte sie, während sie zum Eingang liefen. Aber es waren Opfer nötig gewesen. Manche hatten angezweifelt, daß Natalia die wahre Leitwölfin war; einige davon hatte sie im Kampf besiegt. Sie hatte die Baronin von Dittersdorf verstümmeln müssen, die sich mit jedem in Sichtweite gepaart hatte, ob Mensch oder Tier, obwohl Sitte und Gesetz dieses Privileg allein der Leitwölfin zugestanden, die für die Nachkommen zu sorgen hatte. Jetzt siechte die Baronin in einer Dachkammer vor sich hin, und all ihre Liebhaber hatten sie verlassen; manche hatten sich sogar auf die Suche nach dem fast zum Mythos gewordenen Sohn des Grafen begeben.

An Winter Eyes war nichts Mythisches. Hartmuts Ideen waren mystischer Unsinn gewesen. Ich bin Frau und Wolf, und das ist kein Widerspruch, fand sie. Diese Welt ist wirklich; meine Kinder, die Blutfeste im Mondschein, manche im Reservat, manche in den Siedlungen, die mitternächtlichen Überfälle auf die Minen – eine Welt aus Blut und Fleisch und Tod –, eine gute Welt, in der meine Kinder aufwachsen und ihre wahre Natur erkennen können.

Die fünf hatten die Tür der Kirche erreicht und spazierten nun durch den Friedhof, um Hartmuts Grab die Ehre zu erweisen. Zwei junge Männer knieten nieder, als sie vorbeieilten; sie zog die Nüstern hoch, um ihre Dominanz zu zeigen.

Sie standen vor Hartmut von Bächl-Wölflings Grab. Der Friedhof war in gewisser Weise eine Travestie, denn überall standen Zeichen menschlichen Aberglaubens: Holzkreuze, Heilige oder Engel aus Stein. Aber es war notwendig, den Anschein des Menschlichen zu bewahren; Winter Eyes war nicht so autark, wie Dr. Szymanowski es sich erträumt hatte. Manche Gewerbe waren nicht am Ort ansässig. Es gab zwar eine chinesische Wäscherei, einen Schmied und einen Laden, die alle von lykanthropischen Konvertiten geführt wurden, aber es gab keine Wagenbauer und Näherinnen, die im Notfall aus den umliegenden Orten geholt werden mußten. Trotzdem blühte Winter Eyes auf.

»Ja«, flüsterte Natalia, als sie vor dem Grab ihres ersten Liebhabers kniete, »wir blühen… wir wachsen… es ist fast beängstigend, *n'est-ce pas*? Aber wir blühen. Sei mir nicht böse, daß ich dein Testament nicht vollstreckt habe. Ich mußte es tun, damit sich deine Vision erfüllt. O Hartmut, du bist vom Weg abgekommen und nicht standhaft geblieben. Deine Leidenschaft für diese einfachen Wesen brachte dich ins Grab. Du warst ein Held mit einem schicksalhaften Makel… dem Mitgefühl.«

Sie küßte den Stein. Die Rosen waren noch frisch, aber ihr Duft vermochte nicht, den Hauch der Fäulnis zu überdecken, der aus dem saftigen Humus aufstieg. Die Kinder spielten Fangen um die Grabsteine. Sie hinderte sie nicht daran. Es war nicht angebracht, allzu trübsinnig zu sein. Das Licht der untergehenden Sonne warf lange Schatten.

Ein Mann blieb hinter ihr stehen. »Valentin Nikolaievich«, sagte sie, »du riechst nach schlechten Nachrichten.«

»Schnell, Natalia, ruf die Kinder zusammen. Die Ältesten haben eine Versammlung einberufen.«

»Was ist?«

»Wieder wurde einer von der neuen Krankheit befallen. Man holt schon den Doktor aus Lead.«

Dr. Josiah Swanson blickte von seinem Patienten auf, als Natalia das Rathaus betrat. Die anderen, die sich um ihn drängten, machten ihr den Weg frei. Als Natalia sah, was vorgefallen war, schickte sie die Kinder hinaus in die Garderobe. »Kommt nicht herein«, befahl sie ihnen. »Hier ist etwas ganz Furchtbares passiert – ganz furchtbar!«

Auf keinen Fall durfte der Wurf in Gefahr gebracht werden. Sie zitterte leicht, als sie gehorsam hinausliefen. Der Kranke lag auf einer Trage; man hatte ihn mit dem Karren aus Deadwood gebracht. Es war Joshua Levy. In Deadwood hatte er bei Wells Fargo zu tun gehabt. Aufgrund einiger Verzögerungen hatte ihn dort der Vollmond erwischt.

Jetzt lag er vor ihr; sein Gesicht war schwärenbedeckt, seine Arme und Beine mit Blasen überzogen. Seine Stirn war schweißnaß, und sein Bart klebrig vor Speichel und Erbrochenem.

»Sarkoptische Räude«, diagnostizierte Dr. Swanson. »Mit dieser neuen Krankheit versuchen die Wolfsjäger, die Wölfe auszurotten. Ich hatte keine Ahnung, daß Ihr Volk sich damit infizieren kann. Ich kenne kein Heilmittel dagegen, und ich schätze, er wird nicht mehr lange unter uns weilen, Madam.«

»Er wird nicht sterben«, widersprach Natalia. »Krankheiten betreffen uns nicht; wir altern, wir werden schwach, aber nicht durch Naturgesetze. Wir stehen außerhalb der Natur.«

Baronin von Dittersdorf in ihrem Rollstuhl, hinter dem sich ihr letzter Liebhaber aufgebaut hatte, widersprach: »Aber er wird lange leiden.« Sie warf Natalia einen bösen Blick zu, den diese mit einer ungeduldigen Handbewegung erwiderte.

»Vielleicht wäre es besser, wenn wir...« schlug Natalia vor. Sie brauchte nicht erst auszusprechen, was ohnehin alle dachten. Wenn ein Mitglied des Rudels zu schwach wurde, dann konnten die anderen beschließen, ob es getötet werden sollte; das Gesetz war uralt und nie angewendet worden, solange man sich zurückerinnern konnte.

Außer im Fall der verstorbenen Gräfin von Bächl-Wölfling, deren Statue immer noch im Park des Wiener Stadthauses stand, der ersten Madonna der Wölfe.

Die Baronin wirbelte im Rollstuhl herum, während ihr Liebhaber versuchte, sie zurückzuhalten. »Luder!« zeterte sie. »Hure! Du warst nie das echte Weib des Grafen...« Sie kreischte immer weiter auf deutsch, so daß Natalia sie schließlich ignorierte und sich an die anderen wandte.

»Ich habe nicht die Macht dazu; das Urteil muß von allen gefällt werden.« Es würde ein langer Abend werden; jeder würde seine Meinung vortragen, manche für Milde, andere für Härte plädieren, wieder andere einen nicht existenten Mittelweg einschlagen wollen. Währenddessen würde Levy hier liegen, und sein Körper würde von der Krankheit verzehrt werden. Er konnte nicht einmal mehr sprechen; seine Augen waren glasig, und von Zeit zu Zeit entrang sich seiner Kehle ein ersticktes Wimmern. Seine Agonie mahnte die anderen Wölfe an ihre Sterblichkeit, und sie wußte, daß die meisten sich lieber für unsterblich hielten.

Sie würden ihre Stadt keinesfalls mit einem lebenden Memento Mori teilen wollen. Levy würde bei lebendigem Leibe verfaulen. Die Räude würde seine Haut zerfressen, ihn erblinden lassen, ihn stinken lassen wie faules Fleisch. Sie wußte bereits jetzt, wie der Rat sich entscheiden würde.

Spätestens morgen früh haben sie ihn zerfleischt, dachte sie. Laut sagte sie: »Ich muß mich um die Welpen kümmern«, und verschwand ohne weiteres Aufheben aus der Halle. Sie fühlte plötzlich eine düstere Bedrohung, als würde die Krankheit ihre Klauen ausstrecken und sich um ihre Kinder schlingen.

Sie waren nicht mehr in der Garderobe. Aufgeregt stürzte sie auf die Straße. Die Sonne war untergegangen. Die Gebäude lagen im Dämmerlicht, die Straßen waren leer. »Katyusha... Sasha...« rief die leise. »Valentin...«

Dann hörte sie Kinderlachen. Sie spielten auf dem Gehsteig der gegenüberliegenden Straßenseite. Ihre Stimmen klangen schrill im feuchten Wind. Ihr Geruch wehte ihnen voraus und ließ sie lächeln.

Ein Schrei aus dem Rathaus. Das Todesurteil. Es war schneller gekommen, als sie gedacht hatte.

Lead

Neumond

Speranza hatte seit einigen Tagen kein Koka-Pulver mehr geschnupft, nachdem man ihr in Bitter Creek den Umschlag gestohlen hatte. Die Alpträume wurden schlimmer; das Kokain hatte sie betäubt, aber jetzt besaß sie nichts mehr, um die Schrecken abzuwehren, die sie überfielen, sobald sie die Lider schloß. Sie sagte sich: Ich muß zurück nach San Francisco. Was soll ich hier? Ich scheitere immer wieder; selbst wenn ich den Jungen finden sollte, erkennt er mich vielleicht nicht mehr, schade ich ihm vielleicht mehr, als daß ich ihm helfe.

Obwohl sie sich das einredete, wußte sie, daß sie weitermachen mußte. Erst wenn sie Johnny gefunden hatte, würden die Alpträume verschwinden.

In Cheyenne erwarb sie eine Flasche Laudanum, bevor sie die Kutsche nach Deadwood und Lead bestieg. Es war eine äußerst unangenehme Reise; die Kutsche war alt und klapprig und so voll, daß sie ein fremdes Bein zwischen ihre Schenkel nehmen mußte; die einzige Wärmequelle bestand aus einem heißen Backstein in einem Handtuch, der unter ihren Füßen lag und nur bei einem Pferdewechsel wieder aufgeheizt wurde.

Speranza war glücklich, als sie endlich in einer richtigen Stadt war, wo nichts schaukelte und holperte und kein Schlamm hochspritzte. Es regnete in Lead, aber durch die Vordächer über dem Gehsteig war sie geschützt. Sie suchte nach Dr. Swansons Praxis. Obwohl ihr letzter Besuch äußerst unangenehm verlaufen war, hoffte sie, daß dort noch Briefe von Freud für sie lagen; nachdem sie so plötzlich abgereist war, hatte sie keine Gelegenheit gehabt, dem Doktor eine Nachsendeadresse zukommen zu lassen.

Es nieselte, die feuchte Luft roch nach Laub. Von zahlreichen Gebäuden stand nur noch die Fassade. Ein Trunkenbold lehnte mit seiner Flasche an der Saloontür. Ein Indianer mit Tuch und Federschmuck teilte Flugblätter aus, die sich mit der Chinesenfrage beschäftigten. War dort nicht die Praxis gewesen, an jenem Platz, wo sie die Hinrichtung beobachtet hatte? Aber die Fenster waren eingeschlagen, die Galgen verschwunden, und die Haustür schwang leise im Wind.

Der Regen wurde stärker.

Sie trat ein. Ein Schild trug die Aufschrift »Dr. Josiah Swanson, Allgemeinarzt«, darunter stand in kleinerer Schrift: »Rabatte auf Barbierarbeiten«. Ein Chinese und ein Schwarzer spielten Karten an einem Tisch und teilten sich eine Wasserpfeife. Opiumqualm erfüllte die Luft, mischte sich mit dem Duft feuchter Erde und alten Laubes.

»Ist Dr. Swanson da?« fragte sie.

Die beiden antworteten lange nicht. Dann schielte der Chinese sie neugierig an und meinte: »Er in Winter Eyes... keine Geschäfte hier... Stadt tot... kein Gold mehr da.«

»Winter Eyes?« wiederholte Speranza.

»Böser Ort. Viel Wolf«, bestätigte der Chinese.

Speranza wandte sich ab. Hier war nichts für sie zu holen. Sie ging zurück auf den Gehsteig. Irgendwo in der Ferne hörte sie Gewehrfeuer. Ein reiterloses Pferd galoppierte die Straße entlang und bespritzte sie mit Schlamm. Sie machte sich auf den Weg zurück zur Kutschstation. Sie war ohne Begleitung; sie dachte an ihren Ehemann und an den kleinen William und fragte sich, ob das Kind es ihr übelnehme, daß sie es so lange allein ließ.

Wohin sollte sie jetzt? Nach Winter Eyes, wo die Wölfe sie umbringen würden? Nach Fort Cassandra, dessen Kommandant sich mit dem Lykanthropenverein verbündet hatte? Oder sollte sie aufgeben und nach San Francisco zurückkehren?

Aber dann würden die Alpträume nie mehr verschwinden.

Nein, sie hatte keine Wahl. Sie mußte gehorchen – nicht der Logik oder dem gesunden Menschenverstand, sondern ihrem Herzen, das ihr sagte, daß der Junge noch lebte, daß er nach ihr rief, daß sie ihn um jeden Preis finden mußte.

Der Regen wurde dichter. Sie trat in die Station, wo ihr Gepäck aufgestapelt war, und fragte den Träger, wann sie die Stadt wieder verlassen könnte.

»Die nächste Kutsche kommt erst in drei Tagen, Mrs. Dupré, weil wir hier so unfreundliches Wetter haben und kaum Geschäft.«

»Könnten Sie dafür sorgen, daß mein Gepäck nach...« Sie hielt inne, denn ihr wurde bewußt, daß sie die fällige Entscheidung noch nicht getroffen hatte. »Nach Deadwood geschickt wird?«

»Reisen Sie dorthin, Madam?«

»Eventuell. Bei Wells Fargo ist ein Kreditbrief für mich hinterlegt worden, mit dem sich die Kosten regeln lassen; ich wäre Ihnen äußerst dankbar, wenn Sie sich darum kümmern könnten, daß meine Sachen im... Diamond Spur aufbewahrt werden.« Es war das erstbeste Hotel, das ihr eingefallen war. »Hier«, sagte sie und zog eine Zwanzig-Dollar-Münze aus ihrer Börse, »für Ihre Bemühungen.«

»Sie sollten nicht soviel Gold mit sich herumtragen«, warnte er.

»Niemand wird mir folgen«, versicherte sie ihm. »Können Sie mir noch sagen, wo ich ein Pferd erwerben kann?«

Der Träger starrte sie an. »Wollen Sie allein reisen, Mrs. Dupré?«

»Ganz gewiß.«

»Gehen Sie wenigstens nach Fort Cassandra und bitten Sie den Major um eine Eskorte...«

»Das ist das letzte, was ich tun würde. Und bitte, wenn Sie schon dabei sind«, fuhr sie fort und zog die Lederbibel mit Goldschnitt aus ihrer Tasche, die sie seit ihrer Abreise aus San Francisco bei sich trug, »vielleicht liegt Ihnen daran; Sie werden sie möglicherweise dringender brauchen als ich.«

Es war eine Krücke, sagte sie sich. Ich habe mich lange genug darauf gestützt.

Eine Flut von Erinnerungen: die fette, gefiederte Frau in der Victoria Station, die sie beschimpft hatte; die Russin mit dem Flammenhaar, deren Wangen durch den tödlichen Kuß des Silbers gezeichnet war, der Graf, der ihren Nacken liebkoste, sachte ihre

Lippen mit seinen berührte und sie mit seinem tierischen Duft erregte; der Junge mit dem Engelsgesicht, der sie darum bat, ein Kindermärchen umzudichten; der Junge, der zornig gegen den Waggon pißte, der untröstlich weinte, während das Blut der Toten aus seinem Mundwinkel lief.

»Es war falsch von mir fortzulaufen«, sagte sie, nicht zu dem Träger, sondern zu sich selbst. »Aber jetzt ist Claggart tot. Vielleicht kann das Kind trotz allem gerettet werden. Vielleicht kann ich mich noch selbst erlösen.«

Sie drückte dem Träger die Bibel in die Hand, der sie verständnislos anglotzte. Schnell zerrte sie das Nötigste aus ihrem Gepäck und packte es in einen kleinen Koffer, dann marschierte sie durch den Regen auf die verfallenen Stallungen am Ende der Straße zu.

Ich muß in den Wald reiten, dachte sie. Ich muß auf die leise Stimme hören, die mich in der Sprache der Nacht ruft.

Ich muß in den Wald meiner Alpträume reiten.

Black Hills

Zunehmender Mond

Es gibt einen Wald, der die ganze Erde bedeckt. An einigen Stellen schlagen die Menschen Lichtungen, bauen Städte, lassen das Sonnenlicht eindringen und errichten das, was man gemeinhin als Zivilisation bezeichnet. Aber der Wald kennt das Wesen der Zeit und wartet. Umschließt. Verschlingt. Niemand weiß, ob der Wald ein Bewußtsein hat. Wir können die Dunkelheit zurückdrängen, aber wir können sie nicht auslöschen.

Das sagte sich Speranza, als sie in den Wald ritt. Sie mußte vergessen, daß sie nicht vom Wege abweichen durfte. Sie mußte ihre Furcht vor der Dunkelheit besiegen.

»Ich will Rotkäppchen hören… aber Rotkäppchen soll ein

Junge sein…« Darum hatte Johnny sie auf ihrer ersten Zugreise gebeten, vor so langer Zeit, auf der Winterreise durch den Schnee. Warum hatte diese unschuldige Bitte in ihren Ohren so obszön geklungen? Jetzt wußte sie, warum. Weil sie sich in die Höhle der Bestie gewagt hatte, weil sie ihren Atem auf ihren Lippen gespürt, weil sie die Bestie geliebt hatte.

Keine Rüschen, kein Korsett mehr. Sie trug billige, zerknitterte, fabrikgenähte Baumwollhosen; eine zu große Jacke; einen formlosen alten Schlapphut; all das hatte sie in einem Laden in Lead erstanden. Sie ritt nicht einmal mehr im Damensattel. Rotkäppchen war zum Jungen geworden.

Sie war irgendwo auf der Straße nach Deadwood vom Wege abgebogen. Sie war bergauf geritten, immer bergauf, und sie wußte, daß sie immer tiefer in das Gelände ihres Traumes eindrang. Wenn der Traum wirklich ist, dachte sie, dann werde ich ihn finden. Sie folgte ihrem Instinkt, schenkte der Umgebung keine Beachtung. Sie ritt unter nackten Felsspitzen vorbei, an Steilabhängen, verzwirbelten, knorrigen Bäumen, wütend schäumenden Wasserfällen, an Klippen und schmalen Simsen. Sie nahm höchstens die Hälfte davon wahr. Der Traum war stark, und er würde sie zu Johnny führen – wie schon einmal. Sie ritt bergauf. Hier und da lagen bereits Schneeflecken.

»Da«, sagte Teddy Grumiaux, als sie den Bach am Lager der Shungmanitu erreicht hatten. Johnny krabbelte ans Ufer und schlabberte Wasser. Die Sonne ging unter. Rauch kräuselte sich über vielen Tipis. Es waren mehr Zelte als früher; trotz des Krieges mit den *Washichun*-Wölfen war der Stamm gewachsen.

»Was sollen wir jetzt tun?« fragte Castellanos. »Der Junge und ich sind zwar Wölfe, aber das heißt trotzdem nicht, daß man mich willkommen heißen wird.«

»Muß erst was erledigen«, sagte Teddy.

Er führte sie flußabwärts. Sie wateten durchs Wasser, Felsen ragten auf, der Hang stieg steil an. Bald sahen sie das Dorf unter sich und schmeckten den Rauch in der Luft. Kurz darauf hatten sie den Totenplatz erreicht, wo die Verstorbenen auf den hohen Podesten lagen, nahe an Takushkanshkan, dem Himmel, und Wakinyan, den heiligen Vögeln, die sich von ihrem Fleisch ernährten und sie von neuem in das Gewebe der Welt einfügten.

Johnny schnupperte und stellte fest: »Ich kenne die Menschen hier. O Teddy, ich will nicht…«

»Ruhe. Muß meine Ma finden.« Skelette lagen auf den mit Schildern, Büffelschädeln und skalpbehangenen Lanzen geschmückten Gestellen. Teddy schauderte. Victor Castellanos folgte ihm auf den Fersen, ein bißchen unsicher und leise pfeifend; Teddy spürte, daß er sein Unbehagen zu verbergen versuchte. Und Johnny eilte von Gestell zu Gestell, atmete den Duft des Todes ein, rief ab und zu einen Namen auf Lakota aus. Er erinnerte sich, dachte Teddy.

Plötzlich hörte er Johnny heulen. Er hatte Ishnazuyais Grab gefunden. Er rief: *»Até, até«,* in der Stimme des Indianers. Er hatte nichts mehr von Jonas Kay an sich; weder in seinen Bewegungen noch in seiner Stimme, die ein heiliges Lied sang, das ihn sein Vater gelehrt hatte. Der Wind pfiff, und er konnte den Jungen kaum verstehen, aber Johnny schien getröstet zu sein.

Dann drehte sich Teddy um und entdeckte Little Elk Woman. Er erkannte sie, obwohl fast nur noch Knochen von ihr übrig waren; sie lag unter einer vertrauten Büffeldecke; als Kind hatte er darauf geschlafen. Ihre Augen waren leer, aber ein paar Fetzen papierdünner Haut hingen noch an ihrem Kinn, und ein paar Haarsträhnen wehten im Wind. Als er neben ihrem toten Körper stand, spürte Teddy, wie sich die Anwesenheit ihres Geistes durch seine Wärme verriet. »Hab' nie um dich geweint, Ma«, gestand er. »War zu beschäftigt, dich und all die anderen zu rächen.« Castellanos beobachtete ihn neugierig, als er sein Hemd auszog, das Fahrtenmesser aus seinem Schuh löste und sich tiefe Schnitte quer über die Brust zufügte. Laut rief er den Namen des großen Geheimnisses: »Wakantanka, Wakantanka!«

Johnny saß zu seinen Füßen und fixierte mit hungrigem Blick das strömende Blut.

Teddy weinte.

Schließlich war nur noch ein schmaler Streifen Sonnenlicht am Horizont zu erkennen. Der Junge erhob sich plötzlich, spitzte die Ohren; Teddy hörte tote Zweige knacken. Dann folgten Stimmen, ein alter Mann sang ein Lied für einen Toten. Teddy gebot den anderen mit einer Handbewegung Schweigen. Eine langsame Prozession schlängelte sich den Berg herauf. Zwei Krieger trugen einen Toten auf einer Bahre, ein *Wichasha wakan* schlug die Totentrommel, Frauen stießen spitze, rituelle Klagelaute aus. Teddy hatte so etwas nicht mehr gesehen, seit sie Zeke in dem anderen Dorf bestattet hatten, damals, bevor die Shungmanitu aus der Ebene geflohen waren und sich ins Gebirge zurückgezogen hatten. Der Anblick brachte ihm seine Erinnerungen zurück, und plötzlich fühlte er sich nicht mehr als Weißer.

Er ging hinunter, wo sie den Toten auf ein Gestell hoben. Johnny und Victor blieben dicht hinter ihm. Der Medizinmann wirkte keineswegs überrascht, als Teddy ihm erklärte: »Ich bin Little Elk Womans Sohn.« Er trug ein Wolfsfell, und sein Gesicht war wie ein Schädel bemalt.

Die Leiche war mit eiternden Geschwüren bedeckt. Das Gesicht war kaum noch zu erkennen. Obwohl man den Toten in ein edles Kriegshemd mit Perlenschmuck und Menschenhaar gekleidet hatte, konnte Teddy den Blick nicht von dem Gesicht abwenden. Es sah aus wie von innen nach außen gestülpt.

»Ich habe schon viele Tote gesehen«, sagte Teddy, »aber noch nie einen, der aussieht, als wäre er bei lebendigem Leibe gefressen worden.«

»Es ist eine neue Krankheit«, erklärte ihm der *Wichasha wakan*, »für die wir keine Heilmittel haben. Die Weißen stecken die Wölfe und manchmal auch uns damit an. Die Wölfe sterben aus!«

»Aber euer Dorf gedeiht!«

»Menschen aus den Reservaten füllen unsere Reihen auf. Manche Krieger, die sich zusammen mit Sitting Bull ergeben haben, sind nicht mehr zufrieden; wenn sie nicht in Kanada bleiben wollen, kommen sie zu uns.«

Eine Frau mit blutenden Händen, da sie sich in ihrem Schmerz die Finger abgehackt hatte, warf sich weinend gegen das Gestell. Teddy fügte sich einen weiteren Schnitt am linken Arm zu, um seine Trauer für den Toten zu bezeugen.

»Gib mir das Messer«, bat Castellanos. »Ich verstehe diese Indianer zwar nicht, aber ich habe lange genug bei den Comancheros gelebt, um zu wissen, was Schmerz bedeutet.« Er nahm Teddy das Fahrtenmesser aus der Hand, entblößte seine Brust und schnitt sich zweimal ins Fleisch. Der Medizinmann nickte zustimmend und begann wieder auf seine Trommel zu schlagen.

Johnny trat vor. Der *Wichasha wakan* sah ihn zum erstenmal. Vor Verblüffung schlug er neben die Bespannung. Die Frauen unterbrachen ihr Wehklagen.

»*Wanaghi!*« flüsterte jemand.

»Es ist kein Geist«, widersprach Teddy. »Ich habe euch den Jungen zurückgebracht.«

»Ihr kennt mich, nicht wahr?« fragte Johnny auf Lakota. »Ich bin zurückgekehrt. Ich werde euch zum Platz des Mondtanzes führen. Wie ich euch versprochen habe, vor langer Zeit, im Mond der reifenden Kirschen. Ich bin zurückgekehrt. Wenn die weißen Wölfe und die roten Wölfe miteinander tanzen, können wir die Welt immer noch erneuern und die Tage der Freude zurückbringen.«

Der Schamane starrte ihn ungläubig an. Ein Krieger flüsterte ihm etwas ins Ohr, und er sagte: »Viele böse Geister weilten unter uns.«

»Ich bin kein Geist«, wiederholte Johnny ruhig.

»Manche sagen, daß du dich auf deiner Geistreise in einen Vogel verwandelt hast, der so hoch flog, daß er nie mehr zu uns zurückkommen kann.«

»Ich bin gekommen, um das Volk zum Platz des Mondtanzes zu führen... wie es Ishnazuyai geträumt hat... wie ich es geträumt habe. Ich habe viele Jahre geschlafen, und mein Körper hat große Dunkelheit gesehen, aber mein Traum hat mich zu euch zurückgebracht. Und wir werden den Mondtanz tanzen, denn der Große Kreis hat sich wieder geschlossen, der Große Kreis der Kreise.«

»Armes Kind... es ist zu spät, die Menschen sind zu zornig, sie wollen nur noch töten, auch wenn das bedeutet, daß sie selbst ausgelöscht werden.«

Ganz ruhig antwortete der Junge – und Teddy bewunderte seine Autorität –: »Ich bin zurückgekehrt, wie ich es in meinem Traum gesehen habe; ich werde alle Wölfe zum Platz des Mondtanzes führen, und jene, die uns verletzt haben, werden zurückgetrieben über das große Wasser.«

»Der Käfig ist zerbrochen!« Johnny hörte Jakes Stimme – schwach und verzerrt, so daß sie fast wie ein Echo seiner eigenen Stimme klang. »Wir sind frei!«

Aber er hörte auch Jonas' gehässiges Lachen. Die Käfigstäbe lagen auf dem Boden, verwitterten vor Johnnys Augen, der über das Licht staunte, das mit dem leichten Wind hereinströmte. Dort stand der Indianer in einem Sonnenstrahl; sein Haar war windzerzaust, sein Blick zum Himmel gerichtet. Vielleicht konnte er die Sonne sehen; er wäre der erste im Wald, dem das gelang.

Die Käfigstäbe, die Dielen des Baumhauses – sie verrotteten, verströmten das süße Aroma des Herbstes.

Der Indianer drehte sich zu ihm um. Sprach in der Indianersprache. »Wir müssen uns noch einem Feind stellen.«

Johnny ging zu ihm hinüber. Sein Blick folgte dem ausgestreckten Arm, aber er sah keine Sonne, höchstens einen Adler, der mit weiten Schwingen am Himmel segelte.

Der Indianer sagte: »Du hast den Rand meines Traumes erblickt. Bald wirst du alles sehen.«

Jakes Stimme: »Wir kommen zusammen... wir vereinen uns... in einen einzigen Johnny mit allen Erinnerungen, aller Weisheit und allem...«

»Schmerz!« Das war Jonas' Stimme. Johnny war überzeugt, daß es Jonas war, Jonas, der wie ein Tier knurrte, auch wenn kein Vollmond war... und doch klang die Stimme anders, beinahe mitfühlend. Jonas, der Dunkle, selbst Jonas wurde in den Kreis des Heilens hineingezogen.

Das behagte Johnny nicht. Er konnte sich mit dem Gedanken nicht anfreunden, daß er, um ein Ganzes zu werden, sich der Dunkelheit stellen und zu ihr sagen mußte: »Ich bin dein, und du bist mein, und wir gehören zusammen.«

Die ganze Nacht durch sangen die Menschen im Dorf aus Freude über die Rückkehr von Ishnazuyais Sohn, der aus dem Reich der Toten zurückgekommen war.

Winter Eyes

Drei Tage vor Vollmond

Die Welpen waren unruhig. Und auch Natalia hatte schlecht geträumt. Man füllte ihren Bauch mit Steinen. Sie versank in einem Fluß aus Blut – Blut strömte in ihre Nüstern, erfüllte ihre Lungen, ihr Leib explodierte, und tote Welpen gruben sich durch das Fleisch ins Freie, fraßen sie bei lebendigem Leib –

Als sie erwachte, hingen die Kinder an ihren Brüsten; es war eine Stunde vor Sonnenaufgang. Die Witterung eines Fremden wehte durch die geschlossenen Fensterläden des Hauses von Bächl-Wölfling herein.

Sie stand auf und öffnete einen Laden. Klares Mondlicht ergoß sich über das Himmelbett. Die Gazevorhänge bewegten sich im kalten Wind, der nach feuchter Erde roch. Sie zog sich an und starrte auf die Straße hinaus.

Eine Fremde stand am Friedhofstor. Eine alte Frau, die wie ein Mann roch. Natalia erkannte sie.

Die Kinder wälzten sich unruhig im Schlaf, suchten nach ihren Brüsten. Nur Petrushka, der Gnom, lag vollkommen ruhig da; seine Augen zuckten unter den Lidern hin und her, und Natalia fragte sich, ob er ebenso schlecht träumte wie sie.

Sie ging hinunter.

Der Wind heulte unermüdlich, und in der ganzen Stadt klapperten die Fensterläden wie die Gebeine eines Skeletts. Bald war Vollmond; Natalia konnte bereits mit den Augen der Nacht sehen, und die Haut unter dem Pelzstreifen auf ihrer Wange juckte und brannte.

Entschlossen überquerte sie die Straße, und ihre Füße versanken im feuchten Schlamm. Sie erreichte die Kirche; die Frau wartete immer noch, und auf ihrem Gesicht lag das Schattenmuster des hohen Friedhofstores.

»Juanita!« fuhr Natalia sie an. »Was hast du hier zu suchen... du solltest die beiden bewachen und dafür sorgen, daß sie niemals zurück ins Dakota-Territorium kommen...«

»Das sind sie auch nicht«, antwortete die Frau und zog sich den Schal fester ums Gesicht. »Wie oft wollten sie weiter als bis Fort Laramie? Und jedesmal habe ich die Todeskarte aus dem Tarot gezogen und ihnen gesagt: ›Kehrt um, kehrt um.‹«

»Ich habe dir immer mehr Gold geschickt, damit Cordwainer Claggart und das Kind keinesfalls hierherkommen... damit das Kind mit größter Grausamkeit behandelt wird... damit es ganz und gar zum Tier wird, in seinen eigenen Exkrementen hockt... Hat das Gold nicht gereicht? Willst du mehr?«

»Nein. Claggart ist tot.«

Natalia heulte auf.

Über ihr zogen Wolkenberge vor das Gesicht des Mondes. »Das Kind!« schrie sie und packte Juanita an der Schulter. »Sag mir, daß es tot ist... vergiftet durch das Silber in den Gitterstäben...«

»Es ist befreit. Geheilt.«

In den Häusern erhellten sich die Fenster. Sie heulte lange und schmerzlich, und der Wind erwiderte ihr Heulen.

»Ein Mann aus dem Westen... tötete Claggart... stahl das Kind... Einer aus eurem Volk war bei ihm... ich hörte den Namen Castellanos.«

Sie taumelte. Plötzlich war Vishnevsky da, eine Lampe in der Hand, und fing sie auf. Sie rief auf Russisch: »Die Kinder, Valentin

Nikolaievich... die Kinder...« Sie fühlte sich unglaublich schwach. Deshalb hatten diese entsetzlichen Träume sie seit Tagen verfolgt! Ja – der Traum von einem Gefängnis, das ein Mutterleib war, von dessen Wänden Blut tropfte, das die schmerzvollen Zuckungen einer Totgeburt ertragen mußte –

»Wohin sind sie?« fragte sie.

»Nach Nordosten... in die Black Hills«, antwortete Juanita. »Ich habe die Karten gelegt. Und in Bitter Creek traf ich eine Frau, die sich nach dem Kind erkundigt hat...«

Vishnevsky beruhigte sie. Sie atmete tief aus. Die Einwohner der Stadt schauten neugierig aus ihren Fenstern; aus ihrem Haus konnte sie Katyusha rufen hören: »Mutter, Mutter!«

»Reite nach Fort Cassandra, mein Cousin«, befahl Natalia. »Major Sanderson muß augenblicklich kommen... sonst gibt es keine Zukunft mehr für uns.«

Black Hills

Zwei Tage vor Vollmond

...Dann füllten sie den Bauch des Wolfes mit Wackersteinen und nähten ihn zu und warfen ihn in den Brunnen; und dort ersoff er jämmerlich...

Speranza erstickte. Der Leib platzte – Blut schwappte herein – Blut in ihrer Nase, Blut in ihren Lungen, Blut –

Sie erwachte. Im Wald. In der Dunkelheit. Das Feuer war erloschen. Der Wind heulte in den Baumwipfeln. Sie fühlte, wie ihr Blut schneller floß. Ein scharfer Geruch: Männer im Unterholz. Laub raschelte. Die Jäger kommen – die Jäger kommen. Sie dachte an den Traum – Blut tropfte von den Wänden des Mutterleibs, Blätter bluteten an sterbenden Bäumen.

Das Pferd wieherte.

Eine Hand über ihrem Mund und –

Lachen! Ein Totenkopf starrte sie an! Sie holte aus, ihre Hand traf das Gesicht. Farbe schmierte fettig über ihre Finger, provozierte weiteres Gelächter, männlich, häßlich –

Sie versuchte zu schreien. Die Hand schmeckte nach Dreck und Pferdekot. Sie mußte würgen. Andere Hände zogen sie hoch, sie sah ein Messer mit Knochengriff aufblitzen und –

Riß sich los, als der Schrei aus ihrer Kehle stieg – Gelächter.

»*Hokshila kin...*« sagte einer.

Sie blieb stehen. Sie rührten sie nicht an, aber sie hörte an ihrem Atem, daß sie umzingelt war.

Federn leuchteten, etwas berührte ihre Stirn und zuckte zurück – ein Stock. Ein freudiger Kriegsschrei. Sie strauchelte. Der Schmerz betäubte sie. Blut floß über ihr linkes Auge.

»*Onzé wichawahu kte lo!*« Eine leise, eindringliche Stimme.

Eine andere Hand packte sie am Ärmel, zerrte an ihrer Jacke. Sie wehrte sich, aber noch mehr Hände drückten sie zu Boden. Sie spürte, wie sich schwielige Finger unter ihr Hemd bohrten – o Gott, sie werden mich vergewaltigen, obwohl sie mich für einen Mann halten, dachte sie. Fingernägel kratzten über ihre Haut, betasteten eine Brust. Sie schrie wieder, schrie und weinte. Sie hörte Stoff reißen, kühle Luft strich über ihre Brust, der Atem des Fremden und –

»*Winyan ye lo!*« erklärte eine Stimme voller Abscheu.

Pause. Sie befreite sich. Ihre Jäger waren nahe, berührten sie beinahe. Es war nur eine kurze Atempause. Sie würden sie vergewaltigen, töten. Der Wald hatte sie verschlungen. Es gab kein Entkommen.

»*Winyan hecha...*« Es war dieselbe Stimme – der Krieger war noch jung, und sein Antlitz unter der Totenkopfmaske wirkte verstört.

Sie schüttelte sich den Dreck aus den Kleidern. Drei, vier, fünf Männer vielleicht. Augen im Dunkeln – Gesichter, die wie Totenköpfe bemalt waren. »Ja«, sagte sie. »Ich bin eine Frau und allein.«

»*Wichakte po!*« rief eine tiefere Stimme aus. Sie erkannte an dem Tonfall, daß man über ihren Tod beratschlagte. Da war das Messer wieder, glitt über ihre Kehle. Sie hielt den Atem an. Ein Schrei – ein Räuspern – und das Messer würde die Haut aufschlitzen. Sie schloß die Augen. Irgendwo rief eine Eule. Sie hörte die Blätter im Herbstwind fallen.

Dann drang die Stimme eines Kindes durch. Das Messer wurde weggezogen. Sie kannte die Stimme. Sie spürte Hitze, unter den geschlossenen Lidern ahnte sie flackernden Fackelschein. Die Kinderstimme sprach weiter. Sie sprach indianisch, in gleichmäßigem Rhythmus, der von uralter Weisheit kündete, und dennoch erkannte sie die Stimme als die des Jungen, den sie suchte.

Vorsichtig öffnete sie die Augen.

Er stand am gegenüberliegenden Rand der Lichtung. Er war nicht gewachsen, seit sie ihn das letzte Mal gesehen hatte. In der Zeit bei den Indianern war er schnell gewachsen; hatte das Zusammensein mit Cordwainer Claggart sein Wachstum gehemmt? Wie ein Indianer trug er nur einen Lendenschurz; eine Feder schmückte sein kurzes, eingefettetes Haar. Striemen zeichneten seine Arme, seine Brust: dünne, mit grauem Fell bewachsene Striche; sie wußte, daß er mit einer silberbeschlagenen Gerte geprügelt worden war. Er war dünn, ausgezehrt, und die Augen lagen tief in den Höhlen. Trotzdem hielt er sich aufrecht, und seine Miene spiegelte einen Stolz wider, den sie noch nie an ihm wahrgenommen hatte. Zu beiden Seiten standen Krieger mit Feuerfakkeln. Dahinter waren noch mehr Indianer zu erkennen.

Ein Krieger reichte ihr die Jacke. Sie zog sie sich an. Der Junge kam langsam auf sie zu. Als sie in seine Augen blickte, sah sie eine Person, die ihr noch nie begegnet war. Er blinzelte dreimal; sein Gesicht unterzog sich einer blitzschnellen Metamorphose; dann sagte er sehr ruhig: »Speranza.«

Einen Augenblick lang fehlten ihr die Worte. Endlich antwortete sie: »Ich bin wieder da.«

Er sagte: »Sie sind sehr wütend. Sie wollen alle *Washichun* ausrotten... Es tut mir leid, daß sie auch versucht haben...«

Er streckte seine Arme aus. Und plötzlich schien alles, was geschehen war – die Reise aus der Dunkelheit in noch tiefere Dunkelheit, die Jahre liebloser Einsamkeit in San Francisco –, bedeutungslos zu werden. Ihr fiel wieder ein, wie er sich zum erstenmal voll Schmerz und Grauen an sie geklammert hatte – wie sie ihn zum erstenmal umarmt hatte, wissend, was er war, was er werden würde.

Johnny sagte: »Wir gehen nach Winter Eyes. Ich will, daß sie das Licht sehen. Ich kam zu den Shungmanitu, als sie in einen schrecklichen Krieg ziehen wollten, in dem wir alle umgekommen wären, alle Wölfe... verstehst du? Ich habe ihnen erklärt, daß ich den weißen Wölfen zur Einsicht verhelfen könnte... weil ich immer noch der weiße Wolfskönig bin... das hat mich mein Vater gelehrt.«

»Johnny, ich... will dich... weit fortbringen, du bist immer noch ein Kind, Johnny, und das wird dich zerreißen. Johnny, du darfst nicht bei diesen Leuten bleiben... deshalb bin ich gekommen.«

»Nein, Speranza.« Das war nicht das ängstliche Kind, das sie zurückgelassen hatte. Er hatte viel von seinen anderen Persönlichkeiten in sich aufgenommen. Daran erkannte sie, daß er begonnen hatte, sich zu heilen, ganz zu werden. »Du bist nicht hergekommen, um mich fortzuzerren. Du kamst, weil du wußtest, daß dies meine Bestimmung ist. Du kamst, weil du mich liebst. Du liebtest auch meinen Vater, sogar als du ihn am meisten haßtest. Und ich weiß, daß du mich liebst. Ganz und gar. Selbst Jonas. Du bist die einzige, die auch Jonas liebt.«

Es war seltsam, einen so jungen Knaben derart sprechen zu hören. Und doch wußte sie, daß er die Wahrheit sagte. Und obwohl sie eine Gefangene des Waldes und unter Männern war, die sie überfallen und zu vergewaltigen versucht hatten, begriff sie, daß sie nicht mehr verloren war. Ich habe den Pfad gefunden, dachte sie. Johnny war ernsthaft und ruhig geworden, und als sie einander umarmten, versuchte sie verzweifelt, etwas von seinem Frieden in sich aufzunehmen.

»Komisch«, sagte sie. »Ich dachte, daß ich hergekommen wäre, um dich zu beschützen, um dich zu befreien. Und jetzt tröstest du mich... ich bin das verlorene Kind, und du bist der Vater.«

Johnny lächelte traurig. »Viele in mir sind auf dem Kriegspfad«, sagte er. »Aber der Krieg wird bald zu Ende sein. Wir werden Winter Eyes keine Zerstörung bringen. Wir werden heilen.«

Dann ergänzte eine andere Stimme, verändert, aber doch vertraut: »Miss Speranza... ich glaubte schon, Sie wären für immer von uns gegangen.«

Die Lichtung wurde heller. Ein Mann kam auf sie zu und streckte ihr die Hand entgegen. Sie erkannte ihn sofort, obwohl er um viele Jahre gealtert schien.

»Ich habe Sie auf einem Steckbrief entdeckt...« sagte sie.

Teddy Grumiaux lachte. »Ein Irrtum. Ich hätte die Männer in Utah nicht umbringen dürfen. Aber ich hatte keine Ahnung, daß es Menschen waren; sie rochen nach Wolfsschweiß.«

»Sie haben ihnen nachgestellt?«

»Ich habe Claggart getötet. Also kann ich jetzt mit dem Töten aufhören und auf den Jungen hören, der den Wölfen Frieden bringen will. Vielleicht hat er recht.«

Noch mehr Licht. Mehr Indianer mit Fackeln. Das Licht tanzte über ihre Gesichter, die wie Totenmasken bemalt waren; konnten das wirklich Friedensboten sein?

»Sie sind nicht alle überzeugt, Miss Speranza. Sie wollten auf den Kriegspfad gehen, bevor Johnny und ich zu ihnen gestoßen sind. Sie waren wütend, und viele sind es immer noch.«

»Sie werden nicht ewig wütend sein, Speranza... das verspreche ich dir. Ich habe die Wahrheit geträumt.«

Johnny Kindred ergriff ihre Hand und führte Speranza an den Bach. An dem gegenüberliegenden Ufer befand sich eine Stelle, an die sie sich noch genau erinnerte. Aber kein Tipi stand mehr dort. Ein paar Greise und Greisinnen saßen in Decken gehüllt auf dem Boden und starrten vor sich hin, als wären sie bereits tot.

»Wo ist das Dorf?« fragte sie ihn.

Teddy Grumiaux antwortete: »Sie haben es abgebaut. Die Büffelhäute auf die Traggestelle gepackt. Die Alten bleiben zurück, weil sie die anderen nur aufhalten würden; sie wollen hier sterben, nahe der heiligen Begräbnisstätte.«

»Warum zieht das Dorf fort?« fragte Speranza.

»Sie wollen es bei Winter Eyes wiederaufbauen… am Platz des Mondtanzes.«

»Mondtanzes?«

»Wenn der Mond einen Großen Jahreskreis beschließt«, erklärte Johnny Kindred, »versammeln sich die Werwölfe der Ebene an einem heiligen Ort und tanzen einen Tanz, der das Universum erneuert. Ich bin ihr Seher, und ich werde sie zu diesem Ort führen; auch du hast eine Rolle zu spielen, Speranza, das hat mir mein Traum verraten.«

»O Johnny… ich weiß doch gar nichts über diesen Mondtanz. Ich kam nur aus einem Grund hierher… ich glaubte, ich könnte dich aus der Gefangenschaft dieses Monsters Claggart befreien. Ich dachte, ich könnte dich vielleicht mit nach San Francisco nehmen…«

»Auch du hast eine Rolle zu spielen«, wiederholte er nachdrücklich. Und in seinen Augen spiegelte sich kaltes, gelbes Licht, als würde Jonas zu ihr sprechen; aber Jonas würde sich niemals so gewählt ausdrücken.

»Aber was soll ich denn tun… ich spreche nicht einmal ihre Sprache…«

»Du wirst neben mir stehen, wenn ich mich der absoluten Dunkelheit stelle; wir werden zusammen tanzen, du und ich. Madonna und Kind, Wolf und Mensch, Mann und Frau.«

Wieder fand sie das auf seltsame Weise obszön. Und wieder spürte sie hinter der Ruhe, die er ausstrahlte, hinter seinem sanften Benehmen und der ruhigen Eindringlichkeit seiner Stimme eine wahnsinnige, unstillbare Verzweiflung.

»Du hältst mich für verrückt«, erkannte er.

»Ja.«

»Und trotzdem kommst du mit mir.« Er schaute an ihr vorbei. »Die Lakota halten mich auch für verrückt, Speranza.« Er lächelte und umfaßte ihre Hand noch fester; unter seinen Fingernägeln quoll ein Blutstropfen hervor, aber sie achtete nicht darauf. »Aber sie glauben, es ist gut, verrückt zu sein... das ist ihnen heilig.«

Und Speranza dachte: Vielleicht haben sie recht.

»Es ist mir gleichgültig«, schloß sie endlich. »Vielleicht hat mich dein Traum hierhergerufen; vielleicht hast du mir eine Bestimmung zugewiesen, die ich nicht verstehen kann. Aber ich bin hierhergekommen, weil ich dich liebe, Johnny, genau wie du gesagt hast.«

Der Regen wurde stärker, als sie bergab ritten. Ihr Pferd war neben Teddy Grumiaux und Castellanos, eine »Akquisition« der Gräfin von Dittersdorf, wie sie sich erinnerte. Sie trug immer noch Männerkleidung, denn sie konnten es sich nicht leisten, auf eine Frau Rücksicht zu nehmen, die im Damensattel ritt.

Frauen und Kinder und die Packpferde folgten nach. Sie ritten ohne Deckung, denn sie waren überzeugt, daß der Traum sie schützte, daß niemand sie sehen konnte.

Bei Sonnenaufgang ließ der Regen nach. Morgennebel kroch die Felsen entlang und mischte sich mit dem dampfenden Pferdeatem.

Im Tageslicht erkannte sie, daß dies keine Horde von Wilden war. Obwohl jeder ganz für sich ging oder ritt, scheinbar ohne sich um die anderen zu kümmern, war ihren Bewegungen doch ein eigener Rhythmus gemeinsam; irgendwie gelangten sie alle zu einem vorausbestimmten Ort, einer Hügelkuppe, einem Dickicht, einer Lichtung, zu ihren Orientierungspunkten.

Johnny ritt immer voraus, flankiert von den tapfersten Kriegern der Shungmanitu. Sie trugen zeremonielle Speere, die mit Federn und Menschenskalps geschmückt waren. Sobald Johnny das Wort ergriff, lauschten die Häuptlinge aufmerksam und gaben dann seine Worte an die anderen weiter.

»Der dort ist Running Bull«, erläuterte ihr Teddy, »und der da drüben ist Man Who Talks To Himself; und da ist Iron Hand, der kein Werwolf ist, sondern ein Krieger, der mit Sitting Bull aus Kanada kam.«

Sie sah einen Mann im Kriegshemd, das vollständig mit Menschenhaar bedeckt war – blondem Haar. Sie schauderte.

»Alles Skalps von Weißen«, bestätigte Teddy. »Zum Beispiel der von Curt Moritz, dem Indianeragenten... einem Schweinehund, wie es selten einen gibt. Er tauschte Whisky gegen Indianerjungfrauen, die er dann für hundert Dollar das Stück an Hurenhäuser verhökerte.«

»Ich kenne diesen Moritz«, bestätigte Castellanos grimmig. »Als ich bei den Comancheros war, zwang er uns, den Preis für den Schnaps zu halbieren, den wir an die Indianer verkauften. Er hätte uns fast das Geschäft verdorben.«

Solchermaßen unterhielten sie sich, bis sie in die Nähe des Ortes Winter Eyes gelangt waren. Zu ihrer Verblüffung waren sie, ohne aufzufallen, durch Gebiete geritten, in denen die Kavallerie patrouillierte. Vielleicht wurden sie tatsächlich von dieser Traumkraft geschützt. Aber als Speranza darüber nachdachte, wuchs zugleich ihre Beklemmung.

Und als sie die Stadt in der Ferne unter dem Schatten von Weeping Wolf Rock liegen sah, wurde ihre Angst fast unerträglich. Sie wußte – das hatte man ihr erzählt –, daß Hartmut von Bächl-Wölfling tot war. Auch ihn hatte ein Traum getrieben, bis in den Tod. Es schien ihr, als flöge sein Geist im Wind, der durch das hohe Gras strich, im Wind, der sie liebkoste und an seine Berührung erinnerte. Ich habe ihn geliebt, dachte sie.

Johnny sprach zu den Häuptlingen. »Was sagt er?« fragte sie Teddy, und sie ritten weiter nach vorn.

»Er sagt, sie werden niemals Frieden schließen, wenn der ganze Stamm in die Stadt stürmt... er muß allein gehen. Und sie sagen, daß sie ihn nicht allein ins Wolfsgehege lassen, weil er zu wertvoll ist.«

»Ich werde mit ihm gehen«, erklärte sich Speranza bereit.

Überrascht trug Teddy ihren Vorschlag vor. Es gab weitere Diskussionen. Dann sagte Johnny zu ihr: »Ja, das wußte ich. Es ist gut so. Viele in Winter Eyes halten dich immer noch für die rechtmäßige Königin und Natalia Petrowna für eine Erbschleicherin. Auch

Teddy Grumiaux und Victor Castallanos sollten mit uns kommen. Wir vier können sie überzeugen, meine ich.«

»Überzeugen, daß ein Tanz den Lauf der Welt ändern wird?« fragte Speranza. Die Beklemmung saß ihr wieder im Nacken, zog ihren Magen zusammen.

»Überzeugen, daß wir Wölfe ein einziges Volk sind, das dieses Land in Frieden bewohnen kann«, verbesserte Johnny, mit Verzweiflung in den Augen. Trotzdem zeigten die Gesichter der Shungmanitu Freude. Weiter hinten konnte sie Kinder hören, die im hohen Gras spielten.

»Es wird bald Nacht«, meinte Castellanos. »Am besten reiten wir sofort in die Stadt. Ich glaube nicht, daß sie uns angreifen werden. Bei Sonnenaufgang sind wir zurück.«

»Und wenn nicht?« fragte Speranza.

»Dann«, antwortete Teddy, »werden die Indianer sie vom Angesicht der Erde fegen.«

»So wie die Menschen die Wölfe mit ihrer sarkoptischen Räude auslöschen«, ergänzte Victor Castellanos.

Als sie die anderen eingeholt hatte, erkannte sie, daß ein Indianer – der mit den Skalps auf dem Hemd, der kein Shungmanitu war – mit einer silbernen Kugel spielte, die er aus einem Amulettsäckchen an seinen Hals herausgezogen hatte. Das Säckchen war mit Perlen und Silberdollars verziert. Sie starrte darauf und fragte sich, ob Iron Hands wohl um die Kraft des Metalls wußte.

An seinem Sattel hingen zwei Gewehre.

Die Beklemmung wuchs. Ihr Magen verkrampfte sich, und sie hörte ihr Herz klopfen, obwohl der Wind ohrenbetäubend laut pfiff.

Winter Eyes

Einen Tag vor Vollmond

Wieder erwachte Natalia schweißgebadet. Die Kinder trommelten ihr mit den Fäusten gegen die Flanken, obwohl sie die Augen fest geschlossen hatte. Draußen auf der Straße ertönte Lärm.

Sie eilte ans Fenster.

Menschen auf der Straße. Die Witterung von Fremden – und eine sehr vertraute Witterung – der Geruch jener Frau, die den Grafen von Bächl-Wölfing berührt hatte, die immer noch eine Spur seines Dufts auf ihrer Haut trug.

Die Kinder! Die Kinder mußten um jeden Preis beschützt werden! Sie rief nach Vishnevsky, der verschlafen ins Zimmer stolperte. »Hast du nicht nach Sanderson geschickt?« herrschte sie ihn an. »Hast du nicht...«

»Doch, doch... er ist mit einer Truppe unterwegs.«

»Sie kommen, um die Kinder zu töten.«

Vishnevsky eilte ans Fenster. Sie wußte, daß er sah, was auch sie gesehen hatte: Speranza und an ihrer Seite den Kretin, auf den Hartmut all seine Hoffnungen gesetzt, dem er sein Reich vererbt hatte –

»Los... wir bringen die Kinder in die Kirche.« Vishnevsky hob Sasha und Kolya auf und legte sich die schlafenden Kinder über die Schultern. Natalia packte die beiden anderen, das Mädchen und den Gnom, drückte sie an ihren Busen, folgte ihrem Cousin die Treppe zum Hintereingang hinunter und von dort in eine kleine Gasse.

Katyusha bewegte sich. »Blut«, flüsterte sie, »Blut, Blut, Blut.«

Der Mond ließ das Kinderherz schneller schlagen und jagte das Blut durch die Adern; vielleicht würde die Kleine sich morgen zum erstenmal vollständig wandeln. Leise schnarchend begann Petrushka zu nuckeln. Die Milch war blutig. Ihr Nippel wurde hart. Aber sie fühlte nicht jene eigenartige Mischung von Mütterlichkeit und Sinnlichkeit wie sonst; sie bangte zu sehr um ihre Kinder.

»Schnell«, sagte sie. Sie eilten die Gasse entlang. Stimmen waren zu hören: »Recht und gerecht…« – »Der wahre Erbe…« – »Er hat gar nicht so unrecht…«

Sie erreichten die Rückseite der Kirche. Dort lag Hartmuts Grab, vom Mondlicht beschienen. Sie öffneten eine Seitentür und gelangten in die Sakristei, eine kleine Kammer mit einem hohen Fenster. Vishnevsky entzündete die Lampen. Natalia durchwühlte ein Regal, fand ein paar modrig riechende Chorhemden und machte daraus ein Bett für die vier Kinder.

»Bewache sie«, befahl sie ihm.

»Und was tust du?« fragte Vishnevsky.

»Es kann nur eine Leitwölfin geben«, sagte sie. »Hör dir die Stimmen auf der Straße an! Ich habe keine Wahl.«

Sie verließ ihn, hörte, wie er die Tür verschloß und den Riegel vorschob, trat dann durch den ehemaligen Chor ins Kirchenschiff. Die Stimmen wurden lauter. Manche waren gegen sie, manche unterstützten sie. So kurz vor Vollmond war ihr Gehör scharf wie das eines Wolfes, sie konnte selbst das Gemurmel am anderen Ende der Straße verstehen, an der Ecke vor dem Haus der von Bächl-Wölfling.

Es war an der Zeit, die Herausforderung anzunehmen.

Victor Castellanos fand die Baronin von Dittersdorf in einer winzigen Dachstube. Sie war von der Krankheit befallen, die schon so viele Wolfsleben gefordert hatte. Ein nackter Junge lag schnarchend neben ihr. Joaquin Guzman – ein Stalljunge, als er ihm zum letztenmal begegnet war, und nun schon fast ein Mann. Der Lärm auf der Straße brachte ihn nicht um den Schlaf. Aber die Baronin erwachte, als er durch das offene Fenster hereinschlüpfte.

»Du hast dich nicht verändert«, stellte sie fest. Und es stimmte; der Mond beleuchtete sein markantes Gesicht im elfenbeingerahmten Spiegel an der Wand. Von ihr konnte man das nicht behaupten. Sie lag im Sterben. »Weshalb kommst du zu mir, einem alten, verkrüppelten Weib... das an Räude stirbt. Willst du über mich lachen?«

»Ich komme, um zu heilen.«

Die Baronin lachte bitter, hustete. Mit einem von Eitergeschwüren überzogenen Arm versuchte sie sich aufzustützen.

Castellanos wollte ihr von dem Mondtanz erzählen – von dem kommenden Frieden. »Sie wollten die ganze Stadt auslöschen«, sagte er, »doch ein Kind hielt sie mit seiner Vision auf...«

»Was macht das noch für einen Unterschied?« fragte die Baronin. Sie spuckte Blut auf ihr fleckiges Seidenlaken. »Euer Wolfsparadies kommt zu spät für mich, zu spät...«

Es blieb noch so viel zu sagen! Aber ihm fehlten die Worte. Vielleicht wäre es am besten, sie zu vergessen. Obwohl er sie einst in den Armen gehalten hatte, als sie ihm sein Menschsein raubte... Während ihm wieder vor Augen stand, wie sie damals kopuliert hatten, geil aber gefühllos, auf diesem Bett, diesem Laken, legte der Junge, die letzte Eroberung der Baronin, seinen Arm um sie, ohne die Augen zu öffnen, und versuchte, sie wieder in seine Umarmung zurückzuholen.

»Wie kannst du ihm das antun... wo du von dem Gift in deinem Fleisch weißt?«

»Er ist jung. Die Jungen ficken alles.« Sie sprach mit Pathos; er hatte Mitleid mit ihr, obwohl er sie verachtete. »Und ich bin alt. Glaubst du, die Alten haben keine Wünsche, keine Bedürfnisse mehr?« Ihre Stimme war nur noch ein Krächzen.

Joaquin murmelte im Schlaf: »Komm ins Bett. Laß mich nicht warten. Komm schon. Komm ins Bett.«

»Ist er... schon einer von uns?« fragte Castellanos.

»Warum? Weißt du nicht, ob du mit Bleikugeln schießen sollst... oder mit Silber? Ich weiß, daß ihr uns alle töten werdet, du und deine Indianerfreunde.«

Jetzt setzte sich auch Joaquin auf und rieb sich die Augen. »Was ist los?« fragte er. Dann sah er Castellanos. »Einbrecher... ich bring' dich um!« Er griff nach einem Derringer unter seinem Kopfkissen und feuerte im nächsten Moment auf Castellanos' Kopf.

»Mach dich nicht lächerlich, mein Süßer.« Die Baronin strich ihm mit ihrer wunden Hand über den Kopf. »Du solltest wissen, daß man einen Werwolf so nicht töten kann.«

Castellanos fühlte Feuchtigkeit auf seiner Stirn. Blut – und etwas anderes – Gehirnmasse mit Schädelsplittern. Er nahm den Schmerz kaum wahr. Sein Körper begann sofort mit der Heilung, das Fleisch wuchs wieder zusammen. »Ich will nicht kämpfen«, sagte er. Aber die nächste Kugel riß seine Wange auf, dann folgte noch eine und noch eine, bis der Revolver leer war. Er schmeckte Blut, fühlte das Fleisch wachsen, Sehnen sich verknüpfen –

»Du willst mir meine Frau stehlen... sonst nichts. Ich könnte dich zehnmal abknallen.« Und der Jüngling sprang ihn an, faßte nach seiner Kehle, während die Baronin krächzend lachte.

Castellanos wehrte die Schläge mit einer Hand ab, fühlte die Wolfsstärke in seine Adern schießen. Als seine Finger die Brust des Jungen berührten, spürte er, wie die Haut aufplatzte, seine Hand ins glitschige Fleisch fuhr, das Blut heraussprudelte, der Brustkorb knackte und das Herz in seiner Hand pulsierte, bevor er zudrückte –

Er senkte betreten den Blick. »Ich wollte nicht...«

Der Mond spendet Kraft. Der Traum des Jungen hat die Macht, zu töten und zu heilen. Wir sind alle nur Figuren im Traum des Jungen, sogar der Junge selbst –

Und er starrte in Joaquins leere Augen, als jener auf das Bett zurückfiel und Blut aus seinem Brustkorb pulsierte, das die öligen Dielen sprenkelte, und er gegen den geschundenen Leib seiner Geliebten stürzte, die mit unmenschlichem Lachen kreischte: »Du willst heilen... heilen... heilen... ha, ha!... Du willst heilen...«

»Aber ich will...«

Der Körper fiel auf den der Baronin, das dumpfe Knacken brechender Knochen wandelte sich in ein hohes Jaulen, das den pfeifenden Wind noch übertönte.

Der Hals der Baronin war in einem unnatürlichen Winkel abgeknickt, aber sie schrie immer noch: »Die Räude... hat mir die Kraft genommen... mich zu heilen... ich bin schwach...«

Er kniete neben ihr. »Glaubst du, ich wollte sein, was ich jetzt bin? Glaubst du, ich hätte freiwillig Wasser aus dem Pfotenabdruck eines Wolfes getrunken? Du hast es mir in den Wein gemischt…«

Sie packte seine Hand. Umklammerte sie so fest, daß eine Schwäre zwischen zwei Knöcheln aufplatze und blutiger Eiter herausfloß. Er versuchte, seine Hand aus ihrem Griff zu winden, aber ihre Hand löste sich aus dem Gelenk – Blut tropfte aus dem Stumpen. Er sah Nerven und Sehnen, eine Kapillare zappelte wie ein winziger Wurm.

»Ich kann mich nicht mehr heilen«, ächzte die Baronin, »und doch kann ich nicht sterben.«

Mit dem gesunden Arm streichelte sie seinen Hals, sein Haar, seine Wange. Es ekelte ihn und erweckte sein Mitleid.

»Wenn ich dich töte«, sagte er, »glaubt niemand mehr, daß wir kamen, um Frieden zu bringen.«

Aber in seinem Halfter steckte eine Pistole mit Silberkugeln; Teddy hatte sie ihm geladen, damit er nicht mit dem Metall in Berührung kam.

»Du bist gekommen, um zu töten, nicht um zu heilen…«

»Ja… vielleicht bin ich das.«

Er zog den Revolver und schob den Lauf in ihren offenen Mund – durch die weichen Lippen, die sich einst um seinen steifen Schaft geschoben hatten und eine Leidenschaft in ihm geweckt hatten, die er bis dahin nicht für möglich gehalten hätte, denn die Frauen, die er zuvor gehabt hatte, waren junge Squaws gewesen, die die Comancheros einer nach dem anderen vergewaltigten, bevor sie sie an irgendein Bordell verkauften – drückte den Revolver gegen den Gaumen, zuckte vor Ekel zusammen, als Eiter den Lauf herabschleimte – wie damals sein Samen, der spritzte und spritzte, während er den Weinkelch an seine Lippen hob, nicht ahnend, daß er Tau aus den Fußstapfen eines Werwolfs enthielt, der sein Leben für immer verändern würde – drückte den Abzug und hörte das Krachen, mit dem das Silber die Gaumenplatte durchschlug. Der Körper bebte, wandelte sich von Wolf zu Frau zu Wolf –

Er erhob sich.

Legte die Liebenden einander in die Arme. Also war Joaquin noch kein Werwolf gewesen. Deshalb war er so leicht gestorben. Ich habe einfach meine Hand in seine Brust gesteckt, dachte Castellanos. Dabei hatte ich das gar nicht vor.

Er drehte ihnen den Rücken zu. Ging ans Fenster. Stand dort, schaute hinaus. Blut lief an seinen Händen herab und tropfte auf das Fensterbrett. Unten war Grumiaux und winkte ihm herunterzukommen. Niemand ahnte, daß der Friedensbote bereits zwei Opfer gefordert hatte.

Der Mond wanderte an ihr Ziel. Der Indianer träumte, während die anderen zu den Bürgern von Winter Eyes sprachen – die Großen Kreise von Sonne und Mond kreuzten sich mit den Pfaden der Gestirne – und würden ihm im richtigen Moment die Macht verleihen, die Kraft aus dem Herzen der Erde anzuzapfen. Shungmanitu Hokshila sprach nicht, öffnete nicht die Augen, obwohl sein Körper in den harten Sprachen der Weißen sprach, flehte und drohte; Shungmanitu war das Auge des Orkans, die Stille im Herzen des Sturms, träumte den Tumult hinweg.

Teddy Grumiaux kletterte die Regenrinne zu dem Fenster hinauf, hinter dem Castellanos stand. Er wußte, daß etwas schiefgelaufen war, noch bevor er die blutigen Hände seines Freundes sah.

Speranza stand im Schatten des Rathauses. Ein Diener des Grafen kniete vor ihr und flüsterte: »Gräfin, Gräfin –«

»Du zitterst ja am ganzen Leib«, sagte Teddy. Er schaute an Castellanos vorbei. Sah die Leichen. »Scheiße. Sie haben dich angegriffen...«

»Ich selbst habe... angegriffen...«

In der Sakristei tickte die Wanduhr und tickte und tickte, während Vishnevsky den Sonnenaufgang herbeisehnte.

Der Junge eilte über die Dächer. Seine Füße traten auf Ziegel, und er heulte in der Sprache der Wölfe: »Kommt mit mir zum Ort des Neubeginns… kommt und tanzt den Mondtanz mit mir… kommt dorthin, wo der Mond sich verschlingt und neu erzeugt und wo die Welt in Liebe neu geboren wird…«

Die Werwölfe erwachten einer nach dem anderen und hörten die Worte überall in ihren Häusern. Es waren neue Worte, denn die Wölfe Europas waren von der Weisheit der Shungmanitu Wakan abgeschnitten und sahen sich selbst nur als das Böse. Manche knurrten, andere entdeckten in den Worten einen Abglanz uralter Wahrheit.

Der Junge rief in der Sprache der Nacht: »Es stimmt, daß wir die Dunkelheit sind, aber die Dunkelheit gebärt das Licht! Es stimmt, daß wir das Leben vernichten, aber das Leben entspringt dem Tod, wie die Made dem faulen Fleisch entspringt! Füllt eure Leiber nicht mit Steinen, ertränkt euch nicht im blutigen Fluß, kommt mit mir zur Quelle und tanzt im Mondlicht, wo Vergangenheit und Zukunft zusammenfließen!« Er sprach nicht mit Worten, sondern mit Geheul, das der sirrende Wind mit sich forttrug – nicht mit Worten, sondern mit dem Aroma seines Urins, den er in den Wind versprühte, so daß seine Worte in allen vier Richtungen des Universums zu empfangen waren.

Und die Kinder der Wichasha Shungmanitu, selbst die vergessenen Kinder aus dem Land vor dem Sonnenaufgang, selbst sie ließen sich von dem Duft des Mondkindes leiten.

»Du und dein Hexenkind!« Speranza schaute auf und entdeckte Natalia vor der Tür der Kirche gegenüber stehen; ihr rotes Haar wehte im Wind, das Nachthemd flatterte um ihren Körper und zeichnete die Umrisse ihrer milchschweren Brüste nach.

»Ich bin nicht gekommen, um gegen dich zu kämpfen, Natalia«, wehrte sich Speranza. Ängstlich blickte sie zu dem Dach hinauf, wo Johnny sprang, tanzte, hüpfte, heulte.

Immer mehr Wölfe versammelten sich auf der Straße. Manche scharten sich um Speranza. »Kämpfe! Zeige ihr, wer die Königin ist!« flüsterte eine Stimme ihr zu. Sie stand mit dem Rücken an einem Pfeiler und sah Natalia durch wirbelndes Laub an.

»Wie kann ich kämpfen? Ich bin keine von euch…« sagte sie. Aber Natalia rannte bereits mit blutroten Augen auf sie zu, die Hände zu Klauen verformt.

Speranza ertrug es nicht mehr. Sie rannte die Straße hinunter, ihre Stiefel gruben sich tief in Schlamm und Dung.

Sie rutschte aus! Platschte in den Schlamm, ihre Hände griffen in Schlamm und nasses Laub, und sie schrie.

»Sie ist in Schwierigkeiten«, sagte Teddy.

»Es ist die Leitwölfin, Natalia Petrowna«, bestätigte Castellanos. »Sie glaubt, Speranza will ihr den Titel stehlen… Sie wird mit ihr um die Führung kämpfen… wie die Wölfe es tun.«

»Los.« Teddy versuchte, den verwirrten Castellanos aus dem Raum mit den Leichen zu ziehen.

»Verstehst du nicht? Erst müssen wir sie verstecken… sonst machen sie den Jungen dafür verantwortlich; dann wird sein Traum nie Wahrheit werden…«

»Wir haben keine Zeit, uns um die Vision eines verrückten Kindes zu kümmern, Castellanos! Wir müssen Speranza vor dieser Wölfin retten!«

Zu seinem Entsetzen leerte Castellanos den Inhalt einer Petroleumlampe über den Leichen aus, suchte in seinen Taschen nach einem Streichholz –

»Du wirst sie doch nicht verbrennen wollen…« meinte Teddy.

– und schon flammte ein Ende des Bettes auf, griff das Feuer auf das verschmutzte Nachthemd der Baronin über –

»Komm schon. Schau nicht hin.«

Einen Augenblick lang konnte Teddy seinen Blick nicht von dem Fleisch wenden, das von den schwarzen Knochen zu schmelzen schien. Joaquins Haar löste sich in einem qualmenden Feuersturm auf, dessen Gestank ihn in der Kehle würgte. »Schnell! Vielleicht hast du noch nie einen Menschen brennen sehen… Glaub mir, es ist viel schlimmer, wenn der Mensch noch lebt…« Er schaute ihn flehend an, und Teddy begriff, daß er schon Menschen in den Flammen hatte sterben sehen, daß er vielleicht selbst das Feuer entzündet hatte; er hatte Geschichten über die Comancheros gehört, die jedem den Magen umdrehten.

Sie liefen aus dem Zimmer, stolperten die Treppen hinunter, spürten die Hitze von oben, hörten das Feuer über ihnen prasseln. »Es mußte sein«, sagte Castellanos leise, als sie auf die Straße traten und sahen –

»Teddy!« schrie sie, streckte ihm die Hand entgegen und versuchte, sich aus dem Schlamm aufzurichten.

Und Johnny hörte kleine Stimmen, winzige Geruchssignale, die ihn aus der Kirche heraus riefen.

Er kletterte zum Fenster, schielte hindurch, sah einen Mann, der vier schlafende Kleinkinder bewachte.

Johnny signalisierte ihnen mit seinem Duft: »Fürchtet euch nicht, meine Kleinen. Ihr werdet bald in Sicherheit sein... in einem neuen Leben.« Und weil ihr Schlaf unruhig war, versuchte er, sie zu besänftigen. Ihr Wächter saß reglos in einem schweren Holzstuhl und starrte auf eine Uhr.

»Teddy, Teddy!« schrie sie wieder, aber Natalia war bereits über ihr, riß ihre Fingernägel über Speranzas Wangen, knurrte, trat sie in den Unterleib, so daß sie gegen einen Pfosten flog.

»Kämpfe!« fauchte Natalia. »Oder soll ich dich einfach zerstükkeln wie ein wehrloses Reh?«

Speranza brach auf den Bohlen zusammen. Natalia sprang, trampelte auf ihre Hände, drückte sie mit ihren Knien zu Boden. Speranza versuchte, sich zu befreien. Traf mit ihren Fäusten Natalias Gesicht, spürte, wie Zähne in ihre Knöchel schlugen, kreischte vor Schmerzen auf.

»Kämpfe! Ach, wenn nur der Mond voll wäre, damit ich mich verwandeln und dich in Stücke reißen könnte!«

Speranza schlug mit aller Kraft auf die pelzige Narbe auf Natalias Wange ein. Klebriges Blut schmierte über ihre Finger. Die Russin stieß einen Schmerzensschrei aus. Speranza nutzte den Augenblick und rollte sich von dem Gehsteig auf die schlammige Straße herunter. Natalia sprang, glitt aus, schlitterte in dem Matsch, versuchte, sich auf den Füßen zu halten, und knallte mit dem Schädel gegen eine Pferdetränke.

»Was willst du hier, du Frau in Männerkleidung… glaubst du, du kannst Hartmuts und meinen Platz einnehmen? Wer von uns beiden ist denn die Wölfin im Schafspelz?«

Speranza versuchte keuchend, aufzustehen. Die Augen der Russin hatten die Farbe zornigen Mondlichts. Der Wind schlug schlammverkrustetes Haar in ihr Gesicht.

Die Wunde auf der Wange krümmte sich wie ein kleiner Wurm, und Eiter tropfte wie milchige Tränen heraus. Das ist ihre Achillesferse, dachte Speranza. Wo das Silber sie vergiftet hat, ist die Wunde noch offen!

Natalia zog sich an der Tränke hoch. Sie stand in einem Strahl Mondlicht. Speranza sah, wie sie neue Kraft daraus zog, Stärke, obwohl der Mond noch nicht ganz voll war. Sie konnte sich zwar nicht verwandeln, aber sie war so wölfisch, wie es ohne Verwandlung möglich war. Schaum stand ihr vor dem Mund, sie knurrte, schlug mit den zu Klauen geballten Händen in die Luft.

Die Straße hatte sich inzwischen mit Schaulustigen gefüllt; manche munterten die Streitenden auf, andere brüllten obszöne Beleidigungen. Der Himmel hellte sich langsam auf, bald würde der Morgen dämmern, und sie hatten immer noch keinen Frieden mit den Bürgern von Winter Eyes geschlossen.

Sie sah Teddy vor einer Tür stehen. Er versuchte, zu ihr zu gelangen, aber er konnte sich nicht durch die Menge zwängen.

Einen Augenblick lang stand sie einfach da und starrte verzweifelt auf die Umstehenden. Dann sprang Natalia. Ihr blieb keine Zeit zum Nachdenken. Die Leitwölfin war wieder über ihr, spie ihr ins Gesicht. Speranza schloß die Augen, aber der Speichel brannte. Sie schlug immer wieder auf die Narbe an der Wange, bis ihre Finger das Fleisch aufgerissen hatten und sie einen Fetzen blutigen Fells in der Hand hielt. Und dann schleuderte Natalia ihren Morgenrock beiseite und stand nackt unter dem tief hängenden Mond, und sie sah den dampfenden Strahl hervorschießen, als sich Natalia mit gespreizten Knien zurücklehnte und Speranza mit Pisse übergoß. Speranza schloß den Mund, aber die ätzende Flüssigkeit ergoß sich ihr in die Nase, so daß sie nicht mehr atmen konnte und den Mund öffnen mußte, nur damit er ebenfalls gefüllt wurde...

»Ich habe sie gezeichnet!« triumphierte Natalia, trat Speranza in die Rippen, hob die Arme und urinierte immer weiter. »Ich habe sie gezeichnet, sie ist mein, sie muß tun, was ich will...«

Teddy bahnte sich einen Weg durch die Menge, mit gezogener Waffe. Speranza konnte seine Stimme kaum durch das Heulen des Windes und das Toben der Menge vernehmen: »Ich hab' Silberkugeln, Miss Speranza... keine Angst... Ich komme!«

Ein paar Männer versuchten, ihm den Revolver zu entwinden, aber er schleuderte die Waffe mit aller Kraft von sich.

»Fangen Sie!« schrie Teddy.

Sie landete im Schlamm neben ihrer Hand! Ihre Finger schlossen sich um den Knauf. Er fühlte sich seltsam an – kalt – sie zielte auf Natalia.

Der triumphierende Blick wich.

»Du hast Silber«, stellte sie fest. »Ach, ihr Emporkömmlinge seid alle gleich. Ihr könnt nicht ehrenhaft kämpfen... immer müßt ihr einen Vorteil suchen...«

Speranza bemerkte die Furcht in Natalias Augen. Ihr fiel wieder ein, wie sie Natalia zum erstenmal gesehen hatte, erhaben, großartig, stolz auf ihre unangetastete Führungsposition, damals, als sie die Europäer im Frühlingsmondlicht begrüßt hatte. Wie kann ich sie töten, überlegte sie. Sie zögerte. Ihre Hand zitterte, als sie die Pistole fester umschloß.

»Schwächling«, höhnte Natalia. »Wenn du mich nicht mit Silber tötest, dann töte ich dich mit Blei!« Herrisch streckte sie die Hand aus; sofort wurden ihr mehrere Revolver gereicht. Sie nahm einen.

Die Menge schwieg.

»Oder vielleicht«, schlug Natalia vor, und Speranza war bewußt, daß ihre Furcht jetzt hämischer Ironie gewichen war, »möchtest du mir die Ehre erweisen, mich geziemend zu töten, bei einem Duell auf Leben und Tod?«

Speranza zögerte immer noch.

»In wenigen Minuten bricht die Dämmerung an... es wäre ein guter Augenblick. Ich schlage zehn Schritte vor... da du mich herausforderst, kann ich die Bedingungen festlegen.«

Rauch trieb heran, schlängelte sich unter den Vorbauten durch, zog über die Straßen. Irgendwo mußte ein Haus in Flammen stehen... aber niemand kümmerte sich darum.

Zwielicht drang durch das Sakristeifenster, weckte Vishnevsky. Die Kinder! Schnell überzeugte er sich davon, daß sie in Sicherheit waren, sie schliefen noch. Etwas bewegte sich hinter dem Fenster – ein Schatten flog über den Raum. Er stellte sich auf den Stuhl, um auf die Straße hinausblicken zu können. Nichts. Unirdische, entsetzliche Stille... War er am Ende trotz des Lärms draußen eingeschlafen? Niemand war zu sehen. Es drängte ihn hinauszurennen, um nachzusehen, warum es so ruhig war, aber er mußte bei den Kindern bleiben – ihre Sicherheit war das wichtigste in Winter Eyes.

Warum war es so still?

Ein Rauchtentakel schwebte durch den Raum. Der kleine Petrushka hustete, wachte aber nicht auf.

Sie drängten sich unter den Vordächern, aber die Straße war leer. Niemand sprach. Außer Teddy, der sich durch die Menge gezwängt hatte und Speranza zuflüsterte: »Keine Angst, Miss Speranza... sie muß gegen die Sonne zielen.«

Die beiden Frauen standen Rücken an Rücken, begannen loszugehen. Speranza riß sich zusammen, obwohl ihr Blut raste. Sie wußte, daß sie längst in Ohnmacht gefallen wäre, wenn sie jetzt ein einschnürendes Korsett und Strumpfhalter getragen hätte.

Vielleicht bin ich ja deswegen gekommen, überlegte sie. Vielleicht muß ich sie töten, damit Johnny nach Winter Eyes zurückkehren und sein Erbe antreten und alle Werwölfe zwingen kann, ihm zu gehorchen.

Es klang falsch.

Vier Schritte.

Wo ist Johnny? dachte sie. Ich muß ihn finden, ihn trösten.

Fünf.

Sie marschierte direkt der aufgehenden Sonne entgegen, aber sie wußte, daß im entscheidenden Augenblick Natalia in diese Richtung blicken würde.

Sechs. Sieben.

Das ist lächerlich! Wie bin ich da nur hineingeraten? Ich habe noch nie getötet, nicht einmal einen – einen – Gut, ich habe ein Duell in einer Wildwestshow gesehen, die William und ich im Palace Theater besucht hatten; damals prallte die Kugel ab und riß ein Stück aus dem Kronleuchter.

Acht.

Sie strauchelte; Schlamm spritzte ihr ins Gesicht, auf die Arme; der Wind wirbelte das Laub auf, das ihre Wangen und ihre Nacken kitzelte; sie dachte daran, wie oft sie den Tod in Winter Eyes gesehen hatte, wie oft die Wölfe die Toten zerfetzt, ihre Gedärme wie Garn herausgezurrt, wie sie sich in den warmen Bäuchen von Kindern gesuhlt hatten, die noch ein letztes Mal Atem zu schöpfen versuchten.

Neun.

Plötzlich war sie überzeugt, daß sie sterben mußte. Aber es war ihr gleichgültig. Sie hatte in die Augen der Jägerin geblickt und ihr stillschweigend ihr Leben überlassen.

Zehn!

Sie wirbelte herum, fummelte nach der Pistole – Johnny stand vor den Zuschauern, blickte verzweifelt in den Himmel – und sie sah Natalia mit von der Sonne grellroten Augen und hörte wie aus großer Ferne den Schuß und hörte die Menge aufbrüllen und hörte die Kugel im Wind singen und –

Plötzlich wich das Leben aus Natalias Augen und –

Ein entsetzter, blutgieriger Schrei stieg aus der Menge auf. In der Ferne donnerten Hufe. Natalia gab keinen Laut von sich; nur ein leises Pfeifen ertönte aus ihrer Kehle – die von einem brennenden Silberpfeil durchbohrt war!

Schon begann ihr Hals zu verschmoren. Speranza roch den Gestank verbrannten Fleisches. Natalia taumelte zur Kirche, aber schon tummelten sich kreischende Indianer in den Straßen, und blutrünstige »Huka hey«-Schreie durchschnitten die Luft. Ihre Augen tränten von dem Qualm aus dem brennenden Haus, das jetzt auf die Straße, in den Schlamm kippte. Speranza konnte kaum mehr etwas sehen. Sie rannte zu Johnny, kämpfte sich durch den blutigen Matsch – schlang ihre Arme um ihn.

»So habe ich es mir nicht vorgestellt«, sagte er leise.

Jetzt war auch Teddy da, winkte ihnen, zerrte sie zur Pferdetränke. Sie preßte den Jungen an ihre Brust, duckte sich unter einem Brandpfeil hindurch und kroch hinter den Trog. Teddy und Castellanos lagen bereits dahinter. »Schießen Sie endlich, Miss Speranza«, ermahnte Teddy sie. Abwechselnd feuerte und duckte er sich.

»Gegen wen kämpfen wir?« fragte Speranza.

»Wir haben versprochen, bis Sonnenaufgang zurück zu sein, haben Sie das vergessen?« sagte Teddy. Sie sah, wie ein Indianer vom Pferd sprang und einen Weißen am Schopf packte. Er zückte ein Skalpiermesser – ein Messer mit einer stumpf glänzenden, alten Silberschneide. Er skalpierte sein Opfer langsam und methodisch, als würde er eine Orange schälen, stieß es dann zur Seite – der Mann landete im Trog. Speranza wurde mit blutigem Wasser vollgespritzt, der Mann schnappte nach Luft, schlug mit den Armen um sich, während das Wasser in seine Lungen drang und ihn ertränkte.

»Warum sind sie so brutal? Wie können sie so grausam sein?« fragte Speranza.

»Sie haben nicht gesehen, wie die Soldaten ihre Frauen vergewaltigt und ihre Kinder mit ihren Bajonetten aufgespießt haben, bevor sie die Tipis niederbrannten, sonst würden Sie nicht fragen, warum sie so sind«, gab Teddy ihr zur Antwort.

Jemand sprang auf sie zu. Sie feuerte blindlings.

Ein Mann taumelte, fiel vornüber in den Schlamm.

»Schießen Sie nicht auf die Indianer, verdammt noch mal!« flüsterte Teddy ihr zornig zu. »Auf wessen Seite stehen Sie denn?«

»Ich weiß es nicht«, antwortete Speranza wahrheitsgemäß und feuerte wieder, so daß der Rückstoß sie gegen die Verandabretter schleuderte.

Und Johnny sagte: »Speranza, ich habe Angst«, und vergrub sein Gesicht an ihrem Busen. Sie erinnerte sich an das erste Mal, als sie ihn so gehalten hatte, an dieses seltsame erotische Gefühl, die Obszönität in der Berührung jenes unschuldigen Kindes. Jetzt war er älter, und immer noch sprach er wie ein Kind, aber sie spürte kräftige Muskeln unter seinen Kleidern. Er schaute sie mit den Augen eines Mannes und eines Tieres an, und sie wußte, daß er Lust empfand.

Klirrendes Glas – Feuer leckte an den Schwingtüren des Saloons. Qualm tastete sich vor wie eine sprungbereite Katze. Natalia spürte, wie das Silber in ihr zehrte. Ihre Stimmbänder waren durchtrennt, nur ein Wimmern entrang sich ihrer Kehle, als sie über die skalpierten Leichen ihrer Untertanen auf die Kirche zukroch.

Meine Kinder, dachte Natalia, meine Kinder –

Feuer loderte über den überdachten Gehsteig, loderte in allen Farben des Herbstes.

Eine brennende Frau fiel auf die Straße – ein Mann ohne Hände winkte mit den Stumpen, aus denen Blut quoll.

Sie schleppte sich durch den Schlamm und erreichte das Portal der Kirche, sah Hartmuts Grabstein, der im Dämmerlicht einen langen Schatten warf.

»Zum Platz des Mondtanzes!« rief Johnny und löste sich aus Speranzas Armen, ohne sich um das Blut und das Feuer zu kümmern.

»Johnny, bleib hier!« schrie sie ihn an und versuchte, ihn am Ärmel zu packen. Der Stoff riß, und sie mußte mitansehen, wie er über den Trog und die Leichen mitten auf die Straße sprang.

Der Kopf eines alten Mannes – Andrew Raitt, der Uhrmacher – lag vor seinen Füßen im Schlamm. Das Morgenlicht drang durch den Qualm und färbte Johnnys Gesicht rötlich; wortlos und im Rhythmus einer unhörbaren Musik begann er sich mit geschlossenen Augen im Kreis zu drehen.

Grauen packte Speranza, das sie aus ihrem Versteck trieb. Sie rannte zu ihm, stolperte, kickte den Kopf durch die Luft, umfaßte die Knie des Jungen, flehte: »Johnny, du mußt dich verstecken, sonst bringen sie dich um...«

Und einen Augenblick lang war sie in ihrem Traum, und der rote Himmel war die Wand des Mutterleibs, der Blut weinte, und die Straße war der Geburtskanal, und sie wurde aus dem Leib des Wolfes gepreßt –

Johnny deutete in den Himmel. Ein Adler kreiste über ihnen, von der Sonne weg, auf Weeping Wolf Rock zu.

»Wir werden den Mondtanz tanzen«, flüsterte Johnny. »Wir werden sie aus dem Land treiben... ich werde die geschundene Erde erlösen...«

»Bist du verrückt? Bist du besessen?« fragte sie und glaubte einen Augenblick lang an das, was Cornelius Quaid ihr vor so vielen Jahren in der Victoria Station erklärt hatte.

Er öffnete den Mund. Ein hoher Jubellaut stieg auf – durchdrang das Heulen des Windes und die Todesschreie der Menschen und die Kriegsschreie der Indianer und das Krachen brennender Häuser. Er öffnete seine Arme, als wollte er den Sturm umarmen, der um ihn tobte und ihn mit einem Wirbelwind aus Qualm und Laub krönte. Viele ließen die Waffen sinken und blickten einander an, voller Angst und Selbstverachtung.

Der Junge sang. Und wie aus dem Nichts antworteten ihm Trommeln – und Speranza sah, daß ein Indianer einem toten Knaben die blutbefleckte Blechtrommel abgenommen hatte und mit ernster Miene darauf schlug.

Teddy war neben ihr, sagte: »Es ist ein neues Lied für einen neuen Mondtanz. Miss Speranza. Er will, daß sie sich von allem abwenden, was sie bisher getan haben. Es ist sehr heilig, große Zauberei.«

Das Massaker endete so urplötzlich, wie es begonnen hatte. Der Junge ging langsam die Straße hinunter und aus der Stadt hinaus. Speranza folgte ihm verwundert. Eine einzige Silberkugel war noch in dem Revolver, den Teddy ihr gegeben hatte.

Verwundete stützten sich auf ihre Ellbogen und stimmten in das Lied mit ein. Ein alter Mann weinte und fügte sich selbst mit seinem Messer tiefe Schnitte in seine Flanke zu, bevor er sich in die Prozession einreihte.

Unter die Indianer mischten sich jetzt auch Überlebende aus der Stadt. Sie erkannte manche wieder – Damaris Crites, der als mittelloser Vagabund in die Stadt gekommen war und sich zu einem der grausamsten unter den Wölfen entwickelt hatte, Antoine Dozois, ein kanadischer Wolfsjäger, jetzt ein Wolf, der Menschen jagte, mit von der Räude zerfressenem Gesicht. Die weißen Werwölfe wurden in den Rhythmus von Johnnys Lied gesogen – der Adler kreiste über ihnen –, sie waren alle am Rande von Johnnys Traum versammelt.

War das Flötenmusik in dem Pfeifen des Windes? War es Einbildung, oder strahlte Johnnys Silhouette anders als nur durch den Widerschein der aufgehenden Sonne?

Alle, die die Musik vernahmen, folgten. Sein Gesicht trug Takushkanshkans Licht. Sie fürchtete so sehr um ihn. Aber er konnte seinem Schicksal nicht entfliehen.

Sie zogen hinaus, verließen die brennende Stadt, zum Platz des Mondtanzes.

Sie drückte die Tür zur Sakristei auf. Ihr Cousin Valentin lag mit durchgeschnittener Kehle in einer Blutlache auf dem Boden.

Katyusha war mit Silbernägeln an die Wand genagelt worden. Sie war schon tot. Sasha hatte man dreigeteilt. Sein Kopf ruhte auf einem Bücherregal, so daß seine Luftröhre über einer ledergebundenen Bibel baumelte. Kolya war skalpiert und an seinen Eingeweiden über einen Kleiderhaken gehängt worden. Ein silberner Pfeil steckte in seinem Anus. Seine Augen waren entsetzt aufgerissen. Der Boden war mit Exkrementen übersät.

»Ma... ma...« Es war Petrushka. Er lag auf den aufgestapelten Chorhemden. Er war blutbeschmiert, als hätte man ihn in rote Farbe getaucht. Jemand hatte ihm seine kleinen Ärmchen abgeschnitten. Er versuchte, zu ihr zu krabbeln, aber er war zu schwach.

Mit letzter Kraft packte Natalia den Schaft des Pfeiles mit beiden Händen und zog ihn aus ihrer Kehle. Blut durchtränkte ihren Morgenrock, drang in ihre Lunge. Ich darf nicht sterben! dachte sie. Ich muß leben – einen neuen Wurf austragen – ein neues Rudel aufbauen. Sie wollte ihre Wut hinausschreien, aber nur ein klägliches Gurgeln drang aus ihrer Kehle.

Natalia weinte.

Es begann zu regnen. Wassermassen ergossen sich auf kopflose, arm- und beinlose Leichen, die in den schlammigen Straßen lagen. Regen stürzte auf die verkohlten Häuser, erstickte die Flammen und ließ dicke Qualmwolken aufsteigen, die die Stadt einhüllten. Regen wusch das Blut aus den geschundenen Gesichtern. Regen mischte Blut und Erde, verwandelte die Straßen in rote Bäche – Regen durchnäßte die Elfte Kavallerie, angeführt von Major Sanderson, die in die Stadt einritt.

Regen prasselte auf die Soldaten, die von ihren Pferden stiegen und ungläubig auf das Bild des Grauens starrten. Regen fiel auf Sanderson, der sich zur Kirche durchkämpfte, wo Natalia vor dem Altar mit den Kadavern ihrer vier Kinder kniete.

Sie roch ihn, dann hörte sie seine Schritte.

Ohne sich umzudrehen, wollte sie sagen: »Warum kommst du erst jetzt, wo meine Kinder tot sind?« Aber kein Laut entrang sich ihrer Kehle. Major Sanderson kam zu ihr. Hob seinen Hut, als wollte er ihr zeigen, daß auch er unter den Sioux gelitten hatte. »Natalia«, sagte er.

Sie versuchte, ihm zu antworten. Der Schmerz war unerträglich. Sie drehte sich zu ihm um. Blut strömte an ihrem Hals herab; sie hatte keine Ahnung, wieviel sie bereits verloren hatte; sie fragte sich, ob sie noch bleicher geworden war. Kein Mensch hätte einen solchen Blutverlust überlebt, diese Schmerzen – aber sie war mehr als ein Mensch. Sie war ein übernatürliches Wesen und eine Mutter und der Wächter über das Schicksal des ganzen Rudels. Sie durfte noch nicht sterben. Obwohl das Silber durch ihre Adern zog, ihr Fleisch vergiftete, sie bei lebendigem Leibe auffraß. Hätte sie den Pfeil nicht herausgezogen, wäre sie längst gestorben.

»Willst du, daß ich die Toten räche?« fragte der Major und musterte kaltblütig die Leichen. »Soll ich diese Wilden endgültig hinwegfegen?«

Sie nickte.

»Du hast mir einst etwas versprochen«, sprach Major Sanderson weiter, während er sie unbeirrt fixierte und zugleich langsam seine Jacke aufknöpfte. »Du sagtest, ich würde an deiner Seite über diese Stadt herrschen. Du sagtest, du würdest meine Welpen austragen, du Hündin! Und jetzt bettelst du bei mir um Rache!«

Die Jacke glitt zu Boden. Sie beobachtete ihn ohne jedes Gefühl, außer einer Leere absoluter Trauer. Sie versuchte nicht, zu sprechen, als er seine Hosenträger löste, seine Hose aufknöpfte und einen pulsierenden, erigierten Penis herauszerrte. Sie roch seine Lust, aber ohne jedes Gefühl. Er kam auf sie zu, beugte sich über sie, so daß sein Penis ihre ausgedörrten Lippen berührte.

Sie lauschte dem Regen, der auf das Kirchendach trommelte.

Lauschte den Soldaten draußen, die immer mehr Leichen entdeckten, die jene befragten, die im Sterben lagen, und dic Grausamkeiten auflisteten.

Er zog sie hoch, hob sie auf den Altar. Sie versuchte zu protestieren, aber das Gift war in ihre Muskeln gedrungen, ließ ihre Adern bleiern werden.

»Ich kann nicht mehr warten, Natalia. Du wirst mir alles geben, was du mir versprochen hast. Eine starke Frau wie du – du könntest Kinder haben – bessere Kinder, als dieser komische Graf dir je machen konnte. Ich werde dich rächen, Natalia, aber erst werde ich mir nehmen, was mir zusteht.«

Danach zog er sich langsam und bedächtig wieder an, Natalia war tot, und marschierte hinaus in den Regen, wo er Befehl gab, die Indianer zu verfolgen.

Weeping Wolf Rock

Vollmond

Speranza blickte kein einziges Mal zurück auf die brennende Stadt, obwohl sie den feuchten Qualm noch lange roch. Sie erreichten die Ebene, wo die Frauen und Kinder warteten. Die Musik zog mit ihnen mit, und sie spürte den Regen kaum. Ständig kreiste auch der Adler über ihnen, und es schien, als würde Johnny mit geschlossenen Lidern dem Adler folgen, den Pfad vor sich sehen, ohne daß er die Augen öffnen mußte.

Sie tanzten im peitschenden Regen.

Johnnys Gesicht leuchtete. Der Regen wandelte sich zu Graupeln. Der Himmel war grau, grau war auch das hohe Gras, aschgrau waren die Gesichter der Tanzenden; sie tanzten gegen den Wind, und jeder Schritt war so schmerzhaft wie eine Geburt.

Sie tanzten.

Speranza ritt neben Teddy Grumiaux bei den Menschen, von denen die Prozession flankiert wurde; sie sah keine Sonne, nur kaltes Licht fiel durch die stahlfarbenen Wolken.

Blaue Strahlen zuckten um Johnnys Kopf und Schultern. Er hatte seine Augen nicht geöffnet, seit sie Winter Eyes verlassen hatten. Manchmal konnte man den Eindruck gewinnen, die Füße der Tänzer berührten den Boden nicht mehr, ja selbst die Pferde schwebten scheinbar auf einem Nebelkissen. Es schien ihr, als würde das Land mit unvorstellbarer Geschwindigkeit vorbeiziehen, schneller als hinter den Fenstern eines Zuges, als würde die Zeit selbst vorbeiziehen und die Jahreszeiten mit jedem Lidschlag wechseln, Herbst in Winter in Frühling in einen wunderschönen Sommer – und sie dachte, jetzt sind wir ganz und gar in seinem Traum. Er hat die Realität und seine Vision verbunden.

Das Licht wirbelte um den Kopf des Jungen. Er schien plötzlich zu wachsen, all die Jahre aufzuholen, die er in dem Körper eines Jungen gefangen gewesen war – er wirkte beinahe erwachsen – es war Sommer, und das Gras rauschte, und sein goldenes Haar wehte im heißen Wind, und schon war es wieder Herbst, und der Wind riß die Blätter von den Eichen und fegte über das regennasse Gras – der Junge tanzte immer noch, und die anderen Männer fielen in seinen Freudentanz ein, sprangen herum wie junge Wölfe vor der Jagd, und die Frauen stimmten Geheul an, das wie ein Lied von Hunger und Lust klang.

»Teddy!« sagte Speranza. »Hast du jemals etwas so Schönes, so Ergreifendes gesehen?«

»Ich sehe bloß die Graupeln, Miss Speranza, und den ewigen Regen.«

»Aber die Vision... die tanzenden Lichter... der Gesang der Wölfe...«

»Das ist nicht meine Vision«, antwortete er. »Schätze, ich gehe bald heim.«

»Heim?«

»Ich kannte mal ein Mädchen in Lead. Sie hieß Nita. Würde mich interessieren, ob sie sich noch an mich erinnert.«

Es begann zu schneien. Der Wind war beißend kalt; Speranza schauderte und ließ die Zügel des Pferdes los, darauf vertrauend, daß es dem Traum des Jungen folgen würde.

»Wenn das hier vorbei ist«, sagte Teddy, »gehe ich sie suchen. Sie hat es nicht verdient, als alte Hure zu enden. Sie ist ein gutes Mädchen.« In seiner Stimme schwang leise Verachtung mit. Aber Speranza verurteilte ihn nicht, wie sollte sie? Vor langer, langer Zeit hatte sie einmal geglaubt, daß eine gefallene Frau nicht mehr gerettet werden könnte. Auch ich bin eine gefallene Frau, dachte sie. Wie seltsam ihr diese Vorstellung nun erschien, wo sie eines endlich erkannt hatte – wir sind alle gefallen, dachte sie, und wir müssen alle erlöst werden.

Die Sonne war immer noch nicht zu sehen. Die Tänzer bewegten sich durch Nebel und Schnee. Das Land war ohne Ende; Nebelschwaden wogten, und das beschneite Gras neigte sich, und der Wind sang. Endlich konnte sie Weeping Wolf Rock erkennen, eine verkrüppelte graue Silhouette mitten in der sich ständig wandelnden Schneelandschaft – und scheinbar lebendig.

Teddy erzählte weiter: »Ich habe zu viele Menschen getötet… und Wölfe. Es wird höchste Zeit, daß ich damit aufhöre. Ich ekle mich vor dem, was ich getan habe, Miss Speranza, und ich kann so nicht weitermachen.«

Er war noch so jung und hatte bereits solche Gedanken.

»Vielleicht finde ich eine neue Heimat bei den Indianern. Glauben Sie, sie werden mich aufnehmen? Die Weißen haben mich immer Halbblut und Mischling genannt, und es stimmt, daß kein Priester das Laken gesegnet hat, auf dem ich geboren wurde: aber die Indianer haben mich nie so genannt…«

Er war verloren in seinen eigenen Träumen: kein Wunder, daß ihm die Vision des Jungen entglitt. Wenn diese Nacht vorüber ist, dachte sie, wird er sein Leben neu zusammenfügen. Er hat ein Heim, und er hat ein Ziel.

Aber was ist mit mir? Sie war zu Johnny Kindreds Schatten geworden, sie hatte ihn getröstet, hatte seine Hand gehalten, wenn er sich dem Dunkel stellte. Aber wenn er siegt, wenn er geheilt wird, was wird dann aus mir?

Sollte sie als Bürgersfrau in San Francisco leben? Oder nach Aix-en-Provence zurückkehren, zu ihrer Familie, die sie so unbekümmert verlassen hatte, der sie nicht einen einzigen Brief in all den Jahren geschrieben hatte? Wohin konnte sie sonst zurückkehren? Zu Sigmund Freud?

Zu ihrer eigenen Überraschung fiel ihr auf, daß sie seit vielen Wochen kein Koka-Pulver mehr genommen hatte – und daß sie es nicht einmal bemerkt hatte. Seit jenem Augenblick, als sie sich allein in den Wald gewagt hatte, brauchte sie vor der Realität nicht mehr zu flüchten.

Vor ihr ragte Weeping Wolf Rock auf, durchbrach den Nebel – die Prozession hielt an. Die Musik verklang. Eine einzige Trommel schlug weiter im Einklang mit dem Rhythmus des Universums. Unmöglich zu sagen, ob es Tag oder Nacht war oder welche Jahreszeit sie umgab, denn der Wind, der sie mit kalten Schneeflokken ärgerte, trug auch den Geruch des Frühlings. Es war dunkel, aber die Dunkelheit ging mit dem Tageslicht schwanger. Die Indianer und die Menschen aus Winter Eyes versammelten sich um Johnny.

»Welch kosmische Pracht! Welch ernster und zugleich heiterer karmischer Wendepunkt unserer Existenz, nicht wahr, Gräfin?« Sie blickte hinunter und sah eine Gestalt, an die sie sich kaum noch erinnern konnte: den indischen Astrologen Shri Chandraputra. »Es ist mir unmöglich, der Tragweite dieses Augenblickes Ausdruck zu verleihen; wir erleben im wahrsten Sinne des Wortes die Geburt eines neuen Zeitalters.« Er stolzierte herum, einen juwelenbesetzten Turban auf dem Kopf und seinen schwarzen Diener an seiner Seite, der ein Tablett mit Schreibutensilien trug, und machte sich Notizen in ein kleines Buch. »Den astralen Konjunktionen zufolge«, dozierte er, »koinzidiert der heutige Vollmond mit einem großen Kreis der Venus und einer großen Peregrination der äußeren Planeten...« Sie wunderte sich, daß er noch an solche Dinge denken konnte. Er tanzte linkisch neben den anderen her.

Dann wandte sich Johnny ihr zu, rief sie mit einem Blick herbei, der befehlend und bittend zugleich war. Teddy stieg ab, half Speranza von ihrem Pferd und führte sie zu ihm, ins Zentrum eines Kreises.

Johnny und der Häuptling der Shungmanitu unterhielten sich in wohltönenden, sanften Lauten. Eine Pfeife wurde von Hand zu Hand gereicht, der Übergebende murmelte dabei *»Na«* und der Entgegennehmende *»Ku«*. Der Rauch aus der Pfeife war die Quelle des Nebels, der sie umgab. Sein süßer Duft mischte sich mit dem Geruch von jungem Gras, das aus dem Boden brach, von faulendem Laub, heißem Sommerwind und Schneestürmen ... all dies schien aus der Heiligen Pfeife aufzusteigen. Und immer noch schlug die eine Trommel den Takt, bis ihr Herzschlag damit übereinstimmte. Sie stand vor Johnny und begriff, daß er am Ziel seiner Reise angekommen war.

Die Erde erbebte.

»Die Elfte Kavallerie«, erklärte Teddy leise. »Keine Ahnung, wie weit sie noch entfernt ist.«

Ein Indianer kniete nieder, legte sein Ohr auf den Boden. »Viele Pferde«, sagte er nur.

»Das ist Sanderson«, prophezeite Teddy. »Er will uns niedermachen.«

»Wenn mein Traum besteht«, versprach Johnny, »dann kann er uns nichts anhaben.«

»Du wirst sterben, Johnny«, widersprach Teddy, »wenn wir die Soldaten nicht aufhalten können.«

»Beschütze uns«, befahl Johnny mit ruhiger, aber autoritärer Stimme.

Das Donnern kam näher. Sie wußte nicht, ob sie oder der Boden bebte. Sie bekam entsetzliche Angst.

»Ich und Iron Hand können sie vielleicht ein paar Stunden aufhalten«, antwortete Teddy, »aber wenn du deinen Mondtanz tatsächlich hier abhalten willst, im Schatten von Weeping Wolf Rock, dann können wir paar Männer nicht viel gegen eine ganze Truppe ausrichten.«

»Aber Teddy, wir werden nicht hier tanzen«, erwiderte Johnny. »Ich habe den Platz des Mondtanzes in einem Traum gesehen. Heute wird die Dunkelheit finsterer sein als alles bisher Erlebte, und wenn sich die Wolken teilen, werden die Strahlen des Mondes nur auf einen Fleck fallen.«

Er deutete mit dem Finger nach oben.

Die Menschen folgten mit dem Blick seinem ausgestreckten Arm, blickten hinauf, sahen den Sims, vorgestreckt, unbezwingbar, eine steinerne Zunge, die am Gipfel des Felsens über den Abgrund ragte.

Ein Trommelschlag.

Noch einer.

Speranza sagte: »Aber Johnny, du mußt doch einsehen, daß dich dein Traum nicht überallhin führen kann! Niemand unter euch wird diesen Felsen erklettern können und auf den Sims gelangen, trotzdem erwartest du, daß alle dir folgen... Frauen und Kinder. Du könntest sie ebensogut bitten, über eine hohe Klippe zu springen... Johnny, nimm Vernunft an!«

Ruhig antwortete Johnny: »Teddy wird den Fuß des Felsens bewachen. Und du wirst mit mir kommen, Speranza; dich brauche ich bis zum Ende. Denn dafür wurde ich geboren, dafür hat mich Ishnazuyai aufgenommen. Ich werde die Welt erneuern.«

Die Trommelschläge wurden schneller, und die Schamanen bliesen auf schrill klingenden Flöten, und die Frauen begannen zu singen und mit den Füßen zu stampfen. »Du bist verloren, Johnny Kindred...« weinte sie und schlang in dem Wunsch, ihn zu beschützen, ihre Arme um ihn; sie preßte ihn an ihren Busen, ohne sich um die Gefühle zu kümmern, die seine Nähe in ihr auslösten; sie küßte ihn immer wieder auf die Wangen, wie sie es damals mit dem armen Michael Bridgewater getan hatte, als er einsam und verlassen auf den Tod gewartet hatte und weder seine Diener noch seine Familie ihm nahe kommen wollten; sie hielt ihn so fest, als wollte sie ihn ersticken. In ihm war keine Wärme, keine Substanz; als hielte sie einen Geist, einen Schatten, kalte Luft in ihren Armen.

»Glaube mir«, sagte Johnny. »Du mußt mir glauben. Ich bin das Webmuster meiner dunklen Träume geworden.«

Er drehte sich wieder zu dem unbezwingbaren Felsen um, hob die Arme und begann auf Lakota zu murmeln. Es wirkte auf Speranza, als riefe er den Himmel selbst an, oder vielleicht den Adler, der über ihnen kreiste.

Dann wandte er sich den anderen zu und bedeutete ihnen, ihm zu folgen. Sie sammelten sich um ihn. Er zog sich nackt aus. Die anderen taten es ihm gleich. Speranza wunderte sich darüber, daß ihnen die Kälte nichts auszumachen schien. Er wirkte immer noch zerbrechlich, trug immer noch an Dutzenden Stellen die Narben von Claggarts Peitsche, aber sie bemerkte auch seine Stärke und Kraft.

Er atmete tief ein.

Diese Bäume... waren sie zuvor schon dagewesen? Sie blinzelte. Noch mehr Bäume. Kiefern schossen aus dem hohen Grama-Gras, der Himmel überzog sich mit einem Netz von Baumwipfeln, verdunkelte sich. Es ist der Wald aus meinen Alpträumen, erkannte sie, er zieht den Traum um uns zusammen wie ein Netz, wie eine Henkersschlinge. Die Bäume wuchsen immer höher, der Boden erbebte, Risse taten sich im Boden auf, und aus ihnen wuchsen Koniferen, deren Stämme in den Himmel schossen, dem Dach der Welt entgegen – der Junge tanzte.

Und sie sah den blutigen Fluß vom Plateau des Felsens herabfließen, und das Blut tropfte auf die Kinder der Wölfe, und der Regen selbst wurde zu Blut, und sie tanzten im herabregnenden Blut und tranken es und badeten sich darin und lachten und weinten vor Freude. Es war der Fluß aus ihrem Traum, es war die Quelle. Das Blut benetzte sie, und sie roch daran, und es roch nach einer läufigen Hündin und nach einer liebenden Frau und nach einer gebärenden Mutter.

Blitze zuckten über die Baumwipfel! Der Himmel loderte! Und sie tanzten immer noch. Schwefelqualm stieg aus den Erdritzen auf. Sie tanzten. Und Weeping Wolf Rock selbst tanzte, der Stein stöhnte, als er sich wandelte, und sie sah, daß der Felsen lebte, daß er atmete, daß er sich zum Rhythmus von Johnnys Lied bewegte. Und Johnny führte seine Gefolgsleute zum Fuß des Felsens, und als er sich an den Aufstieg machte, kniete sich der Felsen nieder, um ihm den Weg freizumachen, er beugte sich, er neigte sich, um sich den Schritten der Tänzer anzupassen. Frauen und Kinder wanderten am Felsabhang entlang, ohne einmal fehlzutreten, ohne zu straucheln. Der Wald wuchs weiter, wurde dichter und dunkler.

Johnny nahm Speranzas Hand. »Die Welt ist ein Traum.«

Sie folgte ihm. Sie trat in die Luft, und der Felsen beeilte sich, ihren Schritt aufzufangen, bevor sie stürzte. Ein Felsspalt gähnte, und sie sprang, ohne in die Tiefe zu blicken, und ein Wirbelwind trug sie auf die andere Seite, und sie kletterte weiter, während neue Bäume den Abhang begrünten – und immer noch schlug die Trommel im Rhythmus des Blutes und ihres Herzens. Der Himmel stand in Flammen, und Flammen entsprangen Johnnys ausgestreckter Hand. Hinauf, hinauf, stöhnte der Berg. Er wölbte sich und schleuderte sie bergauf, von Sims zu Sims. Steine flogen um sie herum. Die Erde schien zu tanzen.

Und Johnny ergriff erneut ihre Hand und sagte: »Bleib bei mir, Speranza. Halte dich am Traum fest.«

Und der Wald schloß sich um sie herum, und das Feuer im Himmel erzeugte höllisch dicke Rauchwolken, bis der lodernde Himmel nachtschwarz geworden war –

Er traute seinen Augen nicht. »Victor Castellanos!« rief Teddy, aber sein Freund schien ihn nicht zu hören. Mitten im peitschenden Regen schienen sich die Wölfe aufzulösen – Teddy versuchte, Castellanos festzuhalten, aber er war glitschig – glitschig wie der Regen.

Teddy dachte: Das ist Johnnys Traum – die Wölfe sind darin gefangen und nehmen die reale Welt mit sich.

Die Indianer besaßen eine spezielle Begabung, um zu träumen. Wenn sie träumten, konnten sie die Welt verändern. Teddy war zwar nur Halbindianer, aber er spürte, wie sich die Welt bewegte. Bäume standen dort, wo zuvor keine Bäume gestanden hatten. Weeping Wolf Rock schien höher zu werden, der Sims war unmöglich zu erreichen. Klippen wuchsen aus dem Boden, Stütz punkte, von denen aus sich der Mondtanz verteidigen ließ. Teddy und Iron Hand zogen sich hinter einen großen Brocken zurück, der aus dem Nichts aufgetaucht war. Die Elfte Kavallerie konnte nicht mehr fern sein. Das Donnern der Hufe war deutlich zu hören. Teddy kauerte sich nieder. Der Regen ließ langsam nach. Unmöglich zu sagen, welche Tageszeit es war.

Teddy blickte hinauf zu Weeping Wolf Rock.

Sie waren oben angelangt. Speranza und alle Shungmanitu und manch einer aus Winter Eyes. Und Johnny. Sie waren kaum noch zu erkennen. Sie standen auf dem Sims. Er dachte: Sie können unmöglich aus eigener Kraft dort hinauf geklettert sein. Es war ein Traum.

Der Traum! Wenn er darüber nachdachte, wenn er über Speranza und Johnny nachdachte, die dort oben auf dem Felsen tanzten, dann konnte er beinahe den dunklen Wald sehen, der um sie herum aus dem Boden geschossen war, und den schmalen Pfad, den sie genommen hatten.

»Die Welt wird diese Form nicht lange behalten«, sagte Iron Hand. »Wenn der Junge aus seinem Traum erwacht, wird sie schmelzen.«

»Was ist mit der Kavallerie?« fragte Teddy. »Werden sie die Traumwelt oder ihre eigene Welt sehen?«

»Ich weiß es nicht.« Iron Hand lud sein Gewehr und reichte Teddy ein zweites. »Der Captain, den sie Sanderson nennen – sein Haß ist so stark, daß er vielleicht in den Traumkreis eindringen kann. So starker Haß kann einen Menschen aus dem Kosmos und in die Geistwelt schleudern.«

»Davor habe ich auch Angst«, gestand Teddy. Denn Sanderson war wie Claggart. Vielleicht waren sie keine übernatürlichen Wesen wie die Werwölfe, aber auch sie waren auf ihre Weise Monster.

Keine Zeit, über Träume nachzudenken. Er konnte sie jetzt sehen. Auf der Ebene. Sie kamen von Westen. Eine lange, unregelmäßige Reihe, die wie eine Schlange über den Horizont glitt. Einzelne Soldaten waren noch nicht zu erkennen. Der Regen hatte sich zu einem Nieseln abgeschwächt. Er hörte das Stampfen der Hufe im Schlamm, fühlte, wie der Boden bebte. Er wußte nicht, wie lange sie gegen Sandersons Truppen die Stellung halten konnten. Iron Hand hatte höchstens dreißig, vierzig Männer. Allerdings lag ihre Position erhöht, und solange sie den Rand von Johnnys Traum berührten, konnten sie die Felsen als Deckung benutzen. Aber wenn der Traum ihnen entglitt –

Bevor er es sich versah, hatten sie die Ebene zur Hälfte überquert. Sie griffen in Formation an. Crow-Späher als Vorhut, hinter ihnen die Trompeter und Fahnenträger und dahinter – Teddy konnte nicht erkennen, wie viele Soldaten es waren. Er tippte auf einige hundert. Und Sanderson an der Spitze. Ein Späher deutete auf Weeping Wolf Rock. Teddy fragte sich, ob sie in Johnnys Vision hineinsehen konnten.

Plötzlich hörte er ein entferntes Trompetensignal – der Angriff! Jetzt beschleunigten sich die Hufschläge, und er sah eine Wand aus Soldaten auf sich zustürzen, er hielt den Atem an und wartete, entschlossen, jeden Schuß zu einem Treffer zu machen.

Sie kamen! Schwärmten durch den imaginären Wald! Winzige Blitze zuckten von gezogenen Säbeln auf, das Quietschen der Trompete akzentuierte das Dröhnen der Erde, ätzender Qualm stieg auf – viel zu schnell waren sie in Schußweite. Gewehrfeuer – dumpfe Schläge im monotonen Grau. Der Regen enthüllte die bemalten Gesichter der Crow-Späher, weiß und rot und gelb und schwarz. Pfeile schwirrten durch die Luft! Teddy feuerte immer wieder, feuerte, bis ihm der Rauch Tränen in die Augen trieb. Er schoß einem Späher das Gesicht weg, aber dessen Pferd galoppierte unaufhaltsam weiter, und – eine Kugel jaulte, streifte seine Wange, ohne daß er den Schmerz spürte.

»Iron Hand…« Aber der Häuptling lag nicht mehr neben ihm.

Er sah Iron Hand aus der Deckung treten, als seien die Weißen überhaupt nicht da, und einen Fuß auf einen Baumstumpf stützen. Er wußte, daß Iron Hand geschworen hatte, zu sterben und so viele Soldaten in den Tod mitzunehmen wie möglich, weil es ihn beschämte, was sie in Winter Eyes getan hatten. Teddy kauerte jetzt allein hinter dem Felsen. Andere hatten sich über die Simse weiter oben verteilt. Pfeile regneten vom Himmel. Einer traf einen Soldaten in die Brust. Er wand sich, zuckte und sackte vornüber auf seinem Pferd zusammen. Teddy sah, wie ein Mann von Pferdehufen zertrampelt wurde. Ein abgetrennter Arm wirbelte durch die Luft. Und die Erde selbst griff in den Kampf ein – mit brennenden Steinen, die von oben herabfielen.

Alptraum und Realität vermischten sich an hundert Stellen. Manchmal regnete es Feuer und Blut. Manchmal stürzten regelrechte Wolkenbrüche herab, die die Pfeile von ihrem Ziel ablenkten und den Boden unwegsam machten, so daß die Pferde zu schlittern begannen und mit ihren Köpfen und Leibern gegen die Felsen stießen. Tote lagen zu Dutzenden im Schlamm. Und immer mehr kamen nach. Teddy feuerte und lud neu und feuerte und lud neu.

Und immer mehr kamen.

Sie waren abgestiegen und kämpften nun Mann gegen Mann mit den Indianern, Säbel und Bajonett gegen steinerne Tomahawks. Mit dem Kriegsschrei *»Huka hey!«* auf den Lippen sprangen Iron Hands Männer aus den Baumwipfeln. Teddys Munition ging langsam zur Neige. Aber er hatte noch eine Waffe in Reserve – er hatte zwar die geliebte Merwyn and Hulburt mit den Silberkugeln Speranza zugeworfen, aber er besaß noch einen Colt.

Er schaute nach unten, entdeckte, daß Iron Hand umzingelt war. Er wirbelte im Kreis herum, metzelte die Soldaten nieder, die versuchten, sich ihm zu nähern. Sie sprangen vor und versuchten, ihn mit ihren Bajonetten aufzuspießen. Er lachte sie aus, lachte ihnen seine Verachtung und seinen Todesmut ins Gesicht. Töten war unwichtig. Er hatte mindestens fünfzig Gegner getötet. Er würde ehrenvoll sterben.

Vielleicht ist auch für mich die Zeit gekommen, um zu sterben, dachte Teddy. Er überlegte, ob Nita wohl immer noch in jenem schlecht beleumdeten Haus in Lead auf ihn wartete. Er hatte gehört, daß sie ein Kind bekommen hatte; rothäutig wie der Vater, sagte man.

Er schleuderte das Gewehr beiseite, zog seinen Colt und sprang in Iron Hands Kreis. Er erledigte sechs Soldaten, genug, um ihnen eine kurze Atempause zu verschaffen. Er drehte sich zu Iron Hand um, während er neu lud. »Ich schneide dich los, Bruder«, bot er an.

»Nein!« Iron Hand wirbelte so schnell herum, daß er die Lederschnur immer weiter um den Baumstamm wickelte, aber das schien ihn nicht zu stören. Neue Soldaten kamen auf sie zu, sprangen über die Leichen ihrer Kameraden. »Befrei mich nicht«, erwiderte Iron Hand. »Heute ist ein guter Tag zum Sterben. Aber befreie dich selbst.« Und er nahm sein Lied wieder auf, während er unverdrossen weiter auf die Soldaten einschlug.

Teddy entdeckte Major Sanderson, hoch aufgerichtet auf seinem Pferd sitzen und unbeirrt bergauf reiten – selbst wenn der Fels keinem Pferdehuf mehr Halt geben konnte, selbst wenn nur dünne Luft ihn trug. Er dachte: Iron Hand hat die Wahrheit gesagt – sein Haß verleiht ihm die Macht zu träumen.

Iron Hand wirbelte immer schneller herum. Teddy hörte über dem Kriegsgeschrei Knochen brechen. Noch einmal jagte er seine Hand sechsmal über den Hahn seines Colts. Soldaten stürzten zu Boden. Er kämpfte sich durch seine Gegner. Andere rammten jetzt ihr Bajonett in Iron Hands Leib. Sie lachten. Klebriges Blut spritzte Teddy ins Gesicht. Wenn die Bajonette herausgezogen wurden, hörte man Fleisch reißen. Iron Hands Miene zeigte Verachtung, als er mit dem Gesicht in den Schlamm stürzte. Teddy schaute dem Soldaten in die Augen. Was er dort sah, war nicht mehr menschlich – die Augen waren feuerrot wie die eines Werwolfs, die Lippen in unzähmbarem Haß verzerrt. Wir verwandeln uns alle in Bestien, dachte er, innerlich sind wir alle Bestien, egal, was wir uns einreden, wir sind nichts als Tiere, voll brennendem Zorn. Der Soldat grinste und entblößte geifernde Fangzähne.

Teddy zerschoß die feixenden Lippen, und als sich der Rauch verzog, sah er den Kieferknochen lose im Gelenk hängen und das Gesicht schmelzen und den Kopf auseinanderbrechen wie ein weiches Ei. Teddy rannte, lud wieder, bestieg das erstbeste Pferd, das ihm über den Weg lief, rollte den toten Indianer vom Pferderükken, so daß er in den Schlamm stürzte, ritt Sanderson hinterher –

– in vollem Galopp, denn Sandersons Pferd schien den Himmel selbst erklimmen zu wollen. Sanderson lächelte versonnen, schien das Gemetzel um ihn herum überhaupt nicht wahrzunehmen – las seelenruhig in einem ledergebundenen Buch, beleuchtet von dem feuerspeienden Himmel.

Er blickte auf, als Teddy ihn angriff. »Nanu, was gibt es denn, junger Mann?« fragte er. »Wissen Sie nicht, daß der Tod unausweichlich ist. Aber Sie sind ja nur ein schwachsinniges Halbblut, zwischen Scylla und Charibdis, zwischen Vergangenheit und Zukunft gefangen... Können Sie nicht begreifen, daß ich nicht Ihr Todfeind, sondern einfach eine Kraft der Geschichte bin?«

»Ich habe Claggart getötet. Ich kann auch Sie töten, Sanderson, das steht fest.« Teddy feuerte. Die Kugel schien an einem unsichtbaren Schild abzuprallen.

»Sie haben Claggart nicht getötet. Claggart kann nicht sterben... er lebt in mir. Man muß kein Werwolf sein, um die Bestie in seinem Inneren zu kennen. Ah, Sie hätten die Tierfrau sehen sollen, als ich sie liebte, bis sie starb, dann würden Sie verstehen. Kein Monster ist übernatürlich... das wahrhaft Monströse lebt in uns. Der Mensch, mein armer Freund, ist eine gefallene Kreatur.« Er pochte auf das ledergebundene Buch. Erstaunt stellte Teddy fest, daß es eine Bibel war.

Erinnerungen jagten ihm durch den Kopf: Claggart grinsend, grinsend, als er ihn mit Blei vollpumpte, grinsend, Blut auf dem Herbstgras und –

»Er ist tot, er kann mir nichts mehr anhaben.« Aber Teddy spürte, daß Wahrheit in dem lag, was Sanderson gesagt hatte.

»Manchmal, mein Freund, braucht man zwei zum Träumen... Helden und Schurken... Licht und Schatten.« Wind kam auf und blies Sandersons Hut davon, und darunter befand sich das verschorfte Gewebe. Sein ganzes Gesicht schien sich plötzlich abzuschälen. Zwischendurch sah Teddy den blanken Schädel aufblitzen. Würmer krochen aus den Augenhöhlen. Vielleicht ist das nicht Sanderson, durchfuhr es ihn, vielleicht ist das nur ein Monster, das sich der Junge erträumte. Vielleicht kann ich ihn gar nicht besiegen. Der Wind wurde stärker. Pflasterte ihre Gesichter mit Laub. Bäume und Himmel weinten Blut, und die Felsen erhoben sich –

»Es ist mir egal, wie stark Ihr Haß ist. Sie werden sie nicht erreichen, es sei denn, sie töten mich zuerst.«

»Dann werde ich Sie töten«, sagte der Traum-Sanderson; sein

Roß stieg auf die Hinterfüße, schnaubte Frost und Feuer. Er gab ihm die Sporen. Zog seinen Säbel und –

Teddy sprang! Der Säbel verfehlte ihn um Haaresbreite, als er auf den Hals von Sanderons Pferd sprang und der Dunkelheit ins Angesicht blickte und –

Die Erde wölbte sich und bäumte sich auf! Bäume knickten ab, neue sprossen aus dem Boden! Zweige schabten aneinander vorbei! Teddy sah, wie sein Indianerpferd von einem feurigen Abgrund verschlungen wurde.

Er schlug Sanderson gegen den Brustkorb, preßte ihn in den Sattel, während das Pferd immer weiter bergauf galoppierte und der flüssige Fels sich unter seine Hufe schob.

»Es ist sinnlos, mich zu bekämpfen... die Bestimmung des Weißen Mannes wird sich in diesem Land erfüllen. Es gibt keinen Platz mehr für Menschen wie Sie... es ist Schicksal, einfach Schicksal...« Sie hatten einander an der Gurgel gepackt, während der Wind an ihnen zerrte. Teddy tat alles weh, aber er durfte auf keinen Fall loslassen – die Finger des Majors an seiner Kehle waren knochenhaft, er schnappte nach Luft –

Durch den Nebel, durch die Todesschreie, drang das Trompetensignal zum Angriff.

»Es wird keinen Mondtanz geben«, prophezeite der Major. Sein Gesicht war weggeschmolzen, und ein Totenkopf starrte ihn mit glühenden Augen an.

Teddy wand sich aus dem Griff des Majors und hieb mit seinem Revolver immer wieder auf den grinsenden Totenschädel ein. Der Major lachte.

»Nur ein Traumwesen kann ein anderes Traumwesen töten«, sagte er. Von da an schien er überhaupt keine Notiz mehr von dem jungen Mann zu nehmen, der mit dem Knauf seines Colts immer wieder auf ihn einhämmerte, auch das Fleisch des Pferdes hatte sich aufgelöst – die Knochen schepperten und bohrten sich in seinen Hintern, während das Skelettroß durch die Luft jagte – und hinter ihnen näherten sich die Horden des Todes, Skelette in Uniform, unter dem nicht enden wollenden Angriffssignal –

»Sie sind nicht einmal real«, stellte Teddy fest.

»Nein.« Der Major machte seinen Tonfall nach. »Schätze, das bin ich wirklich nicht.«

Sie rollten die Kanone den Fels hinauf. Während der Major die Arbeiten überwachte, glättete sich der Boden und bildete eine Rampe. Die Trompeter bliesen wie besessen. Standarten flatterten, Kanonenräder quietschten, Holz und Metall auf Fels.

Heiliger Jesus! dachte Teddy. Die da oben werden sterben. Alle werden sterben. Und niemand kann das verhindern.

»Verschwinden Sie endlich aus meinem Traum.« Der Major saß kerzengerade und wischte den jungen Mann vom Pferd, als wäre er nur eine lästige Fliege vor seinem Gesicht. Teddy fiel, Steine schlugen ihm ins Gesicht, spitzer Schotter bohrte sich in sein Fleisch, als er bergab rollte.

Er trieb aus der Vision des Majors.

Aus Johnnys Traum.

Der Mond trat hinter den Wolken hervor. Er prallte gegen einen Felsbrocken. Seine Hände waren aufgeschürft und bluteten, und ein Auge war zugeschwollen.

Er schaute sich um, versuchte, sich aufzusetzen. Tote umgaben ihn. Soldaten mit Pfeilen im Rücken, die wie Stachelschweine aussahen. Indianer mit aufgeschlitzten Bäuchen. Männer mit abgetrennten Gliedern, verkokelte Männer, verschrumpelte Männer, zerstampfte, verbrannte Männer. Keine Überlebenden.

Qualm, der nach Schwefel und verbranntem Fleisch roch.

Wo war Sanderson? Wo waren seine eigenen Leute? Teddy schaute hinauf zu dem Sims, der unerreichbar für alle, die nicht auf den Flügeln des Traumes schwebten, in den Himmel ragte. Er sah unendlich kleine, tanzende Gestalten. Der Wind war zu stark, als daß er Musik gehört hätte.

Plötzlich glaubte er, auch die Pferde und Kanonen der Elften Kavallerie zu erkennen, die sich den Tänzern näherten. Ich träume, sagte er sich und taumelte durch den Nebel. Fliegen umsurrten Iron Hand, der an einem Felsen lehnte und in dessen Brust Dutzende Bajonettspitzen steckten.

Aber im Wald in Johnny Kindreds Geist, auf der Lichtung im Herz des Waldes, im Auge des Sturms, der über Weeping Wolf Rock hinwegbrauste, herrschte absolute Stille.

Die Personen im Wald standen am Rand des Kreises. Der Indianer rief sie nacheinander zu sich. Johnny teilte bereits die Weisheit des Indianers und beherrschte die Sprache der Lakota so gut wie seine Muttersprache. Er hatte bereits James Karneys Ergebenheit und Jake Killingsworths Selbstvertrauen in sich aufgenommen. Einer nach dem anderen verschmolz mit ihm, während der Indianer die Liebesflöte spielte.

Wenige befanden sich noch außerhalb, unter ihnen Jonas Kay. Während Johnny durch die vielen Persönlichkeiten gealtert war, blieb Jonas immer noch ein quengelndes Kind. Aber er tobte nicht, obwohl sie alle den Mond spürten, der hinter der gleichmäßigen Wolkendecke an ihnen zerrte. Jonas Kay lag zusammengerollt am Rande des magischen Kreises. Er nuckelte am Daumen.

»Jonas«, sagte Johnny. »Es wird Zeit zum Heimkommen.«

»Ich habe... Angst.« Woher kam diese Furcht? Einer der anderen, dachte Johnny. Auch wenn er noch nicht mit uns verschmelzen möchte, ist das zum Teil doch schon geschehen.

Johnny streckte seine Hand über die blaßblauen Flammen aus. Das Feuer tat ihm nichts. Er strich Jonas über die Wange. »Wir sind beieinander«, sagte er. »Du kannst keine Angst mehr haben.«

»Du wirst mich töten. Aber wenn der Mond kommt... dann werden wir endlich sehen. Du hast mich nie wirklich verstanden. Wenn der Mond kommt, wirst du begreifen. Du wirst mich nicht wollen. Du wirst mich verbannen... und nie ein Ganzes werden.«

Dies sah Speranza: der Himmel war elektrisiert, Farben tanzten wie das sagenhafte Polarlicht; der Wind umtoste sie; der Junge saß reglos im Zentrum des Orkans. Die Tänzer bewegten sich langsam zu einer klagenden Flötenmelodie und zu dumpfen Trommelschlägen, bewegten sich und verharrten zugleich. Sie tanzten nackt, die Frauen in einem äußeren Kreis, die Männer im inneren, und die Kinder ahmten die Alten nach.

Vereinzelt hatten sich auch Leute aus Winter Eyes daruntergemischt. Shri Chandraputra hatte all seine Kleider bis auf seinen Turban abgelegt und tanzte trotz seines Alters mit erstaunlicher Grazie. Victor Castellanos, der mit Teddy befreundet war, sprang auf und nieder, so daß sein dunkles Haar im Wind wehte und sein Büffelcape wie das Cape eines Matadors um ihn herumwirbelte.

Immer noch war kein Mond zu sehen.

Er rief sie; sie trat in den Kreis. Er öffnete die Augen. Sie strahlten wie der Mond selbst. Er lächelte und nahm ihre Hand. Er zeichnete sie mit seinem Urin; es roch nicht scharf und tierisch wie sonst, sondern nach süßer Herbsterde.

Er sagte: »Wir gehen zusammen auf eine Reise. Du und ich. Bleib bei mir.«

»Ich werde mit dir gehen«, sagte sie ganz leise. »Ich gehöre zu dir.«

Er verstärkte seinen Griff. Die Tänzer verschwammen. Der Kreis war der Boden der heiligen Pfeife, der Mutterleib, der Schmelztiegel der Schöpfung. Die Welt wirbelte um sie herum, die Welt war der Wind, der Wind war das Feuer, der lebensspendende Atem der Welt. Sie sah ihre Vergangenheit vor sich, erlebte sie in einem einzigen Augenblick – der kleine stirnrunzelnde Michael Bridgewater, als sich der Sargdeckel über ihn senkte, die Bibel und die getrocknete Rose in seinen Händen und – Cornelius Quaid, der ihr eine Börse mit Goldsovereigns überreichte und seine Abscheu kaum verhehlen konnte und – der Zug, der durch die Wälder rauschte und – erzähl mir ein Märchen, bitte erzähl mir ein Märchen –

Dann sah sie sich selbst – groß, mit ernster Miene herabblikkend: »Bin das wirklich ich?« wunderte sie sich. Die dunklen Kleider, die verhärtete Miene, die Bibel unter dem Arm – das Wiegen des Zuges.

– auf die Jäger warten –

Sie hörte die Stimme des Jungen: »Es ist Zeit, Jonas zu holen.«

Jetzt stand eine fremde Vergangenheit vor ihrem inneren Auge. Der Indianerjunge, der mit einem Bogen in der Hand durch den

Wald schlich. Ishnazuyai, der lachte. Dann eine dunkle Erinnerung, Claggarts Silberkäfig, die stickige Samtdecke, die den Mond abhalten sollte – die Gesichter der Frauen, die Claggart ermordet hatte. Sie dachte: O Johnny, wie konntest du das nur alles ertragen? – und der Junge führte sie weiter, in dunklere Gänge seiner Erinnerung – der Welpe, der in die Schenkel eines alten Betrunkenen biß, den das spritzende Blut wärmte, den der Alkoholduft zur Raserei trieb. Die Türen des Wiener Stadthauses, die aufschwangen und die Wölfe hinaus in die verschneite Nacht und auf die unbeleuchteten Straßen entließen und – Claggarts Gelächter und – höhnisches Gelächter und – einmal an ein Brett geschnallt, gekreuzigt im Mondlicht, und der Messerwerfer, der das Holz mit seinen silbernen Klingen aufspreißelte, so dicht, daß sie fast sein Fleisch berührten, und er versuchte, sich mit aller Kraft zu beherrschen, damit sich ihm das Haar nicht sträubte und an die Messer ragte, weil er wußte, daß das Fleisch bei der ersten Berührung zischen und verschmoren würde. Er führte sie an seiner Hand tiefer in seine Erinnerung, und sie sah Gänge in dem Wiener Stadthaus, die in weitere Gänge mündeten, und Gänge im Zug, der durch den Schnee ratterte, und Gänge, die in Wahrheit Flußufer waren und Blut weinten, und Gänge, die tiefer und tiefer in den Leib der Schöpfung führten, und –

»Wohin bringst du mich?« flüsterte sie.

»Wir können uns ohne Jonas nicht vereinen«, antwortete Johnny mit immer kindlicherer Stimme, bis er – die Tür des Wiener Stadthauses aufriß, und vom Himmel regnete Blut auf die steinerne Madonna der Wölfe herab und –

Noch ein Gang. Es stank nach menschlichen Exkrementen. Ein angeketteter Mann saß in seinem eigenen Kot, sein verdreckter Bart klebte ihm am Gesicht, Speichel lief ihm aus dem Mund. Die Augen eines Kindes ohne Verstand glitten hin und her, hin und her, regelmäßig wie ein Pendel. Eine Frau wiegte eine Gurke in Babykleidern und sang ihr ein Schlaflied. Johnny führte Speranza weiter. Ein alter, nackter Mann, dessen Leib mit syphilitischen Geschwüren übersät war, flüsterte unentwegt vor sich hin und kaute methodisch die Blütenblätter einer Geranie. Alle hatten kurzgeschorenes Haar. Die Kahlköpfe von Verrückten oder Insassen des Schuldturms, die ihr Haar an die Perückenmacher verkaufen mußten. Ein zweijähriges Kind nuckelte an einer Laudanum-Flasche mit abgebrochenem Hals. Irgendwo in der Ferne knallten Peitschenhiebe – eine Frau schrie – eine Frau wurde vergewaltigt, direkt unter einer Büste von Königin Victoria, die ernst auf ihrem grünen Marmorsockel stand.

Um ihre unausgesprochene Frage zu beantworten, sagte Johnny: »Das Irrenhaus. Ich wurde hierhergebracht, nachdem es passiert war...«

»Was war passiert?« fragte Speranza.

Das Irrenhaus löste sich auf – jetzt standen sie an einer Kreuzung, der Wind heulte – heulte, um sie herum graue, verfallene Gebäude, urinfleckige Wände mit losem Mörtel – Whitechapel.

Plötzlich klammerte sich der Junge verängstigt an sie, auch wenn in seiner Angst Lust mitschwang, und er jammerte: »Speranza... Speranza... Mutter.«

Wütende Männer schaufelten die Kreuzung auf. Schleiften eine Frau über die Pflastersteine. Die Frau trug Lumpen. Die Augen der Frau waren schreckgeweitet. Ihr langes, blondes Haar war fettig, die Ähnlichkeit von ihrem und Johnnys Gesicht war unverkennbar. »Begrabt sie bei lebendigem Leibe!« grölte jemand. »Das hat sie verflucht noch mal verdient...«

»...exekutiert, weil sie ihre fleischlichen Lüste mit einem Wolf befriedigt hat...« Eine zweite Stimme, ernst, tief, weihevoll – sie wußte nicht, ob die Stimme aus Johnnys Erinnerung oder aus ihrem Erlebnis mit der Chinesin in Lead herrührte.

Speranza sah einen kleinen Jungen herbeilaufen, der ihr nachbrüllte: »Mutter! Mutter!« Und die Frau schaute ihn mit gebrochenen Augen an, denn sie wußte, daß sie bald sterben würde.

Häßliche Fratzen. Verzerrt. Geifernd. »Man muß sie an einer Kreuzung begraben...«

Die auf dem Boden liegende Frau blickte zu dem Jungen, und Speranza sah sie mit Kinderaugen – sah sich selbst.

Ein schwarzgekleideter Reiter beobachtete das Ganze aus dem Schatten eines Hauses.

Die Frau wandte sich dem Mann in Schwarz zu. Flehte. Der Mann sagte nichts, tat nichts. Der Pferdeatem hing schwer in der kalten Luft. Es war noch früh am Morgen. Blut strömte aus der Nase der Frau und aus den Einschnitten an Armen und Wangen. Ein Mann im Gehrock prügelte mit seinem Spazierstock auf sie ein.

»Mutter, Mutter...« weinte der Junge an Speranzas Hand, ein kleiner, höchstens dreijähriger Junge – ein Junge namens Jonas Kay.

Sie hoben ihr Grab aus. Sie schlugen sie mit Stöcken und Latten. Sie vergewaltigten sie, während sie sie bei lebendigem Leibe begruben. Der Junge fühlte ihren Schmerz. Er roch den nahenden Tod. Er versuchte, sich aus dem Griff der Männer zu lösen, die ihn festhielten, versuchte, zu ihr zu laufen. Die Männer drängten sich um das Grab, glotzten hinunter zu der um sich schlagenden Frau. Haß schoß durch Jonas' Adern. Haß verlieh ihm unglaubliche Kraft. Er riß sich los und rannte zu der Frau, aber sie war bereits tot, ihr Genick gebrochen – ein Mann bearbeitete mit heruntergezogenen Hosen und zitterndem Hintern die Tote.

Und Johnny drehte sich zu dem Mann in Schwarz um und brüllte: »Nein, nein, nein, ich lauf' nicht in deinem Rudel, nein, nein, ich bin ich, ich, ich allein, allein, allein!« Der Mann blickte mit unbewegtem Gesicht von seinem Roß herab, und Speranza schaute in seine Augen und erkannte den Mann, der sie geliebt hatte, und das Tier, das sie besessen hatte, und er starrte über den Abgrund der Zeit zu ihr zurück und bat sie um Verzeihung, und schließlich senkte er den Blick und gab seinem Pferd die Sporen, und die Hufe klapperten über die gepflasterte Straße. Zorn explodierte in Jonas, zu gewaltig für einen einzigen Menschen, und Schaum floß ihm aus dem Mund, und er knurrte und fauchte die Männer an, die um das Grab herumstanden. Die Frau lag halb begraben im Straßenschmutz mit roten Lippen und einem roten Striemen auf der linken Wange und – wutentbrannt sprang er den

Mann mit den heruntergelassenen Hosen an und biß ihm den Penis ab und spuckte ihn aus, und der Mann schrie gellend auf und konnte das Blut nicht zurückhalten, und Jonas war umzingelt, und er brüllte aus Leibeskräften nach dem Mann in Schwarz, aber die anderen kamen immer näher und verdeckten das Licht und hüllten ihn mit ihrem schweißigen Geruch ein, und sie kamen immer näher und – kamen immer näher und – kamen näher und – näher – näher.

Und dann war Johnny da, Johnny, der Schmerzen empfinden, der weinen konnte –

Und Speranza umarmte Johnny und tröstete ihn und sagte: »Es ist alles vorbei...«

»Aber du kennst den Mann in Schwarz?«

»Ja«, sagte Speranza. »Aber... er wollte es nicht... ihn plagte ein eigener Schmerz, eigene Qualen... ich habe gehört, wie er sagte, daß er dich liebt.«

»Ich hasse ihn! Ich hasse meinen Vater!«

»Du mußt ganz werden...« Sie umarmte ihn und wußte, daß sie Jonas ebenso wie Johnny umarmte, daß sie nicht mehr unterscheiden konnte, wo das Licht endete und die Dunkelheit begann.

Der Mond trat hinter den Wolken hervor.

Der Traum löste sich langsam auf. Der Wind umwehte sie immer noch. Die Indianer tanzten immer noch. Bis Johnny sagte: »Ich sehe einen Mann in Schwarz...«

»Nein, Johnny«, widersprach Speranza leise. »Er ist fort. Wir haben ihn getötet. Wir haben uns ihm gestellt. Er ist fortgegangen.«

Dann hörte sie Trommelwirbel und Pfeifentrillern und Trompetenstöße, und sie sah die Kavallerie auf sie zureiten und –

Mondlicht! Die ersten Strahlen trafen die Frauen im äußeren Kreis, und eine nach der anderen verwandelte sich –

Ein Lichtfleck legte sich über die tanzenden Kinder –

Bäume knickten ab! Felsen explodierten! Ein dumpfer Schlag, ein Pulverblitz und –

Soldaten! Wie waren sie auf Weeping Wolf Rock hinaufgelangt?

Soldaten, deren Gewehre mit Silber geladen waren. Eine Kanone. Immer mehr brachen aus dem Kreis der Tänzer, sprangen die Soldaten noch während der Verwandlung an, rissen Gesichter auf, nagten an Händen.

Johnny tanzte unermüdlich. Der Adler kreiste direkt über ihm.

Sie fielen auf alle viere, erst einer, dann immer mehr – Schnauzen streckten sich, Krallen wuchsen aus Fingerspitzen, Haar sproß aus dem Körper und –

»Der Mann in Schwarz«, sagte Johnny. »Mein Vater... er ist hier.«

Und sie schaute auf und sah einen Mann in Schwarz auf einem Pferd, der mit gezogenem Säbel und flatterndem Cape auf sie zujagte, aber es war nicht der Graf von Bächl-Wölfling, und sie schrie: »Das ist nicht dein Vater... es ist dieses Monster, Major Sanderson, der euch alle umbringen will...«

Die Kanone spuckte Silberdämpfe – Silberflöckchen taumelten im Mondlicht wie Schneeflocken – ein Kind schrie gellend auf, als es den glitzernden Tod einatmete – eine Frau kratzte mit ihrer Wolfspfote den Schorf auf ihrer Haut ab, bis die Wunden wieder bluteten – langsam und unaufhaltsam verwandelte sich Johnny.

»Versuch, dich festzuhalten... wenigstens so lange, bis...«

Er tanzte.

Die Silberdämpfe zogen sich zusammen, bildeten einen Wirbel, wagten sich nicht in den inneren Kreis. Ermutigt begannen ein paar Tänzer, erneut zu tanzen. Andere waren bereits tot. Ein paar vollkommen Transformierte zerfleischten einen Soldaten und labten sich an den dampfenden Innereien. Aber immer noch tanzten einige. Eine Explosion – ein Wolfskopf mit einem juwelenbesetzten Turban flog durch die Luft – »Chandraputra«, flüsterte Speranza. Und Castellanos wurde von einem silbernen Tomahawk zerschmettert, die linke Hälfte seines Gesichtes noch menschlich, die andere –

Schreie der Sterbenden.

»Sie schlachten uns ab!« brüllte Speranza.

»Das ist nichts Neues«, antwortete der Junge. »Wer von uns ist die wahre Bestie, Speranza... ich, der die Gestalt eines Tieres annehmen kann, oder der Mensch, der seine tierische Natur ewig verbergen muß, der sich niemals dem Zorn überlassen darf, mit dem wir alle geboren werden... dem Zorn und Schmerz der Geburt selbst?«

Eine Trommel schlug mißtönend gegen den Rhythmus der Soldatentrommeln an. In einem schwirrenden Silbernebel galoppierte Major Sanderson auf sie zu, quälend langsam, weil er gegen die Traumkraft des Jungen ankämpfen mußte.

»Liebst du mich, Speranza?«

Der Junge tanzte. Weicher, goldener Flaum überzog seine Haut. Seine Augen wurden schmal. Der Wolf war weder der Indianerjunge noch Jonas Kay, sondern eine Mischung von beiden – ein Wolf, dem Grauen und Mitleid nicht fremd waren.

»Ja, Johnny«, sagte Speranza leise.

»Halte... mich...«

Sie tanzten.

»Hast du... die Waffe... noch?«

»Ja. Mit einer Silberkugel.« Sie berührte den Lauf. Er war kalt.

Sie tanzten.

»Du mußt schießen... weil du mich liebst... töte mich! Denn mein Tod wird die Welt zum nächsten Mondtanz schleudern. Ich werde das erste Opfer des Mondtanzes sein, entsprungen der Welt der Tiermenschen und Menschentiere...«

»Du bist verrückt, Johnny!« schluchzte Speranza und drückte den Jungen an sich. »Johnny, du darfst nicht an den Tod denken... du hast vom Leben geträumt, nicht vom Tod. Ich bin nicht hierhergekommen, um dich sterben zu sehen, sondern um dich zu heilen...«

»Nur der Tod kann mich heilen, Speranza.«

Hatte sie richtig gehört? Seine Stimme war rauh, verzerrt durch den tierischen Kehlkopf; dies konnte keinesfalls zum Traum gehören. Sie trat zurück – verletzt, weil er vielleicht glaubte, sie wolle ihn verlassen, begann er zu greinen wie ein Kind, das die Mutterbrust sucht, und – plötzlich begriff sie, daß sie das Zentrum ihres

Alptraums erreicht hatte, wußte sie, daß sie hierhergekommen war, um ihn zu töten. Weinend richtete sie den Revolver auf seinen Kopf und...

»Wir werden neu geboren werden«, versprach der Junge.

Wie kann eine Geburt so schmerzhaft sein? dachte sie, denn Krämpfe durchzuckten ihren Körper und –

Der Adler setzte über ihnen zum Sturzflug an.

Johnny entging ihr Zögern nicht. Verzweifelt bat er: »Verstehst du nicht? Nur du liebst mich wirklich, nur du kannst mich töten... du hast dich an meiner Seite dem Schatten gestellt. Die ersten Strahlen des Mondes fallen auf uns, und wenn ich sterbe, erfüllt sich der Tanz, und dann werden wir in Frieden leben, und die weißen Wölfe werden ausgelöscht und... ich habe die Dunkelheit in mir besiegt und muß sterben, damit mein Volk leben kann... nur deshalb wurde ich aus dem Irrenhaus geholt, deshalb wurde ich in diese Ödnis gebracht...«

Konnte sie ihn überhaupt verstehen? Sie hielt die Pistole, zielte auf ihn, und drückte langsam den Abzug durch, und der Jungwolf jubelte jaulend, heulte den Gesang des Todes und der Wiedergeburt, dasselbe Lied, mit dem die Welt einst begonnen hatte und –

Ein Schuß und –

Speranza brach in seinen Armen zusammen, die sich immer schneller zu Pfoten verkürzten.

Tot.

Knurrend schaute er hoch und sah Major Sanderson auf seinem Pferd am Rand des Abgrundes stehen, und der Pferdeatem dampfte in der Dunkelheit, und Major Sanderson senkte lächelnd seine Waffe und –

Speranza lag auf dem Boden. Sie ist schön, fand der junge Wolf. Und er dachte an seine Mutter, die an einer Kreuzung in Whitechapel lebendig begraben worden war, während sein Vater untätig zugesehen hatte.

»Mutter«, rief der junge Wolf, aber aus seiner Hundekehle stieg nur rasender Zorn, und er –

Ballte all seine Wut zusammen, bis er den Schmerz nicht mehr ertrug, und sprang das Pferd an der Hinterflanke an und warf Major Sanderson zu Boden und schloß seine Kiefer um dessen Kehle und –

Fühlte, wie seine Zähne durch die Luftröhre stießen und das Genick zu fassen bekamen. Sie stürzten gemeinsam, er und Major Sanderson, in einer tödlichen Umarmung verklammert, sie stürzten von dem himmelhohen Felsen, der Traum zerbrach, während der Herbstwind um sie herum toste, und er riß mit den Pfoten den Brustkorb des Majors auf und senkte sie ins Fleisch, und sie stürzten, während das Genick des Majors zwischen seinen Zähnen knackte und –

Teddy hörte den Aufschlag. Er humpelte zum Weeping Wolf Rock hinüber.

Ein Adler kreiste vor dem Mond.

Der Wind teilte den Qualm, und das Präriegras wogte wie ein Meer im Sturm. Etwas war herabgestürzt; an einer Stelle war das Gras plattgedrückt, und ein formloser Klumpen lag reglos in der Mitte – vielleicht ein Mensch.

Es war Major Sanderson. Das, was von ihm übriggeblieben war. Er erkannte ihn nur an der Schädeldecke wieder, an den Narben. »Kein schöner Anblick«, stellte er fest.

»Nein, wirklich nicht«, antwortete eine Stimme. Ein langer, silberner Schatten fiel über den Leichnam.

Es war ein nackter Knabe.

»Bist du das, Johnny?« fragte Teddy. »Oder ist es einer der anderen?«

»Ich weiß es nicht«, antwortete Johnny Kindred und weinte bitterlich.

»Bist du gerade von dem Sims gefallen?« Johnny nickte.

»Du müßtest tot sein.«

»Ich kann nicht sterben. In meinem Traum wurde mir prophezeit, daß mich nur jemand töten kann, der mich wirklich liebt... und sie ist tot.«

»Ich hole dir was zum Überziehen... damit du nicht frierst.« Er zog einem Toten die Jacke aus. »Komm, Johnnyboy.«

»Die Indianer...« flüsterte der Junge. »Mein Traum... betrogen... Ich habe sie betrogen.«

»Du mußt vergessen, Johnny. Sie sind alle tot, alle Soldaten, alle Kinder der Wichasha Shungmanitu... alle sind gestorben. Wir beide haben noch eine Menge Leben vor uns.«

»Wohin bringst du mich?«

»Erst gehen wir nach Lead, da wartet hoffentlich eine Frau auf mich. Dann weiß ich auch nicht. Vielleicht lassen wir uns im Reservat nieder. Ich habe bei den Weißen nichts mehr zu suchen. Komm, hilf mir ein Pferd zu satteln.«

Ein tiefes Donnern. Weeping Wolf Rock erbebte.

»Schau nicht zurück«, sagte Teddy. »Ich schätze, die Welt räumt gerade die letzten Trümmer deines Traumes fort.«

Sie ritten los.

Die Erde verschlang die Toten.

Der Winter kam, und der Schnee wusch das trockene Blut vom Felsen und legte sich wie ein Leichentuch über die Ebene.

Epilog

Weeping Wolf Rock

1963: Winter Eyes

Vollmond

Und dann überfiel mich Dr. La Loge mit seiner »Konfrontationstherapie«-These.

Es war an jenem Tag, an dem mir J. K. die ganze Geschichte des fehlgeschlagenen Mondtanzes erzählte, an dem ich endlich verstand, welche Rolle Preston und ich bei der Neuauflage des Dramas zu spielen hatten. Jetzt glaubte ich ihm alles. Als er mir den Mondtanz beschrieb, sah ich alles so deutlich vor mir, als wäre ich Speranza Martinique... Hope Martin... Hope Dupré... meine Urgroßmutter.

La Loge zog mich im Gang beiseite. J. K. war in seinem Zimmer und bis unter die Schädeldecke sediert. Der Psychiater packte mich am Ärmel, führte mich in sein Büro, drückte mich in einen Stuhl und erklärte mir seinen großartigen Plan – nichts weiter als eine Neuauflage von Speranzas Tod.

»Diese Mondzyklen sind wirklich mysteriös«, sagte er und schaute mir aufmerksam zu, wie ich die letzte Zigarette meines zweiten Päckchens an diesem Tag anzündete. »Ich bin kein Astronom und verstehe nicht, wie sie den Tag des Mondtanzes errechnen, aber es hat irgend etwas mit den Planeten zu tun, die in einer bestimmten Konstellation stehen müssen. Der Witz daran ist, daß er manchmal mchrmals hintereinander stattfindet, während ein andermal Jahrzehnte vergehen... jedenfalls kennt J. K. instinktiv den richtigen Zeitpunkt.«

»Ich weiß.« Natürlich wußte ich das. Ich spürte es selbst manchmal. Ich wußte, daß sogar ich, die kaum etwas von Scott Harper im Blut hatte, mich vielleicht verwandeln könnte. Ich träumte jede Nacht davon.

»J. K. kam in dieser Nacht im Jahre 1885 einer Fusion seiner

Persönlichkeiten sehr nahe«, dozierte La Loge aus seinen Notizen. »Aber Speranzas Tod riß ihn aus dem Prozeß. Die Familie Grumiaux kümmerte sich lange Jahre um ihn, aber während der Depression wurde die Belastung für sie zu groß; Theodore Grumiaux war längst gestorben, bei einem Zugunglück, glaube ich; Jonas wurde zur dominanten Persönlichkeit. Für Jonas stellte Cordwainer Claggart eine Vaterfigur dar, und natürlich versuchte er, in dessen Fußstapfen zu treten, daher die unerklärlichen psychosexuellen Morde in Laramie... zur gleichen Zeit machte man die Entdeckung, daß J. K. der rechtmäßige Erbe eines kleinen Vermögens war... alles in der Stadt war ihm vom Grafen von Bächl-Wölfling in einem Testament vermacht worden, das man entdeckte, als die Leiche exhumiert und in das wallachische Familienmausoleum überführt wurde. Das Testament war unanfechtbar. Das Szymanowski-Institut, dessen Besitzer im Grunde J. K. ist, nahm seine Interessen wahr und...«

Ich hörte ihm nicht länger zu. Jetzt bewegten wir uns auf vertrautem Boden. »Etwas anderes macht mir Sorgen, Dr. La Loge«, sagte ich. »Was wäre gewesen, wenn Speranza nicht getötet worden wäre? Es stimmt, daß Johnny seine Persönlichkeiten vereint hätte, aber hätte Speranza J. K. nicht im gleichen Augenblick getötet? War das nicht der Zweck der ganzen Übung?«

»Nun, vielleicht... aber nachdem eine Fusion stattgefunden hat, braucht der Patient doch nicht mehr getötet zu werden! Ein gesunder Mensch wird den bizarren Halluzinationen, unter denen er während seiner Krankheit litt, keine Beachtung mehr schenken... den größenwahnsinnigen Ideen, der seltsamen Einbildung, er sei eine Art Messias der Werwölfe. Ein rationaler Mensch kann ohne solche Illusionen leben, meinen Sie nicht auch?«

»Rational! Wir sprechen über einen Werwolf, um Himmels willen... ein übernatürliches Wesen...«

»Nichts im Universum ist übernatürlich«, erklärte Dr. La Loge mit einer überheblichen Sicherheit, die mich an einen wahnsinnigen Wissenschaftler aus einem schlechten Horrorfilm erinnerte.

Preston kam in dieser Nacht zu mir. Er hatte eine in Geschenkpapier verpackte Schachtel dabei. Er stand an der Tür zu meinem Zimmer; ich wußte nicht, ob er hereinkommen wollte oder nicht.

»Fröhlichen Mondtanz«, sagte er trocken.

»Soll ich es aufmachen?« fragte ich.

»Warte, bis ich fort bin. Vielleicht kannst du es als Dildo nehmen... nachdem ich dir nicht mehr behilflich sein kann.«

Ein Anflug des alten Preston.

»Preston?« fragte ich.

»Was?«

»Etwas wollte ich immer wissen.«

»Bestimmt nicht, wie lang mein Pimmel ist, oder? Warum machst du nicht einfach das Päckchen auf?«

Morgen war Vollmond, und wir würden alles tun, was Dr. La Loge von uns verlangte. Ich setzte mich aufs Bett und öffnete die Schachtel. Das Papier war kitschig – eine lächelnde Jackie Kennedy, abwechselnd im Profil und von vorn, vor der Silhouette des Weißen Hauses. Ich mußte lachen. In der Schachtel lag eine Merwin-and-Hulburt-Pistole. Ein Kärtchen lag dabei, auf dem stand:

> Eine Kugel noch.
> Seit Generationen ist sie in meiner Familie.
> Eine silberne Kugel.

»Du warst schon immer ein Werwolf, nicht wahr?« fragte ich. »Ich habe schon lange den Verdacht, daß du damals in der Geisterstadt, als Johnny entkam und dich angriff... daß er dich damals konvertiert hat. Aber du hast es immer in dir getragen... und das bedeutet, daß Teddy Grumiaux...«

Er senkte den Blick. Ich wußte nicht, was ich glauben sollte. Aber Teddy hatte sich um Scott gekümmert, und danach war er bis zu seinem Tod Johnnys Begleiter gewesen. Hatte er vielleicht einmal den Tau aus seinen Fußstapfen getrunken? War es möglich, daß Johnny das Kind infiziert hatte, das Nita und Teddy bekommen hatten?

Vielleicht erklärte das Prestons Fremdheit... und seine animalische Ausstrahlung. Aber er antwortete nicht, und ich sollte es nie erfahren.

Ich steckte die Waffe in meine Handtasche.

Vollmond. Wir ließen uns von einem Helikopter auf dem Plateau absetzen. Dr. La Loge meinte, wir könnten auch hinaufklettern, aber es gab keinen Grund, warum wir uns nicht moderner Technik bedienen sollten, wenn sie uns schon zur Verfügung stand. Preston war auch dabei.

J. K. stand in der Mitte eines Kreises, den man mit weißer Kreide gezogen hatte. Er war nackt... ein verschrumpelter, zusammengesunkener alter Mann. Überall hatte man ihm Elektroden angeheftet, die an eine Instrumentenkonsole angeschlossen waren, wo es wild blinkte und oszillierende Bildschirme flackerten. Es war wie in einem Frankenstein-Film.

»Glauben Sie wirklich, daß wir auf diese Weise Erfolg haben...« sagte ich fast beleidigt zu La Loge.

Die Wolken rissen auf. Der Mond kam durch, und mit ihm begann eine geisterhafte Musik die Luft zu erfüllen.

Preston verwandelte sich als erster. Er befreite sich aus seinen Kleidern. Dr. La Loge blieb der Mund offenstehen. Ich roch Prestons Erregung. Ich roch sie mit meinen geheimen Sinnen, mit den Wolfssinnen, die ich schon immer gehabt, aber nie zu identifizieren vermocht hatte –

Langsam, und anfangs durch die Kabelstränge behindert, begann Johnny zu tanzen.

Es machte nichts, daß sein Körper alt war. Es machte nichts, daß Drähte an seinem Kopf, seinen Armen, sogar an seinen Hoden hingen. Es machte nichts, daß Dr. La Loge abwechselnd glotzte und Notizen in sein Büchlein kritzelte, als ginge ihn das alles gar nichts an. J. K. tanzte, und er war schön. Der Wind schwoll an, fegte über den Felsen, spielte mit unserem Haar. Er tanzte, und die Musik trieb im Wind, und sein Gesicht strahlte ein kühles blaues Licht aus, und er begann sich zu verwandeln –

Preston tanzte ebenfalls, sprang, heulte, drehte sich, jaulte –

Ich hörte den Ruf des Mondes. Das Mondlicht strich über die Härchen auf meinen Armen, so daß sie sich aufstellten, das Mondlicht drang in meine Poren und rüttelte schlummernde Bedürfnisse wach – und ich hörte eine leise Stimme in mir rufen: *Laß mich raus, ich will geboren werden, laß mich raus, laß mich raus,* und meine Füße bewegten sich im Rhythmus des Mondtanzes, fast wie von selbst, und –

»Speranza«, sagte Johnny Kindred. Die Stimme eines Kindes. Er rief mich über einen Abgrund der Zeit hinweg.

Und ich antwortete: »Ich bin Speranza. Speranza ist in mir.«

Dr. La Loge warf mir einen zustimmenden Blick zu, als wollte er sagen: »Gut so, reden Sie weiter so mit ihm, erhalten Sie seine Illusion aufrecht.« Aber ich sagte das nicht für die Psychologen und die Wissenschaftler. Ich sprach aus meinem Herzen. Und was ich dann sagte, paßte La Loge bestimmt nicht:

»Ich bin Speranza, aber ich bin mehr als sie. Ich trage ihre Gene in mir, aber ich trage auch die Gene des Tieres. Ich weiß, was du durchgemacht hast... noch besser als Speranza... ich verstehe.«

J. K. tanzte, wirbelte seine Arme durch die Luft, und der Herbstwind fauchte und heulte und wirbelte uns Laub ins Gesicht. Er tanzte, bis die Elektroden abrissen, sprang und hüpfte, als wäre er wieder jung.

Und ich berührte seinen Traum und stand neben ihm, als er zu dem Schatten sagte: »Dein Name ist mein Name. Wir sind eins.«

Und Johnny Kindred und die anderen Personen in ihm wurden eins.

Ich liebte ihn.

Und weil ich ihn liebte, tötete ich ihn, und am nächsten Tag reiste ich ab nach Kalifornien.

1988: Weeping Wolf Rock

Vollmond

Inzwischen bin ich eine Frau in mittleren Jahren. Dies ist nicht das Buch, das ich schreiben wollte. Aber nachdem ich es geschrieben habe, ist mir klar, daß es das einzige Buch ist, das ich schreiben konnte.

Noch ein J. K. starb an jenem Novembertag. Jeder Amerikaner weiß, was er an jenem Tag gemacht hat. Ich weiß nur noch, daß ich ständig an Johnny dachte und mich fragte, ob es wohl eine Verbindung gab. Manchmal frage ich mich immer noch, ob der Tod eines Verrückten in South Dakota etwas mit dem Tod eines Präsidenten zu tun haben könnte. Es scheint idiotisch, aber ich kann mich nicht dagegen wehren.

Heute fahre ich einen Volvo. Ich unterrichte Anthropologie an einem namenlosen College im Mittelwesten. Ich habe noch mehr Bücher geschrieben, aber sie sind Lügen, Schatten.

Seit einiger Zeit fühle ich eine seltsam vertraute Unruhe. Ich glaube, die Zeit für einen neuen Mondtanz ist gekommen. Deshalb bin ich zum Weeping Wolf Rock zurückgekehrt. Diesmal bin ich allein. Kein Helikopter wird mich auf das Plateau bringen. Vielleicht wird sich der Fels vor mir neigen, wie er es einst für jenen Jungen tat, der eine neue Gestalt für die Welt erträumte. Ich habe in der letzten Zeit eine Menge geträumt. Nur im Traum können wir das absolut Böse erfahren, bekämpfen, vielleicht sogar besiegen.

Waren die Shungmanitu tatsächlich die selbstlosen, totemistischen Geschöpfe – und die Menschen aus Winter Eyes das alles verzehrende Böse –, wie die Vision glauben machte? Ich weiß, daß die Wahrheit meist grau ist wie die Wolken, die den Mond verdekken.

Was wollte Johnny Kindred mit seinem Mondtanz erreichen? Während seiner Schilderung hörte ich oft Widersprüchliches über das Ziel seiner großartigen Vision. Wollte er tatsächlich alle weißen Werwölfe zurück ins Meer schleudern und den Shungmanitu-Indianern die Prärie zurückerobern? War der Tanz so etwas Ähnliches wie der Geistertanz ein paar Jahre später, der das Land von den Weißen befreien und die Büffel zurückbringen sollte und der schließlich im Massaker von Wounded Knee endete? Was wollte Johnny heilen? Nur sich selbst oder das ganze Universum – und war das nicht eine größenwahnsinnige Selbsttäuschung?

Ich fahre von der Straße ab, kurve durch Gras, das bis zu den Wagenfenstern reicht. Ich kann den Wind hören, obwohl die Fenster fast geschlossen sind und aus dem Auto-CD-Player die Ouvertüre einer Oper dröhnt. Der Mond ist noch nicht zu sehen, aber die riesige, blutrote Sonne geht schon hinter den Hügeln in der Ferne unter, und dunkle Wolken rollen über den Himmel.

Gott sei Dank ist es nicht Winter – diesmal fällt der Mondtanz in den Hochsommer.

Hat Johnnys Tanz etwas gebracht? Hat sein Opfer bewirkt, was seine Vision prophezeite? Hat sich die Welt verändert?

Kennedy starb. Wir verloren den Vietnam-Krieg. Heißt das, daß die Weißen zurück ins Meer getrieben wurden?

Aber das paßt nur halb zu der Prophezeiung.

Warum habe ich Johnny getötet?

War ich so gefangen in seiner Phantasie, daß ich jeden Realitätssinn verlor? Ich habe mich oft gefragt, warum Dr. La Loge mich nicht verhaften ließ; andererseits hätte er ja gar keine Leiche vorweisen können... jedenfalls keine menschliche.

Im Film verwandelt sich der Werwolf immer in seine menschliche Gestalt zurück, wenn die Kugel ihn erwischt. Aus Erfahrung weiß ich, daß manchmal die eine, manchmal die andere Form bleibt, manchmal auch nur eine schimärische Zwischengestalt.

Warum habe ich Johnny getötet?

Weil ich ihn liebte – das ist immer die Antwort.

Aber auch, weil ich Teil seines Tanzes war, und weil der Tanz sonst nicht vollständig gewesen wäre, und weil der Rhythmus des Tanzes mich packte – weil ich die Musik hörte.

Irgendwie überrascht es mich nicht, einen schäbigen Dodge-Lieferwagen am Fuß von Weeping Wolf Rock stehen zu sehen. Ich bin Preston nicht mehr begegnet, seit er vor fünfundzwanzig Jahren meine Koffer in den Impala packte. Wahrscheinlich hat er es auch gespürt. Ich werde den Mondtanz nicht allein tanzen. Vielleicht wird einer den anderen töten müssen. Davor habe ich keine Angst.

Die Frau in mir spürt Angst, das stimmt. Aber das Tier nicht. Das Tier weiß, daß Leben und Tod ein Spiel ist. Das Tier weiß, was folgen wird, wenn Jäger und Beute einander in die Augen sehen und gegenseitig ihr Schicksal erkennen: die Jagd, der Sprung, das Reißen, das Bad im warmen Fleisch – das alles ist ein Tanz. Der Tanz des Kosmos. Der Tanz ist der tötende Vater und die gebärende Mutter. Die Gazelle tanzt in den Schlund des Löwen. Ich habe mit vielen Männern getanzt. Ein Quickie kann zu einem schönen Essen führen. Der Mond tanzt in mir. Es ist ein Tanz von absoluter, gnadenloser Grazie.

Nur ein Mensch würde sich vor einem solchen Tanz fürchten.

Der Mond wird mich berühren. Ich werde eine Weile mein Menschsein ablegen. Ich werde Tier sein. Ich werde die Sprache vergessen. Ich werde das Denken vergessen. Ich werde tanzen.

Phoenix, Alexandria,
Deadwood, Los Angeles
1985–88

Nach seinem enorm erfolgreichen Vampirroman ICH BIN DIE DUNKELHEIT (Goldmann TB 8075) hat der Thai-Amerikaner S. P. Somtow, der vorher bereits im Science-Fiction-Bereich von sich reden machte, mit WOLFSRUF das Horrorgenre kurzerhand neu erfunden. Seine Wolfsmenschen-Saga erhielt in den USA enthusiastische Kritiken, wurde als Sensation gefeiert. Robert Bloch ordnete Somtow zwischen William Burroughs, Stephen King und der Offenbarung des Johannes ein, während Dean R. Koontz sich schlichtweg hingerissen zeigte: »Keiner schreibt wie Somtow – in einer Zeit, in der die Literatur mehr und mehr beliebig wird, gehört er zu den originellsten Stimmen.«